EXCALIBUR

Herausgegeben von
Melissa Andersson
und
Gerd Rottenecker

Die Chroniken von Deverry bei Excalibur:

1. Der Wanderer von Deverry (70121)
2. Die Ausgestoßenen von Deverry (70122)
3. Dämmerung über Deverry (70123)
4. Der Magier von Deverry (70124)
5. Zeit der Verbannung (70125)
6. Zeit der Omen (70126)
7. Zeit des Dunkels (70127)
8. Zeit des Feuers (70128)
9. Der rote Drache (70129)
10. Der schwarze Rabe (70192)
11. Die Feuerechse (70215)

Weitere Bände in Vorbereitung.

Katharine Kerr

DIE CHRONIKEN VON DEVERRY

11

Die Feuerechse

Ins Deutsche übertragen von
Regina Winter

Knaur

Die amerikanische Originalausgabe erschien 2000
unter dem Titel »The Fire Dragon« bei Bantam Spectra, New York

Besuchen Sie uns im Internet:
www.droemer-weltbild.de

Deutsche Erstveröffentlichung 2001

Umschlagkonzept: Melissa Andersson
Umschlaggestaltung: ZERO Werbeagentur, München
Umschlagillustration: Brom
Karte: Dieter Jüdt, Trier
Lektorat: Harald Jösten, Kiel
Satz: Ventura Publisher im Verlag
Druck und Bindung: Clausen & Bosse, Leck
Printed in Germany
ISBN 3-426-70215-0

2 4 5 3 1

KARTE

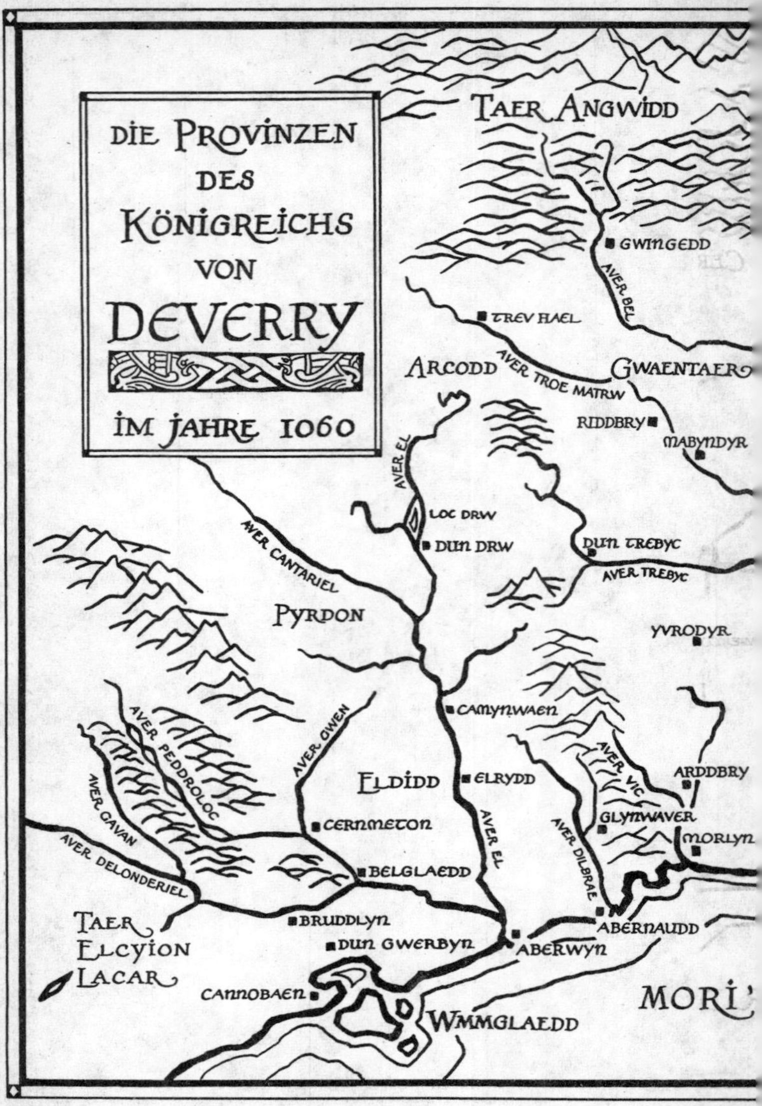
DIE PROVINZEN
DES
KÖNIGREICHS
VON
DEVERRY
IM JAHRE 1060
TAER ANGWIDD
GWINGEDD
AVER BEL
TREV HAEL
ARCODD
AVER TROE MATRW
GWAENTAER
RIDDBRY
MABYNDYR
AVER EL
LOC DRW
DUN DRW
DUN TREBYC
AVER TREBYC
AVER CANTARIEL
PYRDON
YVRODYR
CAMYNWAEN
AVER OWEN
AVER PEDDROLOC
AVER GAVAN
AVER VIC
ARDDBRY
ELDIDD
ELRYDD
GLYNWAVER
CERNMETON
AVER DILBRAE
MORLYN
AVER DELONDERIEL
BELGLAEDD
BRUDDLYN
ABERNAUDD
TAER
ELCYION
LACAR
DUN GWERBYN
ABERWYN
CANNOBAEN
WMMGLAEDD

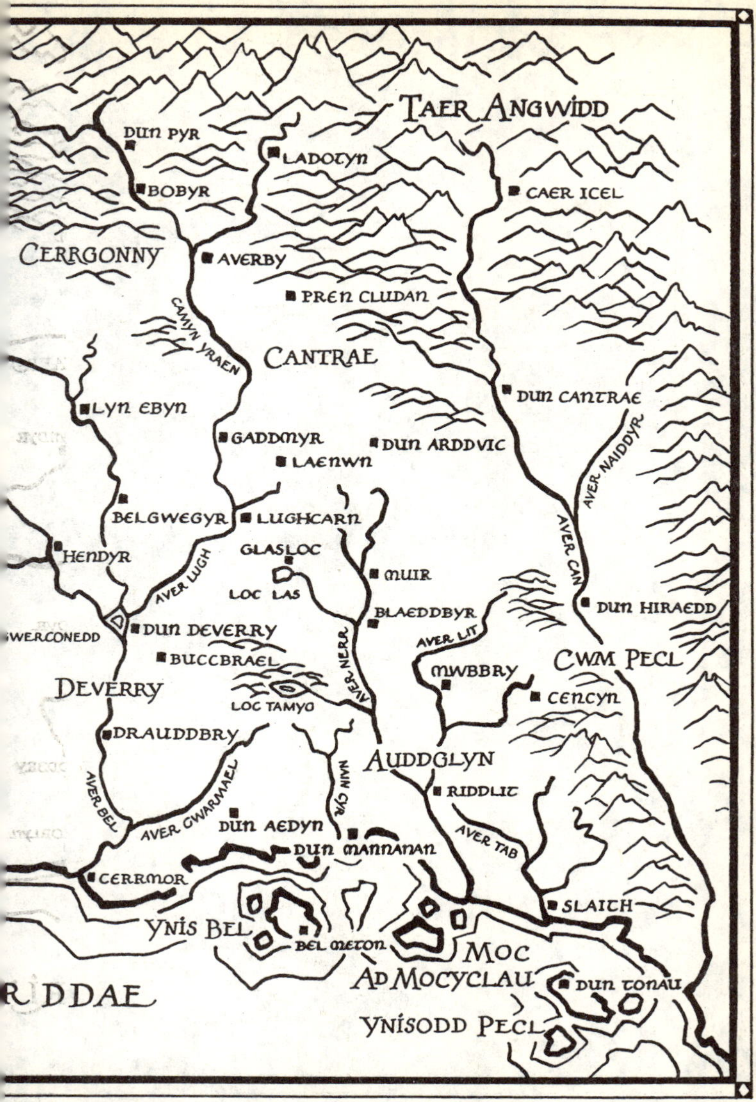

TAER ANGWIDD
DUN PYR
LADOTYN
BOBYR
CAER ICEL
CERRGONNY
AVERBY
PREN CLUDAN
CAMYN YRAEN
CANTRAE
DUN CANTRAE
LYN EBYN
GADDMYR
DUN ARDDVIC
LAENWN
AVER NAIDDYR
BELGWEGYR
LUGHCARN
AVER CAN
HENDYR
GLASLOC
MUIR
AVER LUGH
LOC LAS
DUN HIRAEDD
BLAEDDBYR
DUN DEVERRY
WERCONEDD
AVER LIT
BUCCBRAEL
CWM PECL
MWBBRY
DEVERRY
AVER NERR
CENCYN
LOC TAMYO
DRAUDDBRY
AUDDGLYN
NAIN CYR
RIDDLIT
AVER BEL
AVER GWARMAEL
DUN AEDYN
AVER TAB
DUN MANNANAN
CERRMOR
SLAITH
YNIS BEL
BEL METON
MOC
AD MOCYCLAU
DUN TONAU
RIDDAE
YNISODD PECL

TEIL EINS

DEVERRY

Frühjahr 850

> Im Jahr 850. Die Götter haben unserem Prinzen den Sieg geschenkt, aber nie hätten wir uns träumen lassen, welchen Preis sie dafür verlangen würden.
>
> *Die Heiligen Chroniken von Lughcarn*

Sonnenlicht fiel ins Turmzimmer und sammelte sich auf dem Holzboden. Graue Gnome mit spindeldürren Beinen und warzigen Gesichtern räkelten sich in der Wärme wie Katzen. Trotz seines hohen Alters fühlte sich Nevyn versucht mitzumachen. Er saß auf dem einzigen Stuhl der kleinen Kammer und betrachtete seine Schülerin, die im Schneidersitz zwischen den Gnomen hockte. Sie hielt das Gesicht der Sonne entgegen und fuhr sich mit einer Hand durch das blonde Haar, das ihr in Locken bis auf die Schultern fiel.

»Jetzt hat der Frühling wirklich begonnen«, sagte Lilli. »Ich bin so froh darüber, und dennoch fürchte ich den Sommer. Ihr sicherlich auch.«

»Ja«, erwiderte Nevyn. »Es wird nicht lange dauern, bis die Armee wieder in den Kampf zieht, und nur die Götter wissen, was die nächsten Schlachten bringen werden.«

»Das stimmt. Ich kann nur beten, daß Branoic sicher wieder nach Hause zurückkehrt.«

»Du hast Branoic wirklich liebgewonnen, nicht wahr?«

»Ja. Und das gefällt dem Prinzen nicht sonderlich.« Lilli öffnete die Augen, drehte sich um und sah den alten Mann an. »Ihr glaubt doch nicht, daß er irgend etwas Unehrenhaftes tun wird, oder?«

»Prinz Maryn? Welche Unehrenhaftigkeit ...«

»Er könnte dafür sorgen, daß Branno im Kampf getötet wird. Er könnte ihn an die gefährlichsten Stellen schicken. Es klingt schrecklich, wenn ich es laut ausspreche. Ich kann mir auch nicht wirklich vorstellen, daß Maryn so etwas tun würde. Ich habe einfach nur Angst, und das beeinflußt meine Phantasie.«

»Zweifellos.« Nevyn zögerte und fragte sich, ob er es hier tatsächlich nur mit Phantasien oder einer halb erkannten Vorahnung zu tun hatte. Wie es so oft bei Schülern geschieht, griff sie seinen Gedanken auf.

»Ich wollte Euch etwas fragen«, fuhr Lilli fort. »Ihr wißt doch, wie mich manchmal Vorzeichen heimsuchen? Ich bin gerade dabei zu nähen oder denke an ganz gewöhnliche Dinge, und ganz plötzlich kommen mir die Worte aus dem Mund.«

»Ich kann mich gut daran erinnern.«

»Aber es geschieht nicht mehr.«

»Gut.« Nevyn lächelte. »Es kommt häufig vor, daß eine Person, die für den Dweomer bestimmt ist, eine unentwickelte Begabung zeigt, aber sobald sie anfängt, wirklich zu studieren, verschwindet das. Erst später, wenn du wirklich verstehst, was du tust, wird diese Begabung zu dir zurückkehren.«

»Ich verstehe. Um ehrlich zu sein, bin ich froh, daß es nicht mehr passiert. Es wäre entsetzlich, wenn ich ... nun, Ihr wißt schon ... jemandes Tod vorhersehen würde.«

»Ja.« Nevyn zögerte und dachte nach. Es war sehr wahrscheinlich, daß sie es spüren würde, wenn dem Prinzen oder ihrem Verlobten etwas zustieße, ganz gleich, wie weit sie von ihnen entfernt war. Er entschied, daß es keinen Zweck hätte, sie damit zu beunruhigen, und wechselte das Thema. »Ich muß mich auf den Weg machen. Der Prinz will eine Ratssitzung abhalten – zu Mittag, sagte er, also sollte ich lieber gehen.« Er stand auf und streckte die Arme über den Kopf. »Du kannst die Lektion beenden, die ich dir aufgegeben habe.«

»Diese schrecklichen Listen?«

»Mir ist schon klar, daß die Erinnerungsarbeit langweilig und anstrengend ist.« Nevyn setzte zum Scherz eine strenge Miene auf. »Aber diese Anrufungen und Beschwörungen werden dir eines Tages nützen. Lerne für heute die erste Seite auswendig.«

»Ich verstehe schon, um was es geht. Ich kann schon einen Teil davon.«

»Gut. Laß nicht nach in deinem Fleiß. Aber wenn du fertig sein solltest, bevor ich zurückkomme, gibt es keinen Grund, weshalb du hier drinnen bleiben solltest. Je mehr Sonne du bekommst, desto besser.«

Nevyn eilte die Steintreppe hinunter, von der immer noch winterliche Kälte ausging, und trat hinaus ins Sonnenlicht auf den Haupthof von Dun Deverry, der von hochaufragenden Gebäuden umgeben war. Nicht einmal die helle Frühlingssonne konnte diesen rußgeschwärzten Stein angenehmer wirken lassen. Die Festung lag oben auf einem Hügel, umgeben von sechs hohen Steinmauern, die sich hügelabwärts wie Ketten über den Boden zogen. Hohe Türme, untersetzte Brochs, Holzhütten, die langgezogenen Gebäude, in denen die Männer untergebracht waren, und Stallungen – all das hatte sich nach Jahrhunderten des Verfalls, der Feuer, Belagerungen und Neubauten und –befestigungen zu einem richtigen Irrgarten entwickelt. Zwischen den Gebäuden lagen Höfe, gepflastert oder mit gestampftem Boden, abgeteilt von Steinmauern, die einige davon vollkommen umschlossen. All das war sehr verwirrend.

Inmitten dieses Durcheinanders fand sich allerdings auch ein richtiger Hofplatz. In seiner Mitte erhob sich ein imposanter Komplex aus Brochs und Türmen, in denen der Prinz, seine Familie, seine Wachen und die vielen Würdenträger und Diener lebten. Flaggen, die vor dem schwarzen Stein im Wind wehten, zeigten einen aufrecht stehenden roten Drachen auf cremefarbenem Grund. Als Nevyn diesen Hof nun überquerte, sah er Prinzessin Bellyra gerade aus dem Hauptturm kommen. Begleitet von zwei Pagen und einem der Barden ihres Mannes, war sie auf dem Weg zur Tür eines Seitengebäudes. Sie trug ein blaues Leinenkleid und bewegte sich langsam, die Hände vor dem Bauch gefaltet, der sich um ihr drittes Kind wölbte. Ihr honigblondes Haar war mit einem von Stickereien starren Tuch hochgebunden, wie es sich für eine verheiratete Frau ihres Ranges gehörte.

»Nevyn!« rief sie. »Seid Ihr auf dem Weg zur Ratssitzung?«

»Ja, Euer Hoheit. Warum wollt Ihr bei diesem wunderschönen Wetter wieder ins Haus gehen?«

»Es ist dieser alte Plan, den Ihr gefunden habt. Ich muß mir einfach das Zimmer ansehen, das er zeigt.«

»Ach ja. Ich bin ebenfalls neugierig geworden. Würdet Ihr mich wissen lassen, was Ihr findet?«

»Ja. Aber Ihr solltet Euch beeilen. Maryn hat Euch schon gesucht.«

Nevyn verbeugte sich und ging dann eilig auf die Doppeltür des Hauptbroch zu. Die große Halle nahm das gesamte untere Stockwerk ein: ein riesiger runder Raum, in dem Holztische und Bänke standen, und an dem Tisch, der für den Prinzen selbst reserviert war, eine kleine Sammlung von Lehnstühlen. Zu beiden Seiten der Halle gab es große Feuerstellen, eine für die Reiter des Prinzen und die Diener, und die andere, viel großartiger, für die Adligen. Trotz der frühlingshaften

Wärme draußen flackerten in beiden Herden Feuer, um die Feuchtigkeit aus den Mauern zu vertreiben.

Nevyn ging an den Tischen und an den Hunden vorbei, die überall auf dem strohbedeckten Boden lagen. Auf etwa halbem Weg zwischen Türen und Feuerstellen zog sich eine steinerne Wendeltreppe an der Wand hoch. Nevyn hatte gerade erst ein paar Stufen hinter sich gebracht, als jemand ihm von unten einen Gruß nachrief. Er drehte sich um und entdeckte Berater Oggyn, der gerade selbst die Treppe erreicht hatte. Oggyn, ein untersetzter Mann, war kahl wie ein Ei, hatte aber einen buschigen schwarzen Bart. Er trug einen Haufen Pergamentrollen auf den Armen.

»Guten Tag«, sagte Nevyn. »Sind das die Hauptbücher?«

»Ja«, erwiderte Oggyn. »Ich habe alle Steuern aufgelistet, welche die Königlichen Ländereien unserem Prinzen schulden. Ich bin verflucht froh, daß er noch eine Weile auf die Steuern aus Cerrmor zählen kann.«

»Ich ebenfalls. Eine Armee auszurüsten würde seine hiesigen Ländereien vollkommen plündern.«

»Wir müssen auf Vorräte aus dem Süden warten, anders geht es nicht. Ich hoffe nur, daß unser Prinz vernünftig genug ist. Ich weiß, daß er darauf brennt, sich auf den Weg zu machen.«

»Oh, ich bin sicher, er wird ein Einsehen haben. Ich hoffe nur, daß unsere Feinde ebenso verarmt sind wie wir.«

Sie stiegen schweigend bis zum ersten Treppenabsatz, wo Oggyn innehielt, um Luft zu holen. Er schaute nach unten in die große Halle, während er sich den kahlen Kopf mit einem Lappen abwischte.

»Es gibt noch etwas, das ich Euch fragen wollte, Herr«, sagte Oggyn. »Ich habe unsere Prinzessin gesehen, die gerade wieder mit ihren Erkundungen beschäftigt ist. Ist das denn klug?«

»Nun, die Hebammen schwören alle, daß es ihr nur guttun wird, sich zu bewegen.«

»Wunderbar, aber das meinte ich nicht unbedingt. Dieser Barde. Ist er eine angemessene Gesellschaft für sie?«

»Ah. Ich verstehe.«

Nevyn bedachte seine Antwort genau. Im vergangenen Winter hatte Maddyn, der fragliche Barde, Oggyn in ein paar peinlichen Situationen ertappt und ein Spottlied darüber verfaßt. Das war sein Recht als Barde, aber in seiner Schande kümmerte sich Oggyn nicht um Rechte und Pflichten.

»Das ist er, wirklich.« Nevyn beschloß, daß es am besten wäre, sich kurz und bestimmt zu geben. »Ich habe nie einen Mann kennengelernt, der sich seiner Stellung im Leben besser bewußt gewesen wäre. Wenn überhaupt, dann ist er für einen Barden zu bescheiden.«

Oggyn kniff die Lippen zusammen und starrte geradeaus.

»Nun gut«, meinte er schließlich. »Es geht mich ohnehin nichts an. Gehen wir weiter?«

»Unbedingt. Der Prinz und sein Bruder warten wahrscheinlich schon.«

»Ich werde nicht mehr lange so herumklettern können.« Bellyra legte beide Hände auf ihren Bauch. »Aber ich mußte einfach wissen, ob es hier wirklich einen Geheimgang gibt. Sagt mir, Maddo – sieht dieses Zeichen hier nicht aus, als markiere es eine Tür?«

Maddyn hielt das Fragment modrigen Pergaments näher an einen Mauerschlitz, damit Licht darauf fiel. Sie standen in einer keilförmigen Kammer weit oben in einem der Halbbrochs, die mit dem Mittelturm verbunden waren wie Blütenblätter eines Gänseblümchens. Dem Planfragment nach zu schließen, sollte diese Kammer zwei Türen haben, jene, durch die sie hereingekommen waren, und eine andere direkt gegenüber. Aber von der war nichts zu sehen.

»Ja«, erwiderte Maddyn. »Vielleicht ist die Tür irgendwann zugemauert worden.«

Die Prinzessin jedoch gab nicht so schnell auf. Die beiden Jungen begannen, am Mörtel herumzustochern, und drückten eher zufällig gegen die Steine. Plötzlich ächzte die Mauer – oder zumindest klang es so: ein langgezogenes, schmerzerfülltes Ächzen. Die Jungen schrien erschrocken auf und wichen zurück.

»Aha!« sagte Bellyra. »Ich bin sicher, wir haben es hier mit einem Versteck für Spione oder so etwas zu tun. Das Königliche Beratungszimmer – das im zweiten Stock des Hauptbroch – müßte ganz in der Nähe sein.«

Die Pagen machten sich wieder an die Arbeit. Es waren dunkelhaarige Jungen mit braungrünen Augen, die Söhne von Gwerbret Ammerwdd, und offenbar hatten sie die störrische Entschlossenheit dieses großen Lords geerbt. Sie drückten, schoben, stützten sich mit dem Rücken gegen die Mauer und schoben weiter, bis ganz plötzlich ein Mauerstück mit einer alarmierenden Folge von Poltergeräuschen nachgab.

»Seht doch, Euer Hoheit!« sagte Vertyc, der ältere der beiden. »Hier ist die Tür!«

»Keine sonderlich geheime, muß ich sagen, wenn sie solchen Lärm macht.« Bellyra trat ein paar Schritte vorwärts und blickte durch die Öffnung. »Sie muß auf jeden Fall geölt werden.«

Maddyn trat neben sie und spähte ebenfalls durch die Tür.

»Das ist eher ein Gang als ein Zimmer«, stellte er fest.

»Vielleicht führt er zum Ratszimmer. Ich frage mich, ob die Könige diesen Gang eingerichtet haben, um ihre Berater zu belauschen. In Dun Cerrmor gab es eine Geheimkammer wie diese. Am Ende traute mein Vater niemandem mehr, also hat er eine bauen lassen.«

»Wollen wir es herausfinden?« fragte Maddyn.

»Unbedingt.« Bellyra gab den Pagen ein Zeichen. »Ihr beiden bleibt hier draußen. Falls diese Tür zufällt, könnten wir in der Falle sitzen. Schaut nicht so enttäuscht! Ihr könnt den Gang erforschen, sobald wir wieder draußen sind, und dann bewachen wir die Tür für euch.«

In dem engen Gang roch es intensiv nach Mäusen. Nachdem sie etwa zwanzig Fuß zurückgelegt hatten, hörten sie Stimmen: Nevyn und Berater Oggyn. Grinsend hielt Bellyra einen Finger an die Lippen. Als sie stehenblieben, konnten sie die Worte deutlich verstehen.

»Es ist Frühling«, sagte Oggyn gerade. »Wir müssen mehr Maultiere beschaffen.«

»Ich habe keine Ahnung, wie viele wir brauchen werden«, meinte Nevyn. »Das hängt von der Musterung ab.«

Bellyra konnte Maryns Stimme nur mit Mühe hören. Er saß offensichtlich weiter von der Mauer entfernt. Während die beiden Berater weiter über Vorräte und Transportmittel sprachen, war Bellyra plötzlich den Tränen nahe. Die Armee würde bald aufbrechen, und sie und die anderen Frauen würden hier zurückbleiben und nur die vertrauten Schrecken eines jeden Sommers zur Gesellschaft haben.

Als sie Maddyn ansah, bemerkte sie, daß er sich an die Wand gelehnt und die Augen geschlossen hatte. Es erstaunte sie immer noch, daß Krieger schlafen konnten, wo sie gingen und standen. Maddyns dunkles Haar hatte graue Strähnen, und das Soldatenleben hatte ihn hager werden lassen, aber seine Sanftheit bezauberte sie. In diesem Sommer würde sie sich doppelt Sorgen machen, sowohl um ihren Mann als auch um den Barden, auf dessen Ergebenheit sie sich in den letzten Monaten völlig verlassen konnte, wenn finstere Stimmungen sie überfielen. Einen Augenblick fühlte sie sich versucht, ihn wach zu küssen, und dieses Gefühl verursachte ihr eisige Panik. Als Königin von Deverry mußte ihre Ehre makelloser sein als die eines Belpriesters. Sie wich einen Schritt zurück, trat dabei einen losen Stein weg und weckte ihn damit.

»Es ist stickig hier drin«, flüsterte sie. »Gehen wir.«

Draußen in der saubereren Luft der kleinen Kammer holte Maddyn ein paarmal tief Luft und rieb sich die Augen. Bellyra schickte die Jungen in den Gang, damit sie sich umsehen konnten, dann beobachtete sie ihn, während er wieder das Planfragment betrachtete.

»Wirklich interessant«, sagte er schließlich. »Könige lauschen also ebenso wie einfache Leute, wie?«

»Es sieht zumindest so aus, als hätten es die hiesigen getan. Wenn Maryn das nächste Mal eine vollständige Ratsversammlung abhält, werde ich mich an diesen Gang erinnern. Ich habe mich immer gefragt, wie er wohl ist, wenn keine Frauen in der Nähe sind. Er muß ganz anders sein.«

»Das sollte man hoffen.«

Bellyra lachte, aber es war kein sonderlich freundliches Lachen. Es hatte Zeiten gegeben, in der dieser Scherz sie zutiefst verwundet hätte, wie sie nun begriff. Maddyn grinste sie an.

»Die wirkliche Frage ist«, fuhr sie fort, »wann dieser Gang gebaut wurde. Ich habe nichts darüber in den Aufzeichnungen gefunden, was aber nicht verwunderlich ist. Sie hätten ihn wohl kaum geheimhalten können, wenn sie darüber gesprochen hätten. Aber ich frage mich, wer die eigentliche Arbeit gemacht hat?«

»Vielleicht hat der König die Handwerker hinterher töten lassen.«

»Ih! Ich hoffe nicht. Obwohl ...« Bellyra hielt inne und dachte nach. »Nevyn hat ein altes Buch, das Geschichte der Dämmerungszeit heißt. Diesem Buch zufolge hatten die ältesten

Brochs in Deverry keine richtigen Böden und Kammern und so. Sie hatten doppelte Mauern, mit Platz genug dazwischen, und sie waren drinnen leer wie ein Kamin, weil es nur ein einziges großes Feuer gab, um alle warm zu halten. Und zwischen diesen doppelten Wänden gab es kleine Zimmer und Flure, die man Galerien nannte.«

»Ich verstehe. Dann könnte dieser Gang hier ein Überrest einer solchen Galerie sein. Das Herz der Festung ist immerhin sehr alt.«

»Ja, und ein späterer König hätte nur diese Tür hinzufügen müssen. Und das hätte er vielleicht insgeheim tun können, wenn er dem Maurer genug zahlte.«

»Ihr habt recht. Besonders, wenn dieser Handwerker ebenso verschlossen war wie zum Beispiel unser Schmied Otho.«

»Ja. Ob unsere Pagen jetzt genug geforscht haben? Ich gebe es ungern zu, Maddo, aber ich bin ziemlich müde und möchte mich hinsetzen.«

Maddyn rief nach den Jungen, und bald darauf kamen sie heraus. Spinnweben hingen in ihren Haaren.

»Am Ende des Gangs ist eine kleine Treppe, Euer Hoheit«, sagte Vertyc. »Aber sie führt nirgendwohin.«

»Es sei denn, dort ist ein doppelter Boden«, warf sein Bruder Tanno ein, »aber es würde schrecklichen Lärm machen, das herauszufinden.«

»Dann sollten wir das lieber an einem Tag versuchen, an dem keine Ratssitzung stattfindet«, sagte Bellyra. »Aber keine Sorge – wir kommen zurück und sehen es uns noch genauer an.«

Alle eilten die Treppe hinunter nach draußen, wo von der Sonne nicht mehr viel zu sehen war. Aus dem Süden wehten weiße Wolken heran, türmten sich am Himmel und versprachen ein Gewitter. Diener eilten über den Hof, holten Feuerholz für die große Halle und hielten dabei ein Auge auf den

Himmel. Bellyra ging vorsichtig über das unebene Pflaster, gestützt auf Vertyc. Sie war so darauf konzentriert, nicht zu stolpern, daß sie den Hof schon halb überquert hatte, als sie bemerkte, daß sie das wütende Schreien eines Mannes hörte. Sie blieb stehen und sah sich um.

Auf der anderen Seite des Hofes, am Haupttor, standen sich zwei Männer gegenüber. Ihre weißen Hemden, auf deren Ärmel ein grauer Dolch gestickt war, kennzeichnete sie als Silberdolche – Mitglieder der Leibwache des Prinzen. Beide waren blond und kräftig, aber einer war einen guten Kopf größer als der andere – Branoic, stellte Bellyra fest, und ihm gegenüber stand Owaen, der Hauptmann der Truppe. Der begann nun, auf und ab zu gehen und dabei so zornig zu schreien, daß seine Worte kaum zu verstehen waren.

»Maddo, worum geht es da?« fragte Bellyra.

»Ihr Götter!« sagte Maddyn. »Ich weiß es nicht, Euer Hoheit, aber ich sollte mich wohl lieber darum kümmern.«

»Unbedingt. Gehen wir hin. In meiner Gegenwart wird Owaen wohl aufhören müssen, so zu schreien.«

»Ich danke Euch.«

Tatsächlich brachte Bellyras Anwesenheit Owaen zur Vernunft. Er schwieg und verbeugte sich vor der Prinzessin, aber er zitterte am ganzen Körper und war totenbleich. Branoic lächelte, wie Bellyra plötzlich auffiel, ausgesprochen boshaft, als hätte er jeden Augenblick von Owaens Zorn genossen.

»Euer Hoheit«, Branoic verbeugte sich tief, »Euer Gatte hat mir eine wunderbare Gunst erwiesen, und ich möchte auch Euch dafür danken. Ich weiß, daß Ihr mit ihm darüber gesprochen habt, mir Ländereien zu übergeben.«

»Ja, das habe ich, und ich freue mich für Euch.« Dann wandte sie sich mit ihrem freundlichsten Lächeln Owaen zu. »Aber was stört Euch daran, Hauptmann?«

»Verzeiht mir, Euer Hoheit, aber Euer Mann will ihn auch zum Lord machen.«

»Selbstverständlich.«

»Aber das Wappen ... verzeiht mir ... Ihr würdet es nicht verstehen, Euer Hoheit.«

»Ihr Götter!« warf Maddyn ein. »Hat er Branno etwa die Adler zurückgegeben?«

»Ja.« Owaen zwang sich das Wort nur mit Mühe heraus. »Genau das.«

Branoic legte den Kopf zurück und lachte laut. Mit einer einzigen geschmeidigen Bewegung drehte sich Owaen um und schlug ihn so fest in den Bauch, daß Branoic vornüberkippte. Maddyn packte Owaens Arm, aber er konnte ihn nur kurz festhalten – gerade so lange, wie Branoic brauchte, um wieder Luft zu bekommen.

»Du Bastard!« zischte Branoic.

Owaen schüttelte Maddyn ab und griff an. Branoic schlug ihn mit seiner großen Pranke ins Gesicht, dann holte er mit der anderen aus. Laut brüllend packte Owaen Branoics Hemd mit beiden Händen und schüttelte ihn wie eine Ratte, während Branoic mit den Fäusten auf den Rücken seines Gegners eindrosch. Einen Augenblick schwankten sie hin und her wie Betrunkene, dann stolperte Owaen, und beide stürzten. Ringend rollten sie über die Pflastersteine, traten und schlugen einander. Maddyn konnte nur um sie herumtanzen und auf sie einschreien.

»Hört auf!« brüllte er. »Nicht vor der Prinzessin! Ihr verfluchten Hunde, hört sofort auf!«

»He!« Das war Nevyn, der mit dem Tempo und der Beweglichkeit eines viel jüngeren Mannes über den Hof gerannt kam. »Was beim Höllenfürsten!«

Nevyn riß eine Hand hoch und zog sie dann mit der Geste eines Würfelnden wieder nach unten. Silbrigblaue Flammen schossen aus seinen Fingern und trafen mit Donnergetöse und grellem Licht auf die Pflastersteine. Keuchend ließen die beiden Kämpfer einander los und rollten voneinander weg. Owaen setzte sich auf und rieb sich das rechte Auge, das schon zuschwoll. Maddyn schoß vor und packte Branoic, um ihn von Owaen wegzuziehen, aber Branoic wehrte sich nicht. Er holte tief Luft, dann stand er auf und rieb sich die blutigen, zerkratzten Knöchel, während er nach Luft schnappte. Owaen kam ebenfalls auf die Beine. Ihre weißen Hemden und der Rest von ihnen war dreckverschmiert.

»So«, meinte Nevyn sanft. »Das ist schon besser. Was ist hier eigentlich los?«

»Prinz Maryn hat Branoic heute sein Land zugeteilt«, erklärte Maddyn. »Außerdem gab er ihm das Recht, Adler als Wappen zu benutzen.«

»Und?« fragte Nevyn. »Oh, wartet. Die Fehde. Ihr Götter, Jungs! Wann hat das angefangen? Vor mindestens zehn Jahren!«

Branoic nickte und starrte zu Boden. Owaen wollte etwas sagen, dann wandte er sich plötzlich Bellyra zu und kniete nieder. Blut lief ihm über die Wangen. Sein Gesicht war so bleich, daß es sie an einen Fischbauch erinnerte.

»Ich muß mich entschuldigen, Euer Hoheit«, stotterte Owaen. »Weil ich in Eurer Anwesenheit derart die Nerven verloren habe. Ich wollte Euch nicht beleidigen. Ihr Götter, könntet Ihr Euch vorstellen, mir zu vergeben?«

Wenn sie das nicht tat, begriff Bellyra, würde Prinz Maryn ihn auspeitschen lassen.

»Natürlich vergebe ich Euch«, sagte sie hastig. »Und steht bitte auf, Owaen. Branoic, ich vergebe Euch ebenfalls. Aber es wäre mir lieb, wenn ich so etwas nie wieder mit ansehen müßte.«

»Ihr seid sehr großzügig, Herrin.« Branoic verbeugte sich.

»Ich werde mein Bestes tun, mich nicht mehr vor Euch zu beschämen.«

»Gut. Und nun seid Ihr mir eine Erklärung schuldig. Welche Adler?«

»Es war das Wappen meines Vaters, Euer Hoheit«, erklärte Branoic. »Nicht, daß ich ein legitimer Sohn wäre. Aber als ich mich den Silberdolchen anschloß, hat Owaen mich gezwungen, es von meiner Ausrüstung zu entfernen. Er behauptete, es sähe aus wie sein Zeichen – dieser Falke, mit dem er alles kennzeichnet, was ihm gehört.«

Owaen verschränkte die Arme und starrte wütend das Kopfsteinpflaster an.

»Und nun hat mein Mann Euch ein Adlerwappen gewährt?« Bellyra dachte kurz nach. »Nun, dann wählt doch eine andere Farbe. Das haben die Herolde mit dem Drachenwappen auch getan, oder? Der Clan des Usurpators hat Grün benutzt, also haben wir denselben Drachen genommen, aber in Rot.«

»Herrin, Ihr seid ebenso klug wie schön«, meinte Nevyn. »Branoic?«

»Ein weiser Vorschlag, Euer Hoheit, dem ich sicher folgen werde. Owaens Falke ist rot. Was, wenn ich einen silbernen Adler wähle? Und ich kann die Herolde auch bitten, ihn in die andere Richtung schauen zu lassen.«

»Owaen?« wandte sich Nevyn an den Hauptmann.

»Das ist in Ordnung, Herr.« Endlich blickte Owaen wieder auf. »Ich bitte Euch nochmals um Verzeihung, Euer Hoheit.«

Bellyra winkte den Pagen zu, ihr zu folgen, und wandte sich zum Gehen. In der Tür des Hauptbroch stand Lilli und schirmte die Augen mit einer Hand ab, während sie die Szene auf dem Hof verfolgte. Aber als sie sah, daß Bellyra in ihre Richtung schaute, drehte sie sich schnell herum und verschwand im Schatten. Armes Kind! dachte die Prinzessin. Sie hat immer noch Angst vor mir, und dabei hätte ich sie so gern – wenn sie nicht Maryns Mätresse wäre.

»Ihr hattet beide das sprichwörtliche Glück eines Silberdolchs«, sagte Maddyn. »Der Prinz hätte euch auspeitschen lassen können, weil ihr euch wie ein paar betrunkene Unfreie mitten im Hof geprügelt habt.«

»Das ist wahr«, murmelte Owaen. Vorsichtig betastete er sein verletztes Auge mit schmutzigen Fingern. »Ich wußte nicht, daß die Prinzessin ganz in der Nähe war.«

»Du hättest dich vielleicht vorher umsehen sollen.« Maddyn wandte sich Branoic zu, »und du auch.«

Branoic zuckte mit den Schultern und weigerte sich, ihn anzusehen.

»Owaen?« warf Nevyn ein. »Ihr solltet aufhören, an diesem Auge herumzutasten. Laßt den Wundarzt einen Blick drauf werfen. Sagt ihm, ich hätte ihn gebeten, Euch einen Kräutersud zu brauen, der die Schwellung zurückgehen läßt.«

Owaen zögerte, dann drehte er sich nickend um und ging.

»Also gut, Jungs«, meinte Nevyn. »Ich sollte lieber in mein Zimmer zurückkehren. Ich ...« Er hielt inne, als er Lilli sah, die über das Kopfsteinpflaster auf sie zulief. »Du bist also heruntergekommen? Zweifellos hast du dir Sorgen um deinen Verlobten gemacht.«

»Ja, Herr«, erwiderte Lilli. »Ich hoffe, Ihr nehmt es mir nicht übel.«

»Nein. Das Auswendiglernen kann warten.«

Nevyn überließ Branoic Lillis Fürsorge und ging über den Hof zu dem Seitenbroch, in dem sich sein Turmzimmer befand. Er fragte sich, ob Lilli wohl klar war, daß Branoic ebenso zum Dweomer begabt war wie sie selbst. Sobald der Krieg vorüber und die beiden verheiratet waren, wollte er sie beide unterrichten. Normalerweise konnte ein Dweomermeister immer nur einen Schüler zur Zeit annehmen, aber die Umstände waren wohl kaum als normal zu bezeichnen. Er war Branoic aus einem früheren Leben vieles schuldig: Damals war die Person, die nun ein großer, kräftiger Silberdolch war, nicht nur eine Frau gewesen, sondern Nevyns Verlobte Brangwen. Ich habe sie damals schrecklich verraten, dachte er. Mögen die Großen mir gewähren, daß ich es eines Tages wiedergutmachen kann! Aber obwohl dieser Gedanke die Kraft eines Gebetes hatte, gab es kein Vorzeichen, als läge die Angelegenheit nicht in der Macht der Großen.

Oben im großen Halbrund der Frauenhalle war es warm und gemütlich. Als Bellyra hereinkam, nahm ihre Zofe ihr den Umhang ab, knickste und eilte ins Schlafzimmer davon. Nahe der Feuerstelle, in der ein Feuer knisterte, saßen die Hofdamen der Königin, die sich nun zu ihrer Begrüßung erhoben. Durch die Wand aus Flechtwerk, die die Halle von den Schlafzimmern abteilte, konnte sie hören, wie die Kinderfrau die beiden kleinen Prinzen in den Schlaf sang.

»Euer Hoheit, Ihr seht erschöpft aus«, sagte Degwa. »Haltet Ihr es wirklich für klug, in diesen Türmen herumzuklettern?«

»Sehr unklug«, erwiderte Bellyra. »Aber es ist besser, als über das Kind zu grübeln und sich zu fragen, was geschehen wird, wenn es erst auf der Welt ist.«

Degwa verzog das Gesicht. Bellyra ließ sich auf ihrem gewohnten Sessel am Feuer nieder. Sie saß breitbeinig da, gestützt von Kissen. Degwa setzte sich ihr gegenüber. Elyssa brachte einen gepolsterten Hocker für die Füße der Prinzessin, dann holte sie sich selbst einen Stuhl und stellte ihn daneben.

»Meine arme Prinzessin!« sagte Degwa. »Ihr seht aus, als wäre es Euch sehr unbequem!«.

»Das ist es«, erwiderte Bellyra. »Und ich bin müde.«

»Das liegt daran, daß Ihr zuviel in der Festung herumlauft«, schloß sich Elyssa an. »Denkt Ihr wirklich, daß das eine gute Idee ist, Euer Hoheit?«

»Ihr könntet Euch vollkommen erschöpfen«, fügte Degwa hinzu.

»Ihr habt beide recht«, sagte Bellyra. »Aber es ist so langweilig, den ganzen Tag nur herumzusitzen. Ich weiß nicht, was ich tun werde, wenn ich erst mit meinem Buch fertig bin.«

»Daran hatte ich auch schon gedacht«, meine Elyssa. »Aber vielleicht solltet Ihr einfach mit dem nächsten beginnen. Zum Beispiel über die Heilige Stadt selbst.«

»Immerhin ist sie die älteste Stadt in ganz Deverry«, warf Degwa ein. »Es muß wunderbare Geschichten darüber geben.«

»Und all die Legenden«, fuhr Elyssa fort. »Über König Bran, und wie er die weiße Sau gesehen hat. Das wäre ein schöner Anfang.«

»Das ist wirklich eine gute Idee!« Plötzlich lächelte Bellyra. Sie sah die Seiten förmlich vor sich. »Ich danke Euch.«

Elyssa und Degwa wechselten einen Blick, dann schauten sie zu Boden, als hätten sie diesen Vorschlag schon länger geplant. Bellyra nahm an, sie sollte ihnen dankbar sein. Aber ihr war eher danach zumute, sie anzufauchen, weil sie sie an den Wahnsinn erinnert hatten, der sie nach einer Geburt immer befiel und der nun am Rande ihres Geistes lauerte, wie Braemys' Armee an den Grenzen des Landes ihres Mannes lauerte. Diesmal wird es anders sein, versprach sie sich. Sie wünschte sich nur, daß sie es auch glauben könnte.

Das Schweigen wurde bedrückend. Mit einem kleinen Kopfschütteln stand Degwa auf und ging zur Feuerstelle. Im Feuerlicht glitzerte die silberne Brosche an der linken Schulter ihres Kleides.

»Es ist kein Feuerholz mehr da, Euer Hoheit. Soll ich eine der Dienerinnen nach mehr schicken?«

»Ja, bitte«, erwiderte Bellyra. »Aber wartet! Was ist das da an Eurem Kleid, Decci?«

»Ein kleines Geschenk.« Degwa lächelte und wandte den Blick ab. »Von einem Bewunderer.«

»Doch nicht Berater Oggyn?« Bellyra klatschte in die Hände. »Eine hübsche Brosche.«

»Ja«, warf Elyssa ein. »Ist das echtes Glas?«

»Ja.« Degwas Wangen hatten eine angenehm rosige Farbe angenommen.

Elyssa und Bellyra tauschten einen anzüglichen Blick, der Degwa kichern ließ.

»Wenn er nur ein Adliger wäre!« sagte Degwa. »Ich kann ihn ansonsten ja kaum als echten Bewerber betrachten.«

»Also wirklich!« tadelte Bellyra. »Nach all den guten Diensten, die er dem Prinzen geleistet hat – wer könnte es Euch übelnehmen, wenn Ihr ihn heiratetet würdet?«

Wieder errötete Degwa. Sie war kein junges Mädchen mehr, aber sicher auch noch keine alte Frau. Mit ihrem dunklen, lokkigen Haar und den schönen dunklen Augen war sie trotz des ein wenig schmalen Mundes und schwachen Kinns gut anzusehen.

»Ich werde mich Eurer erbarmen, Decci«, meinte Elyssa, »und das Thema wechseln. Wo wir gerade von Schmuck sprechen, Euer Hoheit – ich bin heute früh, nachdem ihr gegangen wart, in der großen Halle Otho dem Schmied begegnet. Er hat nach Euch gefragt und sendet seine untertänigsten Grüße.«

»Wie freundlich von ihm. Ich hoffe, Ihr habt ihm gesagt, daß es mir gutgeht.«

»Ja.«

»Gut. Ich hatte nie Probleme mit der Schwangerschaft und der Geburt. Nur nachher.«

»Oh, bitte nicht!« Elyssa beugte sich vor und legte eine

Hand auf Bellyras Arm. »Denkt bitte nicht daran. Laßt es einfach bleiben.«

»Ihr habt recht. Ich werde es versuchen.«

Bellyra hätte nicht sagen können, ob es die Erwähnung Othos gewesen war, die sie auf die Idee brachte, aber an diesem Nachmittag fiel ihr ein, daß sie Maddyn etwas schenken sollte – eine Kleinigkeit, wie sie Königinnen oft bevorzugten Höflingen schenkten, damit sie ihnen im Krieg Glück brachten. An diesem Abend ließ sie Otho rufen und sprach mit ihm vor der Tür zur Frauenhalle, während ihre Hofdamen um der Züchtigkeit willen neben ihr standen.

»Ich möchte meinem Barden eine Nadel schenken, die zu diesem silbernen Ring paßt«, erklärte Bellyra dem Schmied. »Eine mit einem Rosenmuster.«

»Das ist kein Problem, Euer Hoheit«, sagte Otho. »Ich habe immer noch ein wenig Silber übrig von der ... äh, nun ja, sagen wir einfach, ich habe es gefunden, nachdem Euer Gatte Dun Deverry eingenommen hat.«

»Ich will gar keine Einzelheiten wissen.«

»Das ist gut so, Euer Hoheit. Ich mache mich gleich an die Arbeit.«

»Ich danke Euch, guter Schmied.«

Lächelnd verbeugte sich Otho und stapfte dann den Flur zur Treppe entlang. Degwa wartete, bis er außer Hörweite war.

»Euer Barde, Euer Hoheit?« Degwa zog die Brauen hoch.

»Nun, eigentlich der meines Mannes, aber mein Mann war derjenige, der ihm aufgetragen hat, mein Leibwächter zu sein.«

»Selbstverständlich.« Plötzlich errötete Degwa. »Ich, äh, ich werde jetzt nachsehen, ob die Dienerinnen Euer Schlafzimmer gefegt haben. Ich habe sie schon länger darum gebeten, und ich hoffe, daß sie es endlich erledigt haben.«

Degwa drehte sich um und eilte zurück in die Frauenhalle.

Bellyra und Elyssa wechselten einen Blick und folgten ihr dann.

An einem feuchten, kühlen Morgen versammelten sich Prinz Maryn und seine Berater im Haupthof. Bei ihnen war auch der junge Prinz Riddmar, Maryns Halbbruder, an den das Rhan von Cerrmor fallen würde, sobald Maryn König wurde. Riddmar war ein schlanker Junge, blond und grauäugig wie sein Bruder, und er hatte dasselbe strahlende Lächeln. Auf Nevyns Drängen hin hatte Maryn den Jungen als eine Art Schüler angenommen, was die Staatskunst anging. Riddmar begleitete den Prinzen überallhin, lauschte und beobachtete, während Maryn sich darauf vorbereitete, die Herrschaft über ganz Deverry zu übernehmen.

An diesem Morgen schickte Maryn eine Botschaft an den Rebellenlord Braemys. Ein letztes Mal bot der Prinz ihm an, ihm zu verzeihen, wenn Braemys ihm die Treue schwor – sowohl in den Augen des Prinzen als auch seiner Berater ein geringer Preis. Gavlyn, der oberste Herold des Prinzen, kniete zu Maryns Füßen. Er würde die Botschaft persönlich überbringen, statt sie einem seiner Männer anzuvertrauen.

»Seine Wachen warten am Tor, mein Lehnsherr«, sagte Nevyn. »Ich habe mir die Freiheit genommen, unserem Herold eine Eskorte mitzugeben. Die Straßen sind unsicher.«

»Ich dachte, Braemys hätte alle Banditen in seine Armee aufgenommen.«

»Er hat es angeboten. Wer weiß schon, wie viele darauf eingegangen sind?«

»Das ist ein gutes Argument. Sie mißtrauen ihm vielleicht ebenso wie mir.«

Nevyn hielt eine lange Silberröhre in der Hand, welche die Botschaft des Prinzen enthielt, und deutete damit vage zum Himmel. »Ich würde ja zu den Göttern beten, daß Braemys

Euer Angebot annimmt, aber es wäre nur Zeitverschwendung.«

Vierzehn Tage später kehrte der Herold zurück und bestätigte, daß Nevyn recht gehabt hatte. Nach der Mittagsmahlzeit saß Nevyn noch mit den beiden Prinzen am Ehrentisch, als Gavlyn in die große Halle kam, immer noch seinen mit Bändern verzierten Stab in Händen. Maryn erhob sich und winkte ihn herbei.

»Ich bin zu ungeduldig, ihn von einem Pagen herholen zu lassen«, meinte Maryn grinsend. »Sobald ich König bin, werde ich wohl mehr auf Förmlichkeit achten müssen.«

Nevyn nickte zustimmend, sagte aber nichts. Er beobachtete, wie Gavlyn sich an den Tischen vorbeidrängte. Er bewegte sich rasch und fauchte Diener an, die ihm im Weg standen. Er war zorniger, begriff Nevyn nun, als er den Herold je gesehen hatte. Wenn er vorbeikam, unterbrachen die Männer an den Tischen ihre Gespräche, so daß es schien, als hätte er sie mit einem Zauberbann belegt. Als er schließlich den Ehrentisch erreichte, wartete die gesamte große Halle, Reiter, Diener, ja sogar die Hunde, in tödlichem Schweigen auf seine Nachricht. Als er dazu ansetzte, sich niederzuknien, bedeutete Maryn ihm mit einer Geste, das zu unterlassen.

»Bleibt lieber stehen«, sagte er Prinz. »Eure Stimme wird auf diese Weise besser zu hören sein.«

»Zu Befehl, mein Lehnsherr.« Gavlyn wandte sich der wartenden Menge zu und räusperte sich.

Maryn griff nach seinem Bierkrug und trank einen Schluck. Gavlyn hob den Stab.

»Lord Braemys, Regent für den noch minderjährigen Lwvan, Gwerbret Cantrae, entbietet Grüße und sendet folgende Botschaft.« Gavlyn hielt inne, als müsse e sich erst fassen. »Er sagt: Mein Mündel, Lwvan vom Eberclan, ist der nächste lebende Verwandte König Olaens, einstmals rechtmäßiger König von ganz Deverry, nun verstorben, ermordet von dem Usurpator oder seinen Männern. Daher ist Lwvan, Gwerbret Cantrae, der wahre Erbe Dun Deverrys. Lord Braemys verlangt, daß Maryn, Gwerbret Cerrmor, die Festung in guter Ordnung hält, bis Lwvan sie an Beltane übernehmen wird.«

Maryn schloß die Hand so fest um den Bierkrug, daß seine Knöchel weiß wurden. »Gibt es noch mehr?« Maryns Stimme klang fest.

»Nein, mein Lehnsherr. Und ich muß zugeben, ich halte es für mehr als genug.«

Gavlyn senkte den Stab und stieß einmal damit auf den Boden. Seine Zuhörer brachen in wütendes Geschrei aus. Die Reiter fluchten und schimpften, die Diener redeten aufeinander ein, die Botschaft wurde immer wieder ungläubig wiederholt. Mit einer letzten Verbeugung verließ Gavlyn das Podest, auf dem der Ehrentisch stand. Maryn stand auf, warf Nevyn einen Blick zu und ging dann auf die Treppe zu. Der junge Riddmar sprang auf und eilte ihm hinterher. Nevyn folgte langsamer, und am Fuß der Treppe gesellte sich auch Oggyn zu ihm.

»Diese Dreistigkeit«, fauchte Oggyn. »Mein Prinz ...«

Maryn drängte sich an ihm vorbei und eilte nach oben, immer zwei Stufen auf einmal nehmend, so daß Riddmar Schwierigkeiten hatte, ihm zu folgen. Nevyn ließ Oggyn und den Jungen vorgehen, hielt noch einmal inne und warf einen Blick auf die Menge in der großen Halle. Nach einiger Zeit entdeckte er Owaen und Maddyn, die an der Feuerstelle der Reiter standen. Es war nicht einfach, ihre Aufmerksamkeit auf sich zu ziehen, aber endlich schaute Maddyn in seine Richtung.

»Du und Owaen«, rief Nevyn, »kommt mit.«

Sie fanden den Prinzen im Ratszimmer, wo er neben Oggyn

am Kopf des langen Tisches stand. Die Nachmittagssonne schien auf das polierte Holz und vergoldete die Pergamentkarten, die darauf lagen. Mit einer glatten, fließenden Bewegung zog Maryn den Tischdolch und stach ihn in eine Karte, direkt durch das Zeichen, das für Cantrae stand.

»Dieser arrogante kleine Bastard«, sagte Maryn, immer noch mir ruhiger Stimme. »Dafür will ich seinen Kopf auf einer Speerspitze.«

Niemand sagte etwas. Mit einem Achselzucken zog der Prinz den Dolch wieder heraus und steckte ihn ein, dann wandte er sich den anderen mit seinem üblichen strahlenden Lächeln zu.

»Lord Braemys hat zweifellos vor, mich zu verärgern«, sagte Maryn. »Ein zorniger Mann geht dumme Risiken ein.«

»Das stimmt wohl, mein Lehnsherr.« Oggyn verbeugte sich vor ihm. »Sehr gut gesagt.«

»Was mich am meisten bedrückt«, fuhr Maryn fort, »war diese Bemerkung über den armen kleinen Olaen. Ihr Götter, wenn ich jemals herausfinde, wer dieses Kind ermordet hat, werde ich den Betreffenden aufhängen.«

Nevyn wandte seine Aufmerksamkeit Oggyn zu, der sich anstrengen mußte, weiterhin ausdruckslos dreinzuschauen, obwohl ihm der Schweiß ausgebrochen war. Zum Glück für Oggyn wandte sich Prinz Maryn ab und ging auf die Tür zu.

»Ich muß ein paar Stunden allein sein, meine Herren«, erklärte Maryn, »um mich zu fassen. Wir werden uns später am Nachmittag zusammensetzen.«

Die Tür fiel hinter ihm ins Schloß. Als Riddmar dazu ansetzte, ihm zu folgen, legte ihm Nevyn die Hand auf die Schulter und hielt ihn zurück. Oggyn stieß ein halb schluchzendes Geräusch aus, das ihm einen neugierigen Blick Riddmars einbrachte.

»Ah, äh, nun gut«, sagte Oggyn, »ich weiß nie, was ich sagen soll, wenn Seine Hoheit so die Nerven verliert. Ich gebe zu, daß es mir angst macht.«

»Mir auch«, erklärte Riddmar.

»Das ist, weil es nur so selten geschieht«, sagte Nevyn. »Nun, Silberdolche, es tut mir leid, daß ich Euch von Eurem Essen weggeholt habe. Prinz Riddmar? Ich schlage vor, Ihr geht mit den Hauptleuten Eures Bruders.«

»Ja, Herr«, erwiderte Riddmar. »Owaen unterrichtet mich ohnehin im Schwertkampf. Wir könnten eine Unterrichtsstunde einlegen.«

»Gute Idee«, meinte Owaen. »Komm, Maddo.«

Die Silberdolche gingen und nahmen den Jungen mit. Nachdem die Tür hinter ihnen zugefallen war, sackte Oggyn auf einen Stuhl und schlug beide Hände vor das kreidebleiche Gesicht. »Wenn er den kleinen Olaen am Leben gelassen hätte«, sagte er in die Handflächen, »dann hätte der Krieg niemals ein Ende genommen.«

»Das weiß ich ebensogut wie Ihr«, erwiderte Nevyn.

Mit einem Stöhnen senkte Oggyn die Hände und starrte zu Boden. Nevyn hätte gerne darauf hingewiesen, daß Oggyn dem Prinzen lieber hätte raten sollen, den Prinzen legal hinzurichten, statt den Jungen zu vergiften, aber er hielt den Mund. Er hatte sich entschieden zu schweigen, als die Tat geschehen war. Es wäre unerträglich selbstgerecht, das Thema jetzt wieder aufzugreifen.

»Wir sollten lieber in die große Halle zurückkehren«, sagte Nevyn. »Wir haben beide Pflichten, um die wir uns kümmern müssen.«

Lilli saß in ihrem sonnigen Zimmer am Tisch und las im Dweomerbuch, als der Prinz hereinkam. Er schlug die Tür hinter sich zu und lehnte sich dann dagegen, die Hände hinter dem Rücken. Er hatte den Mund fest zusammengekniffen, und sein Blick war so kalt wie Sturmwolken. Lilli klappte das Buch zu und stand auf, um vor ihm zu knicksen.

»Was beunruhigt Euch, mein Prinz?«

»Dein verfluchter Vetter Braemys.« Maryn hielt inne und sah sie mit kaltem Blick an. »Dein Verlobter.«

»Er ist nicht mehr mein Verlobter.«

»Er war es einmal. Ich frage mich, ob er seine Rechte jemals in Anspruch genommen hat.«

»Nie! Ich habe nie mit ihm geschlafen.«

»Anders als mit ...« Maryn brach ab.

Sein Blick war so kalt wie Stahl im Winter. Unwillkürlich wich Lilli einen Schritt zurück. Er regte sich nicht, sagte kein Wort, betrachtete sie nur, als hätte er ihr am liebsten die Haut abgezogen, um die Seele zu erkennen, die darunter lag.

»Warst du froh, als sie euch verlobt haben?« fragte Maryn schließlich.

»Er war besser als die anderen Kandidaten, von denen meine Onkel gesprochen hatten. Onkel Tibryn wollte mich mit Lord Nantyn verheiraten.«

Bei dieser Bemerkung entspannte sich Maryn ein wenig. »Wenn ich ein Mädchen wäre«, meinte er, »würde ich lieber einen Küchenjungen heiraten als Nantyn.«

»Das ging mir ebenso.«

»Zweifellos wirkte Braemys im Vergleich zu ihm wie ein Prinz.« Maryn löste sich von der Tür und kam auf Lilli zu. »Aber er weigert sich, mir die Treue zu schwören.«

»Das hatte ich schon befürchtet.«

»Ich auch.«

Maryn zögerte, betrachtete sie nachdenklich, dann legte er ihr die Hände auf die Wangen. »Liebst du mich, Lilli?«

»Ja.«

»Mit ganzem Herzen?«

»Ja!«

Maryn beugte sich vor und küßte sie. Lilli schlang die Arme um seinen Hals und erwiderte den Kuß. Wenn sie zusammen waren, kam es ihr so vor, als hätte sie nie jemanden so sehr geliebt wie ihren Prinzen.

»Kannst du eine Weile bleiben?« flüsterte sie. »Bitte?«

»Ich sollte es eigentlich nicht tun. Ich wollte dich nur wegen Braemys fragen, das war alles. Ihr Götter, ich komme mir manchmal halb verrückt vor, wenn ich an dich denke.«

Beinahe hätte sie geweint, nur weil er gehen wollte, aber dann küßte er sie abermals.

»Ich werde am Abend zurückkehren«, flüsterte er. »Halte mich bis dahin in deinem Herzen.«

Bevor Lilli noch etwas sagen konnte, drehte er sich um und rannte aus dem Zimmer. Die Tür fiel so fest hinter ihm ins Schloß, daß sie bebte. Trotz der Frühlingssonne, die durchs Fenster hereinfiel, war ihr kalt. Es ist, als wäre ich ebenfalls halb verrückt, dachte sie. Plötzlich wollte sie nicht mehr allein sein.

Lilli verließ ihr Zimmer und machte sich auf dem Weg zur Küchenhütte hinter dem Brochkomplex. Da sie Angst hatte, Bellyra zu begegnen, hatte sie sich angewöhnt, hin und wieder Mahlzeiten direkt aus der Küche zu holen, aber der einzige Weg aus dem Hauptbroch führte durch die große Halle. Lilli blieb auf der Wendeltreppe stehen, sah keine Spur von Bellyra und schlich sich dann nach unten, immer in den Schatten nahe der Mauer. Als sie die letzte Stufe erreicht hatte, kam Degwa auf sie zu, so abgelenkt, daß sie beinahe mit Lilli zusammengestoßen wäre. Am Kleid der Hofdame glitzerte eine Silberbrosche mit Glassteinen.

»Entschuldigung«, sagte Degwa.

»Bitte«, erwiderte Lilli. »Wie geht es der Prinzessin?«

Degwa wandte den Blick ab und stolzierte vorbei, ohne

noch ein Wort zu sagen. Lilli schluckte die Tränen hinunter und lief nach draußen. Sie hatte gehofft, Nevyn in seiner Kammer zu finden, aber gerade, als sie den Seitenbroch erreicht hatte, kam er heraus, in seine besten grauen Brigga und ein sauberes Hemd gekleidet.

»Was ist denn?« fragte Nevyn. »Du siehst krank aus.«

»Es geht mir auch nicht gut«, erwiderte Lilli. »Aber nicht wegen meiner Lunge, Herr. Es ist nur eine Frauensache. Ich will Euch nicht aufhalten. Ich sehe schon, daß Ihr in wichtigen Angelegenheiten unterwegs sein.«

»Ich komme gerade aus dem Tempel des Bel zurück, wenn du meine Kleidung meinst. Nun – was ist los?«

»Es ist Degwa. Sie hat mich in der großen Halle gerade einfach übersehen, aber das ist noch nicht das Schlimmste. Ist Euch die Brosche aufgefallen, die sie heute trägt?«

»Ja.« Nevyn sah sie fragend an. »Was ist damit?«

»Sie gehörte meiner Mutter.«

Nevyn spitzte die Lippen, als wollte er einen Pfiff ausstoßen.

»Jemand muß ihre Räume geplündert haben, als die Belagerung zu Ende ging«, fuhr Lilli fort. »Und derjenige hat Decci jetzt die Brosche gegeben.«

»Ich könnte wetten, daß ich weiß, wer es war«, meinte Nevyn. »Berater Oggyn hat einige von den Sachen deiner Mutter. Er hat mir das Dweomerbuch zurückgegeben, aber zweifellos hat er den Rest behalten. Willst du die Brosche haben?«

»Nein, aber befürchtet Ihr nicht, es könnte ein Fluch darauf liegen?«

»Das wäre schon möglich. Es gehört sich nicht, schlecht von den Toten zu sprechen, aber ich fürchte, deine Mutter verleitet mich zu solchen Dingen. Es gibt bestimmte Zauber, die einen gewöhnlichen Gegenstand zu einem Talisman machen können. Dieses elende Fluchtäfelchen zum Beispiel, wie dir zweifellos klar ist. Es ist gut möglich, daß deine Mutter einen schwächeren Zauber auf ihren Schmuck gelegt hat, damit er allen schadet, die ihn stehlen.«

»Ich verstehe. Aber ich wage nicht, Decci danach zu fragen.«

»Überlaß das mir. Ich kann mich allerdings nicht sofort darum kümmern. Ich muß für eine Weile zum Prinzen. Wir werden den offiziellen Aufruf zu den Kämpfen dieses Sommers verfassen. Morgen früh reiten die Boten zu den Verbündeten.«

»Aha.« Aus lauter Angst hätte sich Lilli fast übergeben. »Ihr Götter, ich hoffe, daß dieser Sommer der letzte Kriegssommer sein wird.«

»Ich ebenfalls.« Nevyn seufzte. »Ich ebenfalls.«

Der Prinz hatte schon so oft seine Vasallen zusammengerufen, um mit ihnen in den Krieg zu ziehen, daß jetzt alles sehr schnell vonstatten ging. Nevyn schlug ein paar geschliffene Worte vor, der Schreiber fertigte die erste Kopie aus, Nevyn las sie laut vor, und der Prinz erklärte sich einverstanden. Nevyn und Maryn überließen die Schreiber ihrer Aufgabe, die Botschaft mehrere Dutzend Male zu kopieren, und gingen zusammen auf den Hof hinaus. Die Sonne stand niedrig am Himmel und warf langgezogene Schatten auf die Pflastersteine. Prinz und Berater stiegen auf die Wehrgänge, die die Hauptmauer des inneren Hofs umgaben, stützten sich auf die Mauer und schauten den langgezogenen Abhang des grasbewachsenen Hügels hinunter.

»Ich brauche Euren Rat«, sagte Maryn. »Ich wollte nicht in seiner Gegenwart fragen und den Jungen in Verlegenheit bringen, aber es geht um Riddmar.«

»Laßt mich raten. Er will mit uns in den Kampf ziehen.«

»Genau.« Maryn grinste Nevyn an. »Sein Mut imponiert

mir, aber ich will nicht, daß er stirbt, bevor er auch nur erwachsen wurde.«

»Ein gutes Argument, Euer Hoheit. Wir brauchen ihn in Cerrmor. Tatsächlich würde ich vorschlagen, daß ihr ihm genau das erzählt.«

»Seine Sicherheit ist zu wichtig für den Frieden im Königreich? So etwas?«

»Genau. Es hat den Vorteil, der Wahrheit zu entsprechen. Ich erinnere mich daran, wie Ihr in seinem Alter wart. Wann immer jemand Euch sagte, Ihr wäret zu jung für etwas, wolltet ihr es erst recht.«

Maryn nickte und lächelte bedauernd. »Und mein alter Lehrer gibt mir immer noch die besten Ratschläge«, sagte er schließlich. »Ich danke Euch.«

»Keine Ursache. Ich muß zugeben, daß ich mich nicht sonderlich darauf freue, wieder loszuziehen.«

»Zweifellos nicht. Ich werde allerdings froh sein über die Ablenkung.«

»Ablenkung?«

Maryn lehnte sich wieder auf die Mauer und schaute ins Nichts. Nevyn wartete, dachte daran, noch einmal zu fragen, dann ging er davon aus, daß Maryn ihm schon sagen würde, was ihn bedrückte, wenn er soweit war.

Nachdem er sich vom Prinzen verabschiedet hatte, ging Nevyn direkt in die Frauenhalle, die er dank seines hohen Alters betreten durfte, ohne gegen die Schicklichkeit zu verstoßen. Er hatte das Glück, Bellyra allein zu finden, die auf einem Sessel am Fenster saß. Sie hatte die Füße hochgelegt, sich zurückgelehnt und die Hände auf dem Bauch gefaltet.

»Es sieht so aus, als würdet Ihr das Kind bald bekommen«, meinte Nevyn.

»Die Hebamme sagt, es dauert noch mindestens einen Mond – ich selbst wette auf zwei. Es ist so groß, daß es ein weiterer Sohn sein muß. Gräßlich. Setzt Euch doch, Nevyn. Was bringt Euch zu mir?«

Nevyn hockte sich auf das breite Fensterbrett. »Wo ist Degwa im Augenblick?« fragte er.

»Ich weiß es nicht. Wenn Ihr einen Pagen ruft, dann werde ich ihn nach ihr suchen lassen.«

»Das ist nicht notwendig. Ich möchte nur mit Euch über sie sprechen. Oder genauer gesagt über diese Brosche, die Berater Oggyn ihr gegeben hat.«

»Ihr habt sie bemerkt? Ein hübsches Stück, nicht wahr?«

»Sie gehörte Lady Merodda.«

»Wem? Oh, wartet – meint Ihr die Zauberin, die ein paar Leute vergiftet hat?« Bellyra zögerte kurz. »Lillis Mutter.«

»Ja. Ich erwähne Lilli nur ungern ...«

»Ihr braucht Euch nicht zu entschuldigen. Es tut mir wirklich leid, daß ich so wütend auf sie war. Es ist wohl kaum ihr Fehler. Maryn kann sehr überzeugend sein, und Lilli ist sehr hübsch und sehr jung.« Sie lehnte den Kopf gegen die hohe Sessellehne und schien die Deckenbalken zu betrachten. »Ich nehme an, Männer sind einfach so.«

Nevyn gab ein vages Geräusch von sich.

»Aber was diese Brosche angeht.« Bellyra sah ihn wieder an. »Will Lilli sie zurückhaben?«

»Nicht im geringsten. Ich befürchte nur, es könnte ein Fluch darauf liegen.«

»Wie auf diesem anderen schrecklichen Ding? Dem Bleitäfelchen?«

»So etwas Ähnliches. Wahrscheinlich nicht so stark, aber selbst ein wenig Böses ist zuviel. Ich könnte ihn vielleicht brechen – den Bann, meine ich –, wenn Lady Degwa mir die Brosche für einen Abend überläßt. Immer vorausgesetzt, die Brosche ist tatsächlich verzaubert.«

Nevyn bekam die Gelegenheit, die Brosche zu untersuchen,

eine Weile später, als Degwa mit einem Korb mit frischgebackenem Brot und einem Schälchen Butter für die Prinzessin zurückkehrte. Sie knickste vor Nevyn, so gut sie das mit vollen Händen eben konnte, dann stellte sie Korb und Schale auf einem kleinen Tisch nahe Bellyras Sessel ab.

»Möchtet Ihr auch ein wenig Brot, Lord Nevyn?« fragte Degwa.

»Nein danke.«

Degwa zog ihren Tischdolch und begann, ein Stück von dem runden Laib abzuschneiden. »Euer Hoheit? Es ist noch warm und sehr lecker.«

»Es riecht wunderbar«, sagte Bellyra. »Bitte streicht Butter darauf, und nicht zu sparsam.«

Degwa lächelte und tat, worum die Prinzessin sie gebeten hatte. Sobald Bellyra ihr Brot hatte, zog Degwa sich einen weiteren Sessel heran und setzte sich Nevyn gegenüber

»Ihre Hoheit sieht recht gut aus«, sagte Nevyn. »Ihr und Elyssa kümmert Euch gut um sie.«

»Ich danke Euch, Herr. Wir versuchen es.«

»Trotz meiner widerwärtigen Angewohnheit, mich überall in der Festung herumzutreiben?« warf Bellyra lächelnd ein.

»Äh, nun, Euer Hoheit, ich würde es nicht als widerwärtig bezeichnen. Vielleicht besorgniserregend.«

Bellyra lachte und biß von ihrem Brot ab.

»Das ist eine hübsche Brosche«, sagte Nevyn zu Degwa. »Darf ich sie einmal sehen?«

»Sicher.« Degwa löste die Brosche vom Kleid. »Ein Geschenk von einem Bewunderer.«

Sie reichte Nevyn die Brosche, und der alte Mann betrachtete sie genau: ein flaches Band aus Silber, das zu einem Knoten gebogen und mit zwei Stücken Rubinglas verziert war. Es beunruhigte ihn, wie sie sich anfühlte, und während sich die beiden Frauen weiter unterhielten, betrachtete er das Schmuckstück mit dem Dweomerblick. Obwohl Metalle selbstverständlich keine Aura haben, strahlte die Brosche einen schwachen grauen Nebel aus, der sich um die Fassungen der Glassteine verdickte. Als er die Brosche umdrehte, entdeckte er eine kleine Markierung an einem Ende des Bandes: den Buchstaben A, den ersten Buchstaben des Wortes für Eber. Er hatte schon zuvor gesehen, daß die Brüder aus Cantrae dies als Clanzeichen benutzten.

Obwohl er Degwa nicht gern die Freude an dem Geschenk verdarb, schätzte er ihre Sicherheit höher. Er kehrte wieder zur normalen Sichtweise zurück.

»Wie seltsam«, sagte er. »Die Brosche scheint einmal Lillis Mutter gehört zu haben.«

»Wie?« Degwa beugte sich vor. »Woher wißt Ihr das?«

»Ihr Zeichen befindet sich auf der Rückseite. Es ist allerdings ziemlich klein.«

Degwa nahm die Brosche zurück und hielt mit großer Geste nach der Markierung Ausschau, aber wie viele Frauen ihres Standes hatte sie sich mit langen Jahren von feinster Nadelarbeit die Augen verdorben. Endlich gab sie schulterzuckend auf.

»Wenn Ihr es sagt, Herr«, meinte sie, und Enttäuschung zitterte in ihrer Stimme mit. »Ich wünschte, es wäre nicht so. Wir haben von den Dienern schon viel zuviel über diese Frau gehört, seit wir hierhergekommen sind.«

»Ich könnte mich irren«, meinte Nevyn. »Würde es Euch stören, wenn ich sie Lilli zeigte? Sie wird es sicherlich wissen.«

»Wenn das Eberzeichen darauf ist, will ich sie nicht.« Degwa hielt die Brosche hoch und warf sie dann Nevyn zu. »Von mir aus kann der Silberschmied sie einschmelzen.«

»Aber Decci«, warf Bellyra ein. »Es ist immer noch ein schönes Schmuckstück, und Oggyn ...«

»Ich werde mit dem Berater darüber sprechen«, erklärte

Degwa. »Ich muß sagen, es spricht nicht für ihn, daß er einer Freundin ein Geschenk aus Kriegsbeute macht, und noch dazu eines, das ihren eingeschworenen Feinden gehörte.«

»Ach, kommt schon«, sagte Bellyra. »Ich habe viele wunderschöne Dinge, die Maryn als Lösegeld für den einen oder anderen Lord erhalten hat.«

»Ich versichere Eurer Hoheit, daß ich Euch nicht beleidigen wollte.« Degwa wurde ein wenig rot. »Aber ich kann wirklich nichts akzeptieren, das aus dem Stall des Eberclans stammt.«

Damit erhob sich Degwa und rauschte hinaus und überließ Nevyn die Brosche. Als die Tür hinter ihr ins Schloß fiel, verzog er das Gesicht.

»Es tut mir leid, Euer Hoheit«, sagte Nevyn. »ich habe das wohl gründlich verdorben.«

»Das ist immer noch besser, als daß sie eine Brosche mit einem Fluch trägt«, meinte Bellyra. »Ich nehme an, daß sie tatsächlich verflucht ist, denn sonst hättet Ihr nicht diese Geschichte erfunden, daß Ihr sie Lilli zeigen wolltet.«

»Ja. Und das habe ich nun von meinen Lügen.«

»Es war nicht wirklich eine Lüge. Ihr habt die Wahrheit vielleicht ein wenig gedehnt. Aber die arme Decci! Sie verliert immer die Nerven, wenn es um die Eber geht.«

Nachdem Nevyn an diesem Abend die große Halle verlassen hatte, folgte ihm Oggyn, wobei er nervös an seinem Bart zupfte und sich immer wieder räusperte. Sie gingen ein Stück auf den Hof hinaus, wo sie nicht belauscht werden konnten.

»Ein Wort mit Euch, wenn Ihr es erlaubt«, sagte Oggyn.

»Sicher. Hat Degwa Euch von der Brosche erzählt?«

»Das hat sie. Ich fürchte, ich habe sie sehr erzürnt.«

Nevyn erwartete, daß der Berater zornig auf ihn war, aber Oggyn schaute eher elend drein. Er schob die Hände in die Taschen der Brigga und trat mit der Stiefelspitze gegen einen lockeren Pflasterstein.

»Es tut mir leid«, sagte Nevyn. »Aber auf der Brosche liegt eine Art Bann, deshalb konnte ich sie sie nicht weitertragen lassen.«

»Bei den Göttern! Daran hätte ich nie gedacht.« Oggyn riß den Kopf hoch. »Diese Merodda ...«

»Genau. Wenn ich etwas vorschlagen dürfte – bevor Ihr das nächste Mal etwas aus dem Besitz der Dame weitergebt, würdet Ihr mich den Gegenstand vorher anschauen lassen? Diese Dinge gehören dem Eroberungsrecht entsprechend natürlich Euch, aber nur für den Fall ...«

»Oh, ich verstehe. Ich werde es ganz bestimmt tun.« Oggyn seufzte tief. »Das wahre Problem besteht darin, daß es mir immer an Geld fehlt, und selbst wenn ich welches hätte, wo sollte ich einen Schmied finden, um Lady Degwa ein neues Schmuckstück machen zu lassen?«

»Otho ist ein wenig geschickter als die Silberschmiede von Cerrmor.«

»Ich will mit den Silberdolchen nichts zu tun haben.« Oggyns Blick war eisig geworden. »Ich danke Euch für die Warnung.«

Der Berater drehte sich auf dem Absatz um und stapfte mit hocherhobenem Kopf davon. Ihr Götter, dachte Nevyn. Ein schönes Paar.

Nevyn brachte die Brosche zu Lillis Zimmer, wo er seine Schülerin am Tisch sitzend fand. Vor sich hatte sie im Licht der Kerzen eines silbernen Leuchters das Dweomerbuch aufgeschlagen.

»Ist das denn hell genug zum Lesen?« fragte Nevyn.

»Eigentlich nicht.« Lilli hielt inne und rieb sich mit beiden Händen die Augen. »Ich habe ziemliche Kopfschmerzen bekommen.« Sie schloß das Buch und schob es zur Seite. »Was bringt Euch zu mir?«

»Ich dachte, du wolltest dir vielleicht einmal diese Brosche ansehen. Sie hat tatsächlich einen schwachen Schutzzauber.«

Als er das Schmuckstück auf den Tisch legte, beugte sich Lilli vor, um es näher anzusehen, behielt die Hände aber im Schoß. »Ich kann mich erinnern, daß meine Mutter die getragen hat«, sagte sie schließlich. »Es war ein Geschenk von Onkel Tibryn.«

»Kannst du den Dweomer darauf erkennen?«

»Ja. Es sieht wie Fett aus, schmutziges Küchenfett.«

»Ah. Ich sehe es als eine Art grauen Nebels. Erinnerst du dich, was ich dir darüber gesagt habe, daß dunkler Dweomer Schatten wirft?«

»Ja. Und daß die Schatten für unterschiedliche Personen unterschiedlich aussehen. Es ist gut, daß Ihr Degwa die Brosche abgenommen habt. Es muß etwas Unangenehmes sein, obwohl ich nicht sagen kann, worin der Fluch besteht.«

»Ich ebenfalls nicht, aber versuchen wir, ihn loszuwerden.«

Nevyn hob die Hand hoch über den Kopf und beschwor dann das silberne Licht herauf. In seinem Geist sah er es wie ein Rinnsal von Wasser aus der Astralebene fließen. Er konzentrierte sich auf dieses Bild, machte es deutlicher, verstärkte es mit seiner Phantasie und brachte es mit einem einfachen Wort der Macht auf die physische Ebene. Es wirbelte um seine Hand und brannte wie eine Fackel, aber ohne jeden Rauch. Er hörte Lilli keuchen und wußte, daß sie es ebenfalls sah.

»Weiche!« Nevyn riß die Hand nach unten und zeigte auf die Brosche. Silbernes Feuer ergoß sich auf das Metall und verschwand dann.

»Er ist verschwunden!« sagte Lilli. »Der Schatten, meine ich.«

»Gut. Es war en schwacher Fluch, also hat es nicht viel gebraucht, um ihn zu bannen. Anders als bei diesem elenden Täfelchen.«

Lilli streckte die Hand nach der Brosche aus, dann hielt sie inne. »Darf ich?«

»Unbedingt. Möchtest du sie wiederhaben? Degwa weigert sich, sie zu behalten, weil sie dem Eberclan gehörte.«

Lilli griff danach und hielt die Brosche ins Kerzenlicht. Das Silber schimmerte, als sei es gerade frisch mit Asche und Flußsand poliert worden. Nevyn nahm an, daß Merodda den Fluch selbst bewirkt hatte. Das Fluchtäfelchen herzustellen hatte allerdings ihre Fähigkeiten überschritten. Nur ein Meister des Bösen hatte das tun können.

»Ich denke, ich will sie wirklich behalten«, sagte Lilli schließlich. »Nicht, um sie zu tragen, aber ich möchte sie haben. Wißt Ihr, es gab Zeiten, da glaubte ich, daß meine Mutter mich tatsächlich liebt. Immerhin hat sie mich zu Lady Bevyan in Pflege gegeben, und sie hat dafür gesorgt, daß Onkel Tibryn mich nicht mit Lord Nantyn verheiratet.«

»Dann behalte es zur Erinnerung an ihre besseren Seiten«, sagte Nevyn. »Jede Seele verfügt über welche, und sie hat ein wenig Ehre verdient.«

Fünf Tage nach dem Aufruf des Prinzen hielten die ersten seiner Vasallen Einzug in Dun Deverry. Die Versammlung des gesamten Kontingents brauchte ein paar Wochen, da Maryns treueste – und wohlhabendste – Vasallen weit im Süden an der Küste lebten. Mit den Lords und ihren Kriegshaufen kamen Wagen, gelenkt von Dienern und hoch beladen mit Vorräten. Jeder Vasall schuldete Maryn nicht nur Männer für seine Armee, sondern auch deren Unterhalt für drei Monate – keine einfache Angelegenheit hier im verwüsteten Norden. Die langen Jahre des Bürgerkriegs hatten viele Bauernfamilien hungern lassen, und so mancher ihrer Söhne war im Kampf getötet worden.

Als die Kämpfer eintrafen, begann Branoic, sie in Zwanzigergruppen zu zählen und Striche auf ein glattes Brett zu malen, aber bei tausend hörte er auf. Berater Oggyn würde das viel besser können, wie er Maddyn gegenüber anmerkte.

»Genau«, meinte Maddyn. »Der Prinz ist sicher froh, daß so viele gekommen sind.«

»Ganz bestimmt«, erwiderte Branoic. »Nun, wir stehen dem Sieg verflucht nahe. Das bewirkt immer besondere Treue bei den Adligen.«

Sie lachten. Da Maryn Branoic nicht offiziell in den Adelsstand erheben konnte, bis man ihn selbst zum König ausgerufen hatte, wohnte er immer noch im Quartier der Silberdolche, und sie saßen an diesem windigen Morgen zusammen in der Unterkunft. Während sie sich unterhielten, polierte Branoic sein Kettenhemd mit einem Lappen. Rings um sie her waren auch andere Männer damit beschäftigt, an ihrer Ausrüstung zu arbeiten: Sie reparierten Kettenhemden, ersetzten Lederriemen oder Holzknebel, wo es notwendig war, unterhielten sich leise über die bevorstehenden Kämpfe oder prahlten mit ihren Erfolgen des vergangenen Sommers.

»Freust du dich darauf, wieder rauszukommen?« fragte Maddyn.

»Eigentlich nicht so recht«, sagte Branoic. »Und das ist seltsam. Normalerweise konnte ich das Winterquartier nie schnell genug verlassen.«

»Nun, diesmal hast du einen Grund zu bleiben.«

»Meinst du Lilli?« Branoic konzentrierte sich darauf, den Lappen durch einen rostigen Ring zu zeihen. »Wenn unser Prinz sie jemals gehen läßt.«

Maddyn schwieg einen Augenblick. Branoic blickte auf und sah, daß er ernst dreinschaute.

»Er hat doch versprochen«, meinte der Barde schließlich, »daß ihr heiraten könnt, sobald er gesiegt hat. Und unser Prinz bricht seine Versprechen nicht.«

»Zumindest hat er es noch nie zuvor getan.« Branoic hielt inne und suchte nach Worten. »Aber es ist, als würde er den Verstand verlieren. Lilli sagt, er fängt an, ihr angst zu machen. Er ist die ganze Zeit eifersüchtig.«

Maddyn murmelte zornig vor sich hin.

»Und das, obwohl seine eigene Frau so schön und liebenswert ist, wie man sich nur wünschen kann.« Branoic spürte Bitterkeit in sich aufsteigen wie Galle. »Das ärgert mich, Maddo, wenn es dich nicht stört, daß ich so etwas sage.«

»Nicht im geringsten.« Maddyn schien jedes Wort genau abzumessen. »Und seine Frau ist ihm vollkommen ergeben.«

»Ja.« Branoic wollte seine Tirade schon fortsetzen, aber da fiel ihm auf, daß Maddyn seltsam zerstreut wirkte – zweifellos langweilte ihn all dieses Gerede über Frauen. »Na ja, ich hatte nicht vor, wie ein Frosch zu quaken und dasselbe Lied wieder und wieder zu singen. Wir haben unseren Handel abgeschlossen, der Prinz und ich, und es steht mir nicht zu, zu befürchten, daß er seinen Teil nicht einhält, bis er es tatsächlich tut.«

Maddyn wollte gerade antworten, als sie draußen plötzlich Rufe und Jubel hörten. Owaen stand auf und schaute aus dem Fenster. »Glasloc!« reif er. »Gwerbret Daeryc ist dem Prinzen treu geblieben!«

Die Silberdolche jubelten ebenfalls, machten sich aber schnell wieder an die Arbeit. Nur Maddyn rührte sich nicht und sagte kein Wort, sondern starrte einfach nur ins Leere.

»He«, meinte Branoic schließlich, »bist du krank?«

»In gewisser Weise.« Maddyn wandte sich ihm zu und grinste schief. »In gewisser Weise.«

Wieder fragte sich Branoic, wie er das verstehen sollte. Da er üblicherweise alles, was er nicht verstand, einfach abschüttelte, wechselte er das Thema.

Aber von Lilli zu sprechen hatte ihn an seine Gefühle für sie erinnert, und nach einer Weile stand er auf und verließ die Unterkunft. Da Daeryc gerade eingetroffen war, würde Prinz Maryn zweifellos mit seinen Gästen in der großen Halle beschäftigt sein. Tatsächlich verursachten Daerycs Reiter ein großes Durcheinander auf dem Haupthof. Hinter den Toren wartete eine Reihe von Wagen darauf, abgeladen zu werden. Diener eilten umher, führten Pferde weg, luden Männer ein, auf ein Bier in die Halle zu kommen, und kümmerten sich so gut wie möglich um die neu Eingetroffenen.

Branoic verließ den eigentlichen Hof und ging um eine halb eingestürzte Mauer herum. Er kannte eine Hintertür zum Brochkomplex. Er war gerade dabei, seinen Weg zwischen Dienerhütten und Ställen zu suchen, als er entdeckte, daß Berater Oggyn sich so lässig an die Wand einer Hütte lehnte, als sei es eine liebgewordene Gewohnheit von ihm, hier zwischen den Hühnern und den Zwiebeln frische Luft zu schnappen. Branoic blieb stehen und wartete. Oggyn schaute nicht in seine Richtung. Langsam schlich sich Branoic ein paar Schritte zur Seite, bis er halb verborgen hinter einem großen Steinhaufen stand, der hier für den Fall einer Belagerung aufbewahrt wurde.

Nicht lange danach entdeckte er, wie ein grauhaariger Mann auf Oggyn zuhinkte und sich dabei eines langen Stocks bediente. Er trug ein fleckiges, zerrissenes Leinenhemd und schmutzige Brigga, die vielleicht einmal grau gewesen sein mochten, aber obwohl er wie ein Bettler aussah, ging Oggyn ihm entgegen. Sie sprachen gerade so eben laut genug, daß Branoic einen Teil der Konversation mitverfolgen konnte. Offensichtlich wollte der Lahme mit Prinz Maryn sprechen, und offensichtlich sagte Oggyn ihm, das sei unmöglich. Endlich zog der Mann eine Silbermünze aus seinem Beutel. Oggyn wurde plötzlich sehr freundlich und nahm die Münze Er biß darauf und steckte sie dann in seinen eigenen Beutel. Einen

Moment unterhielten sie sich noch, dann ging Oggyn wieder in Richtung des Haupthofs. Der andere Mann wischte sich mit seinem schmutzigen Ärmel die Tränen ab, dann hinkte er davon. Branoic verließ sein Versteck und folgte ihm.

»Wartet! He, guter Mann!« Branoic holte ihn nahe der Küchenhütte ein. »Ihr seid gerade beraubt worden.«

Begriffsstutzig sah der Mann Branoic aus verquollenen Augen an. »Der Prinz wird jeden anhören, der zu ihm kommt«, sagte Branoic. »Ihr brauchtet Oggyn dafür kein einziges Kupferstück zu geben. Und erst recht kein Silber.« Er sah sich um und entdeckte den Berater, der in der Tür eines Seitenturms stand. »He, schleimiger Oggo! Macht gefälligst, daß ihr herkommt!«

Statt dessen verschwand Oggyn im Gebäude. Branoic legte dem Mann freundlich die Hand auf die Schulter.

»Kommt einfach mit mir«, sagte er. »Wir werden Euch heute beim Abendessen dieses Silberstück zurückholen.«

»Ich danke Euch«, sagte der Mann. »Es ist alles, was ich auf dieser Welt an Geld besitze.«

Ob Maryn nun offiziell als König herrschte oder nicht, seine Entscheidungen waren das einzige Recht, das Dun Deverry hatte. Jeden Abend nach dem Essen blieb er noch in der großen Halle, so daß Bittsteller mit Streitigkeiten und Beschwerden zu ihm kommen konnten. Heute abend wird es eine interessante Vorstellung geben, dachte Branoic. Diesmal ist der schleimige Oggo zu weit gegangen.

Gerade an diesem Morgen hatte Otho, der Silberschmied, die Arbeit an der Schmucknadel für Maddyn beendet, und Prinzessin Bellyra war sehr sorgfältig darauf bedacht, sie ihm in aller Öffentlichkeit zu überreichen. Nachdem die Musterung beinahe vollständig war, aßen beinahe hundert Lords am Ehrentisch in der großen Halle. Diener hatten die Festung durchkämmt und jeden Tisch und jede Bank, die sie hatten finden können, in die Reiterseite der Halle gequetscht, dennoch mußten die meisten Männer des Kriegshaufens draußen essen. Die Silberdolche des Prinzen blieben allerdings in seiner Nähe an ihrem Tisch direkt vor dem Podium, auf dem die Adligen saßen.

Als Maryns Gemahlin saß Bellyra beim Essen neben ihm und teilte den Teller mit ihm. An diesem Abend, bevor sie und ihre Hofdamen sich in die Ruhe und Sicherheit ihrer Halle zurückzogen, nahm Bellyra die Nadel aus ihrer Schärpe.

»Ich hätte beinahe vergessen«, sagte sie zu Maryn, »daß ich ein kleines Geschenk für deinen Barden habe, um ihm dafür zu danken, daß er den ganzen Winter über so viel Geduld mit mir hatte.«

»Gut.« Maryn streckte die Hand aus. »Darf ich?«

»Gerne.« Bellyra reichte ihm die Nadel. »Ich finde sie wunderschön.«

»Das ist sie wirklich.« Maryn hielt die schlanke Silberrose, kaum einen Zoll lang, zwischen Daumen und Zeigefinger. »Das muß Othos Arbeit sein.«

»Ja. Er hat bei der Plünderung der Festung ein wenig Silber gefunden. Oder ich sollte vielleicht sagen, er fand wunderbarerweise ein wenig Silber, das niemand brauchte.«

Grinsend reichte Maryn das Schmuckstück zurück. Dann stand er auf und sah sich in der Halle um. Endlich winkte er einen der wartenden Pagen heran.

»Maddyn der Barde sitzt drüben an der Tür«, sagte der Prinz zu dem Jungen. »Hol ihn bitte her.«

Der Junge verbeugte sich und trabte davon. Gerade, als Maryn sich wieder hinsetzte, kam Branoic durch die Hintertür herein und ging auf den Tisch des Prinzen zu. Hinter ihm her hinkte ein grauhaariger Mann in einem Leinenhemd und Wollbrigga aus einem Tuch, das wohl einmal recht gut gewesen, aber nun vollkommen verschlissen und geflickt war. Als Branoic an Maryns Seite niederkniete, versuchte der ältere Mann, es ihm nachzutun, aber der Stock, auf den er sich gestützt hatte, brachte ihn beinahe zum Stolpern.

Maryn drehte sich rasch auf dem Stuhl um und hielt ihn am Ellenbogen fest.

»Kniet nicht nieder«, sagte der Prinz. »Mein Rang kann sich Eurem Alter beugen.«

Der Prinz ließ den Mann los, dann stand er auf. Der Mann verbeugte sich, so gut er es mit beiden Händen auf den Stock gestützt konnte.

»Ich danke Euch, mein Prinz.«

Der Mann stotterte. »Ich möchte Euch eine Angelegenheit vorlegen und ...«

»Zwei Angelegenheiten«, unterbrach Branoic. »Euer Hoheit, Berater Oggyn hat eine Silbermünze von diesem Mann für das Privileg verlangt, sich an Euch um Gerechtigkeit wenden zu dürfen.«

»O bei den Göttern!« fauchte Maryn. Er sprang auf, fuhr herum, schaute durch die Halle und schrie dann mit lauter Stimme. »Oggyn! Hierher! Sofort!«

Mit einem verkniffenen kleinen Lächeln erhob sich Branoic, wischte sich den Staub von den Knien seiner Brigga und führte den alten Mann aus dem Weg. Bellyra drehte sich um und sah, wie Oggyn quer durch die Halle kam. Wie ein Hund, dem die Hühnerfedern noch an der Schnauze hängen, schlich er sich an den Tischen vorbei. Das Gerede und die Scherze der Lords verklangen, als sie sich alle ein wenig verwirrt umwandten, um zu sehen, was der Prinz vorhatte. Bellyra bemerkte auch Maddyn und den Pagen, die in einiger Entfernung standen und darauf warteten, daß der Prinz auf sie aufmerksam wurde. Endlich hatte Oggyn den Ehrentisch erreicht und kniete zu den Füßen des Prinzen nieder.

»Branoic erzählt mir, daß Ihr wieder versucht habt, Euch auf unrechtmäßige Weise Geld zu verschaffen«, sagte der Prinz.

»Mein Lehnsherr, ich habe so etwas nie getan!« Oggyns Stimme zitterte bei der offensichtlichen Lüge.

»Wahrlich, ich ...«

»Könnt Ihr mir ins Gesicht sehen und es abstreiten?«

Oggyn setzte dazu an, etwas zu sagen, dann seufzte er und schüttelte den Kopf.

»Ich habe Euch doch gesagt, ich will nichts mehr davon hören.«

Maryns Stimme war ruhig, aber kalt.

»Meine Rechtsprechung steht allen frei, die darum bitten. Versteht Ihr das?«

»Ja, mein Prinz.«

Oggyn sprach so leise, daß Bellyra ihn kaum hören konnte. »Ich bitte aufs zerknirschteste um Verzeihung. Ich flehe Euch demütig an, daß Ihr mir vergebt.«

»Gebt ihm das Geld zurück«, sagte Maryn.

Langsam und mit zitternden Händen nestelte Oggyn an dem Beutel an seinem Gürtel. Seine Lippen zitterten ebenfalls, und er war bis zu seinem kahlen Schädel dunkelrot geworden. Als er das Silberstück hinhielt, riß es ihm der Bittsteller aus den verschwitzten Fingern. Oggyn sackte zusammen und starrte die Stiefel des Prinzen an.

»Gut«, fuhr Maryn fort. »Und was soll ich jetzt mit Euch machen? Ich habe eine Drohung ausgesprochen, als ich Euch das letzte Mal erwischt habe. Ich sollte wohl mein Wort jetzt halten.«

»Nicht das, mein Prinz!« Oggyn blickte auf, seine Lippen zitterten, seine Hände bebten. »Ich flehe Euch an ...«.

»Es steht einem adligen Mann an, keine leeren Drohungen auszusprechen, Berater, damit man ihn nicht für willensschwach hält. Maddyn! Wo ist Eure Harfe? Ich möchte, daß Ihr ein Lied singt.«

»Herr.« Bellyra war aufgestanden und legte nun eine Hand auf den Arm des Prinzen.

»Der arme Mann! Ist das nicht ein bißchen viel?«

Maryn zögerte, warf Oggyn einen Blick zu, der das Stroh auf dem Boden anstarrte, und wandte sich dann wieder Bellyra zu. »Er bekommt nur, was er verdient hat. Aber ich freue mich, daß du ein weiches Herz zeigst.«

Mit einem leisen Seufzer setzte sich Bellyra wieder hin. Kurze Zeit herrschte Verwirrung am Ehrentisch. Nevyn erschien aus dem Nichts und eilte, um mit dem Bittsteller zu sprechen. Maddyn und ein Barde aus Cerrmor unterhielten sich ernst, dann eilte der Schüler des Barden heran und reichte Maddyn eine kleine Harfe. Während der ganzen Zeit blieb Oggyn auf den Knien, zusammengesackt, das Gesicht so dicht am Boden wie nur möglich. Endlich stand Gwerbret Daeryc, der der Prinzessin gegenübergesessen hatte, auf und zog seinen Stuhl aus dem Weg, damit Maddyn auf den Tisch steigen und singen konnte.

Einen Augenblick oder zwei stimmte Maddyn die Harfe, während sich Schweigen über die große Halle senkte. Bellyra betrachtete das betont gleichmütige Gesicht des Barden. Sie hätte wissen müssen, daß er sich über diese Szene nicht freuen würde. Dann blickte Maddyn mit einem höflichen Lächeln auf, nickte zum Prinzen, räusperte sich und begann, das Lied von Bauer Owaen und dem Fuchs zu singen. Zunächst wirkte es durch die vergnügte Melodie und das Thema beinahe wie ein Kinderlied, und Bellyra konnte sehen, wie Daeryc und die anderen Lords eher erstaunt dreinschauten.

Als das Lied weiterging und der Fuchs am Ende vom Bauern kahlrasiert wurde, begriffen schließlich alle, um was es ging. Vers um Vers erklang, und die Ähnlichkeit zu Oggyn wurde deutlicher. Ein paar Männer lachten leise, andere lauter. Bellyra konnte sehen, wie einige miteinander flüsterten und auf den Berater zeigten, der sich zu den Füßen des Prinzen duckte, als erklärten sie sich gegenseitig den Witz.

»Also ging ein Fuchs zum Hühnerhaus«, schloß Maddyn, »aber der Wolf stand Wache. Am Ende fand er sich kahlgeschoren. Das war des Bauern Rache.«

Er spielte einen Triller, dann einen Akkord, und das Lied war zu Ende.

Alle in der Halle jubelten und klatschten, aber Bellyra beobachtete Oggyn. Tränen liefen ihm über die Wangen. Sie beugte sich vor und packte ihren Mann am Arm.

»Das genügt, Marro«, sagte Bellyra ihm ins Ohr. »Laß ihn jetzt gehen.«

Maryn nickte zustimmend und erlaubte Oggyn mit einer Geste zu sprechen.

»Mein Lehnsherr!« heulte Oggyn und verschluckte sich dann an seinen Worten.

»Ihr dürft gehen«, sagte Maryn. »Vergeßt die Höflichkeiten.«

Unter dankbarem Gestammel kam Oggyn auf die Beine. Er drehte sich um und eilte so rasch zur Treppe auf der anderen Seite der großen Halle, wie er konnte – das war wegen des Gedrängels nicht sonderlich schnell. Lange bevor er die Treppe erreichte, begann das Gelächter wie eine gewaltige Welle, die ihm folgte und über die Stufen schwappte, als er versuchte, die Sicherheit des nächsten Stockwerks zu erreichen. Mit scharlachrotem Gesicht schnaufte und keuchte Oggyn so gewaltig, als er die Treppe hinauftaumelte, daß Bellyra sich Sorgen machte. Sie beugte sich vor und rief so laut, daß Maryn sie hören konnte, »Was, wenn ihn der Schlag trifft?«

»Nevyn ist schon auf dem Weg und folgt ihm«, antwortete Maryn. »Keine Angst.«

Tatsächlich hatte der Dweomermeister die Treppe erreicht und sprang so rasch hinauf, als wäre er ein junger Krieger. Er holte seinen Beraterkollegen ein, und Bellyra sah sie einen Moment noch beide. Dann wurde es irgendwie seltsam. Bellyra hörte auf, zur Treppe zu schauen, schaute dann wieder zurück, bemerkte, daß die beiden Berater nicht mehr zu sehen waren, sah sich um und entdeckte, daß auch sonst niemand mehr in der großen Halle zur Treppe schaute. Ich muß Nevyn einmal fragen, wie er das gemacht hat, dachte sie, aber in ein paar Herzschlägen hatte sie sogar ihre Frage vergessen. An den Tischen begannen wieder die normalen Gespräche.

Maddyn war vom Tisch gestiegen und reichte die Harfe ihrem Besitzer zurück. Bellyra wartete, bis er fertig war, dann winkte sie ihn zu sich. Er kniete vor ihr und dem Prinzen.

»Gut gesungen, Maddo.« Maryn grinste. »Oggyn wird es sich gut überlegen, ob er noch mehr Geld von meinem Untertanen erpreßt.«

»Das hoffen wir, Euer Hoheit«, sagte Maddyn.

»Ich habe etwas für Euch«, sagte Bellyra. »Möge es Euch im Krieg Glück bringen.«

»Herrin, Ihr seid zu großzügig«, erwiderte Maddyn.

»Ihr habt es verdient, da Ihr mich den ganzen Winter über durch diese staubigen Räume begleitet habt.«

Lächelnd nickte Maryn Maddyn zu, als wolle er ihn auffordern, das Geschenk entgegenzunehmen. Als Maddyn die Hand ausstreckte, ließ Bellyra die Nadel auf seine Handfläche fallen. Der Barde sah die Rose an und blickte dann lächelnd zur Prinzessin auf.

»Sie ist wunderschön, Herrin«, sagte Maddyn. »Ich danke Euch und Eurem Gatten untertänigst.«

»Keine Ursache«, erklärte Bellyra mit einem kurzen Nicken.

Maddyn steckte sich die Rose an den Hemdkragen. »Ich werde sie immer in Ehren halten, Euer Hoheit.«

»Das freut mich. Und nun sollte ich besser meine Frauen rufen und in die Frauenhalle zurückkehren.« Bellyra erhob sich und wandte den Blick ab, als bedeutete Maddyns Lächeln ihr nichts.

Am Ende des Tisches stand Elyssa und wartete auf sie. Degwa war offenbar schon gegangen. Ihr Götter! dachte Bellyra. Arme Decci, das alles mit ansehen zu müssen! Mit einem Winken zu Elyssa verließ sie den Tisch und eilte auf die Treppe zu, aber als die beiden Frauen den oberen Treppenabsatz erreicht hatten, waren weder Nevyn noch Oggyn oder Degwa irgendwo zu sehen.

Nevyn hatte Oggyn in die erste leere Kammer geführt, die zur Verfügung stand, einen winzigen Raum, in der es nichts weiter als einen einzigen Stuhl gab. Oggyn sank darauf und begann laut zu schluchzen. Wieder und wieder wischte er sich mit dem Ärmel die Augen, und endlich hörten die Tränen auf zu fließen. Nevyn lehnte sich gegen die Mauer und wartete, während Oggyn ein Tuch aus der Tasche holte und sich die Nase putzte. Er steckte das Tuch zurück, dann blieb er vornübergebeugt sitzen, die Hände schlaff zwischen den Knien hängend.

»Ihr Götter«, stöhnte Oggyn. »Mein Leben ist vorüber.«

»Ach kommt schon!« sagte Nevyn. »So schlimm ist es nicht.«

»Aber ich werde den Hof verlassen müssen. Wie könnte ich jetzt noch im Dienst des Prinzen bleiben?«

»Der Prinz betrachtet Euch bereits als genügend bestraft und wird die Angelegenheit vergessen.«

»Aber die Schande! Ihr Götter, darüber werden alle noch jahrelang sprechen.«

»Das werden sie nicht. Ihr vergeßt ihre Eitelkeit.«

Oggyn blickte verblüfft auf.

»Besonders die der Adligen«, fuhr Nevyn fort. »Sie denken an nichts weiter als ihre eigenen Angelegenheiten. Es stimmt, die Diener werden sich noch ein paar Tage daran erinnern, aber da nun der Krieg wieder beginnt, werden alle bald mehr als genug zu klatschen und zu fürchten haben und am Ende auch wahrscheinlich einiges zu betrauern. Außerdem reitet Ihr mit der Armee ins Feld, und Ihr werdet nicht einmal hier sein, damit sie Euch auslachen können.«

»Da habt Ihr recht. Ich danke Euch, Nevyn! Tausend Dank!«

Oggyn setzte sich aufrecht hin und versuchte, den Kopf so stolz wie ein Krieger zu heben. »Wenn ich erst über die nächsten Tage hinwegkommen kann ...«

»Ihr werdet vor allem damit beschäftigt sein, Euch um die Vorräte für die Armee zu kümmern.«

»Da habt Ihr schon wieder recht. Aber ich denke nicht, daß ich jetzt in die große Halle zurückkehren möchte.«

»Das würde ich an Eurer Stelle auch nicht tun.«

Nevyn stand auf. »Gehen wir?«

Als sie die Kammer verließen, sahen sie Lady Degwa auf sich zukommen. Ihr schwarzes Witwenkopftuch war nach hinten gerutscht, und ein paar dunkle Locken umspielten frei ihr Gesicht.

»Da seid Ihr ja!« rief sie. »Mein armer Oggo! Ich mußte Euch einfach sehen. Dieser schreckliche Barde, dieses schreckliche Lied!«

Als Oggyn die Hände ausstreckte, ergriff sie sie und starrte zu ihm auf. Nevyn sah ihren geröteten Augen und der zitternden Unterlippe an, daß sie geweint hatte. Er verbeugte sich, was die beiden aber kaum zur Kenntnis nahmen.

»Wenn Ihr mich entschuldigt«, sagte er, »dann kehre ich jetzt in die große Halle zurück.«

Er ging davon. Aber an der Treppe blieb er noch einmal stehen und warf einen Blick zurück. Oggyn und Degwa standen, wie er sie verlassen hatte, und hielten sich an den Händen. Oggyn hatte sich vorgebeugt und redete hektisch auf Degwa ein, während sie liebevoll zu ihm aufblickte und hier und da zustimmend nickte. Zum ersten Mal begriff Nevyn, daß dem Berater tatsächlich auch an der Frau und nicht nur an ihrem Titel gelegen war. Diese Einsicht bewirkte, daß er sich abwandte und hinuntereilte.

In der großen Halle wartete Grodyn auf ihn, der sich drüben an der Ehrenfeuerstelle auf seinen Stock stützte. Der Winter war zu diesem Mann, der einmal oberster Wundarzt in Dun Deverry gewesen war, nicht freundlich gewesen. Als Maryns Streitkräfte im vergangenen Sommer die Festung erobert hatten, war Grodyn zusammen mit den anderen Dienern des Eberclans geflohen, hatte aber feststellen müssen, daß Lord Braemys ihm nicht traute.

»Ihr seid einen langen Weg gekommen«, meinte Nevyn. »Es ist weit von hier nach Cantrae.«

»Ich bin überrascht, daß ich es überlebt habe«, erwiderte Grodyn. »Besonders nachdem ich mir bei einem Sturz das Knie ruiniert habe. Es freut mich, daß Ihr Euch meiner Sache annehmen wollt.«

»Oh, Ihr erinnert Euch wohl nicht an mich!«

Grodyn blinzelte, starrte ihn an und fluchte dann leise. »Der Kräutermann«, sagte er, »dieser alte Kräutermann, der zur Festung gekommen ist – Ihr Götter, wie viele Jahre ist das schon her?«

»Ich weiß es auch nicht mehr, aber eine lange Weile.«

»Dann wart Ihr also ein Spion?«

»Nein, seltsam genug war ich das nicht. Ich bin einfach zu der Ansicht gekommen, daß ich in Dun Deverry nicht bleiben könnte, also zog ich weiter nach Pyrdon, wo mich der Vater des Prinzen in seinen Dienst nahm. Setzen wir uns doch.«

Auf Nevyns Befehl stellte ein Page zwei Stühle an die

Wand in der Nähe der Feuerstelle, wo sie sich unterhalten konnten, ohne daß sie jemand belauschte. Grodyn setzte sich mit tiefem Seufzen hin und lehnte den Stock an die Wand.

»Habt Ihr inzwischen mit dem Prinzen gesprochen?« frage Nevyn.

»Ja, und er ist ein freundlicher Mann«, sagte Grodyn. »Aber er konnte mir nicht helfen. Wißt Ihr, als ich aus der Festung floh, war ich gezwungen, ein paar Bücher zurückzulassen, und hoffte, sie jetzt wiedererhalten zu können. Aber er weiß nichts darüber.«

»Es mag gut sein, daß sie sich inzwischen in meinem Besitz befinden. Mir sind alle Bücher als mein Anteil der Beute zugefallen – nicht, daß sonst jemand sie beansprucht hätte. Ging es in Euren Büchern etwa um bardekianische Heilkunst und Arzneien?«

»Ja, genau. Mit diesen Büchern wäre ich vielleicht imstande, einen Platz in der Festung eines Adligen zu finden. Ohne sie ... Nun, wer sollte glauben, daß ein abgerissener Bettler wie ich tatsächlich ein Wundarzt ist?«

»Das ist wahr. Ihr sollt sie zurückhaben.«

Nevyn zögerte und dachte nach. »Oder vielleicht ... was würdet Ihr davon halten, hierzubleiben und in den Dienst des Prinzen zu treten?«

»Würde er mich denn nehmen?«

»Wenn ich Euch empfehle.«

Grodyn lehnte sich zurück und schaute über die große Halle hinaus.

»Ich habe schließlich jahrelang dem Eberclan gedient«, sagte er dann.

»So habe ich das nicht in Erinnerung. Ihr habt dem Clan des Königs gedient, als wir uns kennenlernten, und ich möchte wetten, daß Ihr die Eber schon damals gehaßt habt und später noch mehr hassen lerntet.«

»Ihr habt scharfe Augen.« Grodyn lächelte dünn. »Also gut. Wenn der Prinz mir verzeihen kann, daß ich dem alten König diente, würde es mich freuen, diese verfluchte Umherzieherei endlich aufgeben zu können.«

»Ich werde morgen früh mit ihm sprechen. Und es ist noch jemand hier, der sich an Euch erinnern wird: Caudyr, der Euer Schüler war und den die Eber rausgeworfen haben.«

»Ihr Götter! Steht auch er nun im Dienste des Prinzen?«

»Ja. Er ist der Wundarzt der Leibwache des Prinzen, der Silberdolche.«

»Oh.« Grodyn schüttelte den Kopf. »Wie sich die Welt verändert.«

»Ja, tatsächlich.« Nevyn stand auf und streckte die Hand aus. »Die Treppe zu meinem Zimmer ist ein wenig steil, aber kommt bitte mit. Ihr könnt vielleicht unten warten.«

»Danke.«

Als sie langsam über den Hof gingen, sah Nevyn, daß Lilli allein unterwegs war, und rief nach ihr. »Das ist meine Schülerin«, sagte er zu Grodyn. »Wir werden sie nach oben schikken.«

Grodyn umklammerte seinen Stock mit beiden Händen und stützte sich darauf, während er Lilli anstarrte, den Mund weit aufgerissen. »Eure Schülerin?« flüsterte er. »Ihr Götter! Das ist Lady Lillorigga vom Eber! Schülerin eines Wundarztes?«

»Sie ist nun eine Tochter der Widder von Hendyr, und ich bin nicht unbedingt ein Wundarzt.«

Lächelnd kam Lilli auf sie zu, knickste und starrte Grodyn dann ihrerseits verblüfft an.

»Ich bin es tatsächlich«, sagte der Wundarzt. »Ich fürchte, Euer Vetter Braemys hat mir im letzten Herbst die Zuflucht in Dun Cantrae verweigert, und es hat mich sehr verändert, daß ich auf der Straße überwintern mußte.«

»Das ist kein Wunder«, sagte Lilli. »Es tut mir leid, daß sich

Braemys als so geizig erwiesen hat. Das paßt überhaupt nicht zu ihm.«

»Es war kein Geiz«, sagte Grodyn säuerlich. »Er hat mich bezichtigt, ein Giftmörder zu sein.«

Lilli betrachtete ihn mißtrauisch.

»Das ist zweifellos eine lange Geschichte«, warf Nevyn ein. »Lilli, oben in meinem Zimmer befinden sich drei Bücher über bardekianische Medizin. Würdest du sie bitte herunterholen, sie gehören Grodyn.«

»Selbstverständlich, Herr.«

Wieder knickste Lilli, dann machte sie sich auf den Weg. In diesem Augenblick kam Branoic aus der Hintertür zur großen Halle, sah sich um, verbeugte sich knapp vor Nevyn und eilte ihr hinterher – und das war gut so, denn die Bücher waren schwer. Nevyn wandte sich wieder Grodyn zu. »Sagt mir eins«, meinte Nevyn. »Diese Giftangelegenheiten. Hat das mit Lady Merodda zu tun?«

»Ja«, erwiderte Grodyn. »Ich habe übrigens gehört, daß Euer Prinz sie hat hinrichten lassen. Ich muß zugeben, daß die Neuigkeit mich eher erfreut hat. Braemys hat mich bezichtigt, ihr Gifte geliefert zu haben. Aber ich kann Euch versichern, ich habe nichts dergleichen getan.«

»Das glaube ich Euch. Warum übernachtet Ihr nicht heute nacht in der Festung? Der Prinz ist ein großzügiger Mann und wird Euch gerne Unterkunft und Brot geben, ob Ihr nun morgen früh in seinen Dienst tretet oder nicht. Ich würde gerne hören, was Ihr über Lady Merodda wißt.«

Nachdem er die große Halle verlassen hatte, dachte Maddyn daran, zurück in die Unterkunft zu gehen, aber dann entschied er sich, auf die Außenmauer zu steigen und in Ruhe ein wenig über die Wehrgänge zu schlendern. Die Sonne ging gerade unter, und weiches Zwielicht hing über der Festung. Im

Osten schimmerten ein paar erste Sterne vor dem dunkler werdenden Himmel. Mit dem Feuerlicht und dem Laternenlicht hinter den Fenstern sah der Hauptbroch beinahe einladend aus. Als Maddyn oben auf der Mauer angekommen war, zwängte er sich zwischen zwei Zinnen und spähte hinaus auf den Abhang. Am Fuß des Hügels brannten kleine Feuer, wo die verschiedenen Kriegshaufen hinter der äußersten Mauer ihre Lager aufgeschlagen hatten. Bei all seiner Größe konnte Dun Deverry nicht die gesamte Armee beherbergen.

Maddyns blaue Fee erschien in der Luft und brachte ein silbriges Schimmern mit sich.

»Da bist du ja«, sagte Maddyn. »Ich habe dich tagelang nicht gesehen.«

Sie lächelte und zeigte ihre nadelspitzen Zähne.

»Du warst vorhin nicht in der großen Halle, oder?« fuhr Maddyn fort. »Und das ist verflucht gut so. Ich habe ein Lied gespielt, von dem ich wünschte, ich hätte es niemals geschrieben.«

Sie legte den Kopf schief, als versuchte sie zu verstehen, was er meinte.

»Ein bißchen Spaß über den schleimigen Oggo zu machen ist eine Sache. Den Stolz des armen Kerls in Stücke zu reißen ist etwas ganz anderes. Ihr Götter! Das war die sauerste Rache, die ich je genommen habe.«

Die Fee sah ihn lange Zeit ernst an. Dann zuckte sie mit den Achseln und verschwand. Maddyn stieg von der Mauer herab und ging zur Unterkunft. Nun wollte er in der Gesellschaft seinesgleichen sein.

Lilli erfuhr von Oggyns Schande durch ihre Zofe Clodda, die die ganze Angelegenheit von der Dienerseite der Halle aus beobachtet hatte. Sie war sogar, wie sie Lilli erzählte, auf einen Tisch gestiegen, um besser sehen zu können.

»Es war so schrecklich, Herrin«, sagte Clodda, aber sie grinste, und in ihren Augen blitzte etwas auf, das verdächtig nach Schadenfreude aussah. »Der arme alte schleimige Oggo. So nennen ihn die Silberdolche doch, oder?«

»Tatsächlich?« Jetzt lächelte Lilli selbst. »Und woher weißt du das? Du hast dich doch nicht etwa mit Silberdolchen abgegeben?«

Clodda wurde dunkelrot und beschäftigte sich intensiv mit dem Bettzeug. Die Morgensonne fiel hell ins Zimmer. Lilli drehte ihren Stuhl, so daß sie im Warmen sitzen konnte.

»Das fühlt sich so angenehm an«, sagte sie. »Hast du Lord Nevyn in der großen Halle gesehen?«

»Ja, Herrin. Er sagte, er käme gleich herauf.«

Nevyn erschien tatsächlich einen Augenblick später. Clodda entschuldigte sich rasch und floh aus dem Zimmer. Wie die meisten Diener hielt sie ihn für einen Zauberer von jener Art, von denen man in Bardengeschichten hört, die Menschen in Frösche verwandeln und mit den Geistern der Toten sprechen konnten – obwohl Nevyn, wie er Lilli nun erzählte, zwar keinen Geist heraufbeschworen, aber doch über einen gesprochen hatte.

»Grodyn hat mir letzten Abend viel interessante Dinge über deine Mutter berichtet«, sagte Nevyn.

»Ach ja?« Lilli schauderte. »Der arme Mann! Ist er tatsächlich den ganzen Weg von Cantrae zu Fuß gekommen?«

»Zunächst ist er geritten, aber dann hat sein Pferd ein Hufeisen verloren und ist böse gestolpert. So hat er sich das Knie verletzt. Aber was deine Mutter angeht – ein so unangenehmes Thema sie auch sein mag –, er hat meinen Verdacht über diese Frau bestätigt, die angeblich an verdorbenem Fleisch gestorben ist.«

»Lady Caetha?«

»Genau die. Grodyn kümmerte sich sowohl um sie als auch

um deine Mutter, als sie beide angeblich so krank waren. Caetha war tatsächlich krank. Er hat deine Mutter dabei erwischt, wie sie einen Trank aus bitteren Kräutern zu sich nahm, damit sie sich überzeugend übergeben konnte. Es war nicht das Fleisch, das Caetha getötet hat.«

Lilli fühlte sich, als hätte ihr jemand ins Gesicht geschlagen. Tränen standen ihr in den Augen. Nevyn beugte sich vor und griff nach ihrer Hand.

»Ich habe dich aufgeregt«, sagte Nevyn, »es tut mir leid.«

»Das ist nicht Eure Schuld«, erwiderte Lilli. »Sie war wirklich eine Mörderin. Ihr Götter! Meine eigene Mutter!«

»Ja, das sind keine angenehmen Neuigkeiten.«

Nevyn stand auf. »Und ich fürchte, ich muß dich jetzt damit allein lassen. Der Prinz wird heute früh einen Kriegsrat halten. Die Armee ist beinahe vollständig.«

Einer der letzten Adligen, die ihre Männer nach Dun Deverry brachten, war Tieryn Anasyn, der Widder von Dun Hendyr. Anasyn hatte einen Boten vorausgeschickt, um zu versichern, daß er nur spät dran sei und kein Verräter, und dafür ein Kontingent von dreißig Reitern bringen würde, fünf mehr als erforderlich, um seine Verspätung wiedergutzumachen. An dem Tag, an dem er eintreffen sollte, hielt Lilli an ihrem Fenster Wache. So begierig sie darauf war, ihren Pflegebruder zu sehen, sie fürchtete diesen Augenblick auch. Wie würde er es hinnehmen zu hören, daß sie nun die Mätresse des Prinzen war? Sie entschied, es wäre besser, nicht mit ihm darüber zu sprechen, aber wenn er seine Frau mitbrachte, damit sie den Sommer bei der Prinzessin verbrachte, war die Angelegenheit hoffnungslos. Wenn es um Klatsch ging, war Lady Abrwnna besser als die meisten.

Lilli saß also am Fenster und hatte ihr Dweomerbuch aufgeschlagen auf dem Tisch. Jedesmal, wenn sie eine Seite umblätterte, hielt sie inne und spähte nach draußen und beobachtete, wie die Schatten der Türme über den kopfsteingepflasterten Hof krochen. Die Sonne war beinahe hinter dem westlichsten Broch verschwunden, als sie endlich Geschrei auf dem Hof hörte. Diener riefen: »Der Widder, der Widder!« Sie legte das Buch auf den Tisch, lehnte sich aus dem Fenster und sah sechs Männer durchs innere Tor reiten, jeder mit dem Widderschild von Hendyr am Sattelknauf.

Sie rannte aus dem Zimmer und die Treppe hinunter, hinaus auf den Hof, wo sie gerade rechtzeitig eintraf, um zu sehen, wie Anasyn und seine Ehrengarde aus dem Sattel stiegen. Lillis Pflegebruder war ein hochgewachsener Mann, und seit sie ihn zum letzten Mal gesehen hatte, war er ein wenig kräftiger geworden. Er hatte ein schmales, langes Gesicht und eine lange dünne Nase. Zu dem zusätzlichen Gewicht hatte er sich auch einen Schnurrbart zugelegt, dicht genug, den größten Teil seiner Oberlippe zu verbergen.

»Sanno!« rief Lilli.

Mit einem Lachen warf er einem wartenden Stallknecht die Zügel zu, lief auf Lilli zu und nahm sie in die Arme. Sie schlang die Arme um seinen Hals und lies zu, daß er sie herumwirbelte, wie er es immer getan hatte, als sie noch Kinder waren. Nach ein paar Umdrehungen setzte er sie wieder ab.

»Du siehst gut aus, kleine Schwester.« Er lächelte sie an. »Aber immer noch so mager wie eh und je.«

»Du hast dich auch nicht sonderlich verändert, Bruder, wenn man davon absieht, daß du einen Bauch bekommst. Wo ist deine Frau?«

»Zu Hause in Hendyr.« Er lächelte ausgesprochen selbstzufrieden. »Sie ist schwanger und kann deshalb nicht mehr reiten.«

»Ich gratuliere!«

»Danke. Es wäre wunderbar, wenn es ein Sohn würde.« Nun lächelte er nicht mehr. »Ich würde mit leichterem Herzen in den Krieg ziehen, wenn ich wüßte, daß Hendyr einen Erben hat.«

»Da hast du recht.« Lilli spürte, wie ihre Stimme zu zittern begann, und wandte den Blick ab.

Die Stallburschen führten die Pferde weg, während Anasyns Wache geduldig an der Tür des Hauptbroch wartete. Während Lilli noch zusah, verschwamm plötzlich alles vor ihren Augen. Leise vor sich hin fluchend, wischte sie sich die Tränen ab.

»Weine nicht, kleine Schwester.«

Anasyn legte ihr die Hand auf die Schulter. »Es ist in den Händen des Wyrd, und wer kennt sich damit schon aus?«

Dann zuckte er mit den Achseln. »Ich sollte jetzt lieber mit dem Prinzen sprechen, aber wirst du heute abend mit mir essen? Du kannst mir erzählen, wie es hier in der Festung aussieht.«

Lilli, die an Bellyra denken mußte, zögerte, aber nur kurz. »Selbstverständlich, das tue ich gerne. Und du erzählst mir das Neueste aus Hendyr.«

Als einfacher Tieryn saß Anasyn in einiger Entfernung vom königlichen Tisch, daher gelang es Lilli, sich sowohl vom Prinzen als auch von der Prinzessin fernzuhalten, aber als das Essen zu Ende ging, sah sie, wie Degwa durch das Gedränge auf sie zukam. Lilli lächelte und winkte, aber Degwa rauschte ohne ein Wort an ihrem Tisch vorbei.

»Und für wen hält sich diese Dame«, murmelte Anasyn, »daß sie dich so kühl behandelt?«

»Sie war meine Feindin von dem Tag an, als wir nach Cerrmor kamen«, sagte Lilli. »Sie ist eine Tochter des Wolfsclans, und sie hat mir nie verziehen, daß ich in den Eberclan geboren wurde.«

Anasyn wollte gerade eine Antwort geben, als Gwerbret Daeryc herüberkam. Während der Musterung hatte Lilli ihn nur aus der Ferne gesehen, und nun bemerkte sie, daß er im Winter die meisten Zähne verloren hatte – eine Seite seines Gesichts wirkte vollkommen eingestürzt. Anasyn kam auf die Beine und verbeugte sich vor seinem Oberherrn, aber Daeryc bedeutete Lilli mit einer Geste, sitzen zu bleiben.

»Ich möchte nur kurz mit Eurem Bruder sprechen«, sagte Daeryc. »Über diese Angelegenheit mit der weißen Stute.«

»Haben sie immer noch keine gefunden?« fragte Anasyn.

»Nein, das behaupten sie zumindest.«

Daeryc schaute finster drein. »Aber wer kann einem Priester schon über den Weg trauen? Ohne die Stute wird der Tempel den Prinzen allerdings nicht zum König ausrufen, bevor der Krieg beginnt.«

»Tatsächlich?« warf Lilli ein, »das ist eine Schande, aber ist es wirklich so wichtig?«

»Wichtig?« schnappte Daeryc, »das könnt Ihr zweimal sagen.«

»Wenn diese elenden Belpriester sich nur dazu herablassen könnten, unseren Lehnsherrn zum König zu erklären, bevor wir losreiten«, sagte Anasyn zu ihr, »könnten wir auf viele Deserteure aus Braemys' Armee zählen. Ich würde einiges darauf wetten, daß viele Lords, die noch treu zum Eber stehen, zu uns überlaufen würden, sobald sie einen ehrenhaften Grund haben, das zu tun. Sie wollen ihre Ehre nicht verlieren, aber wenn Maryn König wäre? Dann sähe alles ganz anders aus.«

»Ich würde mich Eurer Wette anschließen«, sagte Daeryc. »Wäre Maryn bereits König, dann würde Braemys' Armee schwinden wie das Essen auf dem Tisch eines Vielfraßes. Aber jetzt?« Er zuckte mit den Achseln. »Die guten Männer werden bis zum Ende zu ihm stehen.«

Nach dem Essen ging Lilli hinauf in Nevyns Turmzimmer, wo sie feststellte, daß die Probleme um die Proklamation Maryns zum König auch ihren Meister beschäftigten. Nevyn gab zu diesem Thema ein paar ausgewählte Flüche von sich, bevor er ihr erklärte, worum es ging.

»Sie haben selbstverständlich ihre Argumente bereit. Sie brauchen eine vollkommen weiße Stute für das Ritual. Wenn Maryn den Krieg dieses Sommers gewinnt, werden zweifellos überall im Land weiße Stuten auftauchen.«

»Das ist etwas, was ich nicht begreife«, sagte Lilli. »Interessiert den großen Bel tatsächlich, welche Farbe Maryns Pferd hat? Wären wir wirklich verflucht, wenn er in der Prozession auf einer grauen Stute säße?«

»Natürlich nicht. Aber die Lords und die Priester und vielleicht sogar die einfachen Leute würden glauben, daß die Götter ihn verflucht haben, und ihn mit unterschiedlichen Augen betrachten. Und Maryn selbst – er ist so fromm wie jeder Adlige, was bedeutet, so fromm, wie die Zeiten schwer sind, aber er glaubt tatsächlich, daß die Götter Macht über ihn haben. Wenn er sich für verflucht hielte, würde er nicht sein Urteilsvermögen und sein Glück anzweifeln?«

»Ich verstehe. Und dann würde er vielleicht etwas zu Waghalsiges tun oder vor einem Kampf zurückschrecken, und die Männer würden glauben, er hätte sein Dweomerglück verloren.«

»Genau. Und sie sind ihm nun viele lange Jahre durch Hungersnot und Kämpfe gefolgt, hauptsächlich, weil sie sowohl an sein Glück als auch an die Götter glauben.«

Lilli dachte darüber nach, während der alte Mann sie von seinem Platz auf dem Fensterbrett aus betrachtete. »Aber den Göttern selbst ist es eigentlich gleich, was mit ihren Anbetern geschieht«, sagte sie schließlich. »War es das, was Ihr meintet?«

»So ungefähr. Mit der Zeit werde ich dir erheblich mehr von den Göttern erzählen – in diesem Herbst, wenn wir mehr Zeit haben. Aber im Augenblick sollst du einfach nur wissen, daß die Götter von ihren gewöhnlichen Anbetern Verehrung und nicht viel mehr wünschen. Interessiert sich der König im einzelnen für jeden Mann, der seine Felder bestellt? Nicht, solange dieser Mann seine Steuern bezahlt.«

»Das läßt die Götter ziemlich kalt und sehr weit entfernt erscheinen.«

»Das sind sie auch. Denke gut darüber nach. Und dazu wirst du jede Menge Zeit haben, sobald ich erst mit dem Prinzen unterwegs bin.«

»Anasyn war der letzte Vasall, der eingetroffen ist, nicht wahr?«

Lilli spürte, wie sich ihr Herz zusammenschnürte. »Ihr werdet alle morgen früh abmarschieren.«

»Ich fürchte, ja.« Nevyn wandte den Blick ab, denn plötzlich war er traurig. »Und mögen die Götter gewähren, daß dieser Kampf der letzte ist.«

Als sie die Treppe von Nevyns Turm hinabging, mußte Lilli an Branoic denken. Sie hätte sich gerne von ihm verabschiedet, aber ihr Rang verhinderte, daß sie sich an einen Ort wie die Unterkunft der Silberdolche begeben konnte. Statt dessen ging sie in die große Halle, stellte sich auf der Reiterseite an die Tür und versuchte, die Aufmerksamkeit einer der Dienerinnen auf sich zu lenken, die ihre Botschaft gegen eine Kupfermünze gerne überbringen würde. In dem raucherfüllten Raum, vollgedrängt mit Kämpfern jeden Ranges, liefen die Dienerinnen hin und her, brachten Bier, servierten Brot, wichen den umherwandernden Händen der Männer aus und antworteten so frech sie konnten auf alle möglichen Bemerkungen. Lilli dachte bei sich, daß sie ebensoviel Glück hatte wie Prinz Maryn. Im vergangenen Sommer war ihr Clan vernichtend geschlagen worden, und sie selbst hätte als Dienerin in der Halle eines Adligen enden können, wäre Prinzessin Bellyra nicht so großzügig gewesen.

»Lilli?« Hinter ihr erklang eine dunkle Stimme.

Mit einem kleinen Aufschrei drehte sich Lilli um und fand sich Branoic gegenüber, der sie angrinste.

»Ich wollte dich nicht erschrecken«, sagte er, »ich hatte einfach nur dieses seltsame Gefühl, daß du vielleicht mit mir sprechen wolltest.«

»Ja.« Es gelang ihr zu lachen. »Ich mußte gerade an den letzten Sommer denken. Es kommt mir vor, als wäre es zwanzig Jahre her und nicht nur eines.«

»Für mich war es der beste Sommer meines Lebens.«

»Wirklich? Warum?«

»Du alberne Gans!« Branoic grinste. »Selbstverständlich, weil ich dir begegnet bin.«

»Ich habe dich nicht verdient, wirklich nicht.«

»Bitte erspare mir das.« Branoic nahm ihre kleinen weichen Hände in seine großen, schwieligen. »Wenn unser Prinz etwas dagegen hat, daß ich meiner Verlobten einen Abschiedskuß gebe, dann zur Hölle mit ihm.«

In seinen Armen fühlte sie sich sicher, als könnte er die gesamte kriegszerissene Welt von ihr fernhalten. O liebe Göttin! betete sie. Hilf, daß er wieder zu mir nach Hause kommt!

Am Morgen ritt Prinz Maryn an der Spitze seiner Armee davon, um den Krieg mit dem Regenten Braemys ein für allemal zu beenden. Vor ihm her ritten zwei Pagen mit dem roten Drachenbanner von Dun Deverry und dem Drei-Schiffe-Banner von Cerrmor. Hinter ihnen kam Prinz Maryn mit Nevyn an seiner Seite, und direkt dahinter ritten die Silberdolche. Der Rest der Armee ordnete sich dahinter ein, jeder Kriegshaufen mit seinem eigenen Herrn an der Spitze.

Die Nachhut bildeten Versorgungswagen, Diener, Stallknechte mit Ersatzpferden und Wundärzte, alle bewacht von Fußsoldaten – überwiegend Speerträgern unter Oggyns Kommando –, die dem Prinzen von den freien Städten seiner Ländereien gestellt wurden. Alles in allem waren es über viertausend Mann, weniger als im Sommer zuvor, aber immer noch eine der größten Armeen, die Deverry je gesehen hatte.

Dank der Wagen konnte sich diese gewaltige Streitmacht auf flachem Gelände pro Tag nur etwa zwölf Meilen fortbewegen. In dem Hügelland, das vor ihnen lag, hätten sie Glück, zehn Meilen am Tag zu schaffen. Da auf diese Weise schlaue Manöver unmöglich waren, hatte der Prinz sich für eine einfache Strategie entschieden. In seiner Botschaft hatte Braemys seine Absicht angekündigt, an Beltane in Dun Deverry einzureiten. Maryn sah keinen Grund, an dieser Absicht zu zweifeln. Braemys hatte nicht die Männer, die Festung zu übernehmen oder sie auch nur erfolgreich zu belagern. Maryns Vasallen hatten zugestimmt, daß sie die Armee nach Osten auf Cantrae zuführen würden, das über zweihundert Meilen entfernt war. Irgendwo, wenn die Götter und ihr Wyrd glaubten, es sei der richtige Zeitpunkt, würden sie auf dieser Straße auf Braemys und seine Männer stoßen.

»Was nicht heißt«, meinte Maryn, »daß der kleine Bastard nicht einen Trick versuchen würde. Im letzten Sommer haben wir ja gesehen, wie schlau er sein kann.«

»Ja, Euer Hoheit«, sagte Nevyn. »Es ist gut, daß ich Euch als Späher dienen kann.«

Maryn drehte sich im Sattel um und bedachte seinen Berater mit einem angespannten Lächeln. »Dafür danke ich den Göttern.«

Da Nevyn Braemys nie selbst gesehen hatte, war es unmöglich, sein Abbild im Feuer heraufzubeschwören, und er war gezwungen, sich für seine Späherarbeit auf die ätherische Ebene zu begeben. Jeden Abend, wenn die Armee ihr Lager aufschlug, versetzte er sich in seinen Lichtkörper und flog so weit nach Osten, wie er konnte. Das Land unter ihm glühte mit den Pflanzenauren der Bäume und Gräser und vibrierte um diese Jahreszeit vor Leben. Bäche und Flüsse erschienen als silberne Schleier von Elementarkraft, glitzernd und gefährlich für einen Reisenden auf der ätherischen Ebene. Um sie zu vermeiden, flog Nevyn über die Straßen. Selbst die schimmerten schwach rötlich. Wenn die astralen Gezeiten im Frühling wechselten, erwachte die ganze Erde zum Leben.

Aber ganz gleich, wie weit Nevyn Ausschau hielt, er konnte nichts von Braemys und seiner Armee entdecken. Er fragte sich, ob die Botschaft vielleicht ein Trick gewesen war, ob Braemys vorhatte, in Dun Cantrae zu bleiben und eine Belagerung abzuwarten. Wenn dies der Fall war, würde die Einnahme der Stadt weitere große Anstrengung und viele Menschenleben kosten. Aber diesen Graben werden wir überqueren, wenn wir ihn erreicht haben, sagte er sich. Im Augenblick konnten sie nicht mehr tun als warten.

Die Armee war erst ein paar Tage weg, als Bellyras Wehen einsetzten. Lilli wartete mit den anderen Frauen – den Dienerinnen, der Köchin, der Frau des Schweinehirten und anderen – unten in der großen Halle, währen die Hebamme und die Hofdamen der Prinzessin sich um Bellyra kümmerten. Aus reiner Gewohnheit saßen sie an der Feuerstelle der Reiter, obwohl sie, nachdem die Adligen bis auf den jungen Prinz Riddmar davongezogen waren, hätten sitzen können, wo sie wollten. Trotz der Größe der Halle kehrten die Männer, die als Festungswache zurückgeblieben waren, in ihre Unterkünfte zurück, als hätten sie das Gefühl, bei solchen Frauenangelegenheiten nur im Weg zu sein. Der junge Prinz folgte ihnen.

»Ich hoffe, es wird für Ihre Hoheit einfach werden«, sagte die Köchin.

»Sie hat schon zwei Kinder zur Welt gebracht«, erwiderte Lilli, »und hatte bisher keine Probleme.«

»Hach!« Die Köchin schnaubte. »Mein erstes zu kriegen war so einfach wie Gerste zu kochen. Aber das vierte? Es war ein Junge, und er hätte mich beinahe umgebracht. Das habe ich ihm danach auch immer wieder gesagt, jedes Jahr aufs neue.«

Trotz der Ängste der Köchin war die Geburt rasch vorüber. Bellyras Wehen hatten kurz nach Einbruch der Morgendämmerung begonnen, und schon am Mittag eilte eine triumphierende Elyssa die Treppe hinab. Sie blieb auf halbem Weg stehen und rief: »Ein weiterer gesunder Sohn für den Prinzen! Es geht unserer Herrin gut.« Alle jubelten und verkündeten laut ihre guten Wünsche. Elyssa hielt einen Augenblick inne, lächelte sie an und kam dann die ganze Treppe herunter. Sie eilte zu dem Tisch, an dem Lilli saß.

»Lilli?« sage Elyssa. »Hättet Ihr einen Augenblick Zeit?«

»Selbstverständlich.« Lilli stand auf und knickste. »Was soll ich tun?«

»Kommt einfach mit mir.«

Elyssa führte sie hinaus auf den Hof. In der heißen Frühlingssonne summten dort Fliegen, die wie Edelsteine schimmerten, als sie hin- und herschossen. An der Pferdetränke striegelte ein Knecht einen Falben, der träge aufstampfte und versuchte, mit dem Schweif die Fliegen zu verscheuchen. Davon abgesehen hing Schweigen wie ein Zauber über der Festung. Elyssa starrte eine Weile das Pflaster an, dann blickte sie mit einem Schulterzucken auf.

»Es hat keinen Sinn, um den heißen Brei herumzureden«, sagte Elyssa. »Wäret Ihr bereit, der Prinzessin ihren Wutausbruch zu verzeihen?«

»Ich ihr verzeihen?« Lilli hörte, wie ihre Stimme brach. »Ich bin diejenige, die ihr Schaden zugefügt hat.«

»Nein, das seid Ihr nicht. Sie weiß, daß es Maryn ist, der ihr weh tut. In ihren schlimmsten Augenblicken hat sie Euch sicher die Schuld gegeben, aber wenn sie wieder bei sich ist, weiß sie, wer der wirkliche Schuldige ist.«

»Tatsächlich?«

»Tatsächlich.« Elyssa nickte. »Und Ihr wißt ja, welch schreckliche Traurigkeit sie jedesmal nach der Geburt überfällt.«

»Ja. Geschieht das jetzt wieder?«

»Noch nicht. Die ersten beiden Male ging es zumindest noch ein paar Tage lang gut.« Elyssa wandte den Blick ab und runzelte die Stirn. »Ich wünschte, die Hebamme würde mehr davon verstehen. Weder sie noch die Kräuterfrau sagen mehr als ›Das geht schon vorüber‹. Tatsächlich geht es auch immer vorüber, aber Ihr Götter! Es kostet sie so viel!«

»Es ist wirklich schrecklich.«

»Also habe ich an etwas gedacht. Prinzessin Bellyra hat mir von der Brosche Eurer Mutter erzählt, und daß ein böser Zauber darauf lag. Nevyn meinte, ein Dieb würde sich unbehaglich fühlen, wenn er die Brosche benutzte. Gibt es nicht einen Zauber, der jemanden aufheitern kann, ebenso wie man jemanden verflucht?«

»Ja.« Lilli dachte einen Augenblick nach. »Ich frage mich, ob ich zu so etwas imstande wäre? Ich glaube, ich weiß, wie es geht, aber ich bin nicht sicher, ob ich es kann. Ich bin nur eine Schülerin.«

»Ich weiß. Aber ich dachte, Ihr könntet es vielleicht versuchen.« Elyssa griff in die Falten ihrer Schärpe und holte eine kleine silberne Ringbrosche heraus. »Die da gehört ihr.«

»Ich versuche es gern.« Lilli nahm die Brosche entgegen. »Schlimmstenfalls passiert überhaupt nichts. Man kann niemanden zufällig verfluchen.«

»Das hatte ich mich schon gefragt.« Plötzlich lächelte Elyssa. »Es ist gut, wieder mit Euch sprechen zu können. Wenn dieser Kummer die Prinzessin wieder überfällt, wäre es wunderbar, wenn Ihr hin und wieder in die Frauenhalle kommen könntet. Jede Ablenkung wäre ein Vergnügen.«

»Selbst wenn sie wütend auf mich wird?«

»Selbst das, aber ich bezweifle, daß es geschehen wird.«

Elyssa hielt inne und warf einen Blick zum Himmel, wo die Sonne langsam ihre Bahn beendete. »Ist es schon zu spät, um die Boten loszuschicken?«

»An den Prinzen?«

»Ja. Ihr kennt Euch doch in der Umgebung von Dun Deverry aus. Gibt es eine Festung in der Nähe, in der die Boten übernachten könnten?«

»Einen guten Tagesritt weit östlich. Die meisten Festungen in der Nähe der Stadt wurden schon vor Jahren dem Erdboden gleichgemacht.«

»Das hatte ich befürchtet. Also gut. Ich lasse die Schreiber heute die Botschaften verfassen, und dann werden wir morgen früh die Männer auf den Weg schicken.«

Zusammen gingen sie wieder hinein und die Treppe hinauf, aber als Elyssa sich in die Frauenhalle begab, kehrte Lilli in ihre Kammer zurück. Sie legte die kleine Brosche auf den Tisch neben ihrem Buch und freute sich einen Augenblick auf die Aufgabe, die vor ihr lag. Auch sie mußte sich von ihren Sorgen um Branoic und den Prinzen ablenken. Sie fragte sich, ob Nevyn diesen unabhängigen Vorstoß in die Dweomerarbeit wohl gutheißen würde, aber da er nicht da war, um ihn zu fragen, machte sie sich an die Arbeit.

Nevyns Dweomerbuch erklärte, wie man einen Talisman herstellen konnte, und Lilli hatte nun auch schon zweimal beobachtet, wie Nevyn einen Fluch von einem Gegenstand nahm. Sie würde die Brosche zunächst von allen bösen Einflüssen reinigen müssen, der sie über die Jahre vielleicht ausgesetzt gewesen war. An diesem Abend zeichnete sie im Kerzenlicht einen magischen Kreis rund um ihren Tisch und den

Stuhl, um auf diese Weise den Ort, an dem sie den Zauber vollziehen wollte, zu kennzeichnen. Die Brosche legte sie in die Mitte des runden Tisches. Als nächstes setzte sie sich hin und meditierte, damit das Licht ihren eigenen Geist reinigte. Nachdem dies geschehen war, stand sie auf und stellte sich hin, wie sie es bei Nevyn gesehen hatte, eine Hand in die Luft erhoben.

»Herren des Lichts«, rief sie. »Möge meine Arbeit gut und wahr sein.«

Vor ihrem geistigen Auge stellte sie sich das Licht vor, das vom Sternenhimmel fiel. Sie stellte sich vor, daß es wie Wasser niedersank, sie vollkommen durchtränkte, daß Licht um ihren erhobenen Arm wirbelte, sich an ihren Fingerspitzen sammelte. Dann riß sie den Arm abwärts und überspülte die kleine Brosche mit einem Strahl silbrigen Scheins.

»Weiche!«

In ihrer veränderten Sichtweise bemerkte sie, daß die Brosche schimmerte, so hell wie geschmolzenes Silber im Schöpflöffel eines Silberschmieds. Das Licht flackerte, dann verschwand es. Lilli brach den magischen Kreis, indem sie mit dem Fuß aufstampfte.

»Alle Geister, die von dieser Zeremonie gefangen wurden, mögen frei sein!« Nun war die Kammer wieder ein ganz gewöhnlicher Raum, nur vom Kerzenlicht erhellt. Abermals stampfte Lilli auf den Boden, dann atmete sie tief aus. Sie merkte, daß sie zitterte und schwitzte. Als sie einen Schritt vorwärts trat, wäre sie beinahe gestolpert und mußte sich an der Stuhllehne festhalten. Eine Anstrengung, die ihr den Atem raubte. Ich habe genug Zeit, sagte sie sich. Ich muß einfach langsam und in Abschnitten vorgehen. Sie wickelte die frisch gereinigte Brosche zum Schutz in ein Stück Tuch und ging dann ins Bett. Während der nächsten Tage arbeitete Lilli an dem Talisman und ruhte sich dazwischen häufig aus. Die Arbeit ermüdete sie schrecklich, tatsächlich so sehr, daß sie daran dachte, nicht fortzufahren, aber sie konnte den Gedanken, Elyssa zu enttäuschen, nicht ertragen. Sie sah die Hofdamen nun häufig in der großen Halle, wo Elyssa immer auf einen Schwatz stehenblieb und ihr erzählte, wie es der Prinzessin ging. Endlich, an dem Morgen, als sie den Talisman vollendet hatte, brachte Elyssa ihr die Nachricht, die sie beide befürchtet hatten.

»Als die Prinzessin heute früh erwachte«, sagte Elyssa, »war sie nicht mehr sie selbst. Sie weinte so jämmerlich, daß es mir das Herz zerriß.«

»Ihr Götter! Es tut mir weh, auch nur davon zu hören«, sagte Lilli. »Aber zumindest ist ihre Brosche fertig. Kommt mit in meine Kammer, und ich gebe sie Euch.«

In ein Stück Tuch gewickelt, lag die Brosche auf Lillis Tisch am Fenster. Lilli holte sie heraus und reichte sie Elyssa. »Oh, wie hübsch sie jetzt aussieht!« sagte Elyssa lächelnd. »Habt Ihr sie vielleicht auch zu Otho gebracht, damit er sie poliert?«

»Nein.«

»Aber seht doch, wie sie in der Sonne schimmert! Ich kann mich nicht erinnern, daß sie so schön war.« Da wußte Lilli, daß sie Erfolg gehabt hatte. Elyssa nahm die Brosche und eilte davon in die Frauenhalle, um sie der Prinzessin zu geben. Lilli machte sich wieder an ihre Studien, aber ihr Geist wanderte immer wieder zu Bellyras Schicksal und der Brosche. Endlich, als der Morgen schon weit fortgeschritten war, kam Elyssa zurück.

»Wie geht es ihr?« rief Lilli gleich.

»Ein wenig besser, obwohl sie immer noch traurig ist«, erwiderte Elyssa. »Die Brosche hat sie allerdings gefreut. Sie hat sie sich ans Kleid gesteckt und geschworen, sie würde sie immer tragen.«

»Das freut mich!« Lilli zeigte auf das Buch. »Hier steht, daß

Talismane manchmal nur langsam wirken. Vielleicht wird er in ein paar Tagen mehr helfen.«

»Darum werde ich beten.« Elyssa seufzte und schaute aus dem Fenster. »Ich gäbe alles für ein wenig Hoffnung.«

»Sollten wir nicht einen weiteren Boten schicken? Nevyn will sicher wissen, daß sie wieder ...« Lilli konnte sich nicht dazu bringen, von Verrücktheit zu sprechen. »... unpäßlich ist.«

»Das ist wahr.« Elyssa dachte kurz nach. »Aber selbst wenn er es weiß, was könnte er tun? Er wird die Seite des Prinzen nicht verlassen.«

»Nein, das kann er nicht. Ich nehme an, wir müssen einfach warten, bis die Männer wieder heimkommen.«

»Ja.« Elyssa blickte auf und schaute in den Himmel, als könnte sie dort ablesen, wie die Kämpfe verlaufen würden. »Die Boten, die wir abgeschickt haben, um Kunde von dem neuen Kind zu bringen, sollten Maryn sicher bald erreichen. Er wird sie mit Neuigkeiten zu uns zurückschicken.«

»Und dann kann ich Nevyn einen Brief schreiben, den sie wieder mitnehmen. Also gut. Sollte ich Ihre Hoheit jetzt besuchen?«

»In ein paar Tagen. Diese ... diese Krankheit scheint am Anfang immer am schlimmsten zu sein. In etwa einer Woche wird sie sich ein wenig beruhigt haben.«

Nachdem Elyssa gegangen war, verbrachte Lilli noch ein wenig Zeit, um über andere Möglichkeiten nachzudenken, wie sie Bellyra helfen könnte. Aber es gab keine Möglichkeit außer der offensichtlichsten: daß sie ihre Affäre mit dem Prinzen beendete. Und das, so wußte sie, würde ihr schwerer fallen als der mächtigste Zauber der Welt.

Die Boten der Prinzessin holten die Armee bei Sonnenuntergang ein, als sie ihr Lager auf einer Wiese nahe einem Bach aufschlug. Inmitten dieser ganzen zielgerichteten Unordnung standen Nevyn und der Prinz und warteten darauf, daß die Diener mit dem Aufbau ihrer Zelte fertig wurden. Eine Wache führte die beiden Männer, die von Straßenstaub bedeckt waren, zu ihnen.

»Boten, Euer Hoheit. Von Eurer Gemahlin.«

Die Boten knieten vor dem Prinzen nieder. Maryn griff nach der silbernen Röhre und schüttelte den darin aufgerollten Brief heraus. Er warf einen Blick darauf, lachte und begann dann laut zu lesen.

»Ich entbiete meinem Gemahl Grüße. Wieder habe ich Euch einen elenden Sohn geboren, der nun darauf wartet, daß Ihr ihm einen Namen gebt. Ich hatte mir so sehr eine Tochter gewünscht, daß mir keine Jungennamen einfallen. Im Augenblick nennen meine Frauen ihn Klößchen, was wohl bis zum Ende Eures Feldzuges genügen wird.«

Dann las Maryn leise für sich weiter, in jenen Tagen eine seltene Kunstfertigkeit, die er früher einmal von Nevyn gelernt hatte. Aus seinem Lächeln konnte Nevyn erraten, daß die Botschaft nicht für die Ohren anderer gedacht war. Endlich blickte Maryn auf und wandte sich den Boten zu. »Ihr müßt hungrig sein«, sagte der Prinz. »Es tut mir leid, daß ich Euch ganz vergessen hatte. Wache! Sorgt dafür, daß diese Männer etwas zu essen bekommen, und verbreitet die Nachricht über den neuen Prinzen unter den Adligen.«

Schon bald erschienen Maryns Vasallen zu zweit und zu dritt, um ihm zur Geburt des neuen Prinzen zu gratulieren, aber keiner blieb lange. Der Geruch nach Essen im Lager zog sie rasch an ihre eigenen Feuer zurück. Als Gwerbret Daeryc erschien, bat Maryn ihn jedoch, eine Weile zu bleiben. Die Diener brachten einen Hocker, und er setzte sich mit dem Prinzen und Nevyn ans Feuer.

»Aus den Landkarten, die ich habe«, meinte Maryn, »schließe ich, daß wir in der Nähe von Glasloc sind. Glaubt Ihr, das ist richtig?«

»Ja, mein Lehnsherr«, erwiderte Daeryc. »Sobald wir den See erreicht haben, und das wird in etwa zwei Tagen geschehen, befinden wir uns am Rand der Ländereien des Eberclans. Wenn ich mich recht erinnere, liegt Glasloc genau auf halbem Weg zwischen der Heiligen Stadt und Cantrae.«

»Aha.« Maryn nickte. »Ich wette, Braemys wird uns entgegentreten, bevor wir anfangen, seine Ländereien zu plündern.« Er warf Nevyn einen Blick zu. »Wißt Ihr, mit welcher Landschaft wir zwischen hier und Glasloc rechnen müssen? Ist das Land flach?«

»Zum größten Teil, mein Lehnsherr.« Nevyn wandte sich zur Erklärung an Daeryc. »Als ich noch jünger war, Euer Gnaden, habe ich eine Zeitlang in der Nähe von Cantrae gewohnt.«

»Das ist gut«, meinte der Gwerbret. »Ich bin nicht mehr dort gewesen, seit ich ein kleiner Junge war, und wir brauchen jemand, der sich dort besser auskennt als ich.«

Er erhob sich und verbeugte sich vor Maryn. »Und wenn Ihr mir jetzt verzeiht, Euer Hoheit, dann werde ich gehen. Ich bin hungrig genug, um einen Wolf mitsamt dem Fell zu verschlingen.«

Die Silberdolche führten ihre Vorräte in ihren eigenen Wagen mit, der von einem kräftigen Fuhrmann und seinem mageren Sohn gelenkt wurde. An diesem Abend saß Maddyn bei Owaen, als der Sohn, der junge Garro, den beiden Hauptleuten ein Stück gesalzenen Schweinefleischs am Spieß brachte. Grüner Schimmel klebte an dem Fett.

»Mein Vater sagt«, verkündete Garro, »es wäre zu lang im Faß gewesen. Und es war auch nicht genug gesalzen, sagt Vater.«

»Dein Vater hat zweifellos recht.«

Maddyn nahm den Fleischspieß entgegen. »Was meinst du, Owaen?«

»Wir hatten schon viel Schlimmeres«, erwiderte Owaen. »Kannst du irgendwelche Maden sehen?«

Maddyn drehte den Spieß in alle möglichen Richtungen, damit ein wenig Licht darauf fiel. »Nein, ich kann keine finden.«

»Es waren auch keine im Faß«, meinte Garro.

»Dann muß es genügen. Sehen wir mal.«

Maddyn zog den Dolch. Er schnitt die grünen Stellen ab und aß ein Stück vom Rest. »Es ist nicht schlecht, aber es ist auch nicht gut. Kein Grund, sich darüber Gedanken zu machen, aber ich wette, daß Oggyn dahintersteckt.«

Owaen stieß ein paar Schimpfworte aus, die bewirkten, daß der junge Garro zusammenzuckte.

»Ich bin nicht böse auf dich«, fauchte Owaen. »Geh und bedanke dich in unserem Namen bei deinem Vater. Sofort. Gib mir das da, Maddo. Und jetzt gehen wir und schieben es dem kahlen Mistkerl in den Arsch.«

Leider war Oggyn gerade damit beschäftigt, vor dem königlichen Zelt dem Prinzen seine Aufwartung zu machen. Da selbst Owaen hier keine Gewalt anwenden konnte, knieten sich die beiden Silberdolche in der Nähe des Sessels des Prinzen nieder und warteten. Oggyn gratulierte Maryn mit großen Worten und gewaltigen Metaphern zur Geburt seines neuen Sohnes – als hätte, wie Maddyn wütend dachte, Bellyra nichts damit zu tun. In der frischen Luft verkündete das Schweinefleisch nun deutlicher, wie verfault es war. Sobald Oggyn die Puste ausging, erregten die beiden Silberdolche – oder genauer gesagt der Gegenstand ihrer Beschwerde – Maryns Aufmerksamkeit.

»Was ist das für ein Gestank?« Maryn sah sich um. »Ihr

Götter, Owaen! Was habt Ihr mir da mitgebracht, eine tote Ratte?«

»Nein, mein Lehnsherr«, sagte Owaen. »Die Ratte kniet da neben Euch.«

Im Feuerlicht konnte Maddyn erkennen, wie Oggyn bleich wurde.

»Verdorbene Rationen, mein Lehnsherr«, fuhr Owaen fort und fuchtelte mit dem Fleisch am Spieß herum. »Euer Berater hier ist für die Rationen verantwortlich, und ich denke, er hat den Silberdolchen die Überreste des letzten Winters gegeben.«

»Wie bitte?« quiekte Oggyn. »Auf keinen Fall! Wenn Ihr verdorbenes Essen erhalten habt, dann hat einer der Diener einen Fehler gemacht.« Er warf Maryn einen Blick zu. »Wenn Euer Hoheit mich nun entlassen würden, werde ich mir am besten gleich das Faß ansehen, aus dem das Fleisch kam. Ich wette, mein Zeichen befindet sich nicht darauf.«

»Wir werden es noch besser machen«, meinte Maryn grinsend. »Ich komme mit Euch. Geht voran, Silberdolche.«

Maryn wußte plötzlich, daß es vergeblich sein würde. Zweifellos war Oggyn zu schlau, um Beweise zu hinterlassen. Die beiden Silberdolche führten den Prinzen und seine Berater zu ihrem Lager und dem Vorratswagen, wo Garro und sein Vater das bewußte Faß herunterhoben. Im Licht der Laterne untersuchte Oggyn den Deckel, während Maryn zuschaute.

»Kein Zeichen darauf«, erklärte Oggyn triumphierend. »Der Inhalt dieses Fasses hätte an die Hunde der Festung gehen und nicht für die Armee aufgeladen werden sollen.«

»Nun, sorgt dafür, daß es jetzt weggeworfen wird«, meinte Maryn. »Aber in einiger Entfernung. Dieser Gestank gefällt mir überhaupt nicht.«

»Selbstverständlich, Euer Hoheit«, meinte Oggyn. »Ich werde sofort Ersatz aus meinen persönlichen Vorräten schicken.«

Plötzlich fragte sich Maddyn, ob er das Schweinefleisch vielleicht hätte behalten sollen. Zu spät, dachte er, und wir haben im Lauf der Jahre wirklich schon Schlimmeres gegessen. Er schlug sich die Angelegenheit aus dem Kopf, aber leider blieb sie in seinem Magen. Er erwachte Stunden vor der Dämmerung, kämpfte sich aus den Decken und eilte zum Latrinengraben hinter dem Lager. Er erreichte ihn gerade noch, bevor seine Selbstbeherrschung versagte.

»Nevyn, Lord Nevyn!« Die Stimme klang laut und drängend. »Zu Hilfe!«

Durch die Zeltwand schimmerte trübes Laternenlicht.

»Was ist los?« Nevyn setzte sich gähnend. »Wer ist da?«

»Branoic, Herr. Maddyn wurde vergiftet.«

Nevyn sprang auf und war sofort hellwach. Er zog seine Brigga an, griff nach einem Sack voll Arzneien und einem Hemd und schlüpfte aus dem Zelt. Draußen stand Branoic mit einer Laterne in der Hand.

»Owaen hat mir erzählt, er hat verdorbenes Schweinefleisch gegessen«, meinte Branoic. »Aber es kam aus einem Faß, das Oggyn uns gegeben hat.«

Branoic führte Nevyn zum Zelt des Barden. Davor lagen Maddyns Kleider in einem stinkenden, schmutzigen Haufen. Drinnen lag Maddyn selbst nackt auf einer Decke. Das Zelt roch nach Erbrochenem und Durchfall. Owaen kniete sich neben den Barden, einen nassen Lappen in der Hand.

»Ich habe ihm das Gesicht abgewischt«, sagte Owaen. »Ich glaube nicht, daß er noch kotzen wird.«

»Nichts mehr da«, flüsterte Maddyn.

»Wie fühlst du dich?« fragte Nevyn.

»Wie ausgewrungen. Und ich habe Darmkrämpfe.«

Die Anstrengung, reden zu müssen, ließ ihn schaudern. Nevyn griff nach einer sauberen Decke und breitete sie über ihn. Im Laternenlicht schimmerte sein bleiches Gesicht mit den dunklen Ringen unter den Augen vor kaltem Schweiß. Nevyn schickte Owaen, einen Diener zu wecken, der ein wenig Wasser erhitzen sollte, dann kniete er sich neben seinen Patienten. Branoic hängte die Laterne an die Zeltstange und zog sich zurück.

»Ihr Götter«, murmelte Maddyn. »Ich stinke.«

»Das ist gut so«, erklärte Nevyn. »Dein Körper spült alles nach draußen. Aber ich werde dich noch dazu zwingen, Kräuterwasser zu trinken, damit wirklich alles verschwindet. Ich fürchte, es wird nicht angenehm werden.«

»Das ist immer noch besser, als zu sterben.«

»Das stimmt.«

Maddyn seufzte und wandte sich ab. Der Gestank im Zelt hat keine Spur von Gift an sich oder zumindest, dachte Nevyn, kein Gift, das ich erkennen würde. Während er auf das heiße Wasser wartete, hockte sich Nevyn nieder und betrachtete Maddyn mit dem Dweomerblick. Maddyns Aura hatte sich fest um ihn gewickelt, geschrumpft und flackernd, von einer bräunlichen Farbe, vermischt mit kränklichem Grün. Aber sie pulsierte, als kämpfte sie bereits darum, ihre normale Größe wiederzuerlangen, und wurde dicht an der Haut heller. Nevyn kehrte wieder zur normalen Sichtweise zurück.

»Du wirst es überleben«, verkündete er.

»Gut so.« Plötzlich versuchte Maddyn, sich hinzusetzen. »Die Rosennadel.«

»Was?« Nevyn schob ihn wieder auf die Decke. »Bleib liegen!«

»Ich muß die Rosennadel finden. An meinem Hemd.«

Nevyn erinnerte sich. »Den Glücksbringer, den die Prinzessin dir gegeben hat?«

»Er war an meinem Hemd.«

»Deine Sachen sind alle draußen. Das kann warten.«

Maddyn schüttelte den Kopf und versuchte wieder, sich hinzusetzen. Zum Glück brachte nun ein Diener eine gewisse Ablenkung, als er mit einem schwarzen Kessel dampfenden Wassers hereinkam. »Danke«, sagte Nevyn. »Stell ihn dort neben den großen Kleidersack. Ich habe noch eine andere Aufgabe für dich. Auf dem Hemd des Barden, das draußen liegt ...«

»Die Rosennadel, Herr?« Der Diener streckte die andere Hand aus. »Branoic hat mir schon gesagt, ich sollte sie herbringen.«

Auf seiner Handfläche lag das Schmuckstück. Nevyn nahm es ihm ab und zeigte es Maddyn, der sich wieder auf die Dekken sinken ließ.

»Ich stecke sie an mein eigenes Hemd«, sagte Nevyn, »damit sie nicht verlorengeht.«

Maddyn lächelte und schloß die Augen. Nevyn streute ein Päckchen Kräuterarznei ins Wasser, dann rief er nach Branoic. Zusammen trugen sie Maddyn und den Kessel nach draußen, wo das Kräuterwasser arbeiten konnte, ohne daß das Zelt verunreinigt wurde. Der Rest der Nacht verging auf unangenehme Weise, aber gegen Morgengrauen bemerkte Nevyn, daß es Maddyn besserging, als der Barde ein wenig stark verwässertes Bier trinken konnte, ohne es sofort wieder von sich zu geben. Er schickte den jungen Garro los, Maddyns Sachen zu waschen, und wies Branoic an, Maddyn, wenn er das nächste Mal aufwachte, ein wenig in Bier getränktes Brot zu geben.

»Ich habe noch etwas zu tun«, sagte Nevyn. »Ich frage mich, wo wohl Oggyns Zelt steht?«

»Direkt hinter dem des Prinzen«, erklärte Branoic. »Er hat ein rotes Fähnchen aufgesteckt.«

»Genau wie der Lord, der er so gerne wäre, wie? Also gut.«

Im silbrigen Licht der Morgendämmerung war das Zelt leicht zu finden. Nevyn hob die Zeltklappe und rief nach Oggyn.

»Ich bin wach, Herr«, sagte Oggyn, und er klang erschöpft. »Kommt herein.«

Nevyn duckte sich unter der Zeltklappe durch und fand sich einem vollständig bekleideten Oggyn gegenüber, der im Halbdunkel auf einem Hocker saß. Nevyn rief die Geister des Aethyr herauf und brachte eine Kugel Dweomerlicht zum Leuchten. Als er sie an die Zeltplane hängte, schien es Oggyn kaum aufzufallen.

»Ich hatte Euch erwartet«, sagte Oggyn. »Ich habe gehört, was mit Maddyn passiert ist. Der Klatsch verbreitet sich im ganzen Lager. Ich nehme an, Ihr glaubt, daß ich diesen elenden Barden absichtlich krank gemacht habe.«

»Daran hatte ich gedacht«, meinte Nevyn. »War es nur das verdorbene Schweinefleisch, oder habt Ihr etwas von Lady Meroddas Giften benützt?«

»Ganz bestimmt nicht, das schwöre ich!« Oggyn begann zu zittern, und im Dweomerlicht konnte Nevyn sehen, daß er um die Augen herum kreidebleich geworden war. »Selbst wenn ich ihnen dieses Faß gegeben hätte – wie hätte ich dafür sorgen können, daß nur Maddyn das Zeug aß? Nevyn, glaubt Ihr wirklich, ich würde die ganze Truppe vergiften, um mich an ihm zu rächen?«

»Schande ist etwas sehr Bitteres«, sagte Nevyn. »Und Ihr habt auch mit Owaen und Branoic das eine oder andere Hühnchen zu rupfen.«

Oggyn glitt vom Hocker und sank auf die Knie. »Ihr Götter! Glaubt Ihr denn, ich könnte etwas tun, das unserem Prinzen schadet?«

»Wie? Selbstverständlich nicht!«

»Und er ist von den Silberdolchen abhängig.« Oggyn blickte auf. Große Schweißtropfen liefen ihm über das Gesicht. »Glaubt Ihr, ich würde seine Wachen vergiften?«

»Nun ...« Nevyn zögerte. »Das muß ich Euch zugestehen. Und es besteht kein Zweifel daran, daß verdorbenes Fleisch einem Mann ebenso schaden kann, wie Meroddas Gifte es tun würden.«

Oggyn nickte mehrmals, als wollte er ihn drängen, diesen Gedanken weiterzuverfolgen. Nevyn bediente sich wieder des Dweomerblicks, um sich Oggyns Aura anzusehen, die vor Angst einen kränklichen Grauton angenommen hatte, aber auch keine Heimtücke hinwies.

»Werdet Ihr es mir noch einmal schwören?« fragte Nevyn.

»Ja«, sagte Oggyn. »Möge der große Bel mich erschlagen, wenn ich lüge. Ich habe nicht versucht, Maddyn oder jemand anderen zu vergiften. Dieses Salzfleisch hätte an die Hunde der Festung gehen sollen.«

Die Aura pulsierte vor Angst, aber es war ausschließlich Angst.

»Also gut«, meinte Nevyn schließlich. »Dann muß ich mich entschuldigen.«

Oggyn stand auf und fuhr sich mit der zitternden Hand übers Gesicht. »Ich verstehe, warum Ihr mich verdächtigt«, flüsterte er. »Aber ich schwöre, ich habe nichts dergleichen getan. Ich bin nur verflucht froh, daß Ihr jetzt zu mir gekommen seid und nicht damit vor dem Prinzen herausplatzt.«

»Nun, ich hatte meine Zweifel.«

»Ihr Götter! Ich werde nie wieder sicher sein. Sobald diesem elenden Barden auch nur das geringste passiert, wird man mir die Schuld geben.«

»Ihr solltet tatsächlich darüber nachdenken, alles zu tun, was in Eurer Macht steht, damit er in Sicherheit ist.«

Oggyn lächelte dünn. Ohne ein weiteres Wort überließ ihn Nevyn seinen Bemühungen, die Fassung wiederzuerlangen.

Das ließ das Problem bestehen, was er mit Maddyn anfangen sollte. Der Barde war zu schwach, um mit der Armee weiterzureiten, und in einem Wagen herumgeschüttelt zu werden würde ihn nur weiter schwächen. So tief in Feindesland wäre es einer Todesstrafe gleichgekommen, ihn zurückzulassen. Der morgendliche Kriegsrat löste dieses Problem allerdings. Gwerbret Ammerwdd wies darauf hin, daß Braemys ihnen vermutlich eine Falle stellen oder sie zumindest in eine möglichst schwache Position locken würde.

»Er kennt dieses Land besser als wir«, sagte Ammerwdd. »Ich zweifle nicht daran, daß er irgendwie versuchen wird, uns heimtückisch zu überfallen, oder uns auf ein Schlachtfeld lokken will, das ihm paßt, aber nicht uns.«

»Da bin ich ganz Eurer Meinung«, sagte Maryn. »Ich schlage vor, wir behalten unser Lager an dieser Stelle bei und schicken Späher aus. Wenn sie die Armee hinter sich lassen, können sie einen großen Teil des Landes erkunden.«

Nach längeren weiteren Diskussionen stimmten die restlichen Adligen dem Plan zu. Den ganzen Morgen wartete die Armee, während Reiter kamen und gingen und über Land ausschwärmten, in der Hoffnung herauszufinden, wie weit Braemys ihnen schon entgegengekommen war.

Nevyn verbrachte einen großen Teil der Wartezeit bei Maddyn in seinem Zelt. Obwohl die Kräuter ihn von dem größten Teil der Vergiftung gereinigt hatten, war der Barde immer noch krank und zitterte trotz der Nachmittagshitze vor Erschöpfung. Weil er sich so oft übergeben hatte, waren seine Lippen und die Haut rings um den Mund gerissen. Als Nevyn mit Kräutern versetztes Schmalz darauf rieb, bemerkte er, daß die Haut vollkommen schlaff war. Nevyn packte ein wenig zwischen Daumen und Zeigefinger, so sanft, daß es Maddyn nicht auffiel, aber der Hautstreifen blieb weiter erhöht und zog sich nicht von selbst wieder glatt.

Zum Glück hatten ein paar Männer in der Nähe des Lagers eine Trinkwasserquelle gefunden. Nevyn schickte Branoic mit einem sauberen Eimer los, um Wasser zu holen.

»Seine wäßrigen Körpersäfte sind erschöpft«, erklärte Nevyn. »Wir müssen sie wieder auffrischen.«

Manchmal konnte Maddyn das Wasser bei sich behalten, und manchmal kam es wieder heraus, aber endlich gelang es ihm, genug zu trinken, um Nevyns schlimmste Befürchtungen zu beruhigen. Während der ganzen Zeit wartete Branoic bedrückt draußen und war froh über jede kleine Aufgabe, die Nevyn für ihn fand.

»Er war mein Freund, seit ich mich den Silberdolchen angeschlossen habe«, erklärte Branoic. »Ich würde alles für ihn tun, Herr.«

»Gut«, sagte Nevyn. »Er braucht Wasser und Essen, aber er wird immer nur einen Bissen oder einen Schluck bei sich behalten können.«

»Wenn all dieses widerliche Schweinefleisch draußen ist, wieso ist er immer noch so krank?«

»Ich wünschte, ich wüßte es. Menschen, die verdorbenes Zeug gegessen haben, bleiben oft noch lange Zeit krank, aber ich habe keine Ahnung, warum.«

Branoic starrte ihn mit großen Augen an.

»Es gibt verflucht viel, was ich nicht weiß«, fuhr Nevyn fort. »Und kein anderer Kräutermann, dem ich je begegnet bin, weiß es. Warum eine Krankheit bleibt, ist eine dieser Fragen, und wie sie sich verbreitet, eine andere.«

»Ich verstehe.« Branoic rieb sich mit dem Handrücken das Kinn. »Und ich finde das überhaupt nicht tröstlich.«

»Ehrlichkeit ist selten tröstlich. Und jetzt geh und kümmere dich um Maddyn. Ich muß mich noch waschen, bevor ich zum Kriegsrat des Prinzen gehe.«

Im abendlichen Zwielicht kamen zwei von Daerycs Männern mit Neuigkeiten zurück. Ein Herold führte sie zum Prinzen, der mit Nevyn und einigen seiner Vasallen vor seinem Zelt saß. Im Feuerlicht knieten sie sich vor ihm nieder und berichteten. Sie waren direkt nach Osten geritten, oder zumindest hatten sie das nach der Position der Sonne angenommen. Ihre Schatten hatten sich lange vor ihnen ausgestreckt, als sie einen niedrigen Hügel überquerten und in ein paar Meilen Entfernung eine gewaltige Staubwolke am Horizont erkannten.

»Es müssen die Männer aus Cantrae sein, Euer Hoheit«, sagte einer der Späher. »Nur eine Armee könnte soviel Staub aufwirbeln. Und die Götter wissen, daß nicht genug Männer für mehr als eine übrig sind.«

»Das stimmt«, meinte Maryn grinsend. »Wie weit waren sie entfernt?«

»Von unserem Lager, Euer Hoheit?« Der Späher schien zu rechnen. »Nun, für eine Armee dieser Größe mindestens eine Tagesreise, aber nicht sehr viel mehr. Wir haben sie noch ein wenig länger beobachtet. Der Staub schien nicht näher zu kommen.«

»Es sah sogar aus, als setzte er sich ein wenig«, erklärte der zweite Späher. »Und ich dachte, wahrscheinlich schlagen sie das Nachtlager auf.«

»Gut.« Maryn stand auf und sah seine Adligen an. »Ich bezweifle, daß es schon morgen zum Kampf kommen wird.«

»Wahrscheinlich nicht«, sagte Gwerbret Ammerwdd. »Aber wir sollten trotzdem bereit sein.«

Die anderen Adligen nickten, murmelten ein paar Worte und wechselten Blicke. Nevyn bemerkte Gwerbret Daeryc, der ihn mit hochgezogenen Brauen ansah. Nevyn zuckte mit den Schultern. Er hatte den Berichten der Späher nichts hinzuzufügen – zumindest im Augenblick nicht.

Spät in dieser Nacht, als alle bis auf die Wachen im Lager

schliefen, ging Nevyn in sein Zelt und beschwor seinen Lichtkörper herauf. Er erhob sich direkt durch das Zeltdach auf die ätherische Ebene, wo die Sterne scheinbar viel näher waren und wie glitzernde Silberkugeln aussahen. Mit den Richtungsanweisungen der Späher im Sinn bewegte er sich rasch über das rot schimmernde Land. Endlich entdeckte er am Horizont ein seltsames Licht, eine flackernde Masse von Gelb- und Orangetönen, durchschossen mit tanzendem Rot, die genauso aussah, wie ein Feuer auf einer Grasebene in der physischen Welt ausgesehen hätte. Er wußte allerdings, daß er das ätherische Abbild der versammelten Auren von Braemys Armee vor sich hatte. Obwohl er nicht genau wußte, wie weit sie entfernt waren, wagte er, näher heranzufliegen. Die Armee hatte diesseits des Loc Glas und des Flusses, der südlich davon verlief, ihr Lager aufgeschlagen. Nevyn konnte sich ihnen nähern, ohne durch die vom Wasser aufsteigenden Schleier gefährdet zu werden, und Braemys hatte in seinem Gefolge keinen Dweomermeister. So schwebte Nevyn schließlich über der Pferdeherde, die angepflockt auf einer Wiese döste. Direkt dahinter lagen die Zelte. Nevyn erhob sich höher, um sich einen Überblick zu verschaffen. Er hatte zwar nicht die Zeit zu zählen, konnte aber sehen, daß die Streitmacht ein ganzes Stück kleiner war als Maryns.

Etwas an dem Lager kam ihm seltsam vor. Er ließ sich auf dem ätherischen Fluß treiben, segelte wie ein Falke im Wind, während er versuchte nachzudenken. Vernünftiges Denken funktionierte nur träge, wenn man sich so weit in der ätherischen Ebene befand. Dennoch, er studierte das Lager und merkte sich die Bilder, bevor er sich umdrehte und zu seinem Zelt zurückkehrte.

Sobald er wieder in seinem Körper und vollkommen wach war, begriff er, was er gesehen hatte. Keine Wagen. Auch keine Packsättel, die am Rande der Wiese aufgeschichtet waren.

Mit dem ersten Streifen grauen Morgenlichts stand er auf und ging durch das noch schlafende Lager zu Maryns Zelt. Er fand den Prinzen wach vor dem Zelt stehend und gähnend.

»Neuigkeiten, Euer Hoheit«, sagte Nevyn. »Braemys hat seinen Nachschubzug zurückgelassen. Seine Männer tragen vermutlich in ihren Satteltaschen, was sie an Essen mit sich führen können. Er hat einen raschen Schlag vor.«

Maryn lachte. »Gut«, sagte der Prinz schließlich. »Dann werden wir heute vielleicht endlich diese Angelegenheit zu Ende bringen können.«

»Vielleicht. Ich frage mich nur, ob Braemys noch weitere Tricks vorhat.«

Das Lager wurde in Alarmzustand versetzt. Unter Oggyns Befehl sammelten sich die Speerkämpfer um die Vorratswagen, Ersatzpferde, Diener, eingepackte Zelte, Bettrollen und ähnliches, das alles auf einer Wiese zusammengehäuft wurde, und bewachten es. Die Armee sattelte und zäumte ihre Pferde auf, dann legten alle Rüstung an, aber statt ihre Tiere zu ermüden, setzten sie sich neben sie auf den Boden, um zu warten. Da der Prinz ein paar Silberdolche als Späher ausgeschickt hatte, würden sie genügend Vorwarnung erhalten, falls Braemys rasch in den Kampf marschieren sollte. In all dem Durcheinander, das diese Vorbereitungen begleitete, schlüpfte Nevyn aus dem Lager. Er ging eine Meile nach Westen in einen kleinen Hain, den er vorher entdeckt hatte. Diese Angelegenheit von Braemys' fehlendem Nachschubzug beunruhigte ihn.

Im Schutz einer Eiche legte er sich auf den Boden, verschränkte die Arme über der Brust und fiel in Trance. Am Tag schimmerte die ätherische Ebene, pulsierte vor Leben, und das blaue Licht bebte um ihn her. Die Sonne, eine gewaltige glühende Kugel, schoß goldene Pfeile auf die Erde nieder. Die rötlichen Auren von Gras und Bäumen wanden sich und streckten lange Ranken ätherischer Substanz aus, um das Gold einzufangen und sich davon zu nähren. In all dieser Verwirrung konnte Nevyn kaum Osten von Westen unterscheiden. Er stieg hoch auf, von wo aus er besser begreifen konnte, was er sah, und imstande sein würde, Straßen und Flüsse in dem allgemeinen Schimmern besser zu erkennen. Die Silberschnur, die er mit seinem physischen Körper verband, wehte hinter ihm her, als er wieder nach Osten flog, zu der Stelle, wo er Braemys' Armee gesehen hatte.

Nevyn erwartete, dem Feind schon bald zu begegnen, und tatsächlich waren sie ein paar Meilen näher an Maryn als in der Nacht zuvor. In Bewegung erstreckte sich die Armee über einen langen Teil der Straße, und dank dieser lockeren Formation konnte Nevyn erkennen, daß tatsächlich kein einziger Wagen den Reitern folgte. Er schwebte nach Norden, um von dieser wirren Masse von Auren und physischem Staub wegzukommen, erhob sich höher ins blaue Licht und sah vor dem nördlichen Horizont ein Schimmern. Es erschien ihm als eine Kuppel hellen Lichts, überwiegend gelb, aber hier und da von Rot durchschossen. Auf der ätherischen Ebene, wo er seinen physischen Körper und alles, worauf dieser sich bezog, weit zurückgelassen hatte, hätte er kaum sagen können, wie nah diese Kuppel war.

Ist das nicht interessant? Nevyn überlegte. Vielleicht eine zweite Streitmacht. Er bewegte sich von der Straße und eilte auf diese pulsierende Lichtkuppel zu.

Unterwegs merkte er sich Kennzeichen der Landschaft, die ihm vielleicht, sobald er zu seinem Geist zurückgekehrt war, eine Vorstellung von Entfernung geben konnten. Die Lichtkuppel bewegte sich nicht und veränderte auch nicht ihre Größe. Sobald er näher kam, erkannte Nevyn, warum. Keine zweite Streitmacht, sondern Braemys' fehlender Nachschubzug breitete sich über lang verlassene Felder aus. Er war gewaltig, erheblich größer als Maryns – obwohl Braemys eine viel kleinere Armee anführte. Als Nevyn näher kam, entdeckte er viele kleine Auren, bleich und bebend, unter den größeren: verängstigte Kinder, bemerkte er erschrocken. Viele der größeren Auren gehörten Frauen. Was machten sie dort? Und warum im Norden, vermutlich weit ab im Norden? Es war wirklich ein Rätsel.

Nevyn verweilte noch einen Augenblick, versuchte, sich Einzelheiten des Lagers und der umgebenden Landschaft zu merken, dann kehrte er um und flog wieder nach Süden. Angetrieben von seiner Neugierde, sah er die Landschaft unter sich, die so rasch vorbeiflog wie eine bardekianische Schriftrolle, die von einem sorglosen Schreiber fallen gelassen wurde. In nur einem Augenblick schwebte er wieder über Braemys' Armee, die nun auf der Straße innehielt. Nevyn konnte das Ziehen der Silberschnur spüren, die ihn mit seinem Körper verband. Er ermüdete schnell, und sich zu lange im Ätherischen aufzuhalten war selbst für einen Dweomermeister wie ihn gefährlich. Dennoch verspürte er gleichzeitig ein Drängen zu bleiben, eine tiefe Intuition aus dem Innersten seines Wesens. Wie ein Falke im Wind schwebte er über der Armee und sah eine kleine Gruppe von Männern auf Pferden. Braemys und seine Adligen!

Der Gedanke traf ihn wie eine Windbö und blies ihn zu den Männern hin, die dort auf dem Pferderücken saßen, aber er war zu spät, um ihre Beratung zu belauschen. Die Adligen zogen alle ihre Schwerter, schwarze, tödliche Flecken in den goldenen Auren, ließen sie klirren, als besiegelten sie einen Schwur, wendeten dann ihre Pferde und trabten zurück zur wartenden Armee. Abermals spürte Nevyn das Zerren der Silberschnur. Als er an sich hinabschaute, entdeckte er, daß sein Lichtkörper gefährlich durchscheinend war. Er konzentrierte seinen Willen und begann, ätherisches Licht anzuziehen, wickelte sich in langgezogene silbrigblaue Strähnen. Sein Abbild saugte es auf, wie Tuch Wasser aufsaugt, und wieder fühlte er sich stark und fest.

Inzwischen hatte die Armee unter ihm begonnen, sich zu bewegen. Sofort begriff Nevyn, warum er sich gezwungen hatte zu bleiben: Die Marschlinie teilte sich auf. Ein Trupp mit den Eberbannern an der Spitze eilte rasch nach Südwesten – um dem roten Drachen in die Flanke zu fallen? Sehr wahrscheinlich. Erst als diese Hälfte der Armee schon unterwegs war, zog der Rest weiter, direkt nach Westen. An ihrer Spitze flatterten Banner mit dem Schwerterwappen von Lughcarn. Als Nevyn diesmal den Zug der Silberschnur an seinem Lichtkörper spürte, gab er dem Impuls nach und eilte nach Westen zu seinem Körper und Prinz Maryn. Nun hatte er wirklich Neuigkeiten für den Kriegsrat.

Den ganzen Tag war Lilli ruhelos gewesen. Sie las eine Seite in einem Buch, nur um dann zu begreifen, daß sie kein einziges Wort verstanden hatte. Am späteren Morgen gab sie ihre Studien auf und eilte nach unten. Sie durchquerte die große Halle, als eine Jungenstimme sie grüßte und sie sich Prinz Riddmar gegenüberfand. Seine Ähnlichkeit mit Prinz Maryn traf sie wie ein Vorzeichen. Wenn sie eines Tages einen Sohn vom Prinzen haben sollte, würde er zweifellos ganz ähnlich aussehen wie dieser Junge.

»Guten Morgen, Lady Lilli«, sagte Riddmar. »Habt Ihr vielleicht vor auszureiten?«

»Ich wollte ein wenig spazierengehen. Warum?«

»Oh, mir ist so langweilig.« Der Junge verzog das Gesicht. »Es ist wirklich ärgerlich, daß ich nicht mit in den Krieg ziehen durfte. Ich würde gern hinunter zum See reiten, aber Lady Elyssa sagte, ich dürfe nicht alleine gehen.«

»Und damit hat sie auch ganz recht. Ihr seid zu wertvoll,

um Euer Leben an einen Verräter oder einen Spion Cantraes zu verlieren.«

»Das sagt mein Bruder auch immer.« Riddmar seufzte dramatisch. »Darf ich ein paar Schritte mit Euch gehen?«

»Selbstverständlich. Aber es wird nur ein kleiner Spaziergang.«

Riddmar wohnte zwar schon seit ein paar Monaten in der Festung, hatte aber immer noch Schwierigkeiten, sich in diesem Irrgarten aus Mauern und Türmen zurechtzufinden. Also zeigte ihm Lilli unterwegs, woran er sich orientieren konnte und welche Pfade sicher durch das Durcheinander führten.

»Einige dieser Gebäude sehen so plump aus«, meinte Riddmar. »Wie dieser alte Turm, den man vom Haupthof aus sehen kann.«

»Den, der so schief überhängt? Euer Bruder erzählte mir, er sei bewußt so gebaut, damit die Verteidiger Steine auf Angreifer fallen lassen können.«

»Oh. Das klingt wirklich vernünftig.«

Plötzlich errötete Riddmar und wandte den Blick ab.

»Was ist denn?« Lilli schaute ihn fragend an.

»Äh, nun ja, ich habe mich nur ... nun, ich habe mich an etwas erinnert, das mein Bruder mir einmal gesagt hat.«

»Über mich?«

Wieder errötete der Junge und verriet damit die Antwort.

»Alle wissen, daß ich seine Mätresse bin. Ihr braucht nicht verlegen zu sein.« Lilli versuchte, ihm seine Scheu zu nehmen.

»Das weiß ich.« Riddmar starrte auf den festgestampften Dreck des Hofs. »Es war nur so seltsam.«

»Was?«

»Nun.« Riddmar begann mit der Sperrspitze Linien auf dem Boden zu ziehen. »Er sagte, daß er hofft, daß ich niemals eine Frau so lieben werde wie er Euch.« Er blickte auf. »Das verstehe ich nicht.«

»Er sollte lieber aufpassen, was er Euch erzählt.«

»Ich habe Euch doch nicht erzürnt? Es tut mir leid. Er ist irgendwie eines Abends damit herausgeplatzt, als er wollte, daß ich verschwinde, damit er ... damit er zu Euch gehen kann.«

»Ich bin nicht böse. Ich bin nur plötzlich sehr müde. Kehren wir zurück zur großen Halle. Ich muß mich ausruhen.«

Als sie wieder auf den Hauptbroch zugingen, kam Elyssa gerade heraus und raffte die Röcke wegen des schmutzigen Pflasters. Sie sah sie, winkte und wartete, bis sie sie eingeholt hatten.

»Da seid Ihr ja, Euer Hoheit«, sagte Elyssa zu Riddmar.

»Ich bin in der Festung geblieben«, sagte Riddmar. »Wie Ihr mir gesagt habt.«

»Dafür danke ich Euch. Der Hauptmann der Festungswache sucht nach Euch. Er möchte Euch eine weitere Lektion im Schwertkampf erteilen.«

»Großartig!« Riddmar strahlte plötzlich.

»Er ist hinten am königlichen Stall – dem, den die Silberdolche benutzen, wenn sie hier sind.«

»Danke.« Riddmar deutete ihr gegenüber eine Verbeugung an, tat dann dasselbe zu Lilli hin. »Ich werde dort sein, wenn Ihr mich braucht.«

Der junge Prinz machte auf dem Absatz kehrt und rannte über den Hof davon zu den Ställen. Elyssa sah ihm kopfschüttelnd hinterher.

»Wie ein junges Hengstfohlen«, sagte Elyssa schließlich. »Aber das ist wohl ganz gut so.«

»Er wird diesen Kampfgeist brauchen, wenn er erst Gwerbret Cerrmor ist. Er ist so schrecklich jung. Sollte es keinen Regenten für ihn geben?«

»Nun, Prinz Maryn wird der Form halber diesen Rang innehaben, aber er wird hier in Dun Deverry bleiben. Vermutlich geht einer der Berater mit.«

»Es wäre schön, wenn der Prinz Nevyn nach Cerrmor schikken würde. Dann könnte ich mit ihm gehen.«

»Weg von Prinz Maryn?«

»Genau.« Lilli legte unwillkürlich die Hand an die Kehle. »Glaubt Ihr denn, ich weiß nicht, welchen Kummer ich der Prinzessin mache?«

»Es geht nicht um die Ursache. Aber es ehrt Euch, so zu denken. Nicht viele Mädchen würden das tun.« Sie hielt inne und verzog den Mund. »Keine der anderen hat es getan.«

»Bestimmt nicht. Aber es ist nicht nur die Prinzessin. Manchmal will ich nichts mehr, als von Maryn frei sein.«

Elyssa starrte sie an – überrascht, nahm Lilli an.

»Ich fühle mich, als hätte ich ein Fieber, das mich verzehrt. Wenn ich nach Cerrmor gehen müßte, würde ich zweifellos tagelang weinen und mich unglücklich fühlen, aber dann könnte ich mich erholen.«

»Ich verstehe.« Elyssa betrachtete sie lange Zeit. »Das meint Ihr wirklich, nicht wahr? Ihr wißt, der Prinz drängt sich keiner Frau auf, die sich ihm verweigert.«

»Das weiß ich. Aber wenn ich ihn sehe, dann kann ich nur noch an ihn denken. Es ist wirklich schrecklich.«

»Das muß es wohl sein.« Elyssa sah ihr direkt in die Augen. »Möchtet Ihr gern die Prinzessin besuchen?«

»Ja. Wie geht es ihr?«

»Unverändert. Jede Kleinigkeit läßt sie weinen, und sie ist so schrecklich müde. Nicht einmal ihre Nadelarbeit lenkt sie ab, und sie ist nicht imstande gewesen, ein einziges Wort an ihrem Buch weiterzuschreiben. Ein Besuch könnte sie ein wenig aufheitern.«

Sie gingen hinein und stiegen die Treppe zur Frauenhalle hoch, aber an der Tür kam ihnen Degwa entgegen und gab ihnen ein Zeichen, leise zu sein.

»Sie schläft gerade«, flüsterte Degwa. »Endlich. Und ich möchte sie nicht wecken.«

»Sicher nicht«, sagte Elyssa. »Lilli kann später zurückkommen.«

Degwa kam heraus und schloß die Tür zur Halle hinter sich. Nun standen sie alle im Flur. Degwa legte den Kopf schief und betrachtete Lilli mit einem boshaften kleinen Lächeln.

»Ich glaube«, sagte Degwa, »Ihr habt eine Brosche, die einmal mir gehört hat.«

Elyssa machte eine Geste und gab ein leise glucksendes Geräusch von sich, das Degwa ignorierte.

»Ja«, sagte Lilli. »Aber Ihr könnt sie gerne zurückhaben. Ich habe sie nur genommen, weil ich glaubte, daß Ihr sie nicht haben wollt.«

»Nun, ich will sie auch nicht.«

Degwa reckte die Nase hoch in die Luft. »Die Hinterlassenschaften des Ebers sollten einem Eber zufallen.« Dann stolzierte sie davon, und ihre Holzschuhe klapperten laut auf dem Steinboden, als sie die Treppe hinuntereilte. Elyssa verdrehte die Augen. »Ihr Götter! Es tut mir so leid, Lilli.«

»Es ist nicht notwendig, sich zu entschuldigen. Nun, Decci ist, wie sie ist, und das trifft wohl auf uns alle zu.«

Als sie in ihre Kammer zurückkehrte, öffnete Lilli ihre Truhe und suchte die Brosche, die einmal ihrer Mutter gehört hatte. Sie setzte sich hin und hielt den Silberknoten ins Licht. Warum hatte sie die Brosche nur behalten? Ihre Mutter war eine Mörderin gewesen, eine Zauberin, die Lillis eigene Gaben rücksichtslos zum Vorteil des Clans ausgenutzt hatte. Und dennoch hatte sich Merodda angestrengt, um Lilli vor einer schrecklichen Heirat zu retten, und manchmal war sie auch freundlich gewesen, nur weil Lilli ihre Tochter war. Eine Erinnerung an diese guten Seiten, entschied Lilli. Deshalb habe ich sie behalten.

Der Gedanke an ihre Verwandten erinnerte Lilli auch an Braemys, ihren Vetter und Halbbruder, der auch einmal ihr Verlobter gewesen war. Finstere Gedanken erschienen, denn es war nicht unwahrscheinlich, daß er in der kommenden Schlacht fallen würde. Aber was, wenn er siegte? Was, wenn Maryn statt dessen starb? Einer von beiden würde sterben müssen, um die Fehde zu beenden. Deverrianische Männer beendeten Fehden immer mit dem Tod des einen oder anderen Kontrahenten. Die Brosche fest in der Hand, stand sie auf und ging zum Fenster. Draußen schimmerte der Himmel golden, rosa und orangefarben vor dem dunkler werdenden Blau.

»Liebe Göttin«, flüsterte Lilli. »Laß Maryn siegen. Ich flehe dich an.«

Und sie fragte sich, ob sie je frei von ihm sein würde.

Gegen Sonnenuntergang kehrten die Spähtrupps in Maryns Lager zurück. Nach Nevyns Bericht hatte Maryn Branoic mit ein paar Silberdolchen nach Südosten geschickt, während ein Trupp von Daerycs Männern direkt nach Osten geritten war. Kein Spähtrupp hatte etwas von Braemys' Armee entdecken können, was bedeutete, daß der Feind wahrscheinlich bereits sein Nachtlager aufgeschlagen hatte.

»Ich wette, sie werden morgen hierher marschieren, Euer Hoheit«, sagte Branoic. »Dieser Braemys – er ist jung, aber er hat einen klugen Kopf auf den Schultern.«

»Das hat Eure Verlobte mir erzählt«, meinte Maryn. »Immerhin kannte sie ihn recht gut.«

»Dann haben Euer Hoheit diese Angelegenheit mit ihr besprochen?«

»Ja. Warum sollte ich nicht?«

Branoic sagte nichts mehr, aber sein Lächeln war gefährlich geworden. Kurze Zeit starrten die beiden Männer einander mit halb zugekniffenen Augen und angespannten Kiefermuskeln an. Maryn hatte seinen karierten Umhang über die Schultern gelegt und die Hände auf die Hüften gestützt. Branoic, die Rüstung staubig und fleckig, kniete zu seinen Füßen nieder. Die anderen Späher, die hinter Branoic standen, wichen einen Schritt zurück, aber Maryns Diener erstarrte am Feldeingang hinter ihnen. Nevyn spürte, wie ihn ein warnender Schauder überlief, und trat vor, bereit einzugreifen. Diese Bewegung brachte beide wieder zu Verstand. Maryn zwang sich zu einem Lächeln, mit dem er gleichmäßig alle wartenden Männer, Branoic eingeschlossen, bedachte.

»Gut gemacht«, sagte der Prinz. »Und jetzt seht zu, daß ihr an eure Feuer kommt.«

»Danke, Euer Hoheit.«

Branoic erhob sich und verbeugte sich. »Es war ein langer Tag.«

Zusammen mit den anderen Spähern verschwand Branoic im Meer der Zelte. Maryns Diener seufzte laut und eilte davon. Nevyn sah Maryn an und zog eine Braue hoch. Der Prinz zuckte mit den Achseln.

»Es tut mir leid«, sagte Maryn. »Ich muß besser auf meine Zunge aufpassen.«

»Ein weiser Gedanke«, sagte Nevyn.

»Das ist das Schlimmste, nicht wahr – Prinz zu sein, meine ich. Ich darf mir keine Fehler erlauben wie gewöhnliche Männer.«

»Selbst gewöhnliche Männer müssen hin und wieder darauf achten, was sie sagen.«

Maryn lächelte säuerlich, dann wandte er sich ab und ging ohne ein weiteres Wort ins Zelt. Im immer dunkler werdenden Zwielicht kehrte Nevyn in sein eigenes Zelt zurück. Die größte Gefahr für das Königreich stand Morgen mit Braemys' Armee bevor, aber die größte Gefahr für den Prinzen und diejenigen, die ihn liebten, wartete auf sie zu Hause in Dun Deverry.

Tief in der Nacht, als die Astralgezeiten zu einem stetigen Fluß geworden waren, machte sich Nevyn wieder auf die Suche, und wieder fand er die beiden Hälften von Braemys' Armee, eine im Süden, die andere im Osten, wo sie ohne Zelte oder Lagerfeuer unter den Sternen lagerten. Sie hatten alles der Geschwindigkeit geopfert. Hätte Maryn keinen Dweomermeister in seinem Gefolge gehabt, dann hätten er und seine Armee zwischen den beiden Truppen festgesessen wie ein Stück Fleisch zwischen zwei Zahnreihen.

Aber nun waren sie gewarnt.

Maddyn erwachte lange vor der Morgendämmerung. Er saß im stillen Dunkel seines Zelts und dachte über dieses seltsame Gefühl nach, das ihn plagte. Erst nach einiger Zeit begriff er, daß er zum ersten Mal seit Tagen wieder Hunger hatte. Irgendwo in der Nähe hatte Branoic ihm für diesen Fall ein Stück Brot zurückgelassen, aber im Augenblick konnte er nichts sehen als ein Dreieck hellerer Dunkelheit am Eingang des Zeltes.

»Verflucht!«

Vorsichtig kam er auf die Knie hoch und begann, den Boden in der Nähe seiner Decke abzutasten. Hinter sich hörte er ein Rascheln und ein Geräusch, das vielleicht ein Flüstern war. Ein silbernes Licht warf plötzliche Schatten. Als er sich umdrehte, sah er seine blaue Fee, die wie der Mond schimmerte und ihn angrinste.

»Danke«, sagte er. »Und da ist ja auch das Brot.«

Branoic hatte es in Tuch gewickelt und auf Maddyns Sattel gelegt, den einzigen Gegenstand im Zelt, der als Unterlage dienen konnte. Maddyn fand daneben auch einen zugedeckten Krug mit Dünnbier. In Gesellschaft seiner Fee begann Maddyn, das Brot ins Bier zu tunken und die feuchten Brokken zu essen, bis er begriff, daß er gerade einen Fehler machte.

Er versuchte einen Schluck Bier und spürte, wie sein Magen brannte und sich zusammenzog.

»Soviel dazu.«

Maddyn packte das Brot wieder ein und legte sich hin, aber es dauerte eine Weile, bis er wieder einschlief, da sein Magen sich verkrampfte und beschwerte. Als er endlich eindöste, träumte er von Aethan, der tot auf dem Schlachtfeld lag, und erwachte in kaltem Schweiß. Diesmal fiel zumindest das Morgendämmerungslicht ins Zelt. Draußen hörte er leise Stimmen, dann zog jemand die Zeltklappe beiseite und streckte den Kopf herein: Nevyn.

»Ah«, sagte Nevyn. »Du bist schon wach.«

»Mehr oder weniger.« Maddyn setzte sich auf und mußte dann seinen schmerzenden Bauch mit beiden Armen umklammern. »Ich habe in der Nacht versucht, etwas zu essen.«

»Mit schlechtem Ergebnis, wie ich sehe. Der Prinz möchte dich sehen.«

»Ich komme raus.«

Sehr zu seiner Erleichterung stellte Maddyn fest, daß er mit einiger Anstrengung aus dem Zelt herauskriechen und sich dann mit Nevyns Hilfe aufrichten konnte. Der Prinz hatte bereits sein Kettenhemd angelegt, aber die Kapuze lag noch auf seinen Schultern, und er trug keinen Helm. Im Dämmerungslicht glänzte sein Haar, als wolle die Sonne selbst ihn ehren.

»Versucht nicht, niederzuknien oder Euch zu verbeugen«, sagte Maryn. »Wie geht es Euch?«

»Nicht so gut, Euer Hoheit.«

»Du siehst immer noch blaß um die Nase aus«, warf Nevyn ein. »Wenn die Armee sich auf den Weg gemacht hat, werde ich mir dich noch einmal genauer ansehen.«

»Danke, Herr.«

»Ich danke Euch ebenfalls«, meinte der Prinz zu Nevyn. »Ich wollte Euch sehen, Maddo, weil ich mich gerade daran erinnert habe, wie Ihr und die Silberdolche mich vor all diesen Jahren von Pyrdon nach Cerrmor geschmuggelt habt. Damals hatten wir so wenig – erinnert Ihr Euch noch? Und wir hatten nicht die geringste Idee, was noch auf uns zukommen würde.«

»Ja, so war es.« Maddyn lächelte, das erste Mal seit Tagen, daß ihm überhaupt danach zumute war. »Und Ihr habt auf dem Boden geschlafen wie ein gewöhnlicher Reiter.«

»Ja.« Der Prinz lächelte ebenfalls. »Ich erinnere mich daran, ein Feuer mit Euch und Branoic geteilt zu haben.« Das Lächeln verschwand, und der Prinz schwieg. »Nun gut«, sagte er schließlich, »das ist lange her, aber mit diesem Ritt hat alles begonnen, und daher wollte ich herkommen und Euch danken, jetzt, da wir davor stehen, der Sache ein Ende zu machen.«

Maryn streckte die Hand aus. »Ich wünschte nur, Caradoc wäre hier.«

»Ich ebenfalls, mein Lehnsherr.«

Als er die Hand des Prinzen schüttelte, spürte Maddyn Tränen in den Augen, Tränen der Trauer nicht nur um Caradoc, sondern um alle Männer, welche die Silberdolche in diesen Kämpfen verloren hatten. Sie hatten einen langen Weg hinter sich gebracht, um den Prinzen zu dem Wyrd zu bringen, das ihm zustand.

»Nun«, sagte der Prinz, »ich sollte mich lieber auf den Weg machen und Euch in Ruhe lassen. Es ist Zeit zum Abmarsch.«

Nevyn ging mit dem Prinzen, und Maddyn kroch zurück in sein Zelt und legte sich wieder hin. Das Zeltdach, das nun hell vom Sonnenlicht beleuchtet wurde, schien sich um ihn zu drehen. Er hatte seit Tagen nichts Richtiges gegessen, aber war es der Hunger, der ihn so wirr im Kopf machte? Er bezweifelte das. Es war vermutlich eher die Trauer.

Nevyn begleitete den Prinzen zurück zum königlichen Zelt. Davor versammelten sich seine Vasallen, um die Befehle für die bevorstehende Schlacht entgegenzunehmen. Gwerbret Daeryc und Gwerbret Ammerwdd standen vor den riesigen roten und weißen Bannern des Drachenthrons, und die aufgehende Sonne vergoldete ihre Rüstungen und glitzerte auf ihren Schwertgriffen. Hinter ihnen standen die Tieryns und dahinter die Männer, die nur den Titel eines Lords beanspruchen konnten.

»Guten Morgen, meine Herren«, sagte Maryn und grinste. »Sollen wir an diesem schönen Morgen einen Ausritt wagen?«

Einige lachten, einige jubelten ihm zu.

»Also gut«, fuhr Maryn fort. »Wir teilen unsere Armee auf, um Lord Braemys' kleinem Plan entgegenzukommen.«

Nevyn lauschte nur, als sie die Strategie entwickelten. Gwerbret Ammerwdd würde etwa die Hälfte der Armee befehligen und sie in westlicher Richtung über die Hauptstraße führen. Die andere Hälfte, geführt von Maryn, würde sich am Ende dieser Truppe nach Süden ausrichten. Als besondere Vorsichtsmaßnahme beschloß Maryn, etwa zwanzig Mann ein Stück nach Norden zu schicken, um Ausschau nach weiteren Tricks zu halten, die Nevyn bei seiner nächtlichen Reise vielleicht entgangen waren.

»Gute Idee«, sagte Gwerbret Daeryc. »Ich traue diesem Ebersohn nicht über den Weg.«

»Das stimmt.« Daeryc warf Ammerwdd einen Blick zu. »Das Problem ist, daß Eure Männer standhalten müssen, bis Braemys den Prinzen herausfordert. Wir können uns nicht umwenden, um in den Kampf einzugreifen, bis dies geschieht.«

»Dessen bin ich mir bewußt.« Ammerwdds Stimme war tonlos geworden. »Ich denke aber, unser Prinz weiß, daß er mir bei dieser Angelegenheit vertrauen kann.«

»Allerdings!« Maryn trat zwischen die beiden. »Ich habe die

größte Hochachtung vor Euch beiden.« Plötzlich grinste er. »Ich denke, Lord Braemys steht eine Überraschung bevor.«

»Das wollen wir hoffen«, warf Nevyn ein. »Seine Armee ist zahlenmäßig weit unterlegen, und Schlauheit war die beste Waffe, die er hatte.«

»Nun, jetzt ist sie stumpf geworden. Dennoch ...« Maryn zögerte. »Betet für uns und für das Königreich.«

»Immer, Euer Hoheit, immer.«

Als die Armee abmarschierte, stand Nevyn am Rand des Lagers und sah ihnen nach, bis sie außer Sichtweite waren. Die Staubwolke, die sie begleitete, hing hoch in der Luft, erdrückend wie Rauch, und blieb noch lange Zeit hängen. Vielleicht, sagte er sich, vielleicht wird heute der letzte Kampf um die Königsherrschaft ausgetragen. Jetzt blieb ihm nur noch, sich an die Götter zu wenden und zu hoffen. Mit einem müden Kopfschütteln ging er in den Wagenkreis zu den anderen Wundärzten. Sie mußten sich alle auf die Flut von Verwundeten vorbereiten, die sie bald überschwemmen würde.

Wie die anderen würde Nevyn am hinteren Ende eines Wagens arbeiten, der nach jedem Patienten mit einem Eimer Wasser gesäubert wurde. Auf der Ladefläche selbst legte er Kräuter, Werkzeuge und Verbände zurecht, dann steckte er weitere Dinge, die er für seine Arbeit brauchte, in seinen Sack. Wenn der Prinz die Schlacht gewonnen hatte, würde er am Ende aufs Schlachtfeld gehen, um zu sehen, was er für die dort liegengelassenen Verwundeten tun konnte.

Am Wagen links von ihm tat Caudyr dasselbe. Er war nun ein untersetzter Bursche in den besten Jahren, nicht mehr der verängstigte Junge, den Nevyn vor all diesen Jahren als Grodyrs Schüler getroffen hatte. Graue Strähnen durchzogen sein braunes Haar – ein wenig verfrüht, aber er hatte oft große Schmerzen. Er hatte einen Klumpfuß, der ihm einen ungleichmäßigen, schwankenden Gang verlieh, aber vor allem seinen ganzen Körper aus dem Gleichgewicht brachte. Seine Hüften und Knie protestierten so sehr dagegen, daß er nun Schwierigkeiten hatte, längere Zeit zu stehen.

Als er heute sein Handwerkszeug auf den Wagen legte, sah Caudyr so bleich aus und hatte den Mund so fest zusammengekniffen, daß Nevyn zu ihm hinüberging.

»Alles in Ordnung?«

»Ja.« Caudyr hielt inne, um sich aufzurichten, und verzog das Gesicht. »Ich habe irgendwie falsch gelegen, das ist alles. Es wird sich in einer Weile lockern.«

Nevyn sah ihn forschend an, aber er konnte ihm nichts bieten, um den Schmerz zu lindern, außer starkem Alkohol, und das war unmöglich, da Caudyr in den nächsten Stunden seinen Verstand brauchen würde.

»Versuch, dich auszuruhen, bis der Kampf begonnen hat. Obwohl es nicht lange dauern wird. Der Prinz wird seine Truppe nur etwa eine Meile entfernt von hier aufstellen. Es wird allerdings Zeit brauchen, bis die Eber uns finden.«

»Nur eine Meile?«

»Er will in der Nähe bleiben, falls Braemys sich entschließt, das Lager zu überfallen.«

»Genau das hat dieses elende Ferkel beim letzten Mal versucht. Er ist ein kluger Bursche, der junge Braemys.«

»Leider ja.«

Beide Männer drehten sich um und sahen über die Wagen hinweg. Außerhalb des Wagenrings brachte Oggyn seine Speerkämpfer in Stellung. Hinter der hölzernen Wand standen sie Schulter an Schulter, drei Reihen tief. Mit einem langen Speer und einem Schild bildeten sie einen ausgesprochen furchterregenden Wall gegen jeden Angriff auf den Nachschubzug. Hoffen wir, daß sie nichts anderes zu tun bekommen, als herumzustehen, dachte Nevyn. Aber wer weiß schon, was die Götter für uns vorgesehen haben?

In der heißen Frühlingssonne führte Prinz Maryn seine Männer auf das Schlachtfeld, das er sich auserwählt hatte. Die Armee klirrte die Straße herab, umgeben von einer Staubwolke, die sich über grüne Weiden ausbreitete und in der stillen Luft hoch aufstieg – eine Einladung an Lord Braemys und seine Verbündeten. Wie immer, wenn die Armee in den Kampf zog, ritten die Silberdolche an ihrer Spitze und Prinz Maryn in ihrer Mitte. Und wie immer murrte der Prinz dagegen und beschwerte sich, als befürchtete er nach all diesen Jahren der Kriege immer noch, daß seine Männer ihn für einen Feigling hielten. Und stets war Branoic derjenige, der ihn tröstete.

»Um der Liebe der Götter willen, Euer Hoheit! Wenn Ihr im Kampf fallen solltet, wären all diese verfluchten Jahre keinen Schweinefurz wert gewesen.«

»Ihr habt recht, Branoic. Aber es stört mich trotzdem.« Maryn klang gereizt.

Nicht weit vom Lager entfernt lag ihr Ziel, ein paar brachliegende Felder neben der Straße nach Osten. Als sie sich von der Straße abwandten, bemerkten sie, daß das Gras hoch genug war, um die Beine ihrer Pferde zu peitschen. Umgeben von den Silberdolchen, baute sich Maryn an der Straße auf und wandte sich nach Süden. Beim Eintreffen einer jeden Einheit richtete er sich in den Steigbügeln auf und zeigte mit einem Wurfspeer auf den Punkt, wo sie sich aufstellen sollten. Kriegshaufen um Kriegshaufen trabte über das Feld, bis das Gras zertrampelt war. Über tausend Reiter warteten in dieser Formation, einer sechs Reihen tiefen, gebogenen Linie, die Lord Braemys eine unangenehme Überraschung bieten würde.

Auf Befehl des Prinzen führte Gwerbret Ammerwdd die zweite Hälfte der Armee an ihnen vorbei. Er arrangierte seine Einheiten zu einem flachen Halbmond, dessen Spitzen nach Osten wiesen, und blockierte den ihnen zugewiesenen feindlichen Verbänden die Straße. Diese Linie stand im rechten Winkel zu Maryns, wie eine Bogensehne, auf der Maryns Formation den Pfeil bildete, aufgelegt und bereit. Bis die Armee sich aufgestellt hatte, war die Sonne beinahe zum mittäglichen Höhepunkt geklettert. Ammerwdd ritt zum Prinzen und verbeugte sich aus dem Sattel.

»Mein Lehnsherr, wenn ich so dreist sein darf, es wäre besser, wenn Ihr Euch aus der ersten Reihe zurückziehen würdet.«

»Ihr habt recht«, erwiderte Maryn. »Also gut. Silberdolche, folgt mir.«

Ammerwdd verbeugte sich abermals, dann trabte er zu seiner eigenen Linie zurück. Prinz Maryn führte seine Silberdolche durch die Reihen der nach Süden gewandten Armee und stellte sich hinter der Mitte der langen Linie auf. Die Banner mit dem roten Drachen wehten an seiner Seite im auffrischenden Wind.

»Jetzt können wir nur noch warten«, meinte Owaen.

»Nicht lange.« Branoic erhob sich in den Steigbügeln, wandte sich nach Osten und schirmte die Augen mit der Hand ab. »Ich sehe eine Staubwolke. Ammerwdds Männer gehen in Bereitschaft.«

Er hörte Maryn lachen, und mit diesem Lachen lief der Befehl durch die Reihen: Wurfspeere bereithalten. Mit einem Klirren ihrer Rüstungen beugten sich die Männer vor und zogen die kurzen Wurfspeere aus den Scheiden unter ihren rechten Beinen. Die Pferde stampften und warfen die Köpfe hoch. Ein paar Männer lachten, während andere grimmig und still wurden. Branoic wollte gerade einen Scherz machen, als er die Raben sah, die über den versammelten Armeen kreisten.

»Sieh dir das an«, sagte er zu Owaen. »Diese verfluchten Vögel sind wirklich gierig. Drei große!«

»Was für Vögel?«

Owaen schaute an die Stelle, auf die Branoic wies. »Ich sehe keine Vögel.«

»Oh.« Branoic senkte den Wurfspeer. »Dann habe ich mir das wohl nur eingebildet.«

Ihm war sehr kalt, als hätte sich sein Blick, sein Geist, sein Herz, seine ganze Seele plötzlich nach innen und von der Welt abgewandt. Als er nach Süden blickte, wo gerade eine zweite Staubwolke aufgetaucht war, schien es, als sähe er nicht den Tag und die Landschaft, sondern ein durchscheinendes, graues Abbild davon. Die drei, dachte er bei sich. Nun, Junge, du hast immer gewußt, daß es eines Tages geschehen würde. Als er Owaen anschaute, sah er, wie dieser sich in den Steigbügeln aufrichtete und zu Ammerwdds Truppe hinsah.

»Hier kommen die ersten Rebellen«, sagte Owaen abrupt. »Haltet die Stellung, Männer! Wartet, bis der Eber und seine kleinen Ferkel auftauchen.«

Links von ihnen, hinter dem Halbmond von Ammerwdds wartender Linie, wurde es laut. Männer stießen Kriegsschreie aus, Hufschlag ertönte, das Wiehern verängstigter Pferde und das ganze klirrende Durcheinander eines Angriffs. Überall entlang Maryns Linie stampften Pferde und wieherten. Die Männer mußten sich anstrengen, ihre Reittiere in Position zu halten. Im Süden quoll die Staubwolke wie Rauch in den kristallblauen Himmel. Noch ein paar Augenblicke, und unter dem Staub erschienen Gestalten, eine ganze Menge von ihnen, Reiter in Kettenhemden, die den grauen Eberbannern folgten.

»Da sind sie ja«, flüsterte Owaen, dann lachte er leise.

Branoic konnte die Pferde hören. Mit lautem Kriegsgeschrei begannen Braemys Männer ihren Angriff und erwarteten, wie ein Keil in die Nachhut vorzustoßen. Branoic rückte den Schild am linken Arm zurecht, hob den Wurfspeer in der Rechten und wartete.

Etwa zur selben Zeit, als Braemys seinen Teil der Rebellenarmee auf die Flaggen mit dem roten Drachen zuführte, saß Lilli an ihrem Fenster auf dem Fensterbrett und spähte in den Hof hinab. Ihr Geist hatte sie offenbar verlassen – sie konnte weder lernen noch klar denken. Eisige Furcht hatte sie überfallen. Ihre Hände zitterten. Etwas wird geschehen, dachte sie, etwas Schlimmes. Sie rang nach Luft. Ihre Lungen schmerzten. Es fühlte sich so an, als drückte ein unsichtbares Wesen mit riesigen Händen ihre Rippen zusammen.

Über ihren Kopf hinweg flog ein kleiner Vogelschwarm, zirpend und zwitschernd – Spatzen, aber plötzlich erschienen sie vor Lillis geistigem Auge riesengroß und schwarz und kreischten, als sie um die Festung herumwirbelten. Die Sonne verschwand beinahe hinter den schwarzen Rabenflügeln. Lilli war gerade noch geistesgegenwärtig genug, sich umzudrehen und ins Zimmer zu fallen und nicht nach draußen und in ihren Tod. Sie lag zusammengekrümmt am Boden und hörte sich stöhnen, als die Vision über sie hereinbrach.

Sie flog mit den Raben über das Schlachtfeld. Zu ihrem Entsetzen erkannte sie, daß die Vögel ebenso echt waren wie die Armeen, daß sie auf dem Wind ritten und auf das Festessen warteten, das unten für sie vorbereitet wurde. Sie hörte nichts, kein Kriegsgeschrei und kein Klirren von Metall. Das Sonnenlicht und das Schweigen verschmolzen zu etwas Zähem, Verschlingendem, als ertränke sie in Honig. Zunächst konnte sie kaum begreifen, was sie sah. Die Felder unter ihr glitzerten – bewaffnete Männer, begriff sie – die Rüstungen schimmerten, als die Männer aufeinander zuritten, sich wieder trennten, herumwirbelten, in diese und jene Richtung eilten. Wellen von Bewegung trugen zehn, zwanzig, unzählige Pferde und Männer vorwärts, dann wendeten sie sich in einer eigenen Gezeitenbewegung und trugen sie wieder davon. Manchmal trennten sich die Mengen unter ihr, und Lilli konnte den Boden sehen, niedergetrampeltes Gras und rote Flecke. Zu anderen Zeiten schien das rote Blut wie ein Fluß bei Hochwasser zu steigen, um Männer und Pferde mit seinen Wellen zu ertränken.

Langsam begann sie, Einzelheiten zu erkennen: ein hochgehaltenes Schwert, einen Wurfspeer, der schimmernd durch die Luft sauste. Banner erhoben sich aus dem Durcheinander. Zunächst sah sie den grauen Eber ihres eigenen ehemaligen Clans, der inmitten schwerer Kämpfe schwankte und wankte. Mit den Raben drehte sie ab und flog weiter. Maryn! Der rote Drache! Bei diesem Gedanken sah sie seine Banner, die sich inmitten eines dichtgedrängten Reiterhaufens vorwärts bewegten. Diese Reiter waren wie lange eingeübte Partner in einem vertrauten Tanz. Wenn der Anführer sich wendete, wendeten sie mit, wenn er angriff, bewegten sie sich zusammen vorwärts. Silberdolche, dachte Lilli.

»Branoic!«

Sie hörte, wie ihre eigene Stimme seinen Namen aussprach, das erste Geräusch in dieser langen, grausigen Vision. Als sie das Wort aussprach, sah sie ihn, oder genauer gesagt, einen Reiter, von dem sie irgendwie wußte, daß er es war, weit vorne in der Truppe. Schwerter flogen und Pferde bäumten sich auf und stolperten. Drachenschilde wurden hochgerissen, Eberschilde parierten. Ein Keil trennte sich von der Seite der Eber ab und stieß auf die Silberdolche. Lilli hörte sich schreien, als das Drachenbanner ins Schwanken geriet und beinahe gestürzt wäre. Sie konnte nichts anderes ansehen, bis es sich schließlich mit einer trotzigen Bewegung wieder hob und abermals über dem Kampf flatterte.

Die Eber zogen sich zurück, doch ein Silberdolch hatte sich zu weit vorgewagt. Er war abgeschnitten, zum Untergang verurteilt ... aber ein anderer, Branoic, gab seinem Pferd die Sporen und eilte dazu, schlug wild mit dem Schwert um sich und stieß seinen schrecklichen, heiseren Schrei aus, der sich mit Lillis eigenem Schrei mischte, die einzigen Geräusche, die sie hörte. Männer kämpften und starben lautlos. Pferde öffneten die Mäuler in großer Qual, aber sie hörte nichts außer Branoics Berserkerheulen und ihrem eigenen Entsetzen. Es war ihr, als schwebte sie direkt über ihm, als er sich seinen Weg an die Seite des isolierten Reiters schnitt und schob. Beide hielten ihre Positionen, wie es schien, zum Untergang verurteilt.

Dann blitzte plötzlich Metall auf. Prinz Maryn selbst griff mit den anderen Silberdolchen zusammen an.

Sie sah Blut. Sah, wie ein Schwert hochgerissen wurde und zuschlug. Sah Branoics Gesicht voller Blut. Sie hörte, wie sein Heulen abgeschnitten wurde, hörte nichts mehr bis auf ihr eigenes Schluchzen. Sah nichts, bis auf sein Gesicht, halb aufgeschnitten wie eine aufgerissene Maske in der Dunkelheit. Sah nichts mehr.

»Herrin, o Herrin!« Cloddas Stimme schluchzte im Dunkeln. »Herrin, o bei der Göttin!«

Lilli öffnete die Augen und sah das Gesicht ihrer Zofe, das sich über sie beugte. Sie lag auf dem Boden, Clodda kniete neben ihr, sie waren in ihrem Zimmer.

»Oh, den Göttern sei Dank! Herrin, ich dachte, Ihr würdet sterben.«

»Warte.« Das war Elyssas Stimme ganz in der Nähe. »Gib ihr ein wenig Wasser.«

Clodda legte einen Arm um Lillis Schulter und half ihr, sich weit genug aufzusetzen, daß sie sich an die Mauer lehnen konnte, dann hielt sie ihr den hölzernen Becher hin, während Lilli trank. Elyssa kniete sich neben die Dienerin.

»Was ist denn? Seid Ihr gestürzt? Habt Ihr Schmerzen?« Elyssa klang besorgt.

»Sollen wir nach dem alten Grodyr schicken, Herrin?« fragte Clodda.

Lilli schüttelte den Kopf und griff nach dem Becher, um mehr Wasser zu trinken. Die beiden Frauen hockten vor ihr und warteten, bis sie fertig war.

»Ich hatte eine Vision.« Lilli konnte hören, wie ihre Stimme heiser krächzte. »Branoic ist verwundet. Schwer verwundet.«

Sie starrten sie einen langen, schweigenden Augenblick an. Lilli wappnete sich gegen bedeutungslosen Trost, aber nichts dergleichen geschah.

»Ihr Götter, wie schrecklich!« sagte Elyssa schließlich. »Ich werde für ihn beten.«

»Ich ebenfalls«, meinte Clodda. »Wir können wohl nichts weiter tun.«

»Das stimmt«, flüsterte Lilli. »Ich wünschte, es wäre anders.«

Die Wundärzte im Lager hörten die Schlacht beginnen, ein entferntes Rufen, das mit dem Wind herangetragen wurde. Eine Weile gingen sie neben ihren vorbereiteten Wagen auf und ab, aber schon bald trafen die ersten Verwundeten ein. Ein paar Männer konnten noch reiten, andere wurden von Freunden getragen, die sie ablegten, um sich wieder ins Gemetzel zu stürzen. Mit ihnen kamen Neuigkeiten: die Streitkräfte des Ebers hatten den Schreck ihres Lebens erhalten, als sie sahen, daß Maryn auf sie wartete. Der andere Teil der feindlichen Armee, der unter dem Befehl von Braemys' Verbündeten stand, war rasch auseinandergefallen – es waren überwiegend Banditen gewesen, wie die Männer behaupteten, die noch gut genug reden und denken konnten, um sich darüber auszulassen.

Die Sonne stand immer noch relativ hoch am Himmel, als die Flut der Verwundeten langsam anschwoll. Diesmal brachten die Leichtverwundeten die Schwerverwundeten, wovon die meisten starben, noch während die Wundärzte versuchten, ihnen zu helfen. Aber immerhin bedeutete ihre Anwesenheit, daß einige Männer genügend Zeit hatten, ihren Kameraden zu helfen, und daß die Schlacht offenbar zugunsten Maryns verlief. Mit dem Wind wurde der Klang von Silberhörnern herangeweht, die zum Rückzug bliesen. Nevyn betete, daß es die Eber sein mögen, die zurückwichen. Ein Mann mit einem blutigen Kratzer am Arm bestätigte Nevyns Annahme, während er darauf wartete, verbunden zu werden.

»Die Eber rennen davon wie ein Haufen verängstigter Schweine«, sagte der Reiter. »Ich bin kein Hauptmann, Herr, aber ich denke, sie hatten nur vor, sich auf den Prinzen zu stürzen und sich dann zurückzuziehen, wenn es ihnen nicht gelingen würde, ihn direkt zu töten.«

»Was?« Nevyn wandte sich kurz von dem Patienten ab, der auf dem Wagen vor ihm lag. »Sie haben sich direkt auf den Prinzen gestürzt?«

»Ja, Herr, aber die Silberdolche haben ihn geschützt.«

Einen Moment spürte Nevyn Angst wie einen kalten Stein im Magen. Was, wenn der Prinz getötet würde? Aber es dauerte nicht lange, bis er erfuhr, daß Maryn in Sicherheit war. Er war gerade damit fertig geworden, den Arm seines Informanten zu binden, als er hörte, daß jemand seinen Namen rief. Er drehte sich um und sah den Prinzen, die Kapuze des Kettenhemdes zurückgeschoben, das helle Haar mit Schweiß an den Schädel geklebt, der auf ihn zugerannt kam.

»Branoic ist verwundet! Er blutet zu stark, als daß wir ihn den ganzen Weg schleppen könnten.«

Nevyn griff nach seinem Arzneisack und rannte hinter Maryn her. Inzwischen wurden die Verwundeten in Massen herangetragen und von ihren Genossen neben die Wagen gelegt, die dann wieder zu ihren Pferden und zurück aufs Feld eilten. Zusammen liefen Nevyn und Maryn durchs Lager, vorbei an toten und sterbenden Männern und Pferden. Inmitten des schlimmsten Getümmels fanden sie Caudyr und eine kleine

Truppe von Silberdolchen, die sich um jemanden drängte, der auf dem vom Blute schlammigen Boden lag. Auf Befehl des Prinzen machten die Männer Nevyn Platz. Er sah Branoic und Caudyr, der neben ihm stand und Verbände auf Branoics Gesicht drückte. Rotes Blut floß durch helles Leinen. Branoic strengte sich an, sich aufzusetzen.

»Bleib liegen!« fauchte Caudyr.

Maryn sank neben Branoics Kopf auf die Knie und drückte ihn an den Schultern wieder auf den Boden. Caudyr bedankte sich.

»Was ist passiert?« Nevyn kniete sich neben seinen Kollegen.

»Sein Mund ist zerschlagen«, sagte Caudyr. »Ein Glückstreffer unter dem Nasenschutz seines Helms. Die Wunde ist tief, und das Blut läßt sich nicht stillen.«

Caudyr hob die Kompresse rasch und drückte sie noch rascher zurück, aber Nevyn hatte gesehen, was er sehen mußte. Der Schlag hatte beide Lippen durchtrennt, Zähne zerbrochen und sich dann tief in beide Wangen gegraben, auf der linken Gesichtsseite beinahe bis zum Ohr. Zweifellos war der Schädel unter diesem Teil der Wunde ebenfalls gebrochen. Branoic sah ihn an, und Nevyn las eine verzweifelte Resignation in diesem Blick. Er weiß, daß er sterben wird, dachte Nevyn. Laut sagte er: »Nähen wir es. Wir können nicht wagen, ihn vorher zu bewegen.«

Prinz Maryn erhob sich und sah sich um. »Steht nicht einfach hier herum, ihr elenden Schlappsäcke! Macht euch auf und sucht die anderen Verwundeten!«

Die Männer eilten davon, aber der Prinz selbst blieb und starrte auf seinen Rivalen nieder. Nevyn hatte keine Zeit, sich zu fragen, ob Maryn sich freute oder es bedauerte, Branoic vor den Toren der Anderlande zu sehen. Einen Augenblick später drehte der Prinz sich um und ging davon. Nevyn wühlte in seinem Sack und fand eine lange Nadel, in die der Faden bereits eingefädelt war.

»Nevyn, ich brauche Euch!« rief Caudyr.

Nevyn wandte sich wieder um und stellte fest, daß Branoic an seinem eigenen Blut beinahe erstickte. Caudyr hatte ihm einen Arm unter die massiven Schultern gezwängt und versuchte, ihn hochzuhieven, während er weiter die Bandagen auf die Wunde preßte. Nevyn packte die Kompresse und ließ Caudyr Branoic hochheben. Branoics Gesicht war leichenblaß und verschwitzt, die Haut seiner Augenlider war dünn gestreckt und von einem hellen, bläulichen Weiß. Plötzlich verdrehte er die Augen. Er hustete, verkrampfte sich, fuchtelte mit einem Arm und hob die Hand zum Kopf, als versuchte er, sein Gesicht zu finden.

»Es hat keinen Sinn«, flüsterte Nevyn.

Caudyr nickte. Branoic zuckte nochmals, bewegte beide Arme, und irgendwie gelang es ihm, sich aufzusetzen. Er starrte Nevyn ins Gesicht, dann bog er den Rücken und sackte in einer seltsam anmutigen Bewegung sterbend gegen Caudyr. Mit einem Seufzen legte der Wundarzt ihn wieder hin und verschränkte ihm die Arme über der Brust. Nevyn spürte auf seiner kalten Hand das Kribbeln, das die Gegenwart von Geistern anzeigte, die sich auf der ätherischen Ebene drängten.

»Pferdedreck!« murmelte Caudyr. »Das ist ein Tod, den ich wirklich nie sehen wollte.«

»Ich auch nicht.« Nevyn konnte kaum sprechen. »Nun, hier gibt es nichts mehr zu tun. Du solltest lieber an die Arbeit zurückkehren. Ich komme gleich nach.«

Caudyr nickte, dann stand er kopfschüttelnd auf und eilte davon, zurück zu den im Kreis stehenden Wagen und seinem improvisierten Behandlungszimmer. Immer noch auf den Knien bediente sich Nevyn des Dweomerblicks und suchte nach Branoics ätherischem Doppelgänger. Trübe sah er große

Strahlen silbernen Lichts in vage menschlicher Gestalt, welche die helle, bläuliche Gestalt umgaben, die einmal Branoics Seele gewesen war. Die Herren der Elemente waren gekommen, um ihn – nein, sie – zum Licht zu führen, das hinter dem Tod liegt. In ihrer wirklichen, weiblichen Gestalt starrte sie auf den männlichen Körper nieder, den sie getragen hatte, als könnte sie es nicht so recht glauben.

»Ich danke Euch«, flüsterte Nevyn den Herren der Elemente zu. »Ich danke Euch zutiefst.«

Sie nickten ihm zu. Nevyn ging wieder zur normalen Sichtweise über, kam taumelnd auf die Beine und griff nach seinem Arzneisack. Andere Männer starben auf diesem Feld, und es war seine Pflicht, sich um sie zu kümmern, ganz gleich, wie sehr er sich wünschte, der Seele, die er immer als seine Brangwen betrachten würde, Lebewohl zu sagen.

Maddyn hatte den Kampf unter einem der Wagen liegend verbracht und sich verflucht, weil er so ein Schwächling war und nicht kämpfen konnte. Endlich, als er Männer schreien und andere schluchzen hörte, als das Galoppieren der Pferde und die Flüche bis zu ihm drangen, wußte er, daß die Verwundeten hereingebracht wurden. Er kroch unter dem Wagen vor, fand ein paar Wasserschläuche und machte sich als Wasserträger für die Verwundeten nützlich. Er hatte die Schläuche gerade zum fünften Mal wieder gefüllt, als Caudyr auf ihn zukam.

»Maddo, Maddo! Branoic ist tot!«

Maddyn drehte sich rasch um und sah, wie der Wundarzt auf ihn zugehinkt kam. Er spürte nichts als Kälte, die ihm sogar den Mund zuzufrieren schien. Er zuckte mit den Achseln, setzte dazu an, etwas zu sagen, und starrte Caudyr dann einfach in der blinden Hoffnung an, etwas falsch verstanden zu haben.

»Ich dachte, wir können ihm vielleicht ein richtiges Grab graben«, meinte Caudyr. »Wenn wir Zeit haben.«

Maddyn nickte, um anzuzeigen, daß er verstanden hatte. Dann machte er auf dem Absatz kehrt und ging davon. Inzwischen waren die Männer der Armee dabei, ihre Sachen aus dem Haufen inmitten der Wagen zurückzuholen. Zelte wurden errichtet, Männer sprachen darüber, sich Essen und Feuerholz zu suchen. Maddyn fand seine eigene Bettrolle und darunter die, die Branoic gehört hatte. Fast hätte er geweint. Er griff nach einer von Branoics Decken, dann eilte er zu der langen Reihe von Leichen, die man zurück ins Lager gebracht hatte. Er konnte sehen, wie ihre Freunde sie in Decken, ganz ähnlich jenen, die er in der Hand hatte, wickelten, um sie für die Beisetzung am nächsten Morgen bereit zu machen. Inzwischen stand die Sonne niedrig am Himmel und der Horizont schimmerte hellgolden. Als Maddyn grimmig die lange Reihe entlangmarschierte, fragte er sich, ob er Branoics Leiche überhaupt finden würde, aber dann sah er Owaen, der neben einem der Toten stand.

»Hier drüben«, rief Owaen. »Ich kann mir vorstellen, nach wem du suchst.«

Maddyn ging zu ihm. Owaen hatte sein Kettenhemd ausgezogen und trug nur das rostfleckige, schmutzige Hemd darunter, das Haar klebte ihm verschwitzt am Kopf. Branoic lag auf dem Boden, ohne sein Kettenhemd und das Schwert. Maddyn fluchte, als er die Wunde sah, ein grausiges, rotes Klaffen, als lächelte der Tod selbst sie an. Als er sich niederkniete, zog er die Decke zuerst über Branoics Gesicht. Mit Owaens Hilfe deckte er Branoic zu. Dann knieten sie eine Weile an seiner Seite.

»Vergiß uns nicht, wenn du in den Anderlanden bist«, flüsterte Maddyn. »Die Götter wissen, daß wir uns dort bald genug sehen werden.«

Gemeinsam erhoben sie sich, standen dann nebeneinander, Schulter an Schulter. Maddyn schaute nieder auf die alte blaue Decke, die um die Überreste eines Mannes gewickelt waren, den er länger kannte, als er sich erinnern konnte. Er spürte seine Trauer wie ein Stück Tuch, daß ihm aufs Gesicht gedrückt wurde und ihn erstickte. Unwillkürlich schauderte er und bewegte den Kopf, als wollte er das Gefühl abschütteln. Er hörte, wie Owaen ein paar Schritte zurücktrat.

»Hast du gesehen, wie es passiert ist?« fragte Maddyn.

Als Owaen nicht antwortete, blickte Maddyn auf und sah, daß der andere Silberdolch zum Sonnenuntergang hin starrte, den Kopf ein wenig zurückgelegt, den Kiefer angespannt.

»Nun gut«, sagte Maddyn. »Siehst du diese Steinmauer da drüben, auf der anderen Seite der Wiese? Wenn wir ihn morgen beerdigen, will ich ein paar Steine holen, um ein Grabmal zu bauen. Wirst du dabei helfen?«

Owaen nickte.

»Und was wird aus seinem armen Mädchen?« fuhr Maddyn fort. »Es tut mir so leid, daran zu denken, daß sie darum betet, daß er bald nach Hause kommt, und hier hat er bereits die Tore zu den Anderlanden hinter sich gelassen.«

»Ja.« Owaen trat fest mit der Stiefelspitze in den Staub. »Pferdedreck, ein ganzer Kübel davon!« Er wandte sich ab und ging rasch die lange Reihe der Toten entlang.

Obwohl es eine warme Nacht war, ließ Lilli ihre Zofe ein kleines Feuer in der Feuerstelle entzünden. Sie wollte Licht haben, und Laternen würden nur Schatten werfen. Als sie dann im Sessel saß und zu lesen versuchte, wandten sich ihre Gedanken immer wieder dem Krieg und Branoic zu. Ganz gleich, wie sehr sie sich auf das Buch vor sich konzentrierte, brachen die Schrecken, die sie zuvor gesehen hatte, immer wieder in ihre Studien ein. Schließlich legte sie das Buch beiseite und starrte nur noch in die Flammen. Sie mußte an Branoic denken, erinnerte sich an das Blut auf seinem Gesicht. Nevyn wird ihn retten – das sagte sie sich immer wieder, glaubte es aber nicht ein einziges Mal.

Plötzlich konnte sie in den glühenden Kohlen Nevyn sehen, eine winzige Gestalt, die, wie es aussah, in der Asche einherging. Sie beugte sich vor, konzentrierte sich auf das Bild und sah, wie die glühenden Kohlen zum Abbild eines anderen Feuers wurden, wie das Nachtlager der Armee in den Flammen sichtbar wurde. Das Feuer verblaßte, und es schien ihr, als wandele sie direkt neben Nevyn, der einen Sack trug und an den Zelten vorbeilief. Endlich kehrte er zu dem Zelt zurück, das sie von der Kampagne des letzten Sommers her erkannte. In einem Steinkreis wartete ein stattlicher Holzhaufen auf ihn. Als Nevyn mit den Fingern schnippte, eilten Salamander herbei, um ihn zu entzünden. Er warf den Sack ins Zelt, dann setzte er sich auf einen Hocker am Feuer. Lilli sah, wie er sich vorbeugte. Der Blickwinkel veränderte sich. Es schien ihr, als säße sie auf der anderen Seite des Feuers und starrte ihn direkt an.

»Lilli!« Nevyns Stimme erklang in ihrem Geist. »Wie hast du mich erreichen können?«

»Ich weiß es nicht, Herr.«

»Denk einfach, du brauchst nicht laut zu sprechen, ich kann dich nicht hören, wenn du laut sprichst.«

»Also gut. Ich schaute ins Feuer, und dann habe ich Euch gesehen. Könnt Ihr mich jetzt hören?«

»Ja. Du mußt sehr beunruhigt sein, dich auf diese Weise an mich zu wenden.«

»Es geht um Branoic. Ich habe es gesehen ... ich meine, ich hatte eine meiner Visionen und sah, wie er verwundet wurde. Wie geht es ihm?«

»Mein armes Kind! Leider ist er bald danach gestorben.«

Eine Tränenflut wusch die Vision weg. Lilli schlug die Hände vors Gesicht und schluchzte, wiegte sich auf der Sesselkante hin und her.

Nevyn versuchte noch eine Weile, Lilli wieder zu erreichen, aber es gelang ihm nicht. Er nahm nur ihre Trauer wahr, wie den Klang entfernter Klagen. Endlich brach er seine Versuche ab und warf ein paar Zweige auf das verlöschende Feuer. Als die Flammen aufzuckten, bemerkte er, daß jemand im Schatten jenseits der Lichtpfütze stand und ihn beobachtete.

»Wer ist da?« fauchte Nevyn. »Wie lange seid Ihr schon hier?«

»Owaen, Herr, und ich bin gerade erst gekommen.« Der Hauptmann der Silberdolche trat ein paar Schritte vor. »Ich ... äh ... nun ... wollte kurz mit Euch sprechen.«

»Dann setz dich.«

Owaen setzte sich auf den Boden, etwa eine Armeslänge entfernt. Einen Augenblick starrten sie zusammen ins Feuer. Owaens Gesicht war so ausdruckslos wie eine Maske.

»Also gut«, sagte Owaen schließlich. »Es geht um Branoic.«

»Aha. Du bist überrascht, daß du um ihn trauerst. Du hattest geglaubt, froh zu sein, aber du bist es nicht.«

»Genau!« Owaen blickte scharf auf. »Ihr Götter, Ihr könnt wirklich in die Seelen der Menschen schauen!«

»Nur wenn ihre Gefühle so offensichtlich sind.«

Owaen versuchte zu lächeln, aber es gelang ihm nicht. »Er wurde verwundet, als er versuchte, mein wertloses Leben zu retten. Ich wurde bei unserem Gegenangriff von den anderen abgeschnitten, und er kam, um mich herauszuholen. Ihr Götter! Ich dachte, er haßte mich. Warum hat er das getan?«

»Du bist ein Silberdolch und der Hauptmann«, sagte Nevyn. »Das ist Grund genug.«

Abrupt hob Owaen einen Arm und vergrub das Gesicht in der Ellbogenbeuge, aber einen kurzen Moment später senkte er den Arm wieder. Seine Stimme bebte. »Ich dachte an seine Frau. Ihr bleibt niemand, um sie zu schützen, wenn unser Prinz ihrer müde wird. Glaubt Ihr, ich sollte ihr die Ehe anbieten?«

Nevyns erster Impuls, den er rasch unterdrückte, war der, zu lachen.

»Das ist ein ehrenhafter Gedanke«, sagte er statt dessen. »Aber sie hat mich und ihre Studien. Der Prinz wird es nicht wagen, sie vom Hof wegzuschicken.«

»Das stimmt.« Owaen lächelte erleichtert. »Ich würde eh keinen guten Ehemann abgeben, aber ich hatte das Gefühl, ich sollte es ihr anbieten.«

Es erwies sich, daß sich auch der Prinz um Lilli sorgte. Als die Armee am nächsten Morgen Gräben grub, um ihre Toten zu begraben, rief Maryn Nevyn zu sich. Sie entflohen dem Lärm und dem Durcheinander, indem sie das Lager verließen. Draußen auf der Mitte dessen, was einmal ein Feld gewesen war, sahen sie zwei Männer, die Steine aus der Grenzmauer rissen und sie aufs Gras hinausschleppten.

Der Prinz schirmte die Augen mit der Hand ab. »Das sind Maddyn und Owaen. Ich frage mich, was sie da machen.«

»Sie bauen wohl einen Grabhügel für Branoic«, sagte Nevyn. »Ich habe Maddo heute früh gesehen, und er sagte, er und ein paar der Jungs hätten Branno ein anständiges Grab gegraben.«

»Oh.« Maryn senkte die Hand und sah Nevyn mit trostlosem Blick an. »Ich dachte, ich hätte mich daran gewöhnt, daß Männer um meinetwillen sterben. Ich hatte mich geirrt.«

»Nun, Hoheit, dieser besondere Tod ...« Nevyn ließ die Worte verklingen.

»Ja. Wollt Ihr, daß ich Lilli einen anderen Mann suche?«

»Nein. Ich denke, der Dweomer wird ihr die notwendige Stellung bei Hofe geben.«

Maryn nickte und starrte zu Boden. »Ich sende heute früh Boten zurück. Ich habe versucht, ihr einen Brief zu schreiben, aber ich konnte es nicht. Ich konnte es einfach nicht. Ich weiß nicht, warum. Es fühlte sich an, als wüßte ich nicht mal, wie man liest und schreibt.«

Nevyn verkniff sich seine Worte: das liegt daran, daß dieser Tod dich insgeheim freut. »Nun, Ihr könntet einen besonderen Botschafter schicken«, sagte er statt dessen.

»Das ist ein guter Gedanke. Ich weiß! Maddyn. Er ist immer noch ziemlich schwach von diesem verdorbenen Schweinefleisch. Wir schicken die Verwundeten zurück nach Dun Deverry, und er kann sich der Eskorte anschließen.«

Einen Augenblick war Nevyn wie vor den Kopf geschlagen. Die Dweomerkälte schien seine Lippen frieren zu lassen und seinen Mund mit Eis zu füllen. Maryn sah ihn an und kniff leicht die Augen zusammen.

»Was ist denn?«

»Ich bitte um Verzeihung, mein Lehnsherr.« Nevyn mußte sich zu den ersten paar Worten zwingen, dann wurde seine Stimme fester. »Diese Eskorte? Wird sie groß genug sein? Ich habe eine seltsame Vorahnung, daß Maddyn und die Verwundeten in Gefahr sind.«

»Dann werde ich die Eskorte verdoppeln.« Maryn lächelte kurz. »Ich kenne mich mittlerweile mit diesen seltsamen Anwandlungen von Euch aus und habe gelernt, ihnen zu trauen.«

Lilli erwachte und fand ihre Kammer von kaltem, grauem Licht erfüllt. Eine Weile blieb sie noch im Bett liegen. Ihre Augen brannten, und das Herz tat ihr weh. Habe ich geschlafen? fragte sie sich. Habe ich überhaupt geschlafen? Wahrscheinlich. Plötzlich fiel es ihr ein.

»Branno«, flüsterte sie.

Ihre brennenden, geschwollenen Augen weigerten sich, auch nur noch eine Träne hervorzubringen. Sie setzte sich hin und schlug die Decken zurück. Sie hatte die halbe Nacht geweint, oder so kam es ihr zumindest vor, wenn sie daran zurückdachte. In ihrer Feuerstelle war ein kleiner Aschehaufen Zeuge des Feuers, in dem sie Nevyns Gesicht gesehen und ihn hatte sprechen hören. Es war seltsam, erkannte sie nun, nicht einmal in ihrer tiefsten Trauer hatte sie versucht, sich einzureden, daß die Vision einfach nur ein Traum gewesen war. Sie war vollkommen sicher. Branoic war tot.

Jemand klopfte an die Tür.

»Wer ist da?« rief Lilli.

»Nur ich, Herrin.« Cloddas normalerweise vergnügte Stimme zitterte. »Ihr habt die Tür verriegelt, und ich kann nicht hereinkommen.«

»Tut mir leid.« Lilli stand auf und ging zur Tür. »Ich wollte dich nicht beunruhigen.«

Sie öffnete die Tür weit und ließ Clodda herein. Die Dienerin knickste kurz.

»Ich hatte solche Angst, daß Ihr krank geworden wäret«, sagte Clodda.

»Nein, ich bin nicht krank.« Lilli zögerte. Jemandem von Branoics Tod zu erzählen würde es schrecklich wirklich sein lassen – aber es ist ohnehin Wirklichkeit, sagte sie sich. »Branoic ist tot. Nevyn hat es mir letzte Nacht gesagt. Er hat Dweomer benutzt.«

Clodda wurde bleich. »Oh, Herrin!« In ihrer Stimme bebten Tränen mit. »Das tut mir furchtbar leid.«

»Mir auch.«

»Ganz bestimmt.« Clodda griff nach einer Ecke ihrer schmutzigen Schürze und wischte sich die Augen. »Oh, es ist so traurig. Meine arme Herrin.«

Seufzend setzte sich Lilli auf die Bettkante. »Es muß schon relativ spät am Morgen sein. Warum ist das Licht so kalt?«

»Wolken, Herrin.« Clodda blickte auf, als fragte sie sich, ob Lilli vor Kummer den Verstand verloren hatte. »Es wird wahrscheinlich regnen.«

»Oh. Regen. Könntest du hinunter in die große Halle gehen und mir etwas zum Essen holen? Brot würde genügen.«

»Ja. Lady Elyssa hat nach Euch gefragt. Deshalb bin ich heraufgekommen und habe geklopft.«

»Dann werde ich mich jetzt anziehen. Wenn du sie siehst, bitte sie einfach, heraufzukommen.«

Clodda hatte die Hofdame wohl in der großen Halle getroffen, denn Elyssa selbst brachte Lilli einen Korb mit Brot und Butter, gerade als Lilli damit fertig war, sich das Haar zu bürsten. Elyssa stellte den Korb auf den Tisch und betrachtete Lilli in dem harschen, grauen Licht, das durchs Fenster hereinfiel.

»Clodda hat recht«, sagte Elyssa. »Ihr seht krank aus. Eure Wangen – sie sind ganz rot und wund!«

»Ich bin immer ein wenig krank.«

»Oder ist es von den Tränen? Sie hat mir erzählt, Ihr wäret überzeugt, daß Branoic tot ist.«

»Glaubt Ihr mir etwa nicht?«

»Es war Clodda, deren Worte ich bezweifelte, nicht Eure. Ich nehme an, Ihr habt ... wie macht Nevyn das noch?«

»Er schaut ins Feuer oder manchmal auch ins Wasser.«

»Es tut mir wirklich leid, Mädchen.« Elyssa wandte den Blick ab und biß sich auf die Unterlippe. »Wieder ein guter Mann tot.«

»Ihr Götter, ich wünschte mir, ich könnte mehr weinen. Ich fühle mich wie ein alter Lappen, mit dem die Köchin einen Topf geschrubbt hat, ganz schmutzig und ausgewrungen.«

Elyssa nickte. Sie suchte offenbar nach Worten, dann seufzte sie und hielt Lilli den Brotkorb hin.

»Hier, Ihr müßt etwas essen.«

Lilli griff nach einem Stück Brot und biß hinein. Ihre Trauer nahm dem Brot allen Geschmack, aber sie zwang sich zu essen, um Elyssa nicht zu beunruhigen.

»Ihr seht mehr als nur ein wenig krank aus«, sagte Elyssa, die sie genau beobachtete. »Ich wollte Euch fragen, ob Ihr uns oben in der Frauenhalle besuchen wollt, aber ich denke, Ihr solltet lieber hier bleiben und Euch ausruhen.«

Nachdem Elyssa gegangen war, warf Lilli das angebissene Stück Brot wieder in den Korb zurück. Sie ging zu der Holztruhe am Fuß des Bettes, kniete nieder und öffnete sie. Ganz oben lagen die Stücke von Branoics Hochzeitshemd, das noch nicht fertig bestickt war. Nun würde er es niemals tragen. Er war zu weit entfernt gestorben, um auch nur darin begraben zu werden. Daneben lag das kleine Messer, das sie benutzte, um das Stickgarn zu schneiden, eine kurze, scharfe Klinge. Sie holte es heraus, außerdem ihren kleinen Spiegel.

Sie stellte den Spiegel auf den Kaminsims, und indem sie sich in diese und jene Richtung drehte, konnte sie gut genug sehen, um sich das Haar zu schneiden, immer eine Strähne nach der anderen. Sie sägte ihr Haar als Zeichen der Trauer um ihren Verlobten mit dem kleinen Messer ab. Sie hatte von Barden alte Geschichten aus der Dämmerungszeit gehört, in denen trauernde Frauen sich auch Schnitte im Gesicht zufügten. Sie war versucht, dasselbe zu tun – nicht, um Branoic zu beweinen, sondern um Maryn fernzuhalten. Doch schaudernd legte sie das Messer schließlich weg. Im Spiegel sah ihr Gesicht spitz aus, die Augen waren verquollen, das kurze Haar zerzaust. Sie wandte sich ab und erinnerte sich daran, wie er ausgesehen hatte, als er auf ihrer Bettkante saß.

»Ich habe dich geliebt«, flüsterte sie. »Ich werde zur Göttin beten, daß du mir geglaubt hast.«

Lilli räumte Spiegel und Messer weg und wickelte dann das

abgeschnittene Haar in einen Ärmel des Hemdes, das einmal hätte Branoic gehören sollen. Sie kehrte zu ihrem Stuhl zurück und starrte aus dem Fenster. Jeder Atemzug verursachte ihr Schmerzen in der Brust, als hätte ihre Trauer ihre Lungen gefüllt und sie schwer werden lassen.

Die Sonne stand noch kaum am Himmel, als Nevyn sein Zelt verließ und begann, sich um die Verwundeten zu kümmern. Caudyr war schon vor ihm da, und als sie mit der Arbeit begannen, kamen weitere Wundärzte und auch ein paar Diener. Wie Nevyn befürchtet hatte, waren mehrere Männer im Laufe der Nacht gestorben. Die Diener wickelten sie in Decken und trugen sie weg. Nevyn hatte seine Runde beendet und war gerade dabei, sich Hände und Arme zu waschen, als Gavlyn, der oberste Herold des Prinzen, angerannt kam, seinen langen Stab mit den Bändern in der Hand.

»Lord Nevyn!« rief Gavlyn. »Lord Braemys will verhandeln.«

»Ach ja?« meinte Nevyn. »Nun, das sind ja willkommene Neuigkeiten!«

Gemeinsam eilten sie durchs Lager. Am Abend zuvor hatten die Diener Maryns Zelt ein Stück von dem der anderen Adligen entfernt errichtet. Rings um das Zelt befand sich gut zehn Fuß freier Boden. Vor dem Eingang wartete ein Stallknecht mit Gavlyns falbem Wallach, gesattelt und gezäumt. In der schwarzen Mähne des Pferdes hingen rote und gelbe Bänder. Maryn selbst kam gerade aus dem Zelt, als Nevyn eintraf. Er trug einen Umhang im rot-weißen Karo von Cerrmor, an der Schulter mit der riesigen Silberbrosche festgesteckt, die ihn als Prinzen auswies.

»Das sind gute Nachrichten«, sagte Maryn zu Nevyn. »Ich hoffe und bete, daß Braemys mir nun Treue schwören wird und wir diese Sache beenden können.«

»Das hoffe ich ebenfalls, Euer Hoheit«, meinte Nevyn.

»Wir werden es bald wissen. Gavlyn, Ihr könnt gehen.«

Doch am Ende mußten sie recht lange warten, um Lord Braemys' Entscheidung zu erfahren. Den ganzen Morgen ging Maryn kochend vor Ungeduld vor seinem Zelt auf und ab, und die Herolde ritten hin und zurück und verhandelten über die Bedingungen für eine Begegnung zwischen Prinz Maryn und Lord Braemys. Jede Seite befürchtete, die andere habe Verrat im Sinn, und wie Maryn Nevyn sagte, war das durchaus verständlich.

»Immerhin haben wir einander bekämpft«, sagte der Prinz, »und meine Männer haben seinen Vater getötet.«

»Und seine Männer taten ihr Bestes, Euch zu töten«, sagte Nevyn, »und das auf sehr heimtückische Weise.«

Während der Wartezeit kamen mehr und mehr von Maryns Vasallen zu ihrem Prinzen. Daeryc und Ammerwdd gingen mit ihm zusammen auf und ab. Die Männer von niedrigerem Rang setzten sich auf den Boden und unterhielten sich leise.

Endlich, kurz vor Mittag, kehrte Gavlyn zurück, führte sein Pferd mit einer Hand am Zügel und trug den Stab in der anderen. Alle standen rasch auf, aber keiner sagte ein Wort, nicht einmal der Prinz. Der Stallknecht ergriff die Zügel des falben Wallachs, aber als er dazu ansetzte, das Pferd wegzuführen, hielt Gavlyn ihn auf.

»Ich muß noch einmal los, Junge«, sagte Gavlyn. Er wandte sich dem Prinzen zu und verbeugte sich. »Euer Hoheit, das wird eine langwierige Angelegenheit. Wir haben jetzt den ganzen Morgen mit Beratungen zugebracht, und wir sind erst so weit gekommen: Braemys möchte mit Euch sprechen, aber nur unter bestimmten Bedingungen.«

Viele Lords fluchten und murmelten vor sich hin. Als Maryn die Hand hob, schwiegen sie allerdings.

»Ihr Götter!« meinte Maryn. »Glaubt er wirklich, in der Position zu sein, mir Bedingungen vorschreiben zu können?«

»Nein, Euer Hoheit«, sagte Gavlyn. »Das ist keine Arroganz, nur Angst. Ihr Herold wird in ihr Lager zurückreiten, wenn er meine Antwort erhält. Er sagt, es sei ein langer Ritt, aber er weigerte sich, mir auch nur das Geringste mitzuteilen, das mir verraten könnte, wo sich dieses Lager befindet. Ich nehme an, daß Lord Braemys' Armee gewaltig dezimiert wurde.«

Alle drehten sich um und sahen zu Nevyn hin. Da er sich in der vergangenen Nacht auf der ätherischen Ebene umgesehen hatte, hatte er eine Antwort für sie.

»Ja«, sagte Nevyn. »Ich würde meinen, er hat nicht mehr als tausend Männer übrig, und das ist eine sehr großzügige Einschätzung. Viele seiner Verbündeten müssen ihn verlassen haben.«

»Tatsächlich?« Ammerwdd trat vor. »Wenn wir ihm jetzt nachsetzen, werden wir einen leichten Sieg haben und dem Eberclan für immer ein Ende machen.«

»Euer Gnaden!« Gavlyn wurde totenbleich. »Der Mann hat um Verhandlungen gebeten.«

»Genau.« Maryn grinste schief. »Wir haben während des ganzen Krieges unser Bestes getan, uns ehrenhaft zu verhalten, und ich habe nicht vor, mich und meine Vasallen jetzt zu entehren.«

Ammerwdd wollte etwas sagen, hielt dann aber inne und zuckte mit den Achseln.

»Also gut«, fuhr Maryn fort. »Worin bestehen diese Bedingungen?«

»Ich habe keine Ahnung, Euer Hoheit. So weit sind wir nicht gekommen.«

»Ihr Götter!« murmelte Ammerwdd. »Wie lange wird sich dieser kleine Bastard winden? Es ist eine Beleidigung, Euer

Hoheit, diese Verhandlungen so in die Länge zu ziehen. Wie lange werden wir es uns gefallen lassen, daß er unsere Ehre verspottet?«

»Vergeßt eines nicht, Euer Gnaden«, meinte Maryn. »Nehmen wir einmal an, wir brechen die Verhandlungen ab. Dann fliehen Braemys und seine Männer. Wenn sie Cantrae sicher erreichen, werden wir ein ganzes Jahr damit verbringen, sie herauszuholen.«

»Das ist wahr.« Ammerwdd gab mit einer knappen Verbeugung in Richtung des Prinzen nach. »Und so lange wird er nicht verhandeln.«

Maryn lächelte, dann wandte er sich Gavlyn zu. »Sag dem Herold des Eberclans, daß wir verhandeln werden, bis wir in der Angelegenheit zu einem ehrenhaften Ergebnis kommen.«

»Ich danke Euch, Euer Hoheit. Dann mache ich mich wieder auf den Weg.«

Um sich die Zeit zu vertreiben, bis Gavlyn zurückkehrte, organisierte Nevyn die Wagenkarawane, welche die Verwundeten zurück nach Dun Deverry bringen würde. Maryn stellte fünfzig gesunde Männer als Eskorte ab, Oggyn lieferte ihnen Vorräte. Inzwischen hatte die Armee so viel verzehrt, daß sechs Wagen leer geworden waren. Andere Verwundete würden reiten können.

»Aber nur langsam«, sagte Nevyn zu Maddyn. »Nicht, daß du eine große Wahl hättest.«

»Das ist wahr«, erwiderte Maddyn. »Habt Ihr Briefe, die ich für Euch abliefern soll, Herr?«

»Ja.« Nevyn griff in sein Hemd und reichte ihm zwei silberne Botschaftsröhren. »Eine für Bellyra, eine für Lilli. Geh zuerst zu Lilli. Sie wird die Überschriften lesen und dir sagen können, was was ist.«

»Die Prinzessin kann ebenfalls lesen.«

»Ich weiß, aber ich möchte nicht, daß sie Lillis Brief zu sehen bekommt.«

»Ich verstehe.« Maddyn lächelte kurz. »Also gut, Herr, ich gehe zuerst zu Lilli.«

Maddyn steckte sich die Briefe ins Hemd. Nevyn betrachtete ihn forschend. Der Barde war immer noch bleich und deutlich abgemagert, aber an diesem Morgen war es ihm gelungen, ein wenig Haferbrei im Magen zu behalten.

»Paß auf, was du ißt und trinkst«, sagte Nevyn. »Kein Trokkenfleisch oder so etwas für dich, Barde.«

»Oh, keine Angst, Herr! Eine Runde verdorbenes Essen reicht mir für den Rest meines Lebens.«

Die verwundeten Männer verließen das Lager gegen Mittag. Nevyn blieb an der Straße stehen und sah ihnen nach, bis die Staubwolke, die sie aufwirbelten, zu einem kleinen Fleck geworden war. Er konnte nur hoffen, daß sie die Festung alle lebendig erreichten, aber er fürchtete um viele.

Den ganzen Nachmittag verhandelten Gavlyn und der Herold des Ebers auf einer grünen Weide nördlich des Lagers. Bis zum Abend war noch nichts wirklich abgesichert, aber Gavlyn war überzeugt, daß der Herold in treuem Glauben handelte.

»Es wird schließlich zu einem Ende kommen«, sagte Gavlyn zu Nevyn. »Noch nicht bald, aber es wird geschehen.«

»Wovor genau fürchtet sich Braemys so?« fragte Nevyn. »Wißt Ihr das?«

»Nach dem, was sein Herold mir gesagt hat, befürchtet er Gefangenschaft mehr als den Tod. Er nimmt an, daß unser Prinz ihn aufhängen will.«

»Ah. Das würde es erklären. Es ist ein schrecklicher Tod für einen Krieger.«

»Ich weiß nicht, wie überzeugend ich bin, aber ich habe versucht, dem Herold klarzumachen, daß Maryn ein Ausbund an Ehre ist.«

»Also gut. Viel mehr könnt Ihr auch nicht tun.«

Am Morgen begannen die Verhandlungen wieder. Kurz nachdem Gavlyn davongeritten war, bemerkte Nevyn, daß ein paar Wolkenstreifen am westlichen Himmel hingen. Ein starker Westwind kam auf, und den ganzen Morgen über wurden Wolken herangeweht, erst nur ein paar Fetzen, dann zog sich ein Band über den ganzen Himmel wie ein Milchrinnsal auf einem blauen Teller. Na wunderbar! dachte Nevyn. Die wichtigsten Verhandlungen in hundert Jahren, und jetzt regnet es! Es sei denn, selbstverständlich, er würde etwas dagegen unternehmen. Er überließ den Prinzen seinen Vasallen und eilte in sein Zelt.

Draußen ging das lärmige Lagerleben weiter: Männer lachten und scherzten oder trauerten zornig um einen toten Freund. Dank langer Übung konnte Nevyn seine Aufmerksamkeit von allem lösen. Er setzte sich im Schneidersitz hin, beruhigte seinen Atem, dann stellte er sich einen silbernen Lichtstrahl vor, der ihn in derselben Richtung umkreiste, wie die Sonne über den Himmel zieht. In jeder Himmelsrichtung plazierte er – immer noch in seiner Vorstellung – einen fünfzackigen Stern aus blauem Feuer. Als er ein Wort der Macht sprach, erschien der vorgestellte Lichtkreis auf der ätherischen Ebene. Er konnte ihn zwar mit seinen physischen Augen nicht sehen, aber er spürte, wie seine Energie ihn bebend umgab.

Nachdem auf solche Weise der Ort für den Zauber vorbereitet war, wandte sich Nevyn an die Herren des Wassers. Strahlen silbrigblauen Lichts erschienen vor jedem Pentagramm, zunächst verschwommen, dann fester, bis es schließlich Säulen waren. An jeder bewegte sich eine vage menschliche Gestalt. Nevyn konnte in seinem eigenen Geist einen Chor von Gedanken hören. Wie sie ihn hörten, wußte er nicht. Aber sie verstanden, daß er sie bat, den Regen zu verhindern, und er verstand, daß sie ihm erklärten, das sei unmöglich. Sie konnten allerdings dafür sorgen, daß der Regen rasch wieder zu Ende ging, so daß der nächste Tag nach einer regnerischen Nacht wieder klar sein würde.

»Dafür danke ich Euch«, sagte Nevyn.

Mit zustimmendem Gemurmel verschwanden sie wieder.

Bei Sonnenuntergang schienen die eisgrauen Wolken so dicht am Boden zu hängen, daß es aussah, als könnte man einfach nach oben greifen und sie berühren. Die untergehende Sonne verursachte am westlichen Horizont eine mürrische Orangefärbung. Kurz bevor die Nacht dieses Schimmern verschlang, kehrte ein müder Gavlyn ins Lager zurück. Nach dem Abendessen, als Maryns Vasallen sich vor dem königlichen Zelt zu ihm setzten, gab Gavlyn seinen Bericht ab.

»Lord Braemys besteht darauf, daß Prinz Maryn sich mit ihm auf offenem Land trifft. Er schlägt vor, daß beide Seiten eine persönliche Wache von zwanzig Mann, einen Berater und einen Herold mitbringen. Die Wachen müssen dreißig Schritt von den eigentlichen Verhandlungen entfernt bleiben. Braemys hat ein bestimmtes Feld im Sinn, ein Stück von unserem Lager entfernt, auf dem es keine Bäume und so etwas gibt. Er sagt, beide Seiten werden imstande sein, das umgebende Land genau zu sehen, und daher sicher sein können, daß die anderen keinen Hinterhalt gelegt haben.«

»Also gut«, sagte Maryn. »Das klingt alles recht vernünftig. Nevyn, würdet Ihr es wissen, wenn er Verrat plante?«

»Wahrscheinlich, Euer Hoheit«, sagte Nevyn. »Aber denkt an seine Situation. Braemys ist Euch zahlenmäßig ungemein unterlegen. Falls er tatsächlich Verrat plante, würde er die folgende Schlacht und sein Leben verlieren.«

»Das ist wahr. Gavlyn, trefft Euch morgen so früh wie möglich mit dem Herold und sagt ihm, daß wir die Bedingungen annehmen.«

»Ich werde im ersten Tageslicht losreiten.«

Gavlyn verbeugte sich vor ihm. »Ich glaube, er ist ebenso begierig, diese Sache zu Ende zu bringen, wie ich.«

Plötzlich blitzte es über ihren Köpfen silbern. Einen winzigen Augenblick lang fragte sich Nevyn, ob Braemys vielleicht doch dunklen Dweomer auf seiner Seite hatte, aber dann faßte er sich mit einem Lachen wieder. Das versprochene Gewitter begann. Donner grollte, und als er wieder verklang, konnte Nevyn das Wiehern verängstigter Pferde und die Rufe der Männer hören, die zu ihnen eilten. Die Lords sammelten sich um Maryn, als wollten sie ihn schützen, und wappneten sich, als ein zweiter Blitz den Himmel zerriß. Der Regen begann, und bald goß es in Strömen. Das Feuer zischte, kämpfte und erstarb. Überall im Lager ertranken Feuer, bis das einzige Licht das Flackern der einen oder anderen geschützten Laterne war.

»Kehrt zu Euren Männern zurück!« rief Maryn seinen Vasallen zu. »Hier gibt es nichts mehr zu sagen.«

Wieder Blitze und dann Donnern.

»Außer von den Göttern«, fügte Maryn rasch hinzu. »Und durch ihren Willen und die Macht von Tarn, dem Donnerer.«

Offensichtlich waren sie mit diesen Worten zufrieden, denn der nächste Blitz war weniger hell, und es dauerte eine Weile länger, bis der Donner erklang. Obwohl das Gewitter sich rasch nach Osten bewegte, verbrachten alle im Lager eine nasse, unangenehme Nacht. Doch als sie am nächsten Morgen erwachten, hatte der Regen aufgehört, genau wie die Herren des Wassers es versprochen hatten. Im kalten, grauen Licht zogen Männer nasse Kleidung aus durchtränkten Satteltaschen und breiteten sie zum Trocknen aus. Dann stellten sie sich am Versorgungswagen für klammes Fladenbrot und regentriefende Streifen Trockenfleisch auf.

Nachdem er gegessen hatte, stapfte Nevyn durch den Schlamm zu Maryns Zelt. Der Prinz stand draußen, mit einem

Brocken feuchten Brots in der einen Hand und einem Krug Bier in der anderen.

»Da seid Ihr ja«, sagte Maryn mit vollem Mund. Er schluckte rasch. »Gavlyn ist schon losgeritten.«

»Gut«, sagte Nevyn. »Ich hoffe, der andere Herold wartet bereits auf ihn.«

»Ich auch. Ich schicke meinen Diener, um nachzusehen, ob Owaen die zwanzig Wachen schon ausgesucht hat. Wenn das der Fall ist, können wir reiten.«

Der Ort der Verhandlungen lag fünf Meilen nördlich vom Lager des roten Drachen. Mit zehn Silberdolchen vor und zehn weiteren hinter ihnen folgten Nevyn, Maryn und Gavlyn einem schmalen Feldweg, der durch flache, grüne Felder führte, wo Unkraut und Dornenhecken bis in Taillenhöhe wuchsen. Der Pfad führte sie zu einer breiteren Straße, und dort hielten sie inne. In einiger Entfernung, auf einem langen Streifen flacher Weide, wo sich, wie Braemys versprochen hatte, keine Mauern oder Gehölze befanden, hinter denen sich auch nur ein einziger verräterischer Schwertkämpfer verbergen konnte, sahen sie ein paar Männer zu Pferd. Owaen stellte sich in den Steigbügeln auf und schirmte die Augen mit der Hand ab, während er zählte. Dann setzte er sich mit einem zufriedenen Grunzen wieder hin.

»Genau zwanzig, Euer Hoheit«, sagte Owaen, »und ein Mann weit vor ihnen. Braemys, würde ich sagen, aber es gibt kein Zeichen von seinem Berater oder Herold.«

»Das ist mir gleich«, sagte Maryn. »Er ist derjenige, der um diese Bedingungen gebeten hat.« Er winkte Nevyn, ihm zu folgen, und lenkte sein Pferd auf die wartenden Reiter zu.

Inzwischen trieb der Wind die Wolken davon. Während die westliche Hälfte des Himmels bereits klar war, hingen im Osten noch Wolken wie eine riesige Mauer, so daß es aussah, als träfen sie sich vor einer Festung der Götter. Auf einem rotbraunen Wallach mit schwarzer Mähne und Schweif ritt Lord Braemys ihnen entgegen. Er trug weder Helm noch Schwert, obwohl Nevyn die Umrisse eines Kettenhemdes unter seinem Hemd sehen konnte. Im Sonnenlicht schimmerte sein blondes Haar. Vorsichtige fünf Schritte entfernt von ihnen zügelte er sein Pferd und blieb sitzen, die Zügel in einer Hand, während er sie forschend betrachtete. Braemys wuchs gerade erst der erste Bart, bemerkte Nevyn – ein Hauch feinen Haars an Kinn und Oberlippe. Nevyn hörte, wie Maryn leise fluchte, und bemerkte, daß Braemys den Prinzen verblüfft anstarrte, der seinerseits diesen Blick staunend erwiderte. Erst jetzt begriff Nevyn, daß Braemys mit seinen feinen Zügen und großen blauen Augen Lilli sehr ähnlich sah.

Maryn schüttelte den Kopf und faßte sich.

»Seid gegrüßt, Lord Braemys«, sagte Maryn.

»Ich grüße Euch ebenfalls, Euer Gnaden«, sagte Braemys. »Gwerbret Cerrmor.«

Einen Augenblick betrachteten sie einander. Als Nevyn sich des Dweomerblicks bediente, sah er die Aura des jungen Lords in einem stetigen Gold, durchschossen von Rot. Zweifellos Zorn, aber kein Verrat. Zufrieden wechselte Nevyn wieder zur normalen Sichtweise.

»Ich bin tatsächlich Gwerbret dieser Stadt«, sagte Maryn schließlich. »Aber daneben habe ich noch einen anderen Rang. Ich nehme an, daß Ihr Euch immer noch weigert, mir als rechtmäßigem König von Dun Deverry Treue zu schwören.«

»Ja.« Braemys sah ihn direkt an. »Aber wer in der Heiligen Stadt herrscht, ist mir inzwischen gleich, ebenso wie jenen, denen ich Schutz schuldig bin.«

Maryn blinzelte verwirrt. Braemys lächelte dünn und sprach weiter.

»Ich möchte Euch an die Bedingungen erinnern, die Ihr mir vor den Kämpfen des Sommers gestellt habt. Ihr sagtet mir, ich hätte zwei Möglichkeiten, mich Euch anzuschwören oder Euer Land für immer zu verlassen. Also gut. Mein Clan, jene wenigen Vasallen, die treu zu mir stehen, meine Diener, die Bauern, die meinem Clan gedient haben, meine Handwerker und andere, mein Kriegshaufen und die Kriegshaufen meiner Vasallen ...« Braemys hielt inne, um Luft zu holen. »Alle warten sie nördlich von hier mit ihrem Besitz und ihrem Vieh auf mich. Wir werden unser Land verlassen, wie ihr verlangt.«

»Was?« rief Maryn. »Wohin wollt Ihr denn?«

»Nach Norden«, sagte Braemys. »Nördlich von Gwaentaer liegt Land, das niemand beansprucht. Ich höre, es ist rauhes Gelände voller Hügel und Felsen. Ihr braucht nicht zu fürchten, daß ich dort ein reiches Königreich gründe, um Euch zu bedrohen.«

»Das ist einfach dumm!«

Braemys lächelte zur Antwort. Es war tatsächlich dumm, dachte Nevyn, aber auf eine glorreiche Art – die verwegene Geste eines sehr jungen Lords. Als Maryn ihn ansah, als wünschte er seinen Rat, zuckte Nevyn mit den Achseln.

»Lord Braemys scheint genau darüber nachgedacht zu haben«, meinte Nevyn. »Wenn er sich aus Eurem Land zurückziehen möchte, dann kann kein Gesetz dieses Landes ihn aufhalten.«

»Genau.« Braemys wurde feierlich. »Unsere Ahnen haben ihre Heimat verlassen, nicht wahr, weil sie das Joch der Rhwmanen nicht tragen wollten. Glaubt Ihr, ich bin weniger mutig als sie?«

»Ich weiß überhaupt nichts von Euch.« Maryn hatte sich erholt, und war wieder imstande, mit einiger Würde weiterzusprechen. »Aber Ihr sagt die Wahrheit, was unsere Ahnen angeht.«

»Werdet Ihr Euch an die Bedingungen halten, die Ihr mir

gestellt habt, oder Euren Schwur brechen und versuchen, uns aufzuhalten?«

»Nie, niemals werde ich meinen Schwur brechen.« Maryn fauchte beinahe.

»Das habe ich gehört, Euer Gnaden – daß Ihr ein Mann mit großem Sinn für Ehre seid.« Plötzlich warf Braemys den Kopf zurück und lachte. »Darauf habe ich gesetzt.«

»Und Ihr habt gewonnen«, fauchte Maryn.

»Ich danke Euch.« Braemys verbeugte sich halb aus dem Sattel. »Dann bleiben noch die Bedingungen für den Rückzug meines Clans. Sollen wir unsere Herolde und Berater darüber sprechen lassen?«

»Unbedingt, Herr, unbedingt.«

Das brauchte einen weiteren Tag, aber am Ende war alles festgelegt. Gwerbret Ammerwdd, sein Kriegshaufen und seine direkten Vasallen sowie deren Kriegshaufen würden Braemys und seine Gefolgsleute an die nördliche Grenze eskortieren, während Maryn und der Rest seiner Männer weiter nach Osten ziehen wollte. Der Prinz würde Cantrae und das Eberland an sich ziehen, dann würde er es einem treuen Vasallen des Hochkönigs übergeben – nachdem man ihn dazu erklärt hatte. Die politischen Händel des kommenden Winters, so wußte Nevyn, würden beinahe ebenso leidenschaftlich werden, wie die Kämpfe des Sommers gewesen waren, und Maryn war derselben Ansicht.

»Wir kämpfen einen Krieg nach dem anderen aus«, sagte Maryn. »Mehr kann niemand von uns verlangen.«

»Ihr habt recht«, sagte Nevyn. »Aber Ihr solltet von nun an jedes Wort auf die Goldwaage legen. Ein unbedachtes Wort kann für einen gierigen Mann wie ein halbes Versprechen klingen.«

»Das ist leider wahr. Ich werde so vorsichtig sein wie eine Katze in einem Badehaus.«

Eine letzte Bitte Braemys' war zu ehrenhaft, um verweigert zu werden. Er hatte Männer unter seinem Befehl, die zu schwer verletzt waren, um mit nach Norden reisen zu können. Maryn erklärte sich gerne bereit, für diese Männer zu sorgen.

Als die Herolde am Morgen die letzten Einzelheiten besprachen, machte sich Nevyn auf, die Verwundeten des Eberclans zu holen. Tieryn Anasyn vom Widder bot an, seinen Kriegshaufen als Eskorte auszusenden. Sie nahmen ein paar Wagen für die am schwersten Verwundeten und Pferde für den Rest, ebenso wie die üblichen Arzneien und Bandagen mit. Am sonnigen Morgen zogen sie über einen Weg, der neben einem Bach den Hügel entlangführte. Das schaumgefleckte Wasser gurgelte vergnügt über schwarze Felsen. Die Wagen knarrten hinter den Reitern her, und hier und da begann einer der Fuhrleute ein Lied, und seine Genossen fielen ein. Die Freude über den neu gewonnenen Frieden ließ Nevyn lächeln, obwohl die Aufgabe, die ihnen bevorstand, nicht angenehm sein würde. Wenn der Herold des Ebers ihnen den Weg richtig beschrieben hatte, würden sie in ein paar Meilen das Lager der Verwundeten erreichen.

»Es ist ehrenhaft vom jungen Braemys«, sagte Anasyn, »sich auf diese Weise um seine Verwundeten zu kümmern.«

»Ja«, erwiderte Nevyn, »und es hat mich gefreut, das bei dem Jungen zu sehen.«

»Ich wünschte nur, seine Ehre hätte ihn schon vor der Schlacht nach Cerrgonny gebracht und uns allen solchen Kummer erspart.«

»Das stimmt. Einige der Toten waren Männer, um die ich sehr trauere.«

»Mir tut meine Schwester sehr leid, die ihren Verlobten verloren hat.«

»Mir ebenfalls. Branoic ist einer der Männer, von denen ich gesprochen habe.«

»Das dachte ich mir. Ich wünschte nur, ich hätte ihr die Nachricht selbst überbringen können, aber sie ist die Tochter eines Kriegers. Sie wird es überstehen.«

»Zumindest hat sie ihre Dweomerstudien, um ihr eine sichere Position bei Hof zu verschaffen.«

»Das habe ich nie bezweifelt.« Anasyn drehte sich im Sattel um und lächelte ihn ein wenig müde an. »Wenn schon nichts anderes, dann könnte sie Hofdame der Prinzessin werden.«

Nevyn begriff plötzlich, daß Anasyn keine Ahnung davon hatte, daß seine geliebte kleine Schwester die Mätresse des Prinzen war. Einige Männer hätten sich über den Einfluß gefreut, den ihnen das bei Hof gegeben hätte, aber Anasyn war erzogen worden, die Frauen seiner Familie mit Hochachtung zu behandeln.

»Hattet Ihr viel Gelegenheit, mit Lilli zu sprechen, bevor wir aufbrachen?« fragte Nevyn.

»Nein«, erwiderte Anasyn. »Ich kam erst spät zur Musterung, und sie schien von etwas sehr abgelenkt.«

»Das war sie wirklich.«

»Wißt Ihr, um was es ging?«

Nevyn seufzte und dachte nach. Anasyn würde am Ende die Wahrheit entdecken, ganz gleich, was er jetzt tat.

»Nun, Herr«, meinte Nevyn schließlich, »Lillis Schicksal hat sich sehr kompliziert entwickelt. Sie war mit Branoic verlobt, und ich glaube wirklich, daß sie ihn geliebt hat, aber der Prinz hatte eine große Vorliebe für sie entwickelt.«

Anasyn wurde dunkelrot. Er klammerte die Hände so fest um die Zügel, daß sein Pferd den Kopf hochwarf. Mit einem Fluch ließ Anasyn die Zügel wieder gehen.

»Ich verstehe, warum keiner mir davon etwas erzählt hat.« Anasyns Stimme war nur ein Knurren. »Hat sie es auch gewollt?«

»Selbstverständlich! Unser Prinz würde nie eine Frau zwingen.«

»Verzeiht. Ich weiß, daß das der Wahrheit entspricht.«

»Lilli ist sehr jung, und sie fühlte sich geschmeichelt. Maryn könnte mit seinem Charme die Fische aus dem Meer locken, wenn er es darauf anlegen würde.«

»Zweifellos.« Anasyn zögerte und dachte nach. »Ich werde mit ihr darüber sprechen, wenn wir zur Festung zurückkehren. Ich danke Euch, daß Ihr mir die Wahrheit gesagt habt.«

Sie ritten den Rest des Wegs schweigend weiter.

Ein paar Meilen vom Drachenlager entfernt führte der Weg sie zu einem grasbewachsenen Hügel, den der Herold des Eberclans erwähnt hatte. Als sie ihre Pferde im Schritt den Abhang hinaufgehen ließen, erkannte Nevyn plötzlich, daß etwas nicht stimmte. Er hörte Vögel krächzen, und gerade, als er Anasyn darauf hinweisen wollte, erhob sich ein ganzer Schwarm von Raben, die sich miteinander stritten, während sie den Hügel umkreisten und sich dann wieder außerhalb ihres Blickfeldes niederließen.

»Bei den Göttern!« zischte Anasyn, »das läßt nichts Gutes erwarten.«

Als sie über den Hügel kamen, konnten sie den grasbewachsenen Abhang überschauen, der zum Lager führte – oder zu dem, was einmal ein Lager gewesen war. Auf der Ebene lagen Leichen, einige von ihnen nur halb bekleidet. Nevyn sah keinen einzigen Wagen und kein Zelt, und auch kein Pferd. Anasyn drehte sich im Sattel um und rief den Männern hinter ihnen zu: »Bringt die Wagen nicht her! Das ist nicht nötig.«

Mit zehn Männern als Wache ritten Anasyn und Nevyn den Abhang hinab. Vögel und auch eine Wolke von Fliegen flogen auf. Nevyn stieg aus dem Sattel, ließ die Zügel seines Pferdes fallen und ging dann ins Lager. Der Gestank von Verwesung in der heißen Sonne überwältigte ihn beinahe, aber er wappnete sich und ging weiter. Er konnte erkennen, daß man jedem einzelnen Mann hier die Kehle durchgeschnitten hatte, zweifellos schon am Vortag, während ihr Herr immer noch um ihre Sicherheit verhandelte. Langsamer folgte ihm Anasyn, der ungläubig den Kopf schüttelte.

»Was soll das?« fauchte Anasyn. »Wer hat das getan? Braemys? Ist das seine Vorstellung von einem Scherz?«

»Das bezweifle ich«, erwiderte Nevyn. »Ich wette, es waren die Banditen. Erinnert Ihr Euch, daß er den Männern, die ihre Herren verloren haben, Amnestie gewährte? Einige von ihnen waren zweifellos gute Krieger und ihrem neuen Kriegshaufen treu, aber andere ...«

»Jene, die bei der Schlacht geflohen sind. Sie konnten auf dem Feld nicht plündern, also haben sie sich hier geholt, was sie wollten.« Anasyn schauderte heftig. »Nun, zweifellos wird unser Lehnsherr sie bald genug jagen.«

Als Maryn, nachdem sie ins Lager zurückgekehrt waren, die Geschichte hörte, reagierte er genau, wie Anasyn vorhergesagt hatte, und schwor, die Banditen dingfest zu machen, sobald man ihn zum Hochkönig erhoben hatte.

»Diese Feiglinge!« zischte Maryn. »Elende Bastarde, eher Hunde als Menschen! Ich werde sie alle hängen, und wenn es mich den ganzen Rest des Sommers kostet.«

»Gut«, erwiderte Nevyn. »Es hat mir fast den Magen umgedreht. Tieryn Anasyn hat seinen Männern befohlen, sie ordentlich zu begraben.«

»Das freut mich. Ihr Götter, ich hoffe, daß es unseren eigenen Verwundeten gutgeht!«

»Daran hatte ich auch schon gedacht. Ich bin froh, daß Euer Hoheit die Größe der Eskorte verdoppelt haben.«

Die Banditen mußten allerdings in eine andere Richtung geritten sein, denn sie verschonten die Männer des Drachen. Maddyn hatte seine jämmerliche Prozession verwundeter Reiter, verwundeter Pferde und Wagen so schnell wie möglich weitergeführt – nach seiner Berechnung kaum schneller als zehn Meilen am Tag. Keiner konnte lange im Sattel bleiben, aber für die Männer im Wagen war es schlimmer, so durchgeschüttelt und von jedem Stein auf der Straße hin und her geworfen zu werden. Am Ende jeden Reisetages begruben die gesunden Männer der Eskorte jene, die gestorben waren, und am Morgen, bevor sie sich wieder nach Westen aufmachten, begruben sie die, die in der Nacht gestorben waren.

Es war kein Wunder, daß die Boten des Prinzen sie schließlich einholten. An einem Nachmittag ritt Maddyn an der Spitze des kleinen Wagenzuges, als er hörte, daß jemand hinten nach ihm rief. Er befahl anzuhalten, dann wendete er sein Pferd und ließ es nach hinten traben. Als er den letzten Wagen erreichte, legte sich der Staub über ihrer Marschlinie ein wenig. Er konnte eine andere Staubwolke auf der Straße erkennen, die auf sie zukam. Der nächste Fuhrmann beugte sich über die Seite seines Wagens.

»Sind das Feinde?« rief er.

»Ich hoffe nicht!« rief Maddyn zurück. »Wartet – es sind nur zwei. Es können keine Feinde sein.«

Als die beiden Reiter näher kamen, erkannte Maddyn, daß einer von ihnen über seinem Kettenhemd einen Waffenrock mit dem roten Drachen trug, der ihn und seinen Begleiter als Eilkurier identifizierte. Ein paar Schritte näher, und er erkannte zwei Silberdolche, Alwyn und Tarryc. Sie kamen näher und zügelten ihre Pferde neben dem seinen.

»Ihr seid also auf dem Weg nach Dun Deverry?« fragte Maddyn.

»Ja«, sagte Alwyn. »Und es ist etwas verflucht Seltsames passiert, Maddo.«

»Keine Kämpfe mehr?«

»Überhaupt nicht.«

»Also, was macht Braemys? Rennt er so schnell wie möglich nach Cantrae?«

»Nein.« Alwyn versuchte, ein Lächeln zu unterdrücken, und Maddyn begriff, daß dies auf eine Art Scherz hinauslief. »Er reist nach Norden.«

»Ach tatsächlich? Und warum?«

Alwyn hielt inne und grinste. Inzwischen waren auch die anderen Männer der Eskorte da, und alle beugten sich im Sattel vor, um zuzuhören.

»Lord Braemys«, sagte Alwyn, »ist auf dem Weg nach Cerrgonny.«

»Was? Warum das?«

»Nun, es scheint, daß unser Prinz ihm die Wahl gelassen hat, Treue zu schwören oder das Land für immer zu verlassen. Also hat er seine Leute eingepackt, Frauen, Kinder, Rinder und Schafe, und verläßt das Land.« Alwyn machte eine dramatische Pause. »Gwerbret Ammerwdd wird ihn zur Grenze eskortieren. Braemys hat Dun Cantrae Prinz Maryn übergeben, bis runter zu den Steinen und Misthaufen.«

»Wie dumm von ihm! Es gibt in diesen Hügeln so gut wie gar nichts.«

»Es wird etwas geben, und zwar bald, wenn er dort ankommt.« Maddyn schüttelte verblüfft den Kopf. So jung er war, Braemys hatte seine Fähigkeiten als Taktiker erwiesen. Aber was die Vernunft anging, da schien ihm etwas zu fehlen.

»Nun gut«, meinte Maddyn. »Die Adligen machen ohnehin, was sie wollen, und ein Barde wie ich hat nichts Besseres zu tun, als es sich für sie zu merken.«

»Das stimmt.« Alwyn sah sich unter den Männern um, die sich um sie drängten. »Laßt uns durch, Jungs! Wir haben noch ein wenig Tageslicht übrig und müssen uns auf den Weg machen.«

Die Kuriere ritten um den Wagenzug herum und trabten dann rasch weiter nach Osten, um der Prinzessin und ihrer Festungswache diese Nachrichten zu bringen. Maddyns Truppe folgte mit ihrer bisherigen trägen Geschwindigkeit.

Damit die Zeit für beide schneller verging, hatte Lilli eines Nachmittags begonnen, Prinz Riddmar beizubringen, wie man Carnoic und Gwyddbcl spielt. Sie saßen an einem Tisch in der großen Halle, wo sich niemand aufhielt außer kreisenden Fliegen und ein paar Dienern, die das Spiel beobachteten und beiden Spielern gleichermaßen schlechte Ratschläge erteilten. Als die beiden Silberdolche mit Botschaften von der Armee eintrafen, waren die Spieler zufällig die einzigen anwesenden Adligen. Die Boten knieten an Lillis Seite nieder und reichten ihr die Botschaftsröhren.

»Von Prinz Maryn, Herrin«, sagte Alwyn. »Ist die Prinzessin da?«

»In der Frauenhalle«, sagte Lilli. »Ich bringe ihr die Botschaften nach oben.« Sie warf einer Dienerin einen Blick zu. »Bring den Männern Essen und Trinken.«

Als sie die Treppe hinaufstieg, sah Lilli sich noch einmal um und bemerkte, daß Riddmar sich zu den Reitern gesetzt hatte. Zweifellos stellte er ihnen tausend Fragen über den Kampf.

Lilli hatte vor, die Botschaften Elyssa oder Degwa an der Tür zu übergeben, aber als sie klopfte, öffnete Bellyra selbst. Sie trug nur ein einfaches Hemd, so alt, daß das Leinen glänzte, und es schien Lilli, als könnte sie jeden Knochen im Körper der Prinzessin zählen. Bellyra blieb stehen und betrachtete sie mit matten Augen. Lilli, deren Rang zu niedrig war, als daß sie die Prinzessin hätte ansprechen können, knickste nur und wartete schwer atmend.

»Was ist das?« fragte Bellyra schließlich.

»Botschaften, Euer Hoheit, von Eurem Gatten.« Lilli hielt ihr die Röhren hin. »Die Männer, die sie gebracht haben, sind unten in der großen Halle.«

»Danke.« Bellyra nahm die Röhren entgegen. »Es tut mir leid, daß Branoic umgekommen ist. Ihr habt mein Mitgefühl.«

»Ich danke Euch, Euer Hoheit.«

»Ich hatte gehofft, daß er Euch aus Dun Deverry wegbringt. Mein Mann ehrt seine Männer immerhin sehr, und was er nicht für uns getan hätte, hätte er vielleicht für einen von ihnen getan.«

Lilli versuchte zu antworten, aber ihr Mund war trocken geworden. Bellyra fuhr fort, sie träge zu betrachten.

»Oh, es tut mir leid, Lilli«, sagte die Prinzessin schließlich. »Es ist wirklich nicht Eure Schuld. Ich kann Euren Anblick einfach nicht ertragen, das ist alles.«

Mit diesen Worten schlug sie die Tür zu. Lilli stand im Flur und zitterte noch eine Weile, bevor sie die Kraft hatte zu gehen.

Maddyn und seine Prozession erreichten mühsam eines späten Nachmittags Dun Deverry, als Wolken schwer am westlichen Himmel hingen. Licht von der Farbe polierten Kupfers fiel schräg unter den schwellenden Gewitterwolken durch und ließ sie über den schwarzen Türmen und Mauern der Festung heller wirken. Als sie durch das letzte Tor in den Hof ritten, hoffte Maddyn, daß das Gewitter bald niedergehen würde. Die Hitze hatte die Luft beinahe zu dick zum Atmen werden lassen.

Diener kamen aus dem Broch und Knechte aus den Ställen. Als Maddyn abstieg, sah er Grodyr, den Wundarzt, auf den Stock gestützt über den Hof hinken. Pagen eilten auf den Befehl des alten Mannes, die Verwundeten von den Wagen zu heben. Lady Lillorigga, begleitet von dem jungen Prinzen

Riddmar, stand wartend in der Tür des Hauptbrochs. Als Maddyn auf sie zueilte, bemerkte er, daß sie, von der hektischen Röte ihrer Wangen abgesehen, seltsam bleich war. Als er dazu ansetzte niederzuknien, hielt sie ihn auf.

»Nicht, Maddo«, sagte Lilli, und in ihrer Stimme bebten Tränen. »Wären die Götter freundlicher gewesen, wäre ich bald die Frau eines Silberdolchs, und ich werde keinen seiner Kameraden vor mir niederknien lassen.«

»Es tut mir so leid, Herrin«, sagte Maddyn, »um Euret- und auch um meinetwillen. Ich bin so manches lange Jahr neben Branno geritten.«

»Ich weiß.« Lilli hob einen Arm und wischte sich mit dem Ärmel die Augen. »Aber es war Wyrd, und was kann man dagegen tun?«

»Nichts.« Maddyn griff in sein Hemd und holte die zwei silbernen Botschaftsröhren heraus. »Eine von denen ist für Euch, aber ich kann die Namen darauf nicht lesen.«

Lilli nahm sie entgegen, holte ein Pergament heraus, und reichte es dann zusammen mit der Röhre Maddyn zurück.

»Das ist für die Prinzessin«, sagte sie. »Es ist seltsam – wenn man die Wahl zwischen zwei Dingen hat, wählt man immer das Falsche.«

In ihrer Stimme schwang solche Bitterkeit mit, daß Maddyn spürte, daß in diesen Worten größere Bedeutung lag. »So ist es«, erwiderte er. »Ist die Prinzessin in der großen Halle?«

»Nein. Ich könnte den Brief sicher zu Elyssa bringen, die ihn ihr dann übergibt.«

»Oder Ihr könntet ihn einfach in die Frauenhalle bringen.«

»Das geht nicht.« Lilli wandte den Blick ab. »Aber wißt Ihr, ich glaube, unsere Prinzessin würde Euch gerne sehen. Vielleicht könnt Ihr sie ein wenig ablenken. Laßt mich Elyssa suchen.«

Als Lilli nach oben ging, ließen sich Maddyn und der Rest der Eskorte auf der Reiterseite der großen Halle nieder. Dienerinnen brachten ihnen Bier, blieben in der Nähe und fragten nach allen möglichen Männern, die in den Kampf gezogen waren. Für einige war das eine traurige Angelegenheit, weil ihre Männer getötet worden waren, aber die meisten konnten lachen und beruhigt sein und wissen, daß ihre Lieben bald zu Hause sein würden. Maddyn warf immer wieder einen Blick auf die große Treppe, während er darum betete, daß es Bellyra gut genug ginge, herunterkommen zu können.

Nach einer kurzen Weile wurde seine Wache belohnt. An der Seite von Lady Elyssa erschien die Prinzessin oben auf der Treppe. Bellyra trug ein grünes Kleid und hatte sich mit einem üppig bestickten Kopftuch das Haar aus einem bleichen, hageren Gesicht zurückgebunden. Ohne groß nachzudenken, sprang Maddyn auf und eilte zum Fuß der Treppe. Bellyra runzelte ein wenig die Stirn und mußte sich bei jedem Schritt abwärts konzentrieren, als wäre sie sehr erschöpft. Sie bewegte sich so vorsichtig, daß er sie am liebsten hochgehoben und in seinen Armen heruntergetragen hätte. Als die Frauen den halben Weg zurückgelegt hatten, winkte ihm Elyssa, daß er ihnen entgegenkommen sollte. Er kniete zwei Stufen unter ihnen nieder und hielt Bellyra die Botschaftsröhre hin. »Von Nevyn, Herrin«, sagte Maddyn.

»Danke.« Bellyra griff nach der Röhre, holte das Pergament halb heraus und schob es dann zurück. »Ich hatte auf ein Wort von meinem Mann gehofft.«

Maddyn verzog das Gesicht. »Er hatte viel zu tun, Euer Hoheit. Als ich ihn verlassen habe, war der Kampf noch nicht lange vorbei.«

»Ich verstehe.« Sie warf einen Blick auf Elyssa. »Ich fühle mich ziemlich schwach.« In einem Rascheln frischen Leinens ließ sie sich auf der Treppe direkt oberhalb von Maddyn nieder. »Aber ich möchte hören, was Maddyn mir vom Prinzen erzählen kann. Geht es ihm wirklich gut?«

»Ja, Herrin, Sieg tut jedem gut.«

»Die Boten haben mir erzählt, daß Braemys sich zurückgezogen hat. Ich bin so froh, daß es nur eine einzige Schlacht gab, aber sie haben mir auch gesagt, daß Maryn vorhat, Banditen zu jagen.«

»Oh, aber davor wird er noch nach Hause zurückkehren. Er muß die Herrschaft als König beanspruchen, sobald er Cantrae gesichert hat.«

»Ah. Dann können wir zumindest darauf hoffen. Ich werde Euch einen Brief mit zurückgeben.«

Bellyra starrte ihre Hände an, die in ihrem Schoß lagen. Als Maddyn Elyssa anschaute, bemerkte er, daß sie bewußt in eine andere Richtung starrte.

»Es tut mir weh, Euch gleich wieder verlassen zu müssen«, flüsterte er.

Bellyra gelang ein Lächeln. »Ich wünschte, Ihr müßtet nicht gehen, aber die Botschaften ...«

»Die kann jeder überbringen. Wenn Ihr wünscht, daß ich hierbleibe, werde ich bleiben. Owaen wird froh sein, wenn ich aus dem Weg bin.«

»Und was ist mit unserem Prinzen?«

Maddyn zögerte und suchte nach Worten. »Nun ja«, sagte er schließlich. »Er hat mir erlaubt hierzubleiben, falls ich das wollte.«

»Warum?« Bellyra blickte zornig auf. »Um seine kleine Mätresse zu trösten, falls sie es brauchen würde?«

Wieder verzog Maddyn schmerzlich das Gesicht.

»Das dachte ich mir.« Bellyras Stimme zitterte. »Ich werde mir einfach ein wenig Glück stehlen und mir einen Teil seines großzügigen Geschenkes nehmen. Bleibt hier, Maddo. Ich wäre froh über Eure Gesellschaft.«

»Dann bleibe ich.«

Sie lächelte dünn, dann kam sie mühsam auf die Beine und wandte sich Elyssa mit dem Brief in der Hand zu.

»Nevyn erwartet sicher eine Antwort«, sagte die Prinzessin. »Ich werde es lesen und ihm schreiben.«

»Sehr wohl, Euer Hoheit«, sagte Elyssa. »Die Männer der Eskorte können Euren Brief mit zurücknehmen.«

Maddyn blieb auf den Knien, bis die Frauen die Treppe wieder hinaufgestiegen waren. So viele Jahre durch so große Gefahren hatte seine Treue zu Prinz Maryn sein Leben gestaltet – sie hatte sein ganzes Herz und seine Seele eingenommen. Es war seltsam zu wissen, daß das Unglück einer Frau diese Treue vernichtet hatte.

Nach den Verhandlungen mit Braemys schickten Maryn und Gwerbret Ammerwdd einige ihrer schwächeren Vasallen nach Hause, damit sie sich um ihre eigenen Angelegenheiten kümmern konnten, anschließend teilten sie die verbliebenen Streitkräfte auf. Maryn erhielt etwa achthundert Mann – seine Silberdolche, die Reiter, die ihm als Gwerbret Cerrmor zustanden, und die Hälfte der Speerkämpfer aus Cerrmor. Mit dieser kleineren Truppe konnten sie nun schneller marschieren, legten auf der Ebene etwa achtzehn Meilen am Tag zurück, obwohl das Hügelland, wenn sie es erreichten, seinen Zoll fordern würde. Die Boten, die Prinzessin Bellyra geschickt hatte, holten den Prinzen etwa zehn Meilen östlich von Glasloc ein, einen halben Tagesmarsch vom Land des Eberclans entfernt.

Die Armee hatte ihr Lager auf einem Brachfeld am Rande eines Waldes aufgeschlagen. Es würde noch ein paar Stunden hell bleiben, also nahm Nevyn einen Sack und seine Grabwerkzeuge und ging in den Wald hinein, um nach Kräutern zu suchen, fand aber überwiegend Unkraut und Dornenhecken. Im Schatten ein paar größerer Bäume entdeckte er jungen

Farn, der die aufgerollten Schößlinge durch den Boden schob. Das Land hier war einmal gerodet gewesen, nahm er an, und dann wieder überwachsen, zweifellos als Folge des Krieges. Etwa eine Viertelmeile tief im Unterholz fand er Beweise für seine Theorie in der Form von Überresten einer niedrigen Steinmauer, die mit Moosen überwachsen war.

Dahinter stand ein letzter Rest des Waldes, der vor vielen hundert Jahren, als Nevyn jung und selbst ein Prinz gewesen war, das Land bedeckt hatte. Als er sich auf die Mauerkrone stützte und die alten Eichen betrachtete, erkannte er, wo er sich befand. In diesem Wald hatte er Brangwen begraben. Er hatte ihr Hügelgrab zum letzten Mal vor zwanzig Jahren gesehen, als er den Wald von der anderen Seite aus betreten hatte. Die Schatten lagen tief auf dem Wald, da der Sonnenuntergang so dicht bevorstand. Nevyn schüttelte den Kopf, drehte sich um und kehrte ins Lager zurück.

Als er auf dem Rückweg zu seinem Zelt war, kam Owaen auf ihn zu.

»Es sind Boten angekommen, Herr«, rief Owaen. »Der Prinz hat Briefe für Euch.«

»Danke!« sagte Nevyn. »Ich werde sie holen.«

Es stellte sich heraus, daß es zwei Briefe an Nevyn waren – einer von Prinzessin Bellyra, der andere von Lilli. Die Prinzessin hatte nur kurz geschrieben und dem Empfang seiner früheren Nachrichten bestätigt. Lillis Brief nannte den Grund. Sie hatte ihn selbst in großen, ungelenken Buchstaben verfaßt, statt sich einem Schreiber anzuvertrauen.

»Lieber Meister«, begann der Brief, »ich will Euch über die Prinzessin schreiben. Sie ist immer noch krank, und es tut mir weh, sie so zu sehen. Maddyn der Barde hat sie bei seiner Rückkehr mit seinen Liedern ein wenig aufgeheitert, aber nur ein paar Tage später wurde ihre Traurigkeit größer als je zuvor. Lady Elyssa ist außer sich vor Sorge und sagt, daß dieser

Anfall schlimmer sei als der letzte. Gibt es vielleicht ein Kraut, aus dem ich ihr einen Sud kochen könnte, um diese Wolken zu heben? Ich wäre Euch sehr dankbar für einen Rat in dieser Angelegenheit.«

Der Brief endete mit Anmerkungen über ihre Studien und ein wenig Klatsch aus der Festung, und dann folgte eine Zeile, die Nevyn die Tränen in die Augen trieb.

»Ich denke jeden Abend beim Sonnenuntergang an Branoic und weine um ihn. Nun verstehe ich, warum die Barden Trauer ein Ungeheuer nennen, das einem am Herzen nagt.«

Nevyn rollte den Brief auf und steckte ihn ins Hemd. Konnte er Lilli irgendwelche Ratschläge geben, um Bellyra zu helfen? Als er über ein mögliches Heilmittel nachdachte, fiel ihm etwas ein, das keine große Magie und nicht einmal Kräuterkunde erforderte. Als er am nächsten Morgen auf die Rückkehr der ersten Späher wartete, nahm Nevyn den Prinzen zu einem kleinen Spaziergang am Waldrand beiseite.

»Wenn ich mich recht erinnere, Euer Hoheit«, sagte Nevyn, »liegt direkt hinter diesem Wald eine richtige Straße.«

»Wunderbar!« sagte Maryn. »Ich schicke ein paar Männer aus, die sich umsehen. Gibt es einen Weg hindurch?«

»Ich glaube schon. Ich bin ziemlich sicher, daß ich diese Gegend kenne. Wenn ich recht habe, gibt es hier irgendwo ein Grab, das als Wegweiser dienen kann.«

Und tatsächlich erreichten sie nach einem kurzen Weg einen stattlichen Steinhaufen, der etwa vier Fuß hoch war und sich in der Mitte einer kleinen Lichtung befand. Direkt dahinter sahen sie einen Weg zwischen den Bäumen.

»Ist das hier das Grab?« fragte Maryn.

»Ja, das Grab einer adligen Dame«, erklärte Maryn. »Ich habe die Geschichte vor vielen, vielen Jahren von einem Wildhüter gehört. Das Mädchen war mit einem Prinzen verlobt, aber sie starb, bevor sie heiraten konnten.«

»Ein trauriges Wyrd.«

»Es ist noch trauriger, weil er sie angeblich abgewiesen hat, und sie konnte nichts anderes tun, als sich einem unwürdigen Mann an den Hals zu werfen. Adlige Frauen haben so wenig Macht über ihr eigenes Leben.«

»Ihr habt recht.« Maryn nickte zerstreut und spähte in den Wald hinein.

Nevyn fragte sich schon, ob er hier nur Zeit verschwendete, aber was ihm auf dem Herzen lag, mußte ausgesprochen werden, ob der Prinz nun zuhören wollte oder nicht.

»Ich erinnerte mich an die Zeiten, als ich Euer Lehrer war«, sagte Nevyn. »Wir haben Gesetze studiert, die Geschichte der großen Clans, die Dämmerungszeit. Aber wir haben nie darüber gesprochen, wie ein Mann sich gegenüber den Frauen seines Haushalts verhalten sollte. Ich denke inzwischen, daß das ein Fehler meinerseits war.«

Maryn fuhr herum und starrte ihn wütend an. Er hatte den Mund fest zusammengekniffen.

»Ich sehe, Ihr versteht, was ich meine«, sagte Nevyn ruhig.

»Lady Lillorigga ist Eure Schülerin.« Maryns Stimme kam einem Knurren sehr nahe. »Ich verstehe, daß Ihr um sie besorgt seid.«

»Ich habe nicht von Lilli gesprochen.«

»Oh.« Maryn entspannte sich ein wenig. »Ich bitte um Verzeihung.«

»Die Frau, um die ich fürchte, Euer Hoheit, ist Eure Gemahlin. Diese Anfälle von Wahnsinn ...«

»Sie beunruhigen mich auch. Ihr Götter, glaubt Ihr denn, daß mir nicht klar ist, daß sie nach jeder Geburt eintraten? Der Thron in Dun Deverry hat jetzt drei Erben. Das genügt für die Sicherheit. Ich sehe keinen Grund, sie wieder einer solchen Gefahr auszusetzen.« Maryn schüttelte traurig den Kopf. »Ich habe sie wirklich gern, aber es gibt andere Frauen. Ich bin kein Tier, das sich nicht beherrschen kann.«

Nevyn brauchte einen Augenblick, um zu begreifen, was der Prinz meinte – genau das Gegenteil von dem Schluß, den er gewünscht hätte. Maryn lächelte.

»Sie braucht meine Aufmerksamkeit nicht mehr zu fürchten«, sagte Maryn. »Es ist traurig, weil es ihr immer recht gut zu gefallen schien. Aber dieser Wahnsinn …« Er schauderte ehrlich. »Die arme Frau!«

Bevor Nevyn sich fassen und etwas sagen konnte, nickte Maryn ihm zu und ging davon, zurück ins Lager, und überließ es Nevyn, die Steine wütend anzustarren.

»Nun, das habe ich ordentlich verdorben!« murmelte Nevyn. »Ich fürchte, da kann selbst ich nichts tun.«

Das Licht eines goldenen Sonnenuntergangs fiel zwischen den Bäumen hindurch und färbte die moosigen Steine, die Brangwens Grab kennzeichneten, so daß sie dem neuen Steinhaufen auf Branoics Grab ganz ähnlich sahen. Nevyn fragte sich, welchen Körper diese Seele in ihrem nächsten Leben tragen würde. Er konnte nur abwarten, ob die Herren des Wyrd ihnen noch einmal gestatten würden, daß ihre Wege sich kreuzten.

Die Reise auf der Straße nach Cantrae verlief tatsächlich schneller, als über die Feldwege zu ziehen. Die Armee bewegte sich in stetigem Tempo nach Nordosten. Hier und da kamen sie an einem Bauernhof vorbei, der von Gräben und Holzzäunen umgeben war und wo Hunde hysterisch hinter geschlossenen Toren bellten. Die Besitzer hatten sich eher gegen Adlige als gegen Banditen verschanzt, nahm Nevyn an. Sie ritten auch durch langgezogene Wiesen, wo sie in der Ferne Staubwolken aufsteigen sahen, weil die berühmten Pferdehirten von Cantrae ihre Tiere aus der Reichweite einer gierigen Armee trieben. Die einzige Festung, an der sie vorbeikamen, war leer – es war nicht einmal ein Huhn oder ein Stuhl geblieben. Nevyn nahm an, daß der Lord sich entschlossen hatte, Braemys zu folgen.

Etwa zwei Tage später erreichte die Armee Cantrae, eine ummauerte Stadt, die einmal tausend Menschen beherbergt hatte. Maryn ließ die Armee auf einer Wiese ein paar hundert Schritt vor der Stadtmauer anhalten. Nevyn gesellte sich zu ihm, als er und die Silberdolche vorsichtige hundert Schritt weiterritten. Nachdem sie erst einmal den Lärm der Armee hinter sich gelassen hatten, konnten sie den Wind pfeifen und den Fluß gurgeln hören, der unter dem Fallgitter durchlief, das in die Mauer eingelassen war. Sie ritten zu den offenen Toren und blieben kurz davor stehen.

Sie konnten deutlich die Hauptstraße entlang bis zum Marktplatz schauen. Niemand und nichts regte sich dort.

»Ihr Götter«, sagte Maryn. »Ich wußte nicht, daß Schweigen so laut sein kann.«

Da Nevyn nicht die geringste Gefahr spürte, ritt er mit den Silberdolchen, als sie im Schritt das große Tor von Cantrae durchquerten. Nicht ein einziger Hund bellte, nicht ein einziger Mensch war zu sehen. Die Häuser standen immer noch. Rund unter ihren strohbedeckten Dächern zogen sie sich an gewundenen Straßen entlang wie in jeder deverrianischen Stadt. Hier und da klapperte ein hölzerner Fensterrahmen im Wind.

»Die Götter mögen uns schützen!« sagte Owaen. »Diese Ruhe ist geradezu unheimlich.«

»Wahrhaftig«, erwiderte Nevyn. »Sie müssen alles mitgenommen haben – Katzen und Hühner, Hunde und Kühe.«

Owaen nickte und stellte sich in den Steigbügeln auf, um die Straße entlangzublicken. Der Wind wehte kleine Staubwolken zu winzigen Wirbeln. Owaen setzte sich kopfschüttelnd wieder hin.

»Wenn nur irgend jemand hier wäre«, meinte Owaen, »wären sie inzwischen aufgetaucht, um uns zu verfluchen, wenn schon nichts anderes.«

»Kehren wir zur Armee zurück«, sagte Maryn. »Braemys hat die Wahrheit gesagt. Cantrae braucht einen neuen Gwerbret, aber es wird den ganzen Winter brauchen, mich darum zu kümmern.«

»Das ist wahr, mein Lehnsherr«, sagte Nevyn. »Aber wenn wir die Stadt unbewacht lassen, bietet sie den besten Unterschlupf für Banditen.«

»Da habt Ihr recht.« Maryn dachte einen Augenblick nach. »Derjenige von meinen Vasallen, der am nächsten wohnt, ist Lord Nantyn. Wenn ich ihn und seine Männer hierließe, glaubt Ihr, er würde sich gegen mich wenden?«

»Was?« Nevyn hätte beinahe gelacht. »Sich selbst zum Gwerbret ernennen? Mit fünfundzwanzig Reitern und Ländereien aus steinigen Feldern?«

»Ja, nun, da Ihr es laut aussprecht, klingt es dumm. Also gut. Ich werde heute abend eine Ratssitzung abhalten, wenn wir das Lager aufgeschlagen haben, und Nantyn und vielleicht einen weiteren Lord aus dem Norden ernennen, um ein Auge auf die Stadt zu haben.«

»Gut. Und dann können wir endlich nach Hause zurückkehren.«

»Ja. Um die Banditen werde ich mich später im Sommer kümmern, aber dabei braucht Ihr nicht mitzukommen. Zweifellos seid Ihr all dieser Kriege müde.«

»Das muss ich zugeben.«

Sie wendeten ihre Pferde und ritten langsam zurück zur wartenden Armee. Nevyn hielt inne, um einen letzten Blick auf die offenen Tore von Cantrae zu werfen. Ihr Götter, dachte er. Die Bedrohung durch den Eber ist tatsächlich vorüber. Obwohl er Jubel erwartet hatte, empfand er überwiegend Erschöpfung.

»Nevyn?« fragte Maryn abrupt. »Geht es Euch gut?«

»Ja, mein Lehnsherr. Ich mußte nur an Eldidd denken.«

»Glaubt Ihr wirklich, daß der König jetzt seinen Anspruch weiter aufrechterhalten wird? Er war immer der schwächste der drei Kandidaten.«

»Ja, aber das hat die Könige von Eldidd seit hundert Jahren nicht zurückgehalten.«

Maryn nickte und schaute voraus, wo sein arg verringertes Heer auf ihn wartete, die Männer neben ihren müden Pferden.

»Wahrscheinlich wird er Pyrdon angreifen«, sagte Maryn, »um mich nach Westen zu locken. Glaubt Ihr, daß er es noch in diesem Sommer tun wird?«

»Nein. Es wird einige Zeit brauchen, bis er überhaupt von Eurem Sieg erfährt. Er wird bessere Informationen brauchen und warten müssen. Bis er genug weiß, wird der Sommer beinahe vorüber sein.«

»Dann also im nächsten Jahr. Es gibt nur eine Möglichkeit, den Frieden zu sichern.«

»Und worin besteht die, Euer Hoheit?«

»Eldidd zu erobern. Wir können der Sache nur ein Ende machen, wenn Eldidd eine unserer Provinzen wird.« Nevyns Müdigkeit verfünffachte sich. Aber er hat recht, sagte er sich selbst. Leider hat er recht.

Da Maddyn der einzige Mann war, der in der Unterkunft der Silberdolche schlief, begann ihn die Stille zu beunruhigen. Er gewöhnte sich an, am Abend so lange wie möglich in der großen Halle zu bleiben und im Morgengrauen aufzustehen und dorthin zurückzukehren, aber falls er nicht mit den Hunden und Dienern im Stroh schlafen wollte, hatte er keine andere Wahl, als die Nacht auf seiner einsamen Pritsche zu verbringen. Er hatte sein ganzes erwachsenes Leben inmitten von

Kriegshaufen übernachtet. Allein zu sein brachte ihm nur schlechte Träume.

Nach den ersten paar Nächten suchten ihn Geister heim, zumindest kam es ihm so vor. Er erwachte in tiefdunkler Nacht wegen des einen oder anderen Geräusches, setzte sich aufrecht hin und lauschte, während er versuchte, sich davon zu überzeugen, daß es nur der Wind an den Fensterläden war oder die Pferde sich im Stall unten geregt hatten. Aber er hörte deutlich Männerstimmen, leises bedauerndes Murmeln, hin und wieder einen Fluch oder zornige Worte, und manchmal Lachen über einen Scherz. Er verstand allerdings nicht genau, wovon sie sprachen. Manchmal sah er jemanden aus dem Augenwinkel, aber wenn er sich umdrehte, war die Gestalt verschwunden. Einmal, als Mondlicht durchs offene Fenster hereinfiel, war er sicher, daß Branoic neben seiner alten Pritsche stand. Maddyn rief seinen Namen, und die Gestalt wandte sich ihm zu, aber als Maddyn sich aufrecht hinsetzte, verschwand der Geist.

Es war in seiner zwölften Nacht, die er allein in der Mannschaftsunterkunft verbrachte, daß Maddyn hörte, wie Caradoc nach ihm rief. Er wachte so plötzlich wie immer auf und hörte die vertraute klirrende Stimme. Steh auf, Maddo! Ich trete dich quer über den Hof, wenn du weiterschläfst, während du Wache halten solltest! Ohne nachzudenken, war Maddyn aufgesprungen und sah sich nach seinem Schwert um, ehe er begriff, daß er allein war wie immer und in der Sicherheit der Festung. Danach konnte er nicht wieder einschlafen. Er zog seine Brigga und die Stiefel an und ging zum Fenster und schaute hinaus in die warme Sommernacht. Im Hof unten bewegte sich ein kleiner Lichtfleck über das Kopfsteinpflaster – eine Kerze in einer Laterne, die wackelte, als die Person, die sie trug, vorsichtig weiterging und dabei häufig innehielt, um sich umzusehen. Als das Licht näher kam, bemerkte Maddyn, daß es Prinzessin Bellyra war, die hier über den Hof ging. Er beugte sich halb aus dem Fenster, sah nach unten, aber ihre Silhouette und ihre Haltung waren unverkennbar. Suchte sie vielleicht nach ihm? War sie auf dem Weg zur Unterkunft? Er schob mit einiger Willensanstrengung die unehrenhafte Hoffnung beiseite, aber sein Herz schien trotzdem stillzustehen, bis sie an der Unterkunftstreppe vorbeigegangen war.

Wohin wollte sie sonst? Veranlaßte ihr Wahnsinn sie, ziellos umherzuwandern? Maddyn hatte schon von solchen Dingen gehört. Sie sollte wirklich nachts nicht umherwandern. Caradoc hatte recht gehabt. Er hatte geschlafen, wenn er doch eigentlich Wache halten sollte. Er griff nach seinem Hemd, zog es über, nahm dann den Schwertgürtel und schnallte ihn sich um, während er durch den langgezogenen Raum schritt. Er eilte die Treppe hinunter und folgte dem Kerzenlicht durch die dunkle Nacht. Bellyra bewegte sich nun entschlossen, und er war immer noch ein paar Schritte hinter ihr, als sie sich plötzlich umdrehte und an eine Tür klopfte. Die Tür ging auf, und eine Flut rötlichen Lichts breitete sich in die Nacht aus.

»Wer ist da?« brummte Otho. »Ah, Euer Hoheit! Was macht Ihr denn hier?«

»Ich habe mich dasselbe gefragt«, rief Maddyn. »Euer Hoheit!«

Sie lachte und drehte sich in dem Licht, das aus der Tür fiel, herum, um ihm zuzuwinken. Er holte sie ein und verbeugte sich. Otho stand mit mürrischer Miene in der Tür seiner Schmiede.

»Es ist gefährlich«, sagte Maddyn, »nachts allein herumzuschleichen.«

»Ich schwöre, Maddyn, Ihr müßt ein Zauberer sein. Woher wußtet Ihr, daß ich unterwegs war?«

»Caradocs Geist hat es mir gesagt.«

Sie setzte dazu an, wieder zu lachen, dann schwieg sie. »Ihr meint das ernst, Maddyn, nicht wahr?«

»So kam es mir wenigstens vor.« Maddyn senkte den Blick. »Es muß ein Traum gewesen sein.«

»Ihr Götter!« fauchte Otho. »Dann kommt herein, alle beide! Ich bin am Arbeiten, und ich werde kein gutes Silber verlieren, weil ich ein paar Dummköpfen nachgebe. Ihr könnt Euch ebensogut drin über Geister unterhalten wie draußen.«

In dem quadratischen Raum stieg Hitze aus einer Feuergrube in der Mitte auf, um die eine etwa drei Fuß hohe Ziegelmauer gebaut war. Der säuerliche, dünne Rauch glühender Holzkohle stieg zu einem Loch im Dach empor. Das Feuer warf unruhiges Licht auf das Durcheinander, das am Rand des Raumes aufgehäuft war: Tische, Truhen, ein paar Holzbänke, Werkzeuge, Lumpen.

»Ich kann mich nicht daran erinnern, daß du vorher soviel Zeug hattest«, sagte Maddyn.

»Der Silberschmied des Eberclans benutzte nichts mehr davon«, sagte Otho. »Sonst hätte er es vermutlich mitgenommen – wie? Euer Hoheit, es gibt hier nicht einen einzigen vernünftigen Stuhl.«

»Das hier genügt.« Bellyra stellte ihre Laterne auf den Boden und setzte sich auf einen dreibeinigen Hocker. »Ich konnte nicht schlafen. Ich wollte sehen, was aus dem Geschenk geworden ist.«

»Ach ja.« Otho wandte sich seiner Schmiede zu. »Ich erinnere mich, daß ich Euch gesagt habe, daß ich heute abend mit der Arbeit beginnen wollte. Der Mondstand ist sehr gut zum Silbergießen.«

»Es ist für den Prinzen.« Bellyra warf Maddyn einen Blick zu. »Um seinen Aufstieg zum Thron zu feiern.«

»Ich verstehe.« Maddyn setzte sich auf eine Bank. Als er sich an seine kurze Hoffnung erinnerte, daß sie ihn aufsuchen wollte, kam er sich wie ein Dummkopf vor. Ein Geschenk für ihren Mann, dachte er verbittert. Nun, du wußtest ja, daß du deine Augen zu hoch erhoben hast.

Bellyra beugte sich vor und beobachtete den Schmied. Maddyn ließ sich gegen die Wand zurücksacken und beobachtete sie. Die tanzenden Schatten spielten auf ihrem Gesicht und betonten seine Hagerkeit. Ihr Haar löste sich aus der silbernen Klammer, mit der sie es zurückhielt, und einzelne Strähnen fielen ihr ins Gesicht. Maddyn hatte sich nie so sehr nach etwas gesehnt wie jetzt danach, ihr diese Strähnen aus der Stirn zu streichen und sie zu küssen. Er konnte doch hören, wie das Feuer zischte und Otho vor sich hin murmelte, aber Maddyn sah sich nicht um. Hätte ihn später jemand gefragt, was der Schmied tat, hätte er nichts darüber berichten können.

Ganz plötzlich drehte sich Bellyra um und bemerkte seinen Blick, sah ihn so offen und mutig an, daß er plötzlich erschrak, weil er dachte, sie könnte vielleicht seine Gedanken lesen. Kopfschüttelnd stand er auf.

»Ich warte draußen auf Euch, Euer Hoheit. Die Hitze hier drin ... es ist ein wenig zuviel.«

Bevor sie antworten konnte, ging er hinaus und schloß vorsichtig die Tür hinter sich. Die Sommernacht draußen schien nach der trockenen Hitze der Schmiede beinahe so kalt wie im Herbst. Sein dünnes Leinenhemd klebte ihm vor Schweiß an Rücken und Brust. Er ging ein Stück in den Hof hinein, um dort frische Luft zu schnappen. Dann kehrte er zurück und lehnte sich gegen die Mauer. Er gähnte, plötzlich schläfrig geworden, und fragte sich, wie lang sie wohl in der Schmiede bleiben würde.

Nicht sehr lange: Kurze Zeit darauf ging die Tür knarrend auf, und Bellyra kam mit ihrer Laterne heraus. Haarsträhnen klebten an ihrem schweißglänzenden Gesicht.

»Ihr habt recht«, sagte sie. »Die Hitze ist unerträglich, und außerdem hat Otho etwas vor, das ich nicht sehen darf.«

»Also gut.« Er lächelte sie an. »Soll ich Euch zurück zum königlichen Broch begleiten?«

»Wenn Ihr so lächelt, Maddyn, habe ich das Gefühl, halb den Verstand verloren zu haben.«

Er war verblüfft und antwortete nicht. Sie bückte sich, stellte die Laterne ab und kam zu ihm. Er wußte, er sollte etwas sagen, irgendeine höfliche Floskel, die sie daran erinnerte, daß man sie in der Frauenhalle vermutlich schon suchen würde. Statt dessen wartete er ungläubig, voller Angst, zu glauben und wieder enttäuscht zu werden. Sie zögerte, legte den Kopf zurück und blickte zu ihm auf. Dann legte sie ihm die Hände auf die Wangen und stellte sich auf die Zehenspitzen, um ihn auf den Mund zu küssen. Er schlang die Arme um sie, zog sie an sich und erwiderte den Kuß gierig und mit offenem Mund. Wie lange sie sich dort aneinanderklammerten und Küsse tauschten, die wegen ihrer Verzweiflung um so erregender waren, wußte er nicht, und es war ihm auch gleichgültig.

Endlich weckte ihn das Gefühl herannahender Gefahr wie einer von Nevyns Bannsprüchen. Wenn jemand vorbeikam, wenn jemand sie sehen sollte ...

»Herrin«, flüsterte er. »Euer Hoheit.«

Daß er ihren Rang erwähnte, bewirkte, daß sie in seinen Armen erstarrte. Sie wich ein wenig zurück und blickte zu ihm auf.

»Ich habe mehr als nur den halben Verstand verloren«, sagte sie. »Ich hätte dich so sehr lieben können, wenn wir nur nicht wären, was wir sind.«

Er spürte, wie ihm die Tränen kamen, und wandte sich rasch ab, um das zu verbergen. Aber sie streckte die Hand aus und fing einen der Tropfen auf ihren Fingerspitzen. »Verzeih mir«, sagte sie. »Ich hätte niemals ...«

Aus der Ferne, wie den Ruf eines Vogels, hörte man, daß jemand ihren Namen rief ... »Bellyra, Euer Hoheit, Lyrra, Lyrra, wo seid Ihr?«

»Elyssa!« sagte sie. »Ich hätte wissen sollen, daß sie mich suchen. Maddo, schnell – geht wieder hinein!«

Sie griff nach ihrer Laterne und ging davon, auf den Haupthof zu. Maddyn öffnete die Tür und fand sich einem wütenden Otho gegenüber.

»Ihr Götter!« flüsterte der Schmied. »Wenn unserer Herrin wegen dieser Sache etwas zustößt, Barde, dann solltest du mir lieber nie wieder den Rücken zudrehen.«

»Ach, verflucht sollst du sein«, sagte Maddyn. »Glaubst du etwa, daß ich der Schuldige bin? Glaubst du, ich wollte mich über meinen Stand erheben und meine Tage voller Elend verbringen?«

Otho betrachtete ihn lange. »Nein, das glaube ich nicht«, sagte er schließlich. »Mögen die Götter euch beistehen!«

Lilli war noch lange aufgeblieben und hatte sich im Kerzenlicht eine Buchseite mit Siegeln angesehen, als Elyssa an ihre Tür klopfte. Sie stand auf, als die Hofdame die Tür bereits öffnete und hereinkam. Elyssa trug ein Kleid über dem Nachthemd, und ihr blondes Haar war zu zwei ordentlichen Zöpfen frisiert.

»Verzeiht mir«, sagte Elyssa. »Aber ich habe Licht unter der Tür gesehen. Könntet Ihr uns helfen? Die Prinzessin ist verschwunden. Wir müssen sie finden, bevor irgendeine Dienerin oder ein Stallknecht sie sieht.«

»Selbstverständlich!« Lilli nahm die Laterne vom Tisch. »Was meint Ihr mit verschwunden?«

»Sie ist irgendwohin davongegangen. Sie wird nachts ruhelos. Am Tag kann sie kaum wach bleiben, aber dann schläft sie nachts nicht, und manchmal schleicht sie sich irgendwohin davon, wenn wir schlafen und sie nicht aufhalten können.«

Mit einer zweiten Laterne in der Hand wartete Degwa draußen im Flur auf sie, und diesmal hielt sie sich zurück und verkniff sich die Bosheiten gegenüber Lilli. Die drei Frauen gingen die Treppe hinab und schlichen sie sich so leise wie möglich durch die große Halle. Ein paar Hunde standen auf, schnupperten, erkannten den Geruch und ließen sich wieder nieder. Keiner der Diener erwachte. Sie erreichten die warme Nachtluft draußen sicher und warteten, bis sie ein Stück von der Tür entfernt waren, bis sie sprachen.

»Zumindest sind die Tore verschlossen«, sagte Elyssa. »Sie kann nicht außerhalb der Mauern sein. Das ist immerhin ein Segen.«

»Es ist schlimm genug«, meinte Degwa. »Alles ist in dieser schrecklichen alten Festung so verwirrend, und niemand kennt den Ort so gut wie sie. Es sei denn Lilli.«

»Eigentlich nicht.« Lilli hielt die Laterne hoch und spähte über den Haupthof. »Ruinen haben mich nie sonderlich interessiert.«

»Ich bezweifle, daß sie irgend jemanden außer der Prinzessin interessieren.« Elyssa hielt inne und dachte nach. »Wir können Maddyn den Barden holen, damit er uns beim Suchen hilft. Er wird die Sache für sich behalten, und ganz ehrlich gesagt, möchte ich, daß ein Mann in der Nähe ist, falls ein betrunkener Wachtposten unverschämt werden sollte.«

»Das ist wahr«, meinte Lilli. »Die Unterkünfte der Silberdolche sind dort drüben. Branoic hat sie mir einmal gezeigt, als die anderen Männer in der großen Halle waren.«

Lilli führte sie durch den Irrgarten von Schuppen und Außengebäuden bis zu der Steinmauer, wo die Unterkünfte standen. Unten an der Treppe weigerte sich Degwa weiterzugehen.

»Wir können da nicht raufgehen«, jammerte sie. »Was werden die Leute denken?«

»Maddyn ist der einzige Mann dort«, sagte Elyssa. »Wenn es Euch so sehr stört, könnt Ihr hier unten warten.«

»Wie bitte? Das kann ich auch nicht. Bin ich denn hier die einzige, die auf ihren Rang achtet?«

Elyssa knurrte leise und begann die Treppe hinaufzugehen. Lilli folgte, und schließlich kam auch Degwa hinterher. Sie hoben die Laternen hoch, während Elyssa erst an die Tür klopfte, dann fester dagegen schlug. Niemand reagierte. Elyssa wagte, die Tür ein paar Fuß weit zu öffnen.

»Maddyn?« rief sie. »Maddo, seid Ihr da drin?«

Niemand antwortete. Kein Geräusch erklang – Elyssa griff nach Lillis Laterne, öffnete die Tür vollständig und ging ein paar Schritte in den Raum, wobei sie das Licht hochhob. Die langen Reihen von Pritschen waren leer, nur auf einer gab es Decken, und die waren halb heruntergerutscht.

»Nun«, meinte Elyssa, »hier ist er nicht.«

Elyssa drehte sich um und kam wieder zur Tür. Lilli hörte Degwa hinter sich aufkeuchen, als hätten sie plötzliche Schmerzen überfallen.

»Was ist denn?« fragte Lilli.

Degwa legte die Hand auf die Stirn und spähte tragisch zu den Sternen hinauf. Elyssa schloss die Tür hinter sich und warf Degwa dann einen wütenden Blick zu.

»Ich weiß, was Ihr denkt«, meinte Elyssa. »Tut es nicht.«

»Es gibt bestimmt einen guten Grund für all das«, warf Lilli ein. »Vielleicht hat er gesehen, wie sie allein umherging, und ist ihr gefolgt, um sie zu bewachen.«

Degwa kniff die Lippen zusammen und starrte sie wütend an, aber sie gab ihre dramatische Pose auf.

»Gehen wir«, meinte Elyssa. »Und wir sollten nach ihr rufen. Hier draußen wird uns ohnehin sonst niemand hören.«

Sie eilten die Treppe hinunter und blieben dann zögernd stehen. Wohin sollten sie sich wenden? Endlich wählte Elyssa einen Weg, der sie weiter an der Unterkunft vorbei auf eine Gruppe dicht stehender Außengebäude und Magazine zuführte.

»Lyrra!« rief sie. »Bellyra – Euer Hoheit! Lyrra, Lyrra, wo seid Ihr?«

Als niemand antwortete, gingen sie weiter. Als sie um einen Vorratsschuppen bogen, sahen sie das Kerzenlicht der Laterne auf sie zuschwanken.

»Lyss!« Das war die Stimme der Prinzessin. »Bist du das?«

»Ja!« rief Elyssa zurück. »Der Göttin sei Dank, daß wir Euch gefunden haben.«

Die Prinzessin sah im Laternenlicht erschöpft aus. Ihre Augen glänzten, als hätte sie Fieber. Sie trug ein altes Kleid, das an der Seite zerrissen war, mit einem ärmellosen Hemd darüber, was sie wie ein Küchenmädchen aussehen ließ. Ihr Haar hing in unordentlichen Strähnen ins Gesicht. Die silberne Spange war so verrutscht, daß sie drohte herunterzufallen.

»Es tut mir leid«, sagte Bellyra. »Es war nur eine meiner Stimmungen. Ich mußte nach draußen gehen. Ich mußte einfach.«

»Ich wünschte, Ihr hättet uns geweckt, Euer Hoheit«, sagte Degwa. »Wir hätten Euch gerne begleitet.«

»Und Euren Schlaf gestört?« Bellyra bedachte sie mit einem wäßrigen Lächeln. »Wißt ihr, wenn ich mich alleine davonmache, kann ich kurze Zeit vergessen, daß mich das Schicksal dazu verurteilt hat, Königin zu sein.«

Lilli starrte sie mit offenem Mund an, dann schaute sie Degwa und Elyssa an und bemerkte, daß die beiden dasselbe taten. Bellyra lächelte ihnen vage zu. Sie hob die freie Hand und zog sich die Silberspange aus dem Haar.

»Die hätte ich beinahe verloren«, sagte sie. »Nun, meine Damen, kehren wir in die Frauenhalle zurück.«

Maddyn schlief am nächsten Morgen sehr lang. Er erwachte aus Träumen, in denen er Bellyra in den Armen hielt, und stellte fest, daß in der Unterkunft bereits Licht eines Sommertages herrschte. Er setzte sich hin, ein wenig schwindelig, und erinnerte sich, daß seine Träume nur Träume waren.

Ich hätte dich so sehr lieben können, wenn wir nur nicht wären, was wir sind. Sie hatte es wirklich ausgesprochen. Sie hatte diese Worte zu ihm gesagt. Hatte sie ihn damit glücklich machen wollen? Er bezweifelte es. Sie mußte gewußt haben, daß ihn diese Worte tief ins Herz treffen würden, so scharf wie ein Silberdolch. Sie war zu klug, es nicht zu wissen. Das Glück – wenn er es so nennen konnte – kam daher, daß er nun wußte, daß sie sich selbst ebenso tief verwundet hatte.

Maddyn zog sich an und ging in die große Halle hinüber. Die Festungswache hatte bereits gefrühstückt und sich wieder auf den Weg gemacht. Er ließ sich von einer Dienerin eine Schale Haferbrei und ein wenig Bier geben und brachte das Essen zu einem Tisch an der Tür, wo ein leichter Wind die Hitze ein wenig verringerte. Er hatte gerade angefangen zu essen, als Prinz Riddmar die Treppe heruntergerannt kam, von einer Steinstufe zur anderen springend und laut vor sich hin lachend. In ein paar Wochen würde er, wenn alles gutging, als Gwerbret Cerrmor eingesetzt werden. Prinz Maryn würde natürlich einen Regenten ernennen müssen. Maddyn fragte sich, ob das Nevyn sein würde. Der alte Mann hatte schon einen Prinzen erzogen. Warum nicht einen weiteren? Riddmar kam auf ihn zugeschlittert und verbeugte sich.

»Barde Maddyn«, verkündete der Junge. »Meine Herrin, Prinzessin Bellyra, wünscht, daß Ihr heraufkommt und für sie und ihre Frauen spielt. Nun, zumindest wenn Ihr fertig gefrühstückt habt.«

»Das ist eine große Ehre, Euer Hoheit.« Maddyn beschäftigte sich mit einem Löffel Haferbrei, um einen Augenblick nachdenken zu können. Ihr so bald gegenüberzustehen, ihr und den anderen Frauen, während er lächelte und sang und so tat, als wäre er nur der Diener, der er immer gewesen war – würde er das können? Es blieb ihm nichts anderes übrig. Er blickte auf und sah den jungen Prinzen, die Hände auf dem Rücken verschränkt, ein wenig breitbeinig in deutlicher Imitation seines Bruders dastehen.

»Es ist schön, daß meine Lieder Ihre Hoheit erfreuen«, sagte Maddyn. »Aber es ist mir nicht erlaubt, die Frauenhalle zu betreten. Werden sie hier herunterkommen?«

»Nein. Sie wünschen, daß Ihr in die Beratungskammer kommt.« Riddmar zögerte und sah den Barden mit großen Augen an. »Maddyn, wißt Ihr, warum die Prinzessin nichts essen will?«

»Es hat mir ihrer Krankheit zu tun, Euer Hoheit.«

»Lady Elyssa sagte, sie sei krank, weil sie ein Kind geboren hat. Geht es darum?«

»Ja.«

»Es ist schrecklich traurig. Ich wünschte, sie würde mehr essen. Lady Degwa versucht immer, sie dazu zu überreden.«

»Gut. Wir müssen alle essen, um leben zu können.«

»Das sagt Lady Degwa auch. Soll ich ihnen sagen, daß Ihr für sie spielen werdet?«

»Bitte, Euer Hoheit. Ich werde fertig essen, und dann hole ich meine Harfe und komme in die Ratskammer.«

»Gut. Oh, und sie sagt, Ihr sollt das Fuchslied nicht singen.«

»Nein, sicher nicht, solange Lady Degwa dort ist. Keine Sorge.«

Riddmar drehte sich um und rannte davon, wieder die

Treppe hinauf. Maddyn merkte plötzlich, daß er keinen Hunger mehr hatte. Er trank noch schnell das Bier aus und ging.

Als er die Ratskammer betrat, saßen die Prinzessin und ihre beiden Hofdamen bereits auf Stühlen an einer der gebogenen Wände. Die Zofen hockten auf dem Boden hinter ihnen, während Prinz Riddmar sich im Schneidersitz vor Bellyra niedergelassen hatte. Maddyn legte die Harfe in ihrem Ledersack auf den Tisch und verbeugte sich vor den Adligen. Nie hatte er eine so kunstvolle Vorstellung geben müssen wie jetzt, dachte er, indem er sich vor der Prinzessin auf genau dieselbe Weise verbeugte wie eh und je und sie mit nichts weiter als freundlicher Höflichkeit betrachtete. Im Gegenzug lächelte sie mit derselben Freundlichkeit, die sie auch ihren Hauskatzen entgegenbrachte.

»Ich werde Euch sagen, warum ich Euch gerufen habe, Barde«, meinte Bellyra. »Es ist heiß, und wir sind alle schlecht gelaunt und mürrisch. Ich dachte, Musik könnte uns ablenken.«

»Eine gute Idee, Euer Hoheit«, sagte Maddyn. »Aber verzeiht mir meinen Gesang. Ich war nie ein sonderlich guter Sänger, und meine Stimme ist von der Hitze angeschlagen.«

»Ach kommt schon, Maddyn«, warf Elyssa ein. »Keine Entschuldigung. Nur Musik.«

Da er viel mehr daran gewöhnt war, in Mannschaftsunterkünften oder Hallen zu singen, als in solch privater Umgebung, benutzte Maddyn keinen der Stühle, sondern setzte sich zum Spielen auf den langgezogenen Ratstisch. Nachdem er seine Harfe gestimmt und auf den durch Zauber verbesserten Saiten ein paar Läufe gespielt hatte, sammelte sich das Wildvolk, Feen und Gnome, rund um ihn her auf dem Tisch. In ihrer vertrauten Gegenwart konnte er spielen, ohne an Gefahr oder Begierde zu denken.

Später trafen Boten von Prinz Maryn ein. Die Armee würde am nächsten Tag nach Hause zurückkehren. Maddyn wußte nicht, ob er sich freute oder ob ihm das leid tat – er hätte sich leicht von beidem überzeugen können.

Als die Armee durch die Ruinen der Heiligen Stadt ritt, war Nevyn von all dem Hin und Her so erschöpft, daß ihm selbst die düster-schwarzen Türme von Dun Deverry schön vorkamen. Eine Weile zumindest würde er jetzt in einem richtigen Bett schlafen und genug Muße haben, um sich um seine eigene Dweomerarbeit zu kümmern, ebenso wie um die wichtige Aufgabe, seine Schülerin weiter auszubilden. Aber die Ruinen der Stadt erinnerten ihn daran, daß der Wiederaufbau des Königreichs seine ganze Energie brauchen würde, und darüber hinaus auch die Energie des Prinzen, Oggyns und die von Maryns Vasallen. Vielleicht würde er sich in diesem Sommer, während Maryn Banditen hinterherjagte, um den Neubeginn von Dun Deverry kümmern.

Im schrägen Licht des Spätnachmittags erreichte die Armee den Festungshügel und ritt langsam die gewundene Straße hinauf, durch einen Mauerring nach dem anderen. Sie kamen durch Tore, die sie nur einen Sommer zuvor gewaltsam aufgezwungen hatten, und an den Gräbern von Kameraden vorbei, die bei diesem Angriff gestorben waren. Endlich erreichten sie die letzte Mauer, das letzte Tor. Zum Jubel von Dienern und Würdenträgern ritt Prinz Maryn mit Nevyn an der Seite, gefolgt von den Silberdolchen, in den Haupthof ein. Der größte Teil der Armee würde draußen zwischen den Mauern lagern, während sich die Adligen mit dem Prinzen in die Festung begaben.

Als sie abstiegen, eilten Stallknechte herbei, um ihnen die Pferde abzunehmen. Nevyn drängte sich aus der Menge heraus und ging auf den Hauptbroch zu. In der Tür stand Prinzessin Bellyra mit ihren Hofdamen, alle in ihre besten Kleider aus bunter bardekianischer Seide gehüllt. Neben ihnen stand

Prinz Riddmar in einem sauberen Hemd und einer Brigga, die beinahe zu klein für ihn war. Trotz all ihres Putzes wirkte Bellyra totenbleich und hager. Als Nevyn sich vor ihr verbeugte, lächelte sie und überließ ihm die Hand zum Kuss, aber sie blickte die ganze Zeit über seine Schulter zu Maryn hin, der versuchte, langsam seinen Gratulanten zu entgehen. Als Nevyn an ihr vorbeikam, fing Lady Elyssa seinen Blick ein und murmelte lautlos »Probleme«. Er nickte ihr zu. Am nächsten Morgen, nachdem Bellyra ihren Prinzen zu Hause willkommen geheißen hatte, würde er in die Frauenquartiere gehen und sich in Ruhe mit Elyssa unterhalten.

Lilli wartete drinnen auf ihn, auf der untersten Stufe der Steintreppe. Als sie ihn erspähte, lächelte sie und lief ihm entgegen. Nevyn ergriff ihre Hände und drückte sie fest.

»Oh, mein armes Kind«, sagte er. »Dein Haar.«

»Das ist für Branoic«, sagte sie, und das Lächeln verschwand. »Ich wollte ihn angemessen betrauern.«

»Das hatte ich angenommen.« Nevyn hielt inne und betrachtete ihr bleiches Gesicht. »Du bist wieder krank gewesen. Oder sollte ich sagen, du bist wieder krank? Auch ein weiteres Zeichen der Trauer?«

»Wahrscheinlich. Zuerst habe ich nur geweint und geweint.« Lilli senkte den Blick. »Ich konnte nicht schlafen, und es hat so weh getan zu atmen. Vor kurzem ist es etwas besser geworden.«

»Das ist gut. Aber ich werde dafür sorgen, daß es noch erheblich besser wird, bevor du weitere Dweomerarbeit leistest.«

»Laßt uns bitte gehen. Ich bin noch nicht bereit, Maryn jetzt zu sehen.«

Nevyn zog bei dieser Bemerkung eine Braue hoch, aber Lilli sagte nichts mehr, bis sie sicher in ihrem Zimmer waren. Sie bestand darauf, daß er den Stuhl nahm, und setzte sich auf die Bettkante.

»Ich bin froh, Euch wiederzusehen«, sagte Lilli. »Ich habe mir solche Sorgen gemacht.«

»Um die Prinzessin?«

»Ja. Sie ist so unglücklich. Ich sollte Maryn wirklich aufgeben. Ich kann es nicht ertragen, ihre Rivalin zu sein. Ich kann es wirklich nicht. Sie hat so viel für mich getan, als ich nichts hatte.«

»Wird er das erlauben?«

»Ich weiß es nicht.« Lilli schaute ihre gefalteten Hände an. »Aber er würde mich niemals zwingen, und wenn ich wirklich fest bleiben könnte ...«

»Falls. Ein ziemlich großes ›falls‹, würde ich wetten. Aber Lilli, wenn du das wirklich tun willst, denke daran, was ich dir über die Zauber erzählt habe, die ich über Maryn verhängt habe. Du kennst dich mit solchen Dingen aus. Du kannst sie durchschauen, wenn du willst.«

»O ja!« Sie blickte mit großen Augen auf. »Das hatte ich ganz vergessen. Ich wußte, daß es so etwas gab.«

»Aber denke gut über die Entscheidung nach. Immerhin, selbst wenn du ihn abweist, wird Maryn eine Weile jammern und klagen, aber am Ende findet er ein anderes Mädchen.«

»Das sagt Elyssa auch. Und ich gebe zu, daß es mich ärgert.«

Sie teilten ein ironisches Lachen.

»Die Köche haben ein gewaltiges Festessen bereitet, um den Prinzen zu Hause willkommen zu heißen«, fuhr Lilli fort. »Es wird den ganzen Abend dauern.«

»Das ist gut. Ich würde gern mit dir über deine Studien sprechen, aber das kann bis morgen warten.«

»Ich möchte nicht zu dem Festessen gehen. Ihr etwa?«

»Ich kann solch große Angelegenheiten nicht ausstehen.«

»Das dachte ich schon. Darf ich später in Euer Turmzimmer kommen, und wir können dort weiterreden? Ich komme einfach mit diesen Siegeln nicht zurecht.«

»Klingt nach einer guten Idee. Aber der Prinz wird vermutlich nach dir suchen.«

»Ich weiß. Deshalb habe ich gefragt.«

Ist das nicht interessant? dachte Nevyn. Es klingt fast, als wäre sie seiner müde. Wie seltsam! Ich hatte immer angenommen, es würde einmal andersherum sein.

Mit ihren Bettrollen unter dem Arm, laut lachend und durcheinanderredend, kehrten die Silberdolche zurück in ihre Unterkunft. Maddyn hatte sich noch nie so gefreut, seine Kameraden wiederzusehen. Zumindest waren nun die Einsamkeit und das Schweigen vorüber. Er mußte zugeben, daß er sich sogar freute, Owaen zu sehen, der ihn angrinste und ihm einen freundschaftlichen Hieb versetzte.

»Also, Barde«, sagte Owaen. »Du hast den Luxus der Festung genossen wie der Hund, der du nun einmal bist, während wir quer durch das ganze verdammte Königreich geritten sind.«

»Luxus!« sagte Maddyn. »Ich muß allerdings zugeben, daß die Unterkunft nicht ganz so stank wie sonst, wenn ihr alle hier seid.«

Sie lachten. Owaen warf sein Bettzeug auf die Pritsche, und die Satteltaschen dazu. »Du siehst gut aus«, sagte er.

»Ich bin über diese verfluchte Vergiftung hinweg, wenn du das meinst«, sagte Maddyn. »Und ich hoffe zu allen Göttern, daß mir so etwas nie wieder passiert.«

»Ich auch. Es war kein besonders schöner Anblick.«

»Wir werden also den ganzen Sommer hierbleiben?«

»Nein.« Owaen schüttelte den Kopf. »Sobald die Priester ihn zum König erklärt haben, will Prinz Maryn sich um diese Banditen kümmern. Ach ja. Das weißt du ja noch nicht. Du warst schon weg, als wir erfahren haben, wie viele es sind – viel zu viele. Ein übler Haufen.«

»Dann sollten wir sie am besten alle erledigen.«

»Das denke ich auch. Gehen wir in die Halle. Ich brauche ein Bier.«

Reiter aus den Ehrengarden der Lords drängten sich in die große Halle, während die Adligen selbst mit dem Prinzen am Ehrentisch saßen. Owaen und Maddyn blieben an der Tür auf der Reiterseite der Halle stehen und sahen sich nach einer Dienerin um, die ihnen Bier bringen würde. Zumindest Owaen tat das. Maddyn beobachtete Prinzessin Bellyra, die neben ihrem Mann saß, eine Hand auf seinem Arm, und ihn anlächelte, als würde es ihr beinahe das Gesicht zerreißen. Schulterzuckend wandte er sich gerade rechtzeitig ab, um zu sehen, wie Tieryn Anasyn wie ein angreifender Krieger auf ihn zustürzte, die Miene entschlossen und grimmig.

»Owaen, Maddyn!« rief Anasyn. »Habt Ihr meine Schwester gesehen?«

»Lady Lillorigga, Euer Gnaden?« sagte Maddyn. »Nein.«

»Ich war gerade in ihrem Zimmer, und sie war nicht da.« Anasyn betrachtete stirnrunzelnd die Treppe, als wäre sie dafür verantwortlich. »Ich dachte, sie würde vielleicht der Prinzessin aufwarten, aber sie ist auch nicht hier.«

»Vermutlich ist sie mit dem alten Nevyn unterwegs, Euer Gnaden«, erwiderte Owaen. »Er kann Menschenmengen nicht ausstehen.«

»Ah. Selbstverständlich.« Anasyn lächelte kurz. »Dann werde ich warten. Ich wollte mit ihr sprechen, aber den alten Mann möchte ich nicht stören.«

Immer noch stirnrunzelnd ging der Tieryn weiter.

»Um was ging es denn da?« fragte Owaen.

»Ich will verflucht sein, wenn ich das weiß.«

»Oh.« Owaen dachte einen Augenblick nach. »Wer weiß schon, warum Adlige tun, was sie tun?« Er zuckte mit den Achseln. »Wahrscheinlich schmilzt das ganze Eis der Höllen, bevor eines dieser räudigen Mädchen sich endlich bequemt, uns ein Bier zu bringen. Dann hole ich es eben selbst.«

Maddyn lehnte sich an die Mauer und sah zu, wie Owaen sich in die Menge stürzte wie ein Schwimmer in bewegtes Wasser. Auf der gegenüberliegenden Seite der Halle blickte Bellyra mit angemessener Hingabe zu ihrem Gatten auf. Maddyn versuchte anderswo hinzuschauen, aber wie immer war es, als triebe ihn ein Zauber dazu, sie weiter zu beobachten. Er dachte schon daran, die Halle wieder zu verlassen. Aber gerade als Owaen mit zwei Bierkrügen zurückkehrte, stand Bellyra auf und sah sich um. Er sah, daß sie kurz mit Maryn sprach, dann ihre Frauen um sich versammelte und zur Treppe ging.

»Wohin starrst du da?« fragte Owaen. »Nimmst du mir jetzt diesen verfluchten Bierkrug ab oder nicht?«

»Tut mir leid«, erwiderte Maddyn. Er griff nach dem Bier und trank einen Schluck. »Mir ist nur gerade aufgefallen, daß die Prinzessin wieder krank zu sein scheint.«

Owaen folgte seinem Blick. »Das stimmt. Und der Krach hier drin wird ihr sicher nicht guttun.«

»Genau.« Maddyn trank einen großen Schluck Bier. Er beschloß, sich zu betrinken. Das war eine gute Möglichkeit, diesen Abend hinter sich zu bringen, und dann konnte er vielleicht damit aufhören, sich daran zu erinnern, wie ihr Mund sich auf seinem angefühlt hatte.

Bellyra erwartete, daß Prinz Maryn das Festessen noch lange nicht verlassen würde, aber es war früh, als er das Schlafzimmer betrat, das er mit seiner Frau teilte. Bellyra hatte ihr bestes Nachthemd angezogen und sich das Haar über die Schultern gekämmt, wie er es mochte. Sie entzündete die Kerzen in den Haltern, legte sich auf die Bettdecke und wartete. Als er die Tür öffnete, schreckte sie auf und setzte sich hin, die Hand an der Kehle.

»Oh, arme Lyrra«, sagte Maryn. »Habe ich dich erschreckt?«

»Nicht im geringsten.« Sie gähnte und bedeckte den Mund mit beiden Händen. »Du hast mich nur geweckt, das ist alles.

Er lächelte und setzte sich auf die Bettkante. Als sie die Hand ausstreckte, griff er danach, tätschelte sie und ließ sie wieder los.

»Es tut mir leid, dich so mager zu sehen«, sagte Maryn. »Deine Hofdamen sagen mir, daß es dir nicht gutgegangen ist.«

»Es geht mir erheblich besser, nachdem du jetzt wieder da bist.«

»Gut. Ich habe über diese ... diese Krankheiten nachgedacht. Ich weiß genau, daß sie mit den Geburten zu tun haben. Ich kann den Gedanken nicht ertragen, daß du das jemals wieder durchmachen mußt.«

Plötzlich wurde die warme Sommernacht eisig kalt. Er betrachtete sie so traurig, so liebevoll, daß sie nach Worten rang, aber keines finden konnte.

»Du bist immer meine Mitherrscherin gewesen«, fuhr Maryn fort. »Und wahrlich, wie könnte ein Mann etwas Besseres erwarten? Und wie habe ich dich dafür belohnt? Du hast dein Leben im Kindbett aufs Spiel gesetzt und danach gelitten.«

»Warte! Es ist nicht so, als hättest du mir Schaden zugefügt. Einige Frauen reagieren einfach so auf eine Geburt.«

»Wenn ich dich weiter schwängere, dann werde ich daran schuld sein. Denk doch nach, Lyrra! Wie lange wirst du das ertragen können? Du ißt nichts, du weinst den ganzen Tag, du kannst nicht schlafen und nicht wach sein ... Es zerreißt mir das Herz, es zu sehen.«

Er sprach voller Empfindung und mit echter Sorge, vielleicht mehr, als er ihr je zuvor gezeigt hatte. »Wir haben drei gesunde Söhne. Das genügt. Die königliche Linie wird sicher sein, ohne daß du wieder solche Qualen durchmachst.«

Einen kurzen Augenblick versuchte sie zu tun, was er wollte, ruhig nachzudenken, die Gefahren abzuwägen, aber dann brach sie in Tränen aus.

»Aber ich liebe dich«, schluchzte sie. »Siehst du das denn nicht?«

Er saß so reglos da, daß sie selbst durch ihre Tränen begriff, daß er schreckliche Angst hatte. Sie hörte auf zu weinen. Sie griff nach dem Saum ihres Nachthemdes und wischte sich das Gesicht, verbiß sich die restlichen Tränen, holte tief Luft und sah ihn an.

»Du bedeutest mir auch sehr viel«, sagte Maryn. »Aber genau deshalb kann ich nicht wagen, dich wieder zu schwängern. Es gibt ein Schlafzimmer in meinen Gemächern oben im Broch. Von nun an werde ich dort übernachten.«

Oder im Bett deiner kleinen Mätresse, meinst du wohl. Laut sagte Belyrra: »Also gut, Herr. Es steht mir nicht zu, etwas anderes zu erwarten.«

»Ach hör doch auf!« Maryn stand auf und ging ein paar Schritte und drehte sich dann um. »Lyrra, bitte, siehst du das denn nicht? Ich habe nur Angst um dich.«

Sie sah es tatsächlich, und das brachte ihren Zorn zum Erliegen. »Du hast recht«, sagte sie. »Einige Frauen wären dir dafür dankbar, Marro. Das weiß ich.«

»Das solltest du auch nicht tun! Ich ... Ihr Götter. Diese Entscheidung ist mir nicht leichtgefallen.«

»Wirklich?«

»Wirklich. Ich achte dich mehr als jede andere Frau auf der Welt, Lyrra. Ich weiß nicht, wie ich ohne dich an meiner Seite herrschen sollte.«

Es gab Frauen, die hätten sich einen Arm abgeschnitten, um ihren Mann so etwas sagen zu hören. Sie zwang sich zu einem Lächeln, zu leisen Dankesworten, dazu, ihm zu sagen, wie geschmeichelt sie sich fühlte, aber als er endlich das Zimmer verließ, fragte sie sich, ob sie ihn jetzt nicht ebenso haßte, wie sie ihn einmal geliebt hatte. Die beiden Gefühle schienen sich um ihr Herz zu winden und es zu ersticken.

»Andere Frauen würden der Göttin wahrhaftig für einen Mann wie ihn danken«, sagte sie laut. »Nun ja, ich werde mich daran gewöhnen.«

Nun, da sie allein war, hätte sie soviel weinen können, wie sie wollte. Aber ihr war nicht mehr nach Tränen zumute. Sie lehnte sich in die Kissen zurück und sah zu, wie das Kerzenlicht auf den Deckenbalken spielte, bis sie schließlich einschlief. Die ganze Nacht träumte sie von Maddyn und den verschwitzten, verzweifelten Küssen im Hof.

Lilli blieb lange in Nevyns Kammer. Sie erzählte ihm, was in den vergangenen Monaten in der Festung geschehen war und lauschte seinen Berichten über die Schlacht und Braemys' seltsamem Rückzug aus dem Königreich. Das paßte zu Braemys, dachte sie, einen dritten Ausweg zu finden, wo andere Männer nur Tod oder Sieg gesehen hätten.

»Er hat die Geschicklichkeit meiner Mutter«, sagte Lilli. »Aber er würde nie jemanden vergiften.«

»Das brauchte er auch nicht«, sagte Nevyn. »Er wäre auch ohne das ein großer Herr gewesen.«

Sie nickte, dann gähnte sie plötzlich laut. Sie bedeckte den Mund mit beiden Händen, dann gähnte sie wieder. Nevyn stand auf und ging ans Fenster. Er lehnte sich hinaus und blickte nach oben.

»Den Sternen nach zu schließen, ist es schon ziemlich spät«, sagte Nevyn. »Du solltest ein wenig schlafen, aber ich bringe dich noch über den Hof. Wenn man den Festgeräuschen da unten nach geht, ist anzunehmen, daß viele Männer des Prinzen vollkommen betrunken sind.«

Sie überquerten den Hof sicher, und Nevyn bestand darauf,

sie bis zum Fuß der Treppe in der großen Halle zu bringen. Inzwischen war ein großer Teil der Festlichkeiten nach außen verlegt worden. Einige Reiter lagen bereits schlafend und schnarchend im Stroh unter den Tischen. Auf der anderen Seite der Halle, am Ehrentisch, saßen noch ein paar Lords und tranken, aber von Maryn war nichts zu sehen. Lilli ging ein paar Stufen hinauf, dann drehte sie sich um und sagte Nevyn gute Nacht.

»Wir sehen uns morgen früh«, sagte er. »Hm, ich hoffe, der Prinz wartet nicht in deinem Zimmer auf dich.«

»Ihr Götter!« Lilli legte eine Hand an die Kehle. »Ich bete darum, daß er das nicht tut.«

Die Göttin hatte offenbar ihr Gebet vernommen, denn als sie ihr Zimmer erreichte, war es leer. Sie verriegelte die Tür hinter sich, bevor sie ins Bett ging.

Am nächsten Morgen erwachte sie ganz plötzlich, als das Sonnenlicht schon in ihr Fenster fiel, weil jemand an ihre Tür klopfte. Das ist Maryn, dachte sie. Vor Aufregung konnte sie sich weder regen noch atmen.

»Lilli?« Das war Anasyns Stimme. »Bist du noch nicht wach?«

»Ich bin gerade wach geworden«, rief Lilli. Dann lachte sie erleichtert. »Warte einen Augenblick. Ich mache die Tür auf.«

Sie zog ein Kleid über und öffnete die Tür. Sie lächelte, weil sie froh war, daß ihr Bruder gesund zurückgekehrt war, aber der Zorn in seinem Blick ließ sie zurückweichen. Er kam herein, schlug die Tür hinter sich zu und lehnte sich dagegen, die Arme über der Brust verschränkt.

»Dein Haar«, zischte Anasyn. »Nun, zumindest hast du genug Anstand, deinen Verlobten zu beweinen.«

Lilli begann zu zittern. »Dann weißt du also vom Prinzen«, flüsterte sie.

»Ja. Ihr Götter, Lilli! Verlobt mit einem Mann, und du entehrst dich mit einem anderen! Was hätte Bevva davon gehalten?«

Vor ihrem geistigen Auge stellte sich Lilli das Gesicht ihrer Pflegemutter vor: nicht zornig, nein, aber traurig, so traurig und enttäuscht darüber, daß ihre geliebte Pflegetochter so tief gesunken war. Lilli schluchzte laut und schluckte dann. »Ich habe versucht, ihn abzuweisen.« Sie konnte hören, wie ihre Stimme zitterte. »Wirklich.«

»Oh?« Anasyn löste sich von der Tür. »Nevyn hat mir erzählt, daß der Prinz dich nicht gezwungen hat.« Er legte die Hand auf den Schwertgriff. »Hat er gelogen?«

»Nein! Sanno, bitte! Er hat nur ... ich meine, der Prinz hat nur ... er hat um mich geworben ... Er hat mich nicht in Ruhe gelassen!«

Anasyn packte sie so fest an der Schulter, daß er ihr weh tat. Aber sie schrie nicht. Er starrte ihr in die Augen, das lange, schmale Gesicht wütend verzogen.

»Was hast du vor?« keuchte Lilli. »Du kannst ihn nicht zum Zweikampf herausfordern. Das geht einfach nicht! Er wird König werden müssen, oder der Krieg geht nie zu Ende.«

Ihre Andeutung – daß Anasyn selbstverständlich einen solchen Kampf gewinnen würde – schien ihn beträchtlich zu beruhigen. Er ließ sie los und trat einen Schritt zurück. Lilli verschränkte die Arme, so daß sie unauffällig ihre schmerzenden Schultern reiben konnte.

»Es tut mir leid, wenn ich dir weh getan habe.« Anasyn sah plötzlich müde aus. »Und ich werde den Prinzen nicht herausfordern. Du hast ganz recht. Ein Ende dieses Krieges ist wichtiger als deine elende verlorene Ehre.«

»Es tut mir leid. Wie hast du es herausgefunden?«

»Nevyn hat es mir erzählt. Er dachte zweifellos, ich sollte es lieber von ihm hören als von einem betrunkenen Reiter oder Diener.« Anasyn seufzte und fuhr sich mit den Händen durchs

Haar. »Wie soll ich jetzt einen anständigen Mann für dich finden?«

»Ich will keinen Mann.«

Er sah sie forschend an, setzte dazu an, etwas zu sagen, aber sie war schneller.

»Ich will nur meine Dweomerarbeit«, sagte Lilli. Und nun war ihre Stimme fest und klar. »Ich will nicht einmal mehr den Prinzen.«

»Du brauchst nicht zu lügen, um mir eine Freude zu machen.«

»Das tu ich ja nicht. Ich habe nur begriffen, wie wahr es ist.«

»Also gut. Aber was wird er davon halten?«

»Ich weiß es nicht. Aber Ihr Götter, Sanno, die Hälfte der Frauen im Königreich würde froh sein, ihn trösten zu dürfen.«

Anasyn seufzte und schüttelte den Kopf. Lilli legte ihm zögernd die Hand auf die Brust.

»Bitte verzeih mir, Sanno. Ich wollte dich nicht entehren, wirklich nicht. Zu Anfang hat es mich fast um den Verstand gebracht. Ich glaubte, ihn zu lieben. Und immerhin ist er der Prinz. Ich denke, ich war geschmeichelt. Wirklich, wirklich geschmeichelt.«

»Das würde zweifellos jeder Frau so gehen. Lilli, Lilli! Also gut. Ich werde es dir nicht übelnehmen, aber wenn du ihn wirklich abweisen würdest, würde mich das sehr glücklich machen. Du kannst immer nach Hendyr zurückkommen, wenn es hier schlecht ausgeht. Abrwnna und ich werden dich gerne aufnehmen.«

»Danke. Aber mit Nevyn auf meiner Seite bezweifle ich, daß es soweit kommen wird.«

»Da hast du recht.«

Plötzlich lächelte er sie an. »Ich hatte vergessen, wie mächtig der alte Mann an diesem Hof ist.« Er drückte ihr einen brüderlichen Kuß auf die Stirn. »Sollen wir runtergehen und frühstücken?«

»Gern. Ich ziehe mich nur schnell fertig an.«

Erst später an diesem Tag sah Lilli Prinz Maryn, und auch dann nur aus der Ferne. Sie war auf dem Hof unterwegs, als er mit seinen Vasallen angeritten kam, gefolgt von einer Ehrengarde. Lilli zog sich in den Schatten eines der Außengebäude zurück und sah zu, wie die Adligen aus dem Sattel stiegen. Sie lachten und scherzten miteinander. Maryn lächelte und schien auf eine stille Art glücklicher, als sie ihn je gesehen hatte. Sie nahm an, daß er im Tempel des Bel gewesen war und man ihm gesagt hatte, daß man ihn bald zum König ausrufen würde. Sie wartete, bis alle hineingegangen waren, bevor sie wieder aus dem Schatten trat.

Aber Lilli wußte, daß sie sich Maryn stellen mußte, und zwar bald, wenn es auch vielleicht Tage dauern würde, bis er Zeit hatte, sie zu besuchen. Sie verbrachte den Abend in ihrem Zimmer, wartete und dachte darüber nach, was sie ihm sagen würde. Sie erinnerte sich vor allem immer wieder daran, daß ein großer Teil seiner Ausstrahlung auf Nevyns Zauber und die wilde Energie, die er heraufbeschworen hatte, zurückzuführen war. Die Kerzen waren schon auf die letzten paar Zoll niedergebrannt, als sie ein leises Klopfen an der Tür hörte.

»Kommt herein«, rief sie. »Die Tür ist nicht verriegelt.«

Maryn kam herein, schloß die Tür und lächelte Lilli an. Im weichen tanzenden Licht sah er so schön aus, daß sie beinahe ihre Entschlossenheit vergessen hätte. Sie stand auf, aber als sie das tat, bemerkte sie das Wildvolk der Luft, das ihn umschwebte und ihn mit ihrer unnatürlichen silbernen bleichen Schönheit umgab.

»Lilli«, sagte Maryn. »Du hast mir sehr gefehlt.«

»Tatsächlich, Euer Hoheit?« sagte Lilli.

»Nenn mich nicht so. Ich bin nur dein Marro.«

Nun war der Augenblick gekommen. Lilli zwang sich, an das Bild von Lady Bevyans enttäuschtem Blick zu denken.

»Nicht mehr mein«, sagte Lilli. »Euer Hoheit, die Zeit ist gekommen, diese Angelegenheit zu beenden.«

Er starrte sie an, den Mund ein wenig geöffnet, der Blick ungläubig. Dann schüttelte er beinahe unmerklich den Kopf.

»Mein Verlobter ist tot«, fuhr Lilli fort. »Ich werde ihn angemessen ehren, indem ich ihn betrauere.«

Maryn seufzte tief. »Selbstverständlich«, sagte er. »Ich habe den armen Branoic ganz vergessen.«

»Ich nicht. Ich werde ihn nie vergessen können. Ich habe ihn geliebt, wirklich geliebt.«

Wieder schüttelte er den Kopf. Er ging einen Schritt auf sie zu. Sie wich einen Schritt zurück.

»Als ich ihn verloren habe, wurde mir klar, was Liebe wirklich ist«, sagte Lilli. Sie hielt inne und rang nach Luft. »Und, Euer Hoheit, ich fürchte, ich liebe Euch nicht. Ich bewundere Euch mehr als jeden anderen Mann im Königreich. Ich ehre Euch als Hochkönig von ganzem Herzen. Ich war sehr geschmeichelt, daß Ihr mich wolltet. Aber mit Liebe hat das nichts zu tun, und ich denke, Ihr werdet Euch mit nichts weniger zufriedengeben.«

Maryn gab ein Geräusch von sich, als hätte ihn jemand getreten. Er setzte sich auf die Bettkante und starrte sie an, der Blick seiner grauen Augen kalt, ihre Farbe wie die von Sturmwolken. Lilli wußte nicht mehr, was sie sagten sollte. Sie faltete die zitternden Hände und wartete.

»Ich hatte ein besseres Willkommen erwartet«, meinte er schließlich. »Du meinst das nicht wirklich ernst.«

»Doch, Euer Hoheit.«

»Ich verstehe, daß du trauerst. Es wäre wirklich unangemessen, wenn du so kurz nach Branoics Tod in meine Arme sinken würdest. Aber Trauer geht vorüber, und dann wird dein Herz sich anders besinnen.«

»Nein.« Lilli fühlte sich seltsam ruhig. »Es tut mir leid, Euer Hoheit, denn ich wollte Euch nie verletzen. Aber ich erkenne nun, worin meine Gefühle für Euch wirklich bestanden, und ich kenne sie. Ich kann Euch nicht lieben, ich kann es einfach nicht.«

»Ich glaube dir nicht.«

»Versucht es bitte. Ihr Götter, Maryn, du hast eine Frau, die dich mehr liebt als ihr Leben! Wozu brauchst du mich noch?«

Sehr zu ihrer Überraschung dachte er über die Frage ernsthaft nach. »Ich habe die Frau, die das Königreich verlangte«, sagte er schließlich. »Aber ich bin ein Mann wie jeder andere. Kennst du irgendeinen Mann, der sich sein Leben lang mit nur einer Frau zufriedengegeben hat?«

Ihr wurde klar, daß sie einen taktischen Fehler gemacht hatte. Der einzige Mann, den sie je gekannt hatte, der mit einer Frau zufrieden war, war ihr Pflegevater gewesen. Wie konnte sie sich dem Argument des Prinzen stellen? Sie spürte, wie sich ihr die Kehle zuschnürte, und sie rang nach Luft. Maryn stand auf und streckte die Hand aus.

»Ist alles in Ordnung?« frage er. »Komm, setz du dich hin, und ich werde stehen.«

Sie schüttelte den Kopf und kam schließlich wieder zu Atem. »Maryn, bitte«, sagte sie. »Nimm dir alle Frauen, die du willst. Aber ich kann keine davon sein.«

»Es ist, weil sie dir leid tut, oder?« sagte Maryn. »Bellyra, meine ich.«

»Das ist ein Teil davon, Euer Hoheit. Ihr seid der Prinz und könnt tun, was ihr wollt. Aber ich möchte nicht die Frau sein, die zum Kummer der Prinzessin beiträgt.«

»Ach, komm schon! Bellyra wurde dazu erzogen, die Frau

eines Königs zu sein. Unsere Ehe wurde arrangiert, als wir noch Kinder waren.«

»Und? Das bedeutet vielleicht, daß Ihr sie nicht liebt, aber für sie ist das anders.«

»Nevyn steckt dahinter, wie? Zweifellos ist er der Ansicht, daß du dich auf deine Studien konzentrieren mußt. Oder ist er selbst in dich verliebt?«

»Dieser Gedanke macht Euch keine Ehre, Hoheit!«

Maryn setzte zu einer Antwort an, dann runzelte er einfach nur die Stirn und schob die Unterlippe vor. Lilli sah ihn plötzlich als ein Kind, ein großes Kind im Körper eines Mannes, nicht viel älter als Prinz Casyl, der schrie, wenn sein Kindermädchen ihm ein gefährliches Spielzeug abnahm. Unwillkürlich wich sie einen weiteren Schritt zurück.

»Ihr Götter«, sagte Maryn. »Hab keine Angst vor mir! Das ist wirklich das Schlimmste, was du getan hast.«

Lilli konnte sich gerade noch zurückhalten, die Wahrheit über ihre Reaktion zu verraten. Statt dessen legte sie die Hand an die Kehle, als hätte sie tatsächlich gefürchtet, er würde sie schlagen. Maryn schüttelte den Kopf und stampfte auf den Boden.

»Also gut«, zischte er. »Du liebst mich nicht mehr. Es liegt mir fern, mich dir aufzuzwingen. Aber wir werden schon sehen, wie lange deine Entschlossenheit währt.« Er verbeugte sich spöttisch vor ihr, dann drehte er sich um und stolzierte nach draußen.

Lilli lauschte, bis seine Schritte verklangen, dann lief sie zur Tür, schloß sie und verriegelte sie. Sie lehnte sich gegen das feste Holz und konzentrierte sich darauf zu atmen. Nach kurzer Zeit begannen ihre gequälten Lungen, sich zu entspannen. Sie ging zu ihrem Stuhl und setzte sich hin, starrte aus dem Fenster, wo die Sterne kalt in der Sommernacht glitzerten.

»Er wird mir fehlen«, sagte sie laut.

Sobald sie es ausgesprochen hatte, wußte sie, daß sie gelogen hatte. Sie empfand vielmehr tiefste Erleichterung, daß endlich ihr Geist und ihr Herz allein dem Dweomer gehörten.

Nevyn saß in der großen Halle und unterhielt sich mit dem jungen Prinzen Riddmar, als Maryn eilig die Treppe herunterkam. Da das Wildvolk all seinen Stimmungen Kraft verlieh, teilte sich sein Zorn allen sofort mit. So spät waren nur wenige Reiter und Adlige hier, und Nevyn war froh darüber. Maryn stürmte durch die Halle, schrie einen Pagen an, der sich ihm näherte, trat einen Hund aus dem Weg, fauchte eine Dienerin an, ihm Met zu holen, und zwar schnell. Er warf sich auf seinen Stuhl am Ehrentisch und starrte Riddmar und Nevyn gleichermaßen wütend an. »Geh ins Bett, Riddo«, sagte Maryn. »Sofort.«

Der Junge riß die Augen weit auf und setzte zu einer Verbeugung an. Maryn stand halb auf. Riddmar drehte sich um und lief zur Treppe. Maryn setzte sich wieder hin. Die Dienerin näherte sich ängstlich mit einem Kelch in der Hand. Maryn entriß ihn ihrem Griff, und auch sie lief davon. Nevyn wartete, bis der Prinz den Kelch halb geleert hatte.

»Euer Hoheit scheinen über etwas bedrückt zu sein«, sagte Nevyn.

Maryn starrte ihn über den Rand des Kelches hinweg an. Dann trank er noch einen Schluck.

»Verräterische Vasallen?« fuhr Nevyn fort.

Maryn senkte den Kelch und seufzte. »Ihr werdet es sowieso erfahren«, sagte er. »Eure Schülerin hat beschlossen, daß sie mich nicht mehr liebt.«

»Ah, ich verstehe.«

»Sie sagt, Ihr hättet damit nichts zu tun.«

»Das hatte ich auch nicht. Ich bin ebenso überrascht wie

Ihr.« Nevyn sprach die schlichte Wahrheit. Er hätte nie geglaubt, daß Lilli tatsächlich ihrem Entschluss mit Taten folgen würde.

»Nun gut.« Maryn starrte in den Kelch und wirbelte den Met herum. »Das Königreich ist voll hübscher Mädchen.«

»Ja.«

»Und einige sind erheblich fraulicher als sie. Ihr Götter, die Leute müssen denken, daß ich ein Geizkragen bin. Sowohl meine Frau als auch meine Mätresse sehen halb verhungert aus.« Maryn verzog den Mund. »Verzeiht, ich meinte meine ehemalige Mätresse.«

Die wenigen Leute, die noch in der großen Halle waren, hatten sich alle umgedreht und beobachteten den Prinzen schweigend. Maryn leerte den Kelch.

»Ich ziehe mich in meine Gemächer zurück.« Maryn stand auf. »Morgen müssen wir uns beraten.«

»Wann immer Euer Hoheit wünschen.«

Maryn ging davon, trat einen weiteren Hund, dann packte er einen Stuhl, der ihm im Weg stand, und warf ihn auf den Boden. Er sprang die Treppe hinauf. Nevyn hatte das Gefühl, daß alle in der Halle den Atem angehalten hatten, bis er schließlich verschwunden war. Es war gut, daß der Prinz viele dringende Staatsangelegenheiten hatte, die ihn beschäftigen würden.

Maryn war kaum weg, und Nevyn dachte selbst gerade daran, die Halle zu verlassen, als Lady Elyssa eilig die Treppe herunterkam. Sie sah sich um, entdeckte Nevyn und kam zu ihm.

»Herr«, sagte Elyssa. »Ich muss Euch etwas fragen.«

»Laßt mich raten. Ihr wollt wissen, ob es stimmt, daß Lilli ihre Affäre mit dem Prinzen beendet hat.«

»Genau.« Elyssa lächelte ein wenig mißtrauisch. »Und, wißt Ihr es?«

»Der Prinz hat es mir persönlich gesagt, und er hat wohl keinen Grund zu lügen.«

»Das glaube ich auch nicht.« Ihr Lächeln wurde strahlender. »Dann gehe ich jetzt wieder nach oben. Diese Nachricht wird Ihre Hoheit sehr erfreuen.«

Da Nevyn nun wieder zu Hause war, kehrte Lilli zu ihrer Gewohnheit zurück, das Frühstück für beide auf ihrem Weg zu seinem Turmzimmer mitzunehmen. Als sie am nächsten Morgen nach unten kam, hatte sie Angst, daß sich Maryn in der großen Halle aufhielt, aber ein Page sagte ihr, der Prinz sei früh aufgestanden und auf seinem Lieblingspferd ausgeritten.

»Doch sicher nicht allein?« sagte Lilli.

»Selbstverständlich nicht, Herrin. Seine Silberdolche begleiten ihn.«

Lilli ließ sich von einer Dienerin einen Korb Brot und ein Stück Käse geben und trug beides zum Haupttor. An der Schwelle zögerte sie, denn draußen im Hof waren die Stallknechte, Pagen und Diener damit beschäftigt, die Pferde aus den Ställen zu führen, um sie zu tränken. Es herrschte ein solches Durcheinander, daß sie befürchtete, einen Tritt abzubekommen. In der feuchten Hitze hing der Geruch der Pferde stickig unter einem wolkigen Himmel. Lilli drehte sich um, durchquerte die große Halle und ging auf die Hintertür zu, weil sie einen anderen Weg zu Nevyns Broch nehmen wollte. Sie hielt aber inne, weil sie direkt draußen vor dieser Tür vertraute Stimmen sprechen und lachen hörte: Degwa und Oggyn. Lilli hatte keine Lust, Degwas hochnäsige Blicke zu spüren, und wartete in der Hoffnung, daß die beiden ein Stück weitergehen würden.

Degwa erzählte Oggyn eine komplizierte Anekdote über Bellyra, während er sie mit Fragen ermutigte. Lilli wartete und lauschte, wie Degwa über die Prinzessin schwatzte.

»Nun, ich bin sicher, daß das alles ganz unschuldig war«, sagte Degwa gerade. »Elyssa sagt mir, es sei dumm, mir Gedanken zu machen. Aber wirklich, dieser schreckliche Barde! Er ist ihr viel zu ergeben, wenn Ihr versteht, was ich meine.«

»Oh, ich denke schon«, erwiderte Oggyn, und etwas an seiner Stimme erinnerte Lilli an warmes Fett, das über Fleisch rutschte. »Ich verstehe schon.«

»Ich mache mir nur Sorgen. Das ist alles. Aber jetzt muß ich wirklich gehen, liebster Oggo. Zweifellos braucht unsere Prinzessin mich.«

»Ich komme noch ein Stück mit Euch, meine Liebe.«

Lilli wartete, bis sie ein ganzes Stück weitergegangen waren, bevor sie den Broch verließ, aber den Rest dieses Tages hielt sie ein Auge auf Degwa, bis sie sie schließlich allein erwischte. Lilli hatte einige Zeit darüber nachgedacht, was sie tun sollte. Wenn Sie zugab, daß sie das Gespräch belauscht hatte, würde Degwa wütend werden und auf diese Weise vermeiden können, zu hören, was Lilli zu sagen hatte. Ohne es zu wissen, lieferte Clodda ihr eine perfekte Gelegenheit. Lilli war auf ihr Zimmer gegangen, wo ihre Zofe gerade am offenen Fenster die Decken ausschüttelte. Zunächst schwatzten sie über alles mögliche.

»Herrin«, sagte Clodda einen Augenblick später. »Etwas beunruhigt mich.«

»Was denn?« fragte Lilli. »Du weißt doch, daß du es mir erzählen kannst.«

»Nun, ich weiß, es steht mir nicht zu, etwas Schlechtes über die Adligen zu sagen, aber es geht um Lady Degwa. Die Dienerinnen der Prinzessin sagen, Lady Degwa würde über Ihre Hoheit und diesen Silberdolch-Barden schwatzen.«

»Bei den Göttern!«

»Das hat mir nicht gefallen, wirklich nicht. Aber Lady Degwa hört natürlich nicht auf unsereins.«

»Oh, mach dir keine Gedanken! Ich werde sofort mit ihr reden.«

Lilli stürzte aus dem Zimmer. Als sie in die Frauenhalle kam, war Degwa weg, aber Lilli fand sie weit unten in der großen Halle, wo sie nahe der Mauer stand und sich umschaute, als wartete sie auf jemanden. Als sie Lilli erblickte, wich Degwa zurück, als hätte sie eine Giftschlange vor sich, aber Lilli plazierte sich zwischen Degwa und die Tür.

»Ich muß mit Euch sprechen«, sagte Lilli. »Über Euren Bewerber, Freund Oggyn. Ein paar Diener haben mir beunruhigenden Klatsch zugetragen.«

Daraufhin verging Degwa das höhnische Grinsen.

»Sie behaupten, daß Ihr Oggyn von unserer Prinzessin erzählt.«

»Und?« meinte Degwa. »Was die Adligen tun, interessiert immer alle. Warum sollte ich ihm nicht hin und wieder das Neueste erzählen?«

»Das Neueste ist eine Sache. Spekulationen sind etwas anderes. Die Dienerinnen klatschen hinter Bellyras Rücken.«

Degwa war ihrer Miene nach zu schließen gänzlich verwirrt.

»Über ihre Eskorte«, sagte Lilli schließlich.

»Oh. Der Barde?«

»Ja, über ihn. Sie behaupten, daß Ihr Andeutungen über ihn und die Prinzessin gemacht habt.«

»Wie bitte? Niemals!«

Bei jedem anderen hätte Lilli angenommen, daß sie sich geirrt hätte. Aber bei Degwa?

»Nun«, fuhr Lilli fort »woher bekommen sie sonst diese Ideen?«

»Ich habe vielleicht ein paar Worte über diesen Maddyn verloren.« Degwa wurde plötzlich rot. »Ich mag ihn nicht. Ich traue ihm nicht, und besonders gefällt mir nicht, daß er unserer Prinzessin überallhin folgt. Aber bei der Göttin, ich bin sicher, daß Ihre Hoheit ihn nie auch nur im geringsten ermutigt.«

»Leute verstehen solche Dinge häufig falsch. Bitte, Decci. Ihr solltet nicht einmal eine Ahnung von Klatsch über unsere Prinzessin aufkommen lassen. Klatsch ist früher oder später immer schädlicher als sogar Hexerei. Ihr seid schon seit Jahren am Hof. Ihr solltet das wissen.«

Degwa zögerte und dachte nach. Dann lief sie an Lilli vorbei und die Treppe hinauf.

»Nun, ich habe es versucht«, murmelte Lilli. Sie beschloß, mit Nevyn über die Angelegenheit zu sprechen, wenn er zum Abendessen zu ihr kommen würde.

Leider ahnte sie nicht, daß es dann bereits zu spät sein würde.

An diesem Nachmittag schickte der Prinz Pagen, um Nevyn und Oggyn zu einer Beratung in seine Privatgemächer zu rufen. Sie saßen um einen kleinen Tisch und betrachteten die Landkarten von Deverry, die dort lagen. Durch die offenen Fenster konnte Nevyn dunkle Regenwolken am Himmel hängen sehen, doch die Tageshitze umschlang die Männer wie eine unwillkommene Decke. Oggyn wischte sich immer wieder den kahlen Kopf mit einem Lappen. Das Hemd des Prinzen klebte vor Schweiß an seiner Brust. In der Mitte des Zimmers tanzten und summten ein paar Fliegen.

»Ich habe Euch hierhergerufen, um mit euch über die Ländereien sprechen, die einmal dem Eberclan gehörten«, sagte Maryn. »Besonders über jene, die von Rechts wegen den Erben des Wolfsclans gehören.«

»Aha«, meinte Nevyn. »Das Dorf Blaeddbyr und das umgebende Land. Ich habe vergessen, wieviel es einmal war.«

»Ich habe alles hier, alles aufgezeichnet.« Oggyn legte ein

Stück Pergament auf den Tisch. »Die alten Aufzeichnungen sind sehr verläßlich. Ich habe dies aus einer alten Erklärung des falschen Königs kopiert, in der er das Wolfsland dem Eberclan übereignete.«

»Eine gute Idee.« Maryn griff nach dem Pergament. »Die Eber haben sich keine Elle Land entgehen lassen. Zweifellos haben sie jeden einzelnen Misthaufen aufgelistet.« Oggyn lächelte, lehnte sich zurück und faltete die Hände über seinem Bauch. Er sah für Nevyns Verhältnisse viel zu selbstzufrieden aus.

»Nun, ich erinnere mich an die alte Entscheidung über das Wolfsland«, fuhr Maryn fort. »Es wird durch die weibliche Linie weitervererbt, also wird der neue Herr des Wolfsclans der Gatte von Lady Degwas ältester Tochter sein.«

»Ja«, meinte Nevyn. »Sie ist mit einem Mann verheiratet, der der jüngere Sohn der Schwester von Gwerbret Ammerwdds Frau ist. Jedenfalls glaube ich das.«

»Jede Verbindung mit Yvrodur wird genügen.« Maryn grinste. »So wackelig sie auch sein mag. Ich werde ihn an den Hof rufen, sobald man mich zum Hochkönig ausgerufen hat.«

»Das wird doch sicher bald geschehen, Euer Hoheit?« Oggyn beugte sich vor. »Ich hoffe, die Priester haben keine weiteren Einwände?«

»Keine«, erwiderte Nevyn. »Sie haben sogar eine weiße Stute gefunden. Es war wie Dweomer so schnell, wie sie sie gefunden haben, kaum daß Braemys sich abgesetzt hatte.«

Alle drei lachten.

»Dann sind alle Vorzeichen gut«, meinte Oggyn. »Ich bin so froh. Ich hatte schon Angst, daß irgendeine finstere Angelegenheit ihre Schatten werfen würde.«

»Zum Beispiel?« meinte Maryn. »Die wohlbekannte Gier der Priester?«

»Genau, Euer Hoheit.« Plötzlich wandte Oggyn den Blick ab, als sei ihm ein beunruhigender Gedanke gekommen. Er hielt kurz inne, bevor er sagte, »Genau das. Nichts weiter.«

Maryn kniff die Augen ein wenig zusammen, als er den Berater forschend betrachtete. Nevyn spürte einen kalten Luftzug im Nacken: Gefahr.

»Was beunruhigt Euch?« fragte Maryn. »Es ist doch etwas nicht in Ordnung.«

»Äh, nichts, nichts.« Oggyn schaute die gegenüberliegende Wand an. »Nur eine seltsame Idee. Ich bin sicher, daß es nichts zu bedeuten hat.«

»Was?« fauchte Maryn.

»Äh, nun ja, der Klatsch ... und ich bin sicher, es ist nichts weiter, Euer Hoheit. Dummer Klatsch von Frauen, die Eure Gemahlin beneiden.«

»Was ist mit meiner Frau?«

»Nichts, Euer Hoheit. Kein falsches Wort über sie, wirklich. Aber dieser Barde, der Silberdolch ... Nun, ich habe gehört, daß er seine Augen weit über seinen Stand hinaus erhoben hat und die ganze Zeit nicht von ihrer Seite weicht.«

»Ich habe ihn selbst zu ihrem Leibwächter bestimmt.« Maryns Stimme war gefährlich tief geworden. »Falls Ihr das vergessen hattet.«

»Nicht im geringsten, Euer Hoheit, und ich bitte um Verzeihung. Es ist nur, daß ich höre, daß man darüber spricht, weil er so häufig in ihrer Gesellschaft ist. Daß er sich vielleicht hat einfallen lassen, sich Freiheiten herauszunehmen.«

»Das kann ich nicht glauben«, zischte Maryn. »Nicht Maddyn! Er ist der loyalste Mann, den ich je gesehen habe.«

»Ich glaube das auch nicht von der Prinzessin.« Nevyn zitterte vor reinem Zorn. »Berater Oggyn, Ihr solltet solche Aussagen lieber beweisen können.«

»Ich hatte nie ein Wort gegen die Prinzessin sagen wollen.«

»Ach ja?« Maryn war aufgestanden. »Warum habt Ihr das Thema dann aufgebracht?«

Oggyn wurde totenbleich und rang nach Luft. Abrupt trat Maryn vor und beugte sich über ihn, stützte sich auf die Armlehnen von Oggyns Sessel und beugte sich weiter vor, bis sein Gesicht nur noch ein paar Zoll von dem des Beraters entfernt war.

»Was hat Euch dazu gebracht, es zu erwähnen?« knurrte Maryn.

»Diese eine Nacht ...« Oggyn rang nach jedem Wort. »Ihre Dienerinnen konnten sie nicht finden. Sie haben sich überall umgesehen. Und es gab auch keine Spur von diesem Barden. Endlich tauchte Eure Frau im Hof auf, mit einer Laterne in der Hand. Aber sie wollte nicht sagen, wo sie gewesen war.«

Maryn ließ den Stuhl los und richtete sich auf. Er betrachtete Oggyn einen Augenblick, dann schlug er ihm so fest ins Gesicht, daß der Berater aufschrie und sich wand.

»Ich frage Euch noch einmal«, sagte Maryn. »Schwört Ihr, daß das der Wahrheit entspricht?«

Oggyn hatte Tränen in den Augen, aber er nickte. »Ich schwöre es«, flüsterte er.

»Also gut.« Maryn wandte sich Nevyn zu. »Bringen wir das auf der Stelle in Ordnung. Holt meine Pagen. Holt meine Frau und ihre Hofdamen in die große Halle. Ich möchte die Wahrheit über diese Sache herausfinden.«

»Ihr macht einen schweren Fehler«, sagte Nevyn. »Ich würde an Eurer Stelle in aller Abgeschiedenheit über diese Angelegenheit entscheiden.«

»Ihr seid aber nicht an meiner Stelle«, erwiderte Maryn. »Sagt mir, lügt Oggyn, was diese Geschichte angeht?«

Nevyn zögerte und war zutiefst versucht, selbst zu lügen und Oggyns Geschichte auf der Stelle die Kraft zu nehmen. Oggyn war zusammengesackt und schniefte, als befürchtete

er genau dies. Aber damit würde der Klatsch kein Ende finden.
»Euer Hoheit«, meinte Nevyn. »Er sagt die Wahrheit, wenn er behauptet, daß er davon gehört hat. Das sagt allerdings nichts über die Wahrheit der Geschichte selbst aus.«

»Nun, dann werden wir sie jetzt herausfinden. Ich werde nicht zulassen, daß über meine Frau Klatsch verbreitet wird. Die ganze große Halle wird Zeuge sein, und es wird keinen Klatsch mehr geben.«

»Aber die Demütigung ...«

»Vielleicht wird sie das lehren, besser aufzupassen.«

Maryn war bleich geworden, jetzt wurde er rot. »Nachts im Hof herumzurennen, Ihr Götter! Wahrscheinlich hat sie nur versucht, eine ihrer verfluchten Inschriften zu finden. Aber sie hätte wirklich daran denken sollen, was die Leute davon halten würden. Bei den Göttern, sie wird schließlich Königin sein! Und nun holt die Pagen! Ich werde nicht länger hier herumstehen und mich darüber streiten.«

Draußen verdunkelten die Wolken eines Sommergewitters den Nachmittag, aber Bellyra spürte die ersten kleinen Anzeichen, daß die Traurigkeit, die sie nach der Geburt überfallen hatte, endlich von ihr weichen würde. Zum ersten Mal seit Monaten dachte sie wieder über die Geschichte der königlichen Festung nach. Die Seiten ihres künftigen Buches lagen auf einem Tisch am Fenster, wo sie sie liegengelassen hatte, als die Wehen begannen. Elyssa hatte alles jeden Tag abgestaubt und die Pergamente aufeinandergeschichtet.

»Weißt du, Lyss«, sagte Bellyra. »Ich denke, ich sollte mir noch einmal durchlesen, was ich bisher geschrieben habe.«

»Wunderbar!« erwiderte Elyssa. »Soll ich die Seiten holen?«

Bevor Bellyra antworten konnte, wurde die Tür aufgerissen, und Nevyn kam herein. Sie hatte ihn und keinen anderen

Mann je so zornig gesehen. Er hatte den Kopf ein wenig zurückgelegt, sein Gesicht kreidebleich vor Wut, seine Augen blitzten. Es schien, als strömte er Zorn aus wie geschmolzene Eisenhitze und brachte die Luft rings um ihn her zum Zittern.

»Euer Hoheit«, fauchte Nevyn. »Euer Mann ist der größte Dummkopf im ganzen Königreich Deverry. Wappnet Euch und vergesst nicht, daß ich in dieser Angelegenheit auf Eurer Seite stehe.«

Elyssa stieß einen leisen Schrei aus und stand auf. Bellyra spürte, wie ihr Herz zu flattern begann wie ein gefangener Vogel. Sie legte die Hand an die Kehle.

»Bei was?« gelang es ihr schließlich zu sagen. »Nevyn, worum geht es hier eigentlich?«

»Dieser Idiot Oggyn hat Euren Mann dazu gebracht, Euch zu verdächtigen. Er behauptet, daß Maddyn, der Barde, Euch ein wenig zu gern hat.« Nevyn hielt inne und hatte sichtlich Mühe, sich zu beruhigen. »Was ist das für eine Geschichte über die Nacht, als Eure Frauen Euch nicht finden konnten?«

»Ach, das!« Bellyra stand auf und strich ihr Kleid glatt. Sie fand es überraschend einfach, eine Halbwahrheit zu erzählen. »Ich konnte nicht schlafen. Ich ging zu Othos Schmiede, um zuzusehen, wie er ein kleines Geschenk für Maryn bearbeitete. Ich wollte ihm etwas geben, wenn er König wird. Ich hatte das Silber für Otho gefunden und ihm zwei rote Steine aus dem Erbe meiner Mutter gegeben. Ich habe es niemandem erzählt, weil Degwa es bestimmt verraten hätte, und ich wollte, daß es eine Überraschung wird. Ist Maryn auf dem Weg hierher?«

Nevyn knurrte so hundehaft und wütend, daß sie einen Schritt zurückwich.

»Nein«, sagte er schließlich. »Er befiehlt Euch, hinunter in die große Halle zu kommen und alles dort zu erklären.«

Bellyra schwankte, einer Ohnmacht nahe. Der Raum schien

sehr groß geworden zu sein und sie sehr klein. Das Licht wurde schmerzlich hell und klar. Elyssa sprang vor und packte ihren Arm mit einer Hand und schob ihren anderen Arm um die Schultern, um sie zu stützen.

»Schon gut«, flüsterte Bellyra. »Wie kann er mich so beschämen?«

»Deshalb habe ich ihn ja einen Dummkopf genannt«, meinte Nevyn.

Elyssa murmelte etwas, was eher zu einem Silberdolch gepaßt hätte. »Herrin«, sagte sie zu Bellyra. »Ihr zieht jetzt Euer bestes Kleid an, und ich werde auch Euer Haar richten, so daß er sehen kann, was für eine schöne Frau er beleidigt.«

Bellyra sah an dem Kleid herunter, das sie trug, und fuhr mit den Fingern über fleckiges, vom Alter glänzendes Leinen. »Nein«, sagte sie. »Solange kann ich nicht warten. Ich werde gehen, wie ich bin, barfuß und alles. Das genügt für eine Bittstellerin.«

Die Tür zur inneren Kammer ging auf, und Degwa kam bleich, zitternd und den Tränen nahe heraus. »Euer Hoheit«, rief sie. »Verzeiht mir! Ich hätte nie gedacht, daß Oggyn wiederholen würde ...«

»Ihr denkt niemals, Decci!« fauchte Elyssa. »Das ist Euer großes Problem im Leben, nicht wahr? Ihr denkt einfach nicht!«

Degwa wollte antworten, dann schniefte sie nur.

»Wenn Ihr es wiedergutmachen wollt«, meinte Nevyn barsch, »dann holt Otho den Schmied und bringt ihn in die große Halle.«

»Den Schmied der Silberdolche? Ich kann doch nicht auf dem Hof herumrennen und einen Schmied suchen.«

»Das könnt Ihr, und das werdet Ihr, hirnlose dumme Kuh!« Nevyn trat einen Schritt vor. »Und zwar sofort!«

Degwa schrie auf und rannte zur Tür. Nevyn wartete, bis sie

weg war. Dann bot er Bellyra seinen Arm. »Gehen wir, Euer Hoheit?«

»Ja. Ich bin so froh, daß Ihr hier seid.«

Elyssa folgte ihnen. Der Flur streckte sich unnatürlich lang vor ihnen. Bei jedem Schritt sagte sie sich: »Du kannst es schaffen, du kannst es schaffen.« Sie würde stark und fest sein, sich erstaunt geben, daß Maryn sie so in Verdacht hatte, aber keinen Zorn zeigen, nicht weinen und ihm nicht zeigen, wie tief er sie verwundet hatte. Als sie die Treppe erreichten, konnte sie aufgeregte Stimmen von unten aus der großen Halle hören. »Die Halle ist voller Menschen«, flüsterte sie. »Alle sind gekommen, um es zu sehen.«

»Gut«, erwiderte Nevyn. »Dann werden sie alle mit eigenen Augen sehen und mit eigenen Ohren hören, daß Ihr unschuldig seid.«

Als sie die Treppe hinunterkamen, sahen sie, daß sich tatsächlich Diener und Reiter, Würdenträger und adlige Vasallen in die Halle gequetscht hatten. Die meisten standen, damit sie den Ehrentisch besser sehen konnten, wo Maryn wartete, die Arme vor der Brust verschränkt. Zu seinen Füßen kniete Maddyn, aber von Otho oder Degwa gab es noch keine Spur.

Sie erreichten das Ende der Treppe, und die Menge teilte sich, um sie durchzulassen. Als sie vorbeigingen, senkte sich Schweigen über die Halle. Bellyra hatte das Gefühl, als wäre der Raum so groß wie die Himmelskuppel. Sie war winzig und schlich gleichzeitig frierend und schwitzend auf den Ehrentisch zu. Maryn betrachtete sie mit Augen, die so kalt waren wie das Silber, an das sie erinnerten.

»Ihr mögt niederknien«, sagte Maryn.

»Nein.« Bellyra holte tief Luft und sprach so laut und deutlich sie konnte. »Ihr seid noch kein Hochkönig, sondern mir im Rang gleichgestellt. Nur durch mich habt Ihr überhaupt einen Anspruch auf Cerrmor.«

Hinter sich konnte sie die Menge flüstern hören. Als sie Nevyn einen Blick zuwarf, bemerkte sie, daß er ein Lächeln unterdrückte. Sie wußte, sie würde nicht wagen können, Maddyn anzuschauen, der mit gesenktem Kopf kniete, als könnte er seinerseits nicht wagen, sie anzusehen. Die Erinnerungen an seinen Mund auf ihrem, an seine Hände auf ihrem Rükken ... Sie schob sie weg.

»Das ist wahr.« Maryns Stimme ähnelte abermals einem Knurren. »Also gut, dann bleibt stehen.«

Ihre Hände zitterten so schrecklich und waren so kalt, daß sie die Arme über der Brust verschränkte und die Hände unter die Oberarme klemmte.

»Ich möchte wissen, meine Dame«, sagte Maryn, »was in jener Nacht geschah, als Eure Frauen keine Spur von Euch finden konnten.«

»Das hat Euer Berater mir bereits mitgeteilt, Herr. Ich war in der Werkstatt von Otho, dem Schmied, wo ich zusah, wie er ein Schmuckstück bearbeitete, mit dem ich Eure Ausrufung zum König feiern wollte. Ich habe ihm Silber und die beiden Rubine gegeben, die zu dem Armband gehörten, das meine Mutter mir hinterlassen hat. Ich habe niemandem davon erzählt, weil ich Euch überraschen wollte.«

Maryn zuckte ein wenig zusammen. Diese Geste brachte Bellyra dazu anzunehmen, daß sie ihm vielleicht eines Tages verzeihen könnte.

»Während ich dort war«, fuhr Bellyra fort, »kam der Mann, dem Ihr befohlen habt, mich zu bewachen, ebenfalls herein. Er hatte gesehen, wie ich alleine über den Hof ging, und wollte seiner Pflicht nachkommen.«

Bei diesen Worten blickte Maddyn auf und sah den Prinzen an.

»So ist es«, erklärte Maddyn, »Euer Hoheit. Aber als Eure Gemahlin die Schmiede verließ, befahl sie mir, zurückzubleiben. Ihre Frauen waren schon auf dem Weg, um sie abzuholen.«

Der Prinz warf Lady Elyssa einen Blick zu.

»Das stimmt, Euer Hoheit«, sagte Elyssa. »Wir riefen nach ihr, und sie antwortete, und wir eilten zu ihr, um sie zurück in die Frauenhalle zu bringen.«

Der Prinz öffnete den Mund und schloß ihn wieder. Er wandte den Blick ab, sah Nevyn an, der seinen Blick einfach erwiderte.

»Kann das wahr sein?« meinte Maryn schließlich. »Wenn Otho bestätigen kann ...«

»Und ob ich das kann!« Otho brüllte so laut er konnte. Er hatte die Halle durch die Tür hinter dem Tisch des Prinzen betreten. »Was soll dieser ganze verfluchte Unsinn?« Er sah dabei Nevyn an und nicht den Prinzen.

»Jemand hat Gift ins Ohr des Prinzen geträufelt«, meinte Nevyn. »Diese Person wollte, daß er seine Frau für untreu hielt. Es geht um jene Nacht, als sie in Eure Schmiede kam.«

»Schleimige Würmer!« Otho spuckte auf den Boden. Dann spähte er in die Menge, die in der Halle versammelt war. »Ich will, daß alle das hören.«

Otho verbeugte sich vor dem Prinzen, dann stieg er auf einen Stuhl und von dort auf den Tisch. Er hatte die Hände auf die Hüften gestützt und starrte wütend auf Prinz Maryn nieder, der zu überrascht schien, gegen dieses unangemessene Verhalten zu protestieren.

»Also gut«, sagte Otho. »Euer Hoheit, ich war gerade dabei, an einem Geschenk für Euch – ich wiederhole: für Euch – zu arbeiten, als die Dame hereinkam. Sie sagte, sie könne nicht schlafen. Dieser Silberdolch da eilte ihr hinterher, weil er Angst hatte, daß sie den Verstand verloren hätte von dem Schmerz der Geburt Eures – ich wiederhole: Eures dritten Sohnes. Oder seid ihr dumm genug, Euer Hoheit, anzunehmen, daß sie gekommen war, um mit mir zu schäkern, einem Mann, der viermal so alt ist wie sie und zudem häßlich?«

»Ganz bestimmt nicht.« Maryn konnte die Worte kaum herausbringen. »Ganz bestimmt nicht.«

»Gut.« Otho hielt nachdenklich inne. »Und noch eine Sache, Euer Hoheit. Daß Ihr Eure Gemahlin verdächtigt – Ihr Götter! Wenn Ihr nicht mehr im Kopf habt als das, dann werdet Ihr einen schönen König abgeben.«

Alle in der großen Halle keuchten entsetzt oder zuckten zusammen, so daß die Menge aussah wie ein Getreidefeld, das in einer plötzlichen Windbö raschelt. Maryn starrte den Schmied sprachlos an, den Mund ein wenig geöffnet. Otho drehte ihm den Rücken zu und stieg vom Tisch. Er blieb vor Bellyra stehen und verbeugte sich, sagte aber kein Wort mehr.

»Ich danke Euch«, flüsterte Bellyra, aber ihr trockener Mund weigerte sich, weitere Worte zu bilden.

Erst dann wandte sich Otho wieder dem Prinzen zu. »Nun, Euer Hoheit?« sagte er. »Und wie lautet Euer königliches Urteil über die Angelegenheit?«

Wieder trat Totenstille ein. Maryn starrte Otho mit einem undurchschaubaren Blick an. Otho starrte wütend zurück. Endlich lächelte Maryn ein wenig schief.

»Mein Urteil?« sagte Prinz Maryn. »Daß ich meiner Gemahlin großes Unrecht getan habe, indem ich dummem Klatsch über sie lauschte.«

Reiter, Diener, Höflinge – alle jubelten. Maddyn setzte sich auf die Fersen und wischte sich mit dem Ärmel die Augen ab. Bellyra spürte, wie ihr die Tränen kamen, aber sie zwang sich, sich zu beherrschen, und schaute ihren Mann gleichmütig an. Der dröhnende Lärm, Jubel über Jubel, plötzliches Lachen, Gerede und Händeklatschen umtosten sie wie Donner – aber der Donner eines im Abziehen begriffenen Gewitters. Als der Lärm nachließ, streckte Maryn ihr die Hand entgegen.

»Herrin, könnt Ihr mir verzeihen?«

Bellyra hätte am liebsten sofort gesagt: »Aber selbstverständlich« oder »Das habe ich bereits«, aber sie zwang sich einen langen, hochmütigen Augenblick zu schweigen.

»Ich werde es versuchen, Herr«, sagte sie schließlich. »Mit aller Liebe, die ich für Euch empfinde.«

»Ich habe nichts Besseres verdient. Laßt mich Euch nach oben begleiten.«

Bellyra nickte und nahm den Arm, den er ihr anbot. Berater Oggyn stand an der Tür, an den Türpfosten gedrückt, halb in der Halle, halb draußen. Als Bellyra ihn ansah, dreht er sich um und rannte hinaus, verschwand im Durcheinander des Hofes. Du Schwein! dachte sie. Ihr Zorn half ihr, stark zu sein, bis sie das Ende der Treppe erreicht hatte, aber dort holte ihre Angst sie ein. Sie stolperte, wäre beinahe gestürzt, und Maryn legte ihr den Arm um die Schultern, um sie zu stützen. Sie spürte, wie sie zitterte, und wieder schien das trübe Licht des Korridors so hell zu werden, daß sie kaum sehen konnte.

»Gehen wir in die Frauenhalle«, sagte Maryn, »wo du dich hinsetzen kannst. Ich bin der größte Dummkopf in ganz Deverry, und Ihr Götter! Ich flehe dich noch einmal an, mir zu verzeihen.«

Sie nickte nur und konzentrierte sich darauf, einen Fuß vor den anderen zu setzen. Aber ich bin in Sicherheit, sagte sie sich. Ich bin jetzt in Sicherheit. Maryn öffnete die Tür zur Halle und half ihr herein. Sie brach auf dem ersten Stuhl zusammen, an dem sie vorbeikam.

»Ich werde vor dir niederknien«, sagte Maryn und tat das tatsächlich. »Ich glaube, du begreifst nicht, wie sehr die Menschen dich beneiden.«

»Mich beneiden?« meinte Bellyra. »Dann müssen sie den Verstand verloren haben.«

»Nein, nein, nein. Immerhin wirst du bald Königin werden,

nicht wahr? Und wenn es nicht darum ginge, hätte ich dich ganz bestimmt nicht wegen dieser Angelegenheit in die große Halle gezerrt. Aber das ganze Königreich muß wissen, daß du über jeden Tadel erhaben bist.«

»Ich bin versucht zu fragen, warum, aber ich werde es nicht tun. Siehst du denn nicht, Marro, warum ich solche Angst habe? Ich dachte, du wolltest mich verstoßen. Die Schande – Göttin, es wäre das Schlimmste auf der Welt.«

»Nun, das werde ich ganz bestimmt nicht tun. Aber ich denke, du solltest den Hof für eine Weile verlassen.«

Sie konnte kein Wort mehr sagen, ganz gleich, wie sehr sie sich anstrengte. Sie hob eine Hand, als wollte sie sie nach ihm ausstrecken, aber dann verließ sie die Kraft, und die Hand weigerte sich, sich zu bewegen.

»Hör mich an«, sagte Maryn. »Dieser Skandal – er ist nicht mehr tödlich, aber er ist auch noch nicht tot. Ich habe nachgedacht. Ich werde dich eine Weile zurück nach Cerrmor schikken.« Er hob die Hand, um ihr Schweigen zu gebieten. »Aber nur für eine kurze Weile.«

»Was? Warum? Ich dachte, du hättest mir und Otho geglaubt, wenn nicht mir allein.«

»Selbstverständlich glaube ich dir! Darum geht es nicht.«

»Mir geht es schon darum.« Bellyra spürte, wie sie wieder zu zittern begann. »Bei den Göttern! Schick mich nicht weg!«

»Es ist zu deinem eigenen Besten. Ich will nicht, daß die Dienerinnen über meine Frau klatschen. Und du bist tatsächlich die Königin. Deine Ehre ...«

»Es gibt nichts, was Ihr mir über Ehre beibringen könnt, Herr. Ich weiß besser, als Ihr es je wissen könntet, daß sie mich bindet wie ein Seil aus Dornen.«

Maryn starrte sie lange Zeit sprachlos an. Bellyra zwang sich zurückzustarren, und endlich wandte er den Blick ab.

»Sobald ich König werde, wird Riddmar Gwerbret sein.«

Maryns Stimme war fest und beinahe ruhig. »Er wird nicht allein in Cerrmor herrschen können. Ich werde dich zur Regentin ernennen, aber in Wahrheit wirst du der Gwerbret sein. Cerrmor hätte ohnehin dir gehören sollen, wenn es so etwas wie Gerechtigkeit gäbe. Daß du eine Frau bist – ich hätte dir das Rhan nie geben können, aber zumindest wirst du auf diese Weise dem neuen Gwerbret einen wunderbaren Anfang verschaffen.«

»Ich verstehe.« Aber dann begriff sie, daß sie kaum wußte, was er gesagt hatte ... irgend etwas über Riddmar und über Cerrmor.

»Auf diese Weise wird niemand davon ausgehen, daß du an Ehre verloren hast. Alle wissen, daß der Junge zunächst einen Regenten braucht.«

»Wirst du mich wegschicken, bevor die Priester dich zum Hochkönig ernennen?« Sie war überrascht festzustellen, daß sie noch einen zusammenhängenden Satz hervorbringen konnte. »Nach all den langen Jahren der Angst, die ich um dich ausgestanden habe, würde ich gern das Ende dieses Krieges sehen.«

»Nein. Du mußt bei dem Ritual deinen Platz einnehmen, und Riddmar kann nicht als Gwerbret eingesetzt werden, bevor ich König bin.«

»Also gut. Ich werde den Kindermädchen sagen, daß sie packen sollen ...«

»Ich behalte die Kinder hier. Es ist zu gefährlich, sie nach Cerrmor zu schicken. Wir haben diesen Krieg nicht geführt, um einen Mann ohne Erben auf den Thron zu setzen.«

Aber es ist nicht gefährlich, mich wegzuschicken, dachte Bellyra. Ich habe meinen Zweck erfüllt. Ich habe ihm einen ganzen Wurf von Söhnen geschenkt, ich habe beim Ritual meinen angemessenen Platz eingenommen. »Weißt du was, Maryn?« sagte sie laut. »Es ist eine Schande, daß ich nicht als

Zuchtstute geboren wurde. Dann wäre es mir gleich, ob ich den Hengst, der mich bestiegen hat, noch einmal wiedersähe.«

»Um der Götter willen! Es geht doch nur um eine kleine Weile. Sagen wir ein Jahr, damit der Klatsch verstummt.«

Sie dachte daran, mehr zu sagen, ihren Zorn loszulassen wie einen wilden Hund, den man von der Kette lässt. Aber dann begriff sie, daß er sie zornig sehen wollte, so daß er selbst zornig werden konnte. Wenn sie sich stritten, würde er es als Sieg betrachten, daß sie den Hof verließ, und als einen Sieg, zu dem er jedes Recht hatte. Statt dessen sah sie ihn nur an, blieb so ruhig sie konnte, sah ihn nur an und erreichte damit, daß er den Kopf abwandte, um ihrem Blick zu entgehen.

»Ich muß in die große Halle zurückkehren.« Maryn stand auf. »Ich werde zurückkommen, um dich zum Essen zu begleiten, wenn du herunterkommen möchtest.«

Er ging zur Tür, ging hinaus, warf die Tür fest hinter sich zu. Bellyra lehnte sich zurück und betrachtete die Spinnennetze, die von den dicken Deckenbalken hingen. Sie hörte, wie die Tür hinter ihr aufging, sie hörte, wie Elyssa ihren Namen rief, aber es gelang ihr nicht, auch nur den Kopf zu wenden oder Antwort zu geben. Gerade, als ich gedacht hatte, ich wäre in Sicherheit, als ich gedacht hatte, es wäre vorüber. Sie fühlte sich wie ein Stück Holz, das neunundneunzig Axtschlägen widerstanden hatte, nur um beim hundertsten zu brechen.

Obwohl Clodda ihr berichtet hatte, daß der Prinz Bellyra in die große Halle zerren ließ, hatte sich Lilli ferngehalten. Nun fragte sie sich, ob sie begann, Maryn zu hassen. Wie konnte er einer Frau, die ihn mehr als alles andere liebte, so etwas antun? Begriff er denn nicht ... Dann erinnerte sie sich daran, was er über den politischen Hintergrund seiner Ehe gesagt hatte. Selbstverständlich begriff er es nicht. Er will es nicht begreifen, nahm sie an. Sie hörte von Nevyn, was geschehen war. Er kam direkt danach zu ihr. Der alte Mann war immer noch wütend, aber am Ende seines Berichts gelang es ihm, zusammen mit Lilli über Othos Bemerkungen über den künftigen Hochkönig von ganz Deverry zu lachen.

»Oh, wie wunderbar von Otho«, sagte Lilli. »Wäre Maryn ein weniger ehrenhafter Mann, hätte er Otho ganz sicher ins Gefängnis geworfen.«

»Vielleicht«, meinte Nevyn, der immer noch lächelte. »Aber ich glaube, auch das wäre es Otho wert gewesen.«

Jemand klopfte an die Tür und schlug dann fester dagegen.

»Lilli?« erklang Elyssas Stimme. »Ist Nevyn bei Euch?«

»Ja.« Lilli stand auf. »Kommt herein, Lyss.«

Elyssa öffnete die Tür und kam herein, aber nur einen Schritt. »Nevyn, könnt Ihr Euch bitte um die Prinzessin kümmern? Ihr Wahnsinn ... Oh, Ihr Götter! Es war noch nie so schlimm.«

»Ich komme sofort.« Nevyn stand eilig auf. »Da haben wir das Ergebnis dessen, was in der großen Halle geschehen ist.«

»Das und Schlimmeres. Der Prinz schickt sie nach Cerrmor. Er sagt, sie solle dem jungen Riddmar als Regentin helfen, aber ich bezweifle, daß das der wahre Grund ist.«

»Dieser Mistkerl!« fauchte Nevyn. »Und zweifellos gibt sie sich die Schuld daran.«

»Das weiß ich nicht.« Elyssa machte eine hilflose Geste. »Sie kann kaum ein paar Worte aneinanderreihen.«

»Lilli, geh in mein Turmzimmer und hol den Segeltuchsack. Er liegt unter dem Tisch. Den Sack mit den Arzneien. Dann bringe ihn in die Frauenhalle.«

»Ja, Herr.« Lilli holte tief Luft. »So schnell ich kann.«

Lilli eilte zur Treppe und klapperte in ihren Holzschuhen hinunter. Inzwischen hatte das Gewitter die Festung ins Zwielicht getaucht, und in der dunklen, großen Halle konnte sie hoffen, daß niemand sie bemerkte. Aus ein paar Wortfetzen schloß sie, daß alle immer noch über Bellyra und Otho sprachen und wie sie es dem Prinzen gezeigt hatten. Sie eilte nach draußen und über den Hof zu Nevyns Broch. Am Eingang blieb sie stehen und schaute zurück: Niemand folgte ihr. Als sie das obere Ende der Treppe erreicht hatte, mußte sie nach Atem ringen. Obwohl sie den Sack sofort fand, mußte sie sich erst hinsetzen und ausruhen, bis ihr heftig klopfendes Herz ruhiger geworden war.

Als sie den Broch wieder verließ, hatte es begonnen zu regnen. Dicke Tropfen fielen. Sie schlang die Arme um den Sack, um ihn so trocken wie möglich zu halten, und lief zur großen Halle. Sie hatte sich so darauf konzentriert, die Kräuter in Sicherheit zu bringen, daß sie beinahe mit Maryn zusammengestoßen wäre. Er packte sie am Arm und lächelte sie an. Sie konnte Met in seinem Atem riechen.

»Warum solche Eile?« fragte Maryn.

»Eure Gemahlin, Euer Hoheit, ist krank. Nevyn hat mich nach Arznei geschickt.«

Maryn ließ sie los und trat zurück. Lilli konnte sehen, wie sich die Männer an den nächststehenden Tischen umdrehten, aber Zorn rauschte in ihr wie der Regen auf den Pflastersteinen.

»Wie konntet Ihr!« zischte sie. »Sie wegschicken, meine ich. Wie konntet Ihr nur?«

Maryn erstarrte und schaute sie mit undurchdringlichem Blick an. Lilli drängte sich an ihm vorbei und ging die Treppe hinauf. Ihre Lungen brannten, aber sie zwang sich weiter, bis sie den nächsten Absatz erreicht hatte. Sie stolperte den Flur entlang zur Frauenhalle, schob die Tür auf, taumelte hinein und fand sich Degwa gegenüber, die mit einem brennenden Holzspan Kerzen entzündete. Im tanzenden Licht schimmerten die Tränen auf ihren Wangen.

»Meine Herrin und Nevyn sind im Schlafzimmer«, sagte

Degwa. »Ich hätte auf Euch hören sollen, Lilli. O Göttin, wie sehr ich mir wünschte, daß ich auf Euch gehört hätte!«

»Das wünschte ich mir auch.« Lilli legte den Sack auf einen Tisch. »Bringt das zu Nevyn. Ich möchte den Kummer der Prinzessin nicht noch vergrößern, indem sie mich sehen muß.«

Lilli kehrte in ihr eigenes Zimmer zurück. Clodda hatte einen Teller mit Brot und Käse auf den Tisch und einen Kelch verdünnten Mets auf den Tisch gestellt, und eine kleine Kerzenlaterne entzündet. Lilli sank auf ihren Stuhl und erinnerte sich an Maryn, wie er mit plötzlich vollkommen ausdruckslosem Blick vor ihr gestanden hatte. Er hat sie meinetwegen weggeschickt. Ihr wurde übel, als sie das begriff. Er hat sie weggeschickt, damit ich ihren Kummer nicht sehe. Glaubt er, ich würde wieder in seine Arme sinken, sobald Bellyra weg ist?

»Ich würde lieber sterben«, flüsterte sie. »Bei der Göttin, ich hoffe, er rührt mich nie wieder an.«

Und als sie das sagte, spürte sie, wie eine unheimliche Kälte sie überfiel, als wäre eine geisterhafte Präsenz ins Zimmer gekommen. Sie sah sich um und entdeckte niemanden, wußte aber auf eine wortlose Art, daß man ihr Gebet erhört hatte.

Bellyra lag auf dem Bett, gestützt auf die Kissen, und gestattete Nevyn und Elyssa, sich um sie zu kümmern. Sie hörte zu, wie Nevyn darüber sprach, daß sie innere Kraft finden müsse, lächelte, als Elyssa verkündete, sie würden es in Cerrmor viel bequemer haben, und wie sie alle so taten, als ginge es ihnen darum, die Wunden zu heilen, die Maryn ihr versetzt hatte. Daß es alles Lügen waren, zählte nicht mehr. Nichts mehr zählte. Sie redeten weiter und weiter, während die Fensterläden klapperten und Regen fiel. Elyssa eilte umher und entzündete Kerzen. Es war draußen dunkel geworden.

Die Kinderfrau brachte die Kinder herein. Bellyra küßte alle drei und sagte ihnen, daß sie sie liebte – eine weitere Lüge. Der Anblick der Kinder – dieser kleinen Maryns mit ihrem hellen Haar und den kleinen grauen Augen – bewirkte, daß sie am liebsten vor Zorn geschrien hätte. Selbst der kleine Prinz Gwardon, der gerade erst seinen Namen erhalten hatte, so hilflos in seiner roten Decke – vielleicht haßte sie ihn mehr als alle anderen. Daß Maryn die Kinder behielt, sie aber wegschickte – es war unerträglich. Jede anständige Frau in Deverry würde sie bemitleiden, und die Boshaften würden sich in Schadenfreude suhlen. Die Kinderfrau brachte die Kinder wieder weg. Bellyra lag in einer Pfütze aus Kerzenlicht und lauschte dem Regen.

»Es läßt ein wenig nach«, sagte sie.

»Das Gewitter bewegt sich schnell, Euer Hoheit«, sagte Nevyn. »Zweifellos wird morgen wieder die Sonne scheinen.«

»Ach. Wißt Ihr, Ihr könntet jetzt wieder Euren eigenen Angelegenheiten nachgehen. Es geht mir gut. Ihr braucht hier nicht bei mir zu sitzen.«

»Ich habe nichts Wichtigeres zu tun.«

Elyssa und Nevyn redeten noch ein wenig weiter, redeten und redeten. Bellyra hätte sie am liebsten weggeschickt. Manchmal glaubte sie, sie würden Maddyn vielleicht erwähnen, aber dann wechselten sie immer wieder das Thema. Endlich stand Nevyn auf und reckte sich und gähnte.

»Nun, ich sollte jetzt lieber gehen«, sagte er. »Ich lasse ein paar Kräuter hier bei Elyssa. Sie werden Euch helfen zu schlafen. Ihr seht erschöpft aus, und das kann ich Euch wirklich nicht übelnehmen.«

Bellyra nickte und lächelte. Sie kam sich so vor, als spielte sie mit einer Puppe, als stünde sie neben ihrem Körper und bewegte seinen Kopf und die Arme, während sie so tat, als lebte die Puppe.

»Ich werde später noch einmal zurückkommen«, meinte Nevyn, »um zu sehen, wie es Euch geht.«

»Danke«, sagte Bellyra.

Elyssa brachte ihn zur Tür. Bellyra hörte sie etwas Unverständliches murmeln, zweifellos über sie. Es war eine Schande, daß sie ihnen solchen Kummer machte. Aber der Kummer würde bald ein Ende finden. Nein, sie würde sich nicht wie eine Truhe unerwünschter Kleider nach Cerrmor verschicken lassen – sie würde es nicht ertragen. Wenn sie tatsächlich nach Cerrmor zurückkehrte, würde ihr Maddyn nach einiger Zeit folgen, aber dann fiel ihr sofort wieder der Klatsch ein. Maryn würde davon hören, und dann würde er wissen, daß er recht gehabt hatte, als er sie wegschickte.

Elyssa kehrte ins Schlafzimmer zurück, ein starres Lächeln auf den Lippen. Sie zog einen Hocker ans Bett.

»Bist du wirklich froh, nach Cerrmor zurückzukehren?« fragte Bellyra.

»Ich wäre froh, wenn es Euch nur freuen würde.«

»Statt jetzt beschämt zu sein?«

»Es ist seine Schande, nicht Eure, daß er Euch auf diese Weise behandelt.«

»Warum empfinde ich sie dann? Eine verstoßene Frau, das bin ich. Oh, ich weiß, Maryn hat davon gesprochen, mich zurückzurufen. Glaubst du das wirklich? Es war edel von der kleinen Lilli, die Affäre zu beenden. Aber er wird ein anderes Mädchen finden und danach wieder ein anderes. So ist es immer. Nun hat er seinen legitimen Erben. Was will er schon mit einer Stute, die er nicht mehr reiten kann?«

»Nicht, Lyrra! Hört auf!«

»Was? Glaubst du, es ist nicht wahr?«

»Das mit den Mätressen? Sicher ist es wahr, aber er wird Euch zurückholen. Er braucht Euren gesunden Menschenverstand. Ich hasse es zu sehen, daß Ihr Euch so ärgert.«

Bellyra zuckte mit den Achseln und betrachtete die Bettvorhänge. Kleine rote Drachen flogen auf einer Seite, während auf der anderen Seite die Schiffe von Cerrmor segelten.

»Ich habe die neuen Bettvorhänge nie fertig gestickt«, meinte Bellyra. »Nun gut, seine neue Mätresse kann das tun. Schließlich ist sie es, die in diesem Bett schlafen wird.«

Elyssa gab ein Geräusch von sich wie jemand, der versucht Tränen zu unterdrücken.

»Erinnerst du dich, wie sie mich genannt haben, als wir klein waren?« fuhr Bellyra fort. »Das Mädchen, das nicht da ist. So fühle ich mich jetzt auch – wie jemand, der nicht wirklich da ist. Die Priester sagen, die Anderlande beginnen ihre Reise zu dieser Welt am Tag nach Beltane. In diesem Jahr kann ich es spüren. Es ist, als käme dieser Sturm von dort.«

»Hört auf, hört auf!« Tränen liefen Elyssa über die Wangen. »Bitte, bitte sprecht nicht so.«

»Es tut mir leid. Ich werde aufhören.«

»Ich wecke die Pagen.« Elyssa stand auf. »Sie werden Wasser und Feuerholz holen, und dann kochen wir diese Kräuter, die Nevyn hiergelassen hat, damit Ihr schlafen könnt.«

Elyssa eilte nach draußen. Kaum hatte sich die Tür hinter ihr geschlossen, warf Bellyra die Decke zurück und stand auf. Die Holzschuhe in der Hand, ging sie zur Tür und öffnete sie einen Schlitz weit. Draußen streckte sich der dunkle Flur. Sie ging hinaus und schloß die Tür wieder, damit Elyssa noch einen Moment länger bräuchte, und eilte den Flur entlang zur Treppe. Die große Halle war dunkel. Nahe den Feuerstellen mit den niedergebrannten Feuern schliefen Diener und Hunde im Stroh. Bellyra schlich hindurch und zog die Holzschuhe an, als sie den Hof erreicht hatte.

Im Dunkel der Nacht hätten sich die meisten sofort in dem Irrgarten des riesigen Brochkomplexes verlaufen, aber Bellyra kannte diese Festung besser als jeder andere. Sie duckte sich durch Dienertüren, schlich an den Fenstern bewohnter Zimmer vorbei, huschte über kleine Innenhöfe und fand schließlich ihren Weg zum Ostturm. Sie spürte nichts, nicht den Regen, nicht den Nachtwind, nicht den rauhen Stein unter ihren Händen, als sie sich die Treppe hinauftastete.

Ihre Schande brannte nicht mehr. Sie war zu einer Wärme geworden, einer Vorahnung der Freude, die sie verspüren würde, wenn sie endlich sowohl ihre Schande als auch Maryns Kälte hinter sich gelassen hätte. Sie sollte sich wohl selbst die Schuld dafür geben, daß er sie wegschickte. Welcher Mann würde nicht vor einer Frau fliehen, die immer wieder Liebe von ihm forderte? Es erschien ihr ganz berechtigt, als sie diese lange Wendeltreppe hinaufstieg, daß Maryn sie verstieß.

Plötzlich hörte Bellyra das Echo von Stimmen. Wo kamen sie her? Sie hielt inne, hörte Männerstimmen unten an der Treppe und schluchzte. Die Diener hatten sie wahrscheinlich doch bemerkt. Sie trat die Holzschuhe weg und eilte weiter, nach Luft ringend, selbst in der Kälte schwitzend, schneller und schneller auf brennenden Füßen. Endlich war die Treppe zu Ende, und sie war auf dem Dach des Turmes.

Unten im dunklen Hof, so weit unten, daß sie aussahen wie Lichtblüten, flackerten Fackeln. Sie hörte Rufe, sah Männer, die zum Turm rannten, hörte hinter sich weitere Schreie. Sie trat an den Rand und erwartete, sich zu fürchten, aber als sie nach unten schaute, sah sie nicht den Hof von Dun Deverry, sondern ihren kleinen Garten zu Hause in Cerrmor, hell und sonnig im Sommerlicht. Sie mußte nur einen Schritt vorwärts machen und würde in den Sommer fallen. Das begriff sie nun, wo sie so hoch über der Welt und den Menschen stand.

»Lyrra! Tu's nicht!« Das war Maryns Stimme, die laut hinter ihr erklang. »Bleib stehen!«

Sie drehte sich um und sah ihn oben auf der Treppe, nur mit einer Brigga bekleidet, wie er die nackten Arme nach ihr ausstreckte. Er ist nicht wirklich da, sagte sie sich. Das bildest du dir nur ein. Mit diesem Gedanken wandte sie sich um und tat den letzten Schritt hinaus in die Nacht. Einen winzigen Moment hörte sie ihn noch schreien, aber der Wind packte sie und wusch seine Stimme weg. Abwärts und abwärts – es schien ihr, als fiele sie für immer, aber die Dunkelheit hob sich mit einem steinernen Schwert und erstach sie. Sie verspürte Schmerz und dann nur noch Dunkel ... während Maryns Stimme nach ihr rief.

Der Prinz kniete halbnackt im Regen am Boden und wiegte seine tote Frau in den Armen. Im Licht der Laternen, die die Diener hielten, sah Nevyn das Blut aus ihrem zerschlagenen Gesicht über seine Brust und seine Arme laufen. Aber der Prinz schien es nicht zu bemerken.

»Warum?« flüsterte Maryn. »Warum hat sie das getan?«

Nevyn verlor die Geduld. »Weil Ihr sie wegschicken wolltet«, fauchte er. »Noch während sie wegen der Geburt nur halb bei Verstand war, habt Ihr sie weggeschickt.«

»Das war doch nur für eine kleine Weile«, sagte Maryn. »Das habe ich ihr doch gesagt.«

»Ihr Götter! Es gibt Zeiten, da seid Ihr so dumm wie Dreck.« Nevyn beugte sich über ihn. »Denkt doch nach, Marro! Nicht, daß es jetzt noch etwas nützen würde.«

Er war der einzige Mann im Königreich, der den Prinzen auf solche Weise ansprechen und es überleben konnte. Die Diener keuchten entsetzt und wichen ein paar Schritte zurück, als befürchteten sie, daß der Blitz Nevyn auf der Stelle treffen könnte und sie mit ihm sterben würden. Maryn verzog das Gesicht und sah wieder Bellyras Leiche an.

»Ich hätte sie zurückgeholt«, sagte Maryn. »Ganz bestimmt. Das habe ich ihr doch gesagt.«

Nevyn konnte sich nur mühsam davon zurückhalten, den

Prinzen einen Mörder zu nennen. Statt dessen trat er zurück und überließ es Maryns Männern, sich um ihn zu kümmern. Owaen kniete neben seinem Lehnsherrn nieder und Diener folgten.

Nevyn ging über den Hof, der sich mit weiteren Dienern und Höflingen füllte, die alle wild durcheinanderredeten. Einige weinten auch. Im Dunkel trat er in eine Nische zwischen zwei der labyrinthartigen Mauern von Dun Deverry, setzte sich auf den nassen Boden und glitt schon beinahe in Trance, bevor er sich ganz niedergelassen hatte. Er beschwor seinen Lichtkörper herauf, der mit seiner Mitte durch eine Silberschnur verbunden war. Zunächst stellte er sich vor, wie es sein würde, aus seinen Augen zu blicken, dann versetzte er sich mit der Leichtigkeit langer Übung in diese andere Gestalt.

Der verregnete Hof glomm in silbrigem Feuer, oder so schien es zumindest von Nevyns Blickwinkel auf der ätherischen Ebene aus. Große Nebelsäulen und Rauchwolken, die nichts weiter waren als Elementarkraft des Wassers auf dem Hof unter ihm, stiegen auf. Obwohl nichts davon stark genug war, seinen Lichtkörper zu bedrohen, machte der Regen es Nevyn sehr schwer, etwas zu erkennen. In den wirbelnden Wasserschleiern konnte er nur mit Mühe die schimmernden Auren der Menschen erspähen, die sich um Bellyras Leiche drängten, die ätherische Gestalt der toten Prinzessin aber nicht. Er erhob sich etwa zwanzig Fuß über den Boden, dann schwebte er zu dem Gedränge von Auren, die rot und gelb glühten und dunkle Flecken des Kummers aufwiesen. In jeder konnte er schwach den Körper der jeweiligen Person erkennen.

Bellyras ätherische Gestalt würde irgendwo in der Nähe ihrer Leiche sein oder in der Nähe von Maryn, der immer noch am Boden kniete. Die Aura des Prinzen war fest um ihn herumgewickelt und pulsierte blaßgolden, als wäre er verängstigt oder verwirrt. Als Nevyn tiefer sank, sah er etwas, was einem Frauenschatten ähnelte und um ihn herumflatterte. Die Hände dieses Schattens schlugen auf Maryns Kopf und Schultern ein, als versuchten sie, sein warmes Fleisch zu berühren.

Nevyn entsandte einen Gedanken, der auf dieser Ebene als Worte erschien. »Bellyra, Euer Hoheit! Wo seid Ihr? Ich bin es, Nevyn!«

Im schwebenden Schatten schimmerte ein schwaches Licht von seltsamem Eisblau. Nevyn eilte darauf zu und rief abermals. Plötzlich erschien ihr Abbild. Der Schatten verdickte sich zur Gestalt einer nackten Frau, der Kopf zurückgeworfen, die Arme ängstlich fuchtelnd. Nevyn schwebte nach unten und stand ihr gegenüber.

»Ihr seid es!« Ihre Gedankenstimme bebte und drohte zu verschwinden. »Ich dachte, ich wäre tot.«

»Das seid Ihr auch. Kommt mit. Gehen wir weg von all diesem Elend.«

Wie ein verängstigtes Kind griff sie nach seinen Händen, aber die ihren drangen direkt hindurch. Sie drehte sich um und verschwand in einer Säule von Wasserkraft, und Nevyn befürchtete schon, sie verloren zu haben.

»Lyrra, kommt zurück!«

Er eilte hinter ihr her und fand sie schließlich hoch über der Festung schwebend. Er flog hinauf zu ihr.

»Bin ich ein Geist?« erklangen Bellyras Gedanken auf einer Woge von Angst. »Muß ich immer hierbleiben? Ihr Götter, verzeiht mir! Ich dachte, der Tod würde es beenden. Ich dachte, ich würde frei sein.«

»Das werdet Ihr sein«, sagte Nevyn. »Ihr seid kein Gespenst. Tut, was ich Euch sage.«

»Maryn verlassen?« Sie warf den Kopf herum, und ihr geisterhaftes Haar wirbelte. »Maryn verlassen?«

»Das müßt Ihr tun! Und in Wahrheit habt Ihr es bereits getan. Schaut nach unten.«

Tief unter ihnen erschien die Festung im Silbernebel wie finstere Steinbrocken – tote Gegenstände, die aufgerollt waren wie Holzkohle nahe einer Schmiede. Kleine Lichtwolken, die Auren der Lebenden im Hof, eilten hin und her.

»Ihr habt eine Wahl«, sagte Nevyn. »Ihr könnte vielleicht noch ein paar Tage in Elend und Schmerz hier verbringen und verzweifelt bereuen, was Ihr getan habt und versuchen, Euch Maryn verständlich zu machen, oder Ihr könnt mit mir kommen und weitergehen.«

»Wohin?«

»Zu Ruhe und Frieden.«

Einen Augenblick tanzte der Geist im Nebel hin und her. Als sie sich faßte, nahm ihre Gestalt mehr Einzelheiten an. Bellyras Augen erschienen in dem hellblauen Gesicht.

»Also gut«, sagte sie. »Zeigt es mir.«

»Folgt mir. Versucht nicht, mich zu berühren. Folgt mir einfach.«

»Das werde ich tun.«

Mit einer Hand zeichnete er ein Siegel in die Luft. Vor ihnen erschien eine lavendelfarbene Öffnung in dem dunklen, wirbelnden Nebel wie ein Schnitt durch die Schale einer Frucht, durch die man das andersfarbige Fruchtfleisch darunter erkennen kann. Als Nevyn eine Geste machte, weitete sich die Öffnung und präsentierte sich als Tor.

»Kommt mit«, wiederholte er und schwebte hindurch.

In einem Tunnel aus dunklem Blau wirbelte ein purpurfarbener Wind. Er warf einen Blick zurück und sah Bellyras Schatten näher kommen.

»Habt Mut!« rief er.

Hinter ihnen verschloß sich das Tor wieder. Bellyras Schatten drehte sich in der Luft, wurde plötzlich vom Wind erfasst.

Obwohl sie schrie und um sich schlug, blähte der Wind ihre Gestalt wie ein Segel und trieb sie weiter, peitschte sie an Nevyn vorbei. Er rief ihr tröstende Worte zu und überließ sich dem Wind. Sie fielen, stürzten, stiegen auf, segelten – alles gleichzeitig auf dem violetten Wind – vorbei an Bildern, Gesichtern, Sternen, Worten, Tieren, Siegeln, während der Wind mit tausend unverständlichen Stimmen heulte. Schnell und schneller – bis sie durchbrachen in eine weitere Welt, eine stille, helle Welt, in der totenbleiche Blüten im lavendelfarbenen Licht nickten.

Bellyras Seele hatte die Gestalt verändert. Wie ein nacktes Kind wartete sie auf Nevyn an den Ufern eines weißen Flusses, wo etwas Wasserähnliches, aber eher Nebelhaftes lautlos vorbeizog. Das Kind sah sich erstaunt um.

»Von hier an müßt Ihr alleine weiterreisen«, sagte Nevyn. »Ihr müßt den Fluß überqueren.«

»Ich verstehe.« Das Kind drehte sich um und betrachtete ihn. »Leb wohl, Nevyn. Werden wir uns wieder begegnen?«

»Ja.«

»Werde ich Maryn wieder begegnen?«

»Vielleicht. Ich weiß es nicht. Ich hoffe, daß es nicht geschieht.«

Mit einem traurigen Nicken trat sie in das weiße Wasser. Nevyn sah, wie sich der Nebel erhob, um sie zu bedecken – dann spürte er eine Welle von Schmerz, die wie Feuer über ihn hereinbrach. Die Landschaft wirbelte um ihn herum wie auf Wolken gezeichnet, dann verschwand sie. Er spürte, wie er stürzte, zu schnell, zu fest, in seinen physischen Körper zurück. Er spürte jemandes Hände auf seinem Gesicht.

»Es ist Lord Nevyn!« sagte eine Stimme. »Der alte Mann ist ohnmächtig geworden.«

Jeder Muskel in seinem Körper tat weh. Sein Herz klopfte schnell. Nevyn öffnete die Augen zum blendenden Licht einer

Doppellaterne, die ein Diener hielt. Weitere Stimmen und eilige Schritte waren zu hören.

»Es geht mir gut«, sagte Nevyn. Aber er klang heiser. »Es geht mir gut. Helft mir auf!«

Der Diener reichte die Laterne jemandem, der hinter ihm im Schatten stand, und streckte dann beide Hände aus. Nevyn ergriff sie und ließ sich hochziehen. Dann lehnte er sich an die Mauer, um Luft zu holen.

»Es ist so schrecklich traurig«, sagte der Diener. »Unsere Herrin so zu verlieren.« Er brach in Tränen aus und stand hilflos da.

»Ja«, sagte Nevyn. »Es hat mich einfach überwältigt.«

Nevyn sah sich um und entdeckte, daß Maryn immer noch neben Bellyras Leiche kniete. Jemand hatte ein Brett geholt, und es sah aus, als wären zwei Männer dabei, Bellyra darauf zu heben. Nevyns Erlebnis in den Anderlanden hatte, verglichen mit der Zeit in der Welt der Menschen, nur einen Augenblick gedauert.

»Braucht Ihr Hilfe, Herr?« fragte der Diener.

»Nein, danke. Dort kommt auch schon meine Schülerin.«

In der Tür zur großen Halle, die jetzt von vielen Fackeln beleuchtet war, stand Lilli und klammerte sich an den Türpfosten, als hätte sie Angst, selbst das Bewußtsein zu verlieren. Nevyn eilte zu ihr, so schnell er, zerschlagen, wie er war, konnte. Lilli blickte zu ihm auf, wollte etwas sagen, schaffte es aber nicht.

»Es ist nicht im geringsten dein Fehler«, sagte Nevyn. »Ich weiß genau, was du jetzt denkst.«

Sie schüttelte stumm den Kopf. Dann drehte sie sich um und lief durch die Halle. Nevyn folgte ihr hinein und sah sie die Treppe heraufsteigen. Zweifellos würde sie sich jetzt aufs Bett werfen und weinen. Danach würde es ihr bessergehen, und darum beneidete er sie. Er würde später zu ihr gehen und nachsehen, wie sie sich fühlte. Aber im Augenblick würde er niemandem helfen können, da er kaum imstande war, sich selbst zu beruhigen.

Maddyn erfuhr alles von Owaen. Er erwachte aus tiefem Schlaf, als der Hauptmann mit einer Kerzenlaterne in der Hand in die Unterkunft gestürzt kam.

»Maddo?« Owaen klang zögernd – und das verhieß nichts Gutes. »Äh, Maddo, du solltest lieber aufstehen und dich anziehen.«

»Warum? Was ist los?«

Mit einem tiefen Seufzer setzte sich Owaen auf die Pritsche gegenüber von Maddyns Bett. Das Laternenlicht warf tiefe Schatten auf sein Gesicht. Maddyn setzte sich und schob die Decken zurück.

»Was ist los, Owaen? Um der Liebe der Götter willen, sag es mir!«

»Die Prinzessin ist tot. Sie hat sich von dem überhängenden Turm gestürzt.«

Die Schatten tanzten, weil Owaens Hand zitterte. Mit einem Fluch bückte er sich und stellte die Laterne auf den Boden. Maddyn konnte ihn nur anstarren.

»Es ist wirklich schrecklich«, sagte Owaen schließlich. »Äh, vielleicht solltest du ... ich meine, Nevyn ... ach, Pferdedreck und Pferdepisse! Ich weiß nicht, was ich sagen soll.«

»Ich auch nicht«, flüsterte Maddyn.

Als er aufstand, spürte er nichts, keine Überraschung, keine Trauer, nichts. Er kleidete sich an, schnallte seinen Gürtel um, zog die Stiefel an und empfand nichts. Rings um ihn her erschien Wildvolk, überwiegend graue Gnome, die an ihren Fingern saugten, während sie ihn feierlich betrachteten.

»Maddo?« fragte Owaen. »Ist mit dir alles in Ordnung?«

»Nichts ist in Ordnung«, sagte Maddyn. »Ich werde Nevyn suchen.«

Als er Nevyn erwähnte, verschwand das Wildvolk. Maddyn griff nach der Kerzenlaterne und nahm sie mit, als er die Unterkunft verließ.

Draußen hatte es aufgehört zu regnen. Als er aufblickte, entdeckte er einen Riß in den Wolken und das Glitzern einiger Sterne. Dann schloß der Wind diesen Durchblick wieder. Wie ihr Leben, dachte er. Ein heller Augenblick, und dann das Ende. Plötzlich konnte er nicht mehr stehen. Er sank auf die Knie, stellte die Laterne aufs Pflaster, legte den Kopf zurück und heulte. Es war keine wirkliche Klage, nur ein Heulen, mehr Zorn als Trauer – er spürte, wie es ihn hin und her wiegte, während er weiter und weiter heulte, ohne ein einziges Wort.

Trübe hörte er, wie eine Stimme seinen Namen rief – die Stimme eines Mannes, Nevyns Stimme. Der alte Mann kniete nieder und packte ihn an den Schultern.

»Hör auf!« Nevyn schüttelte ihn, wie man ein Kind schüttelt. »Hör auf, Maddo!«

Endlich hörte Maddyn auf. Im Laternenlicht starrte er den alten Mann an. »Habt Ihr mich gehört?« sagte er schließlich.

»Das Wildvolk hat mich geholt. Komm mit. Ich will nicht, daß der Prinz dich in diesem Zustand sieht.«

»Der Prinz soll verflucht sein!«

»Führe mich nicht in Versuchung. Und jetzt steht von diesem nassen Boden auf und gehe mit mir in die Frauenhalle. Ihre Frauen werden sie inzwischen gewaschen haben. Niemand wird es wagen, dir heute nacht dort den Eintritt zu verwehren.«

»Ich will nicht ...«

»Widersprich mir nicht!« Nevyn packte ihn mit überraschender Kraft am Arm. »Gehen wir, Barde. Sofort.«

In der Frauenhalle schimmerten Kerzen. Bellyras Leiche lag auf einem Tisch, wie ihn die Frauen benutzen, um Bettvorhänge zu sticken, und tatsächlich befand sich unter ihr ein Tuch mit halb vollendeten roten Drachen. Sie trug nur ein weißes Hemd, das hier und da noch von der Feuchtigkeit an ihrem Körper klebte. Elyssa stand an ihrem Kopf und kämmte ihr Haar, das Gesicht bleich, die Miene entschlossen. Sie blickte nicht auf.

»Wißt Ihr, Maddo«, sagte Elyssa. »Ich wünschte bei allen Göttern, daß Ihr und sie zusammen davongeritten wärt. Ich hätte euch so gerne dabei geholfen.«

Maddyn wollte etwas sagen, aber sein Mund war so trocken wie kalte Asche in einer Feuerstelle. Trübe war er sich leisen Weinens in der Nähe bewußt. Er sah sich um, erwartete eine Dienerin. An der Wand saß Lady Degwa am Boden. Sie hatte sich zusammengerollt, die Knie an die Brust gezogen, die Arme fest darum geschlungen, und wiegte sich hin und her wie ein verängstigtes Kind.

»Das wollte ich nicht«, flüsterte sie. »Das wollte ich nicht.«

Maddyn ignorierte sie und ging zu der improvisierten Bahre. Bellyras Gesicht – Maddyn war erschüttert, als er sah, was von ihrer Schönheit geblieben war, zerschlagen von Stein, purpurn und rot, roh wie Fleisch.

»Ich werde für das Begräbnis ein Seidentuch über sie breiten«, flüsterte Elyssa.

Maddyn nickte und wandte sich ab. Er hatte ihr einen Abschiedskuß geben wollen, aber ihre Verletzungen hatten das unmöglich gemacht – eine letzte Ungerechtigkeit, die ihn dazu brachte, laut zu fluchen. Lange Zeit starrte er zu Boden und dachte an sehr wenig, lauschte, wie Degwa weinte und Nevyn und Elyssa von den Kindern sprachen und was getan werden mußte, damit die Jungen den Verlust ihrer Mutter verkraften konnten. Endlich hörte er, wie hinter ihm eine Tür aufging. Das Gerede verstummte, aber Degwa weinte nur um so lauter. Er wußte, daß der Prinz hereingekommen sein mußte, noch bevor er sich umdrehte und Maryn sah, der an der Leiche seiner Frau stand.

Der Prinz war unbewaffnet und wandte ihm den Rücken zu. Maddyn spürte, wie seine Hand unwillkürlich zu seinem Silberdolch zuckte. Wahnsinn stieg in ihm auf wie ein Heulen. Wahnsinn ließ ihn nur noch roten Nebel sehen. Er könnte den Dolch ziehen, vortreten, zustechen, rächen. Das Wort Rache kreiste in seinem Blut. Rache – und dann was? Er würde jeden Eid gebrochen haben, den er Prinz Maryn geschworen hatte, den letzten Rest seiner Ehre aufgegeben. Ich werde es nicht tun, sagte er sich. Der Gedanke ließ ihn wieder klarer sehen, und er entdeckte Nevyn, der ihn ruhig beobachtete und nur die Brauen ein wenig höher zog.

Maryn drehte sich um, die Arme ein wenig an den Seiten gespreizt, als hätte er gerade erst begriffen, daß Maddyn hinter ihm stand. Maddyn zwang sich niederzuknien, wie es die Höflichkeit gegenüber seinem geschworenen Oberherrn verlangte.

»Steht auf«, fauchte Maryn. »Um der Götter willen, kniet heute nacht nicht vor mir. Ich bin es nicht wert.«

Unfähig zu sprechen, erhob sich Maddyn und nickte. Sie sahen einander lange an – Barde und Prinz. Dann verbeugte sich Maddyn, und verließ die Halle. Er ging den Flur entlang, die Treppe hinunter und hinaus in die feuchte Nachtluft, wo er endlich atmen konnte.

Die ganze Nacht lag Lilli wach und hatte Angst davor, daß Maryn zu ihr kommen würde. Wenn er Trost wünschte, was sollte sie ihm sagen? Aber er kam nicht, und gegen Morgen schlief sie endlich ein und träumte, wieder im Exil zu sein. Noch einmal ritt sie nach Cerrmor und stand in dem sonnigen Hof, aber diesmal war es die Prinzessin, die zu ihr kam und sie lächelnd willkommen hieß. Lilli erwachte in Tränen, stand auf und zog sich an. Sie schlich nach unten und fürchtete, jeden Augenblick Maryn zu sehen. Aber die große Halle erstreckte sich schweigend im grauen Licht. Ein paar Diener standen gerade aus dem Stroh bei den Feuerstellen auf. Sie ignorierte sie, als sie nach draußen lief.

Das Gewitter hatte aufgehört, und strahlender Sonnenschein glitzerte auf den nassen Pflastersteinen. Der blaue Himmel wirkte wie eine Beleidigung Bellyras, als sollte sogar die Sonne sie betrauern. Lilli suchte Zuflucht in Nevyns Turm und keuchte die Treppe hinauf. Seine Zimmertür stand offen, und er selbst saß auf dem Fensterbrett.

»Ich dachte schon, daß du früh herkommen würdest«, sagte Nevyn. »Hast du letzte Nacht noch mit Maryn gesprochen?«

Lilli schüttelte den Kopf, setzte sich nach Atem ringend auf den Stuhl. Nevyn beugte sich besorgt vor.

»Du siehst ausgesprochen schlecht aus.«

»Es geht mir nicht gut. Ich konnte kaum schlafen.«

»Zweifellos. Ich habe auch nicht schlafen können. Das ist eine schreckliche Sache.«

Mit einem letzten Keuchen kam Lilli endlich zu Atem. »Und das ist meine Schuld«, sagte sie. »Zumindest zum Teil.«

»Nein«, knurrte Nevyn. »Es ist niemandes Schuld, nicht einmal Maryns, obwohl ich zugeben muß, daß ich heute früh nicht gut auf ihn zu sprechen bin.«

»Ihr versteht es nicht. Er wollte sie wegen mir nach Cerrmor schicken, ich meine, weil ich mit ihm gebrochen hatte.« Sie hatte Tränen in den Augen.

»Und er wurde wütend und hat beschlossen, sie wegzuschicken, damit du dir keine Sorgen mehr um sie machst?«

»Das glaube ich wirklich.« Lilli konnte kaum sprechen. Sie spürte, wie die Tränen über die Wangen liefen, störte sich aber nicht daran. »Sie war so gut zu mir, als ich gar nichts hatte.«

Im Morgenlicht kam ihr Nevyn plötzlich nicht nur alt, sondern uralt vor. Jede Falte auf seinem Gesicht schien tief eingemeißelt, seine Haut war bleich mit braunen Altersflecken, die Augen umwölkt, der Blick ging ins Leere. Seine Hände, nur Knöchel und faltige Haut, umklammerten einander. Dann legte er sie flach auf die Oberschenkel.

»Hätte Maryn die Hälfte deines Ehrgefühls«, sagte Nevyn schließlich, »dann wäre Bellyra heute noch am Leben. Hör auf, dir die Schuld zu geben. Als dein Handwerksmeister verbiete ich es dir.«

»Also gut. Es ist – es ist nur so schrecklich.«

»Ja.« Nevyn sprach so leise, daß sie ihn kaum hören konnte. »Das ist es wirklich.«

Es gelang Lilli, in ihr Zimmer zurückzukehren, ohne Maryn zu begegnen. Die Pagen erzählten ihr, der Prinz hätte sich in seinen Gemächern eingeschlossen und wollte mit niemandem sprechen. Den ganzen Morgen lag Lilli auf dem Bett, weinte hin und wieder, grübelte aber die meiste Zeit über den Tod der Prinzessin nach. War es wirklich allein Maryns Grausamkeit, die Bellyra in den Tod getrieben hatte? Sie mußte an ihre Mutter, Lady Merodda, und an ihre finstere Magie denken, die so viel Schaden angerichtet hatte. Der Fluch ihrer Mutter war ihr in die Zuflucht von Maryns Reich gefolgt. Lilli konnte es nicht anders sehen, als daß die Bosheit ihrer Mutter in ihr Leben gedrungen war, wie Gift in einen Brunnen. Konnte Lilli gar nichts dagegen tun?

»Ich bin ihre Tochter.«

Lilli stand auf und ging zum Fenster. Unter ihr lag der Hof, vergoldet vom Sonnenlicht, das durch die Reste der Gewitterwolken fiel. Es würde ihre Aufgabe sein, den Fluch zu heben, weil sie Meroddas Tochter war. An diesem Morgen begriff sie, daß der Fluch, der mit dem Blut ihres Clans besiegelt worden war, nur von einer Blutsverwandten gebannt werden konnte.

»Hast du Berater Oggyn gesehen?« fragte Nevyn.

»Nein, Herr«, erwiderte der Page. »Den ganzen Morgen nicht.«

»Wahrscheinlich sitzt er in seinem Zimmer und schmollt.«

»Wahrscheinlich.« Der Page drehte den Kopf zur Seite und spuckte aufs Pflaster. »Wenn es nach mir geht, kann er da bis ans Ende aller Tage bleiben.«

Nevyn betrat die große Halle und blieb direkt hinter der Tür stehen. So spät am Morgen war es hier fast leer, nur an einem Tisch saßen ein paar Diener und klatschten. Als Nevyn sie fragte, verneinten sie ebenfalls, Oggyn gesehen zu haben. Nevyn konnte es dem Mann nicht übelnehmen, daß er sich versteckte. Ob das nun gerecht war oder nicht, die halbe Festung gab ihm die Schuld an Bellyras Tod. Nevyn ging nach oben zu Oggyns Räumen und stellte fest, daß die Tür verschlossen war. Er klopfte, wartete, klopfte fester. Immer noch keine Antwort. Ein kalter Schauder lief ihm über den Rücken.

Als er gegen die Tür drückte, ging sie auf. Er ging hinein, sah sich um, blickte auf und fluchte laut. Oggyns Leiche baumelte an einem Deckenbalken. Seine Zunge hing schwärzlich aus dem Mund, und er stank nach Exkrementen. Unter seinen baumelnden Füßen lag umgekippt ein Stapel von Tischen, der zeigte, wie es ihm gelungen war, so hoch zu klettern. Zweifellos hatte er sie weggetreten, als die Schlinge enger wurde und er zu zucken begann. Zumindest hatte er sich genug Seil gelassen. Das hatte ihm wohl sofort das Genick gebrochen und ihm die lange Qual des Erstickens erspart.

Nevyn schauderte, ging hinaus und schloß die Tür hinter sich. Er nahm an, daß er wohl Lady Degwa diese Neuigkeit selbst bringen müßte, aber der Gedanke bewirkte, daß ihm übel wurde. Plötzlich lächelte er auf so grimmige und kalte und brutale Art, wie man sie sonst nur von Berserkern kannte.

Er würde es Maryn sagen, beschloß er, und dem Prinzen die Freude überlassen, damit zurechtzukommen.

»Ha!« sagte Owaen. »Der schleimige Oggo hat sich aufgehängt. Hattest du das schon gehört?«

»Nein«, erwiderte Maddyn.

»Das hat der Prinz mir selbst gesagt. Er war ausgesprochen zufrieden.«

Maddyn zuckte mit Achseln. Sie saßen einander gegenüber auf ihren Pritschen in der Unterkunft der Silberdolche. Alle anderen Männer waren draußen und zäumten ihre Pferde für Bellyras Begräbnisprozession auf. Helles Sonnenlicht fiel durch die Fenster und ließ das Stroh am Boden golden schimmern.

»Ich sehe, du bist nicht erfreut«, meinte Owaen.

»Nein. Ich war es, den er mit seinem verfluchten Klatsch bestrafen wollte, und nicht sie. Wenn ich dieses dumme Lied nie geschrieben hätte, wäre das hier nicht geschehen.«

»Das ist ein großer Haufen Pferdedreck!«

»Ach ja? Wie meinst du das?«

»Ganz einfach. Wäre er nicht so ein gieriges Schwein gewesen, hättest du das Lied nicht geschrieben. Er hat jede einzelne Note davon verdient. Ihr Götter, Maddo! Warum bei allen Höllen gibst du dir die Schuld?«

»Das weiß ich nicht, aber ich tue es.«

Owaen verdrehte die Augen, stand auf und stützte die Hände auf die Hüften. »Tu das nicht«, sagte er. »Wirst du bei der Prozession mitreiten?«

Der Prinz hatte eine großartige Beisetzung für seine Frau geplant: Seine Silberdolche, seine Adligen, ihre Reiter, alle würden sie zu Pferde der Sänfte mit Bellyras Leiche folgen, während der Prinz selbst demütig zu Fuß neben ihr herging. Hinter den Reitern würden, ebenfalls zu Fuß, die Diener folgen. Die Priester würden Bellyra unter den heiligen Eichen hinter dem Tempel des Bel begraben.

»Nein«, sagte Maddyn. »Wenn er sich daran stört, soll er doch daran ersticken.«

»Das wird er nicht. Tu, was du willst.«

»Ich weigere mich, dabeizustehen und zuzusehen, wie Erde auf sie gehäuft wird.«

»Du tust was?« Owaen starrte ihn lange an. »Willst du mir damit etwa sagen, daß du sie wirklich geliebt hast?«

»Ich sage dir gar nichts.«

Owaen schüttelte traurig den Kopf, dann verließ er die Unterkunft. Maddyn legte sich auf seine Pritsche und starrte zur Decke hoch. In der leeren Unterkunft war der Lärm von draußen zu hören. Eine solche Prozession zusammenzustellen brauchte viel Geschrei und etliche Flüche, während das Klirren von Zaumzeug klang wie ein Chor winziger Glöckchen. Endlich ließ der Lärm nach, die Männer schwiegen, die Glöckchen erklangen leise, als die Reiter den Haupthof verließen. In dieser Stille konnte Maddyn endlich weinen. Er drehte sich auf den Bauch, griff nach seinem Kissen und schlug immer wieder darauf, während ihm Tränen über die Wangen liefen.

Nevyn hatte Lilli verboten, an der Beisetzung teilzunehmen – nicht daß sie hätte gehen wollen. Im Schweigen dieses langen Nachmittags, als die Festung beinahe leer war, ging Lilli in den neuen königlichen Garten, wo Rosen blühten und Setzlinge frisch gepflanzt waren. Sie dachte nach. Einmal fuhr sie entschlossen mit der Hand durch einen Rosenbusch und riß die Haut an den Dornen auf. Sie ließ die Blutstropfen zu Boden fallen, als Zeichen ihres Schwures, daß sie alles wagen würde, um den Frieden nach Dun Deverry zurückzubringen. Den ganzen Tag brütete sie über ihrem Dweomerbuch, bis sie schließlich eine Vorstellung des Rituals hatte, welches das

Böse ein für allemal vertreiben sollte. Sie dachte zwar daran, mit Nevyn darüber zu sprechen, wußte aber, daß er es nur verbieten würde. Am Abend erzählten ihr die Diener, daß er sich mit dem Prinzen eingeschlossen hatte. Das gab ihr die Gelegenheit, auf die sie gewartet hatte.

Der Vollmond hatte seinen Höchststand bereits hinter sich gelassen und bewegte sich auf den Horizont zu, als Lilli zu Nevyns Zimmer hochstieg. An der Tür spürte sie ein seltsames, kribbelndes Beben in der Luft – eine Art magischen Schutz, nahm sie an. Ein Gefühl, das einen gewöhnlichen Menschen in die Flucht geschlagen hätte. Sie öffnete die Tür und ging hinein. Das vollgestopfte kleine Vorzimmer war dunkel bis auf einen Strahl Mondlicht, der auf den Boden fiel, wo eine Gruppe von Gnomen schweigend Wache hielt. Als sich Lilli vor das Versteck des Kastens kniete, rückten die Gnome einfach beiseite und machten ihr Platz.

Lilli holte den Holzkasten aus dem Loch im Boden, dann schob sie die lockere Diele wieder zurück. Selbst durch den magisch versiegelten Kasten spürte sie, wie das Bleitäfelchen Wärme aus ihren Händen saugte. Es war genau diese bösartige Ausstrahlung, die ihr schließlich gestatten würde, es zu zerstören – das hoffte sie zumindest. Sie steckte den Kasten unter ein Tuch und ging wieder hinaus. Im Flur begegnete sie niemandem. Als sie wieder in ihrem eigenen Zimmer war, verriegelte sie die Tür gegen Unterbrechungen und entzündete dann Kerzen. In ihre Mitte stellte sie den Kasten. Einen Augenblick zögerte sie erschrocken, dann holte sie tief Luft, faßte sich wieder und klappte den Deckel auf. Sie kippte den Kasten um und ließ das Bleitäfelchen in den Kerzenkreis fallen, dann warf sie den Kasten auf den Boden.

Im tanzenden Licht glitzerte der Bleistreifen wie die Augen eines bösen Tieres, das sich voller Furcht vor seinem Jäger duckt. Als sie es berührte, schmerzten die Risse der Dornen, und es fühlte sich so an, als hätte sie die Wunden gegen Eis gedrückt. Sie trat einen Schritt zurück, riß die Arme hoch und beschwor das Licht herauf. Mit ihrem Dweomerblick sah sie, wie es zur Antwort auf ihren Ruf erschien, ein langer Strahl von Gold, der sie von Kopf bis Fuß durchdrang. Sie streckte die Arme nach den Seiten und ließ das Licht in ihr fester werden, dann griff sie nach dem Täfelchen.

Etwas Schwaches, Graues ging davon aus und erhob sich wie Nebelschwaden aus einem See. Sie umklammerte den Bleistreifen mit einer Hand, hielt ihn ins Kerzenlicht und begann, diesen grauen Schleim in sich aufzusaugen. Sie sah, wie er sich in widerlichen Knoten sammelte, als wäre er Wolle und ihr Körper die Spindel, die ihn aufnahm, ihn fein und fest zog, rund und rund um sie, bis sie beinahe erstickte. Einen Augenblick spürte sie den ganzen Haß ihrer Mutter auf die Welt, sie sah kurz ihre Umgebung durch Meroddas verzweifelte Augen. Meroddas erdrückender Haß schnürte ihr die Kehle zu und ließ sie würgen.

Wieder beschwor Lilli das Licht herauf und spürte, wie es wie Feuer in sie eindrang, ein hellblaues, läuterndes Feuer, das durch ihre Aura, ihren Körper, ja durch ihre Seele fegte. Sie schrie auf vor Schmerz, dann biß sie die Zähne zusammen. Sie versuchte, das Täfelchen fallen zu lassen, aber plötzlich haßte sie den Gedanken. Es lag Macht in diesem Ding, Macht, die sie gegen ihre Feinde benutzen konnte. Ich habe keine Feinde! mahnte sie sich und warf den Bleistreifen von sich. Als sie zurücktrat, fiel das blaue Feuer über sie her wie ein hungriger Hund. Die schrecklichen grauen Fäden glühten auf, wurden zu feiner, weißer Asche und schwebten zu Boden.

»Herren der Luft!« rief Lilli laut. »Helft mir!«

Ein silberner Wind fegte durchs Zimmer, sammelte die Asche, wirbelte sie hoch und verstreute sie wieder. Das Feuer rings um sie her kühlte ab, flackerte und ging dann ganz aus.

Vor dem Fenster schimmerte es grau. Lilli blies die Kerzen aus und ließ die Morgendämmerung ins Zimmer. Als sie nach dem Täfelchen griff, war es nur ein dünnes Stück Blei, die Bosheit darin verbraucht und verschwunden. Sie drehte es um und bemerkte, daß selbst die Buchstaben des Fluchs verschwunden und zu einer glatten Narbe im Metall geschmolzen waren. Mit einem Lachen drehte sie es hin und her: nein, keine Buchstaben mehr, nur eine kleine Delle im Blei, wo der Fluch gelegen hatte.

»Ich habe gesiegt!«

Der Husten kam tief aus ihren Lungen und ließ sie vornüberkippen. Sie verkrampfte sich, hielt sich mit beiden Händen an der Tischplatte fest, um den Schmerz ertragen zu können. Sie hustete und hustete und hustete, bis sie spürte, daß sich etwas in ihr losriß, dann hustete sie noch einmal und spuckte blutroten Schleim aus. Ein Tröpfchen von Blut und Schleim spritzte auf das Täfelchen und rutschte über das Metall. Sie spürte Klebrigkeit rings um ihren Mund und auf ihrem Kinn wie von vergiftetem Gebäck.

»Dies ist der Preis.«

Das Sprechen riß weiteres Husten aus ihrer Lunge. Sie taumelte zu ihrem Bett und ließ sich darauf fallen, mit dem Gesicht nach unten, und hustete und spuckte, bis die Decke unter ihr rot gefleckt war. Als sie versuchte, sich aufrecht hinzusetzen, fiel sie wieder um. Wildvolk erschien, und alle streckten besorgt die Hände nach ihr aus und schwärmten um ihr Bett.

»Holt Nevyn«, flüsterte sie.

Nachdem sie verschwunden waren, wurde Lilli ohnmächtig, das Gesicht halb im Kissen vergraben. Sie fühlte sich, als triebe sie auf einem kleinen Boot einen Fluß entlang, weit vom Ufer entfernt aufs Meer zu. Aber am Ufer stand jemand, der ihr etwas zurief.

»Lilli!« Das war Nevyns Stimme, und Nevyn klopfte an die Tür. »Lilli, um der Liebe der Götter willen! Laß mich herein!«

»Ich kann nicht ...« Sie versuchte lauter zu sprechen, aber wieder mußte sie husten, und es drohte sie zu ersticken.

Nur reine Willenskraft half ihr, sich zur Seite des Bettes zu rollen und aufzustehen, aber als sie sich zur Tür wandte, brach sie in die Knie. Wieder erschütterte sie ein Hustenanfall. Sie hörte, wie Nevyn fluchte, dann glitt plötzlich der schwere Riegel der Tür weg. Gnome und Sylphen klammerten sich daran, zogen und schubsten, bis das Ding schließlich zu Boden fiel. Nevyn riß die Tür auf und stürzte herein. Lilli, die auf den Knien lag, konnte nur zu ihm hochstarren, während ihr Blut über das Kinn lief. Er warf einen Blick auf das blutbefleckte Täfelchen, dann sah er sie wieder an.

»Du hast doch nicht ...«

»Ich mußte es tun! Mein Clan ... ich mußte.«

Der alte Mann nickte langsam und entschieden, und Tränen glitzerten in seinen Augen.

»Schaffen wir dich ins Bett«, sagte Nevyn schließlich. »Ich werde dich durchbringen.«

Sie versuchte zu lächeln, hatte aber keine Kraft mehr. Sie konnte spüren, wie der Tod an ihren Lungen fraß, wie ein verzweifeltes Tier im Käfig an den Gitterstäben frißt.

Drei Tage lang kämpfte Nevyn um Lillis Leben, aber sie entglitt ihm weiter und weiter. Er wußte schon lange vor dem eigentlichen Ende, daß er nicht siegen konnte, aber er kämpfte immer weiter gegen die Auszehrung, mit allen Kräuteraufgüssen und gewärmten Decken, die ihm zur Verfügung standen.

»Es ist, als versuchte man mit Stöcken gegen eine Armee anzutreten«, sagte Nevyn. »Aber, Ihr Götter, ich kann doch nicht aufgeben!«

Maddyn nickte. Sie standen neben Lillis Bett, wo sie auf blutfleckigen Kissen gestützt schlief. Die Lappen, die neben ihr lagen, hatten ebenfalls Blutflecke.

»Blutet sie sich zu Tode?« flüsterte Maddyn.

»Ja. Und in gewisser Weise ertrinkt sie.«

»Sie ist so schrecklich jung. Ich wünschte, ich wäre es. Was bin ich noch wert, ein ausgebrannter Reiter, der keinen Grund hat weiterzuleben? Es wäre besser, wenn ich es wäre!«

»Halt den Mund. Das hier ist nicht der Zeitpunkt für Selbstmitleid, Barde.«

Maddyn verzog das Gesicht und wandte sich ab. Nevyn setzte sich auf die Bettkante und bediente sich des Dweomerblicks. Lillis Aura sah aus wie dünne Nebelschwaden, die sich an ihren Körper klammerten.

Lange nach Mitternacht saß Nevyn noch alleine an Lillis Bett. Er hatte silberne Kugeln von Dweomerlicht im Zimmer aufgehängt, aber plötzlich wurde der Raum seltsam dunkel, als hätte ein Herr der Schatten ihn betreten und mit einer wegwerfenden Bewegung Finsternis verteilt. Nein, es war eine Herrin – der Geist, der am Fuß von Lillis Bett erschien, in Schwarz gehüllt und in der Gestalt von Lillis Mutter Merodda. Zum Glück lag Lilli bewußtlos in ihren Kissen und sah es nicht.

»Was willst du?« fauchte Nevyn.

»Meine Tochter«, sagte der Geist. »Gib mir meine Tochter.«

»Sie gehört dir nicht, und du bist nicht ihre Mutter.«

»Ich werde auf sie warten, wenn sie herüberkommt.«

Ihre Worte schlugen sich in sein Fleisch wie kalte Klauen.

»Das wirst du nicht«, sagte Nevyn, »denn ich werde mit ihr reisen, und wenn du versuchst, dich einzumischen, werde ich dich mit einem Feuer zerstören, das dich bis ins Mark deiner Seele verbrennt.«

»Das ist nichts als Angeberei, alter Mann.« Sie breitete ihr schwarzes Gewand aus und lächelte höhnisch.

Nevyns ganzer Zorn auf den Prinzen, auf Lillis Krankheit, auf Merodda und ihr widerwärtiges Fluchtäfelchen stieg in ihm auf und verwandelte ihn in diesem Augenblick in einen Berserker, der schlimmer war als jeder Krieger. Er zischte ein Wort der Macht, dann hob er die Arme über den Kopf. Er spürte, daß sich der Zorn wie rotes Feuer materialisierte, zischend und kochend.

»Weiche, du stinkende Hündin!«

Er riß die Arme nach unten und ließ das rote Feuer los. Wie ein Wasserfall brach es über sie herein, schäumend wie kochendes Blut. Sie schrie auf, taumelte, schrie und schrie, während sie sich auf der brennenden Flut drehte und wand.

»Weiche!«

Mit einem letzten gequälten Aufheulen verschwand Merodda. Immer noch bebend vor Zorn sah sich Nevyn mit dem Dweomerblick um – keine Spur von ihr.

»Nevyn?« Lillis Stimme war kaum noch ein Flüstern.

Er drehte sich um und sah, daß sie versuchte, sich hinzusetzen. Er hockte sich neben sie aufs Bett und legte ihr den Arm um die Schultern, während sie hustete und noch mehr frisches, hellrotes Blut spuckte.

»Keine Luft«, keuchte sie. Dann starb sie in seinen Armen.

Maddyn erfuhr es am nächsten Morgen. Als er und Owaen zum Frühstück in die große Halle gingen, sahen sie Lillis Zofe Clodda in der Asche der kalten Dienstbotenfeuerstelle sitzen. Sie schluchzte und hatte sich die Schürze vors Gesicht geschlagen.

»Pferdedreck!« murmelte Owaen. »Das läßt Schlimmes für Lilli befürchten.«

»Das Schlimmste«, sagte Maddyn. »Das arme kleine Mädchen.«

»Ja. Ich wette, der alte Nevyn ist vollkommen erschüttert.«

»Zweifellos. Ich werde ein Totenlied für sie schreiben. Sie war auf ihre Art eine Kriegerin.«

Obwohl Maddyn Nevyn den ganzen Tag nicht sah, verbreitete sich die Nachricht in der Festung, daß Lady Lillorigga schließlich an ihrer Auszehrung gestorben war. Kurz vor Sonnenuntergang stieg Maddyn auf den Wehrgang oben auf der inneren Festungsmauer, um ein wenig Ruhe und Frieden zu finden. Er zwängte sich zwischen zwei Zinnen und schaute hinab auf die Unordnung von Brochs und Mauern, Höfen und Ruinen, Hütten, Schuppen und Schweineställen. An jenem seltsamen Tag in Pyrdon, als die Silberdolche in dem jungen Prinzen Maryn den wahren König gegrüßt hatten, hätte sich kaum einer von ihnen träumen lassen, daß königlicher Glanz aussehen würde wie ein Haufen von Holzkohle, der über Stökke verstreut war. Und keiner hätte sich je träumen lassen, wie viele von ihnen sterben würden, obwohl sie alle tapfer darüber gesprochen hatten, wie wahrscheinlich es war.

Im Westen verließ die Sonne einen klaren Himmel. Die Himmelskuppel war von einem schmerzlich hellen Blau, während der Hof darunter bereits im Schatten lag. Maddyn beobachtete die Diener, die hin und her liefen und Essen und Feuerholz zur großen Halle brachten. Kurze Zeit später kam der Prinz selbst auf den Hof. Er bewegte sich langsam, als hätte seine Trauer die Luft beinahe fest werden lassen, und er ging ziellos weiter. Zunächst ging er auf die Ställe zu, dann drehte er sich um, zögerte an der Tür zur Halle, ging in die andere Richtung, zögerte abermals und rannte dann beinahe zur Rückseite der Festung. Maddyn verlor ihn zwischen all den Hütten und Schuppen aus den Augen.

Der Morgen brachte mehr Regen und tiefhängende Wolken. Trotz des Wetters erklärte Prinz Maryn, Lilli sollte im heiligen

Hain neben dem Grab seiner Frau liegen. Diesmal würde es keine großartige Prozession geben, obwohl der Prinz sie zum Tempelhügel begleitete. Nevyn dachte nach, dann entschied er sich, nicht mitzugehen, einfach, weil Maryns Trauer um seine Mätresse so viel ehrlicher war als die um seine Frau. Es gibt Dinge, sagte er sich, die sich ein Mann nicht mit ansehen sollte.

Kurze Zeit nachdem der kleine Leichenzug die Festung verlassen hatte, kehrte Nevyn in sein Turmzimmer zurück. Obwohl es erst nachmittags war, war es so dunkel, daß er ein paar Kerzen anzündete, ebenso um der Gesellschaft als um des Lichtes willen. Er saß an seinem Tisch und versuchte, einen Brief an Tieryn Anasyn zu schreiben, als er Stimmen auf der Treppe hörte.

»Wer ist da?« rief er. »Ich habe zu tun.«

Die Tür ging trotzdem auf, und Otho marschierte herein, gefolgt von Maddyn, der einen Korb mit Brot trug.

»Wir haben gehört, Ihr hättet heute noch nichts gegessen.« Maddyn stellte den Korb ab.

»Das ist wahr«, erwiderte Nevyn. »Danke.«

»Und wir brauchen Euch, um einen Streit zu schlichten«, fuhr Maddyn fort. »Über diese roten Steine, welche die Prinzessin unserem Schmied hier gegeben hat. Ich sage, er sollte sie dem Prinzen zurückgeben.«

»Und warum das?« zischte Otho. »Dieses elende Schwein von einem schlechten Ehemann verdient keine guten Steine wie die.«

»Das hat nichts damit zu tun, ob er sie verdient«, meinte Maddyn. »Es ist eine Frage rechtmäßigen Besitzes.«

»Er hat recht«, warf Nevyn ein. »Sie gehören jetzt Bellyras Kindern.«

Otho starrt ihn wütend an, sagte aber nichts.

»Her damit.« Nevyn streckte die Hand aus.

Otho knurrte wie ein Hund, aber dann nahm er den Beutel vom Gürtel, griff mit zwei Fingern hinein und überreichte Nevyn schließlich zwei kleine Rubine.

»Wenn du dich nicht immer einmischen würdest«, fauchte Otho Maddyn an. »Zur Hölle mit dir!«

»Also wirklich«, meinte Nevyn. »Ärgert dich das mit den Rubinen so sehr?«

»Nun«, Otho hielt nachdenklich inne. »Sicherlich, aber das Schlimmste ist, daß unsere Herrin noch am Leben wäre, wenn dieser schleimige Silberdolch hier sich von ihr ferngehalten hätte.«

Maddyn wurde kreidebleich. Nevyn erhob sich, bereit, einen Kampf zu verhindern.

»Und ich warne dich, Maddo, mein Junge«, fuhr Otho fort. »Niemand kann so gut hassen wie das Bergvolk. Mir ist es gleich, wie lange es dauert, bis wir uns wieder begegnen. Ich werde dich erkennen und mich erinnern.«

»Otho!« zischte Nevyn. »Um der Liebe der Götter willen, paß auf, was du sagst! Denk daran, was du dir selbst antun könntest!«

»Was, Herr? Eine Eurer verfluchten Ketten des Wyrd binden?«

»Genau, und außerdem könntest du zumindest denen die Schuld geben, die es wirklich verdienen.«

»Ach ja? Dem Prinzen?«

Nevyn schwieg. Otho löste seinen Dolchblick von Maddyn.

»Ihr habt recht, Lord Nevyn«, sagte der Zwerg schließlich. »Und deshalb werde ich seinen Hof verlassen. Es gibt ohnehin nichts mehr, was mich hier hält.«

Als er die Kammer verließ, schlug Otho die Tür so fest zu, daß die Kerzenleuchter auf dem Tisch wackelten und heißes Wachs herumspritzte. Nevyn hielt sie gerade noch rechtzeitig fest und verhinderte, daß der halbvollendete Brief ein Opfer der Flammen wurde. Maddyn hielt die Arme fest vor der Brust verschränkt und beobachtete ihn.

»Gebt Ihr mir auch die Schuld?« fragte er schließlich.

»Wofür? Dafür, daß du eine Frau ehrenhaft und aus der Ferne geliebt hast?«

»Ich hätte niemals ihre Geschenke annehmen dürfen.«

»Warum nicht? Könige und Königinnen überschütten ihre Favoriten immer mit Geschenken. Es hätte ihr weh getan, wenn du sie abgelehnt hättest.«

Maddyn nickte, dann ging er zum Fenster, stützte sich aufs Fensterbrett und beugte sich in den Regen hinaus.

»Ich war einmal mit Herz und Seele ein Mann des Prinzen, aber das bin ich nicht mehr.« Es schien, als spräche er den aufgehenden Mond ebenso an wie Nevyn. »Ich kann es nicht ertragen, an sie zu denken ...«

»Ich auch nicht. Ich werde den Hof verlassen, sobald ich kann, obwohl ich es etwas weniger mürrisch tun werde als Otho. Komm mit mir, wenn du magst. Im Frühjahr wird Maryn nach Westen reiten müssen, um gegen den König von Eldidd zu kämpfen. Wir werden ihn begleiten, und dann verschwinden wir einfach.«

Maddyn drehte sich wieder um, setzte sich dann aufs Fensterbrett und betrachtete Nevyn lange Zeit forschend.

»Verschwinden?« sagte er schließlich. »Und wohin sollen wir gehen?«

»Hattest du nie Lust, Bardek zu sehen? Mir wird immer deutlicher, daß die Ärzte dort viel mehr wissen als unsere, oder zumindest doch sicher mehr als ich. Außerdem ...« Nevyn hörte, wie seine Stimme zu zittern begann, und zwang sich, sich zu fassen. »Und außerdem muß ich weit, weit weg von hier, wo Maryn nichts von mir und dem, was ich tue, hören wird.«

»Der Prinz war für Euch wie ein Sohn. Das alles muß brennen wie Gift.«

»Ja. Und das Schlimmste daran ist, daß ich glaube, ich hätte etwas tun sollen, um es zu verhindern.«

»Bei den Höllen, Nevyn! Ihr seid nur ein Dweomermeister und kein Gott!«

Nevyn starrte ihn an und lachte dann plötzlich – ein bitteres, knarziges Geräusch.

»Das ist wahr, Barde. Also gut. Reiten wir im Frühling zusammen nach Westen?«

»Das werden wir tun. Ich hätte nie geglaubt, daß ich es einmal sagen würde, aber ich werde verflucht froh sein, den König und seinen Hof ein für allemal hinter mir lassen zu können.«

Nevyn nickte traurig, aber er wußte etwas, das er Maddyn nie sagen konnte. Während es ihnen möglich sein würde, sich in diesem Leben von Maryn und seinem Hof zu trennen, würde keiner von ihnen so schnell den Seelen entgehen, die in diese Tragödie verwickelt gewesen waren, nicht für so manches Leben, was noch vor ihnen lag.

Im Jahr 863 starb König Maryn. Die Ärzte, die wollten, daß seine Legende mit einem würdigen Tod endete, erklärten, daß eine alte Wunde, die nie richtig verheilt war, wieder aufgebrochen wäre. Die Geschichte verblüffte jene, die ihn kannten, denn dank seines Dweomerglücks war Maryn in allen langen Jahren des Krieges nie verwundet worden. Aber im Laufe der Zeit starben auch diese Zeugen, und die Barden waren frei, die Lüge in ihre Lieder einzuarbeiten, und die Priester schrieben sie in ihre Chroniken nieder.

Tatsächlich war es Auszehrung der Lungen, die Maryn tötete. Unwissentlich hatte Lilli ihn vergiftet, als er in ihren Armen gelegen hatte – ihre Krankheit war schließlich zu einem Instrument des Fluchs ihrer Mutter geworden.

FRÜHLING

1118

Die Priester sagen, das Studium der Magie bringe die Menschen um den Verstand, aber sie lügen, um ihre Privilegien zu schützen. Wie sollen sie noch vorgeben, zwischen den Menschen und ihren Göttern zu stehen, wenn andere Menschen ebensogut oder gar besser als sie Wunder wirken können? Andererseits wird es tatsächlich jeden Fehler und jede Schwäche im Geist eines Menschen enthüllen, wenn man sich unvorsichtig und ohne Plan und Prinzipien mit der Magie beschäftigt. Wenn einige entlang dieser verborgenen Risse zerbrechen, ist es dann die Schuld der Zauberei?

Die Pseudo-Iamblichus-Rolle

Im weit entfernten Bardek, wo Maddyn, der Barde, zweihundert Jahre zuvor gestorben war, ging der Winter langsam in den Frühling über. Es regnete weniger oft, die Sonne blieb jeden Tag länger über dem Horizont, schlammige Pfade trockneten und verwandelten sich wieder in Straßen. Kaufleute und Schausteller planten ihre ersten langen Reisen der neuen Jahreszeit. Marka und Keeta hatten für ihr Winterlager den öffentlichen Karawanenplatz in der Nähe von Myleton gewählt. Normalerweise hätte Markas Mann Ebañy diese Entscheidung getroffen, aber im Laufe des Winters war sein Wahnsinn ins Kraut geschossen wie jetzt das Gras, das vom Regen grün und üppig wurde.

»Ich kann dir gar nicht sagen, wie froh ich bin, daß endlich

Frühling ist«, sagte Marka. »Vielleicht wird Ebañy wieder mehr zu sich selbst finden, wenn wir auf der Straße sind. Er ist immer gerne umhergezogen.«

»Das ist wahr«, sagte Keeta. »Es war ein langer, schwerer Winter für dich.«

»Wenn er nur nicht immer diese Stimmen gehört hätte! Es schien, als würde er an jedem Regentag neue finden.«

»Es hat mir fast das Herz gebrochen zu hören, wie er von Wassergeistern schwatzte.«

»Es war noch schlimmer, wenn er mit ihnen gesprochen hat.«

Sie hockten zusammen auf dem hinteren Ende eines leeren Wagens, von wo aus sie das Lager im Blickfeld hatten. Die Schausteller eilten umher, kalkten einen anderen Wagen, reparierten Zaumzeug oder übten in der hellen Frühlingssonne Jonglieren und ihre Akrobatenkunststücke. Kwinto, Markas ältester Sohn, führte die Elefantin Nila zum Wassertrog am anderen Ende des Lagers. So wie die Nila ihren Rüssel aufrollte und trompetete, schien auch sie den Frühling willkommen zu heißen. Ebañy, in ein langes Hemd und einen weichen Lederhut gekleidet, unterhielt sich mit Vinto, dem Leiter der Akrobatentruppe – nicht, daß Vinto dieser Tage noch häufig selbst auftrat. Sein Haar war im Winter vollkommen ergraut, bemerkte Marka nun.

»Vinto hat so viel Geduld mit ihm«, sagte Marka. »Dafür bin ich ihm sehr dankbar.«

»Wir sollten alle geduldig sein«, meinte Keeta. »Komm schon, Marka – dein Mann hat uns alle reich gemacht. Bevor wir ihm begegnet sind, was war da unsere Idee von einer Vorstellung? Wir haben nach und nach unsere Kunststücke vorgeführt und nie daran gedacht, was vorher oder nachher geschah. Ebañy hat uns beigebracht, alles zu ordnen, einen leisen Akt vor einen lauten zu packen, und das Beste an den

Schluß zu verlegen – so daß es eine richtige Vorstellung ist. Dafür werde ich ihm immer dankbar sein, und wie ich schon sagte, wir sollten es alle.« Sie hielt inne und schüttelte den Kopf. »Und wenn er über die Vorstellung spricht, scheint er immer noch beinahe gesund zu sein. Das ist vielleicht das Traurigste von allem.«

Aus einem der Zelte ertönte ein schriller Wutschrei. Marka stieg rasch vom Wagen.

»Das ist Zandro«, sagte sie. »Irgend etwas stimmt wieder nicht.«

Gefolgt von Keeta ging Marka zu dem großen runden Zelt, das sie mit Ebañy und ihren Kindern teilte. Noch bevor sie es erreichte, kam Zandro herausgeschossen und schrie so laut er konnte. Er war ein hübsches Kind mit hellbrauner Haut und hellbraunem Haar, das sich fest um sein Gesicht lockte, aber jetzt hatte er die dunklen Augen beinahe zugekniffen, und sein Gesicht hatte eine unheilverkündende rötliche Färbung angenommen. Direkt hinter ihm kam seine älteste Schwester Kivva, ein schlankes, dunkles Mädchen, das bald zur Frau werden würde. Marka hob den Kleinen hoch und hielt ihn fest, während er sich in ihrem Griff wand und laut heulte. Als sie ihn beinahe fallen gelassen hätte, packte Keeta zu und umschlang ihn mit Armen, die so muskulös waren wie die eines Schmieds. Recht bald hörte er auf, sich zu wehren, und dann schwieg er. Auf ein Nicken von Marka hin brachte ihn Keeta wieder zurück ins Zelt.

»Mama, ich habe es wirklich versucht«, rief Kivva. »Aber er hat immer wieder versucht, Delya zu erwürgen, ich meine, er hat ihr die Hände um den Hals gelegt, und sie hat ihn angeschrien, und er wollte nicht aufhören, also habe ich ihn ins Zelt getragen, und dann hatte er einen seiner Anfälle.«

»Es ist nicht deine Schuld, mein Liebes«, sagte Marka. »Er kann einfach nicht anders.«

Kivva nickte und starrte zu Boden.

»Fürchtest du dich?« fuhr Marka leise fort.

»Ja.« Sie blickte auf, ihre Lippen zitterten, und Tränen standen in ihren Augen. »Er ist genauso verrückt wie Papa, nicht wahr? Wird Papa so werden wie er, schreien und Leute schlagen?«

»Nein, sicher nicht!« Marka versuchte, so überzeugend zu klingen, wie sie konnte. »Und mach dir keine Sorgen. In diesem Sommer, wenn wir von einer Stadt zur anderen ziehen, werden wir überall nach Heilern fragen. Wir werden jemanden finden, der beide heilen kann.«

»In Myleton gab es niemanden.« Kivva wischte sich die Augen mit dem Ärmel ihres Leinenhemdes ab. »Die Priester haben es alle versucht, und es ist ihnen nie gelungen, auch nur einen Dämon auszutreiben.«

»Wir werden bessere Priester finden. Oder vielleicht einen Eremiten. Oben in den Bergen gibt es heilige Frauen, die in den Wäldern wohnen und alle Kräuter der ganzen Welt kennen. Eine von ihnen wird uns helfen, wenn es die Priester nicht können.«

Bei diesen Worten gelang es Kivva zu lächeln, aber Marka fühlte sich wie die schlimmste Lügnerin von ganz Bardek. Tief im Herzen fürchtete sie, daß niemand in der Lage sein würde, Ebañy und dem kleinen Sohn, der seinen kranken Geist geerbt hatte, zu helfen.

Und dennoch tauchte an jenem Abend eine Art Hilfe auf. Als kühles Zwielicht den Himmel trübte und der Wind die Platanen und Palmen nicken und rascheln ließ, ließ Marka die Kinder und ihren Vater in der Obhut des Rests der Truppe und ging zum Rand des Lagers, um einen Moment Frieden zu finden. Sie schlenderte durch das Gras, das oben auf der weißen Klippe wuchs, und spähte hinab auf das Meer tief unten, das dort am Kiesstrand murmelte.

»Guten Abend«, sagte eine Stimme. »Darf ich mich zu Euch gesellen?«

Mit einem überraschten Aufschrei fuhr Marka herum und befand sich dem Mann gegenüber, den sie als Evandar kannte. Hochgewachsen, mit grünen Augen und derselben hellen Haut, wie ihr Mann sie hatte, trug er ein grünes Hemd über schmal geschnittenen Hosen aus Leder und einen ledernen Hut, den er tief über die Ohren gezogen hatte – Kleidung, die, wie sie annahm, aus dem barbarischen Land Deverry stammte.

»Ich war ganz in Gedanken versunken«, sagte Marka lächelnd. »Ich habe Euch nicht einmal kommen hören.«

»Zweifellos.« Evandar schaute zum Lager zurück. »Aber sagt mir, wie geht es Ebañy? Leidet er immer noch unter diesem Wahnsinn?«

»Ja, leider. Seit Eurem letzten Besuch ist es eher schlimmer geworden. Eine Weile hat er versucht davonzulaufen, um nackt wie ein Wilder in den Hügeln zu leben. Ich danke den Sternengöttinnen, daß er darüber hinweggekommen ist.«

Evandar verzog das Gesicht. »Das klingt nicht gut. Nun, ich habe mein Versprechen, Euch zu helfen, nicht vergessen.«

»Ich kann Euch nicht sagen, wie dankbar ich Euch bin.«

»Das Problem ist, daß ich nicht sicher bin, ob ich die Heilerin, die ich im Sinn hatte, nach Bardek bringen kann. Sie ist tief verstrickt in ... nun, sagen wir, in einige ernste Angelegenheiten in ihrer Heimat. Aber ich könnte Euch und Euren Mann zu der Heilerin schaffen. Ich muß Euch allerdings warnen, es wird eine lange Reise sein.«

»Oh, guter Mann!« sagte Marka mit einem leisen Lachen. »Wir verbringen den größten Teil des Jahres auf Reisen. Das wird kein Problem sein.«

»Tatsächlich?« Er betrachtete sie längere Zeit. »Nun, das hoffe ich, wenn die Zeit kommt ... falls sie kommt – ich warne Euch, ich kann nichts versprechen.«

»Das verstehe ich. Ich danke Euch für die Hoffnung, die ihr uns gebracht habt.«

»Nun gut. Und nun sollte ich mich lieber wieder auf den Weg machen und sehen, was ich tun kann.«

Evandar wandte sich ab und ging rasch davon. Er hatte vielleicht zehn Schritte zurückgelegt, als sie merkte, daß sie ihn nicht mehr sehen konnte. Er war verschwunden wie Rauch in einer Windbö. Marka spürte, daß ihr kalt wurde. Sie hatte Gänsehaut auf den Armen und im Nacken. Sie unterdrückte einen Aufschrei, drehte sich um und lief zurück zum Lager, wo Feuer, Licht und menschliche Wärme warteten.

Nachdem er Marka zurückgelassen hatte, kehrte Evandar in sein eigenes Land zurück, das weit entfernt von der physischen Ebene in jenen Teilen des Universums lag, das die Dweomermeister als Astralebene bezeichnen. Vor ein paar tausend Jahren menschlicher und elfischer Zeitrechnung hatte er für die wandernden Seelen seines Volkes das Abbild eines Landes geschaffen, ebenso wie er ihnen Abbilder von Körpern zum Tragen gegeben hatte. Um sie zu erfreuen, hatte er grüne Wiesen und Hügel erdacht, wunderschöne Gärten und Städte. Tausende von Jahren hatten sie in diesem Paradies gelebt, fern von der Zeit, fern vom Kreislauf von Tod und Geburt. Aber nun hatte sein Volk sich dafür entschieden, in die physische Welt geboren zu werden. Ohne sie trauerte das Land.

Auf dem braun gewordenen Rasen lagen die Fetzen eines goldenen Pavillons verstreut. Das tote Gras erstreckte sich hügelabwärts zu einem Fluß, der nun überwiegend aus silbrigem Schlamm bestand. Wie rostige Schwertklingen drängte sich das Ried an den seichten Stellen. Früher einmal war Evandar imstande gewesen, am Fluß das Flüstern von Vorzeichen im Ried zu hören und im klaren Wasser einen Blick in die Zukunft zu werfen. Nun gab es hier nichts mehr. Keine Bilder kamen mehr an die Oberfläche, keine Stimmen sprachen zu ihm. Der tote Fluß war wie eine nässende Wunde und bewegte sich auf ein Meer zu, das von schwarzen Schmutzmassen verfärbt war.

Schaudernd wandte sich Evandar ab. Er streckte die Arme aus, lief ein paar Schritte und sprang dann in die Luft. Im Sprung veränderte er sich und hatte plötzlich Flügel. Er stieß mit der heiseren Stimme eines Falken einen Schrei aus und flatterte, um an Höhe zu gewinnen. Wenn er hoch genug flog, konnte er grüne Wiesen hinter seinem toten Land sehen, durchzogen von Flüssen, gefleckt mit Bäumen. Noch weiter hinten, weit am Horizont, lag eine graue Wolkenbank. Als er auf diesen Nebel zuflog, schienen sich die Wolken ihm entgegenzuwölben und die Illusion blauen Himmels seinem Blick zu entziehen.

Evandar flog direkt in die Wolken, dann legte er die Flügel an und ging in den Sturzflug. Kalter Nebel umgab ihn dabei. Plötzlich entdeckte er durch einen dünneren Wolkenfetzen einen langen Streifen grauen Steins. Gerade noch rechtzeitig flatterte er wieder und fing den Sturzflug ab. Direkt vor ihm stand ein Baum, grün und üppig belaubt. Darunter, mit dem Rücken an den Stamm gelehnt, saß ein alter Mann mit dunkler Haut. Er trug ein formloses Gewand aus grobem, braunem Tuch. Er schnitt mit einem alten Messer einen Apfel auf, aber so schnell er auch schnitt, der Apfel wuchs immer wieder nach. Evandar landete neben ihm und nahm wieder seine elfische Gestalt an. Der alte Mann blickte lächelnd auf.

»Wieder da?« sagte er.

»Ja«, erwiderte Evandar. »Ich habe eine Frage für dich, wenn ich darf.«

»Du darfst schon – es mag nur sein, daß ich nicht antworte.«

»Das ist schon in Ordnung.« Evandar ließ sich vor ihm nieder. »Beim letzten Mal sind wir uns am weißen Fluß begegnet.«

»Ja, als dein Volk ihn überquerte, um in der Welt der Zeit wiedergeboren zu werden.«

»Und du hast zu mir gesagt, ich würde nicht wiedergeboren werden können. Warum?«

»Nun, das ist eine Frage, die ich gerne beantworte.« Der alte Mann legte das Messer nieder und betrachtete den Apfel. »Du bist ein Geist von großer Macht. Am Flußufer kehren die meisten Seelen zu ihrer wahren Gestalt zurück, aber du hast die Illusionen um dich behalten: Körper, Kleidung, alles. Könntest du sie abwerfen, wenn du es wolltest?«

»Ich habe es nie versucht. Ich kann mich von einer Gestalt zur anderen verwandeln. Das weiß ich.«

»Ah. Du könntest dich also auch in deine wahre Gestalt verwandeln?«

»Welche ist das?«

»Das kann ich dir nicht sagen, weil ich es nicht weiß.« Der alte Mann griff wieder nach dem Messer. »Wenn du es nicht weißt, wirst du auch nicht imstande sein, dich zu verwandeln. Und wenn du deine Macht nicht loslassen kannst, dann wirst du auf dieser Seite des weißen Flusses festsitzen.«

»Eine weise Frau hat mir einmal gesagt, wenn ich diesen Fluß nicht überquere, werde ich einfach verblassen und nie wiedergeboren werden.«

»Damit hat sie sicher recht, und das ist das Traurige daran.«

»Doppelt so traurig für mich wie für dich, guter Mann.«

»Dem werde ich nicht widersprechen.« Der alte Mann schnitt ein Stück Apfel ab und aß es. »Was wirst du deshalb unternehmen?«

»Ich habe keine Ahnung.« Evandar stand auf. »Vielleicht fällt mir noch etwas ein.«

Evandar wandte sich um, ging ein paar Schritte und begann zu laufen. Im Laufen sprang er in die Luft, und endlich, mit einem letzten Sprung und einem Flattern neu gewachsener Flügel, verwandelte er sich wieder in den Falken. Diesmal flog Evandar auf den Wald zu, der hinter seinem Land an einer Kreuzung mehrerer Welten lag. Unterwegs hielt er häufig inne und segelte auf dem Wind, während er mit scharfen Falkenaugen die Wiesen unten absuchte. Immer, wenn er in dieser Richtung unterwegs war, ob er nun flog oder sich auf der Mutter aller Straßen bewegte, suchte er nach seinem Bruder, der sich entschieden hatte, im Land der Menschen Unheil anzurichten. Bisher hatte er Shaetano nicht finden können.

Bei dieser Gelegenheit, den Kopf voll mit Salamanders Problemen, hatte Evandar nicht sonderlich genau gesucht. Die Heilerin, an die er dachte, die elfische Dweomermeisterin Dallandra, lebte in diesem Augenblick im nördlichen Deverry, Hunderte von Meilen von Bardek entfernt. Normalerweise hätte Evandar Salamander und seine Familie direkt auf einer der magischen Straßen, die er so gut kannte, dorthin bringen können, aber die Umstände zwangen ihn, diese Reise zu verschieben. Selbst wenn Dallandra Salamander im Laufe der Zeit heilen könnte – und sie hatte Evandar gesagt, daß das durchaus nicht sicher war –, hatte sie im Augenblick noch eine ganze Wagenladung anderer Sorgen. Bring ihn im Sommer her, hatte sie Evandar gesagt, nicht vorher.

Evandar hatte ihr nicht von seiner Angst erzählt, daß sein Tod so dicht bevorstand, daß er vielleicht sterben würde, bevor der Sommer kam. Er mußte also eine Flut von Ereignissen in Bewegung setzen, die Ebañy am Ende nach Hause tragen würde. Im Flug wandte er sich in Gedanken seinen Ängsten zu, ebenso wie man immer wieder einen Eiterpickel im Nacken berührt, um sich zu überzeugen, daß er einen immer noch quält. Sollte der Tod doch kommen, wenn es sein mußte! Aber zunächst würde er seine Versprechen einhalten: das Ebañys Frau gegenüber, das Dallandra gegenüber und besonders sein Versprechen gegenüber seinem Bruder Shaetano, daß er ihn vernichten würde, bevor er noch weiteren Schaden anrichten konnte.

Im Norden von Deverry wurde es erheblich später Frühling als in Bardek. In den Hügeln rund um Cengarn lag stellenweise noch Schnee und häufte sich in wilden Verwehungen vor den Steinmauern. Aber die Sonne schien am Nachmittag schon hell, und es dauerte inzwischen auch länger, bis es Nacht wurde. Am Tag, wenn die Sonne aufs Fenster ihres Turmzimmers fiel, nahm Dallandra die Rinderhaut herunter, die das Fenster bedeckte, und setzte sich auf die breite steinerne Fensterbank, damit die Sonnenwärme in ihre Knochen drang.

Unter ihr breitete sich der Hof von Dun Cengarn aus, kopfsteingepflastert, bedeckt mit halbgefrorenem Schlamm, umgeben von Steinmauern. Sie konnte ihn auch riechen, selbst so hoch oben. Der Stallmist und menschlicher Dreck eines ganzen Winters dünsteten aufgehäuft nahe dem Haupttor vor sich hin. Sobald der Frühling kam, würden ein paar Bauern vorbeikommen und alles wegfahren, um ihre Felder damit zu düngen. Jeder, der in der Festung überwintert hatte, würde dann im Fluß baden und die Kleidung waschen, die den Winter über starr vor Dreck geworden war. Dallandra konnte nur hoffen, daß es bald Frühling werden würde, denn dann würde sie ins Westland zurückkehren und die Steinzelte der Menschen für immer hinter sich lassen.

An dem Tag, als der Regen den letzten Rest des Schnees schmolz und, soweit Dallandra von ihrem hohen Fenster aus sehen konnte, eine Welt aus braunem Schlamm zurückließ, beschloß sie, daß es jetzt Zeit war, darüber nachzudenken, wann und wie genau sie und die Seelen in ihrer Obhut Cengarn verlassen würden. Wildvolk, eine Herde Gnomen und ein oder zwei Feen, saßen bei ihr auf der Fensterbank und taten so, als sonnten sie sich. Dallandra griff nach dem Anführer des kleinen Rudels und setzte ihn sich auf den Schoß.

»Du mußt etwas für mich tun«, sagte sie. »Suche Evandar und bringe ihn hierher.«

Der Gnom nickte.

»Bist du auch sicher, daß du es nicht vergessen wirst? Evandar. Bringe ihn hierher.«

Der Gnom sprang von ihrem Schoß und winkte seine Genossen herbei, wie ein Koch die Küchenjungen ruft. Sie drängten sich um ihn, schubsten einander beiseite.

»Evandar. Hierher«, sagte Dallandra zum letzten Mal.

Die Gnome verschwanden und wirbelten dabei einen beinahe unmerklichen Lufthauch auf.

Obwohl Dallandra wartete, bis es dunkel wurde, erschien Evandar an diesem Tag nicht und auch nicht am nächsten – nicht, daß sie das beunruhigt hätte. Das Wildvolk ließ sich immer Zeit, wenn man ihm Anweisungen gab.

»Ich bin einfach nur ungeduldig«, sagte sie eines Morgens. »Ich will von hier verschwinden.«

»Ich bin ganz deiner Meinung«, meinte Rhodry. »Aber ich möchte nicht gehen, bevor Arzosah zurückgekehrt ist.«

»Glaubst du wirklich, sie wird wiederkommen? Drachen sind nicht unbedingt dafür bekannt, ihre Versprechen zu halten.«

»Sie wird. Das weiß ich genau.«

Sie saßen zusammen im Turmzimmer, Dallandra am Fenster, Rhodry auf dem einzigen Stuhl. Er lehnte sich zurück und streckte die langen Beine aus. Im Morgenlicht konnte sie erkennen, daß sein rabenschwarzes Haar an den Schläfen grau geworden war, ein Vorzeichen, das sie beunruhigte. Rhodry war halb Elf, halb Mensch, und bei den Elfen bedeuten Anzeichen von Alter, daß der Tod dicht über ihnen schwebte, bereit, jederzeit niederzustoßen. Doch sie erinnerte sich daran, daß er nur ein Halbblut war und vielleicht auf die menschliche Weise altern würde.

»Ich wollte dich die ganze Zeit schon etwas fragen«, meinte Rhodry. »Hast du von meinem Bruder gehört?«

»Nein, aber ich hoffe, daß Evandar Neuigkeiten bringen wird. Er hat mir versprochen, daß er Ebañy hin und wieder besuchen wird.«

»Gut. Ich muß zugeben, daß ich mir Sorgen mache. Er ist der einzige Verwandte, der mir geblieben ist.« Er lächelte, aber nur kurz. »Nun ... der einzige, der weiß, daß ich noch lebe.«

»Ja. Er hätte nie seine Dweomerstudien aufgeben dürfen, wie er es getan hat. Ich kann nicht sicher sein, aber ich würde viel darauf wetten, daß dies der Grund seines Wahnsinns ist. Man kann sich nicht einfach entschließen, dem Dweomer den Rücken zuzuwenden, nachdem man erst einmal den Geist dafür geöffnet hat.«

»Das sagtest du schon.« Rhodry schüttelte sich wie ein nasser Hund. »Verflucht gefährlich, dieser Dweomer.«

»Überhaupt nicht gefährlich, wenn man es richtig macht.«

»Jedesmal, wenn er mein Leben berührte, hat er mir nur Kummer gebracht.«

»Ach, komm schon! Er hat dir immerhin Jill gebracht.«

»Und sie mir wieder weggenommen. Und er gab mir Aberwyn und hat mir das ebenfalls entrissen. Oh, ich könnte Barde werden und dir eine hübsche Triade singen: die drei schlimmsten Sorgen des Rhodry Maelwaedd.« Er hielt inne und grinste schief. »Es sieht so aus, als hätte der Dweomer mein ganzes verfluchtes Leben beherrscht und zerstört, seit ich ein Junge in Cannobaen war. Lange, bevor ich Jill begegnete.«

»Tatsächlich?«

»Und das lag alles an Nevyn. Ich bin krank geworden, und meine Mutter hat ihn gebeten, mich zu heilen, das denke ich jedenfalls. Ich erinnere mich an nichts anderes, als daß ich aus einem Fiebertraum erwachte und einen alten Mann neben meinem Bett sitzen sah. Als es mir besserging, sagte er, er habe ein Vorzeichen erhalten. Es lautete: ›Rhodrys Wyrd ist auch das Wyrd von Eldidd.‹ Ich habe häufig daran gedacht, nachdem Rhys gestorben war und ich das Gwerbretrhyn geerbt habe.«

»Zweifellos.«

»So blieb der alte Nevyn am Hof meiner Mutter als einer ihrer Würdenträger, bis das Wyrd sich erfüllte.«

Dallandra spürte, wie ihr plötzlich kalt wurde, als wehte ein Nordwind durchs Fenster herein. Sie verlagerte unbehaglich das Gewicht, als könnte sie die Warnung abschütteln.

»Was ist denn?« sagte Rhodry. »Du bist kreidebleich geworden.«

»Wenn ich es wüßte, würde ich es dir sagen, aber ich weiß es nicht. Es bedeutet wahrscheinlich etwas Unangenehmes.«

Rhodry lachte – sein schrilles Berserkerlachen. »Hoffen wir das«, sagte er schließlich, und der Blick, der in seinen dunkelblauen Augen stand, zeugte von mehr als nur ein wenig Wahnsinn. »Ich kann dir nicht sagen, wie sehr ich mich nach dem Bett meiner einzigen wahren Liebe sehne. Vielleicht wird sich die Herrin Tod in diesem Sommer meiner erbarmen.«

»Ach, hör auf! Ich kann es nicht ausstehen, wenn du so sprichst.«

»Verzeih.« Er stand auf und beschäftigte sich damit, den Stuhl wieder unter den kleinen Tisch zu schieben. »Ich wollte dich nicht beunruhigen.«

Rhodry drehte sich um, verbeugte sich vor ihr und verließ das Zimmer. Lange Zeit starrte Dallandra die Tür an, die sich hinter ihm geschlossen hatte, und fragte sich, ob sie es wagte, nach weiteren Vorzeichen zu suchen. Die Dweomerkälte hatte sie gewarnt, daß Rhodrys Wyrd immer noch nicht erfüllt war. Am Ende entschied sie sich dagegen, weiter Ausschau zu halten. Wyrd ließ sich nicht beeinflussen, und es gab nichts, was sie oder andere Dweomermeister dagegen tun konnten.

Das Wildvolk fand Evandar auf Linalantava, der Insel des Bedauerns, aber inzwischen hatten sie vergessen, warum Dallandra sie geschickt hatte. Er vermutete aber, daß sie ihn sehen wollte. Die Gnome tanzten im Kreis um ihn herum und zeigten mit ihren warzigen Fingern zum Himmel – ihr üblicher Weg, ihn zu bitten, ihnen zu folgen. Der Intelligenteste des Rudels, ein großer lilafarbener Gnom mit schorfigen Stellen überall im Gesicht, zupfte am Saum von Evandars grünem Hemd, als wollte er ihn mit sich ziehen.

»Sagt ihr, ihr habt mich gefunden«, erklärte Evandar. »Aber ich kann hier noch nicht weg. Ich komme bald.«

Der Gnom packte diesmal sein Hemd mit beiden Händen und zerrte so fest, daß Evandar beinahe gestolpert wäre.

»Ist sie in Gefahr?«

Der Gnom blickte auf, runzelte die Stirn und schüttelte den Kopf.

»Ist sonst jemand in Gefahr?«

Wieder Kopfschütteln.

»Dann komme ich, wenn ich mit meinen Angelegenheiten hier fertig bin. Und jetzt verschwindet!« Mit säuerlichem, vorwurfsvollem Blick verblaßte der Gnom.

Evandar war gerade erst auf der Insel eingetroffen, oder um genauer zu sagen, auf dem Berggipfel, der die Überreste des Kollegiums der Weisen beherbergte, das einmal in Rinbaladelan gestanden hatte. Rings um ihn her stöhnte der Wind, schuf langgezogene Staubfahnen und wickelte sie um verkrüppelte Bäume. Inmitten eines Streifens hellen, rauhen Grases standen ein paar Holzhütten. Auf jedem Zoll davon, auf Wänden, Simsen, Türen, Fensterläden, waren Worte in der elfischen Sprache eingeschnitzt, geschmückt mit kleinen Tieren und mit rötlichen und bläulichen Farbstoffen eingerieben, damit sie besser zu lesen waren. Diese Texte und ähnliche auf den Innenmauern waren der Band eines Geschichtswerks, die Geschichte des Falls von Rinbaladelan, die auf diese Weise dargestellt war, damit selbst die Häuserwände sich der Trauer anschlossen. Aus einem der abgelegeneren Gebäude erklangen rezitierende junge Stimmen, als eine Gruppe von Schülern im Einklang mit dem Wind, der im Gras sang, eine Lektion wiederholte.

Evandar ging zu einem langgezogenen Gebäude, aber noch bevor er klopfen konnte, öffnete ihm Meranaladar die Tür. Der Gelehrte war hochgewachsen und ein wenig zu dünn. Er hatte hängende Schultern, und auf seinen weichen Händen waren Tintenflecke. Normalerweise zeigte seine Miene so wenig Gefühle, daß er stets ein wenig sehnsuchtsvoll dreinzuschauen schien, aber heute grinste er, und in seinen großen, violetten Augen blitzte Freude.

»Komm herein, komm herein! Deine Landkarte ist fertig! Oder wußtest du das etwa?«

»Nein, nicht wirklich, aber etwas hat mich veranlaßt hierherzukommen.« Evandar erwiderte das Lächeln. »Sehen wir sie uns einmal an.«

Drinnen in der Bibliothek waren Holzschränke an den Wänden aufgereiht und standen auch eher zufällig mitten im Raum verteilt. Darin lagen und standen die wenigen Überreste der großen Bibliothek von Rinbaladelan, Bücher, die die Bewohner der Stadt armweise dem Tod entrissen und in die Fluchtboote geworfen hatten. Es roch modrig hier, trotz der niedergebrannten Feuer, die in zwei gekachelten Feuerstellen glühten, um die Luft zu trocknen. In einem benachbarten

Zimmer gab es offene Regale mit den Kopien, die zahllose Schreiber durch die Jahrhunderte von diesen Schätzen erstellt hatten.

Nahe der Feuerstelle stand ein schmaler Tisch, und darauf lag eine Papyrusrolle. Meranaladar löste das blaue Band und breitete die Karte mit großer Geste aus. In Schwarz und Rot war der Plan jener Stadt zu sehen, die das erste irdische Ding gewesen war, das Evandar jemals geliebt hatte. Für lange Zeit starrte er sie sprachlos an, erinnerte sich an die Rosengärten und die Brunnen, die marmornen Treppen, die zum Meer hinabführten, das große Observatorium, wo elfische Weise die Fixsterne studierten und die Wandersterne, die durch den Himmel zogen. Davon waren jetzt nur noch Ruinen und jene schwarzen Tintenlinien auf einer Landkarte zurückgeblieben.

»Du siehst traurig aus«, meinte Meranaladar schließlich.

»Das bin ich auch. Rolle sie bitte wieder auf! Es ist eine wunderbare Karte, und ich bin dir zutiefst dankbar.«

»Gern geschehen. Ich habe auch einen Kartenkasten für dich.« Meranaladar begann, die Karte vorsichtig vom kürzeren Ende her aufzurollen. »Und ich habe auch interessante Neuigkeiten. Der Rat trifft sich unten in Linalandal. Sie sind endlich bereit, in dieser Angelegenheit unserer Leute draußen im Westland zu handeln.«

»Ach ja? Und was schlagen sie vor?«

»Noch nichts.« Grinsend blickte Meranaladar auf. »Ich habe zwanzig Jahre gebraucht, damit sie auch nur darüber nachdenken, ein Schiff ins alte Heimatland zu schicken. Du erwartest doch sicher keine Entscheidung während eines einzigen Tages?«

Evandar schüttelte den Kopf und lachte.

»Das ist wahr. Aber es interessiert mich wirklich sehr. Sag mir eins – warum bist du darauf so versessen, daß das Schiff in See sticht?«

»Oh, mein lieber Wächter! Es geht mir um die Überlieferung. Du selbst hast mir erzählt, daß sich ihre Barden an viele Dinge über die verlorenen Städte erinnern.« Meranaladar hielt inne, um die Kartenrolle in eine Silberröhre zu stecken. »Dinge, die wir hier vergessen haben.« Er blickte mit einem bedauernden Lächeln auf. »Ich würde mein Leben dafür geben, diese Überlieferung niederschreiben zu dürfen. Ich erscheine dir wohl ziemlich verrückt.«

»So würde ich es nicht bezeichnen. Weißt du, das könnte sehr nützlich sein. Ich habe ein anderes Problem, und ich habe unseren Handel auch nicht vergessen. Würdest du dir gerne die Gunst des größten Barden vom Westland erwerben – immer vorausgesetzt, man würde dir erlauben, dorthin zu reisen?«

»Aber selbstverständlich!«

»Gut. Sein Sohn lebt in Bardek, unter ziemlich schwierigen Umständen. Wenn du ihn nach Hause bringen würdest, wäre Devaberiel dir sicher ausgesprochen dankbar.«

»Devaberiel.« Meranaladar wandte den Blick ab und lächelte ein wenig. »Der Name eines Mannes, von dem ich bis heute nicht wußte, daß er existiert. Ein Mann unseres Volkes in unserem alten Heimatland.«

»Und es gibt viele andere. Ich ...«

Evandar hielt inne. Die Gnome waren wieder erschienen, standen auf dem Tisch und betrachteten ihn mit traurigem Blick. Er wollte sie gerade verbannen, als er begriff, daß ihre Hartnäckigkeit vielleicht bedeutete, daß Dalla ihn wirklich brauchte.

»Worum geht es da?« Meranaladar betrachtete stirnrunzelnd die Gnome, die ihm die Zungen herausstreckten.

»Eine ärgerliche Angelegenheit«, meinte Evandar. »Ich sollte lieber gehen.«

»Oh, das ist schade!«

Umgeben von einem Rudel triumphierender Gnome, gingen sie nach draußen, wo gerade die Sonne unterging. Der Wind wirbelte den Staub auf und blies ihn in gewaltigen Böen um die geschnitzten Holzhäuser. In der Ferne ging es steil abwärts in ein langgezogenes Tal, das unter einer Schicht von Nebel lag. Meranaladar schauderte und steckte die Hände in die langen Ärmel seines grauen Gewandes.

»Wann sehen wir uns wieder?«

»So bald wie möglich.« Evandar dachte nach. »Ich habe dir noch einen weiteren Handel anzubieten. Wie würde es dir gefallen, wenn ich deine Sache vor dem Rat vertreten würde?«

»Das wäre wunderbar!«

»Also gut. Wenn du diesem Burschen hilfst, dem Sohn des Barden, der in Bardek lebt, denn werde ich mich vor dem Rat auf deine Seite stellen.«

»Meinen untertänigsten Dank. Ich würde mich freuen, für Devaberiels Sohn tun zu können, was möglich ist. Ich wette, was du dem Rat sagst, wird die Waagschale zu meinen Gunsten sinken lassen. Sie sind nicht so arrogant, nicht auf einen Wächter zu hören.«

»Also gut. Ich komme in ein paar Tagen zurück.«

Evandar sah sich um und entdeckte das Schimmern der Macht in der Luft, das einen Eingang zur Mutterstraße kennzeichnete. Er schob die Landkarte in sein Hemd, dann ging er rasch zur Öffnung, stieg hinauf in die Luft und kehrte mit zwei langgezogenen Schritten in sein eigenes Land zurück. Zweifellos blieb Meranaladar vor Ehrfurcht schaudernd zurück. Obwohl die Elfen kein Geschöpf wirklich anbeteten, betrachteten sie jenes Volk, das sie als Wächter bezeichneten, als eine Art Götter.

Evandar, ein Meister der Illusionen und Verwandlungen, hatte diesen Glauben in den langen Jahren seiner Existenz gestärkt. Zunächst hatte es ihn amüsiert, geringere Geschöpfe mit seiner Magie zu erschrecken und zum Staunen zu bringen. Sobald er sich erst einmal für die Elfen und ihre Kultur begeistert hatte, hatte er seine Magie benutzt, ihnen in vielen Dingen zu helfen. Einige Zeit lang hatte er sich sogar selbst für einen Gott gehalten. Hatten sie ihn nicht alle einen genannt? Die wenigen anderen seiner Art, die eine echte Persönlichkeit und einen Geist entwickelt hatten, hielten sich ebenfalls für göttlich. Aber bei der Belagerung von Rinbaladelan hatte Evandar erfahren, daß er nichts weiter war als ein kleiner Zauberer. Alles, was er für so groß und mächtig gehalten hatte, hatte die Stadt und ihr Volk nicht vor den plündernden Horden retten können.

»Wie schade, daß Alshandra die Wahrheit nie begriffen hat«, sagte er laut. »Sie ist im Glauben gestorben, eine Göttin zu sein und – bei den echten Göttern! – was für einen Ärger das gemacht hat!« Auf einer Mutterstraße aus Zwielicht kehrte Evandar nach Deverry zurück.

Meranaladar hatte ihm, ohne es zu wissen, mit der Landkarte auch ein Rätsel überreicht. Als Evandar im vergangenen Sommer seine Pläne entwickelt hatte, hatte er gedacht, einfach die Karte behalten zu können, bis er schließlich bereit sein würde, Rinbaladelan neu aufzubauen. Nun, mit all den Vorzeichen – oder eher dem Mangel daran –, die mit Zähnen der Angst an seiner Seele fraßen, wußte er, daß er diesen Schatz am besten dort aufbewahren sollte, wo ihn irgendwann jemand, der das zu schätzen wüßte, finden könnte.

Er dacht an Rinbaladelan selbst, aber die Ruinen boten keine Sicherheit für etwas so Zerbrechliches wie eine Papyrusrolle. Vielleicht der Tempel von Wmmglaedd, wo die Priester sich der Gelehrsamkeit widmeten und Hunderte von Schriftrollen und Kodizes voll mit alter Weisheit gesammelt hatten? Aber sie waren Menschen, und er haßte den Gedanken, ihnen diese Aufzeichnungen elfischer Zivilisation anzuvertrauen. Er könnte sie Dallandra geben, aber diese Wahl erschien ihm zu logisch. Er wußte, daß er mit dem Wyrd um das Überleben der Landkarte Carnoic spielte. Nur ein spektakulärer Zug, etwas, was viel Glück brauchte, würde ihn das Spiel gewinnen lassen. Aber als er an Dallandra dachte, fiel ihm Rhodry ein, und das gab ihm eine Antwort.

In jenen Tagen war die Grenze zwischen Eldidd und dem Land des Westvolks kaum gekennzeichnet. Unten an der Küste gab es aber einen Bach namens Y Brog – der Dachs –, und an seinen Ufern lag die westlichste menschliche Siedlung, eine kleine Stadt namens Cannobaen. Seit Hunderten von Jahren hatten diese Ländereien und ihre Festung dem Maelwaedd-Clan gehört. Um 1040 war das Land kurz in die Hände des Clw Coc, des roten Löwen, gegangen, in Form einer Witwengabe an eine seiner Töchter, Lady Lovyan. Lovyan hatte die Ländereien in ihrem Testament wieder an die Maelwaedds zurückfallen lassen, indem sie sie ihrer Enkelin Rhodda überschrieb, der Tochter Rhodrys mit einem Mädchen aus der Gegend. Rhodda hatte daher genug Elfenblut für Evandars Pläne. Er hatte ihre Festung schon zuvor als Schatzkammer benutzt, ohne daß sie davon gewußt hätte.

Die Festung stand am Rand einer Klippe hinter hohen Steinmauern und hatte, typisch für diese Bauweise, einen runden Broch, der sich vier Stockwerke hoch inmitten eines gepflasterten Hofs erhob. Rund um den Broch gab es Holzhütten für Vorräte, Dienerhütten, Ställe, einen Schweinepferch, eine Schmiede und ähnliches, was alles recht unordentlich durcheinanderstand. Als Evandar an den eisenbeschlagenen Toren erschien, tat er das in elfischer Gestalt, aber der eines alten Mannes, gebeugt und mit weißem Haar. Er hatte sich die Illusion deverrianischer Kleidung gesponnen und ein Pferd gestohlen. Der Torhüter erklärte, die Herrin sei oben in ihrem

Zimmer, und er schickte einen Pagen, um diesen unerwarteten Gast anzukündigen.

»Ihr seid es also wieder, wie?« meinte der Torhüter. »Wollt Ihr unserer Herrin noch mehr von diesen verfluchten Büchern verkaufen?«

»Oh, ich habe etwas, das sie vielleicht interessieren würde«, meinte Evandar. »Aber ich kann Euch versichern, daß es nicht verflucht ist.«

»Nun, es ist unheimlich, wie sich unsere Herrin immer mit ihren Büchern einschließt. Die Leute reden darüber. Es ist einfach nicht richtig.«

Während er wartete, legte Evandar den Kopf zurück und betrachtete den steilen Turm, der über der Festung aufragte. Es war ein schlanker, hoher Turm, umgeben von einer Wendeltreppe. Evandar konnte ganz oben gerade eben eine Art Hütte erkennen: ein Dach, das auf vier Pfosten stand, aber keine Wände hatte. Auch der Hafen von Rinbaladelan hatte einmal einen solchen Leuchtturm gehabt. Der war allerdings besser gemauert und mit bunten Kacheln geschmückt gewesen.

»Viele Stürme dieses Jahr?« sagte Evandar zum Torhüter.

»Oh, es war ein mächtig schlechter Winter. Wir hatten sogar ein Schiffswrack. Der Leuchtturmwärter konnte das Feuer bei all dem Wind und der Nässe nicht am Brennen halten.«

»Sagt ihm, er braucht eine Glaswand.«

»Ah ja!« Der Torhüter spuckte in den Dreck.

»Das ist kein Scherz, guter Mann. Steckt Glasstücke in eine Art Rahmen. Das läßt das Licht durch und hält den Wind draußen.«

»Und wieviel würde das unserer Herrin kosten? Mindestens die Steuern eines ganzen Jahres! Niemand hier draußen könnte sich das leisten.«

»Wahrscheinlich. Ah ... hier kommt Lady Rhodda.«

Mit einem Winken kam Rhodda über den Hof geeilt. Sie trug ein Kleid aus bestem blauem Leinen, aber sie hatte die langen Ärmel hochgeschoben und im Nacken zusammengebunden wie eine Bauersfrau, so daß es ihre gebräunten Arme frei ließ. Seit er sie zum letzten Mal gesehen hatte, hatten ihre dunklen Elfenaugen nichts an Schönheit verloren. Ihr Haar jedoch war jetzt silbern gesträhnt, und sie steckte sich die Zöpfe auf. Da sie nie geheiratet hatte, trug sie kein Kopftuch.

»Was für eine Überraschung!« sagte Rhodda. »Ich habe euch viele Jahre nicht gesehen.«

»Ist es schon so lange her?« Evandar verbeugte sich vor ihr. »Nun, wahrscheinlich, und es tut mir leid, Herrin. Aber hier bin ich jetzt, und ich habe Euch etwas Interessantes mitgebracht.«

»Ach ja? Ein anderes Buch aus der Heiligen Stadt?«

»Nicht ganz. Etwas noch Selteneres. Eine Landkarte, und sie kommt aus Südbardek.«

In ihrem Arbeitszimmer ganz oben im Broch breiteten sie die Papyrusrolle auf einem Tisch aus. Rhodda pfiff leise vor sich hin und fuhr mit einem schlanken Finger über eine Zeile elfischer Schrift.

»Das sieht neu aus«, sagte sie. »Wo habt ihr sie gefunden?«

»Es ist eine Kopie, also ist sie tatsächlich neu, aber das Original ist sehr alt. Und was das Wo angeht, wißt Ihr, meine Dame, daß auch ein demütiger Hausierer wie ich Geheimnisse haben muß.«

»Stammt sie aus einem dieser Kollegien, von denen Ihr mir immer erzählt?«

»Was? Habe ich etwa ...«

»Ihr stellt Rätsel und macht Andeutungen, etwa was diese wunderbaren Orte auf den südlichen Inseln angeht, wo sich Leute treffen, um zusammen zu lesen und sich zu unterhalten. Manchmal träume ich davon.«

»Mh. Darüber werde ich nicht sprechen.«

»Dann habt Ihr sie irgendwo gestohlen.«

»Keinesfalls! Liebste Lady Rhodda!«

Rhodda lachte und betrachtete weiter die Landkarte. Evandar sah sich im Zimmer um, das ein ganzes Stockwerk des Broch einnahm und vollgestopft war mit Dingen. An einer Wand hingen eine Reihe Schilde mit den Wappen der Lords von Cannobaen – die Dachse der ursprünglichen Maelwaedds, der Drache von Aberwyn, den sie erhalten hatten, als sie zum Gwerbretrhyn aufstiegen, der rote Löwe von Lovyans Clan, und endlich wieder das Drachenwappen mit einem Bastardbalken. Holzschränke standen mitten im Raum, und nahe dem Fenster gab es ein Lesepult, in das Dachse eingeschnitzt waren.

Im Laufe der Jahre hatte Rhodda beinahe zwanzig uralte Bücher und fünfzig Kopien neuerer Arbeiten gesammelt, was in jenen Tagen ein gewaltiges Vermögen an Gelehrsamkeit darstellte. Damit die Luft im nebligen Klima von Cannobaen trocken blieb, glühte ein Torffeuer. Dennoch rochen einige der ältesten Bücher modrig. Eines von ihnen lag aufgeschlagen auf dem Lesepult. Die Seite war so verblaßt, daß Evandar sie kaum lesen konnte: eine Liste der Zeichen der elfischen Schrift, jedes mit seinem Gegenstück in deverrianischen Buchstaben versehen. Auf einem Tisch in der Nähe waren Pergamente zurechtgelegt, bereits mit Linien zum Schreiben versehen – Rohmaterial für Rhoddas eigenes Buch, eine Geschichte von Eldidd und den Westlanden.

»Kann das wirklich Rinbaladelan sein?« Rhodda blickte endlich von der Landkarte auf. »Oder ist das nur die Phantasie eines Schreibers?«

Evandar dachte nach. Sie würde die Wahrheit vermutlich weniger glauben als eine Lüge.

»Ich habe, was das angeht, ebenfalls meine Zweifel.« Er trat zu ihr an den Tisch. »Ich nehme an, es ist zum Teil Phantasie, zum Teil wahr. Wahrscheinlich haben einige Fragmente alter Landkarten überlebt, und vielleicht hat ein altes Buch oder zwei mehr von der Stadt beschrieben, und dann hat ein Schreiber Jahre später alles in einer Karte zusammengefaßt, von der Ihr nun eine Kopie vor Euch habt.« Er tippte mit dem Finger auf das Pergament.

»Das klingt vernünftig. Wieviel wollt ihr dafür?«

Rhodda richtete sich auf und sah ihn an, die Augen ein wenig zusammengekniffen, den Kopf schiefgelegt. In diesem Augenblick sah sie Rhodry so ähnlich, daß er lächeln mußte. »Es würde mich freuen«, sagte er, »wenn Ihr die Karte als Geschenk annehmen würdet.«

»Was? Das ist eine Überraschung!«

»Ich meine es ehrlich. Ich bin auf dem Weg nach Westen, und ich bezweifle, daß ich jemals wieder hierherkommen werde, und ich möchte, daß Ihr dies behaltet, um Euch an mich zu erinnern, den alten Buchhausierer, der hin und wieder vorbeikam.«

»Wie seltsam von Euch!«

»Das mag sein, aber ich bin auch ein sehr seltsamer Mann.«

Sie betrachtete ihn einen Augenblick nachdenklich, dann lachte sie.

»Also gut, ich danke Euch«, sagte sie. »Es wäre wirklich dumm, ein solches Geschenk abzulehnen, das mich dermaßen fasziniert. Und ich vergesse auch meine Gastfreundlichkeit. Werdet Ihr mit mir zu Abend essen?«

»Das ehrt mich, Herrin, aber ich hatte gehofft, noch vor Einbruch der Nacht die Fähre nach Wmmglaedd zu erreichen, und so sollte ich mich lieber auf den Weg machen.«

Nachdem er sich verabschiedet hatte, ritt Evandar noch ein Stück nach Westen, aber sobald er außer Sichtweite der Festung war, drehte er nach Osten um. Im Zwielicht erreichte er den Bauernhof, wo er das Pferd gestohlen hatte. Er schickte es wieder auf seine Weide, dann kehrte er auf dem Mondlicht in sein Land und auf die Mutter aller Straßen zurück. Wie lange war es wohl her, fragte er sich, daß Dallandra die Gnome nach ihm geschickt hatte? Zu lange, dachte er, und machte sich auf den Weg nach Norden, nach Cengarn.

Dallandra fürchtete schon, daß Evandar etwas zugestoßen wäre, als er endlich im Dun Cengarn auftauchte. Hinter dem Brochkomplex gab es einen kleinen Küchengarten, der um diese Jahreszeit verlassen und weit genug entfernt war von den Eisenvorräten der Festung, Waffen und Geräten, die Evandar großen Schmerz verursachten. In der Abenddämmerung eines Tages, der beinahe warm gewesen war, setzten sie sich zusammen auf eine kleine Bank zwischen die mulchbedeckten Kräuterbeete.

»Wir müssen Pläne machen«, sagte Dallandra. »Der Weg nach Cerr Cawnen ist weit, und daher fragte ich mich ...«

»Aber sicher«, verkündete Evandar grinsend. »Ich bringe dich auf den Mutterstraßen hin. Ich bin überrascht, daß du sie nicht selbst öffnen kannst.«

»Bis zu einem gewissen Punkt kann ich das. Ich kann selbst daraufschlüpfen, wenn es notwendig ist, aber ich kann das Tor nicht lange genug offenhalten, um mehr als eine Person mitzunehmen.«

»Ah, ich verstehe. Nun, ich habe gut hundert Jahre gebraucht, um den Trick selbst zu lernen. Aber hab keine Angst, schick nur die Gnome, um mich zu holen.«

»Also gut. Ich danke dir. Weißt du, wie es Salamander geht? Rhodry hat mich gestern nach ihm gefragt.«

»Keine guten Nachrichten. Sein Geist wandert immer noch umher. Das erinnert mich an etwas. Vor einiger Zeit hatte ich eine Vision, die zeigte, wie er im Hochsommer mit dem Schiff in Cannobaen eintraf. Ich bin nicht sicher, was das bedeutet. Wäret ihr dort willkommen, du und Devaberiel? So daß ihr das Schiff in Empfang nehmen könntet?«

»Das nehme ich an. Immerhin ist die Herrin der Festung dort Salamanders Nichte. Und Devaberiels Enkelin.«

Evandar blinzelte sie fragend an.

»Eine Nichte«, erklärte Dallandra, »ist die Tochter deines Bruders oder deiner Schwester. Rhodry war ihr Vater, also ist Salamander nach deverrianischem Gesetz ihr Onkel, obwohl er nur ein Halbbruder Rhodrys ist. Und da Devaberiel Rhodrys Vater ist, ist er ihr Großvater.«

»Und ist so etwas nicht nützlich?« meinte Evandar lächelnd. »Ich bin froh, daß die Deverrianer ihre Verwandtschaft so ernst nehmen.«

»Ja, und auch wir vom Volk schätzen unsere. Ich habe noch nie von einem Volk gehört, das Verwandtschaft ablehnte. Wie könnte jemand ohne Verwandte und Clan überleben?«

»Ich glaube, ich kann mich daran erinnern, daß du dich von deinem Mann und deinem kleinen Sohn getrennt hast.«

»Ja, aber um deinet- und deiner kleinen Tochter willen.«

»So war es.« Sein Lächeln verschwand. »Haben wir das Richtige getan, Liebste? Oder habe ich dich zu etwas Falschem verleitet?«

»Damals hielt ich es für richtig. Und ich tue das immer noch.«

»Gut. Aber das sind gute Nachrichten, was Rhoddas Verwandtschaft angeht. Es gibt mir genau, was ich brauche, um die Vorzeichen zu erfüllen.«

»Was? Was planst du jetzt?«

»Nur, was für Ebañy und seine Frau am besten ist.«

»Tatsächlich? Deine Pläne haben manchmal schreckliche Folgen. Ich wünschte, du würdest mir erzählen, was du im Sinn hast.«

»Das ist ganz einfach. Ich habe dafür gesorgt, daß er mit einem Schiff von Bardek nach Cannobaen gelangen kann.«

»Oh. Das sollte also nichts schaden.« Und dennoch spürte sie eine Dweomerwarnung, die Berührung einer gewissen Kälte im Nacken. Evandars Pläne selbst würden niemanden zu Schaden bringen, aber sie brachten Ärger mit sich. Als sie weitere Fragen stellte, lächelte er sie nur an und verschwand.

Im Rhiddaer, westlich der deverrianischen Grenze, kam der Frühling in diesem Jahr früher als gewöhnlich – einige behaupteten, das sei ein gutes Vorzeichen. Früh an einem angenehmen Tag verließ Ratsherr Verrarc sein Haus und ging den Hügel hinauf zu dem großen öffentlichen Platz auf der Hügelkuppe. Am Ende des Weges blieb er stehen, um auf Cerr Cawnen hinabzuschauen, die Stadt, die er nur um ein geringes weniger liebte als seine neue Frau. Die Zitadelle, die Insel, auf der er stand, erhob sich steil aus der Mitte des Sees. Öffentliche Gebäude und die Häuser einiger wohlhabender Familien drängten sich zwischen ihre Felsen und gewundenen Straßen. Der blaugrüne See selbst, gespeist von vulkanischen Quellen, lag in der kühlen Morgenluft unter Dampf verborgen. Auf der anderen Seite des Wassers, am Ufer des Sees, breitete sich an den seichten Stellen die eigentliche Stadt aus – Häuser und Läden auf Pfählen. Eine Unmenge von Dächern mit kleinen Booten, Stegen und Brücken dazwischen. Dahinter, an der Stadtgrenze, gab es einen Ring von Steinmauern, und dahinter wiederum lagen die Bauernhöfe und das Waldland des Rhiddaer, alles bereits mit einem Hauch von Grün, wo Blätter und Gräser sprossen. Bald würde sich Verrarc mit seiner Handelskarawane auf den Weg machen, wie er es in jedem Frühjahr tat, um mit den Zwergenstädten in den Bergen im Osten Handel zu betreiben, aber an diesem Morgen bereitete ihm schon der Gedanke, die Stadt zu verlassen, großes Unbehagen. Verrarc war noch ein junger Mann, aber er hatte einige Jahre damit verbracht, Bücher und andere Informationen über die Hexenkunst zu sammeln, wie man hier im Norden den Dweomer nannte. Hin und wieder verhalfen ihm diese Studien zu seltsamen Vorzeichen und Einsichten. Aber seine Versuche, sich selbst auszubilden, versetzten ihn kaum in die Lage, diese Vorzeichen auch genauer zu deuten. Sein Unbehagen kam vielleicht von der schlechten Gesundheit seiner Frau, oder es wies auf Gefahren außerhalb der Stadttore hin. Vielleicht hatte es auch überhaupt nichts zu bedeuten.

Verrarc schüttelte das Gefühl ab und ging über den Platz, der mit Steinblöcken gepflastert und von Gebäuden und einem Säulengang umgeben war. Inmitten des Platzes stand der öffentliche Brunnen, wo die Bürger sich zum Wasserholen versammelt hatten. Er bemerkte, daß sein Diener Harl sich mit der jungen Niffa unterhielt, der Tochter der Rattenfänger, und er winkte, als er auf seinem Weg zum Rathaus an ihnen vorbeikam. An der Tür blieb er mit der Hand auf dem Riegel stehen. Ein Geräusch erklang am Himmel, ein entferntes Dröhnen, wie der Schlag einer Hand auf ein hölzernes Faß, aber laut, und es wurde noch lauter. Verrarc drehte sich um und blickte auf. Etwas kam aus dem Norden geflogen und hielt auf die Zitadelle zu. Zunächst glaubte er, es sei ein Vogel, aber einen so großen Vogel hatte er noch nie gesehen. Verrarc brauchte einen Augenblick, bevor er wirklich glauben konnte, daß er einen Drachen vor Augen hatte.

Die Schuppen des Drachen glitzerten grünlich schwarz in der Sonne. An dem massiven Kopf und um die Klauen herum schimmerten sie kupferfarben. Seine Flügel streckten sich nach beiden Seiten gut fünfzig Fuß aus und warfen riesige Schatten auf die Pflastersteine des Platzes, als er näher kam. Der Drache kippte einen Flügel und kreiste träge, dann flog er tiefer herab, als wollte er landen. Am Brunnen schrien alle Bürger laut auf, mit Ausnahme von Niffa. Als der Wyrm über ihr flatterte, hob Niffa zum Zeichen des Friedens die Hand. Mit gewaltigem Flügelschlagen flog der Drache wieder höher und drehte nach Südosten ab. Die Frauen drängten sich um Niffa und redeten alle auf sie ein.

Verrarc rührte sich nicht von der Stelle. Sein ganzes Leben lang hatte er von Drachen gehört, aber nie wirklich einen gesehen. Und nun hier, in seiner eigenen Stadt? Das Unbehagen kehrte gewaltig verstärkt zurück. An einem Tag, der von einem Drachen berührt wurde, mußte dieses Unbehagen einfach ein Vorzeichen sein. Verrarc setzte dazu an, zu Niffa zu gehen und zu ihr zu sprechen, aber die Geistersprecherin der Stadt, Werda, kam schon auf das Mädchen zu. Verrarc beobachtete, wie die beiden Frauen zusammen weitergingen, Werda hochgewachsen und wild mit ihrer Mähne silbriggrauen Haars und ihrem weißen Umhang, Niffa zierlich und jung in einem abgetragenen braunen Kleid. Harl entdeckte ihn und kam auf ihn zugeeilt.

»Herr«, sagte Harl, »das Ungeheuer hat mit Niffa gesprochen.«

»Tatsächlich? Das ist wirklich seltsam!«

»Das dachte ich auch. Ich habe kein Wort davon verstanden, was es gesagt hatte, und auch sonst niemand, nicht einmal Niffa selbst.«

»Und was hat dich darauf gebracht, daß sie es verstehen könnte?«

»Dasselbe hat sie auch zu mir gesagt.« Harl zuckte die Augen und lächelte. »Es liegt daran, daß sie das Zweite Gesicht hat. Alle wissen, daß sie seltsame Träume hat.«

»Das ist wahr. Ich wollte schon eine ganze Weile mit ihr über etwas sprechen. Stimmt es, daß du dem Mädchen den Hof machst?«

Harl wurde rot.

»Das dachte ich mir.« Verrarc lächelte. »Wenn du sie wirklich heiraten willst, würde ich nichts dagegen haben. Aber ich werde nicht zulassen, daß du nur mit ihr spielst.«

»Das würde ich niemals tun.«

»Also gut. Sie ist eine junge Witwe und einsam. Es gibt ein paar Männer, die so etwas ausnutzen würden.«

»Ich nicht, das schwöre ich. Wenn sie mich haben will, wäre mir nichts lieber, als sie eines Tages zu heiraten.«

»Wenn das geschieht, habt ihr meinen Segen. Es gibt viel Platz in unserem Haus und keinen Grund, daß du und deine Frau dort nicht wohnen könntet.«

Harl strahlte so vergnügt wie die Frühlingssonne.

Davon einmal abgesehen, daß es nur recht und billig war, hatte Verrarc seine eigenen Gründe, Niffa einen Platz in seinem Haushalt anzubieten, falls sie das wollte. Später an diesem Tag sprach er mit seiner Frau Raena darüber, als er zum Mittagsmahl nach Hause zurückgekehrt war. Da sich Raena von einer langen Krankheit erholte, lag sie die meiste Zeit des Tages im Bett, gestützt von Kissen, so daß sie aus dem Fenster schauen und sehen konnte, wie die Bäume des Gartens im Sonnenlicht vom Wind bewegt wurden. Verrarc brachte ihr das Essen selbst auf einem Holztablett, eine große Schale Eintopf für sie beide, und ein Stück frischgebackenen Brots. Als er hereinkam, war Raena wach und saß aufrecht. Ihr schwarzes Haar lag ausgebreitet über dem Kissen hinter.

»Wie geht es dir, Liebste?« fragte Verrarc.

»Viel besser als gestern, wirklich.« Sie lächelte ihn an. »Ich denke, ich könnte vielleicht etwas von dem essen, was du mir so freundlich gebracht hast.«

»Das ist gut.« Er stellte das Tablett auf den kleinen Tisch am Bett. »Du bist viel zu dünn geworden.«

Er setzte sich auf die Bettkante, brach das Brot und reichte ihr ein Stück Kruste als Löffel. Sie tunkte es in den dickflüssigen Eintopf und wagte einen zierlichen Biß.

»Das ist wirklich sehr lecker«, meinte Raena. »Und wie war dein Morgen, Liebster?«

»Tatsächlich seltsam. Weißt du, ich glaube, du könntest recht haben, wenn du sagst, daß die junge Niffa große Hexenkraft hat.«

»Das hat sie, aber was ist geschehen? Irgend etwas muß passiert sein, wenn du von einem seltsamen Morgen sprichst.«

»Nun, ich ging zum Rathaus, um dort auf die anderen zu warten, und als ich an der Tür stand, flog ein Drache über die Zitadelle. Dann flog das Biest niedriger über den Platz und hing einen Augenblick in der Luft wie ein Falke, um mit Niffa zu sprechen.«

Raena ließ die Brotkruste fallen.

»Ein Drache?« flüsterte sie. »Was für eine Art Drache?«

»Ein schwarzer, aber von einer grünlichen Art Schwarz, die glitzerte und sich in der Sonne veränderte. Und um den Kopf war er kupferfarben.«

»Ihr Götter!«

»Hältst du es für ein schlechtes Vorzeichen?«

Raena schüttelte den Kopf und nahm den Kelch mit Wasser vom Tablett. Sie trank einen Schluck, bevor sie wieder sprach. »Ich fürchte diesen Drachen, Liebster.« Sie war totenbleich geworden. »Nach dem, was du mir erzählst, befürchte ich, daß ich sie kenne, und sie haßt mich.«

»Was? Wo solltest du je einem solchen Ungeheuer begegnet sein?«

»Im Dienste meiner Göttin.« Sie lehnte sich wieder in die Kissen. »Ich bin so müde, Liebster. Ich flehe dich an, laß mich allein und laß mich ruhen.«

Verrarc tat, worum sie ihn gebeten hatte, aber er fragte sich während des ganzen Nachmittags immer wieder, ob Raena die

Wahrheit sprach oder ob er es nur mit den Phantasien einer Kranken zu tun hatte.

Auf ihrem Flug nach Süden murrte Arzosah leise vor sich hin. Sie hatte Raena gerochen, als sie über der Zitadelle kreiste. Aber so sehr sie diese elende Person töten und mit ihr fertig sein wollte, war sie gezwungen gewesen, sie dort zu lassen, sicher verborgen in einem Haus und zweifellos von solchen ihrer eigenen Art umgeben. Das paßte zu einem Rudel dummer Menschen, umherzurennen und beim Anblick eines Drachen zu kreischen! Zumindest hatten diese Leute nicht angefangen, Speere und Steine zu werfen, aber sie hatten trotzdem schlechte Manieren.

Arzosah war so verwirrt über diesen Lärm gewesen, daß sie keine Gelegenheit gehabt hatte, Niffa zu sagen, daß ihr Bruder in Sicherheit war und bald nach Hause zurückkehren würde. Das Mädchen selbst war höflich gewesen, obwohl sie eindeutig kein Wort verstanden hatte. Ich hätte deverrianisch sprechen sollen, dachte Arzosah. Sie haßte die Sprache der Menschen so, daß sie die der Elfen benutzt hatte. Und schon bald, sobald sie Cengarn erreichte, würde sie sich dazu herablassen müssen, nur Deverrianisch zu sprechen – zumindest für eine Weile, erinnerte sie sich, nur für eine Weile, bis Rori und ich diesen stinkenden Haufen von einer Stadt hinter uns gelassen haben.

In Augenblicken wie diesem, wenn sie frei am Himmel flog und die Welt unter ihr grün war und vor Beute wimmelte, fragte sich Arzosah, wieso sie überhaupt zurückkehrte. Rhodry Maelwaedd hatte sie zwar mit einem Dweomerring versklavt. Aber dann hat er mich wieder freigelassen, erinnerte sie sich – und die Versklavung war ohnehin Evandars Werk gewesen. Beim Gedanken an Evandar zischte sie laut. Wie konnte er es wagen, sie treulos zu nennen, wie konnte er es wagen, sie so zu beleidigen? Nun, sie würde es ihm schon zeigen. Sie hielt ihr Versprechen an Rhodry, und Evandar konnte seine elenden Beleidigungen für sich behalten! Vielleicht würde sie ihm sogar in Cengarn begegnen und endlich Rache nehmen können.

Aber tief im Herzen wußte Arzosah, daß sie unterwegs war, nur um Rhodry wiederzusehen. Er war der erste Freund, den sie je gehabt hatte, und im Vergleich zu Freundschaft verblaßte sogar der Gedanke an Rache.

Der Frühling brachte Wärme und Hoffnung nach Cengarn. Der Winterweizen war gesprossen. Bald würde er milchreif sein und geeignet für Brei, wenn auch noch nicht für Brot. Die erste Ernte würde dünn ausfallen, denn die Bauern würden viel Saatkorn für die nächste Aussaat zurückbehalten. Dennoch, die Aussicht auf frisches Essen verbesserte jedermanns Laune. Und diese Hoffnung wurde tatsächlich belohnt, als kurz vor der Ernte unerwartete Hilfe in Gwerbret Cadmars Festung eintraf. An einem sonnigen Mittag las Dallandra in einem von Jills Büchern, als sie im Hof unten Geschrei hörte.

»Das Drachenwappen! Das Drachenwappen! Es sind die Männer des Königs!«

Sowohl Diener als auch Adlige kamen aus den Brochs gerannt, und alles lief wie Schmelzwasser hinunter zu den Toren. Oben in ihrem Turmzimmer beugte sich Dallandra gefährlich weit aus dem Fenster, um zuzusehen. Eine Gruppe von Reitern trabte durch die Stadt und den Hügel hinauf. An ihrer Spitze ritten zwei Herolde auf weißen Pferden, die Stäbe mit Bändern trugen. Ein Junge auf einem Pony, der ihnen folgte, hatte das Banner mit dem goldenen Drachen in den Händen, und dann kam ein adliger Herr, dessen Schild, das am Sattelknauf festgebunden war, dasselbe Wappen zeigte und damit erklärte, daß er zum Haushalt des Königs gehörte. Hinter ihnen ritt eine Truppe von vierzig Kriegern aus der eigenen Truppe des Königs, gefolgt von einer knarrenden, rumpelnden Prozession hölzerner Wagen, die bis zum Rand beladen waren mit aufgehäuften Säcken von ... von etwas.

Dallandra ließ ihr Buch liegen und eilte auf den bereits überfüllten Hof hinaus. Am Brunnen standen ein paar Jungen, darunter auch Jahdo. Als sie ihm zuwinkte, verbeugte er sich so ungeschickt vor ihr, daß die anderen Jungen lachten. In der Tür des Hauptbrochs stand Gwerbret Cadmar und stützte sich auf seinen Stock, Prinz Daralanteriel stand rechts von ihm, Prinzessin Carramaena, begleitet von ihrem Wolfshund, direkt hinter ihnen. Sie trug ihr Kind selbst, wie eine Dienerin. Cadmar lächelte, als er Dallandra sah, und winkte sie zu sich.

»Guten Morgen, Euer Gnaden«, sagte Dallandra. »Was ist hier denn los?«

»Hilfe vom Hochkönig, würde ich wetten«, sagte Cadmar. »Unser Lehnsherr ist so großzügig, wie man von einem König erwartet, wie? Ihr werdet Euch vielleicht erinnern, daß ich ihm eine Botschaft geschickt habe, als wir die Belagerung hinter uns hatten.«

»Im letzten Herbst? Ja, tatsächlich.« Im Geist zählte sie die Monate – der Kurier mußte lange Zeit gebraucht haben, um nach Dun Deverry zu gelangen, das so weit im Süden lag, und selbstverständlich wäre es sinnlos gewesen, wenn der König im Winter Wagen nach Norden geschickt hätte. »Seine Männer konnten uns also nicht früher erreichen.«

»Ja.«

»Ich sehe, daß sie ihre eigenen Vorräte mitgebracht haben. Dafür können wir den Göttern nur danken!«

Aber am Ende sollten sie erfahren, daß sich in den Wagen erheblich mehr befand als die notwendigen Vorräte für die Männer des Königs. Der König hatte das beste Korn aus seinen eigenen Vorratskammern geschickt. Sein persönlicher Botschafter, Lord Yvaedd, verkündete dies, sobald er sich dem Gwerbret vorgestellt hatte. Er war ein elegant aussehender Mann, dieser Yvaedd, mit geöltem schwarzem Haar, hellgrauen Augen und dem weichen Akzent von Eldidd.

»Der Hochkönig schickt Euch dieses Korn als Geschenk«, erklärte Yvaedd. »Zweifellos, Euer Gnaden, fehlt es Euch im Augenblick an Mitteln. Aber die Bauern werden gern für das Korn zahlen.«

Cadmar betrachtete ihn mit halb zusammengekniffenen Augen.

»Herr«, erklärte der alte Gwerbret schließlich, »ich sehe, Ihr kommt von der Küste. Die Dinge hier oben an der Grenze sind ein wenig anders. Meine Bauern sind alles Freie. Ihre Großväter kamen freiwillig mit meinem Großvater, als der Großvater des Hochkönigs Arcodd zur Besiedlung freigab. Wir haben hier oben im Norden alle nicht viel Geld.«

»Nun gut, dann können sie Arbeit an Euren Mauern ...«

»Verzeiht mir, daß ich Euch unterbreche. Ich sehe, ich habe mich nicht verständlich genug ausgedrückt. Jeder Bauer, der mein Vasall ist, wird einen Sack von diesem Korn auf dieselbe Weise erhalten wie ich – zum Geschenk.«

Yvaedd starrte ihn an, dann blinzelte er und verbeugte sich.

»Verzeiht, Euer Gnaden. Der Hochkönig hat mich hergeschickt, weil er mehr über das Nordland erfahren will. Ich sehe, daß es viel zu lernen gibt. Ich verspreche, daß Ihr in mir einen willigen Schüler finden werdet.«

Cadmar lächelte dünn. Yvaedd verbeugte sich abermals nach dem Zufallsprinzip vor denen, die hinter dem Gwerbret standen. Dallandra bemerkte plötzlich, wie sauber dieser Mann war, wie sauber all seine Krieger mit ihren bestickten weißen Hemden und ihren schönen grauen Brigga und der polierten Ausrüstung. Was hatten sie getan? Hatten sie den ganzen Weg saubere Kleidung mitgebracht für den Tag, an dem sie den Gwerbret gegenüberstanden, oder eine Rast eingelegt, um ihre Sachen an einem Fluß zu waschen? Eins von beiden mußte es sein. Sie bemerkte, wie die Männer aus dem Süden sich mit dünnem Lächeln und gekrausten Nasen in Cadmars Festung umsahen. So sehr Dallandra diesen Ort selbst haßte, sie bemerkte, daß die Verachtung sie ärgerte.

»Also gut«, meinte Cadmar nun. »Verzeiht mir meine Unhöflichkeit, Lord Yvaedd. Kommt und genießt die Gastfreundschaft meiner Halle.«

Am nächsten Morgen schon ritten Boten aus, um überall von dem Geschenk des Königs zu berichten. Auch die Herolde machten sich wieder auf den Weg, aber sie eilten zu den Festungen von Lord Gwinnardd, Cadmars Vasall, und Gwerbret Drwmryc, seinem Verbündeten, um ihnen den königlichen Befehl zu überbringen, in Cengarn Zeugnis abzulegen. Offensichtlich wollte Lord Yvaedd in allen Einzelheiten über den kürzlich beendeten Krieg erfahren, und das nicht nur vom Gwerbret.

»Das verstehe ich nicht«, sagte Dallandra zu Rhodry. »Glaubt er nicht, was Cadmar sagt?«

»Er sollte zumindest so tun, als ob«, meinte Rhodry grinsend, »oder er wird mir am Ende im Kampf gegenüberstehen müssen.«

»Wie bitte?«

»Nun, wenn Cadmars Ehre beleidigt wird, kann er selbst nicht kämpfen, um sie zu verteidigen – nicht in seinem Alter und mit diesem verrenkten Bein. Ich habe bereits einmal einen Gerichtskampf gewonnen, und ich bin ein Silberdolch, also bin ich der geeignete Mann, um ihn zu vertreten.«

»Das würde Yvaedd nicht gefallen.«

»Du hast recht. Also ist seine Lordschaft vorsichtig. Er sagt, der König habe seltsame Berichte über seltsame Vorfälle erhalten.«

»Das kann ich mir vorstellen.«

»Und seine Lordschaft möchte jede Einzelheit hören. Er hat auch einen Schreiber mitgebracht, um alles ordentlich niederzuschreiben.«

»Ich verstehe.« Plötzlich lächelte sie. »Weißt du, ich glaube, ich werde sehen, ob auch ich einen Zeugen bringen kann. Lord Yvaedd würde sicher gerne Evandar kennenlernen.«

Später am Nachmittag, als sie einen Augenblick Zeit hatte, um zu überlegen, saß Dalandra in ihrem Turmzimmer und suchte in Gedanken nach Evandar, aber sie spürte keine Antwort seines Geistes in ihrem Geist.

Lord Yvaedd hielt in der Gerichtskammer des Gwerbret eine Art Ratssitzung ab, obwohl er höflicherweise so tat, als sei es Gwerbret Cadmar, der die Sitzung leitete, während er selbst nur lauschte und Rat gab. Der Gwerbret saß unter dem Banner seines Rhan an einem gewaltigen Eichentisch, das goldene Zeremonialschwert vor sich und einen Priester des Bel zu seiner Rechten. Links von ihm saßen Prinz Daralanteriel und Lord Gwinnardd. Drwmryc hatte zwar eine Botschaft geschickt, daß er eintreffen würde, sobald er seine Steuern kassiert hatte, aber Yvaedd hatte nicht so lange warten wollen. Yvaedd selbst saß an der Seite, sein Schreiber an einem kleinen Tisch hinter ihm. Der Schreiber machte sich auf unordentlichen Stücken hellen, gekratzten Pergaments Notizen, auf den Resten von Pergamentstücken, die zu Buchseiten geschnitten worden waren.

Rhodry selbst hockte im Schneidersitz auf dem Boden vor dem Tisch, zusammen mit den Hauptleuten von Cadmars und Gwinardds Kriegshaufen. Warum man einen Silberdolch überhaupt zu dieser Sitzung gerufen hatte, verwunderte ihn, und im Verlauf der Beratung sprach ihn niemand an. Sonnenlicht fiel ins Zimmer, Fliegen summten träge, und es wurde schwieriger und schwieriger, wach zu bleiben. Einmal gab Cadmars Hauptmann tatsächlich ein lautes Schnarchen von sich, aber Rhodrys Ellbogenstoß weckte ihn, bevor die Adligen es bemerkten.

Keiner der Adligen hatte die geringste Ahnung, wie er aus den komplizierten Ereignissen, die zur Belagerung des letzten Sommers geführt hatten, eine zusammenhängende Geschichte bauen sollte. Dar konnte es vielleicht noch am besten, aber Cadmar und Gwinardd unterbrachen ihn immer wieder, um Einzelheiten hinzuzufügen, die eher ablenkten. Yvaedd jedoch schien ihr Gerede von falschen Göttinnen und Zauberinnen, die sich in Vögel verwandeln konnten, interessant genug zu finden. Obwohl er zu Anfang diverse Fragen stellte, lehnte er sich schließlich zurück und lauschte nur noch. Gegen Ende fragte sich Rhodry, ob Yvaedd wußte, wie verblüfft er dreinschaute. Vermutlich nicht. Endlich beschrieb Dar das Pferdevolk. Er erhob sich von seinem Stuhl, um ihre gewaltige Körpergröße anzuzeigen, während Gwinardd und Cadmar ihn immer wieder unterbrachen, um über Pferde und die langen Säbel der Feinde zu sprechen. Yvaedd konnte es schließlich nicht mehr aushalten.

»Meine Herren!« Yvaedd stand auf und verbeugte sich vor Dar. »Und Euer Hoheit. Wahrhaftig, ich will niemanden beleidigen, aber dieses Pferdevolk – ich habe noch nie von solchen Leuten gehört, und ich bin selbst im Westen geboren.«

»Aber in Aberwyn. Das ist weit unten an der Küste.« Dar sah ihn fragend an. »Herr – wenn Ihr Euren Freunden bei Hofe vom Westvolk erzählen würdet, würden sie Euch glauben?«

»Nein«, sagte Yvaedd. »Ich verstehe, worauf Ihr hinaus wollt, Euer Hoheit – Ihr seid wahrhaftig echt, ganz gleich, was sie glauben oder nicht. Ich muß mich entschuldigen.« Er warf dem Schreiber einen Blick zu. »Wir werden Eure Beschreibungen dieses Pferdevolks festhalten. Sorgt dafür, daß jede Einzelheit niedergeschrieben wird. Das sind beunruhigende Nachrichten.«

Der Schreiber nickte.

»Ihr sagt, sie halten Sklaven?« Yvaedd wandte sich Cadmar zu.

»Genau«, meinte Cadmar. »Und ich befürchte, sie betrachten Deverry als einen guten Platz, sich ein paar neue zu verschaffen.«

»Der Hochkönig wird die große Bedeutung dieser Nachricht erkennen. Fürchtet nichts. Ich bin verflucht froh, daß Ihr Euch gegen ihren Ansturm halten konntet, als es Zeit war, ihnen im Feld entgegenzutreten.«

»Mhm«, meinte Gwinardd. »Das wäre uns ohne die Hilfe des Drachen nie gelungen.«

»Der Drache?« Yvaedd wandte sich ihm zu. »Hat seine Gnaden eine Allianz mit Aberwyn?«

»Nicht dieser Drache!« Gwinardd beugte sich vor, und er war vollkommen ernst. »Ich spreche nicht von einem Wappen, sondern von einem echten Drachen. Ihr wißt schon, wie in den alten Geschichten. Ein Tier mit Schuppen, schwärzlich grün, und mit gewaltigen Flügeln. Die Pferde des Feindes konnten ihren Geruch nicht ertragen und begannen zu bocken.«

Vyaedd starrte ihn an, den Mund halb geöffnet wie der Deckel einer rostigen Metalltruhe. Gwerbret Cadmar seufzte, dann kam er mit Hilfe seines Stocks auf die Beine.

»Es ist spät geworden«, verkündete er. »Wir sitzen jetzt schon den ganzen verfluchten Nachmittag hier, und zumindest ich brauche ein Bier. Ich schlage vor, wir setzen uns morgen wieder zusammen.«

»Also gut, Euer Gnaden.« Lord Yvaedds Stimme war so schwach wie die eines Mannes mit Fieber im Blut. »Ich hätte auch nichts gegen einen Krug.«

Als sich die Ratssitzung auflöste, holte Lord Yvaedd Rhodry direkt vor der Tür ein.

»Geht ein paar Schritte mit mir, Silberdolch«, sagte der Lord. »Ich möchte gerne ein paar Worte mit Euch wechseln.«

»Jederzeit, Herr.«

Sie gingen zum Ende des Flurs, wo ein kleines Fenster einen Ausblick auf die Stadt unterhalb der Festung bot. Lord Yvaedd betrachtete Rhodry eine Weile forschend, dann lächelte er auf eine Weise, die zweifellos freundlich gemeint war.

»Ich höre an Eurer Art zu reden, daß Ihr aus Aberwyn stammt«, sagte Yvaedd.

»Ja, Herr. Eldidd kennzeichnet die Art, wie ein Mann spricht, sein ganzes Leben lang.«

»Das muß ich zugeben. Und mir ist unwillkürlich aufgefallen, wie sehr Ihr Cullyn, Gwerbret Aberwyn ähnlich seht. Ich will keine schmerzlichen Erinnerungen aufbringen, aber Ihr werdet mir wohl verzeihen, daß ich über diese Ähnlichkeit nachdenke.«

Rhodry unterdrückte ein Lachen. Cullyn war sein ältester Sohn, aber offensichtlich hielt Yvaedd diesen Silberdolch für einen der Bastarde des großen Herrn.

»Der Name meines Vaters war das Geheimnis meiner Mutter, Herr«, sagte Rhodry. »Ich weiß nur, daß es uns nie an etwas fehlte, als ich ein Kind war.«

»Ah.« Lord Yvaedd gestattete sich ein dünnes Lächeln. »Ich verstehe.«

Rhodry lächelte ebenfalls.

»Morgen früh, Silberdolch«, fuhr Yvaedd fort, »brauchen wir Eure Aussage. Lord Gwinnards Geschichte von diesem Drachen interessiert mich sehr.«

»Zweifellos, Herr, aber ich schwöre, daß sie wahr ist, und das bei meinem Silberdolch.«

Einen Augenblick lang betrachtete ihn Yvaedd noch mit einem starren kleinen Lächeln, dann murmelte der Lord eine Freundlichkeit und ging davon.

Rhodry war nun seit ein paar Tagen immer kurz vor Sonnenuntergang auf das Dach des Hauptbroch von Dun Cengarn gestiegen. Arzosah haßte es, bei Nacht zu fliegen, und daher nahm er an, daß sie wahrscheinlich gegen Abend auftauchen würde. Wenn sie ausblieb, wartete er dennoch jeden Abend, bis es auf dem Hof dunkel genug war, daß er unbeachtet gehen konnte. Er wußte sehr genau, daß Dallandra Arzosah für treulos hielt. Inzwischen mußte er sich anstrengen, nicht dasselbe zu glauben.

Bis er Lord Yvaedd entkommen war, fielen die Nachmittagsschatten bereits in den Hof. Rhodry eilte die Treppe zum obersten Stockwerk des Hauptbrochs hoch, schob die Falltür auf und stieg auf das flache Dach. Was, wenn sie nicht zurückkehrte? Er zwang sich, darüber nachzudenken, wie lange er in Cengarn warten würde. Immerhin sehnte sich der arme kleine Jahdo nach seinem Zuhause und seinen Verwandten. Auch Daralanteriel war begierig darauf, seine neue Frau zu seinem Volk nach Hause zu bringen. Rhodry ging zum Rand des Daches und spähte nach unten. In Begleitung seines Schreibers stand Yvaedd auf dem Hof und verhörte den Hauptmann des Gwerbret. Rhodry dachte gerade daran, wie nett es wäre, ihm einen Stein an den Kopf zu werfen, als er das Geräusch hörte.

Er hatte es schon öfter gehört, dieses schwache Klatschen in der Luft, als schlüge ein Riese weit entfernt auf eine Trommel. Er drehte sich um und schirmte die Augen mit der Hand ab, während er nach Norden starrte. Er konnte so gerade eben einen schwarzen Fleck am Himmel erkennen und daß dieser Fleck sich auf ihn zubewegte. Er hielt den Atem an, wagte kaum zu hoffen, während er zusah, wie der Fleck vor dem blauen Himmel größer wurde. Das klatschende Geräusch der großen Flügel wurde lauter. Rhodry jubelte. Es war tatsächlich Arzosah, die rasch und stetig auf die Festung zugeflogen kam.

Unten im Hof schrie jemand auf. Rhodry schaute hinab und sah, daß Lord Yvaedd in den Himmel starrte und wie ein Verrückter mit den Armen fuchtelte. Aus der Entfernung war es schwer, sicher zu sein, aber er nahm an, daß seine Lordschaft bleich geworden war. Diener und Reiter kamen aus Broch und Ställen, um dem Drachen zuzujubeln. Leise lächelnd blickte Rhodry wieder auf, als Arzosah die Festung umkreiste und mit ausgestreckten Flügeln tiefer segelte. Sie sah gut genährt aus, und ihre grünlichschwarzen Schuppen schimmerten im Nachmittagslicht. Plötzlich faltete sie die Flügel, hing noch einen Augenblick in der Luft und landete dann sachte auf dem Dach.

Rhodry rannte zu ihr und schlang ihr die Arme um den Hals, der sich so kühl wie Seide anfühlte. Obwohl Drachen intensiv nach Essig riechen, fand er diesen Duft belebend und seltsam angenehm. Sie gab das laute Knurren von sich, das ihr als Gelächter diente. »Ich gebe es furchtbar ungern zu, Rhodry, aber ich bin auch froh, dich wiederzusehen.«

»Gut. Du weißt nicht, wie willkommen du bist, meine Freundin. Würdest du mich bitte in den Hof hinuntertragen? Da ist ein Mann, der glaubt, daß es dich nicht gibt.«

Arzosah reckte den Hals und spähte nach unten, um den Platz abzuschätzen. Lord Yvaedd stand da, wo Rhodry ihn zum letzten Mal gesehen hatte, aber er hatte den Kopf zurückgelegt und starrte nach oben. Sein Schreiber kam aus dem Broch gerannt, blickte auf, schrie und rannte wieder hinein. Die Männer des Königs kamen auf den Hof gestürzt. Sie waren aus härterem Holz geschnitzt als der Schreiber – sie blieben stehen und drängten sich um Yvaedd wie Kinder um einen Vater.

»Ich denke, ich kann an der Seite landen«, sagte der Drache schließlich. »Steig auf.«

Da ihr Geschirr in einer Truhe in Dallandras Kammer lag, kletterte Rhodry unelegant hoch und zwängte sich zwischen zwei der großen aufragenden Stacheln auf Arzosahs Nacken. Der Drache breitete die Flügel aus, flatterte heftig, sprang und glitt dann sanft abwärts, um auf dem Pflaster nicht weit von seiner Lordschaft entfernt zu landen. Die Männer des Königs flohen alle und überließen es ihrem Lord, sich dem Drachen zu stellen. Yvaedd war tatsächlich bleich geworden, und Schweiß perlte auf seiner Stirn. Rhodry rutschte vom Drachenhals und verbeugte sich vor ihm. »Herr, darf ich Euch Arzosah von den weiten Flügeln vorstellen, meine Freundin und Begleiterin im kürzlich zurückliegenden Krieg.«

Arzosah streckte den Kopf vor und nickte Yvaedd zu.

»Ich bin zweifellos entzückt«, sagte sie, »Euer Lordschaft.«

Yvaedd rang nach Worten. Als er keine finden konnte, verbeugte er sich so tief, daß er beinahe mit dem Kopf das Pflaster berührte. Seine Männer hatten sich offenbar an ihre Schwüre, ihn zu verteidigen, erinnert. Sie kehrten zurück, aber immer nur einen Schritt nach dem anderen.

»Es ist mir eine Ehre«, krächzte Yvaedd. »Wirklich eine Ehre. Ah, das ist ... äh ...«

Er drehte sich um und rannte in den Broch.

Die Männer des Königs zögerten, warfen noch einen Blick auf den Drachen und folgten dann ihrem Lord. Rhodry begann zu lachen. Er lehnte sich gegen das Vorderbein des Drachen und grölte, bis ihm die Tränen kamen. Arzosah atmete in einem tiefen fleischduftenden Seufzer aus.

»Ich hatte ganz vergessen, wie Menschen sein können«, meinte Arzosah. »Du bist der einzig Tapfere, dem ich je begegnet bin, Rori Drachenfreund. Und vielleicht bin ich deshalb zu dir zurückgekehrt.«

»Ich glaube nicht, daß wir noch viel Grund haben, länger hierzubleiben«, meinte Dallandra. »Prinz Dar sagt mir, daß Lord Yvaedd plötzlich recht fügsam geworden ist.«

»Fügsam?« fragte Rhodry.

»Er glaubt alles, was man ihm sagt, und läßt es von seinem Schreiber sorgfältig notieren.« Beide lächelten, und der Drache knurrte leise. Sie saßen auf dem frischen Gras oben auf dem Markthügel, wo Arzosah sich bequem ausstrecken und in der Sonne sitzen konnte. Da die Bürger der Stadt sie aus dem vergangenen Sommer gut kannten, ignorierten sie sie zumeist, bis auf zwei große braune Hunde, die in einiger Entfernung Wache hielten und hin und wieder bellten. Arzosah betrachtete sie und leckte sich die Lippen.

»Ich nehme an, die da gehören jemandem«, sagte sie.

»Zweifellos«, erwiderte Rhodry. »Laß sie in Ruhe.«

»Also gut.« Arzosah gähnte und betrachtete die Klauen ihrer Vordertatze. »Was unsere Reise angeht: Das Küken möchte wahrscheinlich nach Hause – der junge Jahdo. Übrigens hat er heute früh meine Schuppen mit einem Tuch poliert. Er ist wirklich ein reizendes Kind.«

»Das ist er«, erwiderte Dallandra. »Aber wir müssen noch einiges herausfinden. Du und Rhodry, ihr werdet erheblich schneller reisen können als der Rest von uns. Es ist ein langer Weg nach Cerr Cawnen, wenn man von dem ausgeht, was Jahdo erzählt. Wir werden Vorräte brauchen.«

»Kann Evandar nicht eine seiner Straßen öffnen?« fragte Rhodry. »Sie sparen einem offenbar eine ganze Menge Mühe, obwohl ich das nicht über die Zeit sagen könnte. Die Zeit wird bei diesen Reisen immer ein wenig verschoben.«

»Er hat versprochen, ein Tor für uns zu öffnen, als ich ihn vor ein paar Tagen gesehen habe, aber seitdem ist er nicht mehr aufgetaucht. Ich hoffe, daß er nicht in Gefahr ist.«

Bei diesen Worten zischte Arzosah leise vor sich hin.

»Ich weiß, daß du ihn nicht magst«, sagte Dallandra zu ihr.

»Ihn nicht mögen?« Arzosah zischte abermals, und diesmal lauter. »Ich würde ihn fressen, wenn ich könnte. Falls es an ihm irgendwas zu fressen gäbe. Ein widerwärtiger Mistkerl, mich auf diese Weise reinzulegen. Hm!«

»Ja, das war nicht nett von ihm, aber ich bin ihm trotzdem dankbar«, sagte Dallandra. »Ohne dich hätten wir den Krieg verloren, und das Pferdevolk hätte uns alle gezählt.«

»Er hätte mich einfach um meine Hilfe bitten können.«

»Hättest du uns denn geholfen?« fragte Rhodry.

»Nein, aber er hätte trotzdem fragen können. Dann wäre es nur gerecht gewesen, wenn er mich verzaubert hätte.«

»Darin liegt eine gewisse Logik.« Dallandra stand auf und wischte sich den Staub von ihrer Lederhose. »Ich muß zurück in die Festung. Ich werde mit Jahdo reden.«

Als sie davonging, warf Dallandra noch einmal einen Blick zurück und sah, daß Rhodry sich bequem an die schuppige Seite des Drachen lehnte. Arzosah hatte sich zu einem Halbkreis zusammengerollt und den Kopf neben ihm auf den Vordertatzen liegen. Der Mann und der Drache gaben ein seltsam passendes Paar ab, dachte sie – beide waren sie so kalt und hart wie Winterstahl, obwohl sie zu denen, die sie zu ihren Freunden zählten, freundlich sein konnten.

Evandar tauchte noch am selben Abend auf, kurz vor dem Sonnenuntergang. Sie trafen sich außerhalb von Festung und Stadt auf einer Wiese im Westen, wo ein Bach, der von der Schneeschmelze Hochwasser führte, plätscherte und gurgelte. Im letzten goldenen Nachmittagslicht schlenderten sie an Bäumen vorbei, wo die ersten neuen Blätter sprossen.

»Jill ist hier gestorben«, sagte Evandar abrupt.

»Ich weiß«, sagte Dallandra. »Ich habe mich schon gefragt, wieso du ausgerechnet diese Stelle gewählt hast.«

Er zuckte mit den Achseln und ging weiter, den Kopf gesenkt, als betrachtete er das Gras.

»Ich habe mir Sorgen um dich gemacht, mein Liebster«, sagte Dallandra.

»Das tut mir leid. Ich habe versucht, weitere Dinge zu organisieren.«

»Dinge? Was meinst du, Dinge?«

»Zum Beispiel, wie wir Rhodrys Bruder nach Hause bringen.«

»Ach das!«

»Was hast du denn geglaubt?«

Evandar sah sie mißmutig an.

»Daß es noch eine von deinen Intrigen gewesen ist. Es tut mir leid, Liebster, aber sie sind immer so kompliziert ...«

»Oh, ich weiß, ich weiß, und vielleicht ist es diese hier auch, aber mir ist nichts anderes eingefallen.«

»Wobei eingefallen?«

»Salamander nach Hause zu holen, selbstverständlich.«

Dallandra wartete darauf, daß er mehr sagen würde, aber er wandte sich einfach mit einem langen traurigen Seufzer ab und schlenderte weiter langsam am Bachufer entlang. Im Westen färbte der Sonnenuntergang den Himmel kupfern und golden.

»Wir werden die Festung bald alle verlassen«, sagte Dallandra. »Ich hatte gehofft, daß du uns durch dein Land nach Cerr Cawnen führst.«

»Das werde ich selbstverständlich tun. Ansonsten wäre es eine sehr lange Reise.«

Rings um sie her zwitscherten Vögel. Evandar ging langsam wie ein alter Mann weiter, dann blieb er stehen und starrte ins Wasser.

»Irgend etwas stimmt doch nicht«, sagte Dallandra. »Was ist los?«

»Nichts.« Er blickte abrupt auf und zwang sich zu einem Lächeln. »Wann wollt ihr abreisen?«

»In ein paar Tagen. Soll ich das Wildvolk nach dir schicken, wenn wir bereit sind?«

»Ja, bitte. Ich habe so viel zu tun, daß ich nicht weiß, wo ich sein werde. Aber was Salamander angeht, er wird zu Schiff irgendwann im Sommer ins Land des Westvolks zurückkehren. Sie sollten ihn direkt westlich von Cannobaen absetzen.«

»Sie? Wer?«

»Das ist eine Überraschung.« Evandar grinste sie an, und einen Augenblick war er wieder so vergnügt wie eh und je. »Eine, die dir gefallen wird. Aber eins kann ich dir gleich sagen ... den Elefanten wird er nicht mitbringen.«

»Das freut mich. Aber ...«

»Nein! Versuche es gar nicht, etwas aus mir herauszubekommen! Aber ich werde Devaberiel bald sehen und ihm sagen müssen, daß sein Sohn auf dem Heimweg ist. Er kann an der Küste auf sie warten und dich irgendwie benachrichtigen. Nein, ich habe eine bessere Idee. Ich werde Salamanders alte Dweomerlehrerin bitten, Devaberiel zu begleiten, und sie kann dich durchs Feuer rufen.«

»Valandario? Ja, das wird sie tun, wenn du sie bittest. Aber ich dachte, du wärst derjenige, der ihn nach Hause bringt.«

»Das werde ich vielleicht nicht können, wenn Shaetano weiter Unheil anrichtet. Verstehst du das, meine Liebste? Ich habe endlich gelernt, was du mir beizubringen versucht hast – vorausblickend zu denken, Pläne zu machen, darüber nachzudenken, wie alles zusammenpaßt.«

»Nun, ich bin stolz auf dich.«

»Danke.« Er sah sie an, dann blickte er auf zum goldenen Himmel. Hatte er Tränen in den Augen? Sie hätte es nicht sagen können.

»Evandar, Geliebter, was ist los?«

»Nichts.« Er zwang sich zu einem Lächeln, das selbst für seine Verhältnisse künstlich war. »Nun, ich sollte mich jetzt nach Cerr Cawnen aufmachen. Ich muß ein Auge auf meinen elenden Bruder haben.«

Evandar drehte sich um und begann zu rennen. Fast sah es so aus, als würde er direkt in den Bach laufen, aber am Ufer machte er einen Sprung nach oben ins Sonnenlicht und verschwand.

Lange Zeit hatte Niffa die Unterredung mit der Geistersprecherin in ihrem Herzen verschlossen. An dem Tag, als der schwarze Drache über Cerr Cawnen geflogen war, hatte Werda Niffa dazu gebracht, eine schwere Wahrheit anzuerkennen: daß ihr Leben der Hexenkunst gewidmet sein sollte, ganz gleich, wohin dieser Weg sie führen mochte. Zu diesem Zeitpunkt war ihr der Weg so klar erschienen, aber nun stellte sie fest, daß sie ins Wanken geriet. Nie würde ich mein Zuhause verlassen, dachte sie dann. Ich werde vielleicht Harl heiraten und immer in der Nähe meiner Mutter und meines Vaters wohnen. Aber noch während sie ihren Trotz wie einen Schatz hütete, wußte sie, daß sie nur den unvermeidlichen Augenblick hinauszögerte, an dem sie zugeben mußte, daß der schwarze Drache ihr ihr Wyrd gezeigt hatte.

Wenn sie schlief, träumte sie häufig von dem Drachen, aber sie sah das Tier dann immer aus einiger Entfernung, wie es über den Himmel flog oder auf einer hohen Klippe saß. Sie kam nie nahe genug heran, um mit ihm zu sprechen. Endlich, als sie eines Nachts über die grünen Felder des Traums schlenderte, begegnete sie Dallandra an den schimmernden roten Sternen.

»Wie schön, dich wiederzusehen!« rief Dallandra. »Du bist lange nicht hiergewesen.«

»Nein«, meinte Niffa. »Aber denkt bitte nicht, daß es irgendwas mit Euch zu tun hatte. Ich hatte in diesen vergangenen Tagen viel nachzudenken.«

»Ich verstehe. Nun, ich habe gute Neuigkeiten. Wir werden Euren Jahdo bald nach Hause bringen. Wir verlassen Cengarn morgen früh.«

Niffa freute sich so, daß es beinahe die Vision zerstört hätte, aber in diesem vergangenen Winter hatte sie auch gelernt, ihren Willen zu konzentrieren. Einen Augenblick später hing der purpurfarbene Mond wieder sicher über dem Gras und den Schutzsternen. Dallandras Abbild kehrte zurück und lächelte sie an.

»Das freut mich mehr als alles andere«, sagte Niffa. »Ich danke Euch! Aber wer wird mit Euch kommen?«

»Ziemlich viele Leute, aber es sind alles Freunde.«

»Dann werden sie alle willkommen sein. Wird der schwarze Drache Euch begleiten?«

»Oh! Woher weißt du von Arzosah?«

»Ist das ihr Name? Einer der großen Wyrms hat mit mir gesprochen, erst vor ein paar Tagen. Und irgendwie ...« Niffa zögerte verwirrt. »Ich weiß nicht, wie ich es weiß, aber irgendwie spürte ich im Herzen, daß das hier mit Euch zu tun hat.«

»Dein Herz hat ganz recht. Sie wird mit uns kommen. Weißt du, Mädchen, es ist an der Zeit, daß wir über deine Zukunft sprechen. Weißt du, was Dweomer ist?«

Wieder verlor Niffa die Vision, aber dann stabilisierte sie sich so rasch wieder, daß sie wußte, daß ihr Wyrd sie endgültig eingeholt hatte.

»Ich glaube schon«, sagte Niffa. »Wir nennen es hier Hexenkunst.«

»Ja. Ist dir klar, wie sehr du dazu begabt bist?«

»Unsere Geistersprecherin hat etwas darüber gesagt.«

»Nun, ich möchte, daß du sehr genau darüber nachdenkst, während du auf uns wartest. Wenn du diesem Weg der Hexenkunst, dem Dweomerweg, folgen wirst, werde ich dich als Schülerin annehmen.«

Dallandra gebot ihr mit einer Geste zu schweigen. »Sag jetzt nichts. Denke genau darüber nach. Das ist eine Entscheidung, die man nicht leichtfertig fällen sollte.«

»Das verstehe ich. Ich danke Euch von ganzem Herzen.«

»Großartig! Ich habe keine Ahnung, wie lange wir nach Cerr Cawnen brauchen, aber wir werden so bald wie möglich kommen. Lebewohl bis dahin.«

Dallandra winkte, und die Vision schien sich wie eine Decke von einer Seite zur anderen aufzurollen. Plötzlich lag Niffa hellwach in ihrem Bett, und das Morgenlicht färbte den Raum silbern. Sie stand auf, und als sie sich anzog, konnte sie hören, wie ihr Vater und ihre Mutter sich leise unterhielten. Ich sollte es Mutter gleich sagen, dachte sie. Nein, nicht heute – ich werde warten, bis Jahdo zu Hause ist. Es ist besser, wenn sie mich erst verliert, wenn der Junge wieder da ist.

Am Tag ihrer Abreise erwachte Jahdo lange vor dem Morgengrauen. Er lag eine Weile wach im Stroh an der Drachenfeuerstelle in der großen Halle – dem Bett, das er mit den anderen Jungen in der Festung teilte. Er versuchte, wieder einzuschlafen, aber als die Morgendämmerung die Fenster grau färbte, ließ ihn die Aufregung nicht länger ruhen. Da er vollständig angekleidet schlief, brauchte er nur seine Stiefel anzuziehen und war fertig. Am Abend zuvor hatte er seine geringe Habe in ein Bündel geschnürt. Im Licht, das durch die große Tür hereinfiel, wickelte er dies nun in seine Decke und band die Ecken zusammen.

Einer der Jungen an der Feuerstelle setzte sich hin, sah sich um, stand dann auf und kam zu ihm: Cae, der einzige Freund, den er in der Festung gefunden hatte. Einen Moment rieb sich

Cae mit dem Ärmel seines zerrissenen schmutzigen Hemdes den Schlaf aus den Augen.

»Nun ja«, sagte Cae schließlich. »Dann machst du dich auf den Weg?«

»Ja.«

Cae bückte sich und griff nach einem Ende des Bündels. Jahdo nahm das andere, und zusammen trugen sie es hinaus zum Stall. Im grauen Licht der Morgendämmerung war zu erkennen, daß Cae Tränen in den Augen hatte.

»Ich wünschte, ich hätte auch ein Zuhause, in das ich zurückkehren könnte.« Er hörte sich an, als wäre seine Kehle halb zugeschnürt. »Denk hin und wieder an mich, ja?«

»Das werde ich tun.« Jahdo zögerte und wünschte sich, es fiele ihm etwas ein, was er sagen könnte. »Äh, ich werde zu den Göttern beten, daß es dir gutgeht.«

Cae drehte sich um und lief zur großen Halle. Sein schwerer Arbeitstag in der Küche würde bald beginnen. Jahdo ging ihm ein paar Schritte hinterher, dann hielt er inne, denn er wußte, es gab nichts zu sagen, das einem von ihnen beiden den Verlust leichter machen würde.

Er ging zum letzten Mal in die Ställe des Gwerbret und führte Gidro, das braune Maultier, und Bahkti, das weiße Packpferd, aus ihren Boxen. Gidro gehörte dem Stadtrat von Cerr Cawnen, aber Bahkti war mit Meer dem Barden aus dem Land der Gel da'Thae gekommen. Obwohl Jahdo Meers Besitz geerbt hatte, dachte er, daß das Pferd vielleicht immer noch Meers Stamm oder seiner Mutter gehörte – niemand hatte ihm das sagen können.

»Wir gehen nach Hause«, sagte Jahdo zu ihnen. »Nun, zumindest ist es für dich zu Hause, Gidro.«

Das Maultier warf den Kopf herum, als verstünde es ihn. Jahdo führte die beiden zur Tränke und beobachtete, während sie tranken, wie sich der Himmel im Osten silbern färbte. Nach

Hause. Bald würde er zu Hause sein. Im vergangenen Jahr hatte er sich so oft danach gesehnt, daß er sich nun weigerte zu glauben, daß es diesmal wirklich wahr werden würde.

»Meer hat es uns versprochen«, sagte Jahdo zu dem Maultier. »Und dann ist er von diesem Dämonensohn von einem Bogenschützen erschossen worden. Dann sagte Jill dasselbe, und sie ist gestorben. Ich frage mich, ob wohl eine Art Fluch auf uns liegt.«

Gidro schnaufte und blies Wassertropfen, als wollte er ihm sagen, er solle nicht solchen Unsinn reden. Tatsächlich versammelten sich bald die Reisenden im Hof oder darüber – letzteres im Fall von Rhodry und Arzosah, die flugbereit auf dem Dach des Hauptbrochs stand. Alle in der Festung waren herausgekommen, um sie zu verabschieden. Gwerbret Cadmar und seine Frau standen in der Tür. Die Diener und die Männer des Kriegshaufens drängten sich im Hof. Prinz Daralanteriel saß auf einem wunderbaren Rappen an der Spitze ihrer kleinen Truppe. Neben ihm auf Gwerlas, ihrem Falb-Wallach, hielt Prinzessin Carra ihr Kind in einer Lederschlinge an ihrer Brust. Dahinter kam eine Eskorte aus zehn berittenen Bogenschützen, die Packmaultiere mit Vorräten für die Reise führten, Dallandra auf einem grauen Zelter, und Jahdo selbst, der sein Maultier ritt und den beladenen Bahkti führte – insgesamt gaben sie eine recht großartige Karawane ab, wie Dallandra bemerkte.

»Ich bin so froh, daß wir endlich gehen«, sagte sie Jahdo. »Ich hoffe, ich brauche nie wieder einen Winter in einem Steinzelt zu verbringen.«

»Das hoffe ich auch, Herrin«, meinte Jahdo. »Und ich bete, daß wir auf der Straße nicht dem Pferdevolk begegnen.«

»Wir haben den besten Späher auf der Welt, um uns davor zu bewahren.«

Dallandra zeigte auf den Drachen und seinen Reiter. Wie

zur Antwort breitete Arzosah die Flügel aus, sprang hoch und flog einmal um die Festung herum, bevor sie sich nach Westen aufmachte.

»Sie werden über uns kreisen«, fuhr Dallandra fort. »Und abends werden sie sich im Lager zu uns gesellen. Irgendwelche Pferdevolkbanden werden es bedauern, sich mit uns angelegt zu haben, wenn Arzosah sie erwischt.«

An der Spitze des kleinen Trupps hob Prinz Daralanteriel sein silbernes Horn an die Lippen und blies einen langgezogenen Ton. Die Pferde tänzelten erwartungsvoll.

»Lebe wohl, Cengarn!« rief er. »Männer, Abmarsch!«

In einer Flut von Lachen und Abschiedsrufen machten sich die Reisenden auf, lenkten ihre Pferde im Schritt durch die großen eisenbeschlagenen Tore der Festung und die gewundenen Straßen der Stadt entlang. Jahdo hatte das Gefühl, sie bewegten sich wie Schnecken, aber endlich erreichten sie die hoch aufragende Stadtmauer und das offene Tor. Mit einem letzten Winken und Grüßen des Abschieds ritten sie ins grüne Land hinaus. Jahdo lachte aus reiner Erleichterung laut auf.

»So weit, so gut«, sagte er zu Dallandra.

Die Straße verlief zwischen flachen Wiesen am Fuß der Felsenklippe von Dun Cengarn. Sie kamen an den Massengräbern der Kämpfe des letzten Sommers vorbei, langgezogenen flachen Hügeln, die aussahen, als hätte die Erde Schwielen, weil sie gepeitscht worden war. Jahdo war froh, sie zurücklassen zu können, aber eine weitere grimmige Erinnerung erwartete ihn. Als sie durch die Furt am Bach ritten, wo Jill gestorben war, mußte er fest schlucken, um nicht zu weinen.

»Sie fehlt uns allen.« Dallandra hatte seine Reaktion bemerkt. »Es ist nichts Falsches daran zu weinen.«

»Ich weiß, aber ich hatte in diesem vergangenen Jahr so viel zu weinen, daß ich einfach nicht mehr will.«

»Zweifellos! Nun, hoffen wir, daß dir bessere Zeiten bevorstehen.«

»Das hoffe ich jeden Tag. Sagt mir, Herrin – wird Evandar kommen und unsere Reise verkürzen?«

»Ja, aber nicht vor morgen. Wir wollen zunächst das besiedelte Land hinter uns lassen.«

Sie ritten tatsächlich den größten Teil dieses Tages durch Bauernland. Draußen auf dem Feld waren die Bauern damit beschäftigt, das Saatkorn zu pflanzen, das der König geschickt hatte, und Jahdo bemerkte, wie vorsichtig sie damit waren. Hier wurde nichts großzügig ausgestreut – Männer und Frauen bückten sich, um ein winziges Rinnsal der kostbaren Körner in die gepflügten Furchen rieseln zu lassen, während die Kinder folgten und die Körner mit Erde bedeckten und die gierig kreisenden Vögel abwehrten.

In der Abenddämmerung hatten sie die Bauernhöfe hinter sich gelassen. Dar befahl, auf einer letzten Wiese am Waldrand das Lager aufzuschlagen, wo ein klarer Bach Wasser spendete. Die Männer luden die Packtiere ab, und Arzosah kehrte zurück und landete in einiger Entfernung. Jahdo sah Rhodry anmutig von ihrem Rücken gleiten, aber er war zu sehr mit seinem Pferd und dem Maultier beschäftigt, um sonderlich auf ihn zu achten. Er pflockte seine Tiere an, bevor Rhodry ins Lager zurückkehrte, schwer beladen mit Arzosahs Geschirr. Auf dem schwarzen Leder glitzerten hier und da Edelsteine.

»Sie geht auf die Jagd«, meinte Rhodry. »Und das Geschirr ist ihr dabei im Weg.«

»Sagt mir eines, Rori – ist es schön zu fliegen?«

»Ja, wenn man sich erst einmal daran gewöhnt hat. Zu Anfang – nun, ich muß zugeben, daß ich schreckliche Angst hatte, von soweit oben hinunterzuschauen, und so, wie Arzosah sich bewegt, wenn sie flattert, wäre mir beinahe übel geworden. Aber nach einiger Zeit habe ich das Gefühl der Freiheit lieben gelernt.« Rhodry hielt inne und lächelte.

»Möchtest du morgen mit uns kommen?«

»Das würde ich gerne, aber das geht wohl nicht. Ich muß mich um Gidro und Bahkti kümmern. Vielleicht kann sie mich eines Tages ein kleines Stück mitnehmen, damit ich weiß, wie sich Fliegen anfühlt.«

»Das ließe sich sicher machen.«

»Wunderbar! Über der Erde zu fliegen ... Aber ich frage mich oft, warum sie Euch weiterhin gehorcht, da Ihr den Dweomerring nicht mehr habt.«

»Ich bin selbst überrascht.«

»Sie ist so stark und gefährlich! Wieso bleibt sie bei uns?«

»Ich denke, wir amüsieren sie irgendwie, zumindest im Augenblick. Wir sind wie die Minnesänger, die der Hochkönig an seinem Hof hat. Zweifellos wird sie unserer eines Tages müde werden und davonfliegen.« Rhodry wandte sich ab, plötzlich melancholisch geworden. »Ich hoffe aber, sie bleibt noch lange hier.«

»Ich auch.« Als sie das Lager zusammen betraten, begann Jahdo zu singen, und Rhodry schloß sich ihm an, improvisierte mit seinem klaren Tenor eine zweite Stimme. Jahdo hatte sich so auf das Lied konzentriert, daß er vergaß, darauf zu achten, wo er hintrat. Plötzlich stolperte er über einen Stein. Er fuchtelte mit den Armen, wäre beinahe gestürzt, dann gewann er lachend sein Gleichgewicht wieder.

»Ihr Götter, Junge!« sagte Rhodry. »Heb doch deine Füße hoch!«

»Ich versuche es.« Jahdo versuchte, reuevoll dreinzuschauen, aber es gelang ihm nicht. »Ach Rhodry, heute abend ist es mir gleich, ob ich ungeschickt bin oder nicht. Wir sind auf dem Weg nach Hause!«

In dieser Nacht träumte Niffa, daß eine Karawane durch das Tor der Stadt kam. Als sie aufwachte, zog sie ihr Kleid an, griff nach einem Stück Brot und etwas Käse und lief dann aus dem Haus. Sie aß, während sie die gewundenen Straßen der Zitadelle entlangeilte. Am Seeufer waren ein paar kleine Boote aus Flechtwerk und Leder vertäut und warteten auf jeden Bürger, der eines brauchte. Einen Augenblick kaute Niffa noch den letzten Rest ihres Brotes und sah zu, wie Nebelschwaden sich über das Wasser wanden. Seit Demets Tod war sie nicht mehr im anderen Teil der Stadt gewesen, und nun zögerte sie und spürte ihren Kummer wie eine Schnur, die ihr die Hände zu binden schienen. Was, wenn sie Demets Mutter oder seinen Verwandten begegnete, die ihm alle so ähnlich sahen?

»Ach komm schon!« sagte sie sich. »Es wäre falsch, wenn du dich dein ganzes Leben auf dem Zitadellenfelsen versteckst!«

Aber es dauerte eine Weile, bis sie sich dazu überwinden konnte, ein Boot auszuwählen. Sie raffte ihren Rock, schob das Boot ins seichte Wasser und stieg dann ein. Während sie über den See paddelte, konzentrierte sie sich auf die Stadt, die auf ihren Stelzen und Pfählen aus dem Wasser ragte, und sie achtete darauf, so weit wie möglich von den Weberhäusern entfernt zu landen.

Cerr Cawnen hatte zwei Tore in seiner hohen Stadtmauer, ein ziemlich großartiges nach Süden und ein kleineres nach Osten. Obwohl anzunehmen war, daß Jahdo durch das Osttor zurückkehrte, hatte ihr Traum ihr das Südtor gezeigt, wie Niffa nun erkannte. Das war verblüffend, und vielleicht würde es zu einer Enttäuschung führen, falls sich ihr Traum als unwahr erweisen sollte. Nun, jetzt bin ich hier, sagte sie sich. Ich werde einfach warten. Als sie über das Durcheinander hölzerner Landestege, Häuser, Treppen, Läden und wackliger Brücken ging, streckten Frauen, die sie kannten, die Köpfe zu den

Fenstern heraus und grüßten sie oder stellten sich in die Türen ihrer Häuser und winkten ihr zu.

»Niffa, wie schön, dich zu sehen, Mädchen! Wie geht es dir, meine Liebe? Oh, ich bin froh, daß du wieder unterwegs bist!«

Diese Begrüßungen waren so vergnügt und so ehrlich, daß sie plötzlich begriff, daß man sie tatsächlich ebenfalls vermißt hatte, nachdem sie sich in ihren Kummer zurückgezogen hatte. Lachend und lächelnd winkte sie zurück, aber ihr Traum drängte sie weiter, und sie hatte keine Zeit, zu einem kleinen Klatsch stehenzubleiben. Sie eilte zum Südtor, wo sich parallel zur Mauer eine schmale, langgezogene Gemeindewiese erstreckte, nun hellgrün vom frischen Gras und mit ein paar weißen Flecken von den ersten Gänseblümchen. Niffa ließ sich im Schneidersitz dort nieder und wartete.

Eine Weile später tauchte tatsächlich eine Karawane auf. Niffa war schon bereit, ihre Wache aufzugeben und nach Hause zurückzukehren, als sie durch die offenen Tore Reisende sah. Zunächst entdeckte sie nur eine Rauchwolke am Horizont. Plötzlich näherte sich die Wolke und löste sich endlich auf in Packpferde, geführt von hochgewachsenen Gestalten mit Unmengen dunklen Haares. Weiter hinten sah sie auch Reiter.

»Gel da'Thae!« Der Mann auf Wache rief den Namen laut. »Gel da'Thae-Kaufleute!«

Silberhörner erklangen zum Gruß. Ein Mann von der Stadtmiliz kletterte eilig die Leiter vom Wehrgang herunter und lief zum Seeufer. Die Mitglieder des Rats der Fünf würden von den Neuankömmlingen erfahren müssen. Niffa stand auf und sah zu, wie die Karawane näher und näher kam und sich dabei viel Zeit ließ. Warum hatte ihr Traum ihr das vorhergesagt? Es hatte doch sicher nichts mit ihr zu tun. Hinter ihr begann sich eine Menschenmenge zu sammeln, als die ganze Stadt herauskam, um dem ersten wirklich wichtigen Ereignis des Frühlings beizuwohnen. Sie hörte, wie die Leute vor sich hin murmelten, die Karawane studierten, als sie näher kam, und sich fragten, ob es hier wohl um Ärger oder Handel ginge.

Dann eilten die Ratsmitglieder mit wehenden, rotgestreiften Umhängen vorbei. Zunächst kam Burra, ein Kaufmann, der kaum älter war als Verrarc und helles Haar und einen dichten blonden Schnurrbart hatte. Der untersetzte Frie eilte ihm nach, die Hemdsärmel aufgerollt und die Arme bis zum Ellenbogen schwarz von Holzkohle – er kam wohl direkt aus seiner Schmiede. Als Niffa Verrarc sah, wollte sie sich abwenden, aber es war zu spät – er entdeckte sie, winkte ihr zu und lief dann weiter. Als letztes kamen die beiden Ältesten, der dünne, grauhaarige Hennis und der kräftige kahle Admi, der in der heißen Sonne ächzte. Inzwischen hatte die Karawane schon halb das Tor durchquert.

An ihrer Spitze ritten zwei Gel da'Thae-Krieger in ledernen Hosen mit Speeren, den nackten Oberkörper mit blauen Tätowierungen überzogen. Hinter ihnen kam eine lange Reihe von Packpferden, geführt von Menschenmännern, die Tuchhosen trugen und jeweils einen Eisenring um ein Fußgelenk hatten – Sklaven, begriff Niffa. Nicht, daß sie oder ihre Gel da'Thae-Besitzer je so etwas zugeben würden, wenn sie sich in dieser freien Stadt aufhielten. In der Mitte ritt ein üppig gekleideter Gel da'Thae-Mann auf einem Rotschimmel-Wallach, vermutlich der Kaufmann, dem diese Karawane gehörte. Seine gewaltige Mähne schwarzen Haares, geflochten und mit kleinen Talismanen verziert, fiel ihm bis auf die Taille.

Auf zwei rein weißen Pferden folgten ihm zwei Frauen seines Volkes. Niffa hielt den Atem an, als kalte magische Sicherheit sie durchzuckte: Das hier war der Grund, warum der Traum sie zum Tor getrieben hatte. Während die Gel da'Thae-Männer ihr Haar in geflochtenen Mähnen trugen, rasierten die Frauen es vollständig ab. Diese beiden trugen enge Ledermützen, bedeckt mit kleinen Metall- und Glasplättchen, und ein knappes Hemd aus hellem Leintuch am Oberkörper, das ihre Arme nackt ließ, und dazu Lederhosen wie die Männer. Wo ihre Augenbrauen hätten sein sollen, waren Blütenranken tätowiert. Grüne Tätowierungen bedeckten den Rest ihrer milchweißen Haut mit Bildern von Tieren, Blumen und Landschaften, die in deutlichem Kontrast zu den abstrakten blauen Mustern standen, mit denen sich die Männer schmückten.

Das Geschirr ihrer Pferde war behängt mit Metallen und Talismanen, Perlenschnüren und Lederbändern, denen den Tätowierungen sehr ähnliche Muster eingeprägt waren. Niffa hörte, wie die Bürger der Stadt überrascht zu murmeln begannen. Als sie sich umdrehte, sah sie Raena in einem guten grünen Kleid und mit goldenem Halsband, die sich durch die Menge drängte, während ein angewidert dreinschauender Harl ihr mit einem Stock folgte. Ihre Stellung als Frau eines reichen Mannes forderte, daß sie von einer Wache begleitet wurde, wenn sie sich weit von zu Hause entfernte.

Die Karawane folgte der Innenmauer. Die Gemeindewiese war das einzige Karawanenlager, das Cerr Cawnen zu bieten hatte. Der Kaufmann allerdings lenkte sein Pferd von der Reihe weg und stieg dann aus dem Sattel, um sich vor dem Rat der Fünf zu verbeugen, der sich um ihn drängte und die Verbeugung erwiderte. Niffa ignorierte sie und beobachtete die beiden Frauen. Oft warnte sie ihre Neigung zur Hexenkunst vor Gefahr, aber bei dem Anblick des Paares schien etwas in ihrem Geist zu sagen: »Gut! Sie sind sicher bis hierher gelangt.« Wer »sie« waren, blieb noch verborgen, aber nicht lange.

»Niffa!« Das war Verrarc, der auf sie zukam. »Gut, daß du hier bist. Diese ältere Frau dort, siehst du sie? Sie ist die Mutter des Gel da'Thae-Barden, der deinen Bruder mit ins Land der Sklavenhalter genommen hat. Ihr Beschützer ...« Er zeigte vage auf den Gel da'Thae-Kaufmann, »hat uns erzählt, sie sei hergekommen, um etwas Neues über ihren Sohn zu hören, falls es Neuigkeiten gibt.«

»Dann hat sie für eine solche Enttäuschung einen langen Weg hinter sich gebracht.« Niffa versuchte, so ausdruckslos zu sprechen, wie sie konnte.

»Ah. Es gibt also keine Neuigkeiten von Jahdo?«

»Wenn es welche gäbe, Ratsherr, dann hättest du sie längst gehört.«

Einen Augenblick blieb Verrarc noch, und es sah aus, als wollte er weiter nachbohren. Dann drehte er sich mit einem kleinen Achselzucken um und ging zu Raena, die die Gel da'Thae-Frauen beobachtete. Nie hatte Niffa solchen Haß in den Augen eines anderen Menschen gesehen. Raena war bleich geworden, und ihr Mund zuckte, als sie die beiden Frauen anstarrte. Ihre Lippen bewegten sich, als murmelte sie einen bösen Zauber. Niffa wich zurück in die Menschenmenge, um sich dort zu verlieren, bevor Raena sie bemerkte. Dabei wäre sie beinahe mit Harl zusammengestoßen.

»Entschuldigung!« sagte Niffa. »Solltest du dich nicht um die Frau deines Herrn kümmern?«

»Soll diese Hündin doch selbst im Gras schnuppern und sich hinhocken.« Harl spuckte auf den Boden. »Sollte ein Pferd sie treten, dann wäre das nur noch besser.«

»Da hast du recht.« Niffa lächelte. »Nun, lebe wohl, ich mache mich auf den Heimweg.«

»Ich würde dich gerne über den See rudern.«

»Danke. Das wird dir auch gegenüber deinem Herrn eine Ausrede geben, wenn dieses Miststück sich beschwert, weil du sie allein gelassen hast.«

Erst spät an diesem Tag hörte Niffa mehr von der Karawane und den beiden Frauen. Kyle, ihr älterer Bruder, diente bei der Stadtmiliz, deren Befehlshaber Ratsherr Verrarc war. Kyle war den ganzen Tag in der Nähe seines Kommandanten geblieben und hatte den Klatsch mit angehört, und nun brachte er einen großen Korb davon mit nach Hause, als sie sich zum Abendessen an den Tisch setzten.

»Sie heißt Zatcheka – Meers Mutter, meine ich«, sagte Kyle. »Das Mädchen, das sie begleitet – und der Ratsherr sagte, sie sei jung, nicht, daß man es ihr ansehen würde, aber jedenfalls, das Mädchen ist ihre angenommene Tochter und Erbin. Sie heißt Grallezar.«

»Ihre Erbin?« meinte Lael. »Bedeutet das, ihr Sohn ist tot?«

»Nicht im geringsten. Bei diesem Volk erben die Mädchen den Besitz ihrer Mütter, falls sie welchen haben.«

»Wie vernünftig von ihnen.« Dera legte einen großen runden Laib Brot auf den Tisch. »Möchte jemand Bier dazu?«

»Ich zum Beispiel«, sagte Kyle. »Ich habe nach der Erbschaft gefragt, weil ich befürchtete, wenn Meer tot ist, könnte es Jahdo auch sein.«

»Jahdo ist in Sicherheit«, sagte Niffa. »Keine Angst, er wird bald zu Hause sein.«

»Einer von deinen Träumen, Mädchen?« Lael zog die buschigen Brauen hoch.

»Ja, Vater.«

Lael lächelte, dann griff er nach dem Brotlaib und begann, ihn zu zerpflücken.

»Also«, fuhr Kyle fort, »ich hörte, wie Verrarc mit dem Obersten Sprecher Admi redete. ›Dieser Besuch hat mehr Gründe als nur die Sorge einer Mutter‹, hat er gesagt. ›Zatcheka ist eine wichtige Bürgerin bei ihrem Volk, und sie machte Andeutungen auf eine gewichtige Angelegenheit, die ihre Stadt und die unsere betrifft.‹ Und Admi hat Verro geantwortet: ›Dann werden wir morgen Rat halten, um sie anzuhören.‹«

»Aha«, sagte Lael. »Danach werden sie bestimmt eine Stadtversammlung ausrufen.«

»Das hat Admi auch erwähnt.« Kyle nahm von Dera einen Bierkrug entgegen. »Danke, Mutter. Aber jetzt kommt das Merkwürdigste von allem. Verrarc hat uns, der Miliz, gesagt ... er wartete, bis Admi weg war, aber dann hat er uns gesagt, daß wir das Gel da'Thae Lager bewachen sollen, und zwar zu zweit und die ganze Nacht hindurch. ›Und warum das?‹ fragte Feldwebel Gart. ›Glaubst du, es gäbe Ärger?‹« Kyle hielt inne und trank einen Schluck Bier. »›Nicht von ihrer Seite‹, meinte Verro. ›Ich fürchte nur, daß ihnen jemand in der Stadt vielleicht Böses will, und werde nicht zulassen, daß man ihnen etwas tut.‹«

»Raena!« rief Niffa, bevor sie sich bremsen konnte. »Es ist Raena, die ihn auf diese Gedanken gebracht hat.«

»Raena?« fragte Dera mit leisem Lachen. »Und welchen Schaden könnte eine einzelne kränkliche Frau einem Lager voll Gel da'Thae zufügen?«

»Das weiß ich nicht, Mutter«, meinte Kyle. »Aber Verrarc hat uns tatsächlich gewarnt. ›Wenn ihr meine Frau in der Nähe des Lagers seht‹, sagte er, ›bringt sie nach Hause.‹«

Einen Augenblick lang spürte Niffa, daß sie fast keine Luft mehr bekam. Sie erholte sich mit einem kleinen Keuchen und bemerkte, daß sowohl Dera als auch Lael sie anstarrten.

»Finstere Zeiten kommen auf uns zu«, sagte Niffa. »Mehr weiß ich nicht.«

Lael murmelte ein kurzes Stoßgebet, dann reichte er ihr ein Stück Brot. Während sie aß, dachte Niffa immer wieder an Zatcheka, die von so weit hergekommen war, um nach ihrem Sohn zu suchen. War Meer noch am Leben? Sie hatte nie daran gedacht, Dallandra zu fragen, nicht ein einziges Mal, während sie sich in den Torlanden des Schlafs unterhalten hatten. Das kam ihr plötzlich sehr eigensüchtig vor. Ich werde sie heute nacht fragen, dachte sie. Sicher wird Dalla wissen, ob er noch auf der Erde weilt oder darunter.

Als Verrarc zu Hause eintraf, war Raena schon vor ihm da und ging vor der leeren Feuerstelle aufgeregt auf und ab. Der letzte Rest Sonnenlicht fiel durchs Fenster und brachte das goldene Halsband zum Blitzen. Die tränenförmigen Anhänger schimmerten wie Flammen.

»Dieses Halsband steht dir wunderbar, meine Liebste«, sagte er. »Es freut mich, daß es dir gefällt. Es hat meiner Mutter gehört.«

»Es ist wunderschön.« Raena legte ihm die Hände auf die Schultern. »Ich danke dir.«

Als er sie küßte, lächelte sie, trat aber einen Schritt zurück.

»Diese Gel da'Thae«, sagte sie. »Weißt du, was sie herbringt?«

»Nein. Diese Frau, diese Zatcheka? Als wir sie zum Lagerplatz führten, hat sie den Mund so fest zugekniffen wie ein Geizhals seinen Geldbeutel. Und das Mädchen und der Kaufmann sagen beide auch nichts, bis sie es ihnen gestattet.«

Raena fluchte und warf sich auf einen Sessel. Verrarc setzte sich ruhiger ihr gegenüber hin.

»Was beunruhigt dich so?« fragte er.

»Das weiß ich noch nicht. Aber Dweomerkälte liegt um mein Herz, und das bedeutet, daß sie mir und den meinen vielleicht Schaden zufügen werden.«

»Der Stadt?«

»Nein, nein, nein, dir und mir. Die Stadt ...« Raena faßte sich und zwang sich zu einem Lächeln. »Ich weiß, die Stadt liegt dir sehr am Herzen. Aber irgendwie weiß ich nicht, was ihr bevorsteht. Wenn ich zu den Ruinen gehen und den Herrn des Chaos heraufbeschwören könnte, könnte ich ...«

»Ich werde nicht zulassen, daß du dich derart in Gefahr bringst! Ihr Götter! Wenn Werda es herausfindet, wird sie die ganze Stadt gegen dich aufhetzen.«

»Das ist wahr.« Raena dachte einen Augenblick lang nach.

»Ich muß also schlau wie ein Wiesel sein und eine andere Möglichkeit finden, die Vorzeichen zu lesen.«

Im ersten Tageslicht erwachte Niffa betrübt. Sie war in ihrem Traum tatsächlich Dallandra begegnet und hatte erfahren, daß Meer im Land der Sklavenhalter begraben war. Obwohl Dallandra ihr angeboten hatte, es selbst zu erzählen, sobald sie in Cerr Cawnen eingetroffen war, hielt sie es für angebrachter, Zatcheka jetzt schon die traurige Nachricht zu überbringen und sie nicht noch weitere Tage vergebens hoffen zu lassen. Niffa mußte zugeben, daß sie Angst hatte. Wie konnte sie, die Tochter der Rattenfänger, sich so wichtigen Gästen nähern?

Sobald die Sonne aufgegangen war, nahm Niffa das Joch und die Eimer und ging, um Wasser für den Tag zu holen. Sich damit durch den schmalen Durchgang vor der Tür der Rattenfänger zu manövrieren brauchte all ihre Konzentration, aber sobald sie den eigentlichen Weg erreicht hatte, bemerkte sie Lärm und Unruhe hügelabwärts. Sie trat ein Stück zur Seite und entdeckte, daß der Rat der Fünf den Berg hinaufkam, langsam, so daß Admi, der ziemlich dick war, Schritt halten konnte, ohne in würdeloses Ächzen und Keuchen verfallen zu müssen. In ihrer Mitte befand sich Zatcheka, die dieselbe Ledermütze trug, aber ein bodenlanges, gerade geschnittenes Kleid aus Hirschleder, geschmückt mit Perlen und Metallplättchen, das ihre haarlosen Arme nackt ließ. Aus dieser Entfernung erkannte Niffa, daß jedes Metallplättchen ein Symbol eingraviert hatte und daß einige Perlen eigentlich aus aufgerolltem Pergament oder Tuchstreifen bestanden. Um die Taille trug sie einen lockeren Gürtel aus einer Kupferkette, an der sich entweder ein sehr langes Messer oder ein sehr kurzes Schwert in einer Lederscheide befand. Der Aufstieg schien ihr nichts auszumachen, denn sie sang eine Art leises Klagelied vor sich hin. Ganz hinten marschierte Grallezar, die einen kleinen Ledersack trug und ähnlich gekleidet war wie ihre Adoptivmutter und die beiden Gel da'Thae-Krieger mit dünnen Stöcken in den Händen – Zeremonialwaffen, nahm Niffa an, denn sie waren mit solch kunstvollen Schnitzereien versehen, daß sie vermutlich beim ersten Schlag gebrochen wären.

Als die Prozession an ihr vorbeizog, drückte sich Niffa gegen eine Mauer an der hügelaufwärts gewandten Seite. Keiner der Männer ließ sich dazu herab, sie zur Kenntnis zu nehmen, aber Zatcheka sah sie an, nickte freundlich, lächelte und entblößte dabei lange spitze Zähne, die vermutlich in diese Form gefeilt waren, da kein Gel da'Thae-Mann solche Zähne hatte. Niffa knickste, was ihr ein weiteres Lächeln einbrachte. Die Prozession zog weiter, und Niffa folgte. Ich muß ihr irgendwie von ihrem Sohn erzählen, dachte Niffa. Zatcheka wirkt erheblich weniger furchteinflößend, als sie geglaubt hatte.

Niffa folgte dem Rat der Fünf den ganzen Weg bis zur Kuppe der Zitadelleninsel und zu dem öffentlichen Platz dort, aber die anderen überquerten den Platz und gingen in das Beratungshaus an der anderen Seite, während Niffa am Brunnen stehenblieb. Sie sah zu, wie die Ratsherren und ihre Gäste den Säulengang betraten und durch eine offene Tür verschwanden. Schon hatte sich die übliche Menschenmenge am Brunnen gesammelt, um darauf zu warten, hier Wasser schöpfen zu können, obwohl Niffa bemerkte, daß die meisten Männer mit Glotzen beschäftigt waren. Harl eilte ihr entgegen.

»Mein Herr ist ausgesprochen beunruhigt«, meinte Harl. »Irgend etwas Großes steht bevor.«

»Die Gel da'Thae haben immer Ärger bedeutet«, sagte Niffa. »Oder nicht?«

»Das ist wahr, aber lieber sie als das Pferdevolk. Das hat der Herr zumindest gesagt, als ich ihm seinen Umhang brachte. ›Nun ja, besser sie als das Pferdevolk, obwohl ich befürchte, daß dieser Besuch etwas mit ihnen zu tun haben könnte.‹«

Niffa fühlte sich, als hätte jemand ihre Lungen mit kalten Händen umfangen und drückte die Luft heraus, weil sie mit absoluter Sicherheit wußte, daß Harl recht hatte.

»Ich bin ganz deiner Ansicht«, sagte sie. »Aber es besteht immer die Hoffnung, daß ich mich irren könnte.«

»Die wilden Pferdevolkstämme haben sich in Bewegung gesetzt«, sagte Zatcheka. »Ich bin gekommen, um euch zu warnen.«

»Ich hatte bereits befürchtet, daß so etwas geschehen würde«, sagte Admi. »Ich danke Euch im Namen der Stadt.«

Sie nickte ihm zu, eine Bewegung, die die Talismane auf ihrer Mütze im Sonnenlicht, das durchs Fenster hereinfiel, glitzern ließen. Der Rat hatte sich in seinem üblichen Zimmer zusammengefunden, einem großen Steinraum mit hoher Decke und einem niedrigen Podium an einem Ende. Auf dem Podium, vor einem langgezogenen Fenster, stand ein runder Holztisch mit einfachen Holzstühlen. Der Rest des Raumes war leer. Bei einem runden Tisch gab es niemanden, der an bevorzugter Stelle saß – diese Regelung hatte Zatcheka gefallen. Sie saß entspannt auf einem Stuhl, während ihre Adoptivtochter am Boden neben ihr hockte und ihre beiden Leibwächter hinter ihr standen. Die fünf Ratsherren hatten ihre üblichen Plätze eingenommen, aber sie wirkten alles andere als lässig und ruhig. Verrarc fühlte sich so angespannt wie frisches Seil.

»Geehrte Zatcheka«, fuhr Admi fort. »Wißt Ihr, warum die Wilden sich auf den Krieg vorbereiten?«

»Ja. Und es ist eine sündige Angelegenheit.«

Zatcheka legte eine bleiche Hand auf das Bündel von Talismanen an ihrer Kehle. »Eine Lästerung der übelsten Art, eine Blasphemie gegen alle wahren Götter und ihre Diener. Sie behaupten, einer neuen Göttin zu dienen. Einige nennen sie die

Verborgene, andere Alshandra, Herrin des Sturms. Ich nenne sie Betrug.«

Alle Ratsherren glotzen wie erstaunte Kinder. Zatcheka lächelte, aber sie behielt die Lippen über ihren spitzen Zähnen fest geschlossen. Der alte Hennis, ein stockdünner Mann ohne Zähne, der keine große Achtung vor irgendwelchen Göttern hatte, warf Verrarc einen Seitenblick zu, der der Verachtung sehr nahe kam. Verrarc starrte wütend zurück. Er kannte sich mit der Art der Gel da'Thae, Geschichten zu erzählen, besser aus. Sie begannen und endeten immer mit Göttern. Was zählte, war der mittlere Teil.

»Geehrte Ratsherren, ich hatte einmal zwei Söhne«, fuhr Zatcheka fort. »Einer von ihnen war ein großer Krieger, aber er brachte seinem Volk nichts als Schande. Auch er diente dieser Dämonin, dieser Alshandra. Ich habe ihn verstoßen, habe ihn aus meinem Herzen gejagt. Mein zweiter Sohn ist, wie ihr wißt, der Barde Meer, und ihn habe ich seinem Bruder hinterhergeschickt, um Nachricht von ihm zu bringen.«

»Ja«, meinte Admi. »Das ist wahrlich traurig.«

»So war es, und ich hoffe und bete zu den wahren Göttern, daß nicht weitere Trauer auf mich wartet. Ich fürchte tief im Herzen, daß Meer nicht mehr auf dieser Erde weilt, und wenn dem so ist, wäre das ein böses Vorzeichen für uns alle.«

»Äh, ich bitte um Verzeihung«, sagte Admi. »Ich begreife nicht, wieso ...«

»Ihr begreift es nicht, weil Ihr mich nicht zu Ende sprechen laßt.« Ihre Stimme, immer noch leise, hatte jetzt einen sehr befehlsgewohnten Unterton. »Hört mich an, und dann werdet Ihr erfahren, was ich weiß.«

»Genau, genau«, warf Verrarc ein. »Verzeiht uns, Verehrteste. Wir bitten Euch, uns in unserem Unwissen zu erleuchten.«

»Also gut.« Wieder lehnte Zatcheka sich zurück. Der Blick ihrer dunkelgrünen Augen zuckte von einem Ratsherrn zum anderen. »Weil mein Sohn solche Schande über unsere Stadt gebracht hatte, wurde es mir aufgetragen, hierherzureisen. Weil solche großen Reisen eine Belohnung verdienen, hat man mir gestattet, dieses verwaiste Kind in mein Haus aufzunehmen. Ansonsten wäre mein Haus mit mir gestorben.«

Sie hielt inne und legte eine Hand auf Grallezars Kopf. Die Ratsherren nickten alle ernst, sogar Hennis. Ganz gleich, was er von Göttern hielt, er kannte den Wert von Erben.

»Nun.« Zatcheka verschränkte die Hände in der Taille. »Diese falsche Göttin, diese faulige Dämonin, diese wandelnde Blasphemie – sie erschien ihren Anbetern zwei Frühlinge vor diesem. Eine Priesterin kam ins Land des Pferdevolkes, und das ist tatsächlich erstaunlich: Die Priesterin, die behauptete, das Orakel der Göttin zu sein, war eine Menschenfrau.«

»Ihr Götter«, murmelte Admi. »Das ist wirklich ausgesprochen seltsam.«

Verrarc spürte, wie sich ihm der Magen zusammenzog. Das ist unmöglich, sagte er sich. Nicht Raena! Aber das warme Ratszimmer schien plötzlich eiskalt geworden zu sein.

»Zuerst sprach sie nur im Namen ihrer Göttin«, fuhr Zatcheka fort. »Dann erschien die Göttin den Stämmen selbst, und sie gab ihnen Versprechen. Sie würden ihr auserwähltes Volk sein, das hat sie ihnen zumindest gesagt, und sie sollten Könige der Welt und all ihrer Städte und all ihrer Völker bis hin zum Land der Sklavenhalter werden.«

»Und wir«, rief Verrarc, »liegen direkt auf ihrem Weg dorthin.«

»Kluger Junge.« Zatcheka bedachte ihn mit einem Nicken. »Genauso ist es, und dasselbe gilt für uns.«

Admi war bleich geworden. Er griff nach einer Ecke seines scharlachroten Umhangs und wischte sich den Schweiß von den runden Wangen. Die anderen Ratsherren, Burra, Hennis und Frie, redeten alle gleichzeitig aufeinander ein, während

Zatcheka sie mit halb zugekniffenen Augen forschend betrachtete. Admi hob die Hände und bat um Ruhe. Das Geschwätz hörte auf. Frie war höflich genug, sich bei ihrem Gast zu entschuldigen, und Zatcheka nickte.

»Wir müssen jetzt vollkommen ruhig bleiben«, sagte Verrarc. »Wir dürfen auf keinen Fall in Panik geraten und uns benehmen wie die Enten, die den Fuchs riechen.«

»Das stimmt«, meinte Zatcheka. »Obwohl ich es niemandem übelnehmen kann, sich vor dem Pferdevolk zu fürchten. Es gibt die Furcht von Feiglingen, und es gibt berechtigte Vorsicht, und ich denke, das letztere ist hier der Fall.«

»Wenn sie diesen Sommer marschieren ...«, begann Admi.

»Die Götter lieben uns immer noch, oberster Sprecher«, unterbrach ihn Zatcheka. »Im vergangenen Jahr ist das Pferdevolk, wie unsere Spione uns mitteilten, ins Land der Sklavenhalter marschiert, und dort wurden sie besiegt. Viele fielen vor den Mauern irgendeiner Stadt. Was noch wichtiger ist: Sie haben viele Pferde verloren. Eine kleine Weile müssen sie nun ihre Wunden lecken und ihre Herden wieder aufstocken.«

»Was uns ein wenig Zeit gibt«, sagte Verrarc. »Dafür danke ich allen Göttern.«

»Gut gesprochen, obwohl es vielleicht die Sklavenhalter sind, denen wir danken sollten.«

Zatcheka hielt eine Weile inne. »Nun ist die Zeit gekommen, daß wir feststellen müssen, wer unsere Freunde und unsere Feinde sind.«

Aha! dachte Verrarc. Das ist es – die Angelegenheit, die sie hierhergebracht hat. Die Ratsmitglieder sahen einander an und wandten dann die Blicke ab. Hennis setzte dazu an, etwas zu sagen, dann lehnte er sich wieder zurück. Admi wischte sich ein weiteres Mal den Schweiß ab.

»Ich denke, ihr wißt, wovon ich spreche«, meinte Zatcheka. »Dreißig Jahre und länger haben meine Stadt und mein Volk eine Allianz mit euch aufrechterhalten, aber dieser Pakt hat nur mit Handelsangelegenheiten und nicht mit Krieg zu tun. Es wäre Zeit, verehrte Ratsherren, schöne Worte mit Stahl zu unterstreichen.«

Als wieder alle begannen, durcheinanderzureden, bedeutete sie ihnen mit erhobener Hand zu schweigen. Verrarc war verblüfft, wie lang und schlank ihre bleichen Finger waren. Die Ratsherren schwiegen.

»Ich erwarte nicht hier und jetzt eine Antwort«, meinte sie lächelnd. »Das wäre ausgesprochen unhöflich und sündhaft. Ich weiß ein wenig über eure Stadt. Ihr müßt miteinander darüber sprechen und euch dann mit all euren Mitbürgern beraten, nicht wahr?«

»So ist es«, erwiderte Admi. »Ihr Götter, das sind traurige Nachrichten!«

Zatcheka erhob sich, nickte in die Runde und schnippte dann mit den Fingern. Grallezar kam auf die Beine und verbeugte sich vor den Ratsherren. Die beiden Wachen folgten ihr. Ohne ein weiteres Wort oder auch nur ein Winken führte Zatcheka ihre Leute aus dem Zimmer.

Admi stöhnte laut und lehnte den Kopf an die Stuhllehne. Hennis rieb sich den Mund mit der Handfläche, während Burra und Frie wie tot dasaßen.

»Nie hätte ich gedacht, daß Cerr Cawnen einmal eine solche Gefahr drohen würde«, flüsterte Admi. »Es wäre wahrlich besser, wenn der Feuerberg spucken würde, besser, die Erde würde unter unseren Füßen zu beben beginnen.« Eine lange, ermüdende Weile saßen die Ratsherren da, sprachen wenig und starrten einander an, als hielten sie sich schon für zum Untergang verdammt. Endlich stand Verrarc auf und schüttelte den Kopf.

»Meine Mitratsherren, ich schlage folgendes vor: Kehren wir nach Hause zurück, um in Ruhe über diese Dinge nachzudenken. Seht uns doch an, wie wir hier sitzen wie Steine am Abhang! Wir müssen uns erst einmal wieder fassen, dann können wir zurückkehren und über die Angelegenheit sprechen.«

»Eine gute Idee, Verro.« Admi stemmte sich von seinem Stuhl hoch. »Ich bin ganz deiner Meinung. Und ihr, meine Freunde?«

Die anderen nickten, erhoben sich ebenfalls, schüttelten ihre Umhänge aus oder zupften ihre Hemden zurecht, starrten den Boden an oder den Tisch, aber auf keinen Fall einander.

»Ich werde einen Boten zu Zatcheka schicken«, fuhr Admi fort, »wenn sie sich wieder zu uns gesellen soll.«

Verrarc kehrte nach Hause zurück, wo sich alle im großen Zimmer versammelt hatten. Harl füllte den Holzkorb neben der Feuerstelle, Korla fegte, und Elster saß in der Ecke auf dem Boden. Raena, die einzige, die ohne solche Vorwände auf Neuigkeiten warten konnte, saß in ihrem Sessel, mit einer Flickarbeit im Schoß und ihrem Arbeitskorb neben sich. Verrarc wußte, wenn er ihnen jetzt die Wahrheit sagte, würde es sich in der ganzen Stadt verbreiten, bevor der Rat eine förmliche Ankündigung machen konnte.

»Unsere Besprechung heute früh ist gut verlaufen«, sagte er also. »Die Gel da'Thae-Frau ist hier als Botschafterin, um neu über unseren Vertrag mit ihrer Stadt zu verhandeln. Dieser Vertrag hat nun seit dreißig Jahren Bestand, und sie hoffen, daß er noch weitere Jahre eingehalten wird.«

Die Diener lächelten und nickten. Harl schichtete das letzte Holz auf, verbeugte sich und verließ das Zimmer, woraufhin Korla und Elster ihm rasch folgten. Raena legte ihre Näharbeit zurück in den Korb und beobachtete Verrarc schweigend, als er sich gegenüber niedersetzte. Mit einem langen Seufzer streckte er die Beine aus und sank in die vertraute Bequemlichkeit.

»Es gibt doch noch mehr, oder?« sagte Raena.

»Ja.« Verrarc sprach sehr leise. »Das wilde Pferdevolk hat sich in Bewegung gesetzt, Rae. Das kündet von nichts Gutem für alle Städte draußen im Rhiddaer.«

»Also ist sie hergekommen, um eine neue Allianz für einen Krieg zu schmieden?«

»Ja.«

Raena fluchte leise und sprang auf, dann ging sie zum Fenster hinüber und starrte hinaus. Verrarc erhob sich ebenfalls und ging zu ihr und legte ihr von hinten die Hände auf die Schultern. Er konnte spüren, wie sie zitterte.

»Schon gut, Rae, wir sind noch nicht zum Untergang verurteilt«, sagte Verrarc. »Zatcheka hat etwas von einer gewaltigen Schlacht erzählt, die das Pferdevolk im Land der Sklavenhalter ausfechten mußte. Sie wurden besiegt, sagte sie, und nun fehlen ihnen sowohl Pferde als auch Männer. Zweifellos werden wir, bis sie bereit sind, wieder zu kämpfen, unsere Verteidigung aufgebaut haben.«

»Zweifellos.« Sie klang zornig, begriff er, und nicht verängstigt. »Dieses Miststück!«

»Wie?«

»Verzeih mir, Liebster, ich weiß nicht, wie ich das gemeint habe. Aber wegen dieser Angelegenheit – wird es zu einer öffentlichen Entscheidung kommen?«

»Selbstverständlich.«

Raena drehte sich zu ihm um. Sie war den Tränen nahe.

»Verro, bitte, ich flehe dich an! Bitte laß die Versammlung noch nicht einberufen. Ist es nicht eine ernste Angelegenheit? Wie können die Leute sich so schnell entscheiden?«

»Tatsächlich hat Zatcheka selbst so etwas gesagt.«

»Und da hat sie recht. Drei Tage werden genügen.«

»Wozu genügen?«

Raena wurde bleich und wich zurück.

»Das kann ich nicht sagen«, flüsterte sie. »Bitte tu es mir zuliebe.«

Verrarc dachte nach, betrachtete sie kühl, dehnte den Augenblick. Im Frühling vor zwei Jahren, hatte Zatcheka gesagt – genau zu dem Zeitpunkt, als Raena verschwunden war. Eine einzelne Träne lief ihr über die Wangen, während sie auf seine Antwort wartete.

»Wir schließen einen Handel ab, Rae«, sagte Verrarc. »Um der Liebe willen, die du angeblich mir gegenüber empfindest. Wenn ich das für dich tue, wirst du die Magie, die du erworben hast, mit mir teilen? Monatelang hast du jetzt schon Zeit herausgeschunden und erklärt, ich sei noch nicht soweit oder der Herr des Chaos sei noch nicht soweit. Ich möchte alles wissen, was du weißt.«

»Das wirst du, mein Liebster, das wirst du! Ich schwöre es dir. Habe ich es nicht für dich gesammelt, um dir ein Geschenk von gut verstandener Magie zu machen statt einem, das aus Fetzen und Bruchstücken von Wissen besteht?«

»Das weiß ich nicht. Hast du?«

»Ja! Das schwöre ich dir. Bald wirst du alles erfahren, was ich weiß, und ich werde nichts zurückhalten.«

»Also gut. Ich werde mein Bestes tun, um die Entscheidung zu verzögern.«

Verrarc küßte sie rasch, dann eilte er hinaus. Er wollte als erster wieder am Beratungshaus sein, um die anderen Mitglieder zu bearbeiten, wenn sie einer nach dem anderen zurückkehrten und vielleicht ein wenig bereiter waren zu lauschen.

Seine Aufgabe erwies sich als einfacher, als er geglaubt hatte. Hennis und Burra waren sehr dagegen, diese Entscheidung zu übereilen. Admi und Frie sprachen sich zwar für größeres Tempo aus, wurden aber überstimmt. Dennoch zog sich die Debatte fast den ganzen Nachmittag hin, während Zatcheka aufrecht auf ihrem Stuhl saß und einfach nur lauschte, ihr Mund, wie es schien, in einem kleinen Lächeln erstarrt.

»Nun gut«, fauchte Admi schließlich. »Dann warten wir mit einer Entscheidung der Bürgerschaft ab.«

»Drei Tage wäre vielleicht ein guter Zeitraum«, sagte Verrarc. »Ich stimme dir ja zu, wenn du sagst, daß wir es nicht länger verzögern dürfen.«

Admi sah die anderen Ratsmitglieder an, die sämtlich zustimmend nickten. Dann wandten sich alle der Botschafterin der Gel da'Thae zu, die eine Hand an die Talismane an ihrer Kehle legte.

»Entschlossenheit und Geduld sind immer gut«, sagte Zatcheka. »Ich habe nichts dagegen. Wir müßten ohnehin noch viele Einzelheiten des Vertrages miteinander besprechen.«

»Nun gut!« meinte Admi. »Heute abend entzünden wir das Ratsfeuer, um der Stadt die schlechten Nachrichten zu verkünden. Und drei Tage später – wir werden morgen als ersten Tag zählen – werden die Bürger über den vollendeten Vertrag entscheiden.«

Die anderen Ratsmitglieder begleiteten Zatcheka zurück zu ihrem Karawanenlager, während Verrarc sich entschuldigte und nach Hause zurückkehrte, um Raena von seinem Sieg zu berichten. Er ging davon aus, daß sie schon auf ihn wartete, aber sie war nicht da, nicht in dem großen Zimmer und auch nicht in ihrem Schlafzimmer. Was hatte sie getan, war sie wieder verschwunden? Ununterbrochen vor sich hin schimpfend durchsuchte er das ganze Haus. Kein Zeichen von Raena, aber in der Küche fand er die alte Korla, die in einem Mörser Kräuter bearbeitete. Daneben saß Elster auf dem Boden, hatte die Arme um die Knie geschlungen und sah zu.

»Wo ist meine Frau?« fragte Verrarc.

»Ich habe keine Spur von ihr gesehen.« Die Befriedigung in

Korlas Stimme war kaum zu überhören. »Nicht, seit du das Haus für die zweite Besprechung verlassen hast.«

»Ihr Götter! Was ist mit Harl? Hat er sie gesehen?«

Korla zuckte gleichgültig mit den Achseln. Elster kam kichernd auf die Beine.

»Hast du sie gesehen, Kind?« flüsterte Verrarc.

»Sie ist oben auf die Mauer hinter dem Haus gestiegen, und dann hat sie sich in einen schwarzen Raben verwandelt und ist davongeflogen.«

»Hör mal!« Korla legte den Stößel nieder und wandte sich ihrer Enkelin zu. »Keine dummen Phantasien, Mädchen!«

»Das ist keine Phantasie.« Elster schob schmollend die Unterlippe vor. »Ich sage doch, ich habe sie gesehen. Und sie trug keinen Faden am Leib. Und dann hatte sie plötzlich Federn.«

Als Korla die Hand hob, um ihre Enkelin zu schlagen, packte Verrarc das Handgelenk der alten Frau.

»Laß sie«, sagte er sanft. »Ich kann es ihr nicht übelnehmen, es fehlt ihr einfach an Verstand.«

Korla schnaubte verächtlich, aber dann ließ sie es dabei bewenden. Verrarc wußte, daß Elster wahrscheinlich sogar die Wahrheit sagte. Was, wenn Raena tatsächlich die Gestalt verändern könnte? Die Gel da'Thae nannten Zauberer, die sich in Tiere verwandeln konnten, Mazrak. Er hatte sein Leben lang Geschichten davon gehört. Es würde so manches Geheimnis erklären, wenn Raena einen Zauber beherrschte, der bewirkte, daß sie fliegen konnte.

»Bist du krank, Herr?« fragte Korla. »Du bist ganz bleich.«

»Nein, ich bin nur müde.«

»Dann komm und setz dich. Ich habe Suppe gekocht, und ich gebe dir etwas davon. Das hilft immer.«

»Gut.« Es gelang ihm zu lächeln. »Ich danke dir.«

Bei Sonnenuntergang wurde der gewaltige Bronzegong geschlagen, der vor dem Beratungshaus hing, was die Bürger zur Zitadelle rief. Normalerweise schickten die meisten Familien, wenn der oberste Sprecher Ratsfeuer ausrief, nur ein Mitglied, dem sie vertrauten und das ihnen dann Bericht erstatten würde. Heute abend sah es allerdings so aus, als würde die halbe Stadt über den See rudern und den Hügel hinaufströmen. Eine wahre Flut von Bürgern, die drohte, den Platz zu überschwemmen. Niffa war froh, daß ihre Familie so nahe wohnte. Sie fanden einen Platz direkt vorn, wo man gut hören konnte. Der Fünferrat war früh erschienen, um das rituelle Feuer zu entzünden, und an der Seite stand Zatcheka im Hirschlederkleid mit ihrem Gefolge. Als sie Niffa entdeckte, winkte sie. Niffa winkte zurück, aber ihr war ganz elend, als sie an Zatchekas toten Sohn dachte.

»Was war das denn?« sagte Lael. »Hast du vielleicht die Bekanntschaft dieser Gel da'Thae-Frau gemacht?«

»Nicht wirklich, Vater«, erwiderte Niffa. »Wir sind uns auf dem Weg begegnet und haben uns angelächelt, das ist alles.«

Er nickte zufrieden, aber Niffa fragte sich plötzlich, wieso so eine wichtige Person wie Zatcheka sie überhaupt zur Kenntnis genommen hatte. Vielleicht hatte sie einfach wunderbar gute Manieren, dachte sie und ließ die Sache damit auf sich beruhen. Diener trugen den großen runden Tisch aus dem Beratungshaus und stellten ihn in das Licht des hoch aufflakkernden Feuers. Admi kletterte mit einiger Hilfe auf die Tischplatte und stellte sich in die Mitte, damit man ihn besser hören konnte. Niffa sah, wie unruhig er war, wie er hierhin und dahin schaute und immer wieder nach dem Saum seines Amtsumhanges griff, um sich den Schweiß von der Stirn abzuwischen. Endlich waren so viele Bürger auf dem Platz, wie sich nur darauf drängen konnten. Admi hob die Arme und bat damit um Schweigen, und nach einiger Zeit erhielt er es schließlich.

»Mitbürger!« rief Admi. »Ich bitte euch heute abend, Zatcheka willkommen zu heißen, Botschafterin aus Braemel, der Stadt der Gel da'Thae. Schon lange sind wir mit ihrem Volk verbündet.«

Die meisten in der Menge klatschten höflich, ein paar Stimmen riefen »Willkommen«.

Zatcheka nickte ernst in ihre Richtung.

»Die Angelegenheiten, die sie eurem Rat der Fünf vorgetragen hat, sind ausgesprochen ernst«, fuhr Admi fort. »Meer der Barde sagte uns bereits im vergangenen Sommer, daß die wilden Pferdevolkstämme in den Krieg gezogen sind. Inzwischen kennen wir die bittere Bedeutung dieser Nachricht. Sie erheben Anspruch auf alle Städte und Bauernhöfe südöstlich von ihnen, und auf all jene, die sich dort aufhalten, bis hin zum Land der Sklavenhalter. Eine Göttin, so behaupten sie, hat ihnen dieses Land gegeben und ihnen aufgetragen, uns und alles, was uns gehört, zu nehmen, im Land der Gel da'Thae ebenso wie im Rhiddaer, und es als Kriegsbeute zu betrachten.«

Niemand regte sich, niemand sagte ein Wort. Niffa sah sich um und entdeckte, daß die Bürger Admi mit erschrockener Konzentration anstarrten. Der Oberste Sprecher griff nach dem Rand seines scharlachroten Umhangs und wischte sich die Wangen.

»Die Gel da'Thae wünschen unsere bisherige Allianz auszudehnen«, fuhr Admi fort, »auf militärische Hilfe und gegenseitige Unterstützung in Kriegszeiten.«

Nun begann der Lärm. Eine Frau schluchzte, ein Mann fluchte, Menschen flüsterten. Ein Geräusch, dem Winterwind nicht unähnlich, entstand. Admi stand da und lauschte, die Arme an den Seiten, sein Gesicht im Feuerlicht glänzend – ob von Schweiß oder Tränen, hätte Niffa nicht sagen können –, während draußen auf dem Platz die Bürger fluchten, weinten oder einfach nur denen, die weiter hinten standen, erklärten, was Admi gesagt hatte. Lael legte einen Arm um Deras Schultern und zog sie an sich, als wollte er sie schützen. Niffa hatte das Gefühl, als wäre die Welt plötzlich riesig und schrecklich geworden und als hätte sie aufgeblickt, um festzustellen, daß sich die vertrauten Sterne in die glitzernden Augen gieriger Ungeheuer verwandelt hatten, die bereit waren, sich auf sie zu stürzen. In einem Reflex drängte sie sich dicht an ihren Vater, der seine andere Hand auf ihre Schulter legte und sie auch mit in die Umarmung zog.

Endlich, als die Gespräche immer lauter wurden und drohten, in Geschrei auszuarten, riß Admi die Arme hoch und rief um Ruhe. Die Menge wurde so schnell sie konnte still, von denen, die am nächsten standen, bis nach hinten, als rauschte eine Welle des Schweigens über die Menge.

»Dies ist nicht die Zeit für Verzweiflung«, dröhnte Admis Stimme, »sondern für Wachsamkeit und Schlauheit! Wir haben Mauern, wir haben Waffen, wir haben die Männer, um die Mauern zu halten. Und es stünde uns gut an, unsere Kraft mit jenen zu vereinen, die uns freundlich gesinnt sind.« Admi hielt inne, sah sich in der Menge um, schaute diesen oder jenen Bürger direkt an. »Und dennoch ist dies eine ernste Angelegenheit. Wir sollten nichts übereilen und unsere Entscheidung nicht von Furcht bestimmen lassen. Der Rat bittet euch um folgendes: Denkt gut nach über das, was ich heute abend hier gesagt habe. Unterhaltet euch darüber und kommt zu uns, euren Ratsherren, mit euren Zweifeln und Fragen, eurem Rat und euren Gedanken. Die Stadt wird nicht über diese Angelegenheit entscheiden, bis drei weitere Nächte vergangen sind.«

Admi blieb noch einen Augenblick stehen und spähte über

die Menge hinweg. Dann wandte er sich um und winkte seinem Ratskollegen zu. Burra trat vor und schlug dreimal fest mit dem Messinghammer auf den Gong. Verrarc und der kräftige Frie halfen Admi vom Tisch herunter. Die Versammlung war zu Ende.

Es dauerte lange, bis die Menge den Platz verlassen hatte. Zunächst standen die Bürger schweigend da, als wüßten sie nicht, was sie denken oder sagten sollten. Bald aber begannen sie, miteinander zu sprechen, bildeten kleine Gruppen aus Nachbarn und Freunden. Viele wären vielleicht gerne gegangen, aber es gab nur zwei Wege zum See: den gewundenen Pfad ganz vorn, auf dem drei oder vier Menschen nebeneinander gehen konnten, und einen schmalen Ziegenpfad, der hinter dem Beratungshaus vorbeiführte und der im Dunkeln zu gefährlich war.

Die, die ganz hinten in der Menge standen, bewegten sich schließlich auf den breiteren Weg zu und gingen hügelabwärts. Da Lael groß genug war, um über die meisten hinwegsehen zu können, entdeckte er Freunde in der Nähe und winkte hektisch. Entschuldigungen murmelnd drängelten er und Dera sich durch die Menge, während ihre Freunde von der anderen Seite her dasselbe taten. Niffa verlor sie nach kaum mehr als zwei Schritten und wandte sich daher wieder dem Feuer zu.

Die Ratsherren hatten sich zueinander gebeugt und unterhielten sich aufgeregt über etwas. Zatcheka und ihr Gefolge waren außer Hörweite. Im Feuerlicht sah Niffa, wie die Gel da'Thae-Frau sich mit dem höflichen Lächeln einer Wartenden umsah. Jetzt, dachte sie. Ich kann nicht zulassen, daß sie weiter hofft! Sie fuhr sich mit der Hand durchs Haar, um ein wenig ordentlicher auszusehen, und ging hinüber zu Zatcheka und ihren Begleitern. Als sie sich näherte, traten die beiden Krieger vor, die Stöcke bereit, aber Zatcheka lachte und sprach in ihrer eigenen Sprache mit ihnen. Sie verbeugten sich und traten zurück, um Niffa näher kommen zu lassen.

»Ich wünsche dir einen guten Abend«, sagte Zatcheka.

»Ich Euch ebenfalls, geehrte Botschafterin.« Niffas Mund war trocken, aber sie zwang sich weiterzusprechen. »Ich heiße Niffa und bin eine Bürgerin dieser Stadt. Ich ...« Plötzlich begriff sie, daß sie ihr nicht von Meers Tod erzählen konnte, ohne zu erklären, woher sie das wußte.

»Sprich weiter. Ich habe zwar Reißzähne, aber ich beiße nicht.«

»Danke. Ich wollte Euch nur begrüßen und Euch einen angenehmen Aufenthalt hier wünschen.«

»Wirklich?« Zatcheka lächelte. »Ich glaube, du hast mehr als das im Sinn. Ich hatte mich schon gefragt, ob wir uns begegnen würden, seit ich dich zum ersten Mal gesehen habe, als wir in die Stadt einritten.«

»Ja? Warum?«

»Und warum bist du zur Stadtmauer gekommen, um uns zu erwarten? Ich habe mich über dich erkundigt und habe herausgefunden, daß du hier auf der Zitadelle wohnst, ein ganzes Stück entfernt von den Toren.«

Niffa spürte, wie sie errötete.

»Ich werde es dir als erstes erzählen«, meinte Zatcheka, »wie es sich für einen Gast gehört. In der Nacht, bevor wir eure Stadt erreichten, schickten die Götter mir einen Traum. Am Stadttor, sagten sie, wirst du dieses Mädchen sehen. Und dann haben sie mir dein Gesicht gezeigt.«

»Und ich habe von einer Karawane geträumt! Geh hin und warte, sagte mir mein Traum. Ich dachte, es wäre jemand anderes unterwegs, versteht ihr, denn mein Bruder ist auch auf dem Weg hierher.«

»Aha! Dann sind die Götter hieran beteiligt. Wichtige Dinge werden sich ereignen.«

»Ja. Aber ich frage mich wirklich, ob es die Götter sind oder ...« Niffa sprach nicht mehr weiter.

Zatcheka betrachtete sie einen Augenblick, dann lächelte sie.

»Oder die Hexenkunst, Kind?«

»Genau«, erwiderte Niffa. »dann kennt Ihr Euch damit also auch aus?«

»Ich habe einiges entlang dieses Weges gesehen. Mehr als das will ich nicht behaupten.«

»Ich ebenfalls nicht, aber dann kann ich Euch vielleicht die Nachrichten übermitteln, die ich erhalten habe, obwohl es überaus traurige Nachrichten sind, und ich wünschte, es wären bessere.«

Zatcheka spannte sich an, öffnete den Mund ein wenig und ließ den Blick nicht von Niffa weichen.

»Geht es um meinen Sohn?« flüsterte die Gel da'Thae-Frau schließlich. »Meinen Meer?«

»Leider ja. Er ... Nun, er ist zu Euren Göttern gegangen.«

Zatcheka warf den Kopf zurück, den Mund offen und starr, als wollte sie laut klagen. Aber sie gab keinen Laut von sich. Sie klammerte die Arme um ihre Brust, als wollte sie ihre Trauer darin festhalten.

»Ich bitte tausendmal um Verzeihung«, stotterte Niffa. »Ich konnte es nicht ertragen, Euch vergeblich hoffen zu sehen, wenn ich doch wußte, daß er tot ist.«

»Ich danke dir.« Zatcheka hatte den Kopf schließlich wieder gesenkt und sah sie an. »Und du hast das Richtige getan. Es ist besser, daß ich die Wahrheit kenne, ganz gleich, ob diese Wahrheit mir wie ein brennender Speer ins Herz dringt.«

Niffa suchte nach Worten, fand keine und streckte unwillkürlich die Hand aus. Zatcheka umklammerte sie mit beiden Händen so fest, daß es beinahe weh tat.

»Wie hast du davon erfahren?« flüsterte Zatcheka.

»Meine Lehrerin der Hexenkunst hat es mir in einem Traum erzählt. Sie ist auf dem Weg nach Cerr Cawnen. Ich hoffe und bete, daß sie bald hier sein wird. Sie wird Euch mehr sagen können.«

Zatcheka drückte ihre Hand ein weiteres Mal und ließ dann los.

»Ich danke dir«, wiederholte sie, und es war deutlich zu hören, daß Tränen in ihrer Stimme mitschwangen. »Verzeih mir, ich möchte jetzt allein sein.«

Zatcheka warf einen Blick zurück und winkte ihr Gefolge herbei. Zusammen gingen sie über den Platz zum Beratungshaus, um dort, wie Niffa annahm, zu warten, bis die Menschenmenge verschwunden war und sie zu ihren Zelten zurückkehren konnten. Sie selbst wandte sich wieder der Vorderseite des Platzes zu und entdeckte Harl, der sie aus einiger Entfernung beobachtete. Sie ging zu ihm.

»Bei den Göttern selbst!« meinte Harl. »Du bist wirklich mutig. Sprichst mit diesem rasierten Ungeheuer.«

»Kein Ungeheuer«, fauchte Niffa. »Nur eine Frau wie alle anderen.«

»Es tut mir leid, es war nur ein Scherz.«

»Ich muß mich entschuldigen. Ich fühle mich heute nacht, als ginge ich auf Nägeln.«

»Admis Neuigkeiten machen jedem Sorgen.«

»Du hast recht. Ich habe die Frau deines Herrn heute abend gar nicht gesehen.«

Harl grinste, dann sah er sich um. Niffa sah, daß Verrarc sich immer noch mit Admi unterhielt. Beide standen ein ganzes Stück entfernt.

»Die Hündin ist wieder davongelaufen«, sagte Harl leise. »Ich weiß nicht, wo sie ist. Und der Herr ist sehr beunruhigt.« Das seltsam kalte Gefühl umklammerte Niffas Herz wieder, so daß sie kaum sprechen konnte.

»Das ist eine seltsame Angelegenheit«, fuhr Harl fort. »Korla hat mir davon erzählt. Unsere Elster schwört, sie hätte gesehen, wie Raena nackt auf der Gartenmauer stand und sich in einen großen Raben verwandelte und dann davonflog. Raena, meine ich, nicht die arme kleine Elster.«

»Ach komm schon! Das kann doch nicht wahr sein!«

Aber noch während sie das sagte, hörte Niffa im Geist eine leise Stimme, die ihr erklärte, es sei die Wahrheit. Ein Mazrak – auch sie hatte die alten Geschichten gehört. Plötzlich wurde ihr klar, wieso sie diese Frau so gehaßt und immer gewußt hatte, daß sie sich der Magie bediente, um Schaden anzurichten. Ihr Götter! betete sie, bitte laßt Dalla schnell herkommen! Sie erinnerte sich, was sie Zatcheka gesagt hatte: Meine Lehrerin der Hexenkunst. Es ist wahr, dachte sie, vielleicht das Wahrste, was ich je gesagt habe.

»Harl?« sagte sie. »Such dir ein anderes Mädchen. In einer Weile wirst du verstehen, warum ich das gesagt habe.«

Niffa drehte sich auf dem Absatz herum und eilte davon. Nachdem sie den letzten Rest der Menge eingeholt hatte, sah sie sich noch einmal um und entdeckte, daß er immer noch dort stand, wo sie ihn zurückgelassen hatte und ihr hinterherstarrte.

Da Evandar nun einmal Evandar war, verbrachten Dallandra und ihre Expedition zwei ganze Tage und nicht einen auf der Straße nach Westen, bevor er sich ihnen schließlich anschloß. Am zweiten Abend nach ihrer Abreise aus Cengarn lagerten sie auf einer wilden Wiese ein paar Meilen entfernt vom letzten Bauernhof von Cadmars Ländereien, etwa um die Zeit, zu der Admi die Bürger herbeirief, seine Neuigkeiten zu hören. Während die Männer die Pferde und Maultiere anpflockten, nahm Dallandra der müden Carra die kleine Elessario ab, denn Carras Rücken tat ihr weh, weil sie das Kind den ganzen langen Tag in der Schlinge getragen hatte. Blitz, Carras grauer Wolfshund, kam mit ihnen, als sie durchs Lager gingen. Inzwischen konnte Elessi schon den Kopf heben, und sie sah sich, als sie dort in Dallandras Armen lag, mit großen goldenen Augen um.

»Morgen kann Dar sie einmal nehmen«, meinte Carra.

»Wird sie denn still sein, wenn sie bei ihm ist?«

»Es ist mir gleich, ob sie den ganzen Tag schreit. Er kann sie trotzdem nehmen. Aber sie hat ihren Vater wirklich gern, und ich denke, sie wird brav sein.«

Ihr Spaziergang hatte sie zur Mitte des Lagers geführt, wo Jahdo schon Holz für ein Lagerfeuer gesammelt hatte. Er kniete nun davor und begann, mit Feuerstein und Stahl Funken zu schlagen. Während sie zuschauten, begann es endlich zu brennen, und die Flammen zuckten über die Späne. Elessi krähte vor Lachen und wand sich in Dallas Armen, um nach dem zuckenden Feuer zu greifen.

»Heiß!« Dallandra trat einen Schritt zurück und gab sich erschrocken. »Sehr heiß! Schlecht für Kinder!«

Elessi heulte auf – es gab kein anderes Wort dafür, sie heulte wie eine zornige Kriegsfee und warf sich wieder in die Richtung des Feuers. Ihre Kraft war so überraschend, daß Dallandra sie vielleicht fallen gelassen hätte, hätte Carra das Kind nicht festgehalten.

»Nein, nein, nein!« erklärte Carra. »Sei jetzt brav. Mach kein Theater!«

Elessis Gesicht war so rot wie der Sonnenuntergang, und sie riß den Kopf herum und biß mit ihrem noch zahnlosen Kiefer in Carras Arm. Carra befreite sich unter einer Kaskade von Geschrei der Kleinen.

»Ich nehme sie mit ins Zelt.« Carra mußte über den Lärm hinwegschreien. »Das beruhigt sie normalerweise. Vielleicht werde ich sie eine Weile stillen.«

Dallandra ließ das Kind gerne los. Elessi schrie und heulte weiter, als Carra sie rasch durch das Lager trug und sich ins Zelt zurückzog. Eine Weile stand Dallandra draußen und lauschte, wie Carra auf das Kind einredete. Endlich wurde Elessarios Geschrei zu einem normalen Weinen, und dann hörte es ganz auf, als Carra sie dazu brachte, ein wenig zu trinken. Zweifellos hatte der Wutanfall sie hungrig werden lassen. Dalla wandte sich ab und bemerkte, daß Jahdo sie beobachtete, den Kopf ein wenig schiefgelegt.

»Nicht alle kleinen Kinder sind so anstrengend, Herrin.«

»Das ist wahr. Ich muß zugeben, daß ich mir Sorgen mache.«

»Ich dachte es mir. Nun, wenn wir sicher nach Hause kommen, wird meine Tante Sirri wissen, was zu tun ist. Niemand in unserer ganzen Stadt kennt sich so gut mit kleinen Kindern aus wie sie. Die anderen Frauen sagen immer, sie sei ein wahres Wunder.«

»Gut! Wir werden ihren Rat wirklich brauchen. Ich hoffe nur, daß Evandar bald kommt. Je weniger Zeit wir auf der Straße verbringen, desto besser.«

Als Dallandra in dieser Nacht die Torlande des Schlafs betrat, um sich nach Evandar umzusehen, wartete dort statt dessen Niffa auf sie. Das Abbild des Mädchens ging vor den feurigroten Dweomersternen auf und ab, und sie erzählte ihre Neuigkeiten, sobald Dallandra näher gekommen war.

»Ich habe mit Zatcheka gesprochen! Sie hat mir gedankt, daß ich ihr vom Tod ihres Sohnes erzählt habe.«

»Nun, das hat sicher einigen Mut gebraucht!« erwiderte Dallandra. »Ich bin stolz auf dich, Niffa, aber die arme Frau tut mir sehr leid.«

»Sie war furchtbar traurig. Aber jetzt kommt das Seltsamste. Ich ging auf sie zu, und sie war sehr freundlich, und dann plötzlich dachte ich, wie kann ich ihr erzählen, daß ich das weiß, ohne ihr zu sagen, wie ich es erfahren habe?«

»Ihr Götter! Daran hatte ich gar nicht gedacht!«

»Aber am Ende war es gleich. Sie hat mir gleich erklärt, daß sie sich mit Hexenkunst auskennt und daß sie auch mich im Traum gesehen hat. Also habe ich es ihr erzählt.«

»Die Gel da'Thae haben Dweomer? Nun, ich kann nicht sagen, daß mich das überrascht – nicht nach dem, was mir Meer erzählt hat.«

»Nur ein wenig, sagte sie. Aber es ist wirklich gut, daß sie sich auskennt, wo die Zeiten so finster sind. Uns steht Schlimmes bevor. Das ist der Grund, daß sie zu unserer Stadt gereist ist. Die wilden Stämme des Pferdevolkes stellen eine Armee auf. Sie glauben, daß irgendeine Göttin ihnen unser Land und die Menschen darauf gegeben hat.«

Dallandra fluchte so schauerlich, daß Niffa sie verblüfft anstarrte.

»Entschuldige«, sagte Dallandra. »Ich glaube, ich habe zuviel Zeit in der Nähe von Soldaten verbracht. Erzähl weiter.«

»Es gibt nicht viel mehr zu erzählen. Zatchekas Stadt Braemel möchte sich mit Cerr Cawnen verbünden. Wir werden in drei Tagen auf einer Versammlung darüber entscheiden.«

»Nun, ich hoffe bei allen Göttern, daß wir vorher da sind.«

»Hältst du diese Allianz für etwas Schlechtes?«

»Überhaupt nicht. Ich weiß nur zufällig ziemlich viel über diese elende falsche Göttin, das ist alles, und ich glaube, die Menschen eurer Stadt sollten es erfahren.«

»Ah, ich verstehe. Aber es gibt noch etwas Seltsames. Raena, die Frau des Ratsherrn – sie hat unsere Stadt heute verlassen, und einige sagen, sie sei ein Mazrak. Wißt Ihr, was das ist?«

»Ganz bestimmt, und sie ist tatsächlich einer. Ich habe sie mit eigenen Augen in Rabengestalt gesehen.«

Niffa starrte sie lange an.

»Weißt du, wo sie hingegangen ist?« fragte Dallandra.

»Nein. Ich habe es nur vom Diener des Ratsherrn gehört.«

»Ich frage mich, ob sie weiß, daß wir auf dem Weg sind? Aber mach dir keine Gedanken. Ich werde nach ihr Ausschau halten.«

»Also gut.« Das Abbild des Mädchens wurde blasser. »Verzeiht mir, ich bin heute nacht so müde.«

»Dann kehr in deinen Körper zurück, Kind. Wir können nach solch schrecklichen Nachrichten alle ein wenig Ruhe brauchen.«

Niffas Abbild lächelte noch einmal kurz, dann verschwand es. Evandar sollte sich lieber beeilen, dachte Dallandra. Wir haben viel zuwenig Zeit.

Mit dem ersten grauen Licht der Morgendämmerung erschien Evandar tatsächlich. Dallandra saß auf dem Boden und frühstückte gerade mit Jahdo, während Prinz Dar und seine Wachen das Zelt abschlugen. Am Rand der allgemeinen Verwirrung hockte Arzosah geduckt wie eine Katze, die Vorderpfoten unter der Brust und die Flügel ordentlich gefaltet, während Rhodry neben ihr stand und ein Stück Brot aß. Plötzlich zischte Arzosah wie tausend Schlangen und sprang auf. Blitz begann mit einem kehligen Warngebell. Dallandra stand auf, um zu sehen, was den Drachen so aufgebracht hatte: Evandar, der das Lager betrat und einen schmuddelig aussehenden grauen Wallach an einem Halfter führte. Der Graue trug keinen Sattel. Das Pferd verdrehte zwar die Augen, als es Arzosah entdeckte, blieb aber bemerkenswert ruhig. Zweifellos hatte Evandar wieder seinen seltsamen Pferdedweomer gewirkt.

»Es tut mir leid, Liebste«, sagte Evandar. »Ich hatte wirklich vor, schneller hier zu sein.«

»Das macht nichts«, sagte Dallandra. »Ich nehme an, du hast dieses Pferd gestohlen.«

»Nur geliehen.« Er grinste sie an. »Ich werde es dem Bauern zurückbringen, wenn ich es nicht mehr brauche, das verspreche ich dir.« Er warf einen Blick zu Arzosah. »Ah, ich sehe, unser Wyrm hier ist in der allerbesten Morgenstimmung.«

»Halt den Mund, du widerlicher Brocken Ektoplasma«, knurrte Arzosah. »Wie sehr ich mir doch wünsche, ich könnte dich schnappen und verschlingen!«

»Zweifellos. Aber da ich nun einmal den Dweomer deines wahren Namens kenne, schlage ich vor, daß du es erst gar nicht versuchst.« Evandar grinste auf eine Weise, die den Drachen vermutlich halb um den Verstand brachte. »Sei ein braves kleines Mädchen und folge uns durch mein Land, wenn wir dorthin gehen.«

»Dein Land? Niemals!«

»Und warum nicht? Auf diese Weise wirst du weniger mit deinen armen kleinen Flügeln flattern müssen.«

Arzosah öffnete das Maul und zischte, wie wenn Wasser auf rotglühendes Eisen gegossen wird. Rhodry eilte näher und legte Evandar die Hand auf die Schulter.

»Hör auf, sie zu necken«, sagte Rhodry. »Um meinetwillen, wenn schon nicht für sie.«

»Also gut.« Evandar lächelte träge.

»Aber ihr beiden werdet zu lange brauchen, wenn ihr den ganzen Weg nach Cerr Cawnen allein fliegt.«

»Sie wird die Abkürzung schon nehmen, wenn ich sie bitte. Überlaß sie einfach mir.«

Rhodry kehrte zu dem Drachen zurück, der ihm mit großem Knurren und Schimpfen den Rücken zudrehte. Dennoch, als er um sie herumging, wandte sie ihm schließlich den Kopf zu und lauschte, als er leise auf sie einredete. Evandar, der nicht hören konnte, was er sagte, beobachtete ihn mit schiefgelegtem Kopf.

»Rori verdient den Namen, die sie ihm gegeben hat«, sagte Dallandra. »Drachenfreund. Drachenmeister.«

»Im Augenblick«, sagte Evandar. »Aber ich hoffe, er kommt weiterhin so gut mit ihr zurecht. Sie ein gefährliches Ungeheuer.«

»Als wüßte ich das nicht.«

»Ich spreche nicht von ihren Zähnen und Klauen, Liebste. Auch sie hat Dweomer.«

»Ihr Götter! Ich hatte ja keine Ahnung.«

»All diese großen Wyrms lieben den Dweomer, und sie kennen Zauber, die sie von Mutter zu Küken weitergeben. Sie leben in den Feuerbergen und hören ihnen zu und gehorchen ihnen.«

»Gehorchen ihnen? Was ...«

»Sie können das glühende Blut der Erde heraufbeschwören, wenn sie es wollen. Feuer und Asche und Vernichtung stehen auf ihren Ruf bereit.«

Dallandra fragte sich, ob er einen Scherz machte, aber er schien vollkommen ernst zu sein.

»Ich habe schon gesehen, wie es geschah«, fuhr Evandar fort. »Verärgere einen Drachen zu nah an seiner Höhle, und du verlierst ein ganzes Stück Land. Wieso, glaubst du, habe ich mir die Mühe gemacht, ihren Namen zu erfahren?«

»In der Tat.« Dallandra schauderte wie ein nasser Hund. »Ich werde mein Bestes tun, damit sie uns weiter freundlich gesinnt bleibt.«

»Tu das. Ich hoffe, daß die Macht ihres Namens bei dir auch ohne den Ring funktionieren wird. Aber Rhodry wird nichts tun können, das sie nicht tun will.«

Sobald alle gegessen hatten, beluden die Männer die Packtiere und sattelten die anderen Pferde. Dallandra und Carra hielten sich aus dem Weg, als Dar und zwei Bogenschützen das Zelt aufluden. Carra hielt Elessario im Arm, und die Kleine war unruhig, wenn sie auch noch nicht weinte. Sie weigerte sich, sich aufheitern zu lassen, bis Evandar zu ihnen kam.

»Sieh mal, Liebling, sagte Carra. »Sieh nur! Da ist dein Großvater.«

Als Elessi Evandar erblickte, streckte sie ihre dicklichen kleinen Arme nach ihm aus. Sobald er sie auf dem Arm hielt, war sie still.

»Das ist wirklicher Dweomer«, meinte Carra lachend. »Vielleicht solltest du sie von jetzt an tragen.«

»Wenn ich nicht so viel zu tun hätte, würde ich das tun«, meinte Evandar. »Und wenn ich es mir genau überlege, wäre es vielleicht das Beste, wenn sie auf diesem Teil der Reise schliefe.«

Als Dallandra verstand, was er meinte, verzog sie das Gesicht und nickte zustimmend. Sollte Elessi ihre alte Heimat sehen, würde sie vielleicht versuchen, den Körper zu verlassen, der sich als solche Last erwiesen hatte.

»Das ist alles schön und gut«, meinte Carra. »Wenn ich sie auf Befehl zum Schlafen bringen könnte, wäre mein Leben erheblich leichter.«

»Ah. Dann werde ich ihr vorsingen.«

Evandar legte das Baby an seine Schulter und begann dann, mit einer eher hohen klagenden Stimme zu singen, die keinem bestimmten Rhythmus zu folgen schien. Zunächst lachte Elessi, dann gähnte sie, und ein paar Minuten später schloß sie die Augen und schlief. Als Evandar sie Carra zurückreichte, rührte sie sich kaum.

»Ich werde dir dieses Lied später beibringen«, sagte er, »wenn wir mehr Zeit haben. Aber jetzt müssen wir uns auf den Weg machen.«

»Dafür wäre ich wirklich sehr dankbar«, meinte Carra. »Und zumindest wird sie heute für Dar schlafen. Er wird sie tragen, ob er nun will oder nicht.«

Dar hatte allerdings überhaupt nichts dagegen, ihr seine Tochter abzunehmen, obwohl Carra die Schlinge mit einem Stück Seil verlängern mußte, damit sie über seine breitere Schulter paßte. Sie zusammen mit ihrem Kind zu sehen, ließ Dallandra lächeln. Plötzlich spürte sie eine dünne, kalte Spur der Angst über ihren Rücken laufen – Dweomerkälte. Gefahr war in der Nähe, zu nahe – etwas, was sie irgendwie übersehen hatte. In dem ganzen Durcheinander des Aufbruchs hatte sie nicht die Gelegenheit, über die Warnung nachzudenken, aber sie wußte, daß sie sich daran erinnern würde.

Sobald alle im Sattel saßen, führte Evandar sie auf die andere Seite der Wiese. Dallandra ritt neben ihm an der Spitze. Über ihren Köpfen flogen Arzosah und Rhodry in trägen Kreisen. Ein paar Meilen folgten sie einem Feldweg, der sich durch wildes Grasland wand. Wenn sie näher kamen, flatterten Vögel auf – Fasane mit schwirrenden Flügeln und hin und wieder eine Lerche, die auf einer Spirale von Gesang aufstieg. Die Sonne hing schon relativ hoch am Himmel, als sie einen flachen Hügel überquerten und von dort einen Fluß sehen konnten, über dem sich Nebel bildete – ein seltsam durchscheinender Nebel, der sich in langen Schwaden erhob. Evandar hob den Arm zum Zeichen, daß sie anhalten sollten.

»Alles in Ordnung?« fragte Evandar.

Dallandra drehte sich im Sattel um und spähte zurück. Carra saß auf ihrem Pferd vor den Bogenschützen, während Prinz Dar, einen Arm um die Schlinge mit dem Kind, mit dem anderen Arm so königliche Gesten vollführte, wie es möglich war, damit seine Männer sich in Zweierreihen aufstellten, gefolgt von Jahdo, der sein weißes Packpferd führte. Carras Hund, den man um der Sicherheit willen festgebunden hatte, lag unbehaglich oben auf dem Gepäck.

»Alle außer Rhodry und dem Drachen.« Dallandra hielt inne

und schirmte die Augen mit der Hand ab. »Wo ... ah, da sind sie ja. Sie kommen direkt auf uns zu.«

Evandar wartete, bis der Drache nahe genug war, um sowohl sie als auch den Nebel sehen zu können, und gab dann den Marschbefehl. Als sie hügelabwärts ritten, schwoll ihnen der schimmernde Nebel entgegen und streckte lange kühle Arme aus, um sie zu grüßen. Noch ein paar Schritte weiter, und das Grau bedeckte den Himmel über ihnen, obwohl Dallandra, wenn sie zurückschaute, immer noch die Morgensonne im Osten sehen konnte. Sobald sie in die grauen und lavendelfarbenen Wolken eingedrungen waren, sahen sie nichts mehr außer Nebel und einem seltsamen, hellen Licht, das eher aus der Innenseite der Wassertröpfchen zu kommen schien als von irgendeiner Sonne. Dallandra hörte die Männer des Prinzen leise miteinander sprechen.

»Immer mit der Ruhe, Männer!« rief Daralanteriel. »Die Weise weiß, was sie tut.«

Dallandra lächelte in sich hinein. Es war besser, sie glauben zu lassen, daß sie diejenige war, die hier vertrauten Dweomer bewirkte, aber selbstverständlich hatte sie so gut wie keine Ahnung von Evandars Toren zwischen den Welten.

Endlich wurde der Nebel dünner, als zupften unsichtbare Finger daran, wie eine Frau Wolle zum Spinnen zupft. Die Sonne wurde heller, als der Nebel schließlich verschwand. In kühlem Licht fanden sie sich am Ufer eines toten Flusses, wo braunes Ried trocken aufragte und bleigraues Wasser über schmutzigem Sand strömte. Das Ufer selbst war mit kurzem, abgestorbenem Gras bedeckt und bildete einen harten Untergrund für die Hufe der Pferde. Dallandra drehte sich im Sattel um, um Evandar anzuschauen, der ausgesprochen bedrückt aussah.

»Bei den heiligen Sternen!« flüsterte Dallandra. »Was ist geschehen, mein Liebster?«

»Als mein Volk ging, um den weißen Fluß zu überqueren, haben sie das Leben des Landes mitgenommen.« Evandars Stimme war tonlos und fest, aber sie wußte, wieviel es ihn gekostet haben mußte, seine Schöpfung zu verlieren. »Immerhin hatte ich diese Welt für sie gebaut.«

Dallandra stellte sich in den Steigbügeln auf und sah sich um. Ihr Garten war verschwunden. Nur noch ein paar zerbrochene Ziegel zwischen totem Unkraut markierten die Stelle, wo er sich befunden hatte. Der goldene Pavillon hatte nicht einmal so viele Spuren hinterlassen. Kopfschüttelnd setzte sie sich wieder hin und beugte sich vor, um ihrem nervösen Pferd den Hals zu tätscheln.

»Eine gruselige Veränderung, nicht wahr?« fragte Evandar.

»Ja. Das tut mir leid. Ich weiß, wie du diesen Ort geliebt hast.«

Evandar zuckte mit den Achseln, dann wandte er sich Daralanteriel zu.

»Sind alle da? Gut! Reiten wir weiter.«

Mit einem Winken bedeutete der Prinz seinen Leuten, sich in Bewegung zu setzen, und sie folgten dem toten Fluß durch das ebenso tote Land. Nach vielleicht einer Meile veränderte sich die Aussicht langsam. Man sah wieder Grünes sprossen, es gab langgezogene Wiesen mit weißen Gänseblümchen und gelben Butterblumen. Weiter entfernt wuchsen Bäume in unordentlichen Hainen. Hier und da entdeckte Dallandra Kaninchen im hohen Gras. Als sie an ein paar Bäumen vorbeikamen, konnten sie Eichhörnchen schwatzen hören.

»Das ist nicht dein Werk«, sagte Dallandra. »Wo kommt es her?«

»Ich weiß es nicht«, erwiderte Evandar. »Ich nehme an, es ist das Werk eines alten Mannes, der ein Stück entfernt von hier lebt.«

»Was? Wer?«

»Oh, ich sehe, ich habe vergessen, dir das zu erzählen. Als ich im letzten Sommer nach der Hexe Alshandra suchte, flog ich über mein Land hinaus an einen toten Ort, der nur aus Felsen und Sand bestand und an dem häßliche Geschöpfe lebten, überwiegend unter den Felsen. Man konnte ihre kleinen roten Augen sehen, wie sie einen anstarrten. Aber in der Mitte dieser grimmigen Landschaft fand ich einen alten Mann, der am Boden saß und einen Apfel schälte, und jedes Stück, das er abschnitt, verwandelte sich irgendwie in die Substanz des Lebens, und es breitete sich wie die Hitze eines Feuers in dieser toten Landschaft aus. Wann immer ich ihn dort besuchte, wirkte die Landschaft lebendiger und größer, und daher denke ich, daß er am Ende Erfolg hatte, selbst wenn mein Land starb.«

»Wie seltsam!«

»Und ich hatte gehofft, du könntest mir sagen, was das alles zu bedeuten hat.«

Dallandra schüttelte nur den Kopf. Etwas in dieser Geschichte erinnerte sie – nein, es war nur die Ahnung einer Erinnerung, tief, tief in ihrem Kopf. Sie hatte einmal gehört, wie dieser Ort beschrieben wurde, vor langer, langer Zeit, aber sosehr sie sich auch anstrengte, sie konnte sich nicht erinnern, wann oder und in welchem Zusammenhang sie es gehört hatte.

Nun näherten sie sich dem wilden Wald, der einmal Evandars Land von dem getrennt hatte, das er für seinen Bruder und das Volk seines Bruders geschaffen hatte. Der Wald zumindest war immer noch am Leben und so wild und voller Unterholz, wie sie ihn in Erinnerung hatte, aber er verdankte sein Leben auch älterer und seltsamerer Magie als der Evandars. Während sie einer Straße unter die moosbedeckten Bäume folgten, wurde das Sonnenlicht trüber, und ein riesiger, grünlichsilbriger Mond erhob sich links von ihnen und hing direkt über den Baumwipfeln am Himmel. Als sich Dallandra im Sattel herumdrehte, sah sie, daß die elfischen Bogenschützen ausgeschwärmt waren, um sich schützend um Carra, Dar und seine kostbare Last zu gruppieren. Jahdo schien keine Probleme damit zu haben, sein Maultier und Packpferd vorwärts zu drängen. Aber am Himmel ...

»Wir haben Rhodry verloren!« sagte Dallandra abrupt.

»Diese elende Schlange von einem Drachen soll verflucht sein!« Evandar blickte auf und späte in den schmalen Streifen Himmel hinauf, der zwischen den Bäumen zu sehen war. »Ich habe gesehen, wie sie in den Nebel hineingeflogen sind.«

»Aber danach sind sie nicht mehr aufgetaucht. Wir sollten anhalten und warten ...«

»Anhalten? Hier? Unter diesem Mond?«

»Du hast recht. Nun, vielleicht kreisen sie nur über unserer Marschlinie.«

»Das hoffe ich.« Evandars Stimme war voller Zweifel. »Ich hätte diesen schleimigen kleinen Wyrm nie über den Weg trauen dürfen.«

Dank Rhodrys Überredungsarbeit war Arzosah bereit gewesen, in den Dweomernebel zu fliegen und den Reitern zu folgen. Evandar hatte allerdings vergessen, daß der Nebel jedes Geschöpf blenden würde, das so hoch über dem Boden flog. Zunächst flatterte Arzosah stetig durch die lichtdurchschossene silbrige Luft, und Rhodry glaubte, das Klirren von Zaumzeug und den Hufschlag zu hören. Plötzlich jedoch kamen sie aus dem Nebel ins Sonnenlicht und blickten hinab auf das offene Meer, in dem ein paar weiße Inseln zu sehen waren.

»Beim schwarzen haarigen Arsch des Höllenfürsten!«

»Was?« rief Arzosah. »Sprich lauter!«

»Es ist gleich!« Rhodry erhob die Stimme über den Wind. »Wir haben sie verloren.«

»Das sehe ich selbst.« Der Drache senkte einen Flügel und begann zu wenden. »Halt dich fest!«

Rhodry klammerte sich an die Lederriemen ihres Geschirrs, als sie eine weite Wende flog. Als sie es wagte, auf den Ozean niederzuschauen, sah er sich die weißen Inseln einmal näher an und begriff, daß es Eisbrocken waren, genau wie die, die sich im Winter auf Seen bildeten, nur tausendmal so groß. Der Nebel erhob sich silbern und lavendelfarben und verbarg weiteres Eis vor ihnen. Sie stürzten in den Nebel hinein, flogen eine Weile im blinden Grau, dann kamen sie wieder heraus. Unter ihnen zog sich ein bleifarbener Fluß dahin, an dessen Ufern braunes, vertrocknetes Ried stand.

»Da sind wir!« rief Arzosah Rhodry zu. »Ich kenne diesen Ort.«

»Woher?« Sie ignorierte ihn und flog gewandt über das Grasland. Am Horizont konnten sie eine dunkle Fläche sehen, vermutlich einen Wald. Arzosah veränderte den Kurs ein wenig und flog darauf zu.

»Die Mutter aller Straßen führt dort hindurch«, rief sie. »Sie müssen hier entlanggeritten sein.«

»Wenn du das sagst.«

Plötzlich warf Arzosah den Kopf hoch und schnupperte wie ein Jagdhund. Sie stieß ein Kreischen aus, das bewirkte, daß sich Rhodry die Nackenhaare sträubten, dann warf sie sich mit gewaltigem Flügelschlag nach oben und flatterte heftig, um an Höhe zu gewinnen. Rhodry klammerte sich erschrocken an die Geschirriemen.

»Was machst du da?« schrie er.

Er erhielt keine Antwort, bis sie so hoch über dem Boden war, daß ihm schwindlig wurde. Nun flog sie wieder geradeaus, dann bog Arzosah einen Flügel und vollzog einen trägen Bogen.

»Schau nach unten!« rief sie.

Rhodry sah so tief unten, daß es hätten Käfer auf einem Holzscheit sein können, eine Reihe von Reitern in militärischer Formation. Als Arzosah abwärts glitt, zählte er, daß es etwa zwanzig von ihnen waren, die alle schwere Pferde ritten und Packmaultiere führten. Er konnte außerdem feststellen, daß die Mähnen der Reiter ebenso wild und lang waren wie die ihrer Tiere. An ihrer Spitze, dicht über dem Boden fliegend, befand sich ein Rabe von der Größe eines Ponys.

»Pferdevolk!« schrie Rhodry.

»Und Raena ist bei ihnen! Laß uns ein bißchen Spaß haben!«

Mit einem Brüllen wie ein Fluß bei Hochwasser schoß Arzosah abwärts. Der Rabe sah sie als erster. Kreischend drehte er ab und flatterte rasch davon. Die Männer blickten erst auf, als ihre Pferde den Drachen rochen. Austretend, bockend, sich aufbäumend gingen die Pferde durch. Die Reiter schrien und packten Mähnen und Hälse, nahmen die Zügel kürzer, klammerten sich an die Sattelknäufe – alles, damit sie nicht abgeworfen wurden. Einige Pferde galoppierten davon, und fluchende Reiter klammerten sich weiterhin fest. Arzosah ignorierte sie und folgte dem Raben.

Krächzend wich der aus, schoß hierhin und dahin, aber der Drache holte stetig auf. Arzosah streckte ihren langen Hals und schnappte zu. Mit einem letzten Kreischen verschwand der Rabe durch ein unsichtbares Tor in eine andere Welt, aber Arzosah hatte ein paar schwarze Federn im Maul. Sie spuckte sie aus, dann wendete sie in weitem Bogen. Am Boden versuchten die verängstigten Männer vom Pferdevolk, ihre Reittiere wieder zu beruhigen und sich neu zu formieren.

»Scheuchen wir sie noch ein bißchen?« rief Arzosah.

»Nein! Willst du, daß wir uns hier auf ewig verirren? Wir müssen Evandar finden.«

»Das ist wahr!«

Dennoch griff sie die Reiter noch einmal an. Die Männer schrien, rissen die Köpfe ihrer Pferde herum und ließen sie endlich laufen, wohin sie wollten. Arzosah flatterte wieder auf und flog rasch davon. Sie grollte leise vor sich hin. Rhodry legte den Kopf zurück und brach in sein Berserkerlachen aus.

Dallandra schien es, als wären sie nur kurz in der unangenehm feuchten Luft des Waldes unterwegs gewesen, aber sie wußte genau, daß in der physischen Welt die Zeit raste. Wann immer sie zu einer Lichtung kamen, blickte sie auf und hoffte den Drachen zu sehen, aber sie hatten den Wald schon weit hinter sich gelassen, als Arzosah sie endlich einholte. Am Rand des Waldes wuchs ein hoher Baum, dessen eine Hälfte ununterbrochen in goldenen Flammen brannte, während die andere in vollem Laub grünte. Mit einem Begrüßungsbrüllen schoß Arzosah über die Karawane hinweg und landete nahe der grünen Seite des Baumes. Dallandra war erleichtert, Rhodry immer noch auf ihrem Rücken zu sehen. Sie trieb ihr Pferd zu einem Trab an und ritt auf sie zu, dicht gefolgt von Evandar.

»Ich habe Neuigkeiten!« rief Rhodry. »Wir haben Raena gesehen, die Pferdevolk durch dieses ... nun, was immer das hier sein mag, geführt hat.«

»Das sind schlechte Neuigkeiten! Wie viele waren es?«

»Nicht mehr als zwanzig. Und einige davon fanden sich ziemlich schnell am Boden, als ihre Pferde Arzosah witterten.«

»Es war wunderbar«, warf Arzosah ein. »Und ich hätte beinahe diesen verrotteten kleinen Mazrak auch erwischt. Sie ist ganz kurz vor meinen Zähnen durch eine Art Tor zwischen den Welten verschwunden. Ich frage mich, ob sie zurückkehrt und ihre lieben Freunde wieder abholt?«

»Wenn sie das nicht tut, werde ich es tun«, meinte Evandar.

»Aber jetzt kommt mit! Wir können es nicht wagen, uns hier länger aufzuhalten. Bewegt euch!«

Mit einem langgezogenen Brüllen warf sich der Drache in die Luft. Dallandra wendete ihr Pferd und trabte hinter Evandar einen Feldweg entlang, der am Wald vorbeiführte. Sie sah sich immer wieder um und zählte, aber diesmal folgten alle in ihrer Karawane. An einem gewaltigen Haufen grauer Felsblöcke wandten sie sich vom Waldrand ab, aber Evandar trieb sie immer noch an. Erst, als sie weit vom Wald entfernt waren, ließ er sie eine Rast einlegen.

Auf der flachen Kuppe eines niedrigen Hügels, ganz ähnlich dem, von dem aus sie den Dweomernebel zum ersten Mal gesehen hatten, schwärmten die Reiter aus. Der Drache kreiste über ihnen. Dallandra bemerkte, daß zwar die Bogenschützen nervös wirkten und vor sich hin murmelten, Carra aber erwartungsvoll lächelte. Direkt vor ihnen führte der Weg den sanften Abhang hinab in erneuten Nebel, dessen silbriges Grau hin und wieder von matten Farben durchzogen war.

»Geht einfach durch diesen Nebel, und ihr findet euch auf der Straße nach Cerr Cawnen«, sagte Evandar. »Die Stadt ist nur ein paar Meilen entfernt.«

»Kommst du nicht mit uns?« fragte Dallandra.

»Nicht jetzt – nicht, solange Raena hier im Land umherfliegt, als würde es ihr gehören!«

»Das ist wahr. Aber sobald wir in Cerr Cawnen sind ...«

»Ich werde niemals weit entfernt sein. Shaetano lauert dort und hofft auf eine Gelegenheit, Unheil stiften zu können. Aber jetzt sollte ich mich auf den Weg machen. Raena wird sich vermutlich nicht aufhalten und auf mich warten.«

Evandar schwang ein Bein über den Pferderücken und sprang zu Boden. Er warf Dallandra das Halfterseil zu.

»Nimm dieses arme Tier mit, ja? Er ist mir jetzt nur eine Last.«

»Also gut, aber ...«

»Ich weiß, ich weiß. Ich werde ihn später zu seinem Besitzer zurückbringen.«

Mit einem vergnügten Winken drehte sich Evandar um und eilte im Laufschritt davon. Dallandra sah ihm nach, bis er im Wald verschwand, dann ritt sie zu den anderen zurück.

»Wir sind beinahe da«, sagte sie. »Jahdo, du wirst uns bestimmt auf den letzten paar Meilen den Weg weisen können.«

Evandar war nicht weit in den Wald gelaufen, als er sich in den Falken verwandelte. Mit einem rauhen Krächzen sprang er in die Luft, flatterte und schwebte dann über den Bäumen auf dem Wind. Dann flog er schneller, um Höhe zu gewinnen. Im Gleiten schaute hielt er nach dem Raben Ausschau, aber falls Raena im Unterholz lauerte, sah er sie nicht. Endlich ließ er den Wald zurück und flog über die grünen Hügel des neuen Wildlandes.

Er konnte keine Pferde entdecken, keine Reiter, keinen Raben, obwohl er lange Zeit suchte und über den Wiesen seine Kreise zog. Er fragte sich, ob Arzosah ihn vielleicht angelogen hatte, aber er wußte, daß Rhodry so etwas nicht unterstützen würde. Es war anzunehmen, daß Shaetano gekommen war, um seine sogenannte Priesterin und ihre Männer zu retten und sie über einen verborgenen Weg zurück in die physische Welt zu führen. Evandar würde einfach suchen müssen, bis er diesen Weg fand – und hoffen, daß er in einen anderen Teil der physischen Ebene führte als den, wo er gerade Dallandra abgesetzt hatte.

Der Ritt durch den Dweomernebel hatte Dallandra und ihre Mitreisenden tatsächlich an einen Ort gebraucht, der frei von Pferdevolk war. Sie fanden sich in westlicher Richtung über einen Feldweg ziehend, der zwischen zwei grünen Getreidefeldern entlangführte, deren Halme sich in einem weichen Wind bogen. In einiger Entfernung, im Süden, war ein Bauernhaus mit einem steilen Dach zu erkennen. Dallandra hörte das leise Bellen eines Hundes. Jahdo wandte sich ihr im Sattel zu, aber sie konnte sehen, daß er Schwierigkeiten hatte zu sprechen, gefangen zwischen Lachen und Schluchzen.

»O Herrin! Es ist wahr! Das ist wirklich die Straße, die zu meiner Stadt führt.«

»Wunderbar!«

»Aber mir ist etwas eingefallen. Rori und der Drache. Sie können in Cerr Cawnen nicht auf der Straße oder so landen. Es wird zu eng sein.«

»Das ist richtig. Was machen wir mit ihnen?«

»Auf der Zitadelle gibt es einen größeren Platz. Wenn sie jetzt landen würden, könnte ich es ihnen sagen.«

Nach einiger Zeit gelang es Dallandra, die Aufmerksamkeit des Drachen auf sich zu ziehen, indem sie sich in den Steigbügeln aufstellte und schrie wie eine Verrückte. Arzosah flatterte zur Antwort mit den Flügeln und glitt in einiger Entfernung zu Boden. Als der Rest der Gruppe sie einholte, stieg Rhodry ab und kam ihnen auf der staubigen Straße entgegen.

»Ich dachte, ich sollte lieber nirgendwo landen, wo Bauern mich sehen können«, meinte Arzosah.

»Da hast du recht«, sagte Dallandra. »Jahdo hat darüber nachgedacht, wo du in Cerr Cawnen bleiben könntest.«

»Das ist wirklich eine gute Frage.« Arzosah wandte Jahdo den Kopf zu. »Du bist wirklich aufmerksam für ein Küken, das muß ich dir lassen.«

»Ich danke Euch, Herrin«, sagte Jahdo. »Nun, wenn Ihr über unsere Stadt fliegt, seht ihr in der Mitte des Sees eine Insel. Auf der Westseite dieser Insel stehen Ruinen, große Steinblöcke, die alle eingestürzt und geborsten sind. Aber es gibt dort auch Bäume, und Ihr werdet nicht weit vom Platz entfernt sein, wo es eine Süßwasserquelle gibt.«

»Das klingt gut«, warf Rhodry ein. »Wenn du einverstanden bist, Dalla, werden wir es folgendermaßen machen: Ich denke, du solltest die Stadt am besten auf unsere Ankunft vorbereiten. Wir werden besser nicht vor morgen früh auftauchen. Ich nehme einfach Vorräte und eine Decke und so etwas mit.«

»Ich glaube, Ihr habt recht«, sagte Dallandra. »Jahdo, sag mir, was werden deine Mitbürger von einem Drachen halten?«

»Oh, wir sehen hin und wieder welche. Sie kommen und stehlen Vieh.«

»Ich würde es nicht als stehlen bezeichnen«, warf Arzosah ein. »Mehr als einen Tribut an die Schönheit von uns Drachen.«

»Diejenigen, denen die Kühe gehören, leben in Unkenntnis Eurer Schönheit.« Jahdo hielt inne und lächelte sie an. »Wie dem auch sei, es ist auch ein Feuerberg in der Nähe der Stadt. Ich habe zuvor nicht gewußt, daß die großen Wyrms Feuerberge so lieben, aber nun, da ich das weiß, erklärt es natürlich, wieso wir sie hier hin und wieder sehen.«

»Also«, meinte Dallandra, »werden die Bürger der Stadt nicht vollkommen in Panik geraten?«

»Oh, so schnell lassen wir uns keine Angst einjagen. Aber es ist eine Sache zu sehen, wie ein großer Wyrm vorbeifliegt, und eine andere, daß er auf dem Versammlungsplatz landet. Die Stelle, von der ich Euch erzählt habe, liegt allerdings außer Sichtweite der meisten Stadtbewohner.«

»Das klingt besser und besser«, erwiderte Rhodry. »Machen wir uns auf den Weg. Wenn sich hier Pferdevolk herumtreibt, solltet ihr euch lieber nicht heute abend außerhalb der Mauern aufhalten.«

Nachdem Rhodry sich ein paar Dinge mitgenommen hatte,

flog der Drache mit ihm wieder weiter, weg von der Straße nach Norden. Als sie die beiden am Himmel verschwinden sah, verspürte Dallandra eine plötzliche Trauer, als sähe sie Rhodry zum letzten Mal. Du hast immer gewußt, daß wir uns trennen müßten, erinnerte sie sich. Sie schüttelte das Gefühl ab und wandte sich Jahdo zu.

»Jetzt mußt du uns führen«, sagte sie. »Wie weit ist es noch?«

»Nun, Herrin, wir müssen einfach nur dieser Straße folgen, aber wie weit es ist, weiß ich wirklich nicht. Ich bin nur einmal in meinem Leben hier entlanggekommen, aber sonderlich weit kann es nicht sein.«

Da die Sonne schon tief im Westen hing, machten sie sich rasch wieder auf den Weg. Sie hatten kaum mehr als eine Meile zurückgelegt, als Dallandra Fäulnis roch – Dung von einer Kuhweide, nahm sie an. Als sie allerdings weiterritten, wurde der Geruch intensiver und übler. Wenn das eine Weide war, mußte der Mist hüfthoch darauf liegen, um so zu stinken. Jahdo, der neben ihr ritt, bemerkte es auch.

»Herrin, was kann hier so stinken? Es ist schlimmer als die Latrine in Dun Cengarn.«

»Tausend Latrinen wären nicht so schlimm.« Dallandra warf einen Blick zurück und sah, daß Dar die Zügel in eine Hand genommen hatte und in der anderen Hand ein Stück Tuch hielt, in das er normalerweise Ersatzpfeilspitzen wickelte. Er wedelte damit vor Elessis Gesicht hin und her, um den Gestank ein wenig zu vertreiben. Dallandra bezweifelte, daß es sonderlich half. Je weiter sie kamen, desto schlimmer wurde der Gestank – es lag eine üppige Wärme darin, bemerkte Dallandra, als würde der Dreck über einem schwachen Feuer gekocht.

»Der See!« sagte sie abrupt. »Jahdo, hast du mir nicht erzählt, daß deine Stadt auf einem See mit heißen Quellen angelegt ist? Werfen deine Leute vielleicht einfach ihre Abfälle dort hinein?«

»Nein, sie werfen sie in den Fluß, der südlich aus dem See führt. Ich habe dort gewohnt, und es hat nie so gestunken.«

»Das ist, weil du dort gewohnt hast. Wenn wir uns an etwas gewöhnen, ob es ein Geruch oder ein Anblick ist, bemerken wir es nicht mehr.«

»Meine Stadt würde niemals ...« Jahdo war beinahe empört. »Obwohl ... Nun, Herrin, ich fürchte plötzlich, daß Ihr recht haben könntest, besonders nach dem langen Winter.«

Und tatsächlich, als sie die hoch aufragenden Steinmauern von Cerr Cawnen vor sich hatten, stellten sie fest, daß der Gestank aus der Stadt selbst kam. Es wurde wohl immer noch genug Abfall in den See geworfen, nahm Dallandra an. Alle vom Westvolk begannen, miteinander zu murmeln, und Dallandra war sehr froh, daß Jahdo die elfische Sprache nicht beherrschte und daher die Bemerkungen über Schweine und Aaskrähen nicht verstand. Als sie das Osttor erreichten, stand die Sonne schon sehr tief am Himmel. Über ihnen, auf der Mauer, wartete eine Handvoll Männer mit Kettenhemden – die Stadtwache, nahm Dallandra an. Sobald sie die Reisenden sahen, begannen sie zu rufen.

»Eine Karawane! Vielleicht Kaufleute! Laßt die Tore noch ein wenig länger auf!«

Jahdo reckte sich und kniff die Augen ein wenig zusammen.

»Kyle!« rief er laut. »Kyle, ich bin es!«

Oben auf der Mauer jubelte ein hochgewachsener Milizmann in wortlosem Triumph.

»Mein Bruder«, sagte Jahdo. Und seine Stimme bebte.

Bis alle durchs Tor geritten waren, war Kyle vom Wehrgang heruntergeklettert und wartete schon, sie begrüßen zu können. Jahdo stieg vom Maultier und rannte in die offenen

Arme seines Bruders. Maultier und Packpferd trabten hinter ihm her. Dallandra drehte sich im Sattel um und winkte Prinz Daralanteriel zu sich.

»Wir sollten lieber absteigen, oder?« sagte sie. »Ich habe keine Ahnung, wohin es jetzt geht.«

»Das wäre zumindest höflich«, meinte Dar. »Nun, wenn du glaubst, daß Carra in Sicherheit sein wird ... das ist eine ganz schöne Menschenmenge, die sich da sammelt.«

Und so war es – vielleicht ein Dutzend Männer der Stadtwache waren von der Mauer geklettert, und jedermann in Hörweite eilte auf sie zu. Die Bürger riefen sich gegenseitig die Neuigkeiten zu. Hunde bellten und kamen schwanzwedelnd angerannt. Daralanteriel ließ seine Männer absteigen, aber er reichte Carra das Baby zurück und wies sie an, auf dem Pferd sitzenzubleiben. Seine Männer hielten die Zügel ihrer Reittiere fest in den Händen. Die Packmaultiere schrien, und jedesmal, wenn ein Hund ihnen zu nahe kam, zerrten sie an den Seilen.

Dallandra befürchtete schon, daß sie ein paar der Tiere verlieren würden und mit ihnen die Vorräte, als Milizmänner zu ihnen kamen und halfen. Nach einer raschen Begrüßung übernahmen sie die Packtiere und ermöglichten damit den elfischen Männern, ihre Pferde zu beruhigen. Aus dem Hinterrund der Menschenmenge hörte Dallandra ein entschlossenes Rufen, das von einem zum anderen weitergegeben wurde, bis sie endlich die Worte verstand.

»Laßt die Ratsherren durch! Macht Platz für die Ratsherren!« Zwei Männer in wehenden, rotgestreiften Umhängen, einer dünn und grauhaarig, der andere blond und gutaussehend, arbeiteten sich durch die Menschenmenge. Nach Niffas Beschreibungen vermutete Dallandra, daß der Blonde Verrarc sein mußte. Der ältere Mann blieb stehen und begann, auf die Bürger einzureden, zeigte mit einer Hand und tippte hier und da einem anderen auf die Schulter, so daß die Menge sich langsam ein wenig auflöste. Verrarc jedoch kam direkt auf die Gruppe am Tor zu.

Während sie darauf wartete, daß er sie erreichte, bediente sich Dallandra des Dweomerblicks und betrachtete seine Aura, die eine unangenehme grünliche Färbung aufwies und an ihm klebte wie ein nasses Hemd. Das war also der Mann, der Jahdo mit einem Bann belegt hatte. Sie konnte sich kaum vorstellen, daß er die Macht heraufbeschwor, so etwas zu tun, aber als Jahdo aufblickte und ihn sah, wich der Junge gegen seinen älteren Bruder zurück. Verrarc bedachte ihn mit einem Blick, in dem beinahe noch mehr Furcht lag, und seine Aura schien an den Rändern zu zerfallen, und wurde dort plötzlich grau. Eilig kehrte Dallandra zur normalen Sichtweise zurück.

»Jahdo!« sagte Verrarc mit vor falscher Freundlichkeit geradezu triefender Stimme. »Guter Junge! Ich bin froh, dich wiederzusehen! Und wen bringst du da mit?«

Als witterte er Gefahr, drängte sich Blitz, den Kopf gesenkt und die Nackenhaare gesträubt, zwischen den Jungen und den Ratsherren, knurrte und fletschte seine Zähne. Verrarc wich hastig zurück. Jahdo schluckte und wandte sich Dallandra zu, die ein Lächeln aufsetzte und auf den Ratsherren zuging.

»Guten Tag, Ratsherr«, sagte sie. »Ich heiße Dallandra, und ich ...«

Sie hielt inne. Verrarc starrte sie an und wurde kreidebleich. Plötzlich begriff sie: Diese Menschen hatten noch nie jemanden vom Westvolk gesehen.

»Ich versichere Euch, ich bin keine Dämonin«, sagte sie lachend. »Wir kommen aus einem Land, das im Süden liegt, und wir sind von Fleisch und Blut, trotz unserer Ohren und Augen.«

»Ich bitte um Verzeihung«, stotterte Verrarc. »Ich muß mich

für uns alle entschuldigen. Es ist unhöflich, Euch auf diese Weise zu bedrängen, aber wir haben tatsächlich noch nie Leute von Eurem Volk hier gesehen.«

»Ich danke Euch. Gibt es hier einen Platz, wo wir ein Lager aufschlagen können?«

»Ja, selbstverständlich. Überall hier auf dem Gemeindeanger erlauben wir Kaufleuten und anderen Reisenden, innerhalb unserer Mauern Zuflucht zu suchen. Es gibt einen Brunnen und Feuergruben ein Stück weiter entfernt. Soll ich Euch dorthin führen?«

»Danke, das ist sehr gastfreundlich.«

Verrarc gelang ein kurzes Lächeln, dann starrte er wieder Jahdo an. Dallandra brauchte keinen Dweomer, um Verrarcs Verzweiflung zu erkennen. Was würde er tun – versuchen, den Jungen umzubringen, damit Jahdo schwieg?

»Jahdo!« rief Dallandra. »Du solltest am besten mit ...«

Irgendwo in der Menge schrie eine Frau in durchdringender Freude.

»Mutter!« rief Jahdo. »Mutter! Vater!«

Er stürzte sich in die Menge, die sich teilte, um ihn durchzulassen. Eine zierliche kleine Frau, viel zu dünn und mit graugesträhntem blondem Haar, lief auf den Jungen zu und umarmte ihn. Hinter ihr kam ein hochgewachsener grauhaariger Mann, der die beiden anstrahlte. Verrarc beobachtete die Familie mit ausdrucksloser Miene. Dallandra bemerkte plötzlich, daß er ein langes Messer in einer perlenbestickten Scheide am Gürtel trug wie die meisten anderen Bürger auch. Es ging zwar gegen alle Moral des Dweomer, einem nichtsahnenden Menschen einen Bann aufzulegen, aber Dallandra hatte nicht vor, Jahdo nach Hause zu bringen, nur um ihn am nächsten Morgen tot vorzufinden. Sie holte tief Luft, beschwor Kraft herauf und legte Verrarc eine sanfte Hand auf den Arm.

»Ratsherr?«

Als er sich umdrehte, um sie anzusehen, begegnete sie seinem Blick und hielt ihn mit großer Willenskraft.

»Ihr werdet Jahdo niemals weh tun. Ihr liebt ihn wie Euren eigenen Sohn.«

»Ich werde ihm niemals weh tun.« Verrarcs Stimme klang schleppend. »Niemals weh tun.«

Mit einem knappen Kopfschütteln ließ sie ihn gehen. Er blinzelte einen Augenblick, dann lächelte er.

»Ich kann kaum in Worte fassen, wie froh ich bin, Jahdo wieder zu Hause zu sehen«, sagte Verrarc. »Ich liebe ihn, als wäre er mein eigener Sohn.«

»Wie schön. Sollen wir jetzt zum Lagergelände gehen?«

»Ja, natürlich. Ich muß Euch allerdings warnen, ein Kaufmann und seine Leute lagern dort bereits. Es sind Gel da'Thae. Wißt Ihr von Ihnen?«

»Ja. Ihr braucht Euch keine Gedanken zu machen.« Dallandra drehte sich um und winkte den anderen Elfen zu. »Dar! Der Ratsherr wird dir zeigen, wo wir das Lager aufschlagen sollen.«

Dar nickte und winkte zurück, um ihr zu zeigen, daß er sie verstanden hatte. Verrarc rief den Milizmännern zu, ihnen zu folgen, dann ging er zum Prinzen. Gemeinsam machten sie sich alle auf den Weg. Dallandra blieb zurück und sah sich die Menschen an, die sich um Jahdo versammelt hatten. Endlich entdeckte sie auch Niffa, die ein wenig abseits stand und suchend in die Menge blickte – vermutlich, begriff Dallandra, hielt sie nach ihr Ausschau. Lächelnd drängte sich Dallandra durch. Niffa lachte und kam mit ausgestreckten Händen auf sie zu. Dallandra ergriff ihre Hände und hielt sie fest.

»Nun begegnen wir uns endlich auch auf dieser Ebene!« sagte Dallandra. »Es ist schön, dich zu sehen.«

»Und ich bin froh, Euch zu sehen!« Niffa sah sich um, dann ließ sie Dallandras Hände los und senkte die Stimme. »Und nicht nur um meiner selbst willen. Ich habe die letzten Tage solche Angst gehabt.«

»Zweifellos! Aber du willst doch sicher deinen Bruder willkommen heißen. Wir werden auf dem Gemeindeanger lagern. Wirst du später dort zu uns kommen können?«

»Sicher, das werde ich tun. Ganz bestimmt.«

Lachend und schwatzend brachte eine kleine Menge aus Verwandten und Freunden Jahdo zum Seeufer, wo der Oberste Sprecher Admi ihnen die Benutzung der Ratsbarke anbot. Niffa hielt sich dicht an ihrem Vater, dessen Größe allein ihnen einen Weg durch die Gratulanten am Pier und dann zur Barke bahnte. Als der Rest ihrer Familie an Bord kam, fand Niffa einen freien Platz am Bug. Die Sonne ging nun unter, und der Nebel auf dem Wasser färbte sich golden, so daß es aussah, als glitten sie mit der Barke ins Herz eines Feuers. Niffa lehnte sich gegen die Reling und fragte sich, wieso es ihr plötzlich so schwer fiel zu atmen. Einen Augenblick befürchtete sie, echtes Feuer zu sehen, Flammen, die zuckten und knisterten, während die Stadt brannte, und sie hatte dieses Bild so lebhaft vor Augen, daß sie beinahe aufgeschrien hätte. Sie erstickte den aufsteigenden Schrei schnell in einem Husten und beugte sich über die Reling, um ihr Gesicht zu verbergen.

Sie begann bereits zu verstehen, auf welche Weise der Weg der Hexenkunst sie weiter und weiter vom Leben in Cerr Cawnen entfernen würde. Sie wußte Dinge, die ihren Verwandten und Mitbürgern verborgen waren, und sie erfuhr sie durch verborgene Mittel. Die Freude über die Rückkehr ihres Bruders war ein wenig gedämpft, einfach, weil sie bereits die ganze Zeit gewußt hatte, daß er in Sicherheit war. Sie drehte sich wieder um und beobachtete Jahdo, der sich an ihren Vater lehnte. Sein Abenteuer war zu Ende. Einen Augenblick beneidete sie ihn.

Die Barke legte an ihrem Pier an der Zitadelle an, die Passagiere stiegen aus, und das Schiff fuhr wieder zur Stadt zurück. Am sandigen Seeufer verlief sich die Menge. Sosehr Freunde und Nachbarn von Jahdos Reisen erfahren wollten, wiesen doch die weniger Eigensüchtigen unter ihnen darauf hin, daß der Junge und seine Familie jetzt ein wenig Zeit für sich haben wollten.

»Kommt später vorbei«, rief Lael. »Dann essen wir alle etwas, und wir hören uns an, was mein Junge zu erzählen hat.«

Nach einer Woge der Zustimmung begann die Familie ihren langen Aufstieg zum Kornspeicher, Jahdo zwischen seiner Mutter und seinem Vater, Kyle und Niffa hinter ihnen.

»Hör mal«, sagte Kyle leise, »wer ist diese Frau? Die mit dem silbernen Haar? Und wie kommt es, daß du sie kennst?«

»Du hast scharfe Augen.«

»Sie mögen scharf sein, aber sie sind nicht so seltsam wie die ihren. Ihr Götter, sie sehen aus wie Katzenaugen!«

»Ja. Nun, ich weiß nicht, wie ich es dir sagen soll und auch nicht Mutter, aber die Dinge bewegen sich für mich.«

»Ach ja?« Kyle zögerte, dann zuckte er mit den Achseln. »Zweifellos werde ich bald mehr hören, als mir lieb ist, und das wohl eher und schneller, als ich möchte.«

Im letzten Rest des Sonnenlichts eilten sie die kleine Gasse zu ihrer Tür entlang und zu dem großen Zimmer hinter dem Kornspeicher. Lael ließ die Tür weit offen, damit noch ein wenig Licht hereinfiel, und ging zur Feuerstelle, um das Feuer vorzubereiten. Dera lächelte ihre drei Kinder an.

»Wir sind alle hier«, sagte sie. »Endlich. Wir sind alle zu Hause.«

Niffa zuckte ein wenig zusammen. Dera schien das nicht zu

bemerken, aber Kyle zog die hellen Brauen hoch. Niffa weigerte sich zu antworten. Nun, da der Augenblick gekommen war, bemerkte sie, daß sie nie darüber nachgedacht hatte, wie sie ihrer Mutter sagen würde, daß ihre Tochter ihren Herd bald verlassen würde.

»Die Wiesel!« rief Jahdo. »Ich muß sie begrüßen.«

Er eilte ins andere Zimmer, wo die drei Kinder immer neben den Frettchenkäfigen geschlafen hatten. Niffa folgte ihm, blieb in der Tür stehen und sah zu. Jahdo ging zu dem Holzpferch und bückte sich darüber. Ambo, das große männliche Frettchen, erhob sich und witterte, den Hals hoch ausgestreckt, dann schnalzte er und gestattete Jahdo, ihn hochzuheben. Jahdo hielt ihn an sein Gesicht, damit das Frettchen ihn riechen konnte. Ambo schob die Nase vorwärts und leckte dem Jungen die Wange, dann die Augenlider. Die anderen Frettchen kletterten über die Seite des Pferchs oder zwängten sich durch die Schlitze, tanzten um Jahdos Füße und knabberten an seinen Knöcheln. Jahdo lachte laut und setzte Ambo wieder ab.

»Sie erinnern sich an mich, sie erinnern sich an mich!«

Er setzte sich auf eine Strohmatratze und ließ die Frettchen über sich klettern. Lächelnd wandte Niffa sich ab und ging daran, ihrer Mutter beim Tischdecken zu helfen.

Im großen Zimmer knisterte inzwischen das Feuer, und Licht tanzte über die Mauern. Dera hatte einen Topf voll Wasser an den Haken über dem Feuer gehängt. Nun stand sie am Tisch und schnitt Stücke von Salzfleisch und den schrumpeligen Rest der letzten Wintermöhren. Niffa öffnete den großen Vorratskrug und schöpfte geschrotete Weizenkörner in eine Schale. Wenn das Wasser kochte, würde sie das Korn in den Topf geben und eine Mahlzeit kochen, die halb Eintopf, halb Getreidebrei war. Kyle und Lael setzten sich an den Tisch, jeder mit einem Krug Bier vor sich.

»Wir werden heute abend wahrscheinlich eine große Menschenmenge zu Gast haben«, bemerkte Lael.

»Wahrscheinlich, Vater«, entgegnete Kyle.

Und wenn die Menge erst da war, wie würde sie dann mit ihrer Mutter sprechen können? Niffa begriff, daß sie die Wahrheit nicht länger hinauszögern konnte.

»Mutter?« sagte sie. »Ich muß dir etwas sagen.«

Aus dem Augenwinkel bemerkte sie, wie Kyle seinen Bierkrug abstellte und sich auf der Bank umwandte, um zu lauschen. Mit einem vagen Lächeln blickte Dera vom Hackbrett auf. Niffa sah keine andere Möglichkeit, als gleich mit allem herauszuplatzen.

»Es ist Zeit, daß ich Euch verlasse«, sagte Niffa, »um dem Weg der Hexenkunst zu folgen. Werda hat mir das schon früher gesagt, und wir wissen alle, was für ein seltsames Kind ich war und welche Träume ich habe.«

Dera ließ das Messer fallen, und es polterte auf den Tisch. Sie sah aus, als wollte sie etwas sagen, aber dann schwieg sie, und ihre Augen füllten sich mit Tränen.

»O Mutter! Ich hasse es, dir das sagen zu müssen!« Niffa spürte, wie ihre eigenen Lippen zitterten. »Aber Werda meinte, ich muß meinem Schicksal folgen und ...«

»Es ist mir gleich, was Werda dir erzählt hat!«

Deras Stimme zitterte gewaltig.

»Aber sie sagt die Wahrheit. Mein Herz schreit mir dieselbe Wahrheit zu. Und die Frau mit dem silbernen Haar – sie heißt Dallandra – haben die Götter zu meiner Lehrerin bestimmt.«

»Wie bitte? Wie kannst du so etwas sagen! Du bist ihr doch gerade erst begegnet? Und woher weißt du, daß sie sich damit auskennt? Vielleicht ist sie ein Scharlatan ...«

»Nein. Ich bin ihr schon vor Monaten begegnet, Mutter, in meinen Träumen, in meinen Wahrträumen. Dallandra ist eine Meisterin des Hexenwegs.«

»Was für ein Unsinn! So etwas will ich in meinem Haus nicht hören!«

»Mutter. Sie sagt die Wahrheit.« Jahdo stand in der Tür, und Tek-Tek schmiegte sich in seine Arme. »In diesem vergangenen Jahr habe ich Dinge gesehen, von denen ich nie geglaubt hätte, daß es sie gibt, und einige davon hatten mit Dallandra zu tun – Magie und Zauber. Im Land der Sklavenhalter nennen sie es Dweomer.«

Dera fuhr herum und starrte ihn wütend an.

»Bald werde ich euch alles erzählen«, fuhr Jahdo fort. »Und dann werdet ihr wissen, was ich weiß. Ich war lange, lange weg, und ich sage euch, die Welt ist ein weiterer Ort, als jeder von uns sich träumen ließe.« Dera wandte ihnen allen den Rükken zu, und ihre Schultern bebten unter dem dünnen Kleid. Niffa konnte sich nicht länger beherrschen. Sie eilte zu ihrer Mutter, umarmte sie und weinte. Trübe war sie sich bewußt, daß Lael aufstand und zu ihnen kam. Er legte Niffa sanft die Hand auf die Schulter, die andere auf die Schulter seiner Frau.

»Niemand kann sich seinem Wyrd widersetzen«, meinte Lael. »Schon gut, Dera, meine Liebste, in unserem Herzen haben wir immer gewußt, daß dieser Tag kommen würde.«

Bei dieser Bemerkung gelang es Niffa endlich, die Tränen herunterzuschlucken. Sie ließ ihre Mutter los und trat ein wenig zurück, wischte sich die Augen mit dem Ärmel ab, während Lael den Arm um Deras Schulter legte und sie hinaus in die Gasse führte. Sie konnte hören, wie er leise auf seine Frau einmurmelte, verstand die Worte aber nicht. Kyle saß am Tisch, als wäre er aus demselben Holz geschnitzt wie das Möbelstück, und starrte Jahdo an.

»Und was ist mit dir?« meinte Jahdo.

»Nichts«, sagte Kyle. »Mir ist nur gerade aufgefallen, wie sehr du im vergangenen Jahr gewachsen bist.«

Niffa griff wieder nach dem Messer und schnitt weiter Salzfleisch auf. Das Wasser im Kessel hatte begonnen zu kochen, und sie fügte das Getreideschrot hinzu. Kyle stand auf und holte einen Holzlöffel.

»Ich kümmere mich ums Rühren«, sagte Kyle. »Bring du die anderen Sachen her, wenn sie fertig sind.«

»Danke.«

Kyle sah sie an und grinste schief.

»Die Dinge bewegen sich, hast du gesagt«, meinte er. »Ein wenig mehr als das, wie, aber Vater hat die Wahrheit gesagt. Du warst einfach immer schon seltsam.«

»Mistkerl!« Niffa griff nach einem Möhrenende und warf es nach ihm.

Endlich konnten sie alle drei lachen. Jahdo brachte Tek-Tek an den Tisch und setzte sich hin.

»Ich schwöre, du hast diese Wiesel mehr vermißt als uns«, sagte Niffa.

»Ja, das habe ich wohl.« Er lächelte. »Obwohl ich vergessen habe, wie sehr sie stinken. Morgen werde ich sie gleich waschen.«

»Ich muß zugeben, das habe ich vernachlässigt«, erwiderte Niffa. »Und Kyle war wegen des Diensts bei der Stadtwache häufig nicht zu Hause.«

In diesem Moment kehrten Lael und Dera zurück. Dera betrachtete ihre Kinder ohne ein Lächeln, dann seufzte sie.

»Also gut«, sagte sie. »Wyrd ist Wyrd. Und jetzt gib mir das Messer, Niffa. Dieses Fleisch muß feiner geschnitten werden, als du es getan hast.«

Während der Mahlzeit wurde wenig gesprochen. Niffa begriff, daß Jahdo nichts von ihrer Heirat und auch nicht von ihrer Witwenschaft wußte, aber ihr war klar, daß dies nicht der Zeitpunkt war, es ihm zu erzählen. Im tanzenden Feuerlicht konnten sie so tun, als wäre aller Ärger verschwunden, zumindest diese kurze Weile, und sie weigerte sich, diese zerbrechliche Ruhe zu stören. Nachdem sie fertig gegessen hatten, trafen tatsächlich die ersten Gäste ein, begierig, die seltenen Nachrichten aus den weit abgelegenen Ländern zu hören.

Als immer mehr Leute kamen, konnte sich Niffa davonstehlen. Niemand schien zu bemerken, daß sie an der Feuerstelle eine Kerze entzündete. Sie steckte sie in eine Blechlaterne und schlich sich an der Wand entlang zur Tür. Einen Augenblick zögerte sie und schaute zurück zu ihrer Familie und den Freunden, die sich an der Feuerstelle und um Jahdo drängten. Dann ging sie hinaus und ließ die Tür hinter sich offen, damit Luft hereinkam.

Als sie am Seeufer entlangging, kam ihr jemand entgegen, der ebenfalls eine Laterne trug. Sie hielt ihre Lichtquelle ein wenig von ihren Augen weg und erkannte Verrarc, der sich so langsam und zögernd bewegte wie ein alter Mann. Sie wäre vorbeigehuscht, aber er sprach sie an, und sie begegneten sich in den Lichtpfützen ihrer Laternen. Niffa war entsetzt zu erkennen, wie erschöpft er mit seinen dunklen Ringen unter den geschwollenen Augen aussah.

»Guten Tag, Niffa. Was machst du so weit entfernt vom heimischen Herd?«

»Ich habe etwas in der Stadt zu tun.«

Verrarc sah sie forschend an. Sie lächelte einfach und wartete.

»Nun gut«, meinte er schließlich. »Ich wollte nicht neugierig sein. Sag mir, glaubst du, es würde deine Mutter stören, wenn ich mir Jahdos Geschichten anhören würde? Ich muß zugeben, daß ich schrecklich neugierig bin.«

»Das ist kaum verwunderlich, wenn man alles bedenkt.«

Er zuckte zusammen wie ein Pferd, das gestochen wurde.

»Aber ich weiß, daß Mutter dich willkommen heißen wird«, fuhr Niffa fort. »Wann hätte sie dich jemals weggeschickt?«

»Du hast recht. Danke.«

Er drängte sich an ihr vorbei und eilte den Weg hinauf. Sie schaute ihm hinterher und fragte sich, ob es nur am Licht gelegen hatte, daß er aussah, als wäre er den Tränen nahe.

Zuvor hatte Ratsherr Verrarc Dallandra und das Westvolk etwa halb um den See geführt, zu einer Wiese mit Frühlingsgras und einem ummauerten Brunnen, der weit vom stinkenden Ufer entfernt war. Während die Männer damit beschäftigt waren, die Maultiere abzuladen und sie und die Pferde anzupflocken, ging Dallandra zum Brunnen und schaute zu den drei spitzen Zelten, die ein paar hundert Schritte entfernt aufgebaut waren. Hinter den Zelten grasten ein paar Maultiere und schwere Pferde an Pflöcken. Inmitten der Zelte saßen ein paar Menschen um ein niedriges Feuer, aber der einzige Gel da'Thae, den sie entdecken konnte, war ein Wachtposten, der vor einem der Zelte stand, den Stock in der Hand. Sie nahm an, das Zelt gehörte Zatcheka. Der Wachtposten schien seinerseits zu ihnen hinüberzustarren.

Hinter ihr bellte ein Hund, und als sie sich umdrehte, sah Dallandra Blitz schwanzwedelnd auf sich zutraben. Direkt hinter ihm kam Carra, die das Kind trug, das ein wenig Tuch locker über Mund und Nase gebunden hatte.

»Dalla? Ich störe dich doch nicht, oder?«

»Nein«, meinte Dallandra. »Dachtest du, ich würde einen Zauber wirken?«

»Nun, das wußte ich nicht. Ich wollte dich etwas fragen: Lady Ocradda hat mir ein wenig Rosenöl gegeben, als wir uns auf den Weg machten – zur Erinnerung. Ich habe ein bißchen davon auf diesen Lappen für Elessi geträufelt. Der Gestank hier ist einfach schrecklich. Aber der Rosenduft wird ihr doch nicht schaden, oder?«

»Das kann ich mir nicht vorstellen. Und er ist sicher erheblich besser als dieser Gestank aus dem See.«

Elessi war wach, saß auf dem Arm ihrer Mutter und schaute sich um. Da sie das Tuch in Ruhe ließ, war sie zweifellos, was die Luft anging, derselben Meinung wie die beiden Frauen. Blitz hatte die Nase zum Boden gesenkt und trabte geschäftig hin und her und blieb hin und wieder stehen, um sich am Boden zu wälzen. Die ganze Umgebung mußte für ihn wie köstliches Aas riechen.

»Das hier ist wirklich faszinierend«, meinte Carra abrupt. »Nein, nicht der Gestank, aber alles andere. Sieh dir diese Stadt an! Sie steht halb im Wasser und halb draußen.«

»Es ist wirklich ein Wunder.«

»Ich wußte nicht einmal, daß das Rhiddaer und Menschen wie Jahdo existierten, und dabei habe ich mein ganzes Leben an der Westgrenze verbracht!«

Dallandra unterdrückte ein Lächeln. Carras »ganzes Leben« zählte nur sechzehn Winter – höchstens.

»Ich muß herausfinden, wann die Stadt gebaut wurde«, fuhr Carra fort. »Cerr Cawnen, meine ich. Jahdo weiß es nicht, aber irgend jemand muß es doch wohl wissen. Und wie haben die geflohenen Unfreien sie gebaut? Hat jemand ihnen geholfen? Sie hatten doch sicher keine Maurer oder so, als sie hierherkamen.«

»Daran hatte ich noch gar nicht gedacht. Es interessiert dich also wirklich.«

»Ja. Als wir noch in Cengarn waren, hat mir Jahdo ziemlich viel erzählt, und der arme, liebe Meer hat mir ebenfalls gesagt, was er von der Geschichte des Rhiddaer wußte, aber keiner von beiden hatte eine Ahnung, wann dieser Ort entstanden ist. Ich würde gerne hier ein wenig herumstöbern und die alten Leute fragen. Einige von ihnen kennen vielleicht noch die alten Geschichten von ihren Großeltern.«

Die Leidenschaft in ihrer Stimme überraschte Dallandra zum zweiten Mal.

»Ich vergesse immer wieder, wie sehr du diese alten Geschichten liebst«, meinte Dallandra schließlich. »Und ich wette, daß die alten Leute in der Stadt gerne mit dir sprechen werden. Wahrscheinlich haben sie nicht allzu viele aufmerksame Zuhörer.«

Das Zwielicht wich langsam der Nacht. Der Abendstern erschien wie ein Vorauskommando, der die Armee der Sterne hinter sich herwinkte. Als Dallandra zurückschaute, sah Dar und seine Männer ein Lagerfeuer errichten. Melimaladar ging ein paar Schritte vom Feuer weg, sah den Abendstern und begann zu singen. Die anderen griffen den Gesang auf, der wie Rauch am Seeufer entlangtrieb. Die Gel da'Thae kamen aus ihren Zelten und standen lauschend in der Dämmerung. Die friedliche Stimmung bewirkte, daß Dalla Tränen in die Augen traten – es war seltsam, daß das Westvolk und die Gel da'Thae auf diese Weise ein Lager teilen sollten. Aber was wird morgen früh sein? dachte sie.

Als jemand ihren Namen rief, drehte sich Dallandra um und sah Niffa mit einer Kerzenlaterne in der Hand auf sich zukommen. Dallandra grüßte sie mit einem Winken.

»Wer ist das?« wollte Carra wissen.

»Jahdos Schwester. Und meine neue Schülerin.«

»Tatsächlich? Das ist aufregend!«

»Das ist es wirklich.«

Mit einem freundlichen Gruß kam Niffa näher und hielt die Laterne hoch. Als das Licht auf die Gesichter der Frauen fiel, starrte Carra die andere an und riß die Augen auf. Niffa setzte dazu an, etwas zu sagen, dann schwieg sie und betrachtete ihrerseits Carras Gesicht. Sie hatten einander erkannt. Dallandra wußte plötzlich ganz sicher, daß diese beiden Frauen in einem anderen Leben durch das Wyrd miteinander verbunden gewesen waren. Aber wie immer bei solchen Dingen verging der Schreck rasch. Carra stotterte »Guten Abend«, und Niffa antwortete mit einem dünnen Lächeln und wandte dann errötend den Blick ab.

»Kommt mit«, meinte Dallandra forsch. »Kehren wir ans Feuer zurück. Ich bin hungrig genug, daß ich einen Wolf mitsamt Fell verschlingen könnte.«

Als sie an diesem Abend mit Dar und seinen Männern am Lagerfeuer saßen, sprachen sie überwiegend von ganz gewöhnlichen Dingen. Niffa hatte ihnen vieles über die Situation in der Stadt zu sagen, und sie wollte natürlich soviel wie möglich über das Westvolk hören.

Hier und da bemerkte Dallandra, daß einer der jungen Bogenschützen Niffa forschend betrachtete oder sie anlächelte und versuchte, mit ihr zu schäkern, während sie ihnen Seitenblicke zuwarf und immer am Rand des Errötens stand. Dann verzog Dallandra tadelnd das Gesicht, und die Männer wandten rasch den Blick ab. Sie wußten, daß das Mädchen jetzt ihre Schülerin war und daß Niffas Zukunft in der Welt ebenso wie in der Dweomerarbeit in Dallandras Händen lag. Keiner hätte es sich einfallen lassen, einer Dweomermeisterin in den Weg zu geraten. Meine erste Schülerin! dachte Dallandra. Ihr Götter, ich hoffe, daß ich nicht versage!

Carra nahm schließlich das Baby mit in das große runde Zelt, dann folgte Dar ihr. Draußen im Wald und auf dem Grasland hatten die anderen Elfen bei diesem trockenen Wetter im Freien geschlafen, aber hier, auf dem öffentlichen Lagerplatz, wollten sie ein wenig Abgeschiedenheit. Obwohl ihre Gruppe nur ein einziges richtiges Zelt hatte, hatte jeder Reiter ein Stück Zelttuch und eine kurze Stange in seinem Gepäck, um sich einen Unterschlupf zu bauen. Jeder band nun das eine Ende seines Tuchs an das große Zelt, das andere an die Stange und trieb sie wie einen Pflock in den Boden. Es war schlicht, aber sie hatten eine Art Unterschlupf. Niffa beobachtete all dies fasziniert.

»Das Zelt sieht jetzt aus wie eine Wagennabe mit Speichen! Jahdo hat uns erzählt, daß das Westvolk sich darauf versteht, sich überall ein Zuhause zu schaffen, und er sagte die Wahrheit.«

»Nun, für uns ist das zu Hause«, meinte Dallandra. »Ich bezweifle, daß es dir am Anfang zusagen wird, aber ich hoffe, du gewöhnst dich daran.«

»Das hoffe ich auch. Das hoffe ich zutiefst.«

Beide lachten. Die Elfen hatten ihre Bettrollen unter den improvisierten Dächern ausgebreitet und legten sich nieder. Solange das Feuerlicht noch leuchtete, baute auch Dallandra ihren eigenen Unterschlupf, gab Niffa eine ihrer Decken und schnallte ihre beiden Satteltaschen ab, die zwei Kissen ergaben. Sobald das Feuer niedergebrannt war, gingen die beiden Frauen mit einer frischen Kerze in der Laterne hinunter zum See. Der Nachtwind war stärker geworden, und Dallandra hatte sich bis zu einem gewissen Grad an den Geruch gewöhnt, so daß es angenehm war, nun am Ufer entlangzugehen und die Silberstraße zu beobachten, die der Mond über das Wasser zog.

»Dalla?« meinte Niffa. »Ich hatte ein ganz seltsames Gefühl, als ich die Prinzessin zum ersten Mal sah.«

»Ach ja? Das dachte ich schon, als ich deine Miene sah.«

»Es war ...« Niffa schüttelte verwirrt den Kopf. »Ich hätte schwören können ... Nun, es kam mir so vor, als erinnerte ich mich an sie. Aber wir können uns nie im Leben begegnet sein.«

»Das ist tatsächlich unmöglich.« Sie blieben am Saum der winzigen Wellen stehen. Als Niffa die Laterne hochhob, glitzerte das Licht auf dem Wasser, als wollte es die Mondstraße nachahmen.

»Aber es liegt eine Wahrheit darin, nicht wahr?« meinte Niffa schließlich.

»Ja.« Dallandra lächelte und wartete.

Es war nicht gut für Seelen, die nicht dafür bereit waren, von Tod und Wiedergeburt zu erfahren, aber sollte Niffa fragen, dann würde sie ehrlich antworten. Niffa senkte die Laterne und schaute zur dunklen Masse der Zitadelleninsel hin, die sich aus dem See erhob.

»Ich hoffe, meine Mutter macht sich keine Sorgen«, meinte Niffa. »Aber ich bezweifle, daß sie auch nur bemerkt hat, daß ich weg bin – wir hatten so viele Besucher.«

Aha. Sie war also noch nicht vollkommen bereit.

Als sie ins Lager zurückkehrten, häufte Dallandra die ausgestochenen Wiesenstücke auf das Feuer. Sie überließ Niffa das improvisierte Zelt und zeigte ihr, wie sie die Decke am besten um sich wickeln sollte. Sie legte ihr eigenes Bettzeug ans Feuer, legte sich nieder und hoffte, daß es in der Nacht nicht regnen würde. Im Dunkeln konnte sie hören, wie Niffa sich hin- und herwälzte und versuchte, so bequem zu liegen, wie es vollständig angekleidet auf festem Boden möglich war. Wenn sie mit dem Westvolk reiten will, dachte Dallandra, sollte sie sich lieber gleich daran gewöhnen. Dann schlief sie ein.

Es kam ihr vor, als wäre nur ein winziger Augenblick vergangen, als sie von einem Schrei erwachte, aber silbriges Dämmerungslicht hing bereits am Osthimmel. Sie setzte sich auf und wickelte sich aus der Decke. Der Schrei, ein dunkler, kehliger Männerschrei voll entsetzlicher Angst erklang abermals. Dallandra schlug die Decken zurück und sprang auf. Ein rascher Blick aufs Lager zeigte ihr, daß die meisten Männer gerade erst erwachten und fluchend nach den Waffen griffen. Die meisten, aber nicht alle – eine Weile zuvor hatte Vantalaber einen Ledereimer genommen und war zum Brunnen gegangen, um Wasser zu holen. Dasselbe hatte offenbar auch einer der Gel da'Thae-Männer getan, der, als Dalla vollkommen wach war, endlich aufgehört hatte zu schreien und vor dem vollkommen verblüfften Van auf die Knie fiel.

»Dalla!« rief Van auf elfisch. »Dieser Mera hat den Verstand verloren!«

»Nein«, rief Dallandra zurück, »er hält dich für einen Gott.« Als Dallandra zum Brunnen rannte, holte Niffa sie schnell ein. Auch die anderen Gel da'Thae kamen aus dem Lager gelaufen. Sobald sie nahe genug waren, um die Elfen deutlich sehen zu können, begannen sie alle durcheinanderzurufen. Die meisten fielen auf die Knie, einige warfen sich sogar vollständig zu Boden und verbargen die Gesichter unter ihren Haarmähnen. Als die elfischen Männer zu lachen begannen, brachte Dallandra sie mit einem Fauchen zum Schweigen.

»Ich weiß, es sieht aus wie ein Witz«, sagte sie, »aber für sie ist es tödlicher Ernst.«

Langsam näherte sich aus dem Gel da'Thae-Lager eine hochgewachsene Gestalt, die mit grünen Tätowierungen bedeckt war und eine Ledermütze trug, die offenbar einen haarlosen Kopf verbarg. Statt zu schreien blieb diese Person stehen, verschränkte die Arme vor der Brust und betrachtete die Szene nahe dem Brunnen. Eine weitere, der ersten recht ähnliche, blieb unsicher im Hintergrund. Beide trugen weiße Tuchgewänder, die bis knapp über die Knie reichten und lange Hemden oder kurze Kleider sein mochten.

»Das da ist Meers Mutter«, meinte Niffa. »Lady Zatcheka.«

»Danke!« Dallandra sprach deverrianisch. »Ich hätte wirklich nicht sagen können, ob sie Frau oder Mann ist.«

Eine Hand erhoben, die Handfläche voraus zum Zeichen des Friedens, ging Dallandra langsam vorwärts. Niffa begleitete sie, aber sie winkte Zatcheka fröhlich zu.

»Es besteht keine Gefahr!« rief Niffa. »Das hier ist meine Lehrerin.«

Bei diesen Worten kam Zatcheka ihnen weiter entgegen,

aber vorsichtig, und sie wies die andere Frau mit einer Geste an, zurückzubleiben. Die Elfen standen auf ihrer Seite des Brunnens, während die Gel da'Thae auf der anderen hockten oder knieten. Zatcheka und Dallandra blieben ein paar Fuß voneinander entfernt stehen und betrachteten einander im heller werdenden Licht.

»Ihr seid die Kinder der Götter«, sagte Zatcheka, und ihre Stimme bebte. »Kommt Ihr zurück, um Euer zerstörtes Erbe zu fordern?«

»Wir kommen in Frieden«, meinte Dallandra. »Und obwohl wir tatsächlich Kinder der Götter sind, sind wir es nicht mehr als Ihr und die Euren. Wir werden geboren, wir sterben, und dazwischen freuen wir uns oder leiden ebenso wie Ihr.«

Zatcheka dachte lange nach, warf einen Blick auf die Männer ihres Volkes, die reglos dahockten und sich duckten und warteten. Einige starrten sie an, als wollten sie sie anflehen, ihnen diese gefährliche Situation zu erklären.

»Euer Sohn Meer hat mir vieles erzählt«, fuhr Dallandra fort. »Über die Gel da'Thae und Eure Bräuche. Ich schwöre, wir wollen Euch nichts Böses, und wir verlangen keinen Tribut und keine Sklaverei von Euch. Wir fürchten Euch auch nicht, denn Meer hat uns beigebracht, daß unsere Völker im Herzen vieles gemeinsam haben.«

Wieder dachte Zatcheka darüber nach.

»Wie sollen wir Euch nennen?« fragte sie schließlich, »wenn nicht Kinder der Götter?«

»Das Westvolk«, meinte Dallandra. »Die Menschen von Deverry nennen uns so, weil wir westlich von ihnen leben, aber es wird genügen.«

»Ich verstehe.« Zatcheka zögerte, dann schien sie mit einem Nicken zu einer Entscheidung zu kommen. »Wer immer Ihr seid, ich glaube, Ihr seid rechtzeitig gekommen, um Freundschaft zu schließen.«

»Meine Schülerin hat mir vom Pferdevolk erzählt.«

»Dann wißt Ihr bereits das Schlimmste.«

»Ich kann Euch noch Schlimmeres berichten. Ich war bei der Belagerung von Cengarn, wo das Pferdevolk versucht hat, eine der Städte der Sklavenhalter einzunehmen. Es war grausam.«

Zatcheka stieß seinen Atem mit einem scharfen Zischen aus.

»Wir sollten tatsächlich Freunde werden«, fuhr Dallandra fort, »wenn wir gegen sie bestehen wollen.«

»Erlaubt mir, mit meinen Leuten zu sprechen.«

»Selbstverständlich.«

Zatcheka drehte sich um und begann mit klarer, fester Stimme zu sprechen. Dallandra verstand zwar nur ein Wort davon – »Westvolk« –, aber sie hörte die Autorität im Unterton, die Worte einer Frau, die erwartet, daß man ihr gehorcht. Und tatsächlich lauschten die Gel da'Thae-Männer zunächst, dann setzten sie sich auf, um jene, die sie für Götter gehalten hatten, noch einmal anzusehen. Einige lächelten, einige lachten, und am Ende erhoben sie sich alle und verbeugten sich vor Dallandra. Die Elfen reagierten freundlich. Zatcheka wandte sich wieder Dallandra zu.

»Sollen wir unsere Leute ihrer Morgenarbeit nachgehen lassen?«

»Unbedingt«, erwiderte Dallandra. »Aber werden wir beide uns noch ein wenig unterhalten?«

»Das würde mich freuen.«

Zatcheka drehte sich um, klatschte zweimal in die Hände und rief ein paar Worte in ihrer Sprache. Die Gel da'Thae verbeugten sich und eilten zurück in ihr Lager. Dallandra drehte sich um und winkte Prinz Dar, der das alles mit verschränkten Armen beobachtet hatte. Er nickte ihr zu, dann befahl er seinen Männern auf elfisch, sich um ihre Angelegenheiten zu kümmern. Dallandra wartete, bis alle Westvolkmänner zum Lager zurückgekehrt waren.

»Niffa?« sagte Dallandra. »Du solltest lieber zu deiner Mutter gehen und ihr sagen, wo du gewesen bist. Lady Zatcheka und ich haben vieles, worüber wir sprechen müssen.«

Jahdo erwachte, als der Sonnenaufgang den Himmel vergoldete. Eine Weile blieb er reglos liegen und freute sich an dem Wissen, daß er sich wieder in seinem eigenen Bett befand, in seinem eigenen Zimmer, und dem Schnarchen seines eigenen Bruders lauschen konnte. Ambo hatte sich neben seinem Kopf zusammengerollt, und Tek-Tek lag quer über seiner Brust. Er hob sie hoch und legte sie neben Ambo, wurde dafür gekniffen und rollte auf der anderen Seite aus dem Bett. Niffa war nicht nach Hause gekommen. Jahdo blieb sitzen und starrte ihre leere Matratze an, dann zuckte er mit den Achseln und stand auf. Er konnte sich vorstellen, daß sie die Nacht im Elfenlager verbracht hatte.

Nachdem er aufgestanden war, beugte er sich über das Fensterbrett und spähte hinaus. Wenn er den Hals richtig reckte, konnte er über die Häuser der nächsten Querstraße hinweg einen Blick auf den See erhaschen. Zuhause. Er war wirklich wieder zu Hause. Der Geruch nach Haferschleim brachte ihn schließlich dazu, die Aussicht zu vergessen und sich anzuziehen. Draußen im großen Zimmer hockte eine zerzaust aussehende Niffa und löffelte eine Schale Haferbrei am Tisch, während Dera in dem alten Topf an der Feuerstelle rührte. Lael kam gerade mit zwei Eimern Wasser zur Tür herein.

»Guten Morgen alle zusammen«, sagte Jahdo. »O Mutter, es ist so gut, dich da stehen zu sehen und das gute Essen zu riechen!«

Dera lachte und winkte ihm mit dem langen Löffel zu.

»Nie hätte ich geglaubt, daß jemand einmal meine Kochkünste preisen würde! Es ist auch schön, dich wieder an dem Ort zu sehen, wo du hingehörst.«

»Aber deine Stimme, Junge!« meinte Lael und grinste. »Du klingst so heiser wie ein Frosch im Winter.«

»Das glaube ich gerne, Vater. Ich habe gestern abend mehr geredet als je zuvor in meinem Leben.«

Jahdo ließ sich mit einem zufriedenen Seufzer neben seiner Schwester nieder. Zuhause. Endlich konnte er all die seltsamen und schrecklichen Dinge, die er gesehen hatte, hinter sich lassen – das hoffte er zumindest. Lael leerte die Eimer in einen großen Steingutkrug an der Feuerstelle, dann setzte er sie ab.

»Ich bin überrascht, dich hier zu sehen«, sagte Jahdo zu Niffa.

»Nun, ich wollte Mutter wissen lassen, wo ich die Nacht über gewesen bin.«

Dera schwieg, aber Jahdo merkte, wie sie ein wenig fester im Haferbrei rührte. Hinter ihrem Rücken seufzte Lael kopfschüttelnd, dann ging er zum Tisch und setzte sich hin.

»Ich werde später zurückkehren«, fuhr Niffa fort. »Aber ich sollte besser meine Sachen mitnehmen.«

Dera konzentrierte sich darauf, Haferbrei auszuteilen. Sie stellte zunächst eine Schale vor Lael hin, dann vor Jahdo, dann kehrte sie an die Feuerstelle zurück.

»Ich habe gestern abend von deinem Mann gehört«, sagte Jahdo zu Niffa. »Das tut mir sehr leid. Ich habe Demet immer als Freund betrachtet.«

»Danke. Ich glaube, ich werde den Rest meines Lebens um ihn trauern.«

Jahdo versuchte, tröstlich zu lächeln, dann widmete er sich seinem Haferbrei. Er hatte im vergangenen Jahr so viel Tod gesehen, daß er sich für abgehärtet gehalten hatte, aber die Trauer seiner Schwester traf ihn dennoch. Dera brachte ihre eigene Schale mit Haferbrei zum Tisch und setzte sich hin. Eine Weile aßen sie schweigend.

»Ich bin froh, dich in Sicherheit zu wissen«, meinte Dera schließlich. »Oh! Diese arme Gel da'Thae-Frau, die ihre Söhne verloren hat, tut mir so leid.«

Plötzlich begriff Jahdo, daß auch er eine Aufgabe hatte, ganz gleich, wie sehr er am liebsten für immer mit seinen Verwandten hier an der Feuerstelle gesessen hätte. Er legte den Löffel nieder und stand auf.

»Mutter, verzeih mir«, sagte er, »aber es ist nötig, daß ich etwas erledige. Ich trage etwas bei mir, das Lady Zatcheka gehört.«

»Nun, hast du nicht den ganzen langen Tag für so etwas Zeit?« fragte Dera. »Du hast noch nicht einmal zu Ende gefrühstückt.«

»Still, Dera!« Lael hob abwehrend die Hand. »Ich denke, unser Jahdo weiß am besten, was er tun muß.«

Dera verzog mißbilligend das Gesicht, aber sie sagte nichts mehr. Als er ins Schlafzimmer eilte, wäre Jahdo vor Stolz beinahe geplatzt. Sein Vater vertraute auf sein Urteil. Er wußte zwar, daß er noch kein Mann war, aber er begriff, daß er auf eine wichtige Weise nun mehr war als nur ein Junge.

Die heiße Sonne weckte Rhodry kurz nach der Morgendämmerung. Er schob die Decke weg und lag nackt im Gras und betrachtete den klaren Himmel. Am Abend zuvor hatten er und Arzosah ein Lager auf dieser Hügelkuppe aufgeschlagen, wo sie, wie der Drache festgestellt hatte, ein wenig Ausblick hatten. Hinter ihnen erhoben sich die waldigen Flanken der hohen Berge mit ihren weißen Gipfeln, während vor ihrem Lager der Hügelabhang ins Tal führte. Als Rhodry sich aufsetzte, konnte er Cerr Cawnen als kreisförmigen, türkisfarbenen See inmitten von Häusern entdecken, in Nebel gehüllt wie eine Geisterstadt.

»Du bist wach«, stellte Arzosah fest.

»Das bin ich, und ich denke, du ebenfalls.«

Der Drache gähnte zur Antwort, streckte eine gewaltige graue Zunge heraus und entblößte Reißzähne von der Größe von Schwertklingen. Arzosah lag ein paar Fuß entfernt bequem zusammengerollt, die Schwanzspitze um die Vorderpfoten gewickelt.

»Willst du wieder jagen?« fragte Rhodry. »Oder fliegen wir einfach weiter?«

»Ich bin immer noch satt von gestern abend. Diese Kuh war köstlich.«

»Ich will lieber gar nichts davon hören. Die Bauern werden Lwdd für ihr Vieh von mir verlangen, wenn du so weitermachst. Warum kannst du nicht einfach Wild fressen? Es gibt hier genug davon.«

»Ich habe Wildfleisch satt. Eine Dame wünscht sich hin und wieder eine kleine Leckerei.«

Rhodry stand auf und zog sich an, aß den Rest von Brot und Käse, dann rollte er die Decken auf. Bis er Arzosah das Geschirr angelegt hatte und sie bereit waren weiterzufliegen, stand die Sonne eine Handbreit über dem Horizont. Nun würde die Stadt zweifellos wach und viele Menschen auf den Straßen sein.

»Ich hoffe, daß Dalla Gelegenheit hatte, allen von dir zu erzählen«, meinte Rhodry.

»Sie haben mich schon einmal gesehen«, sagte Arzosah. »Und es ist nicht so, als ob ich sie fressen würde. Sie haben mich nicht erzürnt.«

»Nun, sobald sie das wissen, geht es ihnen sicherlich erheblich besser.«

»Du lachst mich aus!«

»Nein.«

»Hm! Ausgerechnet du mußt von Kühen reden. Ich habe

eure deverrianische Art jetzt aus der Nähe kennengelernt, und zwischen euch und mir gibt es keinen Unterschied.«

»Wie bitte?«

»Nun, seine Lordschaft sitzt den ganzen Tag in seiner Halle oder reitet aus und sieht den Bauern beim Arbeiten zu, und dann stiehlt er einen Teil von ihrem Essen. Wenn sie versuchten, ihn aufzuhalten, würde er sie töten. Genau wie ich – nur daß die Lords nicht einmal annähernd so schön sind wie ich, und es gibt erheblich mehr von ihnen.«

»Warte mal! Das ist kein Diebstahl. Die Götter haben bestimmt ...«

»Ach tatsächlich? Du meinst also, die Priester sagen, die Götter haben es so bestimmt, aber die Priester wissen schon, auf welcher Seite ihr Brot gebuttert ist. Sie stehlen selbst den Bauern ihr Essen. Kannst du dir vorstellen, wie ein Priester vor einem eurer Höfe steht und verkündet, daß Bel der Ansicht ist, die Lords sollten ihr eigenes Essen anbauen, wie es die Bauern tun?«

»Aber die Adligen haben auch ihren Platz. Sie schützen ihre Leute.«

»Wovor? Vor anderen Adligen. Gäbe es nicht solche wie dich, würden solche wie du nicht gebraucht. Genau wie hier im Rhiddaer.«

Rhodry wußte nicht mehr, was er sagen sollte. Arzosah betrachtete selbstzufrieden die Klauen einer ihrer Vorderpfoten.

»Gehen wir jetzt?« fragte er schließlich.

»Sobald du zugibst, daß ich gewonnen habe.«

»Ich gebe zu, daß an dem, was du sagst, etwas dran ist. Das ist alles.«

»Das muß für den Augenblick genügen.«

Arzosah streckte den Hals und neigte eine Schulter, und Rhodry schwang sich auf den Sattel ihres Geschirrs. Sobald er sicher oben saß, streckte sie die Flügel und trabte los, spannte die Muskeln an und sprang mit ein paar festen Flügelschlägen, die sie rasch vom Hügel wegbrachten, in die Luft. Sie erlaubte sich, in langgezogenen Bögen auf Cerr Cawnen zuzusegeln. Rhodry erkannte den äußeren Mauerring und die Häuser, die sich ungeordnet um den See drängten, während sich in der Mitte des offenen Wassers die Zitadelleninsel mit ihrer Last von Gebäuden erhob, die aus hellem Stein oder weiß gekalktem Holz bestanden und sich im Morgenlicht zwischen den Baumwipfeln abzeichneten. Als sie tiefer gingen, bemerkte Rhodry, daß die Stadt sich über das Ufer hinaus bis in den See erstreckte und zum Teil auf Pfählen und winzigen Inseln stand, die – wie er annahm – von Menschenhand geschaffen waren. Dampf stieg aus dem warmen Wasser auf und brachte den intensiven Geruch des Stadtlebens mit sich.

»Ein seltsamer Ort«, rief Rhodry.

»Ja«, gab Arzosah zurück. »Es ist ein Feuerberg.«

»Wie bitte? Meinst du, ein Feuerberg hat es geschaffen?«

»Nein, ich meine, es ist ein Feuerberg. Oder genauer gesagt, der Rest von einem, der seinen Kopf weggeblasen hat. Aber das Wasser ist warm, also muß dort unten irgendwo noch Leben sein.«

Sie schwebten abwärts, kreisten um die Zitadelle, und Rhodry erinnerte sich an den Vulkan, in dem er Arzosah in die Falle gelockt hatte, und an all die Überlieferungen über Vulkane und Drachen, die Enj, sein Begleiter auf dieser seltsamen Wanderung, ihm erzählt hatte. Die Zitadelle hob sich auf einer Seite steil aus dem Wasser, während sie auf der anderen sanfter abfiel, als wäre die Spitze des Vulkans ein wenig schräg abgesprengt worden. Das Land von Blut und Feuer, dachte er. Dort befinden wir uns jetzt, so weit nördlich, genau wie die alte Othara mir erklärt hat.

Tiefer und tiefer kreisten sie, und endlich konnte er die Steinbrocken und die Überreste einiger alter Gebäude unter den hohen Bäumen auf der Zitadelle erkennen. Auf dem Platz in der Nähe sahen sie Bürger, von denen die meisten aufblickten und zum Himmel zeigten. Er beugte sich vor und schrie Arzosah zu: »Da drüben! Zu diesem Ding, das wie ein eingestürztes Dach aussieht!«

»Ich sehe es!«

Sie zog die Flügel an, sackte abwärts, streckte sie wieder aus, und schließlich landete sie auf den flachen Steinen zwischen den höheren Felsblöcken. Aus der Ferne konnte man Geschrei hören – zweifellos von der Menge auf dem Platz.

»Was für ein Willkommen!« meinte Arzosah. »Du solltest mir lieber das Geschirr anlassen, Rhodry. Sollen sie doch glauben, daß ich zahm bin.«

Als der Drache über der Stadt kreiste, gingen Dallandra und Zatcheka gerade am Seeufer entlang. Zwei Gel da'Thae-Wachen folgten ihnen, jeder mit einem Zeremonialstock in einer Hand, und sie wandten allen Kindern oder Hunden, die dumm genug waren, ihnen nahe zu kommen, ein mürrisches Gesicht zu. Die beiden Frauen redeten vorsichtig um wichtige Dinge herum und tauschten Informationen über das Pferdevolk aus, sprachen aber nicht direkt über die Situation im Rhiddaer. Dennoch war Zatcheka so wachsam wie eine Katze, die an einem Zwingerzaun vorbeiläuft und die Hunde hinter dem Gitter betrachtet.

»Wißt Ihr«, meinte Dallandra schließlich, »Euer Sohn hielt mich zunächst auch für eine Halbgöttin, aber er begriff bald, daß ich aus Fleisch und Blut war wie er selbst.«

»Es ist sehr freundlich von Euch, mich zu beruhigen. Nicht, daß ich Euch nicht glauben würde«, sagte Zatcheka. »Denkt niemals, daß ich Euch der Lüge bezichtige.«

»Oh, ich habe mir deshalb keine Gedanken gemacht. Ich

weiß, es muß schwer sein, sich daran zu gewöhnen, nachdem man ein Leben lang geglaubt hat, daß ...«

Einer der Männer stieß einen Schrei aus. Die beiden Frauen fuhren herum und sahen, daß beide Männer mit ihren Stöcken zum Himmel zeigten. Über ihren Köpfen schwebte Arzosah, in dieser Entfernung etwa von der Größe einer Silbereule, aber dann kam sie näher.

»Ah, das ist Rhodry«, meinte Dallandra. »Der Mann, von dem ich Euch erzählt habe.«

»Er muß ein Mazrak von großer Macht sein, wenn er die Gestalt eines Drachen annehmen kann.«

»O nein. Es tut mir leid! Er ist nicht der Drache. Er hat sie gezähmt und reitet sie. Das ist alles.«

»Alles?« Zatcheka bedachte sie mit einer gequälten Miene, die vielleicht als Lächeln gemeint war.

»Ich werde Euch einander vorstellen, und Ihr werdet begreifen, was ich meine«, sagte Dallandra. »Wir sollten am besten hinüber zur Zitadelle gehen.«

Als der Drache landete und damit außer Sicht war, eilten sie zurück ins Lager, aber dort fanden sie Jahdo, der vor Dallandras Zelt stand, die Hände voller Talismane und Amulette, die an ein paar Lederschnüren hingen. Zatcheka betrachtete ihn nachdenklich.

»Ist dies der Junge, der sich um meinen Meer gekümmert hat?«

»Ja«, erwiderte Dallandra. »Ich frage mich, was er da hat.«

Jahdo kam rasch auf sie zu. Sie standen direkt vor dem Lager nahe dem Seeufer, während die beiden Wachen eventuelle Lauscher fernhielten.

»Dallandra?« sagte er. »Diese Sachen da gehören Lady Zatcheka. Ich meine, sie gehörten ihren Söhnen, und ich habe sie aufgehoben, und ich bin sicher, sie möchte sie gerne haben.«

Als Zatcheka die Schnüre und die kleinen Gegenstände sah, die daran aufgereiht waren, schluchzte sie laut, dann streckte sie die Hände aus. Jahdo verbeugte sich vor ihr und legte die Schnüre vorsichtig in ihre Handflächen.

»Die in Eurer linken Hand, Herrin? Die habe ich von Thavraes Leiche genommen, als er auf dem Schlachtfeld lag. Die zu Eurer Rechten ...« Jahdo hielt inne, dann schluckte er fest und fuhr fort. »Die gehörten Meer. Er starb durch den Pfeil eines Feiglings, als das Pferdevolk die Mauern von Cengarn belagerte.«

»Alle Götter mögen dich segnen.« Zatcheka legte den Kopf zurück und stieß einen langgezogenes, schrilles Heulen aus, das wie ein Speer in den Boden zu fahren schien. Die Wachen drehten sich um, sahen die Talismane in ihren Händen und schlossen sich ihrer Klage an.

»Es tut mir leid, daß ich Euch noch mehr Kummer mache«, fuhr Jahdo fort. »Aber Meer hat mir erzählt, daß jeder, der solche Dinge findet, sie zu der Mutter bringen muß, die den Getöteten geboren hat.«

»Du hast mir keinen Kummer gebracht, junger Jahdo, sondern Freude, denn wenn die Götter mich sicher nach Hause geleiten, werde ich imstande sein, diese Amulette in den Tempel zu hängen, wo sie hingehören.« Tränen traten ihr in die Augen. »Und dann werden die Seelen meiner Söhne endlich Ruhe finden.«

»Möge der Friede sie mit weichen Armen umschlingen«, sagte Dallandra. »Ihr habt mein tiefstes Mitgefühl.«

»Herrin?« Jahdo verbeugte sich vor Zatcheka. »Meer fehlt mir wirklich sehr. Er hat mich wie einen Sohn behandelt, nicht wie einen Diener. Ich werde ihn nie vergessen, auch nicht, wenn ich hundert Winter lebe.«

»Ich danke dir für diese Worte.« Zatcheka starrte die Talismane in ihren Händen an.

»Es gibt noch etwas«, fuhr Jahdo fort. »Das weiße Pferd da drüben? Seht Ihr es, wo es mit den anderen angepflockt ist? Er heißt Bahkti, und er gehörte Meer.«

»Tatsächlich gehört er mir.« Zatcheka blickte auf, ihr Gesicht so reglos, als wäre es bemalter Stein. »Ich habe Meer Bahkti nur für seine Reise geliehen. Aber ich danke dir, daß du ihn sicher zurückgebracht hast. Später, junger Jahdo, werde ich ein kleines Geschenk zum Zeichen meiner Dankbarkeit finden.«

»Das würde mich sehr ehren, Herrin, aber ich erwarte wirklich nichts von Euch. Meer war mein Freund.«

Einen Moment schien Zatchekas Steinmaske fast zu zerbrechen, aber dann sprach sie mit fester Stimme weiter. »Mazrak, laßt mich Euch nicht aufhalten. Ich muß mit meiner Trauer hierbleiben, aber Ihr solltet den Bürgern dieser Stadt lieber ein wenig Arznei gegen die Angst vor diesem Ungeheuer verabreichen.«

»Das ist wahr«, sagte Dallandra. »Wir werden uns morgen weiter unterhalten, wenn Ihr das wünscht. Jahdo, zeig mir, wie man zur Insel kommt.«

Da Dallandra nie zuvor in ihrem Leben gerudert hatte, war sie mehr als dankbar, daß Jahdo das für sie übernahm. Durch die Nebelschwaden, die über das Wasser zogen, sah sie die Zitadelle vor ihnen aufragen und näher und näher kommen, bis sie schließlich auf dem sandige Ufer aufliefen. Während Jahdo das kleine Boot ordentlich ans Land zog, stand Dallandra da und spähte den gewundenen Pfad entlang, der zwischen den Gebäuden hindurch zum Gipfel führte. Sie hörte Schreie in der Ferne.

»Ich hoffe, sie haben nicht versucht, Arzosah weh zu tun«, meinte sie. »Nicht, daß sie es könnten, aber wenn sie sie provozieren ...«

»Die Leute hier sind nicht dumm«, meinte Jahdo. »Und Werda wohnt ganz in der Nähe des Platzes. Sie wird sie zurückhalten.«

»Ist das eure Geistersprecherin? Niffa hat den Namen erwähnt.«

»Ja.«

Nach einem langen Weg den Hügel hinauf, der Dallandra außer Atem brachte, erreichten sie den gepflasterten Platz und fanden sich inmitten einer kleinen Menge von Bürgern, die sich alle zusammendrängten. Ein paar Männer trugen Stöcke und Dreschflegel, aber sie schienen es nicht eilig zu haben, sie zu benutzen. Auf der anderen Seite, wo sich die Ruinen von ein paar eingestürzten Steingebäuden befanden, stand eine hochgewachsene Frau mit grauem Haar, das ihr offen bis zur Taille hing. Sie trug einen weißen Umhang, den sie von den Schultern zurückgeschoben hatte, und einen Holzstock, der hier und da über die ganze Länge mit flachen Silberringen gebunden war – Dallandra konnte sie in der Sonne blitzen sehen, wenn die Frau sich bewegte.

»Das da ist Werda«, sagte Jahdo. »Gehen wir zu ihr. Ich glaube nicht, daß uns jemand übelnimmt, wenn wir uns vordrängeln.«

Tatsächlich schien die Menge nichts dagegen zu haben, Jahdo und Dallandra zwischen sich und den Drachen zu bringen. Sie arbeiteten sich durch die murmelnden Bürger, dann gingen sie über den freien Platz. Inzwischen war Werda auf einen flachen Felsen geklettert, den Stock in der Hand, und schaute zur Menge hin. Dallandra sah Niffa, die auf dem Pflaster direkt unterhalb dieses Felsens stand. Sie konnte auch noch ein Stück von Arzosah erkennen, die hinter den Felsen hockte, und Rhodry, der in seltsam beschützender Haltung vor ihr stand – als wäre Arzosah nicht imstande, diese Menschenmenge in Stücke zu zerreißen, dachte Dallandra.

»Mitbürger!« rief Werda. »Hört mich bitte an.«

Die Menge dämpfte ihre Gespräche zu seufzerähnlichem Murmeln. Als die meisten still waren, fuhr Werda fort.

»Ich habe mit diesem Drachen gesprochen. Sie kann sprechen, sie ist kein geistloses Tier. Daher kann man mit ihr argumentieren, und sie hat mir versichert, daß sie keinem von uns den geringsten Schaden zufügen will.«

Die Bürger nickten und murmelten erleichtert aufeinander ein. Jahdo stellte sich auf die Zehenspitzen, um Dallandra etwas zuzuflüstern.

»Dann hat Arzosah ein wenig gelogen«, meinte der Junge. »Wir wissen alle, daß sie Raena liebend gerne verschlingen würde, wenn sie die Gelegenheit hätte.«

»Du hast recht«, flüsterte Dallandra zurück. »Aber das brauchen wir jetzt niemandem zu erzählen.«

Werda hob ihren silbergebundenen Stock noch einmal, und wieder schwieg die Menge.

»Jetzt geht und kümmert euch um eure Angelegenheiten«, rief Werda, »wie ich mich um meine kümmern werde. Habt keine Angst! Wenn ihr wollt, könnt ihr herkommen und sie begrüßen und sie mit eigenen Ohren sprechen hören.«

Viele Bürger riefen der Geistersprecherin ihren Dank zu, andere klatschten oder winkten. Langsam zerstreuten sie sich auf dem Platz oder machten sich auf den Rückweg nach Hause. Da niemand Werdas Angebot annehmen wollte, den Drachen näher kennenzulernen, eilten Dallandra und Jahdo, um der Geistersprecherin ihre Achtung zu erweisen, die gerade mit Niffas Hilfe von dem Felsen herunterstieg. Arzosah kam die letzen paar Schritte zum Platz gewatschelt. Wie immer staunte Dallandra darüber, wie ungelenk sie am Boden wirkte – ganz im Gegensatz zu ihrer Leichtigkeit und Schönheit, wenn sie sich in der Luft bewegte.

»Dalla!« rief Rhodry. »Bei uns ist alles in Ordnung. Wie sieht es bei euch aus?«

»Im Augenblick ruhig, und dafür danke ich allen Göttern!«

»Ruhe wäre wirklich angenehm.« Werda gesellte sich zu ihnen. »Ihr müßt Dallandra sein. Die junge Niffa hat mir viel Gutes über Euch erzählt.«

»Ich danke Euch«, sagte Dallandra. »Und ich wirklich froh, Euch kennenzulernen. Es gibt vieles, worüber wir sprechen müssen.«

Werdas Haus stand nur ein Stück von dem eingestürzten Tempel entfernt, ein wenig unterhalb des Platzes am Ende einer Holztreppe und direkt neben einem kleinen Schrein für die Götter des Sees. Um in Ruhe reden zu können, nahm Werda Dallandra und Niffa mit in ihr Haus, aber Jahdo blieb draußen bei Rhodry und selbstverständlich dem Drachen, dem es nie gelungen wäre, sich in das Häuschen hineinzuquetschen, selbst wenn man sie eingeladen hätte. Der Schrein selbst war eine schlichte Angelegenheit: Vier Steinsäulen stützten ein Holzdach über einem grob bearbeiteten Steinblock. Sträuße gelber Wildblumen lagen auf diesem schlichten Altar, und ein paar kleine grüne Steine waren darauf verstreut. Vor dem Schrein stand eine Holzbank. Jahdo und Rhodry ließen sich dort nieder, während Arzosah sich auf das Pflaster in die Sonne legte.

»Wo sind Dar und seine Männer?« fragte Rhodry.

»Sie haben unten am See ihr Lager aufgeschlagen«, meinte Jahdo. »Ich habe heute früh kurz mit Prinzessin Carra gesprochen, und sie sagte mir, der Prinz wollte so bald wie möglich aufs Grasland zurückkehren.«

»Das kann ich mir vorstellen. Aber ich glaube, wir sollten am besten hierbleiben, bis diese Allianz geschlossen wurde. Wenn das Pferdevolk Cerr Cawnen einnimmt, wird das für Deverry nicht gut sein.«

»Daran hatte ich nicht gedacht. Ich ... wartet. Hier kommt Verrarc, also sollten wir lieber still sein.«

Mit einem gezwungenen Lächeln auf den Lippen kam Ratsherr Verrarc auf sie zu. Er hatte offensichtlich nicht gut geschlafen. Die dunklen Ringe unter seinen Augen hoben sich deutlich vor der bleichen Haut ab.

»Guten Morgen, Jahdo«, sagte er. »Ich wollte dir noch für diese wunderbaren Geschichten danken, die du gestern abend erzählt hast.«

»Danke. Ich hatte am Ende das Gefühl, ständig über meine eigene Zunge zu stolpern, und heute früh hat mein Hals weh getan.«

»Das kann ich mir vorstellen.«

»Und ich habe noch längst nicht alles erzählt«, fuhr Jahdo fort. »Ich habe das Gefühl, daß ich vieles vergessen oder vielleicht einfach nicht begriffen habe.«

Verrarc trat einen Schritt zurück, dann zwang er sich wieder zum Lächeln.

»Alles zu seiner Zeit.« Der Ratsherr warf Rhodry einen Blick zu. »Wir sind uns noch nicht begegnet, Herr.«

»Nein«, meinte Rhodry. »Ich bin Rhodry aus Aberwyn.«

»Und ich bin Verrarc, Ratsherr dieser Stadt.«

Die beiden Männer reichten sich die Hand, aber es kam Jahdo vor, als hätten sie sich lieber zum Kampf herausgefordert.

»Es ist seltsam.« Verrarc wandte den Blick ab. »Die Welt ist doch erheblich größer, als ich je gedacht hätte, und dabei bin ich schon jeden Sommer ins Zwergenland geritten, um dort Handel zu treiben.« Er sah Jahdo an. »Sag mir eines, Junge – glaubst du, daß du diese Stadt von nun an langweilig finden wirst?«

Jahdo setzte dazu an, das abzustreiten, aber plötzlich fragte er sich, wie er sich fühlen würde, wenn erst die Erleichterung darüber, wieder zu Hause zu sein, nachgelassen hatte. Rhodry beobachtete ihn mit einem Lächeln, das dem Jungen wie eine Herausforderung vorkam.

»Nun«, meinte Jahdo schließlich. »Ich hoffe wirklich, daß ich den Rest meiner Tage in Cerr Cawnen glücklich sein kann. Aber ich weiß es nicht.«

»Ich auch nicht«, meinte Verrarc. »Ich denke daran, dir ein Angebot zu machen. Du weißt jetzt eine ganze Menge über diese Welt, und ich müßte bald einen Lehrling aufnehmen, jemanden, der von mir etwas über das Handwerk eines Kaufmanns lernt.«

Jahdo stand auf, schob die Hände in die Tasche, um ein wenig Zeit herauszuschinden. Sein erster Gedanke war, daß man ihm hier etwas Wunderbares anbot. Der zweite, daß Verrarc vielleicht versuchte, sich sein Schweigen zu erkaufen, und der dritte, daß Verrarc vielleicht vorhatte, ihn unterwegs umzubringen, wenn sie weit von der Stadt entfernt waren.

»Denke gut darüber nach«, meinte Verrarc. »Wir müßten auch beide noch mit deiner Mutter sprechen, bevor du ja oder nein sagen kannst.«

»Ich danke dir, Ratsherr«, erwiderte Jahdo. »Ich verspreche dir, daß ich gut über dein Angebot nachdenken werde.«

»Und zweifellos hat auch dein Vater etwas dazu zu sagen. Es ist nicht nötig, die Entscheidung zu übereilen.« Verrarc wandte den Blick ab, hielt inne, dann winkte er jemandem auf dem Platz zu. »Das ist der alte Hennis, der mit mir reden will. Ich muß gehen.«

Verrarc drehte sich um und stieg die Treppe zum Platz hinauf. Jahdo sah ihm nach, wie er auf den älteren Ratsherrn zuging.

»Du scheinst überrascht zu sein«, meinte Rhodry.

»Ja. Verrarc hat sein Bestes getan, mich zusammen mit Meer in den Tod zu schicken. Obwohl ... wartet ... das wäre ungerecht. Er hat vermutlich eher mein Leben gerettet, wenn ich näher darüber nachdenke.«

»Er hat was?«

»Er hat mir das Leben gerettet, indem er mich weggeschickt hat. Ich habe Jill diese Geschichte erzählt, aber vielleicht nicht Euch. Es war im letzten Sommer, und ich habe Kräuter in den Wasserwiesen gepflückt und bin Verrarc und dieser Frau begegnet, und sie hat verlangt, daß er mich tötet. Ich bin inzwischen ziemlich überzeugt, daß es Raena war, denn wer sonst würde in der Nähe unserer Stadt etwas Böses tun? Und Verrarc hat sich geweigert. Er hat statt dessen einen Bann auf mich gelegt.«

»Das zeigt also, daß er doch noch ein wenig Herz hat.«

»Ja. Der Talisman!«

»Wovon redest du nun?«

»Ich habe an diesem Tag eine kleine Silberscheibe im Gras gefunden. Ich wußte damals nicht, was es war, aber es war ein Talisman wie die, die Meer mir gezeigt hat. Ich habe ihn Tek-Tek für ihren Hort gegeben, aber Jill sagte, er wäre wichtig.«

»Dann sollten wir ihn am besten holen. Bist du sicher, daß diese Frau Raena war?«

»Nun, nicht ganz. Sie trug einen Umhang mit Kapuze, und ich erinnere mich, daß ich mich, als ich sie sah, gefragt habe, warum sie ihn trägt, weil sie schwitzte, aber ihr Gesicht war schwer zu sehen.«

Rhodry fluchte auf elfisch.

»Was ist denn, Rhodry?«

»Ich hatte gehofft, du könntest vor Gericht schwören, daß es Raena war.«

»Vor Gericht?«

»Selbstverständlich. Denk doch nach, Jahdo! Raena ist eine Verräterin an eurem Volk. Sie würde euch alle sofort ans Pferdevolk verraten, wenn sie könnte. Wir brauchen Beweise, die den Rat überzeugen, ganz gleich, wie sehr Verrarc kämpft, um sie zu retten.«

»Ihr Götter«, flüsterte Jahdo. »Das stimmt ... Sie war bei der

Belagerung! Bei Euren Höllen, Rhodry! Ich habe ebensowenig im Kopf wie die arme Elster. Bis heute ist mir das nicht eingefallen. Warum wohl?«

»Ich weiß nicht, aber ich würde wetten, daß das mit dem Bann zu tun hat, den Verrarc dir auferlegt hat. Kein Wunder, daß er so unruhig wurde, als du davon gesprochen hast, bei deinen Geschichten Dinge ausgelassen zu haben.«

Jahdo drehte sich rasch um und schaute in die Richtung, in die Verrarc gegangen war – es war nichts mehr von ihm zu sehen.

»Verrarc kennt sich mit Dweomer aus?«

»Das muß wohl so sein«, meinte Rhodry. »Du solltest lieber mit Dalla darüber sprechen.«

»Das ist wahr!«

Der vertraute Platz, der nun leer im hellen Sonnenlicht lag, erschien Jahdo plötzlich klein und seltsam. Er stand eine Weile da und sah sich an einem Ort um, der in seinen Erinnerungen immer »Zuhause« bedeutet hatte. Er begriff langsam, daß er sich tatsächlich verändert hatte und auf eine unwiderrufliche Weise.

»He«, sagte Rhodry, »alles in Ordnung?«

»Ja. Es tut mir leid. Ich habe nur nachgedacht.«

»Das ist in Zeiten wie diesen keine schlechte Idee. Aber jetzt gehen wir und stehlen Tek-Teks Schatz, bevor du es wieder vergißt.«

»Es wird ihr nicht gefallen. Ich sollte lieber etwas finden, das ich ihr als Ersatz geben kann.«

»Ich habe eine Münze oder zwei. Die werde ich ihr zum Tausch anbieten.«

Nachdem er den Talisman sicher in seinem Beutel hatte, ließ Rhodry Arzosah in den Tempelruinen in der Sonne schlafen und ging zum Seeufer hinunter. Da er in Aberwyn aufgewachsen war, kannte er sich mit Booten aus. Also paddelte er rasch zu den Häusern auf ihren Pfählen und Stützen hinüber. Indem er hier und da nach der Richtung fragte, fand er seinen Weg zum Gemeindeanger und zu Daralanteriels Lager. Die Wache des Prinzen saß im Gras bei ihren Pferden. Sie stritten sich über Würfelspiele, während der Prinz selbst am Seeufer auf und ab ging. An seiner Kehle glitzerte die Goldkette von Ranadars Auge in der Sonne, den Anhänger selbst hatte er ins Hemd gesteckt. Von Carra und dem Kind war nichts zu sehen, aber Rhodry bemerkte, daß die Zeltklappe geschlossen war.

»Ah, da bist du ja«, sagte Daralanteriel auf elfisch. »Ist oben auf der Zitadelle alles in Ordnung?«

»Es könnte nicht besser sein, meinte Rhodry. »Die Bürger haben den Drachen offensichtlich verkraftet. Dalla und die hiesige Priesterin haben sich zu einem Gespräch zurückgezogen.«

»Und was ist mit Raena?«

»Sie ist noch nicht zurück. Vielleicht war sie, als ich sie gesehen habe, gar nicht nach Cerr Cawnen unterwegs. Was, wenn sie geflohen ist? Wenn sie bei den Meradan ist, werden wir sie nie zurückholen können.«

»Ja, aber wenn sie den Rest ihres Lebens bei ihnen verbringen muß, würde ich das für eine angemessene Strafe halten. Ich hatte Gänsehaut, als ich gesehen habe, wie Dalla mit dieser elenden Merafrau gesprochen hat.«

»Warte mal!« Rhodry versuchte, so ruhig und vernünftig zu bleiben, wie er konnte. »Du erinnerst dich doch an Meer, oder? Er war ein Mann wie jeder andere. Es steht uns gut an, seine Mutter ...«

»Ich habe diesem haarigen Bastard nie getraut. Woher weißt du, das er den Meradan, die Cengarn belagert haben, keine Botschaften geschickt hat?«

»Warum hätten sie ihn getötet, wenn er ihr Spion war?«

»Nun, vielleicht haben sie ihm auch nicht getraut. Bei der dunklen Sonne! Wie kannst du von mir erwarten, diese Leute zu tolerieren? Erinnerst du dich nicht daran, daß sie sowohl meine Carra als auch das Kind töten wollten?«

»Ja, das stimmt. Aber die waren vom Pferdevolk und keine Gel da'Thae.«

»Die feinen Unterschiede sind mir gleich.«

»Nur das Pferdevolk betet Alshandra an. Sie ist diejenige, die Carras Tod wünschte. Nun, tatsächlich wollte sie, daß das Kind umkommt. Ich bezweifle, daß Carra sie sonderlich interessiert hat.«

»Das finde ich nicht gerade tröstlich.«

»Dann versuch es doch! Die Gel da'Thae wünschen dir und den deinen nichts Böses.«

Dar kniff trotzig den Mund zusammen, wandte den Blick ab und starrte über den See hinweg. An seiner Schläfe zuckte eine kleine Ader, und er legte eine Hand auf sein Hemd und tastete nach dem Anhänger unter dem Tuch. Rhodry nahm an, daß er an den Tod seiner königlichen Vorfahren dachte.

»Gut«, meinte Rhodry schließlich. »Kannst du mir eins versprechen? Tu nichts Übereiltes.«

»Nichts Mörderisches, meinst du?«

»Genau.«

Einen Augenblick starrte Dar wütend ins Gras, dann zuckte er mit den Achseln und blickte wieder auf.

»Ich gebe dir mein Wort.«

»Das genügt mir.«

Dennoch hatte Rhodry das Gefühl, daß Ärger drohte. Dar war immerhin für eine Rache erzogen worden, die draußen auf dem Grasland unmöglich zu vollziehen war. Aber nun waren die uralten Feinde hier ganz in der Nähe.

Es war spät an diesem Tag, als Raena endlich zurückkehrte, wenn auch nicht auf eine Weise, die Verrarc erwartet hätte. Der Ratsherr war hinunter zu den Mauern gegangen, um mit Feldwebel Gart darüber zu diskutieren, wie man eine größere Miliz aufstellen und bewaffnen könnte. Zusammen kletterten sie eine Holzleiter zu den Wehrgängen hoch, die direkt hinter der Mauerkrone verliefen. Verrarc stützte die Arme auf die Steine und schaute nach Westen über das Bauernland, auf dem hellgrün das Frühlingsgetreide sproß.

»Eine gute Sache hat diese Stadt«, meinte Gart. »Ganz gleich, wie lange sie uns belagern, es wird uns nie an Wasser mangeln.«

»Das stimmt. Mit genug Lebensmittelvorräten könnten wir einer Armee standhalten. Selbstverständlich nur, wenn deine Männer die nötigen Waffen haben.«

»Ja. Und das beunruhigt mich. Wir sollten genau nachsehen, was noch in der Rüstkammer ist.«

Verrarc nickte zustimmend. Aus der Ferne hörte er Rufen, und als die Geräusche lauter wurden, wandten er und Gart sich der Lärmquelle zu: dem Südtor. Plötzlich erklang ein Horn.

»Das ist der Alarm«, sagte Gart. »Beeilen wir uns.«

Sie liefen an der Mauer entlang, so schnell es der wacklige Wehrgang erlaubte – und das war nicht sonderlich schnell.

»Hier müssen wir auch einiges ausbessern«, meinte Verrarc.

»Da hast du verdammt recht!« erwiderte Gart. »Es kann sein, daß wir die Männer rasch zu einer anderen Stelle bewegen müssen. Nun, falls das Schlimmste passieren sollte.«

Sie hörten die Neuigkeiten, als Kyle ihnen vom Südtor her entgegenkam.

»Pferdevolk, Feldwebel!« rief Kyle. »Sie behaupten, sie kommen in Frieden, aber wir haben das Tor dennoch geschlossen, denn es sind etwa zwanzig von ihnen. Äh, Ratsherr, ich weiß nicht, wie ich dir das schonend beibringen soll. Deine Frau ist bei ihnen und reitet ganz dreist an ihrer Spitze.«

Einen Augenblick lang konnte Verrarc weder denken noch sprechen. Ihm war so kalt, daß er sicher war, kreidebleich zu sein. Im Kopf konnte er Zatchekas Stimme hören, scharf vor Zorn: Und auch noch eine Menschenfrau, die im Namen der falschen Göttin predigte. Mit einem Kopfschütteln riß er sich wieder zusammen.

»Dann ist es Zeit, daß ich einmal mit ihr rede«, meinte Verrarc so forsch, wie er konnte. »Sehen wir einmal, was für Albernheiten sie plant.«

Gart und Kyle sahen ihn beide an – auf eine seltsame Art, obwohl er ihre Miene nicht so recht deuten konnte. Er drängte sich an Kyle vorbei und ging vor ihnen her über den Wehrgang zum Tor. Andere Milizmänner kamen ihm dort entgegen und redeten alle gleichzeitig auf ihn ein. Er schrie sie an, den Mund zu halten, dann beugte er sich über die Mauer.

Und tatsächlich standen unten ordentlich in Zweierreihen zwanzig hochgewachsene Pferdevolkkrieger neben ihren schweren Füchsen oder Braunen, die alle kräftige, zottige Beine hatten und bis zu achtzehn Hände hoch waren. Am Ende der Reihe stand ein Maultierwagen mit hohen Seitenwänden, beladen mit Vorräten, gelenkt von einem menschlichen Fuhrmann.

Ganz an der Spitze stand Raena in Männerkleidung und hielt die Zügel eines wunderschönen grauen Zelters, und neben ihr stand ohne Pferd der seltsamste Pferdevolk-Mann, den Verrarc je gesehen hatte. Er trug nichts als Lumpen, aber davon eine ganze Menge: drei oder vier Hemden in unterschiedlichen Farben, alle zerrissen und fadenscheinig, übereinandergezogen, aber selbst die genügten kaum, um ihn zu bedecken. Seine Füße waren verformte Massen von Schwielen und geschwollenem Fleisch, denn er trug keine Stiefel. Seine gewaltige Mähne grauen Haares war viel zu lange nicht gewaschen oder gekämmt worden, und sein wettergegerbtes Gesicht zeigte ein Muster von Narben statt Tätowierungen. Während er wartete, lehnte er sich auf einen schweren, langen Stock aus dunklem Holz, der mit kleinen Metallblättchen und Federn geschmückt war.

»Verro«, rief Raena. »Warum wollen sie uns nicht hereinlassen?«

Bei diesen Worten hob der wilde Mann seinen Stock und grunzte ein paar Worte, aber Verrarc konnte ihn nicht verstehen.

»Rae!« hörte er sich stottern. »Was machst du da?«

»Laß uns rein, und ich erzähle es dir!«

Verrarc drehte sich um und befahl seinen Männern, die Tore zu öffnen. Keiner von ihnen regte sich. Er schaute Gart und Kyle an und sah Meuterei in ihren Blicken.

»Also wirklich!« fauchte Verrarc. »Haltet ihr uns für so schwach? Können unsere Männer nicht einmal zwanzig Feinde besiegen? Wenn das nicht möglich ist, sollten wir uns lieber gleich ergeben. Ich hätte allerdings nie geglaubt, daß ihr beiden solche Feiglinge seid.«

Kyle lief rot an. Gart wandte sich rasch ab und rief nach unten: »Öffnet die Tore, Jungs! Hier gibt es nichts, womit wir nicht zurechtkommen könnten.«

Verrarc ging zur Leiter und war gerade am Boden angekommen, als die Tore vollständig offen waren. Er setzte dazu an, Raena entgegenzugehen, als er Dallandra sah, die in der Nähe auf dem Gemeindeanger stand, die Arme über der Brust verschränkt, und ihn beobachtete, ihn einfach nur ausdruckslos beobachtete. Plötzlich fühlte er sich wie ein Dieb, der mit der Hand in der Kasse erwischt wird. Einen Moment konnte er sich weder bewegen noch denken, aber Raena und der wilde

Mann kamen dicht gefolgt von ihren Männern und Pferden durchs Tor. Dallandra machte auf dem Absatz kehrt und ging davon, verlor sich in einer Menge von Bürgern. Männer kamen angerannt, gefolgt von neugierigen Kindern. Hunde bellten die Neuankömmlinge an, dann kamen ein paar Frauen und begannen, die Kinder wegzuziehen.

»Komm her, Liebster«, rief Raena Verrarc zu. Sie lächelte selbstzufrieden. »Ich habe dir einen friedfertigen Botschafter gebracht, Lord Kral vom Stamm des Weißen Bären.«

Bei diesen Worten trat einer der Krieger vor, ein kräftiger, hochgewachsener Mann mit taillenlangem dunklem Haar, das mit mehreren Goldkämmen aus seiner Stirn gehalten wurde. Er trug eine schmutzige Goldstoffweste über seinem Hemd und lederne Hosen, und an seiner Seite hing ein so langes Schwert, daß er eine Hand am Griff halten und es hochziehen mußte, damit es nicht über den Boden schleppte.

»Rakzan Kral, das hier ist Ratsherr Verrarc.«

»Eine Ehre«, grunzte Kral.

»Äh, danke.« Verrarc war sich schmerzlich der Menschenmenge bewußt. Einige der Milizmänner standen nun bei den Bürgern. Er hatte das Gefühl, daß ihre Blicke wie Messer waren, die sowohl ihn als auch Raena durchdrangen. Der wilde Mann, der sich auf seinen Stock stützte, zog ebenfalls einen Anteil häßlicher Blicke auf sich. Aus der Nähe konnte Verrarc riechen, daß er ungewaschen war, und noch einen weiteren Geruch – harziger Holzrauch, so durchdringend, als bestünde er nur daraus. »Wir sind hier«, fuhr Kral fort, »um einen Vertrag anzubieten.«

»Ach ja? Nun, das sind interessante Neuigkeiten, aber solche Angelegenheiten müssen dem gesamten Rat vorgetragen werden. Ich bin nur einer von fünfen, und allein kann ich überhaupt nichts entscheiden.«

»Meine Männer und ich werden warten. Die Priesterin hat

uns gesagt, daß es hier Platz gibt, wo wir unsere Zelte aufstellen können.«

»Die Priesterin?«

Mit einem weiteren Grunzen zeigte Kral auf Raena. Sie bemerkte Verrarcs Blick und schaute hastig weg.

Verrarc sah sich um. Die Menschenmenge war noch gewachsen und blockierte inzwischen die Straße. »Wenn ihr mir folgen würdet ... wir müssen hier entlanggehen.« Er zeigte in die Richtung, die der, in der Zatchekas Zelte standen, entgegengesetzt war. »Ein Stück hier um den See herum.«

Kral wandte sich ab, um seinen Männern Befehle zu geben. Verrarc betrachtete Raena und fragte sich, wie wütend sie ihn wohl noch machen mußte, bevor ... bevor was? fragte er sich. Du weißt ganz genau, daß du sie nicht verstoßen wirst. Ein plötzlicher Lärm überraschte ihn vollkommen – ein Kind kreischte, Hunde begannen zu bellen, ein Mann schrie auf. Verrarc und Kral fuhren beide gleichzeitig herum und sahen, daß der wilde Mann ein kleines Mädchen am Arm gepackt und sie in die Luft gerissen hatte. Mit der anderen Hand fuchtelte er mit seinem Stock vor der Schnauze von zwei großen braunen Hunden herum, die bellend zur Rettung eilten.

Kral brüllte zwei Worte in der Sprache des Pferdevolks, aber es war zu spät. Blaues Feuer sprang aus dem Stock und zischte durch die Luft. Der erste Hund kläffte und stürzte heulend und zuckend zu Boden. Der andere griff an, wieder explodierte das Feuer, und dann waren beide Hunde tot, und Blut lief ihnen aus Mäulern und Augen. Das Kind schrie und trat um sich. Ihre Mutter wollte immer wieder zu ihr rennen, und ihr Mann hielt sie zurück. Laut schreiend rannte Kral auf den wilden Mann zu. Gerade als der Rakzan ihn erreichte, warf der wilde Mann das Kind zu Boden. Kral konnte sie gerade noch auffangen.

Als die schluchzende Mutter vorwärts eilte, reichte ihr Kral das Kind und stotterte eine Entschuldigung. Die Menge begann zu murmeln und drängte näher. An der Seite stand der wilde Mann und lachte leise vor sich hin. Verrarc schaute sich um und entdeckte, daß Kyle und Gart die Schwerter gezogen hatten.

»Halt!« Verrarc trat vor. »Es ist nicht nötig, die Waffen zu ziehen! Treibt die Menge zurück, Feldwebel! Sofort!«

Der bleiche Gart beugte sich den Befehlen, und Kyle folgte ihm. Andere Milizmänner lösten sich aus der Menge und halfen, einen schützenden Ring um ihre unwillkommenen Gäste zu bilden. Kral verbeugte sich vor Verrarc.

»Ich bitte tausendmal um Verzeihung! Wir werden unser Lager vor euren Mauern aufschlagen.«

»Das wäre wohl wirklich das beste«, meinte Verrarc. »Wieso hat er dieses Kind gepackt?«

»Er behauptet, sie hätte ihn beleidigt.«

Unter der Tätowierung war Krals Gesicht bleich geworden, was das Muster deutlicher hervortreten ließ. »Ich kann nicht viel gegen ihn unternehmen, Ratsherr. Er ist einer von Alshandras Auserwählten.«

Verrarc hatte keine Zeit, ihn um eine Erklärung zu bitten. Obwohl der Rest der Stadtwache gekommen war, um Gart und Kyle zu helfen, weigerte sich die Menge, sich zu rühren. Zornige Gesichter, verbitterte Stimmen – ein paar Männer hatten Stöcke, andere hatten Steine aufgelesen. Sie hatten heute zu viel gesehen, zu viele Schrecken: zuerst der Drache, dann das geheimnisvolle Westvolk, und schließlich dieser gefährliche Verrückte und das Pferdevolk.

»Schafft Eure Leute hier weg, Rakzan«, meinte Verrarc. »Um ihrer selbst willen.«

Wild mit den Armen fuchtelnd und schreiend kehrte Kral zu seinen Kriegern zurück, die begannen, ihre Pferde zu wenden. Der Wagen stand praktischerweise noch draußen auf der

Straße. Sobald klar wurde, daß das Pferdevolk die Stadt wieder verließ, begannen sich die Bürger zu beruhigen. Gart drängte, Kyle redete weiter auf sie ein, die Milizmänner bewegten sich langsam vorwärts, und endlich begannen die Bürger, sich zu zerstreuen, gingen langsam davon, leise vor sich hin murrend oder hin und wieder noch eine Faust in Richtung des wilden Mannes schüttelnd. Während dieser ganzen Szene hatte Raena danebengestanden und höhnisch gegrinst. Verrarc ging nun zu ihr und packte sie an beiden Armen.

»Was soll das?« fauchte er. »Ihr Götter, Frau! Wer ist dieser schmutzige Hexenmeister?«

»Genau das – er ist ein Hexenmeister. Er heiß Nag-arshad.«

»Von mir aus kann er sich Lord Dreck nennen. Du bist mir einige Erklärungen schuldig, Rae, und nun bringe ich dich nach Hause, wo du sie mir mitteilen kannst.«

Sie setzte dazu an, etwas zu sagen, dann zuckte sie mit den Achseln und entzog ihre Arme dem schlaffen Griff.

»Beweg dich, Frau!«

Wieder zuckte sie mit den Achseln, aber dann drehte sie sich um und ging aufs Seeufer zu. Verrarc folgte dicht hinter ihr, und als sie durch die sich zerstreuende Menge eilten, bemerkte er, wie alle Bürger stehenblieben, um sie haßerfüllt anzuschauen.

Nachdem sie Verrarc am Tor zurückgelassen hatte, war Dallandra nicht weit gegangen. Sie fand eine ruhige Stelle nahe der Mauer, wandte sich dem Stein zu, um sich nicht ablenken zu lassen, und rief nach Evandar. In ihrem Geist stellte sie sich sein Land vor, das nun tot und vertrocknet war. Sie stellte sich vor, wie sie selbst dort am bleiernen Fluß entlangging und daß dieses Abbild Evandars Namen rief. Als sie die antwortende Berührung seines Geistes spürte, verbannte sie diese Bilder wieder und kehrte gerade noch rechtzeitig zu Gras und Stein von Cerr Cawnen zurück, um das Kind entsetzt aufschreien zu hören.

Da sie sich nun am Ende der Menschenmenge befand, konnte sie kaum sehen, was geschah, und noch weniger rechtzeitig da sein, um etwas zu verhindern. Sobald die Menge begann, sich aufzulösen, kehrte sie endlich zu den Toren zurück. Inzwischen war es dem Rakzan gelungen, all seine Männer hinaus auf die Straße zu schaffen und den Mazrak mitzunehmen. Dallandra konnte nur noch einen flüchtigen Blick auf ihn werfen, wie er barfuß einherstolzierte und im Triumph mit dem Stock über dem Kopf fuchtelte. Zwei junge Bürger trugen die toten Hunde weg. Einer von ihnen weinte.

Verrarc und Raena standen ein paar Schritte entfernt und stritten sich. Dallandra war entsetzt darüber, wie sehr sich Raena verändert hatte. Während der Belagerung des letzten Sommers hatte sie eine rundliche, geschmeidige Raena gesehen. Nun sah die Frau mager und abgehärmt aus. An ihrem Gesicht und dem Hals zeigten sich jede Sehne und jeder Muskel, und ihre Haut schien fest über die Knochen gespannt. Bevor Dallandra sich entschließen konnte, ihr entgegenzutreten, hatte Verrarc Raena am Arm gepackt und zog sie zum See davon.

»Laß sie gehen«, murmelte Evandar.

Mit einem leisen Aufschrei fuhr Dallandra herum. Er hatte sich so leise herangeschlichen, daß sie ihn nicht gehört hatte.

»Das ist ein schlechtes Vorzeichen«, sagte Evandar. »Ich bin versucht, diesen unangenehm aussehenden Burschen zu Asche zu brennen, zusammen mit seinen Pferdevolkbegleitern.«

»Bitte nicht! So, wie sie aussehen, würde das Pferdevolk an ihrer Stelle nur eine größere und schlimmere Truppe schikken.«

»Da hast du recht, also werde ich mich zurückhalten. Aber ich habe Angst um dich, meine Liebste. Paß auf dich auf, ja? Oder noch besser, kannst du den Prinzen und die anderen in die Zitadelle bringen, damit sie neben dem Drachen ihr Lager aufschlagen?«

»Das bezweifle ich. Wir würden auch Zatcheka und ihre Leute mitnehmen müssen, und es gibt dort oben nicht genügend Gras für die Pferde. Ich wünschte, du könntest bei uns bleiben.«

»Ich auch, aber das Eisen schmerzt mir bis in die Knochen – oder das, was meine Knochen wären, wenn ich welche hätte. Zumindest sind die Mauern nicht eisenbeschlagen, aber die Waffen sind schlimm genug.«

»Das kann ich mir vorstellen.«

»Und dann ist da noch der See.« Evandar seufzte plötzlich melancholisch. »Es ist zwar kein Fluß, meine Liebste, aber die Wasserschleier hängen trotzdem dicht darüber. Solltest du deinen Lichtkörper annehmen, gib acht. Die Quellen, die diesen See speisen, liegen sehr tief, und es gibt hier mehr rohe Macht, als du vermuten würdest.«

»Mach dir deshalb keine Sorgen! Ich bleibe wachsam. Und es mag tatsächlich notwendig sein, daß ich mich von der ätherischen Ebene aus umsehe. Weißt du, weshalb das Pferdevolk hier ist?«

»Nein. Aber wir werden es sicher bald herausfinden.«

»Vermutlich schneller, als es uns lieb ist. Dieser Mazrak – Shaetano steckt nicht zufällig hinter seiner Magie, oder?«

»Nein.« Evandar schien ausnahmsweise verblüfft. »Ich weiß nicht, wie, aber unser Prophet des Drecks hat tatsächlich wahren Dweomer, Liebste. Das war ätherisches Feuer, das er mit seinem Stock herabbeschworen hat. Er ist einer der Wanderprediger, die die Geschichte der neuen Göttin verkünden.«

»Ich werde mit Zatcheka sprechen, sie weiß vielleicht mehr über diese Magie.«

»Ein guter Gedanke. Und ich bleibe ganz in der Nähe, hab keine Angst. Oben auf dem Platz ist das Eisen nicht so schlimm, also bleibe ich in der Nähe von Rhodry und dem Drachen.«

»Gut. Ich denke, wir werden dich alle brauchen.«

»Ich auch.« Er lachte – ein verbittertes Geräusch. »Und nun muß ich hier weg.«

Evandar ging ein paar Schritte aufs Tor zu. Er schien zunächst ins Gras zu schmelzen, dann verwandelte er sich in eine Rauchwolke von vager Menschengestalt, und schließlich war er verschwunden.

»Sag es mir, Rae! Sag mir die Wahrheit, und zwar sofort!« Verrarc packte sie an beiden Handgelenken und riß sie nah zu sich. »Dort hast du deine Magie gelernt, nicht wahr? Von diesem Pferdevolkzauberer und seinen schmutzigen Verwandten!«

»Und wenn?« Ihre Stimme bebte, und er konnte ihren Körper zittern spüren. »Magie ist Magie, oder? Und wer sonst hätte mich lehren können?«

Sie standen in ihrem Schlafzimmer, einer unvollkommenen Zuflucht, da die Diener direkt auf der anderen Seite der Tür lauschten und zweifellos versuchten, jedes Wort des Streites genau mitzuhören. Verrarc zwang sich, leise zu sprechen.

»Also gut«, fuhr er fort. »Aber Pferdevolk, Rae? Dieses Gerede von einem Vertrag mit ihnen gefällt mir nicht. Was soll dabei herauskommen? Wenn wir ganz friedlich ihre Sklaven werden, werden sie unsere Stadt nicht niederbrennen? Ich wette, ihre Bedingungen sind nicht besser.«

»Du klingst wie dieses Miststück Zatcheka!«

»Vielleicht, weil sie recht hat.« Er schüttelte sie ein wenig.

»Du weißt genausogut wie ich, daß das Pferdevolk ein gefährlicher Feind und ein nicht viel besserer Verbündeter ist.«

»Nun, sie sind meine Verbündeten geworden, und sie waren immer gerecht zu mir!« Mit einem plötzlichen Ruck entzog sie sich seinem Griff. »Was wäre ich schon ohne sie? Nichts! Sie haben mich vor diesem elenden Leben bewahrt und die Magie in meiner Seele heraufbeschworen.«

»Ich habe also recht! Und wo bist du diesen ach so großzügigen Zauberern begegnet?«

»Es gibt vieles, was du nicht weißt.« Raena lächelte, betrachtete ihn aber kalt und abschätzend. »Und vieles davon werde ich dir verschweigen müssen.«

Verrarc machte zwei rasche Schritte vorwärts, packte sie an den Schultern und drückte sie gegen die Mauer.

»Die Wahrheit, Rae! Ich will die Wahrheit wissen, und zwar die ganze Wahrheit.«

»Was hast du vor – willst du mich schlagen?« Sie rang nach Atem. »Ganz der Sohn deines Vaters, wie?«

Verrarc ließ sie los, wandte sich ab, ging zwei Schritte weg und brach in Tränen aus. Er sank schluchzend auf den Boden und sah plötzlich, daß Raena vor ihm kniete.

»Nein, nein, weine nicht!« murmelte sie. »Verzeih mir, mein Liebster! Ich hatte nur Angst.«

Die Tränen versiegten. Er wischte sich das Gesicht mit dem Ärmel ab und blickte auf. Sie beugte sich über ihn. Verrarc räusperte sich mehrmals, ehe er endlich wieder sprechen konnte.

»Wir hatten einen Handel abgeschlossen, Rae, und ich habe meinen Teil eingehalten. Ich habe den Beschluß über die Allianz mit den Gel da'Thae verzögert. Und du hast erklärt, daß es im Gegenzug keine Geheimnisse mehr geben würde.«

»Ja.« Sie verzog das Gesicht und wandte den Blick ab. »Hab Geduld, mein Liebster. Nur noch ein paar Tage ...«

»Augenblick! Hast du vor, dich wieder herauszuwinden?«

»Sicherlich nicht!« Aber sie zögerte, bevor sie ihn schließlich wieder ansah. »Nun gut! Komm mit mir in den Tempel. Ich werde den Herrn des Chaos heraufbeschwören, und zusammen werden wir alles berichten, was du hören willst.«

»Wie bitte? Wenn Werda ...«

»Zur Hölle mit Werda! Sie hat heute mehr als genug, womit sie sich beschäftigen kann. Komm mit mir, und du wirst die Wahrheit erfahren.«

»Gut.« Verrarc lächelte. »Das freut mich.«

Als sie das Haus verließen, erinnerte sich Verrarc an den Drachen. Hockte er immer noch in den Ruinen, oder war er davongeflogen? Er dachte daran, Raena zu warnen, sagte aber am Ende nichts, als eine Art Rache dafür, daß sie wieder so geheimnistuerisch gewesen war.

Auf der Kuppe des Zitadellenhügels verließen sie die gepflasterte Straße und gingen einen Pfad entlang, der zwischen zwei riesige Felsblöcke führte. In ihrem Schutz blieb Verrarc stehen und schaute hügelabwärts. Unter ihnen, zwischen den Bäumen, lagen die Steinplatten des eingestürzten Tempeldachs. Auf einer flachen Platte räkelte sich der Drache, die Augen fest vor der heißen Sonne geschlossen. Raena hatte ihn offenbar entdeckt. Sie biß sich auf die Hand, um nicht zu schreien. Sie wurde totenbleich und begann so heftig zu zittern, daß Verrarc seine kleine Bosheit bedauerte. Als er versuchte, ihr den Arm um die Schultern zu legen, riß sie sich los und eilte zurück in den Schutz der Felsblöcke. Tränen liefen über ihre Wangen.

»O Göttin!« flüsterte Raena. »Bleib stehen, Verro! Wir können nicht wagen, auch nur einen einzigen Schritt weiterzugehen.«

»Ach ja? Man hat mir gesagt, sie sei ein zahmer Drache und keine Bedrohung für die Menschen in der Stadt.«

»Dann haben sie gelogen! Still! Wir müssen von hier verschwinden.«

Raena wich zu den Felsen zurück. Verrarc folgte und blickte mehrmals zurück, aber Arzosah schlief fest, eingelullt von der wohligen Wärme. Als sie die Querstraße erreichten, begann Raena zu laufen und eilte keuchend über das Pflaster. Verrarc folgte ihr und holte sie direkt vor der Hintertür seines Anwesens ein.

»Rae, was ist denn?«

»Sie wird mich umbringen, du Dummkopf! Dieser Drache! Jener Tag, als sie über unsere Stadt flog – erinnerst du dich nicht? Ich habe es dir damals schon gesagt – sie kennt mich und sie haßt mich.«

Die Welt schien unter seinen Füßen zu beben. Ihm wurde plötzlich kalt, und einen Moment befürchtete er, sich übergeben zu müssen. Raena packte ihn am Arm und stützte ihn.

»Gehen wir rein«, flüsterte sie. »Dann können wir reden.« Nachdem sie das Anwesen wieder betreten hatten, schickte Verrarc Raena ins Schlafzimmer, um vernünftige Sachen anzuziehen, dann ging er in die Küche, wo er, wie erwartet, die Diener fand, die nicht einmal vorgaben zu arbeiten.

»Ihr habt lange keine Freizeit mehr gehabt«, sagte Verrarc. »Ich weiß genau, daß ihr euch danach sehnt, ein wenig in die Stadt zu gehen und mit euren Freunden und Verwandten zu sprechen. Warum tut ihr das nicht für den Rest des Tages? Meine Frau und ich können etwas Kaltes essen.«

»Danke«, sagte Korla, und sie wirkte eher grimmig als glücklich. »Bist du sicher, daß du hier zurechtkommst?«

»Ganz sicher!« Verrarc zwang sich zu einem Lächeln. »Ich bin doch kein kleiner Junge mehr.«

Korla und Harl wechselten einen raschen Blick. Elster stand

auf und kaute auf einer Ecke ihrer schmutzigen Schürze, während sie ihre Großmutter beobachtete.

»Dann also«, meinte Korla schließlich. »Es wäre schön, ein wenig spazierengehen zu können. Komm mit, Elster. Wir werden ein wenig Sonne bekommen.«

»Ich danke dir ebenfalls.« Harl nickte Verrarc zu, dann eilte er durch die Hintertür hinaus.

Als Verrarc ins Schlafzimmer zurückkehrte, stand Raena im Unterkleid am Fenster. Die hereinfallende Sonne ließ das Tuch um ihren mageren Körper schimmern und überströmte ihr Gesicht mit grellem Licht.

»Du siehst krank aus«, sagte Verrarc. »Willst du dich nicht ausruhen?«

»Nein.« Raena wandte sich vom Fenster ab und sah sich im Zimmer um. »Sag mir eins – wie lange lauert dieser Drache schon in der Stadt? Was hat ihn hergebracht?«

»Seltsame Dinge sind geschehen, während du weg warst, und viele seltsame Reisende sind eingetroffen. Eine Gruppe von Männern, die sich Westvolk nennen ...«

Raena fluchte. Beinahe glaubte Verrarc, daß sie auf den Boden spucken würde, aber sie beherrschte sich.

»Sie haben Jahdo zurückgebracht«, fuhr Verrarc fort. »Und es sind auch zwei Frauen mit dabei.«

»Eine von ihnen heißt Dallandra?«

»Ja. Woher weißt du das?«

Raena warf sich auf einen Stuhl und starrte wütend die Wand an.

»Sag es mir, Rae. Du hast versprochen, keine Geheimnisse mehr zu haben.«

»Im letzten Sommer, als ich unterwegs war, um zu tun, was Alshandra mir aufgetragen hatte, bin ich diesem widerwärtigen Miststück begegnet. Und auch diesem Wyrm – sie sind alle Ketzer! Sie behaupten, meine Herrin sei keine echte Göttin. Und ich wette, es ist noch einer mit ihnen gekommen. Rhodry Maelwaedd, der den Drachen reitet und der schlimmste von allen ist.«

»Wer? Sie haben einen Mann namens Rhodry aus Aberwyn dabei.«

»Das ist er.«

»Er kam mir zivilisiert und höflich vor.«

»Dann kennst du ihn nicht. Auch er hat geschworen, mich zu töten. Er gibt mir die Schuld am Tod eines guten Freundes, aber es war der Wille der Göttin und nicht meine Tat.«

Verrarc spürte, wie ihm kalt wurde.

»Ich werde nicht zulassen, daß er dich tötet«, knurrte er. »Soll ich die Wache rufen und ihn in Ketten legen lassen?«

»Das ist ein verführerischer Gedanke, Liebster.« Raena lächelte, als hätte er ihr einen Teller mit süßem Gebäck angeboten. »Aber wenn du das tust, wird dieser stinkende Drache durch die Stadt toben.«

Verrarc rieb sich das verschwitzte Gesicht mit beiden Händen. Von Raena einmal abgesehen, war das einzige, was er liebte, Cerr Cawnen, und nun hatten diese Fremden unvorstellbare Gefahr gebracht. Was sollte er tun? Er setzte dazu an, etwas zu sagen, hielt aber inne und sah Raena nur forschend an. Sie schien ein Lächeln zu unterdrücken, und er mußte wieder daran denken, wie oft sie ihn in den vergangenen Jahren angelogen hatte.

»Das ist eine ernste Angelegenheit«, sagte Verrarc. »Ich sollte sie lieber dem versammelten Rat vortragen.«

»Nein, nein!« Sie stand auf. »Ich ... äh ... es wäre am besten, solche Lügen über mich nicht in der Öffentlichkeit zu erzählen.«

»Tatsächlich?«

Einen Augenblick lang sah sie ihm in die Augen, dann wandte sie sich ab.

»Die Wahrheit, Rae!«

»Ich habe dir die Wahrheit gesagt! Sowohl Rhodry als auch der schwarze Drache wünschen meinen Tod.«

»Warum läßt du mich dann nicht den Rat einberufen und entscheiden, was wir tun können, um dich zu schützen?«

Raena ging hinüber zu der Holztruhe am Fuß des Bettes, die Verrarc ihr für Kleidung gegeben hatte. Sie wühlte darin herum, dann holte sie einen Dolch in einer abgetragenen Lederscheide heraus. Als sie ihn hochhob, erkannte er die drei Silberkugeln am Knauf.

»Rhodry aus Aberwyn trägt einen solchen Dolch am Gürtel«, meinte Verrarc.

»Ja.« Raena zog den Dolch, um ihm die Klinge zu zeigen. »Siehst du den kleinen Drachen, der dort eingraviert ist? Das war das Zeichen seines Freundes, der getötet wurde. Es war ein Mann in Alshandras Dienst, der ihn tötete, und nicht ich, das schwöre ich!«

Verrarc neigte dazu, ihr zu glauben. Immerhin, wie konnte eine schwache Frau wie sie einen Krieger töten? Raena steckte den Dolch wieder ein, legte ihn in die Truhe zurück und schloß den Deckel.

»Warum rufe ich nicht den Rat zusammen und lasse diese Angelegenheit öffentlich verhandeln? Wenn du unschuldig bist, dann sollte dieser Rhodry lieber aufhören, falsche Anklagen gegen dich zu erheben.«

»Du vergißt den Drachen.« Mit einer dramatischen Geste legte Raena die Hand an die Kehle. »Ich wage nicht, mich vor ihr sehen zu lassen.«

»Es geht nicht nur um den Drachen. Du verbirgst mir etwas, Rae.«

»Oh! Du bist wirklich ein grausamer Mann, Liebster.«

»Nicht grausam. Ich habe nur genug von deinen Lügen.«

»Wenn wir diese Angelegenheit vor den Rat bringen, müßte ich ihnen nicht sagen, wo dieser Krieger gestorben ist?«

»Ah, ich verstehe! Es war bei der Belagerung der Sklavenhalterstadt, oder? Und du warst mit dem Pferdevolk dort.«

Verrarc hatte nur geraten, aber sie wurde kreidebleich.

»Woher ...«, flüsterte sie mit zitternder Stimme.

»Ich bin nicht blind, Rae. Das solltest du von nun an nicht vergessen.«

Sie stand lange schweigend da und starrte zu Boden, bis ihr Gesicht wieder die normale Farbe annahm.

»Wahrscheinlich wirst du überhaupt kein Wort von dem glauben, was ich dir sage«, meinte sie schließlich. »Ich brauche einen Zeugen. Sehen wir, ob der Herr des Chaos meinem Ruf antwortet. Setz dich hin, Liebster.«

Verrarc setzte sich. Raena hob beide Arme in die Luft und legte den Kopf zurück, die Augen fest geschlossen. Sie konzentrierte sich kurz und begann dann mit so hoher, angespannter Stimme zu rezitieren, daß es sich anhörte, als zupfte man eine Harfensaite. Die Rezitation ging nach einer ganzen Weile in einen klagenden, schluchzenden Ton über. Plötzlich spürte Verrarc mehr als er sah, daß jemand das Zimmer betreten hatte. Seine Nackenhaare sträubten sich, und die Kälte schien ihn an den Stuhl zu fesseln. Aus dem Sonnenlicht an der gegenüberliegenden Mauer sammelte sich eine andere Art von Licht, silbrig und kühl. Langsam verdichtete sich das Silber, wirbelte, bildete einen Strudel, der wuchs, bis er von der Decke zum Boden reichte. Darin konnte Verrarc gerade eben noch eine menschenähnliche Gestalt erkennen.

Raena öffnete die Augen, hielt den Atem an und begann wieder zu rezitieren. Die Gestalt wurde ausgeprägter, wurde fest, wurde zu einem Wesen halb Fuchs, halb Mensch, mit rötlichem Fell und spitzer Fuchsnase. Als der Herr des Chaos aus dem silbernen Licht trat, konnte Verrarc erkennen, daß er eine schwarze Rüstung trug und in seiner pfotenähnlichen Hand einen Helm hielt.

»Ich grüße dich, meine Priesterin!« sagte er. »Warum hast du mich gerufen?«

Raena fiel vor dem Fuchsgeschöpf auf die Knie. Plötzlich hätte Verrarc sie am liebsten angeschrien, sie solle aufstehen und sich nicht vor diesem Ungeheuer niederwerfen.

»Ich flehe dich um deine Hilfe an«, sagte Raena. »O großer Herr der inneren Lande! Hilf deiner Anbeterin!«

»Ich werde dich anhören«, sagte der Herr des Chaos. »Was wünschst du von mir?«

»In dieser Stadt habe ich Feinde, die mich töten wollen. Bitte, bitte vertreibe sie von hier oder töte sie!«

»Wer ist dieser Feind?« Seine Stimme klang reichlich unsicher für eine allmächtige Gottheit. »Wo hält er sich auf?«

»Nicht weit von hier, in den Ruinen des Tempels, wo ich zuvor zu dir gebetet habe. Es ist ein riesiges schwarzes Ungeheuer, ein Drache. Häufig hat er schon versucht, mich zu verschlingen, wenn ich in Vogelgestalt in deinem Auftrag unterwegs war.«

»Arzosah«, keuchte der Herr des Chaos. »Mit solchen wie ihr lasse ich mich nicht ein! Ich meine ... zweifellos haben die größeren Götter sie ausgesandt, um dir eine Prüfung deines Glaubens aufzuerlegen.«

»Ach, tatsächlich?« Verrarc stand auf und schob den Stuhl zurück. »Du stinkst nach Angst, Fuchs!«

Raena schrie auf und wich zurück. Der Herr des Chaos wuchs, wuchs gewaltig und ragte hoch über den beiden auf.

»Wie kannst du es wagen, so zu mir zu sprechen!« zischte der Geist. »Dafür werde ich dich vernichten!«

Aus reinem Reflex zog Verrarc sein langes Messer. Als der Stahl im Sonnenlicht aufblitzte, schrie der Fuchsgeist leise auf und begann zu schrumpfen. Mit zwei langen Schritten trat

Verrarc vor und stach zu. Als sich der Stahl dem Körper des Fuchswesens näherte, begann die schwarze Rüstung zu brechen und zu schmelzen. Der Oberkörper des Geistes bebte und bog sich von der Klinge weg, als wäre er eine Reflexion auf Wasser, das von Wind bewegt wird. Der Herr des Chaos schrie voller Schmerz, versuchte vergeblich, das Messer zu packen, und verschwand dann. Das silberne Licht verschwand mit ihm. Verrarc steckte das Messer ein und kniete sich vor Raena, die schluchzend am Boden saß.

»Rae?« sagte Verrarc. »Das war kein Gott.«

»Das habe ich gesehen.« Sie schluchzte so heftig, daß ihre Nase lief wie die eines Kindes. »Ich hätte auf dich hören sollen, als du mir von seinem Bruder erzähltest. Wahrlich, ich hätte auf dich hören sollen!«

Raena schlug die Hände vors Gesicht und weinte weiter, naß und laut. Verrarc strich ihr übers Haar und versuchte, sie irgendwie zu trösten, aber ihm fielen nicht die rechten Worte ein. Endlich hörte sie auf zu schluchzen.

»Wenn nur Alshandra zu mir kommen würde«, flüsterte Raena. »Wenn du sie nur sehen könntest, dann würdest du verstehen.«

»Jahdo hat uns erzählt, sie wäre tot.«

»Was für ein Unsinn! Niemand kann eine Göttin töten.«

»Genau. Deshalb zweifle ich auch daran, daß sie eine war.«

»Halt den Mund!«

Sie starrte ihn so wütend an, daß er zurückwich.

»Spotte nicht über meine Herrin«, fauchte Raena. »Verhöhne sie nicht, oder du wirst sterben. Und nun laß mich nachdenken. Wenn ich sie nur erreichen könnte ... laß mich nachdenken.«

Jahdo hatte Rhodry zum Abendessen bei seiner Familie eingeladen, und Dallandra schlug vor, er sollte ins Elfenlager kommen, doch Rhodry aß den letzten Rest seines Brots und den Käse lieber oben im eingestürzten Tempel neben Arzosah. Er hätte nicht sagen können, warum. Sie hatte sich auf dem Steindach ausgebreitet, und er lehnte sich an ihren Bauch, während sie zusahen, wie die Sonne in schimmerndem Dunst unterging.

»Bist du jemals in den westlichen Bergen gewesen?« fragte Rhodry.

»Hinter dem Westland?« meinte Arzosah. »Ja, hin und wieder.«

»Dann bist du also auch über die sieben Städte hinweggeflogen?«

»Von den südlichen ist nicht mehr viel übrig. Die Ruinen sind fast ganz mit Pflanzen überwachsen.«

»Und im Norden?«

»Eine Stadt besteht noch immer. Bravelmelim hieß sie in den alten Tagen, glaube ich. Es ist die Stadt, aus der Meer gekommen ist.«

»Dann muß diese Stadt der Seuche irgendwie entgangen sein. Hm. Interessant. Und was liegt hinter den Bergen? Gibt es dort überhaupt irgend etwas?«

»Ein paar Ebenen mit Bäumen. Es sah langweilig aus, also bin ich dort nie hingeflogen. Man hat mir gesagt, dahinter liegt ein Ozean.«

»Wer hat dir das gesagt?«

»Mein armer dahingegangener Gefährte. Er war ein großer Forscher.« Arzosah seufzte, und ihre Seite bewegte sich so heftig, daß Rhodry beinahe umgefallen wäre. »Wenn wir mit dem fertig sind, was wir hier zu erledigen haben, möchtest du dann nach Westen fliegen?«

»Ja, das würde ich gern tun, aber es ist nicht möglich. Ich muß zurück ins Zwergenland. Es ist wahrscheinlich dumm von mir, aber ich möchte Enj finden und mich irgendwo niederlassen und auf Haen Marn warten. Ich bete immer noch darum, daß Angmar zurückkehren wird.«

»O ja, deine dahingegangene Gefährtin.«

Es lag etwas Seltsames in ihrer Stimme – vielleicht Spott. Er ignorierte es. Die Sonne hatte gerade den Horizont erreicht, aufgebläht und umgeben von goldenen Wolken. Als Rhodry nach Osten schaute, konnte er einen einzelnen Stern erkennen, der sich gegen das Samtblau des Himmels abhob. Angmar! dachte er. Kannst du diesen Stern auch sehen, meine Liebste, ganz gleich, wo du bist?

»Nun gut«, sagte er schließlich. »Wenn schon nichts anderes, so habe ich Enj versprochen, daß ich zurückkehre.«

»Ja, das stimmt.« Arzosah klang ausgesprochen finster. »Dann werde ich dich dorthin tragen.«

»Danke. Falls du lieber nicht in den kalten Norden fliegen willst, kann ich mir ein Pferd organisieren und hinreiten.«

»Das ist nicht notwendig. Aber ich werde nicht dort bleiben, wenn dieser widerliche Schnee zu fallen beginnt.«

»Einverstanden.« Er kam auf die Beine, dann drehte er sich um und sah sie an. Sie hatte die Augen halb geschlossen, ihr Blick war unergründlich. »Stimmt irgend etwas nicht?«

»Nein. Es macht mich nur traurig, an meinen toten Gefährten zu denken.«

»Nun, das kann ich wirklich verstehen.«

Er setzte sich wieder hin und lehnte sich gegen ihre Flanke. Zusammen sahen sie zu, wie die Sterne herauskamen, bis die Milchstraße sich über sie zog, ein gewaltiger Fluß aus Diamanten am dunklen Himmel, der zu einem unbekannten Lichtmeer hinfloß.

Lange nach Mitternacht, als die ganze Stadt schlief, schlichen sich Verrarc und Raena aus dem Haus. Über ihnen spendeten die Sterne und der abnehmende Mond gerade genug Licht, daß sie den Weg hügelaufwärts finden konnten. Sie waren unterwegs zu dem alten Tempel, aber lange, bevor sie ihn erreichten, drehte sich der Wind und brachte den essigartigen Geruch des Drachen mit. Raena klammerte sich mit beiden Händen an Verrarcs Arm und flüsterte: »Ich wage es nicht.«

»Gehen wir wieder runter.«

Er führte sie durch die schmalen Gassen der Zitadelle auf einem Umweg zum großen Platz. Das Beratungshaus war nicht verschlossen. Sie schlichen sich durch eine Hintertür hinein. Der Raum war dunkel wie eine Höhle. Verrarc konnte spüren, daß sich Raena direkt hinter ihm bewegte, und schauderte. Er öffnete die Tür wieder, und in dem schwachen Licht von draußen konnte er gerade eben die Treppe am anderen Ende des Raums erkennen.

»Oben gibt es ein Zimmer mit Fensterläden«, flüsterte er. »Niemand wird sehen, wenn du dein Hexenlicht dort entzündest.«

»Und wenn wir uns auf dieser Treppe das Genick brechen, ist es gleich, ob sie es sehen oder nicht, wie? Mach die Tür zu, Verro, ich sollte lieber ein wenig Licht machen.«

Er hörte den Stoff ihres Kleides rascheln. Sie murmelte eine Beschwörung, zunächst so leise, daß er sie kaum hören konnte, aber in ihrer Handfläche erschienen ein paar silbrige Funken. Dann konnte er erkennen, daß sie eine Hand in Taillenhöhe hielt, dicht an den Körper gedrückt. Im Lauf der Beschwörung wuchsen die Funken zu einer kleinen Silberpfütze, die ein schwaches Licht ein paar Fuß weit warf – es genügte, damit sie sicher die Treppe hinaufsteigen konnten.

Oben gab es drei Türen, die zu kleineren Besprechungsräumen führten. Verrarc ging in den ersten und tastete sich hinüber zum Fenster, wo schwere hölzerne Läden hingen. Er zog sie zu und verriegelte sie von innen.

»Jetzt kannst du hereinkommen, Rae.«

Sie ging hinein und blieb stehen, um sich umzusehen. In der Mitte des schlichten Steinraumes standen ein Tisch und vier Stühle.

»Ich wage nicht, dieses Licht noch heller zu machen«, sagte sie schließlich. »Aber es wird genügen.«

Mit einer Bewegung aus dem Handgelenk warf sie die Lichtkugel auf den Boden, wo sie hängenblieb und schimmerte wie eine winzige Laterne. Raena setzte sich im Schneidersitz davor, und Verrarc hockte sich zu ihr und fluchte ein wenig über den harten Steinboden.

»Du bist wirklich verweichlicht, mein Liebster«, sagte Raena. »Jene, die Alshandra anbeten, brauchen Seelen aus Stahl.«

Sie erhob sich auf die Knie, dann riß sie die Arme über den Kopf und begann in einem Rhythmus zu rezitieren, den er nie zuvor gehört hatte, zunächst langsam, dann schneller. Was an Melodie zu erkennen war, hob und senkte sich. Raena wiegte sich hin und her. Schweiß brach ihr auf der Stirn aus und lief ihr über das Gesicht. Hin und her, weiter und weiter – Schweiß klebte ihr das Kleid an den Rücken, und sie begann keuchend um Atem zu ringen. Im Hexenlicht war ihr Gesicht so bleich und kalt anzusehen wie ein Fischbauch.

»Hör auf, Rae!« Verrarc legte ihr die Hand auf die Schulter. »Du solltest aufhören, sonst bringst du dich noch um.«

Mit einem letzten Schluchzen ließ sie die Arme an die Seiten sinken. Sie kniete nur da, den Kopf gesenkt, das Gesicht so naß, daß er sich fragte, ob es vom Schweiß oder von Tränen kam.

»Ich schäme mich so sehr«, flüsterte Raena. »Ich habe versagt. Nun hat sie sich von mir abgewandt.«

»Bist du so sicher? Oder könnte es wahr sein, was Jahdo in der Stadt erzählt hat: daß deine Alshandra nur ein Geist war wie der Herr des Chaos?«

»Niemals!« Sie hob den Kopf und warf das lange Haar zurück. »Dieser verlogene kleine Mistkerl! Du hättest ihn an diesem Tag in den Sumpfwiesen wirklich töten sollen.«

»Wirklich, als ob ich Dera und ihren Verwandten auch nur den geringsten Schmerz bereiten könnte!«

»Du hast recht. Verzeih mir, Liebster. Ich bin so verzweifelt, daß ich nicht weiß, was ich sage.« Raena setzte sich wieder im Schneidersitz hin und wischte sich mit den Händen das Gesicht. »Was hat er dir erzählt?«

»Daß es zwischen ihr und einer mächtigen Zauberin zu einem Kampf am Himmel kam. Als Alshandra starb, sah er, wie ihr Körper zerbarst, und alle vom Pferdevolk schrien und heulten verzweifelt, denn sie hielten sie für tot.«

»Und für ihre Sünden sind sie gestorben. Alle, die an ihr zweifelten. Die Gläubigen kehrten durch ihr Land sicher zurück nach Hause, genau wie ich zurückgekehrt bin zu dem Mann, den ich nur um ein Geringes weniger liebe als sie.« Sie streckte eine weiche Hand aus und streichelte seine Wange.

»O Verro! Ich hoffe, daß du sie eines Tages in all ihrem Glanz sehen wirst, so wie ich sie gesehen habe.«

»Das wäre wunderbar.«

Er hatte wohl nicht überzeugend genug geklungen, denn sie verzog das Gesicht und wandte sich ab. Während er so dasaß und versuchte, sich ein paar tröstliche Worte einfallen zu lassen, raschelte etwas am Fenster. Ein Laden schlug gegen den Rahmen, dann war es wieder still. Verrarc war ohne nachzudenken aufgesprungen und zum Fenster geeilt.

»Lösch das Licht!« zischte er.

Sobald das Zauberlicht verschwunden war, riß Verrarc die Läden auf. Niemand war da, und er fühlte sich wie ein Narr, als er begriff, daß sich vor dem Fenster nichts als Luft befand. Er streckte den Kopf hinaus und spähte direkt hinunter auf den gepflasterten Platz zwei Stockwerke tiefer. Er schloß die Läden wieder.

»Niemand da«, sagte er. »Und das wäre auch nicht möglich, es sei denn, jemand könnte fliegen.«

»Spotte nicht darüber, Liebster.« Sie flüsterte noch etwas, was er nicht verstehen konnte.

Im Dunkeln konnte er Raenas Gesicht nicht erkennen. Er brauchte einige Zeit, bis er begriff, daß sie keine Worte bildete, sondern lachte – ein ersticktes Lachen voller Angst.

In der körperlichen Welt schien Raenas Dweomerlicht eine Ausweitung ätherischer Kraft, hell und klar, aber auf den höheren Ebenen erschien es als Dunkelheit und kennzeichnete die Stelle der ätherischen Ebene, aus der Raena Substanz entnommen hatte. Evandar war wie üblich in Falkengestalt unterwegs gewesen, um seinen Bruder zu finden, zuerst in den Ruinen seines Landes, dann hatte er im weiteren Umkreis gesucht, bis er schließlich dicht über Cerr Cawnen kreiste, allerdings immer noch auf der ätherischen Ebene. Im schimmernden blauen Licht hoben sich die Steingebäude schwarz und tot ab, während der See vor silberner Energie kochte und gefährliche Ranken nach oben streckte. Als Evandar über den Platz flog, einen See der Schwärze, konnte er den matten, rötlichen Schimmer der Bäume nahe dem eingestürzten Tempel erkennen, und Arzosahs Aura – ein riesiges Ding in Gold- und Grüntönen, das sich ununterbrochen bewegte und an- und abschwoll.

Ganz in der Nähe entdeckte er den kleinen Fleck Nichts, der für ein Dweomerlicht auf der physischen Ebene stand. Raena? Sehr wahrscheinlich. Er ließ sich wieder auf die physische Ebene sacken und kreiste um die Beratungshalle. Fensterläden aus Holz verschlossen nur ein einziges Fenster. Auf der Fensterbank, den Kopf gegen das Holz gedrückt, saß Shaetano in Gestalt eines schwarzweißen Würgers. Evandar flatterte auf, dann legte er die Flügel an und ging in den Sturzflug. Shaetano blickte auf, warf sich vom Fensterbrett und verschwand. Leise fluchend wendete Evandar und stürzte durch das Tor in den Sonnenschein seines eigenen Landes, aber sein Bruder war nirgendwo mehr zu sehen.

Shaetano hatte allerdings Spuren hinterlassen: die Pfotenabdrücke eines Fuchses auf feuchtem Boden und ein Büschel rötlichen Haares an einem Dornenstrauch, und in der Luft hing astrale Essenz wie schimmernde Kristalle. Evandar folgte ihnen und entdeckte am Horizont Bäume. Selbstverständlich! Es gab nur einen Ort, wo sich Shaetano vor ihm verbergen konnte: den wilden Wald unter dem grünen Mond. Er mußte also tatsächlich verzweifelt sein, da er nun keine menschlichen Anbeter mehr hatte, aber er war immer noch schlau. Dieser Wald war der einzige Ort auf allen Ebenen, wo Evandar sich fürchtete zu jagen.

Evandar flog weiter, glitt über den dunklen Wald hinweg, bis er den gleichzeitig grünen und brennenden Grenzbaum sah. Vielleicht werden jene, die dort leben, ja meine Arbeit für mich tun, dachte Evandar. Aber er wußte, ohne zu wissen, warum, daß das Wyrd seines Bruders bei ihm lag, und nur bei ihm. Mit der Zeit würden die Geschöpfe der Nacht Shaetano wieder aus dem Wald treiben. Das wußte er ebenfalls mit Sicherheit. Er schwebte zu Boden, und im Landen veränderte er sich und nahm die Gestalt eines kräftigen schwarzen Jagdhundes an. Er legte sich unter die grüne Hälfte des Grenzbaums und wartete.

Der Frühlingsmorgen begann mit klarem Himmel, als sich der Rat der Fünf auf dem Platz traf, aber anstatt weiter ins Beratungshaus – und damit näher zu dem Drachen hin – zu gehen, blieben sie zwischen dem Brunnen und dem Ende des Wegs stehen, der den Zitadellenhügel hinabführte. Unter ihnen schimmerten die weißen Gebäude im heller werdenden Licht, und eine Brise bewegte das Wasser des Loc Vaed, das türkisfarben durch die Lücken zwischen den Gebäuden schimmerte.

»Bald wird die Wache die Tore öffnen«, meinte Verrarc. »Wir müssen zu einer Entscheidung über Rakzan Kral und seine Botschaft kommen.«

»Genau«, sagte Burra mit fester Stimme. »Ich will sie nicht wieder in dieser Stadt haben.«

»Ich auch nicht«, warf Hennis ein, »aber ihr kennt das alte Sprichwort ebenso wie ich: Verachtet das Pferdevolk, und ihr kommt zu Schaden.«

Frie und Admi schwiegen. Verrarc war sich der Art, wie seine Mitratsherren ihn beobachteten, schmerzlich bewußt: mit halb zusammengekniffenen Augen, ohne ein Lächeln, die Arme über der Brust verschränkt.

»Als ich Raena aufgenommen habe«, sagte Verrarc, »wußte ich nicht, daß sie etwas mit dem Pferdevolk zu tun hatte.«

»Und wenn du es gewußt hättest?« zischte Burra. »Hätte es einen Unterschied gemacht?«

Verrarc spürte, wie er die Fäuste ballte. Als er einen Schritt vorwärts trat, wich Burra nicht zurück.

»Hört auf!« Admi drängte sich zwischen sie. »Das ist nicht der Zeitpunkt, uns zu streiten.«

»Bei den Göttern!« Burra trat einen Schritt zurück. »Es sieht so aus, als hätte Verrarc uns eine ganze Menge verheimlicht. Wie ist diese Hexe, mit der er verheiratet ist, aus der Stadt gekommen, wenn er ihr nicht geholfen hat?«

Wie ein Hütehund drängte Admi Burra noch ein paar Schritte weiter rückwärts, aber die Geste ließ Verrarc begreifen, daß die vier auf derselben Seite einer unsichtbaren Linie standen, während er sich allein auf der anderen befand.

»Das ist wahr«, warf der alte Hennis ein. »Wir brauchen ein paar Antworten von dir, Verrarc.«

Verrarc versuchte zu sprechen, aber ihm war bis in die Seele kalt geworden. Seine Ankläger warteten, betrachteten ihn mit starrem Blick, mit scharfen, blitzenden Augen. Er schluckte und fand endlich seine Stimme.

»Ich weiß nicht, wie sie die Stadt verlassen hat. Sie hat mir so viele Lügen erzählt! Ihr Götter! Glaubt ihr denn, ich komme mir nicht vor wie ein Narr, daß ich mich habe von einer Frau an der Nase herumführen lassen?«

Sie dachten darüber nach, und zumindest Hennis schien eher besorgt als zornig. Verrarc holte tief Luft, dann fuhr er fort.

»Aber wie dem auch sei, Raena weiß vieles über das Pferdevolk und ihr Land. Sie kann uns helfen, statt uns zu schaden. Wir werden schließlich mehr wissen müssen, nicht wahr? Bedenkt folgendes: Sie sagte mir, daß das Pferdevolk tatsächlich diese neue Göttin anbetet, von der Zatcheka uns bereits erzählt hat, aber die Göttin hat ihnen nur das Land der Sklavenhalter versprochen. Und gibt es irgendeinen unter uns, der die Sklavenhalter wirklich liebt?«

»Nun«, meinte Frie, »wenn sie die Sklavenhalter im Auge haben ...«

»Seid doch nicht dumm!« zischte Burra. »Vielleicht werden sie die als erste erobern. Aber dann sind wir dran.«

»Ich bin ganz Burras Meinung«, meinte Admi, »aber wir sollten sie zunächst einmal anhören, bevor wir zu einem Entschluß kommen. Was deine Frau angeht, Verro – auch zu einem endgültigen Urteil über ihre Taten ist die Zeit noch nicht gekommen. Sie soll ebenfalls Gelegenheit haben, mit uns und vor der ganzen Stadt zu sprechen. Ich würde allerdings raten, daß du sie bis dahin gut bewachst.«

»Das werde ich tun.« Verrarc konnte den Zorn in seiner Stimme selbst hören. »Darauf hast du mein Wort.«

Sie beobachteten ihn dennoch weiter, aber vielleicht

waren ihre Blicke ein wenig nachgiebiger geworden. Er konnte nicht sicher sein, ebensowenig, wie er schweigen konnte.

»Ich habe sie aufgenommen, als sie draußen im Schnee stand«, fuhr Verrarc fort. »Hätte ich sie zu Tode frieren lassen sollen? Ich weiß nicht, wo sie gewesen ist, nicht mehr als jeder von uns. Lady Zatcheka war die erste, die uns vom Krieg dieses Pferdevolkes gegen die Sklavenhalter erzählt hat. Hätte denn irgendeiner von uns geglaubt, daß Raena beim Pferdevolk war? Ich bezweifle ...«

»Still!« Admi hielt die Hand hoch. »Nichts davon hat im Augenblick die geringste Bedeutung.«

Die anderen Ratsherren nickten zustimmend. Sie hatten nun mitleidige Mienen aufgesetzt, begriff Verrarc, eine unangenehm herablassende Art von Mitleid. Unwillkürlich wich er einen Schritt zurück.

Burra griff die Frage wieder auf. »Denken wir also über das nächstliegende Problem nach. Erinnert ihr euch, was dieser schmutzige Zauberer getan hat – ein kleines Mädchen bedroht? Wie können wir sie in die Stadt lassen? Wollen wir, daß unsere Bürger sie zerreißen und das Pferdevolk sich dafür an uns rächt?«

»Das wäre wirklich zu befürchten«, meinte Admi.

»Was haltet ihr davon?« fuhr Burra fort. »Wir gehen hinunter zum Südtor und treffen uns dort direkt hinter der Mauer. Wenn die Menschenmenge unangenehm wird, dann können die vom Pferdevolk um ihr Leben fliehen, und wir schließen die Tore.«

»Ja.« Hennis nickte. »Und vielleicht sollten wir die Bürger zusammenrufen, um sie anzuhören. Der Tag für die Abstimmung kommt näher, nicht wahr?«

»Morgen«, sagte Admi.

»Also, dann laßt den Rakzan sagen, was er zu sagen hat,

und uns damit die Zeit und den Ärger ersparen, es bei der Versammlung zu wiederholen.«

»Hervorragend!« Frie schlug in die gewaltigen Hände. »Ich bin einverstanden.«

Schließlich trennten sich die Ratsherren, Admi und Hennis machten sich auf den Weg, die Botschafter des Pferdevolks zu rufen, Burra und Frie wollten die Nachricht in der Stadt verbreiten. Verrarc eilte zurück nach Hause.

Inzwischen war Raena aufgestanden. Sie saß angekleidet im Schlafzimmer am Fenster und aß eine Schale Milch mit Brot. Als er hereinkam, legte sie den Löffel in die Schale und stellte sie aufs Fensterbrett. Im Sonnenlicht schimmerte ihr schwarzes Haar leicht bläulich, wie die Feder eines Raben. Einstmals hatte er diese Farbe geliebt, aber nun ließ ihn der Gedanke an Raben schaudern.

»Guten Morgen, Liebster«, sagte Raena. »Du bist heute früh unterwegs.«

»Ja. Der Rat muß zu einer Entscheidung über den Botschafter des Pferdevolks kommen. Rae, die Stimmung in der Stadt ist schlecht. Wir haben entschieden, daß es das beste wäre, wenn sie direkt an den Toren blieben – um ihrer eigenen Sicherheit willen.«

»Wenn die Leute Kral erst einmal gehört haben, werden sie weniger Angst haben. Wäre es nicht angemessen, wenn ich auch zu den Bürgern spreche?«

»Nein. Ich denke, es wäre das beste, wenn du hier zu Hause bleibst und nicht nach unten gehst.«

»Wie bitte?« Raena sprang auf und strich sich das lange Haar zurück. »Ich will unbedingt hören, wie es weitergeht!«

»Ach ja? Warum? Du kennst doch zweifellos bereits jedes Wort, das dieser Rakzan von sich geben wird.«

»Und wie meinst du das?«

»Wie ich es sagte. Oder habt ihr euch nicht miteinander unterhalten, als du sie hergebracht hast?«

Sie wurde bleich und schwieg.

»Du verstehst mich also«, fuhr Verrarc fort. »Hältst du mich für blind, daß ich nicht sehe, wo deine Loyalität liegt?«

»Du weißt nicht alles!« Sie legte ihm die weiche Hand auf den Arm und blickte flehentlich zu ihm auf. »Ja, ich stehe treu zu ihrer Sache, aber mehr als alles andere bin ich dir treu. Verro, wenn Cerr Cawnen beschließt, sich mit ihnen zu verbünden, werden die vom Pferdevolk sich an deinen Anteil daran erinnern. Du wirst unter ihnen wie ein Herr sein, ein Mann, dem sie vertrauen können. Ich schwöre es: Das Pferdevolk zahlt seine Schulden.«

»Ach ja? Glaubst du, ich verkaufe ihnen die Stadt? Es klingt ganz danach.«

»Nein! Ich meinte nur, daß sie dich ehren werden.«

Verrarc wußte, daß sie log, aber für einen Augenblick, während sie ihm in die Augen sah, fühlte er sich versucht. Er könnte Oberster Sprecher werden ... und mehr! Mit Pferdevolk-Kriegern, die seinem Befehl gehorchten, konnte er den Rat abschaffen. Er konnte Cerr Cawnen beherrschen. Raenas Augen schienen sich in Spiegel zu verwandeln, sie zeigten ihm die Schätze, die ihm gehören würden. Endlich würde er seine Rache an all den Bürgern haben, die ihn als Jungen hatten leiden lassen und die ihn nun verspotteten und hochnäsig auf seine Frau herabschauten. Sie würden für alles zahlen! Sie waren immer gegen ihn gewesen – bis auf Dera und ihre Familie.

Der Gedanke an Dera traf ihn wie ein Schlag ins Gesicht eines Schlafenden. Raena lächelte und starrte triumphierend zu ihm auf. Er packte sie an den Handgelenken und schob sie zurück.

»Hör auf damit!« fauchte er. »Heb dir deine häßlichen kleinen Bannsprüche für deine Feinde auf, Rae! Es sei denn, du zählst mich schon dazu.«

»Niemals! Was sagst du da? Ich habe nichts getan ...«

»Halt deinen lügenhaften Mund!« Er ließ sie los und schob sie dabei ein wenig weg.

Nach Luft schnappend stand sie da und rieb sich das rechte Handgelenk mit der linken Hand und starrte zu Boden.

»Ich muß gehen«, sagte er. »Und du solltest um deiner selbst willen hierbleiben! Hast du nicht bemerkt, wie die Leute dich ansehen?«

»Wenn ich ihnen nur von Alshandra erzählen könnte«, begann sie.

»Das hier ist nicht der Tag dazu! Und was ist mit dem schwarzen Drachen? Wagst du vor die Tür zu gehen, wenn sie dich sehen könnte?«

»Ihr Götter.« Das Gesicht kreidebleich vor dem rabenschwarzen Haar, setzte sie sich wieder hin.

»Ich werde zurückkommen, sobald ich dir sagen kann, wie die Versammlung verlaufen ist. Bis dahin solltest du hierbleiben.«

»Das werde ich, hab keine Angst.«

Verrarc drehte sich um und ging hinaus. Er war schon halb den Hügel hinuntergegangen, als ihm auffiel, daß er sie nicht einmal geküßt hatte. Und er bedauerte es auch nicht – das war die schockierendste Erkenntnis.

Als die Morgendämmerung dem hellen Tag wich, kam die Frühschicht der Stadtwache über den Gemeindeanger, um die Nachtwache zu ersetzen. Beide Truppen verständigten sich lautstark, als sie auf dem Wehrgang die Positionen wechselten. Der Lärm weckte Dallandra, die sich aus ihren Decken befreite und lieber aufstand, als liegenzubleiben und über die Milizmänner zu schimpfen. Sie nahm einen Knochenkamm aus ihrer Satteltasche und begann, sich zu kämmen, während sie zusah, wie die Miliz das Südtor für den Tag öffnete. Als sie hinüberging und zum Tor hinausspähte, konnte sie ein paar hundert Schritt entfernt das Lager des Pferdevolks mit seinen spitzen Zelten erkennen. Ein paar Männer waren schon unterwegs und führten die Pferde zum nahe gelegenen Fluß, aber es gab kein Zeichen vom Rakzan und von dem Mazrak, der zu Alshandras Predigern gehörte.

In dem Moment kamen mehrere Männer aus dem größten Zelt. Mit ihren scharfen Elfenaugen konnte Dallandra erkennen, daß einer von ihnen ein Mensch war. Dieser Mann, kahl und untersetzt, verließ das Lager und eilte rasch in die Stadt zurück, wobei er eher watschelte als lief und sein scharlachroter Umhang im Morgenwind flatterte. Was tat der Oberste Sprecher von Cerr Cawnen im Lager des Feindes? fragte sich Dallandra. Die Frage wurde allerdings unschuldig genug beantwortet, als Admi durchs Tor kam und ein paar Männer der Stadtwache ansprach. Dallandra fragte sich gerade, ob sie nah genug herangehen konnte, um zu lauschen, als Admi sie zu sich winkte.

»Ich möchte Euch um einen Gefallen bitten, Herrin«, sagte Admi. »Der Rat hat beschlossen, daß die Botschafter des Pferdevolkes hier auf dem Anger verkünden sollen, was sie zu sagen haben. Wir befürchten eher, was unsere Mitbürger tun könnten, falls das Pferdevolk den ganzen Weg zur Zitadelle zurücklegt. Ich habe sie gebeten, hier zu erscheinen, nachdem sie gefrühstückt haben. Könnten Eure Männer ihre Pferde auf die andere Seite eures Zeltes bringen? Wir erwarten, daß viele Bürger herkommen werden, um zu hören, was los ist.«

»Aber selbstverständlich«, sagte Dallandra. »Wir können auch das Zelt abschlagen und es ein Stück weiter entfernt wieder aufbauen.«

»Das erscheint mir eine zu große Zumutung.«

»Wir sind so etwas gewöhnt. Wir verlegen das Lager auf den Anger auf der anderen Seite der Gel da'Thae.«

»Ich bin Euch zu größtem Dank verpflichtet.« Admi griff nach dem Saum seines Umhangs und wischte sich den Schweiß von den Wangen. »Oh! Ich fürchte, daß dieser Tag ein Tag des Unheils wird.«

Dallandra hätte ihn gerne des Gegenteils versichert, aber leider konnte sie nur zustimmen.

Das Lager zu verlegen dauerte eine Weile, selbst mit der Hilfe der Gel da'Taeh-Männer, die schweigend erschienen, sich vor Dallandra verbeugten und alles wegtrugen, worauf sie zeigte. Zweifellos hatte Zatcheka sie geschickt, aber sie und ihre Tochter blieben in ihrem eigenen Zelt, bis die staubige, schmutzige Arbeit getan war. Inzwischen hatte sich eine Menge von Bürgern vor dem Südtor gesammelt, und als es mehr wurden, stellten sie sich, genau wie Admi vorhergesagt hatte, zu beiden Seiten des Weges auf den Anger. Auch die anderen vier Ratsherren waren nun da und drängten sich für eine offenbar hektische Unterredung um Admi.

Der Gemeindeanger war von den Mauern zum See hin leicht abschüssig, aber dennoch würden nur jene, die ganz vorn standen, imstande sein, den Rakzan zu hören und zu sehen, wenn er schließlich auftauchte. Der Rat der Fünf eilte umher, gab Befehle, schickte Männer aus, um Holz und Werkzeuge zu holen, und sie unterhielten sich aufgeregt miteinander, bis schließlich Arbeiter erschienen und begannen, aus Tischen und Kisten ein Podium zu improvisieren. Dallandra ließ Verrarc nicht aus den Augen, der an der Seite stand und sich mit gesenktem Kopf an die Mauer zurücklehnte. Als sie ihn mit dem Dweomerblick betrachtete, sah sie sofort, daß jemand versucht hatte, ihn mit einem Bann zu belegen. Seine Aura, die von kränklicher, blaugrüner Farbe war, schlang sich dicht um seinen Körper und sah an einigen Stellen wie Stein aus.

Zweifellos hatte er seine eigene, schwache Magie, um sie zu verhärten und sich so gegen Raena zu wehren. Falls es überhaupt Raena war, dachte Dallandra. Aber sie wußte, wenn sonst jemand in Cerr Cawnen über Dweomer verfügte, hätte sie das längst bemerkt.

Nachdem das Podium fertiggestellt war, wackelte es so schrecklich, daß die Ratsherren befahlen, daß die Arbeiter es wieder zerlegten und noch einmal von vorne begannen. Die Menschenmenge wuchs und verhielt sich so lässig, daß Dallandra klar wurde, daß diese Bürger ihr Leben lang an solch großen Versammlungen teilgenommen hatten. Frauen und Kinder setzten sich nach vorn, die Männer versammelten sich weiter hinten, die Männer der Stadtwache erschienen auf den Mauern, um sich über das Geländer des Wehrgangs zu beugen und von dort aus zuzuhören. Dallandra warf einen Blick zurück und sah Daralanteriel und seine Eskorte aus ihrem Lager kommen, und auch Zatcheka führte ihre Leute herüber – nur die Gel da'Thae. Keiner von den menschlichen Sklaven war zu sehen. Niffa und Carra, die das Kind trug, kamen hinterher und unterhielten sich miteinander, gefolgt von Blitz.

Inzwischen sah das Podium vor den offenen Toren endlich fertig und stabil aus. Die Arbeiter zogen ein paar flache Kisten als Stufen heran, und der oberste Sprecher Admi stieg auf die Plattform. Die anderen Ratsherren warteten an der Seite, alle bis auf Verrarc, der Dallandra zutiefst überraschte, indem er auf sie zukam.

»Guten Morgen«, sagte Verrarc. »Ich danke Euch, daß Ihr Euer Lager verlegt habt.«

»Keine Ursache.«

Dallandra lächelte und erwartete, daß Verrarc zu den anderen Ratsmitgliedern zurückkehrte, aber er blieb neben ihr stehen und beobachtete das Tor. Das Pferdevolk erschien so plötzlich, als hätten sie in der Nähe nur darauf gewartet, daß die Arbeiter mit dem Podium fertig wurden. Rakzan Kral und zehn Männer als Eskorte marschierten in Formation durchs Tor.

»Ich sehe den Mazrak nicht«, meinte Dallandra.

»Ich auch nicht«, sagte Verrarc. »Und dafür danke ich den Göttern.«

Die Ehrlichkeit in seinem Tonfall war nicht zu überhören. Die anderen vier Ratsherren begrüßten Kral, aber Verrarc blieb, wo er war. Als Kral die Treppe zum Podium hinaufstieg, wurde die Menschenmenge still. Seine Goldstoffweste glitzerte in der hellen Morgensonne, und die metallenen Talismane, die in seine Haarmähne geflochten waren, blitzten und funkelten. Er trug kein Schwert und kein Messer, hatte aber eine lange schwarze Peitsche in der linken Hand, deren Griff mit Edelsteinen geschmückt war.

»Ich grüße euch, Bürger«, sagte Kral. »Viele Jahre hat euer Volk die Sklavenhalter gehaßt. Nun komme ich, um euch Rache anzubieten. Haben sie euch nicht versklavt? Haben sie euch nicht aus dem Land eurer Väter vertrieben? Haben sie nicht eure heiligen Quellen vergiftet? Haben sie nicht Vieh auf die heiligen Weiden getrieben?« Er hielt inne und wartete, bis das zustimmende Gemurmel der Menge verklungen war. »Bei uns nennt man dieses gestohlene Land das Sommerland. Hier sind die Winter lang und hart, nicht wahr? Wer würde schon den Winter freiwillig gegen den Sommer eintauschen?« Wieder hielt Kral inne und lächelte, als er die Menge betrachtete. »Auch wir sehnen uns nach dem Sommerland. Tut euch mit uns zusammen, und wir werden euch zurückführen.«

Dallandra hielt den Atem an. Zatcheka, die direkt hinter ihr stand, beugte sich vor und flüsterte: »Nie hätte ich geglaubt, daß einer vom Pferdevolk eine silberne Zunge haben könnte.«

»Ich auch nicht.«

Draußen in der Menge drängten die jungen Männer nach vorn. Auch die Milizsoldaten auf den Stadtmauern beugten sich vor. Dallandra konnte ihre Mienen deutlich lesen: Die brennende Gier, etwas zu unternehmen.

»Rache!« Kral heulte das Wort heraus. »Ist Rache nicht süßer als Wasser am heißesten Tag? Und Wohlstand ... die Sklavenhalter sind in ihrem gestohlenen Land reich geworden. Sollte dies nicht alles rechtmäßig euch gehören?«

Ein paar Bürger bekundeten laut ihre Zustimmung. Auf dem Podium trat Admi vor.

»Ich bitte um Verzeihung, Rakzan, aber wir würden gern den Preis für diese Rache wissen. Was müssen wir tun, um uns euch anzuschließen?«

»Nun, euch uns anschließen!« lachte Kral und entblößte spitze Zähne. »Nicht mehr als das. Schließt ein Bündnis mit uns!«

Viele der jüngeren Männer jubelten.

»Aber das verstehe ich nicht«, fuhr Admi fort. »Euer Volk, das sind mächtige Krieger, aber wir sind nur Bauern. Gut, wir könnten eine Kompanie von Fußsoldaten stellen, gute ehrliche Männer, aber wir haben diesem Bündnis sonst nichts hinzuzufügen.«

»Nun, das habt ihr doch.« Kral hielt inne und lächelte die Menge an. »Das Rhiddaer liegt dichter am Sommerland als unser eigenes Land. Hier habt ihr üppige Felder. Ich höre, daß ihr große Mengen an Getreide erntet. Wir brauchen Kriegspferde und das Korn, sie damit zu füttern. Könnte das Rhiddaer nicht berühmt werden für seine Pferde, wenn ihr euch uns anschließen würdet?«

Das Murmeln der Menge wurde plötzlich unbehaglich. Die Leute hier sind nicht dumm, dachte Dallandra.

»Und immerhin«, fuhr Kral fort, »öffnet sich das Land des Rhiddaer nach Westen. Es gibt gute Weiden hier, und Straßen, die in unser Land führen. Eine Armee könnte rasch hier einmarschieren, um die Pferde zu holen.«

War das eine Drohung? Dallandra war nicht sicher, aber sie konnte sehen, daß alle in der Menge, bis auf ein paar junge Männer, mißtrauisch geworden waren.

»Es werden harte Zeiten werden«, fuhr Kral fort. »Der Tag wird kommen, an dem jene, die nicht mit uns sind, gegen uns sein werden. Ich halte es für das Beste für euch und eure Stadt, an diesem Tag auf unserer Seite zu sein.«

»War das eine Drohung?« Admi lief Schweiß über die Wangen, aber seine Stimme war klar und fest.

»Wie? Niemals! Ich bitte um Verzeihung!« Kral setzte ein gutmütiges Lächeln auf. »Ich meinte damit nur, daß wir zahlreich und stark sind, und in einem Bündnis mit uns könntet ihr das ebenfalls sein. Es gibt viele gute Dinge im Sommerland.«

»Mera!« schrie Prinz Dar so laut er konnte. »Du lügst!«

Mit einem Fauchen fuhr Kral zu dem Sprecher herum, während Daralanteriel sich durch die Menge drängte und in den offenen Bereich vor dem Podium trat. Hochgewachsen, mit aufrechter Haltung, gutaussehend mit seinem dunklen Haar und verblüffend grauvioletten Augen – allein seine Anwesenheit ließ Kral plötzlich häßlich und klein wirken. An seinem Gürtel trug Dar ein langes Elfenmesser, und an seinem Hals hing Ranadars Auge an seiner Goldkette. Seine Männer setzten dazu an, ihm zu folgen, aber Dar winkte sie zurück und ging alleine weiter.

Fauchend stellte sich Kral dieser Herausforderung. Seine Eskorte, die geduldig hinter der Plattform gestanden hatte, bewegte sich vorwärts, als wollten sie Dar in den Weg treten. Einen Augenblick lang starrten sie das Westvolk an. Sie murmelten aufeinander ein und begannen, auf das offene Tor hin zurückzuweichen. Der Rakzan, der immer noch auf dem Podium stand, hielt die Stellung, aber er umklammerte den Griff seiner Zeremonialpeitsche so fest, daß sich die Haare auf seinen Fingerknöcheln sträubten.

»Meradan!« rief Dar laut. »Ihr kommt, um Sklaverei anzubieten, kein Bündnis unter Freien. Ihr wollt Stallknechte und Landarbeiter, keine Verbündeten. Ihr werdet diese Felder nehmen und ihre Besitzer hungern lassen, um eure Pferde zu füttern. Ich habe euch auf dem Schlachtfeld gegenübergestanden. Ich kenne euch durch und durch.«

Kral richtete sich so gerade auf, wie er konnte, legte den Kopf zurück und ließ den Wind in seiner Haarmähne spielen. Er grinste höhnisch, verzog den Mund schief, als wollte er etwas sagen. Dar sprang halb die Treppe hinauf, dann ganz auf die Plattform und schritt kämpferisch auf Kral zu. Der Anhänger auf seiner Brust schien die Sonne einzufangen und zu schimmern – seltsam hell für einen einzelnen Edelstein. Plötzlich begriff Dallandra, daß das Sonnenlicht nichts damit zu tun hatte. Der gewaltige Saphir schien in Flammen aufzugehen, ein kaltes, silbernes Zucken, das wie Hände nach dem Anführer des Pferdevolkes griff. Kral keuchte und taumelte rückwärts. Als Dar folgte, explodierte silbernes Feuer aus dem Edelstein. Es breitete sich aus und wirbelte herum, bis es aussah, als trüge Dar einen brennenden Silberschild vor sich. Kral schrie.

»Feigling!« fauchte Dar. »Knie nieder vor den Kindern der Götter!«

Der Rakzan kniete sich so schnell und ruckartig, daß er grunzte. Hinter dem Podium taten seine Männer dasselbe und sackten in den Dreck. Dallandra konnte sehen, wie sich ihre Lippen bewegten, als ob sie Gebete murmelten. Die Bürger von Cerr Cawnen schwiegen. Dallandra hatte noch nie gehört, daß so viele Menschen so wenig Geräusch verursachten. Auf dem Podium wollte der oberste Sprecher Admi etwas sagen und brachte doch kein Wort heraus. Er schien vor Schreck stumm geworden zu sein, doch er blieb stehen, wo er war.

»Diese Stadt steht unter meinem Schutz«, fuhr Dar fort. »Habt ihr etwa vor, den alten Sünden eures Volkes noch eine hinzuzufügen?«

»Niemals, niemals«, sagte Kral. »Verzeiht uns! Bitte verflucht uns nicht!«

»Wenn ihr von Ranadars Fluch verschont werden wollt, dann hört mir zu! Das Volk von Cerr Cawnen wird wählen, mit wem es sich verbündet. Es steht solchen wie euch nicht an, euch aufzuzwingen.«

»So ist es nicht, nicht im geringsten. Das schwöre ich! Ich werde kein weiteres zorniges Wort sprechen.«

»Gut.« Dar lächelte, aber es war ein unangenehmes Lächeln – schmallippig und hart. »Dann lasse ich dich leben.«

Kral berührte mit der Stirn die Plattform, dann kam er auf die Beine und rief seinen Männern etwas zu. Als er herabsprang, drängten sie sich um ihn, murmelten und fuchtelten hilflos in der Luft herum. Irgendwo in der Menge lachte jemand, ein anderer griff es auf, und dann toste das Lachen wie eine Woge über das Pferdevolk hinweg und spülte sie aus der Stadt. Dicht gefolgt von seinen Männern, eilte Rakzan Kral in die Sicherheit seines Lagers.

Inzwischen war das Silberfeuer wieder in den Saphir zurückgeschrumpft. Dar wartete, bis der letzte vom Pferdevolk außer Sichtweite war, dann ging er zum Rand des Podiums. Als er beide Hände hob, erstarb das Lachen, floß davon wie die Wellen bei Ebbe, bis schließlich Schweigen herrschte.

»Bürger von Cerr Cawnen«, rief Dar. »Ich heiße Daralanteriel tran Aledeldar, Prinz des Westvolks, Erbe der Sieben Städte im Westen. Wir haben mehr Grund, die Meradan – das Pferdevolk, wie ihr sie nennt – zu hassen, als ihr je wissen könntet.« Er hielt inne und sah sich um. »Ja, wir hassen sie tatsächlich. Hört zu! Ich biete euch ein Bündnis mit mir und meinem Volk an, um in Kriegszeiten gegen das Pferdevolk zu stehen. Unsere Langbögen haben im Krieg des letzten Sommers viele ihrer kostbaren Pferde getötet, und wir sind bereit, dies zu wiederholen.«

Die Bürger brüllten ihre Zustimmung heraus, trampelten mit den Füßen, klatschten in die Hände. Wieder riß Dar seine Arme hoch, und wieder schwiegen die Bürger.

»Aber laßt mich euch warnen«, fuhr Dar fort. »Das Pferdevolk wird euch zweifach hassen, wenn ihr dieses Angebot annehmt. Denkt gut darüber nach, bevor ihr morgen eure Wahl trefft.« Dann drehte er sich um, ging zurück zur Treppe und sprang hinab.

Die Menge war in verblüfftem Schweigen erstarrt. Admi eilte vorwärts, brachte aber immer noch keinen Ton heraus. Er sah aus, als hätte ihm jemand auf den Kopf geschlagen. Mit einem Winken zu ihren Wachen stieg nun Zatcheka auf das Podium.

»Oberster Sprecher«, sagte sie, »darf ich euer Volk ansprechen?«

»Ja.« Admi verbeugte sich vor ihr und trat zurück.

»Ich habe nur eins zu sagen.« Zatcheka wandte sich der Menge zu. »Es besteht keine Notwendigkeit, zwischen dem Bündnis, das meine Stadt euch anbietet, und dem Angebot des Prinzen zu wählen. Wir würden uns geehrt betrachten, in jedes Bündnis zwischen eurem Volk und seinem eintreten zu dürfen.«

In der Menge begannen viele, anerkennend zu klatschen. Andere nickten, und dann begann das Gemurmel, zunächst unter den Frauen, dann breitete es sich zu den Männern aus. Admi hob die Hände, wurde ignoriert und rief dann mit einer Stimme, so laut wie dröhnendes Messing, daß die Versammlung zu Ende sei. Das Gemurmel wurde laut und unruhig, als die Frauen sich erhoben, ihre Kinder zusammensuchten und sich nach ihren Männern umsahen. Langsam löste sich die Menge auf.

»Ich sollte lieber zu den anderen zurückkehren«, sagte Verrarc.

Dallandra hätte vor Schreck beinahe aufgeschrien. Den Ratsherrn an ihrer Seite hatte sie ganz vergessen.

»Nun«, meinte sie, »das ist eine interessante Wendung der Ereignisse.«

Verrarc versuchte zu lächeln, aber es gelang ihm nur, erschrocken dreinzuschauen. Und mit gutem Grund, dachte Dallandra. Mit allem Grund der Welt.

»Diese Dreistigkeit!« Raena griff nach einem Steingutbecher vom Tisch und warf ihn gegen die Wand. »Ich hasse ihn! Wie kann er es wagen!«

Der Becher zerbrach in tausend Scherben. Verrarc packte ihr Handgelenk, als sie nach einem zweiten Trinkgefäß griff.

»Du solltest es nicht an meinem Geschirr auslassen«, meinte er. »Still, Rae! Iß und beruhige dich.«

Mit einem Fauchen entzog sie ihm ihre Hand, ließ aber zumindest das Steingut in Ruhe. Sie saßen in der kleinen Nische neben der Küche in Verrarcs Haus, und vor ihnen auf dem Tisch standen ein Topf dampfenden Wildeintopfs, ein Laib Brot und ein Krug Bier. Verrarc schöpfte sich Eintopf auf die Platte, die sie sich teilten, während Raena Brot schnitt.

»Der Prinz des Westvolks ist ein guter Redner«, sagte Verrarc. »Es überrascht mich nicht, daß die Menschen ihm zuhörten, und sogar das Pferdevolk.«

»Er hat sie angelogen! Kinder der Götter – pah! Sie sind Sterbliche wie jeder andere, so häßlich ihre Ohren auch sein mögen.«

»So scheint es. Wieso glaubt Kral etwas anderes?«

»Es ist eine Legende beim Pferdevolk, daß ihre Urahnen die Kinder der Götter vor langer, langer Zeit besiegt haben, und wegen dieser Sünde haben die Götter ihnen eine schreckliche Seuche geschickt, die sie zu Tausenden sterben ließ. Falls irgend jemand, sei es Gel da'Thae oder Pferdevolk, je wieder ein Kind der Götter verletzen sollte, wird die Seuche zurückkehren. So behaupten sie jedenfalls. Sie nennen es Ranadars Fluch.«

»Nun, kein Wunder, daß sie niederknieten. Dieser Edelstein, Rae – so etwas habe ich noch nie gesehen! Er brannte, ohne daß es ein wirkliches Feuer gab.«

»Hätte man mir gestattet dabeizusein, dann hätte ich dieses Feuer gelöscht.«

»Hätte der schwarze Drache dich gefressen, dann hättest du nie wieder etwas löschen können.«

Sie sah ihn wütend an, dann legte sie das Brot wieder in den Korb. Verrarc griff nach einem Stück und biß hinein, während sie ihres kleiner schnitt.

»Der Prinz des Westvolks ist also hier«, murmelte Raena schließlich. »Sag mir eins, Liebster. Seine Frau, ein hübsches, blondes Mädchen – ist sie bei ihm?«

»Ja, und auch ihr Kind.«

»O ja, das Kind sollte inzwischen geboren sein.« Sie starrte ausdrucklos die Wand an, das Brotmesser noch in der Hand.

»Was ist denn?« fragte Verrarc schließlich. »Ist alles in Ordnung?«

»Entschuldige, Liebster.« Raena lächelte ihn an und legte das Messer hin. »Ich habe mich nur an eine Sache erinnert, die Nag-arshad mir einmal gesagt hat, über einen Schwur an unsere Göttin, der die Herzen des Pferdevolks zähmte. Ich muß unbedingt mit Kral sprechen. Ich verspreche dir, Verro, wenn sie bei der großen Göttin schwören, daß sie deine Mitbürger nie versklaven, dann würden sie lieber sterben als den Schwur zu brechen. Dieser Drache soll verflucht sein! Vielleicht wird sie heute abend jagen, und dann kann ich das Haus verlassen.«

»Wenn du zum Rakzan gehst«, sagte Verrarc, »werde ich mitkommen.«

»Wirst du nicht! Dies ist die Angelegenheit meiner Göttin, und nicht deine!«

»Ach ja? Du hast mir versprochen ...«

»Ich habe dir versprochen, dir zu sagen, was ich weiß, und nicht mehr als das!«

»Ich werde dich nicht allein zum Lager des Pferdevolks gehen lassen!«

Raena schob den Stuhl zurück, stand auf und verschränkte die Arme vor der Brust.

»Schmolle, soviel du willst«, sagte Verrarc. »Ich denke, es ist an der Zeit, daß ich wieder Herr im eigenen Haus werde.«

Raena machte auf dem Absatz kehrt und stampfte hinaus. Als Verrarc hörte, wie sie die Schlafzimmertür hinter sich zuschlug, stand er halb auf und dachte daran, ihr nachzugehen und sie zu beruhigen, aber dann zwang er sich, sich wieder hinzusetzen. Vor seinem geistigen Auge sah er Burra, wie er verächtlich über einen Mann lachte, der sich von einer Frau beherrschen ließ. Er aß noch ein paar Stücke, obwohl er glaubte, er müsse daran ersticken, dann stand er auf und verließ das Haus. Wenn er blieb, würde er nur schwach werden, das wußte er, und außerdem mußte er sich abermals mit seinen Ratskollegen treffen.

Der Rat der Fünf hatte an diesem Nachmittag in dem kühlen Steinzimmer des Beratungshauses viel zu besprechen. An ihrem runden Tisch nahm die Angst den sechsten Platz ein, während sie sich über Einzelheiten möglicher Bündnisse unterhielten. Das Angebot des Prinzen hatte die Würfel noch einmal auf eine andere Weise fallen lassen, wie Burra feststellte.

»Das stimmt«, meinte Frie. »Aber es ist kein schlechter Wurf. Zwei Bündnisse sind erheblich stärker als eines.«

»Wenn wir diesem Westvolk trauen können«, warf Burra ein. »Wann sind sie hier aufgetaucht? Gestern. Und was wissen wir über sie?«

»Die alten Geschichten erzählen einiges«, meinte Hennis. »Du hast sie ja selbst hundertmal und mehr gehört, Junge. Denk doch nach! Als unsere Ahnen vor den Sklavenhaltern flohen, haben die Pferdehirten im Westen sie verborgen und ihnen geholfen. Wer sonst sollten diese Leute sein, wenn nicht die Pferdehirten aus dem Westen? Die alten Geschichten beschreiben sie auf dieselbe Art, mit Augen wie Katzen und seltsamen Ohren.«

»Das hatte ich nicht vergessen.« Burra schwieg einen Augenblick. »Aber können sie sich seitdem nicht zum Schlechteren verändert haben? Das ist alles so lange her.«

»Ja.« Frie legte seine riesigen, schwieligen und mit winzigen Brandnarben bedeckten Hände flach vor sich auf den Tisch. »Aber Verzweifelte müssen alle Hilfe annehmen, die ihnen geboten wird.«

Es ging noch eine Weile hin und her, obwohl sie nichts beschlossen, denn vor der Abstimmung der Bürger waren sie machtlos. Wie Admi am Ende feststellte, konnte allerdings keiner sich denken, daß viele Bürger sich für den Vorschlag des Rakzan entscheiden würden.

»Ich habe allerdings meine Befürchtungen«, meinte Admi, »daß ein paar junge Männer in seinen Worten Abenteuer und Ruhm witterten.«

»Das stimmt.« Hennis seufzte dramatisch. »Nun, wir werden auch eine Wahlurne für Kral aufstellen. Er wird uns nicht des Betrugs bezichtigen können.«

Admi schob seinen Stuhl zurück und stand auf. »Ich denke, wir können mehr Gutes tun, indem wir in die Stadt hinausgehen und beruhigen, wen wir beruhigen können, statt weiter hier herumzusitzen.«

Schweigend verließen die fünf das Beratungshaus. Draußen ließ die helle Frühlingssonne Verrarc blinzeln. Er schirmte die Augen mit der Hand ab, dann spähte er zum Himmel, um eine Vorstellung von der Tageszeit zu bekommen – der Nachmittag war noch nicht ganz vorüber. Er wollte gerade etwas zu Frie sagen, als er das Geräusch hörte: ein Klatschen, als schlüge eine riesige Hand auf eine noch größere Trommel.

»Ihr Götter!« rief Hennis. »Was ist denn das?«

Die Antwort erhob sich aus den Tempelruinen in den Himmel. Der schwarze Drache war aufgeflogen und gewann mit jedem Flügelschlag mehr an Höhe. Noch während die Männer zusahen, bewegte Arzosah sich direkt nach Westen, auf die Berge zu, die hinter dem bebauten Land lagen.

»Ich wette, sie will fressen«, sagte Burra.

»Das ist möglich.« Admi schauderte. »Ich hoffe, sie bleibt eine Weile weg! Kümmern wir uns um unsere Angelegenheiten, Jungs. Wir müssen unseren Mitbürgern dienen.«

Während in Cerr Cawnen der größte Teil des Tages vorüber war, verging die Zeit unter dem grünen Mond erheblich langsamer. Evandar in seiner Hundegestalt war sich des Unterschiedes schmerzlich bewußt. Was, wenn Dalla ihn unten in der Stadt brauchte? Wie lang war er nach ihrer Zeitrechnung weggewesen? Er dachte gerade daran, seinen Posten unter dem Grenzbaum zu verlassen, als er die Rufe hörte.

Tief im Wald jagte etwas. Nein, es handelte sich wohl um mehrere Wesen, was immer es sein mochte – die Geräusche hörten sich an, als kämen sie von gewaltigen Katzen. Leise knurrend kam der schwarze Jagdhund auf die Beine und wartete. Näher und näher kamen die Geräusche, und mit ihnen noch ein anderes: Knacken von Zweigen, Rascheln von Blättern. Evandar beschloß, daß es sicherer wäre, sich in der Luft aufzuhalten. Er nahm wieder Falkengestalt an, hüpfte ein paar Schritte, flatterte auf und flog zum Waldrand. Durch die Bäume konnte er jemanden rennen und durchs Unterholz brechen sehen. Nicht weit hinter ihm kamen die Katzen, obwohl er nur hier und da ein Stück geflecktes Fell sehen konnte. Evandar flog höher und segelte auf dem Wind. Die Gestalt stürzte unter den Bäumen hervor – tatsächlich, Shaetano! Laut schreiend raste er auf die sichere Grenze zu. Oder war es doch nicht Shaetano? Er schien die übliche Gestalt eines Fuchsgeistes zu haben, aber auf seinem Kopf wuchs eine Mähne honigblonden Haars. Evandar legte einen Flügel an und wendete, um ihm hinterherzufliegen, als Shaetano aufsprang und selbst Vogelgestalt annahm. Haar und Fuchsgeist verschwanden in einem Flattern schwarzweißer Federn: ein Würger.

Shaetano war verängstigt genug, daß es Evandar vielleicht gelungen wäre, im Sturzflug niederzuschießen und ihn zu erwischen, aber nun war er neugierig. Was hatte sein elender Bruder jetzt vor? Als Shaetano auf eine Mutterstraße zuflog, blieb Evandar in sicherer Entfernung, weil er sehen wollte, wohin es ging.

»Da fliegt Arzosah«, sagte Rhodry. »Sie will vermutlich jagen.«

Dallandra blickte zum Himmel auf und sah den Drachen, eine winzige Gestalt am Firmament, die direkt nach Westen verschwand.

»Gut, daß sie für sich selbst sorgen kann«, meinte Dallandra. »Ich möchte lieber nicht dafür verantwortlich sein müssen.«

»Ich auch nicht. Ich wünschte mir nur, sie würde sich vom Vieh der Leute fernhalten.«

Sie spazierten zusammen am Seeufer entlang. Die Sonne bewegte sich stetig auf den westlichen Horizont zu und vergoldete einen langen Streifen von Wolken, der sich über die Stadt bog.

»Sieht nach Regen aus«, meinte Rhodry.

»Ja. Aber ich nehme an, die Bürger werden zur Versammlung kommen, ganz gleich, wie das Wetter ist.«

»Ganz bestimmt. Als ich durch die Stadt ging, konnte ich hören, daß die Leute über nichts anderes sprachen. Ich bete zu den Göttern, daß sie die Allianz mit dem Pferdevolk als das erkennen, was sie ist: ein Köder in einer Falle.«

»Ich denke, bei den meisten ist es so.« Dallandra hielt inne und spähte zur Zitadelle hinüber, die sich dunkel vor dem Himmel abhob. »Sie sind deinen Ahnen nicht entflohen, um sich wieder in die Sklaverei zu verkaufen. Obwohl ich mich wirklich frage, woher die vom Pferdevolk und die Gel da'Thae ihre menschlichen Sklaven bekommen. Ich wollte Zatcheka nicht direkt fragen.«

»Ja, das könnte eine aufblühende Freundschaft ruinieren.«

Sie gingen weiter, so dicht nebeneinander, daß ihre Schultern sich berührten. Rhodry hakte sich bei Dallandra unter.

»Werde ich dir fehlen?« fragte er abrupt. »Wenn ich nach Norden weiterziehe, meine ich.«

»Ja. Und ich dir?«

»Ich werde oft an dich denken.« Er starrte zu Boden. »Und ich werde mich tausendmal verfluchen, daß ich dich nur für eine dumme Hoffnung zurückgelassen habe.«

»Ach, du würdest ohnehin nicht lange bleiben, selbst wenn du mit mir ins Grasland kämest. Dir würde irgend etwas anderes einfallen, und dann würdest du verschwinden. Du bist einfach diese Art Mann.«

»Nun, ich war einmal diese Art Mann.«

»Jetzt nicht mehr?«

»Ich weiß kaum mehr, wer ich bin. Ich habe zu lange gelebt, Dallandra.«

»Sei still!« Sie riß sich von ihm los. »Sag so etwas nicht! Rede jetzt nicht wieder über die Herrin Tod und derlei Unsinn!«

»Also gut.« Er lächelte, aber es war ein Lächeln, das den Tränen nah stand.

»Du bist verrückt, Rhodry, aber auf meine Weise liebe ich dich tatsächlich.«

»Ich danke dir.« Sein Lächeln veränderte sich, wurde freundlicher. »Auf deine Weise, wie? Du mußt gerade darüber reden, daß ich irgendwelchen Ideen nachjage und verschwinde. Ich habe nie eine Frau kennengelernt, die distanzierter war als du.«

»Das mag sein. Ich nehme an, deshalb haben wir es bis jetzt miteinander ausgehalten.«

Er lachte und griff wieder nach ihrer Hand. Das offene Flußufer des Angers ging über in Häuser auf Pfählen, die aus dem Wasser ragten. Als sie sich umdrehten, um ins Lager zurückzukehren, kam ihnen Jahdo über den Anger entgegengerannt. Er winkte hektisch.

»Langsam!« rief Rhodry ihm zu. »Du wirst noch hinfallen.«

Jahdo blieb keuchend stehen, schnappte nach Luft und wartete, bis sie ihn erreichten.

»Was ist denn los, Junge?«

»Raena ist los. Niffa hat mich geschickt, um euch zu holen. Raena ist unten am Tor, auf diesem Holzhaufen, den der Rat hat bauen lassen, und sie redet Unsinn.«

Dallandra machte sich im Laufschritt auf, dicht gefolgt von Rhodry und Jahdo. Während sie über den Anger und durch das Elfenlager rannte, konnte sie Raena bereits sehen, in ihren seltsamen schwarzen Brigga und einem Hemd, wie sie auf dem improvisierten Podium stand. Rechts von ihr drängte sich das Pferdevolk, auf der linken Seite standen die Elfen und die Gel da'Thae in vorsichtigem Abstand zueinander. Vor dem Podium hatte sich eine Gruppe von Bürgern versammelt.

»Ich bin gekommen, euch von Wundern zu berichten«, sagte Raena. »Und von dem Versprechen ewigen Lebens.«

Ein paar Bürger lachten und andere riefen: »Jetzt hat sie vollkommen den Verstand verloren.« Raena ignorierte sie. Dallandra hatte das Westvolk erreicht und blieb neben Niffa stehen, die sich umdrehte und flüsterte: »Ich bin froh, daß Ihr da seid.« Als Dallandra zurückblickte, sah sie, daß Rhodry und Jahdo neben Dar standen.

»Ich bin gekommen, um euch von einer Göttin zu erzählen, die wir vielleicht alle mit eigenen Augen sehen werden«, fuhr Raena fort, »von der großen Alshandra!«

»Und welches Bier hast du vorher getrunken?« rief ein Mann in der Menge.

Alle Bürger lachten, aber Raena gab nicht auf. Dallandra sah sich um, aber der Mazrak des Pferdevolkes war nicht zu sehen. Vielleicht wußte er, daß seine Anwesenheit Raenas Versuch, über ihre Göttin zu predigen, nur stören würde.

»Unsere Göttin ist hier zur Erde niedergestiegen«, fuhr Raena fort. »Sie zeigte sich uns, verbarg sich nicht in Felsen und Bäumen wie diese kleinen Geister, die ihr in eurer Dummheit anbetet. Sie hat uns Wunder gezeigt, Tausende davon.«

Die vom Pferdevolk begannen zu rezitieren, um ihre Zustimmung zu zeigen. Rakzan Kral trat vor und sprach die Menge an. »Ich habe sie selbst gesehen, ebenso wie all meine Männer hier. Sie werden Zeugnis ablegen.«

Die Bürger begannen, miteinander zu tuscheln, aber dann eilte Dallandra zum Podium. Sie stieg halb die Treppe hinauf und bat um Schweigen. Langsam wurden die Bürger still.

»Diese sogenannte Göttin, von der sie sprechen«, sagte Dallandra, »ist tot. Sie ist gestorben wie ein ganz gewöhnliches Geschöpf, denn sie war ein ganz gewöhnliches Geschöpf.«

»Sie lügt!« kreischte Raena. »Seht alle dort am Himmel!« Über dem Anger bildete sich eine Kugel silbrigen Nebels, die schwoll und riesig anwuchs, als sie im Wind hin und her schwebte. Plötzlich brach sie in zwei Hälften, die verschwanden. Über der Menge schwebte Alshandra, gekleidet in Hirschlederhemd und Hose, das lange blonde Haar geflochten und nach Art des Pferdevolkes mit kleinen Amuletten verziert. In der Hand hielt sie einen elfischen Jagdbogen.

»Da!« Raena wandte sich Dallandra zu und breitete die Arme aus. »Was sagst du dazu?«

Dallandra glotzte zum Himmel hinauf und brachte kein Wort heraus. War Alshandra wirklich noch am Leben? Hatte Jill sich vergeblich geopfert? Das Pferdevolk brach in Jubel aus, dann fielen sie auf die Knie und erhoben die Hände zu ihrer Göttin. Plötzlich hörte Dallandra ein leises Lachen hinter sich.

»Shaetano sieht als Frau besser aus als in seiner Männergestalt«, meinte Evandar. »Weniger Fell und eine kürzere Schnauze.«

Dallandra lachte.

»Wie dumm von mir«, flüsterte sie, dann erhob sie die Stimme. »Das ist nicht Alshandra, ihr Dummköpfe! Es ist nur ein verlogenes Abbild von ihr!«

»Ach ja?« fauchte Raena. »Wenn du so sicher bist, dann beweise es.«

»Keine Angst!« rief Evandar. »Das werde ich tun.«

Evandar stieg die Treppe zur Plattform hoch und verbeugte sich vor Raena, die mit haßerfülltem Gesicht zurückwich. Er legte den Kopf zurück und rief der Erscheinung am Himmel zu: »Kleiner Bruder! Ich komme dich holen.«

Die falsche Alshandra schrie vor Angst auf, ein schrilles

Kläffen, das wie Donner widerhallte. Evandar rannte ein paar Schritte, sprang von der Plattform und flog in Gestalt eines riesigen Falken zum Himmel auf. Shaetano kreischte abermals, dann warf er sich zur Seite, als der Falke vorbeiraste. Bei dieser Bewegung brachen ganze Stücke aus seiner Gestalt heraus und schmolzen wie Schnee im Sonnenlicht. Zunächst schrumpfte seine blonde Mähne, dann löste sich das Frauengesicht zu seinen Fuchszügen auf. Der Körper wurde kräftiger, auf seinen Armen wuchs rötliches Fell. Er hob den Bogen, aber der Falke schoß darauf nieder, die Krallen ausgefahren, und riß ihn ihm aus den Pfoten. Heulend und schnatternd fiel Shaetano vom Himmel und trudelte zu Boden.

Das Pferdevolk schrie vor Zorn. Die Bürger von Cerr Cawnen schrien vor Angst, dann rannten sie davon, stießen einander aus dem Weg und versuchten, in die Sicherheit ihrer Häuser zu gelangen. Der Falke schoß hinter dem abstürzenden Shaetano her, aber plötzlich riß der Fuchs die Arme hoch, schien nach etwas Unsichtbarem zu greifen und verschwand. Der Falke flatterte zu Boden, bebte und verwandelte sich mit pulsierendem bläulichem Licht wieder in Evandar. Mit lautem Lachen wandte er sich dem Pferdevolk zu.

»Meradan!« schrie er. »Die Rache ist mein!«

Evandar riß die Hände hoch, aber Dallandra war zu schnell für ihn. Mit dem Aufschrei »Halt! Nein!« in elfisch sprang sie die Treppe herunter und packte ihn von hinten, schlang die Arme um seine Taille und zog ihn weg.

»Lauft!« rief sie auf deverrianisch. »Kral, bringt Eure Leute hier weg! Zatcheka, Ihr auch!«

Evandar entriß sich ihrem Griff, aber sie packte ihn wieder bei den Handgelenken. Einen Augenblick lang rangen sie miteinander, aber er war erheblich stärker. In seinem Zorn hätte er sie zu Boden geworfen, aber dann kam Rhodry angerannt.

»Laß sie los!« rief Rhodry. »Du bist nicht bei Verstand!«

Evandar zögerte lange genug, daß Dallandra sich ihm entziehen konnte. Rhodry schlang von hinten die Arme um ihn und drückte ihn an seine Brust, während er die ganze Zeit leise, aber bestimmt auf ihn einredete.

»Nein, nein, nein, beruhige dich doch, Mann! Komm mit und wir reden darüber, jetzt komm endlich mit.«

Plötzlich ergab sich Evandar. Er wurde schlaff, dann fand er sein Gleichgewicht wieder und stand mit gesenktem Kopf da, immer noch in Rhodrys Umklammerung.

»Verzeih mir, Liebste«, flüsterte Evandar. »Ich wollte dir nicht weh tun.«

»Es ist nichts passiert«, sagte Dallandra. »Ich wußte nicht, daß du auf dieser Welt hier so stark sein könntest.«

»Ich auch nicht!« Evandar lachte laut. »Ich auch nicht.«

Damit ließ er sich von Rhodry wegführen. Dallandra rieb sich das schmerzende Handgelenk und drehte sich dann zu Niffa um, die sie erschrocken anstarrte.

»Und worum ging es da?« stotterte Niffa. »Ich hätte mir nie träumen lassen, einmal solche Wunder zu sehen.«

»Ganz bestimmt nicht. Komm mit mir. Und ich möchte auch mit Raena sprechen.«

Raena kniete auf dem Gras, zusammengesackt und weinend. Sie schluchzte so heftig, daß ihre Schultern zuckten. Als Dallandra sich vor sie kniete, hob ihr Raena das tränennasse Gesicht entgegen. Rotz lief ihr über die Oberlippe.

»Raena, bitte hör mir zu!« sagte Dallandra. »Es ist klar, daß du zum Dweomer begabt bist. Ich kann verstehen, wie es dazu gekommen ist, daß lügenhafte Geister dich ausnutzten. Ihr Götter, der Gedanke, in ein abgelegenes Dorf geboren und mit einem Bauern verheiratet zu werden – das hätte mir auch das Blut gerinnen lassen! Ich wäre Alshandra sofort hinterhergerannt, wenn sie mich gebeten hätte, hätte ich das selbe Wyrd gehabt wie du.«

Das Schluchzen ließ nach. Raena rieb sich das schmutzige Gesicht mit dem Ärmel ihres schwarzen Hemdes, schwieg aber immer noch.

»Es ist nicht zu spät, der Finsternis abzuschwören«, fuhr Dallandra fort. »Du wirst Buße tun müssen. Ich kann dich nicht belügen und sagen, daß es leicht sein wird. Aber am Ende wird dir wahrer Dweomer zur Verfügung stehen, und du wirst nie wieder machtlos sein.«

Immer noch zitternd, mit leicht geöffnetem Mund und großen Augen, betrachte Raena sie.

»Ich meine es ernst«, sagte Dallandra. »Ich biete dir mein Wort. Wenn du Abbitte leisten willst, dann bietet dir der Dweomer des Lichts Vergebung.«

Raena starrte sie an und schauderte – Dallandra hätte nicht sagen können, ob aus Hoffnung oder Angst. Dallandra stand auf und streckte ihr die Hand hin. Auch Raena erhob sich, und ihre Hände zitterten. Einen Augenblick lang schien es, als würde sie Dallandras Hände ergreifen wollen, aber plötzlich traten ihr wieder die Tränen in die Augen, und sie wandte sich mit sichtlicher Anstrengung ab.

»Meine Herrin, meine eigene wahre Göttin«, flüsterte Raena. »Ich kann sie nicht verraten. Du verstehst überhaupt nichts! Sie ist zu mir gekommen, und sie hat mich gerettet. Es war, wie wenn das Haus einer Mutter brennt, und das Kind liegt noch im Haus. Würde die Mutter nicht ins brennende Haus laufen, um ihr Kind zu retten? So ist Alshandra zu mir gekommen, als wir die Stadt belagerten.« Mit einem unnatürlichen Blitzen in den Augen wandte sie sich wieder Dallandra zu. »Nie werde ich sie verraten! Niemals!«

»Aber bitte sprich mit mir! Wenn ich dir nur helfen könnte, zu erkennen ...«

»Ich will nichts von deinen häßlichen Wegen wissen! Laß mich in Ruhe, Hexe!«

Raena warf den Kopf zurück und floh über den Anger auf das offene Tor zu. Dallandra folgte ihr ein paar Schritte, dann blieb sie stehen. Draußen auf der Straße warteten Kral und seine Männer. Raena lief direkt auf sie zu, und sie umgaben sie wie eine Mauer. Dallandra konnte nur hilflos zusehen, während das Pferdevolk und seine Priesterin die Straße entlang zum Lager eilten. Sie hatte die Wahrheit über Götter so lange gekannt, daß ihr diese einfache Tatsache nie eingefallen wäre: Raena liebte ihre »Göttin« voller echter Leidenschaft.

Da es keine andere Möglichkeit gab, sich zurückzuziehen, schob Rhodry Evandar in Dars und Carras Zelt. In dem trüben Licht und der relativen Kühle wurde Evandar ruhiger. Er fuhr sich durchs Haar und rang nach Atem. Auf dem bemalten Bodentuch lagen Decken, Zelttaschen, Satteltaschen und anderes Zeug. Rhodry schob es beiseite, fand ein paar Kissen und setzte sich hin. Evandar drehte ihm den Rücken zu.

»Ich muß zugeben«, meinte Rhodry, »daß es mir gefallen hat, diese haarigen Mistkerle quieken zu hören, als du ihre falsche Göttin in Stücke gerissen hast.«

»Ich wünschte nur, Dalla hätte zugelassen, daß ich sie alle in Schweine verwandle«, meinte Evandar.

»He! War es das, was du vorhattest?«

»Ja. Ich wollte ihnen ihr wahres Wesen vorführen. Schweine! Schweinescheiße! Sie haben das erste vernichtet, was ich je geliebt habe, und ich liebte es mehr als dich und Dalla zusammen.«

»Du sprichst von Rinbaladelan?«

»Genau. Und sie haben sich dort wie Schweine benommen, in den Ruinen gewühlt und ihren Dreck und Gestank überall hinterlassen! Du hast keine Ahnung, wie laut ich gelacht habe, als sie begannen zu verfaulen. Ranadars Fluch war eine schöne kleine Seuche. Ich wünschte nur, sie hätte sich weiter ausgebreitet und sie alle getötet.«

»Du haßt sie immer noch? Ihr Götter! Das ist über tausend Jahre her.«

»Und? Du kannst dir nicht vorstellen, wieviel Unheil sie angerichtet haben. Es war schrecklich.«

»Oh, ich kann es mir vorstellen«, sagte Rhodry. »Ich habe selbst eine Stadt belagert und zerstört, als ich Gwerbret Aberwyn war.«

Evandar drehte sich endlich um und sah ihn an. Als Rhodry auf das zweite Kissen zeigte, setzte er sich darauf.

»Slaith, nicht wahr?« sagte Evandar. »Der Piratenhafen? Nun, auch das waren stinkende Schweine, und du hast es ganz richtig gemacht.«

»Mag sein. Aber ich erinnere mich, wie elend mir zumute war, als ich nach dem Gemetzel in die Stadt kam und die Kinder sah. Tote Kinder in den Ruinen, nur ein paar von ihnen erschlagen. Die meisten waren verbrannt, als die Häuser einstürzten. Wir haben die Stadt angezündet, verstehst du, im Namen des Königs. Und danach waren meine Männer nicht aufzuhalten. Und ich auch nicht. Ich lachte, als wir die Stadt anzündeten, aber später fand ich die Kinder. Und danach habe ich nie wieder über diese Stadt gelacht.«

Evandar kniff die Augen ein wenig zusammen.

»Und daher nehme ich an«, meinte Rhodry, »daß einige Meradan dasselbe getan haben wie ich – über die Dinge nachgedacht, als es zu spät war, meine ich. Und das ist das Volk, das wir heute Gel da'Thae nennen. Meers Volk, Zatchekas Volk. Zivilisiertes Volk.«

Evandar knurrte wie ein Hund, und einen Augenblick lang wurde seine Gestalt dunkler und bebte, als würde er sich auf der Stelle in einen Hund verwandeln. Mit einem kleinen

Schauder faßte er sich wieder und kehrte zu seiner blonden Elfengestalt zurück.

»Aber damals waren es Wilde«, sagte Evandar. »Warum haben sie die Städte zerstört? Es gibt kein Warum! Sie kamen aus dem Norden und hatten nichts weiter vor, als zu plündern und zu töten.«

»Nichts weiter? Weißt du es denn nicht? Ich habe es in Lin Serr erfahren, der Zwergenfestung.«

»Du hast was erfahren?« Evandar starrte ihn an. »Ich muß es wissen, unbedingt! Sag es mir, sag es mir sofort.«

»Nun, die wahren Schuldigen waren meine Ahnen, das Volk des Bel, damals in der Dämmerungszeit. Sie gingen in einem Hafen weit im Norden an Land und zogen dann weiter nach Süden und suchten nach Vorzeichen über den richtigen Ort, ihr Königreich zu gründen. Und unterwegs kämpften sie gegen das Pferdevolk – sie nahmen ihre Frauen zu Sklaven, stahlen ihre Pferde, töteten jeden Mann, der es wagte, sich ihnen zu widersetzen. Bei den Höllen, das Pferdevolk war wirklich nur ein Haufen Wilde. Sie wußten nichts von den Rhwmanen, wußten nichts von dem Ärger, der meine Ahnen hierhergetrieben hatte. Also flohen sie – die Horden, die Meradan – nach Süden. Als die Elfen versuchten, sie aufzuhalten, kämpften sie sich durch.«

Evandar starrte ihn lange an.

»So hattest du es dir nicht vorgestellt, wie?« sagte Rhodry.

»Nein!« Evandar sackte zusammen und beugte den Oberkörper vor, bis er mit der Stirn beinahe das Bodentuch berührte. »Es kann nicht sein.«

»Es kann sein, und so war es. Ich habe es auf den Bildern an den Toren von Lin Serr gesehen. Geh, und sieh es dir selbst an, wenn du es mir nicht glaubst.«

Eine lange Weile saß Evandar schweigend da.

»Komm schon!« fauchte Rhodry. »Was ist denn?«

»Du verstehst das nicht.« Evandar flüsterte nur noch. »Ich war es, der deine Ahnen hierhergebracht hat. Das Volk des Bel. Ich habe es für einen Freund getan, den einzigen Freund, den ich damals hatte, Cadwallion den Druiden. Er flehte mich an, sein Volk zu retten, als klar wurde, daß die Rhwmanen alle versklaven würden. Ich führte sie übers Meer und durch den Nebel der Mutter aller Straßen. Ich versprach ihnen ein eigenes Königreich. Ich fand den Hafen. Hier. Wo sie ... Ihr Götter, verzeiht mir!«

Evandar setzte sich endlich wieder aufrecht hin. Tränen liefen ihm übers Gesicht.

Nun war es an Rhodry, schockiert zu sein. Lange Zeit saßen sie nur da und starrten einander an. Draußen konnten sie Gesprächsfetzen hören, als die Männer des Volkes dort hin- und hergingen und sich unterhielten. Endlich wischte sich Evandar das Gesicht mit seiner Illusion eines Ärmels ab, wo die feucht aussehenden Tränen keine Flecken hinterließen.

»Nun gut«, sagte Evandar. »Du hast die Wahrheit gesagt, Rori. Wenn jemand Feuer auf einem Dielenboden entzündet, ist es nicht die Schuld des Holzes.«

»Dann läßt du die Gel da'Thae in Ruhe?«

»Ja. Darauf hast du mein Wort.« Plötzlich lächelte er und war wieder ganz sein übliches verrücktes Selbst. »Aber was ist mit dem Pferdevolk? Es würde mich wirklich freuen, ein paar von denen braten zu können.«

»Nein, nein! Keinen.«

»Also gut. Obwohl ich sagen muß, daß du wirklich kaltherzig sein kannst, wenn du willst.«

»Das habe ich mit zunehmendem Alter gelernt. Ich empfehle es dir ebenfalls.«

Evandar starrte ihn wütend an, dann verschwand er mit einem Aufblitzen hellen Lichts wie Staub. Rhodry schüttelte den Kopf und ging nach draußen, um nach Dallandra zu suchen.

Nach dem seltsamen Kampf am Himmel war Dallandra von Leuten umdrängt, die alle gleichzeitig auf sie einredeten. Prinz Daralanteriel und seine Männer, Zatcheka und die ihren, selbst einige Bürger der Stadt – alle drängten sich um sie, schubsten einander und verlangten Erklärungen. Dallandra konnte kaum eine einzelne Stimme in all dem Aufruhr erkennen.

»Seid still!« rief sie schließlich. »Und tretet ein wenig zurück! In der Mitte eines heulenden Pöbelhaufens werde ich überhaupt nichts erklären.«

»Tut, was sie sagt!« zischte Daralanteriel. »Und beeilt euch! Ich will selbst wissen, was das alles zu bedeuten hatte.«

Die Menge murrte, aber dann traten sie ein wenig zurück und machten ihr Platz.

»Schon besser«, meinte Dallandra. »Als erstes müßt ihr wissen, daß nur wenig von dem, was ihr gesehen habt, Wirklichkeit war. Die Geister, die diese Wunder wirkten, sind Meister der ätherischen Ebene. Sie existieren nur als Geister, aber sie können so manch seltsame Gestalt annehmen, und dann kommen sie uns ebenso fest vor wie unsereins. Aber sie sind es nicht. Sie gehören in einen anderen Teil des Universums und können das unsere nur kurze Zeit aufsuchen.«

Als sie einen Augenblick lang innehielt, begriff Dallandra, daß die meisten ihrer Zuhörer so verwirrt dreinschauten wie Menschen, die versuchen, eine fremde Sprache zu verstehen. Niffa lauschte gebannt, und Zatcheka nickte zustimmend, aber die anderen – Westvolk, Bürger von Cerr Cawnen und Gel da'Thae ... Dallandra begriff, daß sie nur Zeit verschwendete.

»Diese Geister sind keine Götter, aber sie sind richtige Zauberer«, fuhr Dallandra fort. »Und sie können sich mit Hilfe ihrer Magie so verwandeln, daß sie wie andere aussehen. Aber Evandar ist der stärkste von allen, also hat er ihre Zauber zerstört. Stellt es euch als Kampf vor, und er hat gesiegt.«

Im schwindenden Nachmittagslicht lächelten ein paar Männer oder nickten einander zu. Das konnten sie begreifen.

»Aber wir haben noch nicht den ganzen Krieg gewonnen«, sagte Dallandra. »Ich will, daß ihr alle wachsam seid. Solltet ihr diesen Fuchsgeist oder die Illusion, die wie eine riesige Frau aussieht, irgendwo entdecken, kommt und sagt es mir sofort. Ist das klar? Sofort!«

Alle nickten oder murmelten zustimmend. Die Gel da'Thae-Männer sahen Zatcheka an. Als sie ihnen zuwinkte, gingen sie und verbeugten sich vorher schweigend vor Dallandra. Die Männer des Westvolks begannen, sich miteinander zu unterhalten. Einer schlug vor zu singen, die anderen gingen zum Zelt und holten Essen heraus. Niffa und Carra standen an der Seite und unterhielten sich miteinander, während Blitz zu Füßen seiner Herrin lag. Dallandra eilte auf sie zu.

»Wo ist Elessi?« fragte sie.

»Dar hat sie.« Carra zeigte auf ihren Mann. »Ich habe ihm gesagt, daß ich sie den ganzen Tag herumgeschleppt habe, und jetzt ist er dran, Prinz oder nicht.«

Sie lachten.

»Lady Zatcheka hat uns in ihr Zelt eingeladen«, sagte Niffa. »Ich frage mich, ob es richtig wäre, wenn wir hingehen? Sie möchte uns nur offiziell ihrer Tochter vorstellen.«

»Selbstverständlich. Geht«, sagte Dallandra. »Das ist eine wirklich höfliche Geste.«

Dallandra hätte sie gern selbst ins Gel da'Thae-Lager begleitet, aber dann kam Rhodry aus dem Zelt. Sie schickte Niffa und Carra los und blieb stehen, um mit ihm zu reden.

»Wo ist Evandar?«

»Weg.« Rhodry zuckte mit den Achseln. »Ich weiß nie, wohin er verschwindet.«

»Vermutlich wieder in sein eigenes Land. Er lässt sich auch nie dazu herab, es mir zu sagen. Und was hast du jetzt vor?«

»Ich will rüber zur Insel und sehen, ob Arzosah schon wieder da ist.«

»Möchtest du nicht hierbleiben und mit uns essen?«

Rhodry dachte einen Augenblick nach.

»Ich habe keine Ahnung, wann sie zurückkommen wird.«

»Ich nehme an, daß Raena gewartet hat, bis sie zur Jagd geflogen ist, bevor sie Verrarcs Haus verließ.«

»Zweifellos. Dieses dumme Miststück.«

»Warte, Rhodry, du mußt begreifen, daß sie wirklich in die Irre geführt und von ihrer falschen Göttin betrogen wurde. Du kannst Raena nicht alle Schuld zuschieben.«

»Das kann ich und will ich. Ich bin halb versucht, sie selbst vor Gericht zu zerren.«

»Wofür?«

Rhodry setzte zu einer Antwort an, dann zögerte er und dachte nach.

»Ich weiß es nicht«, sagte er schließlich. »Ich weiß nur, daß ich sie jetzt schon verdammt lange hasse, und ich bin so sicher, wie ich nur kann, daß sie schuld an Yraens Tod ist.«

»Nun, in gewisser Weise bestimmt. Und wir wissen, daß sie diese Stadt hier verkauft und verraten hat.«

»Und was noch besser ist, alle anderen in Cerr Cawnen wissen es auch.« Rhodry hielt inne für eines seiner schrecklichen Lächeln. »Und zweifellos wollen sie sie gerne in die Finger bekommen.«

»Deshalb hat sie wahrscheinlich die Stadt verlassen.«

»Sie hat was?«

»Hast du sie nicht gesehen? Nein, konntest du ja nicht – du warst längst im Zelt. Sie wollte mir nicht zuhören, und sie rannte aus dem Tor hinaus. Kral und seine haarige Bande haben auf sie gewartet.«

»Ach ja? Und was wird Verrarc davon halten? Armer Kerl! Von einem solchen Miststück getäuscht zu werden!«

Gemeinsam drehten sie sich um und schauten zum westlichen Himmel. Inzwischen vergoldete der Sonnenuntergang die Zitadelleninsel, die sich aus dem Nebel des Sees erhob. Und was hielt der Rat der Fünf von all dieser Unruhe, den falschen Göttinnen am Himmel und solchen Dingen? fragte sich Dallandra. Aber am meisten fragte sie sich, wie es Verrarc jetzt wohl ergehen mochte.

Als die Erscheinungen am Himmel auftauchten, unterhielt sich Verrarc gerade mit Cronin und Emla, den Webern, die ihm den größten Teil seiner Handelsware lieferten. Er war nur für ein kurzes Wort vorbeigekommen, aber Emla hatte darauf bestanden, daß er sich in ihr Wohnzimmer setzte, einen angenehmen Raum mit Sesseln und einer großen Feuerstelle. Sie trauerten immer noch um ihren zweiten Sohn Demet, Niffas verstorbenen Mann. Cronin sagte tatsächlich recht wenig, sondern saß nur zusammengesackt auf seinem Sessel und starrte an die Wand, während seine Frau mit dem Ratsherrn sprach.

»Das war ein Kummer zuviel für meinen Mann«, sagte Emla schließlich. »Erst unseren Sohn zu verlieren und nun diese Sache mit dem Pferdevolk. Ich weiß nicht, was ich denken soll, Verro, bis auf eines. Ich werde meine Scherben nicht in die Urne dieses Rakzan werfen.«

»Das wäre klug. Kral hat darüber gesprochen, das Weideland für Pferde zu benutzen, nicht wahr? Es wäre kaum etwas für Schafe übrig.«

»Genau. Ich ...« Emla hielt inne, als draußen eine Tür zuflog. »Was ist da los?«

Die junge Cotzi kam nach ihrer Mutter schreiend den Flur entlanggerannt und ins Zimmer gestürzt. Bei ihrem Anblick gelang Cronin ein dünnes Lächeln.

»Mutter, Mutter! Es waren Götter am Himmel! Und die Frau des Ratsherrn hat den Verstand verloren!«

Dann erst entdeckte Cotzi Verrarc und wurde dunkelrot.

»Es wäre nicht schlecht, wenn du lernen würdest, den Mund zu halten.« Emla stand auf, die Hand zu einem Schlag erhoben.

Mit einem leisen Aufschrei wich Cotzi zurück. Verrarc stand auf. »Schon gut«, warf er ein. »Bestraft sie nicht um meinetwillen. Ich fürchte, sie hat die Wahrheit gesagt. Cotzi, ganz ruhig jetzt: Worum geht es?«

»Nun, ich war gerade in der Stadt unterwegs, als ich am Südtor Geschrei hörte. Also bin ich dorthin gerannt, und deine Frau stand oben auf diesem Holzding, das der Rat hat bauen lassen. Sie sprach von einer Göttin, und dann ist diese Göttin am Himmel erschienen. Aber ein Gott kam auch und verwandelte sich in einen Falken und hat die Göttin verscheucht. Nur daß sie nicht wirklich eine Göttin war, sondern ein Fuchs. Und deine Frau hat herumgeschrien und geweint.«

Einen Augenblick lang befürchtete Verrarc, ohnmächtig zu werden. Er setzte sich rasch hin und sah, wie sich das Zimmer um ihn drehte, bevor alles wieder zum Stillstand kam. Als er aufblickte, beugten sich alle besorgt über ihn.

»Hol dem Mann einen Schluck Met«, sagte Cronin.

»Nein, es geht schon wieder.« Aber Verrarc wagte noch nicht aufzustehen. »Cotzi, bist du sicher, daß das stimmt?«

»Ich habe es selbst gesehen«, meinte das Mädchen. »Und hört doch, hört ihr nicht die Leute draußen, wie sie sich unterhalten?«

Tatsächlich merkte Verrarc, daß er durch die offenen Fenster Laute der Panik vernahm: erhobene Stimmen, Schimpfen,

Weinen. Vorsichtig stand er nun auf und ging zum Fenster. Obwohl das Anwesen der Weber sich auf den See hinaus erstreckte, stand dieses Wohnzimmer auf festem Boden, und er konnte eine kleine Gruppe Bürger sehen, die am Rand des Gemeindeangers stand.

»Cotzi«, sagte Verrarc. »Wo ist Raena jetzt? Immer noch auf dem Anger?«

»Sie ist weg. Ich weiß nicht, wohin sie gegangen ist.«

»Wahrscheinlich nach Hause«, meinte Verrarc. »Ich sollte ihr lieber folgen. Wenn meine Frau dieses Durcheinander angerichtet hat, dann muß ich mich darum kümmern.«

Bevor Emla noch ein Wort sagen konnte, hatte sich Verrarc schon umgedreht und war nach draußen gerannt.

Vom Gemeindeanger einmal abgesehen, hatte Cerr Cawnen keine offenen Plätze, keine geraden Straßen und nur wenige, die länger als fünfzig Schritte waren. Um zum Seeufer zu kommen, mußte Verrarc sich zwischen Häusern hindurchzwängen, schmale Brücken von einem zum anderen nehmen, von einem Pfahlbau zum nächsten springen. Als er schließlich das sandige Ufer erreichte, war nicht ein einziges Boot zu finden. Er drehte sich um und begann am Ufer entlangzurennen, bis er ein Boot fand, das er sich nehmen konnte. Inzwischen verschwand auch der letzte Rest von Tageslicht. Schatten sammelten sich und breiteten sich über die Stadt aus, bis der Gipfel der Zitadelleninsel im Sonnenlicht golden schimmerte. Als Verrarc das Boot durch den aufsteigenden Nebel paddelte, wurde er von der Vorstellung befallen, daß er den Gipfel unbedingt erreichen mußte, bevor die Sonne ganz untergegangen war. Als er am Ufer der Insel angekommen war, sprang er im seichten Wasser aus dem Boot und wurde bis zu den Knien naß. Er zog das Boot rasch ans Ufer, dann ließ er es stehen und lief zum Weg. Hier überwältigte ihn schließlich die Erschöpfung. Er taumelte hügelaufwärts, keuchend, seine Beine schwer wie in einem Alptraum. Vor ihm schimmerte das goldene Licht, immer gerade außer Reichweite. Er zwang sich, schneller zu gehen, obwohl seine Beine brannten.

Gerade als er auf den gepflasterten Platz taumelte, verschwand das letzte Licht, und er begann zu schluchzen, hatte aber nicht genug Atem dafür. Taumelnd wie ein Betrunkener konzentrierte er sich darauf weiterzugehen, einen Fuß vor den anderen zu setzen, bis er schließlich zu Hause eintraf. Vor den Toren seines Anwesens lehnte er sich gegen die Mauer. Die Muskeln in seinen Beinen brannten und pochten.

»Herr!« Das war Harl, der da auf ihn zueilte. »Bist du krank?«

Verrarc richtete sich auf und versuchte, einen Scherz zu machen. Er konnte nicht sprechen. Harl riß das Tor auf, dann legte er Verrarc den Arm um die Schultern, um ihn zu stützen. »Lehn dich an mich. Wir bringen dich schon rein«, sagte Harl, dann rief er: »Korla! Komm her und hilf! Der Herr ist schrecklich krank.«

Gemeinsam brachten sie Verrarc ins Wohnzimmer des Hauses. Er sank auf seinen Sessel und lehnte sich zurück. Die Beine auf den Hocker zu legen tat weh und dauerte eine Weile, aber sobald er sich ein wenig entspannt hatte, war es nicht mehr so schlimm. Als Korla ihm einen Steingutbecher halbvoll mit Met reichte, trank er, soviel er konnte, in einem Schluck. In der Feuerstelle brannte ein kleines Feuer gegen die Abendkälte, und das grünliche Zwielicht fiel durch die Fenster herein. Verrarc legte den Kopf zurück und sah zu, wie die Schatten über die Decke tanzten, bis das Brennen in seinen Muskeln nachließ.

»Danke«, sagte Verrarc. »Es geht mir schon besser.«

Korla schnaubte ungläubig. Verrarc setzte sich gerade hin und sah sich um. Wo war Raena? Er stand rasch auf, obwohl seine verkrampften Beine protestierten.

»Warte«, zischte Korla. »Setzt dich gefälligst hin und ruh dich aus!«

»Wo ist meine Frau?«

Harl und Korla wechselten einen vielsagenden Blick. Verrarc rannte durchs Zimmer und riß die Tür zum Schlafzimmer auf. Im trüben Zwielicht konnte er nur die Umrisse der Möbel sehen. Das Schweigen hing in deutlicher Leere.

»Bringt eine Laterne!« rief Verrarc.

Leise vor sich hin murmelnd entzündete Korla an der Feuerstelle eine Kerze und steckte sie in eine Blechlaterne. Dann schlurfte sie zu Verrarc. Das Licht fiel auf etwas, das wie Funken am Boden schimmerten, aber als Verrarc sich niederkniete, um näher hinzusehen, begriff er, daß er Gold vor Augen hatte. Ein Schürhaken lag in der Nähe. Raena hatte die Halskette seiner Mutter auf den Boden geworfen und jede einzelne goldene Träne zu einer formlosen Masse gedroschen.

»Ah!« schluchzte Korla. »Dazu hatte sie kein Recht!«

Verrarc stellte die Laterne auf den Boden und griff nach den Goldtröpfchen. Die Halskette war seine einzige Erinnerung an seine Mutter gewesen. Einen Augenblick lang fuhr er mit den Fingern über das Gold, als könnte er es irgendwie wieder zu den Tröpfchen machen, die er vor seinem geistigen Auge noch am Hals seiner Mutter sah.

»Kein Recht«, flüsterte Verrarc. »Korla. Heb sie für mich auf.«

Die alte Frau breitete die Schürze aus, und Verrarc legte die Handvoll Goldklümpchen ins Tuch. Dann griff er nach der Laterne, stand auf und öffnete die Holztruhe – nichts war geblieben, nicht ein einziges Kleid, nichts von Raenas Habe.

»Sie ist zum Pferdevolk zurückgekehrt, wie?« fragte Verrarc.

»Das nehme ich an«, sagte Harl. »Ich habe sie in seltsamer schwarzer Kleidung gesehen, kurz nachdem der Drache davongeflogen ist. Sie eilte den Weg zum See hinab, und sie hatte ein Bündel in der Hand.«

»Ich verstehe.« Verrarc hielt inne und dachte nach. »Ich sollte lieber sehen, ob ich sie finden kann. Der oberste Sprecher hat mir aufgetragen, auf sie aufzupassen, und ich habe versagt.«

»Soll ich ebenfalls suchen?« fragte Harl. »Ich könnte uns um die Stadt rudern. Es bleibt noch ein wenig Licht, bevor es Nacht wird.«

»Tu das. Und ich danke dir. Aber du gehst lieber allein. Ich folge dir bald. Ich habe noch etwas zu tun.«

Direkt nach Sonnenuntergang ruderte Jahdo über den See zur Zitadelleninsel. Keuchend eilte er die gewundenen Straßen hinauf. Das Jahr, das er im flacheren Land von Deverry verbracht hatte, hatte ihm viel Ausdauer genommen. Doch als er sein Zuhause erreicht hatte, blieb ihm noch genug Luft, um seinen Eltern von den Göttern am Himmel und dem mächtigen Dweomer zu erzählen. Lael lauschte mit starrer Miene, während Dera die Hände immer wieder verschränkte und auseinander nahm, nur um sie abermals zu verschränken. Als Jahdo schließlich außer Atem und die Geschichte zu Ende war, stand Lael auf.

»Ich gehe und suche Kyle«, verkündete er. »Vielleicht kann er uns erklären, was passiert ist.«

Lael ging hinaus und ließ die Tür halb offen. Das Feuer in der Feuerstelle wurde heller und ließ das Licht im Zimmer tanzen. Eine Weile starrte Dera die abgewetzte Tischplatte an, dann erhob sie sich seufzend.

»Ich kümmere mich ums Abendessen«, erklärte sie. »Das Leben hört nicht einfach auf, nur weil die ganze Stadt den Verstand verloren hat.«

Aus einer Holzkiste nahm sie einen Sack Rüben. Jahdo

setzte sich auf den strohbestreuten Boden und nahm Ambo auf den Schoß. Das Frettchen rollte sich zusammen und schlief ein. Es wußte so wenig von ihren Problemen, daß Jahdo es beneidete.

»Nun«, meinte er, »wenn das Pferdevolk uns belagert, können die Frettchen wenigstens Ratten fressen. Sie werden besser dran sein als wir.«

Dera versuchte zu lächeln, dann wandte sie sich scharf ab und nestelte am Saum ihrer Schürze. Jahdo wußte, daß sie weinte, aber da sie sich Mühe gab, es vor ihm zu verbergen, sagte er nichts. Einen Augenblick später machte sie sich wieder daran, den Schimmel von den Rüben zu schneiden.

»Dera?« Jahdo hätte beinahe aufgeschrien. Verrarc hatte die Tür geöffnet und war so leise hereingekommen, daß der Junge den Ratsherrn nicht einmal bemerkt hatte.

»Komm ruhig herein, Verro«, sagte Dera. »Aber du hast uns erschreckt!«

»Ich bitte um Verzeihung.«

Verrarc, der eine Laterne in der Hand trug, kam sehr langsam und sehr vorsichtig herein und sah sich bei jedem Schritt um. Im grauen Licht wirkte er selbst grau, das blonde Haar tot und verfilzt wie das Fell eines kranken Tieres, tiefe Schatten unter den Augen in seinem bleichen Gesicht. Er setzte sich auf die Holzbank am Tisch und sah Dera bei der Arbeit zu.

»Bist du krank?« fragte sie scharf.

»Eigentlich nicht. Ich habe nur in den letzten Nächten nicht viel geschlafen.«

»Wer hat das schon? Aber du siehst aus wie Weißkäse.«

Etwas wie ein Lächeln zuckte um seine Mundwinkel und verschwand dann wieder.

»Vielleicht ist das so«, meinte er. »Diese Bedrohung durch das Pferdevolk belastet mich mehr als die meisten.«

»Es wird deine Aufgabe sein, sie abzuwehren.«

Er zuckte zusammen und begann zu zittern. Dera legte das Messer hin und strich sich mit dem kleinen Finger eine Haarsträhne aus dem Gesicht.

»Was ist denn?« fragte sie ein wenig freundlicher. »Ich meinte doch nur, daß es die Verantwortung des Rates ist, sich um die Stadt zu kümmern. Die Aufgabe fällt dem gesamten Rat zu, nicht nur dir.«

»Ich weiß.« Seine Stimme brach. »Vergibst du mir? Bitte, Dera. Vergibst du mir?«

Er stand auf, griff nach seiner Laterne und lief nach draußen. Als er sich in der Tür zur Seite drehte, um sich in die Gasse zu zwängen, warf Jahdo einen Blick auf sein Gesicht, und es war totenbleich und tränennaß. Dera starrte ihm lange hinterher.

»Was mag wohl dahinterstecken?« sagte sie. »Der arme Junge! Er hat sein Leben schon verwundet begonnen, und er ist so schwach wie ein gespaltener Stock. Möge der Geist seines Vaters ewig Schmerzen leiden!«

»Mutter!« Jahdo packte sich den wütenden Ambo auf die Schulter und kam auf die Beine. »Du glaubst doch nicht, daß Verrarc den Verstand verloren hat?«

»Wie? Sicher nicht! Paß auf, was du sagst!«

Aber das Beben in ihrer Stimme sagte ihm, daß sie log.

»Dürfte ich vielleicht etwas fragen?« sagte Niffa aufgeregt.

»Ja, natürlich.« Dallandra lächelte. »Ich wette, du hast viele Fragen.«

Sie standen zusammen am Rand des Elfenlagers. Hellgrünes Zwielicht sammelte sich am Himmel, und Nebel stiegen aus dem Wasser auf, als der Abend kühler wurde. Hinter ihnen im Lager flackerte plötzlich Feuerlicht auf. Sie gingen nur ein paar Schritte weg, um in der Nähe des Lichts zu bleiben. Dallandra begriff, daß ohnehin niemand folgen würde, um sie zu belauschen. Zweifellos hatten die Männer mehr als genug seltsamen Dweomer gesehen und wollten nicht noch mehr darüber hören.

»Also gut«, sagte Dalla. »Wo soll ich anfangen?«

»Nun«, meinte Niffa, »Ihr habt etwas über ... Teile des Universums gesagt. Ich kenne diesen Teil hier, wo wir stehen. Was ist mit den anderen?«

»Ihr Götter! Du hast nicht vor, mit einer leichten Frage zu beginnen, wie?«

»Es tut mir leid. Ich wäre dankbar für alles, was Ihr mir sagen möchtet, also braucht Ihr nicht unbedingt da anzufangen, wenn ...«

Abrupt hörte Niffa auf zu reden. Als Dallandra sich umdrehte und sich fragte, was ihre Schülerin zum Schweigen gebracht hatte, entdeckte sie Verrarc, der am Seeufer auf sie zukam. Er trug eine Kerzenlaterne, als wäre das eine schwere Last. Irgend etwas ließ ihn taumeln wie einen alten Mann.

»Ich glaube«, meinte Dallandra, »die Zusammensetzung des Universums muß noch ein wenig warten. Niffa, geh ins Lager zurück.«

Niffa gehorchte ohne Murren. Dallandra eilte Verrarc entgegen. Sie blieben am Seeufer stehen, wo die Wellen plätschernd am Sand leckten. Das Licht aus der Laterne tanzte, weil Verrarcs Hand zitterte.

»Sucht Ihr nach Raena?« fragte Dallandra.

»Ja«, erwiderte Verrarc. »Obwohl ich annehme, daß sie im Lager des Pferdevolks ist.«

»Ich habe gesehen, wie sie in diese Richtung ging, nachdem ihre falsche Göttin verschwunden war. Ihr habt gehört, was geschehen ist, nicht wahr?«

»Ja.« Verrarc zögerte einen Augenblick. »Dieses Ding am Himmel – das, wovon sie glaubte, es sei Alshandra? Das war dieser Fuchsgeist, nicht wahr?«

»Ja. Ihr habt den Herrn des Chaos also schon einmal gesehen?«

»Ja, das habe ich.« Er hielt abermals inne und starrte das geschlossene Tor auf der anderen Seite des Gemeindeangers an. »Ich frage mich, ob ich wohl hinaus zum Lager des Pferdevolkes gehen sollte.«

»Um Raena zurückzuholen?«

»Sie wird nicht zurückkommen.« Verrarcs Stimme füllte sich plötzlich mit Tränen. »Das weiß ich tief im Herzen. Aber um mit ihr ein letztes Mal zu sprechen.«

»Ich denke, das wäre sehr unklug, Ratsherr, wenn nicht gar gefährlich. Was, wenn sie Euch als Geisel nehmen?«

»Daran hatte ich nicht gedacht. Glaubt Ihr, daß sie dazu fähig wären?«

»Ich würde es dem Pferdevolk durchaus zutrauen. Zumindest könnten sie auf diese Weise die Versammlung morgen beeinflussen.«

Das Kerzenlicht tanzte so heftig, daß Dallandra die Hand ausstreckte und Verrarc die Laterne abnahm. Er schien es nicht zu bemerken, selbst als sie die Laterne hob, um ihm ins Gesicht zu sehen. Er hatte frische Tränenspuren im Gesicht.

»Es tut mir so leid, daß Ihr traurig seid«, sagte Dallandra. »Aber wenn sie geblieben wäre, hätte sie Euch nur noch größeren Kummer gebracht.«

»Das habe ich auch begriffen. Ihr Götter! Ich hoffe nur, daß die Stadt mir verzeihen wird.«

»Ach, kommt schon! Ihr konntet nicht wissen, was geschehen war, als Ihr sie aufgenommen habt.«

»Zweifellos. Aber ... später habe ich Fehler gemacht, schwere Fehler.«

»Was denn? Was habt Ihr getan?«

Er stand still und starrte zum Wasser hinaus, dann hob er

den Arm und wischte sich die Tränen ab. Dallandra wartete und kämpfte gegen das Bedürfnis an, ihn zu drängen.

»Es ist etwas, das ich um Raenas willen getan habe.« Endlich fand Verrarc Worte. »Als Zatcheka kam, um mit uns ein Bündnis zu schließen, bat Raena mich, die Versammlung, bei der entschieden werden sollte, zu verschieben. Und ich tat, worum sie mich gebeten hatte. Ihr Götter! Hätte ich das nicht getan, hätte die Stadt bereits das Bündnis abgeschlossen, und ich hätte das Pferdevolk zurückschicken können.«

»Ich verstehe.«

»Aber das ist noch nicht alles. Ich habe sie aufgenommen, ich habe ihr Zuflucht gewährt, ich habe mir ihre Lügen angehört. Dieser Herr des Chaos ... Ich habe sie um die Magie beneidet, die er ihr gegeben hat. Ich hätte ...«

»Ihr hättet was?«

Dallandra versuchte, möglichst sanft zu klingen. »Was hättet Ihr schon tun können?«

Verblüfft blickte Verrarc auf und blinzelte im Laternenlicht.

»Ihr wart allein und ahnungslos«, meinte Dallandra. »Hat sie Euch von dem Kampf um Cengarn erzählt?«

»Nein. Ich habe kein Wort davon gehört, bis Zatcheka kam.«

»Und was den Herrn des Chaos anging, woher solltet Ihr wissen, wer er war?«

»Nun, sein Bruder hat mich einmal gewarnt.«

»Einmal.«

Es gelang ihm, dünn zu lächeln.

»Es ist noch nicht alles verloren«, sagte Dallandra. »Ich denke, wenn Euer Volk sich für die Bündnisse entscheidet, die Dar und Zatcheka anbieten, wird das Pferdevolk nicht so leicht wagen, Euer Land zu überfallen. Ihr könnt euch nicht an allem die Schuld geben.«

»Aber Rae wird noch mehr Unheil stiften, und auch dieser verdammte Mazrak – sie hat ihn hierhergebracht.«

Er hatte recht, begriff Dallandra. Sie hatte keine Ahnung, welchen Dweomer Raena und ihr seltsamer Priester da draußen im Lager des Pferdevolkes bewirken konnten. Plötzlich drehte sie sich ein wenig zur Seite und spähte hinunter zum Ufer, als würde sie nur nachdenken, aber in Wahrheit bediente sie sich des Dweomerblicks und beschwor Raenas Abbild herauf. Im zuckenden Laternenlicht, das auf das Wasser fiel, war es leicht, in Trance zu fallen, und sie sah Raena ganz deutlich. Sie befand sich in einem trüb beleuchteten Zelt auf einem Deckenhaufen, und der Mazrak lag auf ihr. Beide waren nackt. Raena hatte den Kopf zurückgelegt, und auf ihrem Gesicht waren Schweißperlen. Selbst in der Vision konnte Dallandra sehen, wie schmutzig der Mazrak war.

»Verflucht soll sie sein!« fauchte Verrarc. »Diese verlogene Schlampe!«

Zu spät begriff Dallandra, daß er imstande gewesen war, ihrem Geist zu folgen und die Vision ebenfalls zu sehen. Mit einem Kopfschütteln veränderte sie die Sichtweise wieder und wandte sich Verrarc zu, der zitterte und die Fäuste ballte.

»Ich werde sie umbringen«, flüsterte Verrarc. »Mögen die Götter meines Volkes sich erheben und mir helfen, sie zu töten!«

»Überlaßt sie mir«, sagte Dallandra. »Überlaßt sie mir und den Gesetzen Eurer Stadt!«

»Warum? Wie kann ich mich noch für einen Mann halten, wenn ...«

»Haltet den Mund!« fauchte Dallandra ihn an. »Wenn Ihr eine Priesterin ihrer Göttin tötet, werden sie Wiedergutmachung verlangen. Sie werden das benutzen, um einen Anspruch auf Eure Stadt zu erheben, und wenn ihre Forderungen nicht erfüllt werden, kommen sie mit einer Armee zurück, Bündnisse hin oder her.«

Verrarc wollte etwas sagen, dann starrte er sie einfach nur an.

»Habt Ihr mich verstanden?« Nun sprach sie wieder leiser. »Ihr tut mir wirklich sehr leid, aber, Ihr Götter, Mann! Denkt an Eure Mitbürger!«

»Ich schwöre Euch, Mazrak, daß meine Mitbürger nie weit von meinem Herzen sind. Ihr müßt mich wirklich für einen Schwächling halten, daß ich dieses bittere Bier, das sie mir eingegossen hat, trinken kann und dabei auch noch lächle.«

»Ganz bestimmt nicht!«

Verrarc drehte sich um, eine Hand am Griff des langen Messers an seinem Gürtel. Er ging auf die Stadtmauer zu, wo Laternenlicht auf den Wehrgängen schien, wo die Stadtwache auf Posten stand.

»Heute nacht hat Feldwebel Gart Dienst.« Verrarc sprach so leise, daß sie sich fragte, ob er überhaupt sprach oder nur dachte. »Er wird die Tore öffnen, wenn ich es ihm befehle.«

»Tut es nicht! Was habt Ihr vor? Ins Lager stürzen und versuchen, sie zu erstechen? Das Pferdevolk würde Euch so schnell niederstrecken, daß Ihr nicht einmal die Gelegenheit hättet, ihr nahe zu kommen.«

Das ließ ihn innehalten. Mit einem langen Seufzen, das beinahe wie Schluchzen klang, schlug er die Hände vors Gesicht. Dallandra fragte sich, ob er wohl wirklich wollte, daß sie ihm seine Rache ausredete, und ob sie es konnte, aber sie hatte einen Verbündeten in der Nähe. Rhodry kam aus dem Elfenlager und sprach sie auf elfisch an.

»Dalla! Ist alles in Ordnung? Wer ist da bei dir?«

»Ratsherr Verrarc«, rief sie in derselben Sprache zurück. »Komm und rede mit ihm, bitte.«

Als Rhodry sich zu ihnen gesellte, strengte sich Verrarc ein wenig an, sich zusammenzunehmen, aber er konnte nicht aufhören zu zittern und auch die Farbe nicht in seine Wangen zurückzwingen.

»Was ist denn?« wollte Rhodry wissen.

»Raena«, sagte Dallandra. »Sie ist zum Feind übergelaufen.«

»Pferdedreck!« Rhodry wandte sich Verrarc zu. »Es tut mir leid, Ratsherr, aber Eure Frau stellt eine Gefahr für die Stadt und auch für Euch selbst dar.«

»Das weiß ich besser als Ihr.« Verrarcs Stimme war kaum mehr als ein Knurren. »Sagt mir eines. Sie hat mir erklärt, Ihr wolltet ihren Tod, weil sie angeblich einen Eurer Freunde umgebracht hat.«

»Dann hat sie ausnahmsweise die Wahrheit gesagt, obwohl sie ihn nicht mit eigenen Händen tötete.«

»Das habe ich nicht gefragt. Sie hat mir ein Messer gezeigt wie das, was Ihr da im Gürtel tragt, und behauptete, es hätte Eurem Freund gehört. Es hatte einen Drachen auf der Klinge eingraviert.«

»Es gehörte tatsächlich meinem Freund.«

Verrarc dachte einige Zeit darüber nach und zitterte weiter.

»Nehmt Ihr mir übel, daß ich sie gejagt habe?« fragte Rhodry.

»Nicht mehr«, fauchte Verrarc. »Ich nehme an, sie hat noch mehr verursacht als nur den Tod eines einzigen Mannes.«

»Das ist wahr. Und wenn sie mit dem Pferdevolk entkommt, wird sie noch mehr Schaden anrichten.«

»Aber Ihr könnt doch nicht einfach ins Lager stürzen!« Dallandra legte in ihre Worte so viel Kraft, wie sie konnte. »Ich werde nicht zulassen, daß Ihr wegen dieser elenden Priesterin einen neuen Krieg beginnt.«

»Das ist wie immer ein weiser Rat, meine Liebste.« Rhodry grinste sie an. »Aber ich bezweifle, daß wir sie aus dem verfluchten Lager herauslocken können. Wenn sie hierher zurückkäme, wäre sie Euren Gesetzen unterstellt, Ratsherr, und nicht den ihren. Und das weiß sie ebensogut wie ich.«

»Ihr habt recht«, meinte Verrarc. »Und sie weiß auch noch etwas anderes – daß ich Befehlshaber der Stadtwache bin. Wir könnten sie sofort verhaften.«

»Wir?« fragte Rhodry. »Steht Ihr denn bei dieser Jagd auf meiner Seite?«

»Ja.« Verrarc holte tief Luft. »Immerhin hat sie mich und meine Stadt ans Pferdevolk verraten.«

Als Rhodry die Hand ausstreckte, ergriff Verrarc sie. Dallandra gestattete sich einen raschen Blick auf seine Aura: stark und flammend rot.

»Also gut«, meinte Rhodry. »Dalla, siehst du das denn nicht? Wenn wir Raena erwischen wollen, müssen wir es jetzt tun. Und wenn es Gewalt braucht – nun, dagegen kann ich nichts tun. Das Pferdevolk wird früher oder später sowieso angreifen.«

»Lieber später«, meinte Dallandra. »Denkt doch nach! Wenn sie glaubten, jetzt einfach losmarschieren und Cerr Cawnen einnehmen zu können, warum geben sie sich dann die Mühe, um ein Bündnis zu bitten?«

»Das ist wahr«, meinte Verrarc. »Anscheinend haben sie Schwierigkeiten. Ich weiß nicht, worin die bestehen, aber warum würden sie sonst herkommen und von Frieden statt von Krieg reden?«

»Die Pferde«, warf Rhodry ein. »Wir haben im letzten Sommer eine ganze Anzahl ihrer Streitrösser getötet.«

»Das wäre möglich«, fuhr Dallandra fort. »Aber wenn ihr Kral und diesen schmutzigen Mazrak tötet – und das müßt ihr zweifellos tun, wenn ihr Raena zurückholen wollt –, dann wird es eine Angelegenheit von Ehre und Rache. Mir ist gleich, was sie im Augenblick zurückhält. Aber dann wird es nicht mehr zählen. Wir brauchen Zeit, Rori. Dar hat der Stadt selbst ein Bündnis angeboten, und wenn die Bürger darauf eingehen, wird er nach Hause zurückreiten und seinen Vater und Calonderiel suchen müssen, bevor er seinen Verpflichtungen nachkommen kann.«

Rhodry seufzte finster. »Du hast recht«, sagte er schließlich. »Es hätte mich allerdings sehr gefreut, Arzosah auf das Miststück loszulassen.« Er wandte sich Verrarc zu. »Verzeiht. Ich sollte aufpassen, was ich über sie sage.«

»Nicht um meinetwillen.« Verrarc drehte sich auf dem Absatz um, rannte davon und ließ die Laterne zurück.

Dallandra folgte ihm ein paar Schritte, aber er verschwand in dem Durcheinander von Häusern und Pfählen. Und was hätte ich auch schon mehr sagen können? dachte sie. Sehr wenig. Wirklich nur sehr wenig.

»Glaubst du, er bleibt dabei?« Rhodry sprach auf elfisch weiter. »Ich muß mich immer wieder fragen, ob er nicht doch mit ihr unter einer Decke steckt und uns eine Falle stellen will.«

»Das bezweifle ich. Gerade, als ich in Trance nach Raena suchte, wälzte sie sich mit diesem Mazrak auf den Decken. Mir war nicht klar, wieviel Dweomer Verrarc hat. Er hat es ebenfalls gesehen.«

Rhodry lachte sein schrilles Berserkerlachen.

»Oh, dann wird er dabei bleiben«, meinte er grinsend. »Ich denke, wir können auf unseren Verrarc zählen.«

»Mir tut der arme Mann leid.«

»Mir auch.« Rhodry hob plötzlich die Hand, um Schweigen zu bedeuten. »Da ist sie. Hörst du das?«

»Nein. Was meinst du? Warte! Dieses Trommelgeräusch?«

»Das ist Arzosah.«

Tatsächlich erklang kurz darauf das Rauschen ihrer Flügel laut und deutlich über der Stadt. Dallandra stellte die Kerzenlaterne ab und ging ein paar Schritte von dem Licht weg. Als sie nach Westen schaute, konnte sie die Drachengestalt vor den Sternen erkennen.

»Ich kehre am besten zur Zitadelleninsel zurück«, meinte Rhodry. »Ich glaube, es wäre nicht anzuraten, sie hier landen zu lassen.«

Rhodry ging davon, am Ufer entlang. Wenn wir Arzosah nur dazu überreden könnten, das nördliche Land zu bewachen, dachte Dalla. Vielleicht für eine Steuer von Kühen? Sie kicherte, dann überlegte sie, ob sie wohl vor Sorge den Verstand verlor.

An diesem Abend saß Dallandra noch lange am Feuer und legte Zweige nach, während sie in den Flammen suchte. Sie sah eine Vision des Pferdevolklagers und eines weiteren Feuers, wo Kral, Raena und der Mazrak sich leise unterhielten. Offenbar unterhielten sie sich tatsächlich nur, aber Dallandra spürte eine eisige Dweomerwarnung. Sie planten etwas, was der Stadt schaden sollte, ob durch direkte Gewaltanwendung oder Dweomer, wußte sie nicht. Als sie sich endlich in ihre Zelte zurückzogen, ließ Dallandra das Feuer niederbrennen und wickelte sich in ihre Decken.

»Aha«, sagte Arzosah, »die stinkende Hündin ist also davongerannt, wie? Warum fliegen wir nicht über das Lager des Pferdevolks und verscheuchen ihre Pferde? Dann würden alle Männer hinterherrennen, und ich kann einfach hinfliegen und Raena schnappen.«

»Nichts würde mich mehr erfreuen«, sagte Rhodry, »aber das geht nicht. Wir müssen leider noch die Stämme bedenken, die zu Hause geblieben sind.«

»Ich denke an sie nur als an Mahlzeiten.«

»Das weiß ich, aber es sind viel zu viele von ihnen, als daß du sie alle verschlingen könntest – jedenfalls nicht auf einmal. Wenn wir diesen Leuten Schaden zufügen, werden ihre Verwandten uns eine Armee auf den Hals hetzen.«

Arzosah seufzte tief. Sie saßen auf dem Dach des eingestürzten Tempels, und im Sternenlicht konnte Rhodry sehen, daß sie nachdenklich ihre Klauen betrachtete.

»Dieser dumme Hirsch hat sich gewehrt«, meinte sie. »Ich habe mir vielleicht ein Stück Klaue abgebrochen. Aber dafür habe ich ihn gefressen.«

»Die Pferdevolkarmee wird sich ein wenig heftiger wehren als ein einzelner Hirsch.«

»Das stimmt. Und wir werden nicht ewig imstande sein, ihre Pferde in Panik zu versetzen. Früher oder später werden die dummen Geschöpfe meinen Geruch erkennen und der Ansicht sein, daß ihre Herren mich vertreiben sollen.« Sie senkte ihre große Tatze. »Schade. Es wäre schön, Raena blutig und triefend hierher zurückzubringen.«

»Schön, bis Cerr Cawnen den Preis dafür bezahlen muß«, sagte Rhodry. »Paß auf, ich will, daß du morgen früh wieder wegfliegst. Jage, wie es dir gefällt oder nicht, aber kehre erst nach Sonnenuntergang in die Stadt zurück.«

»Gern. Aber müssen wir sie wirklich entkommen lassen?«

»Wer hat etwas davon gesagt? Ich überlege mir einen Plan. Aber wenn du hier bist, wird Raena zu viel Angst haben, in die Falle zu gehen.«

Arzosah gähnte und schüttelte den Kopf. »Übernimm du das Denken. Ich werde jetzt schlafen.«

Den größten Teil der Nacht lag Verrarc wach allein im Bett, das zu teilen er sich gewöhnt hatte. Seine Gedanken rasten hin und her wie ein verängstigtes Tier. Erst verfluchte er sich, weil er Raena verloren hatte. Als nächstes freute er sich, daß sie weg war. Dann machte er sich Sorgen wegen des Pferdevolks und fragte sich, wieso er dieser Dallandra und diesem Rhodry aus Aberwyn traute. Und dann wieder gab er sich seinem Kummer über den Verlust der einzigen Frau hin, die er je geliebt hatte. Endlich schlief er ein und erwachte erst, als Korla ins morgenhelle Schlafzimmer stürzte.

»Der Oberste Sprecher ist hier, Herr. Es ist eine ganze Zeit nach der Dämmerung.«

»Ihr Götter! Sag ihm, daß ich wach bin und gleich komme. Oh, und entschuldige mich bei ihm, daß ich so nachlässig war.«

An jedem Tag einer Volksversammlung, bei der eine Entscheidung getroffen werden sollte, ging der Rat der Stadt früh zum Platz hinauf, um Holzbuden aufzustellen, in denen sich bunte Krüge befanden.

Nahe dem Brunnen stand ein großer Tisch auf Böcken für die Abstimmungssteine. Für diese besondere Abstimmung würden die Bürger, die ein Bündnis mit Prinz Daralanteriel und dem Gel da'Thae wünschten, schwarze Steine in einen schwarzen Krug legen. Jene, die sich mit dem Pferdevolk verbünden wollten, würden rot in rot abstimmen, und die, die überhaupt kein Bündnis wünschten, weiß in weiß.

Verrarc erschien gerade, als Feldwebel Gart keuchend den Weg hinaufmarschiert kam, gefolgt von den Männern der Stadtmiliz. Zehn Männer würden hinter dem Tisch stehen und darauf achten, daß die Abstimmung ehrlich vonstatten ging. Andere Truppen würden sich rings um den Platz aufstellen, für den Fall, daß es Ärger gab, wie Feldwebel Gart bemerkte.

»Ein guter Gedanke, Feldwebel«, sagte Verrarc. »Die ganze Stadt ist nervös.«

Admi selbst stand an der Seite und unterhielt sich mit Zatcheka, die gekommen war, um Zeugin der Abstimmung zu werden. Sie trug ihr langes Hirschlederkleid und einen großen Kopfschmuck aus Goldstoff, der hoch aufgetürmt war. Hier und da glitzerten Edelsteine in den Falten. Zwei ihrer Krieger, bewaffnet mit festen Stöcken, standen hinter ihr. Verrarc wollte gerade auf Admi zugehen, als er sah, wie der Prinz des Westvolks mit einer eigenen Eskorte den Platz betrat. Auf seinem grauen Hemd glitzerte der Saphiranhänger. Hinter seinen Männern kamen Niffa, Dallandra und die Prinzessin mit ihrem Kind. Als Nachhut folgte ihnen Rhodry aus Aberwyn. Verrarc eilte hinüber und verbeugte sich vor dem Prinzen.

»Guten Morgen«, sagte er. »Ich sehe, Niffa hat Euch von unseren Sitten erzählt.«

»Ja«, meinte Daralanteriel. »Also bin ich gekommen, um Zeuge zu sein, wie sie vorgeschlagen hat. Ich hoffe, es stört Euch nicht, daß ich meine Frau mitbringe. Sie wollte sehen, wie eine solche Abstimmung vonstatten geht.«

»Ihr seid selbstverständlich alle willkommen«, erwiderte Verrarc. »Zweifellos hat Niffa Euch allerdings gesagt, daß Ihr mit den Bürgern, die sich entscheiden, nicht mehr sprechen dürft.«

»Das hat sie getan, und wir werden uns daran halten.« Dar hielt inne und sah sich um. »Carra, ist alles in Ordnung? Es wird warm werden heute, Wolken oder nicht.«

»Das Beratungshaus steht dort drüben«, warf Verrarc ein. »Ihr könnt euch dort niederlassen, wenn Ihr wollt.«

»Wir könnten das Baby eine Weile mit nach drinnen nehmen«, meinte Carra zu Niffa. »Noch passiert nicht viel.«

»Wir müssen erst die Ausrufer schicken«, sagte Verrarc. »Bei einer solchen Entscheidung gehen wir folgendermaßen vor: Der Fünferrat bereitet alles vor, was Ihr jetzt vor Euch seht. Dann schicken wir vier Ausrufer in die Stadt, um alle daran zu erinnern, daß an einem solchen Tag niemand die Hand erheben darf, um einem anderen Bürger zu schaden. Es ist nötig, daß eine solche Entscheidung ohne Streit gefällt wird, denn wer würde schon unbeeinflußt wählen können, wenn er sich für gefährdet hielte?«

Dar nickte zustimmend. »Das scheint mir ein guter Brauch.«

Niffa und Carra nahmen das Kind und schlenderten in der Richtung des Beratungshauses davon. Verrarc warf Rhodry einen Blick zu, der, die Daumen im Schwertgürtel, zugehört hatte.

»Sagt mir, Berater«, meinte Rhodry, »hat Rakzan Kral ebenfalls das Recht, als Zeuge anwesend zu sein?«

»Leider ja.« Verrarc war plötzlich übel. »Wir müssen wohl einen fünften Ausrufer zu seinem Lager schicken.«

»Diese Pflicht würde ich nur zu gerne auf mich nehmen.« Rhodry lächelte plötzlich, und Verrarc hatte noch nie gesehen, daß jemand gleichzeitig so strahlend lächeln und so kalt dreinschauen konnte. »Um euren Bürgern die Gefahr zu ersparen.«

»Rori!« Dallandra trat vor. »Was genau hast du vor?«

»Zu tun, um was der Rat mich bittet, und nichts weiter.« Rhodry lächelte sie unschuldig an.

»Wirst du das beschwören?« Dallandra stützte die Hände auf die Hüften und starrte ihn wütend an.

»Ja, bei meinem Silberdolch.«

»Nun gut. Wenn der Rat dein Angebot annimmt, werde ich dir nicht im Weg stehen. Aber du solltest Arzosah wegschicken. Auch sie sollte die Bräuche dieses Landes achten.«

»Wir haben gestern abend schon darüber gesprochen. Sie weiß, daß sie niemanden vom Pferdevolk und keines ihrer Tiere essen darf.« Rhodry wandte sich Verrarc zu. »Also, soll ich nun euer Herold sein oder nicht?«

»Ich nehme Euer Angebot gerne an«, sagte Verrarc. »Ich bin froh, daß ich nicht länger darüber nachdenken muß, wen ich in dieses Lager schicken soll.«

Rhodry setzte zu einer Antwort an, aber plötzlich hörte Verrarc ein Geräusch wie Donnergrollen, das hinter ihm lauter wurde. Er drehte sich um und sah, wie der schwarze Drache davonflog. Mit ein paar Flügelschlägen gewann Arzosah an Höhe, drehte ab und flog nach Osten.

»Gut«, sagte Rhodry. »Sie hat sich daran erinnert, was ich ihr gesagt habe. Ich dachte, es würde eure Bürger vielleicht beruhigen, Ratsherr, daß sie nicht so nahe an dem Ort der Entscheidung weilt.«

»Danke.« Verrarc sah der dunklen Silhouette am Himmel nach und schauderte. »Ich denke, es ist besser so.«

In Cerr Cawnen trug ein Ausrufer lange Streifen von weißem Leinen um den Kopf gebunden, die hinter ihm herflatterten. Außerdem hatte er einen Stock mit weiteren Leinenbändern. Da die anderen Männer keine Waffen trugen, ließ Rhodry sein Schwert bei Dallandra, aber er behielt den Silberdolch am Gürtel. Admi wiederholte ihm mehrmals die rituellen Worte.

»Und vergeßt nicht«, schloß Admi, »daß die Stadttore geschlossen bleiben werden, damit keine Reisenden die Abstimmung stören. Die Zeugen müssen mit den Wachen sprechen und ihnen erklären, wieso sie in die Stadt wollen.«

Die fünf Ausrufer fuhren mit der großen Barke des Rats über den See. Als sie das andere Ufer erreichten, hingen schon dunkle Wolken am Himmel. Der windstille Tag war drückend und schwül geworden. Rhodry war froh über die Gelegenheit, von dem dampfenden, stinkenden See weg zur sauberen Luft der Wiesen hinter den Toren zu gelangen.

Das Pferdevolk hatte seine spitzen Zelte in einem Kreis um eine große Feuergrube aufgestellt. Als Rhodry näher kam, sah er, daß sie ihre Pferde hinter dem Lager zum Grasen angepflockt hatten. Das Lager selbst schien verlassen zu sein, aber als er einen Gruß rief, kam Rakzan Kral persönlich aus einem Zelt, angetan mit der goldenen Weste, die Peitsche in der Hand. Er lächelte mit entblößten Reißzähnen, aber Rhodry sah, daß er tatsächlich versuchte, freundlich zu sein. Er verbeugte sich vor ihm.

»Ich wünsche Euch einen guten Morgen«, sagte Rhodry. »Ich ging davon aus, daß Ihr als Bittsteller zum Tor von Cerr Cawnen wollt?«

»Das will ich tatsächlich«, sagte Kral. »Die Priesterin hat mir mitgeteilt, daß ein Herold zu uns kommen würde.«

Rhodry sah sich um, aber entdeckte nur ein paar menschliche Sklaven, die zwischen zwei Zelten standen und schweigend zusahen.

»Der Rat der Fünf hat mich ausgesandt, um Euch einzuladen, die Entscheidung dieses Tages zu bezeugen. Der öffentliche Platz auf der Zitadelleninsel steht allen, die kommen möchten, offen.«

»Gut«, erklärte Kral. »Ich rufe nur ein paar meiner Männer zusammen ...«

»Wartet! Es ist auch meine Pflicht, Euch mitzuteilen, daß am Tag einer solchen Entscheidung jeder Streit verboten ist. Niemand darf Waffen auf den Ratsplatz tragen. Jeder, der die Hand gegen einen Bürger oder einen anderen Zeugen erhebt, wird sich vor den Gesetzen der Stadt verantworten müssen.«

»Ich schwöre, daß ich und die meinen diese Gesetze befolgen werden.«

»In Ordnung. Wenn Ihr zur Stadt kommt, werdet Ihr die Tore verschlossen finden. Ruft zu den Wachen hinauf, und sie werden Euch und einen oder zwei Begleiter einlassen.«

»Das werde ich tun.«

»So sei es.« Rhodry stieß mit dem Ende des Stocks auf den Boden. »Seid willkommen.«

Als er sich zum Gehen wandte, sah Rhodry, daß Raena aus einem der Zelte herausspähte. Sie hatte die Zeltklappe gerade weit genug geöffnet, um überwiegend hinter dem Tuch verborgen zu bleiben.

»Werdet auch Ihr kommen, um Zeugin zu sein«, fragte Rhodry, »Priesterin?«

Raena erstarrte und glotzte ihn an. Rhodry lachte sein schrilles Berserkerkichern.

»Ich wette, Ihr habt nicht den Mumm dazu.«

Er verbeugte sich vor ihr mit aller höfischen Anmut – jedenfalls so gut es mit dem Stock in der Hand ging. »Nicht nach unserer Begegnung auf der Schlachtenebene.«

»Verflucht sollt Ihr sein!« Raena riß die Zeltklappe beiseite und kam raus. »Kral! Töte diesen Mann! Ich befehle es dir!«

»Was?« Mit zwei langen Schritten stand Kral bei ihnen. »Ich verneige mich vor der heiligen Priesterin, aber ich werde keinen Herold und keinen unbewaffneten Mann töten. Wie würde das wohl dem Volk in der Stadt gefallen?«

Raena stampfte auf und starrte ihn wütend an. Sie trug ein langes Hirschlederkleid mit blauem Muster, und ihr langes schwarzes Haar war aufgesteckt und mit goldenen Bändern verziert. Das schien Kral allerdings wenig zu beeindrucken. Er zuckte mit den Achseln und wandte sich Rhodry zu.

»Herold, ich schlage vor, daß Ihr in Eure Stadt zurückkehrt.«

»Danke, Rakzan, das werde ich tun.«

Als er davonging, grinste Rhodry. Nun mußte er nur abwarten, ob Raena seine Herausforderung entgegennahm.

Den ganzen Tag lang hingen dunkle Wolken über der Zitadelleninsel. In der Hitze waren alle ungeduldig, besonders die Milizmänner, denen der Schweiß nur so aus ihrer Lederrüstung lief. Verrarc ging hin und her und versuchte, aufkommende Streitereien zu schlichten. Auch er hatte die Bürger noch nie so unruhig erlebt. Bei einer solch wichtigen Entscheidung tauchten alle Erwachsenen der Stadt auf, stellten sich in die Reihe und warteten auf dem einzigen Weg hinauf zum Platz. Hier und da versuchte ein Ungeduldiger, sich vorzudrängen, oder eine Frau kam mit einem Kleinkind, das weinte und stank, und jene, die in der Nähe stehen mußten, wurden unangenehm.

Burra und Frie verbrachten den größten Teil des Morgens damit, an der Reihe der Bürger entlangzugehen, um die Ordnung aufrechtzuerhalten. Immer ein paar Bürger gleichzeitig verließen den Weg und gingen hinaus auf den Platz, wo Hennis ihnen drei Stimmsteine aushändigte, dann begaben sie sich in eine der Kabinen. Da alle wußten, wie viele noch nach ihnen warteten, bewegten sie sich dabei rasch. Auf dem Rückweg warfen sie die unbenutzten Steine in einen anderen Krug. Es brauchte Verrarcs ganze Willenskraft, sich zurückzuhalten und nicht dort hineinzuschauen, nur um eine vage Vorstellung von der Richtung der Abstimmung zu erhalten. Gegen Mittag schätzte er, daß die Hälfte der Wahlberechtigten bereits auf dem Platz gewesen waren.

»Ich denke, wir sollten noch einmal die Ausrufer schicken«, meinte Admi, »um die Bürger, die noch zu Hause sind, zu bitten, dort zu bleiben, bis der Andrang nachgelassen hat.«

»In Ordnung«, meinte Verrarc. »Aber ich bin froh zu sehen, daß so viele herausgekommen sind.«

Admi nickte und zog einen Lappen aus der Tasche, um sich den Schweiß abzuwischen.

»Ein Regen wäre nicht schlecht«, fuhr Verrarc fort. »Obwohl ich hoffe, daß es nicht passiert, bevor die meisten ihre Stimme abgegeben haben.«

Admi schwieg. Er starrte mit seltsamer Miene, halb Verachtung, halb Angst, über Verrarcs Schulter hinweg. Als Verrarc sich umdrehte, sah er Raena in einem langen Lederkleid im Stil des Pferdevolkes, das Haar in grünes Tuch gebunden, wie sie rasch zusammen mit Rakzan Kral auf sie zukam. Hinter ihnen folgte ein Krieger des Pferdevolks mit einem Zeremonialstock. Kral selbst war unbewaffnet bis auf einen Tischdolch am Gürtel.

»So eine Unverschämtheit von diesem Miststück«, murmelte Admi.

Verrarc fragte sich, ob er sich nun vielleicht blamieren würde, indem er zu weinen begann. Zum Glück wandte sich Kral ab und sagte ein paar Worte zu Raena, die sie innehalten ließen. Sie und der Krieger blieben in einiger Entfernung stehen, während Kral zu Admi und Verrarc kam.

»Ich kann der Priesterin nichts befehlen«, waren die ersten Worte, die Kral sprach. »Ich muß mich entschuldigen, Ratsherr Verrarc.«

»Schon gut«, meinte Verrarc. »Ich hatte auch nie irgendwelchen Einfluß auf sie.«

Verrarc drehte sich um und ging zur anderen Seite der Kabinen. Raena kam den ganzen langen Nachmittag über nicht in seine Nähe.

Obwohl die Wolken dunkler wurden, regnete es während der gesamten Abstimmung nicht. Zu unterschiedlichen Zeiten gingen einer der Ratsherren oder ein paar Milizsoldaten zum Essen nach Hause, dann kehrten sie zurück. Langsam bewegte sich die Reihe von Bürgern den Hügel hinauf. Als endlich die Sonne die Wolken im Westen in mattes Gold verwandelte, bemerkte Verrarc, daß die Reihe dünn geworden war.

»Ich glaube, die meisten haben abgestimmt«, meinte er. »Gut. Wenn die letzten fertig sind, ziehen wir uns ins Beratungshaus zurück, um die Stimmen zu zählen, und dann wird es gleich sein, ob es regnet oder nicht.«

Rhodry hatte den Tag damit verbracht, Carra und ihr Kind zu bewachen. Schon ziemlich früh war die Prinzessin des kargen Beratungshauses und des Platzes müde geworden. Eine Weile besuchten sie Jahdos Mutter und ihre Schwester Sirri, die

Hebamme der Stadt, bis das Gerede von Kindern im allgemeinen und von Elessario im besonderen bewirkte, daß Rhodry sich zu fragen begann, ob Menschen tatsächlich vor Langeweile sterben könnten. Zu seinem Glück hatten beide älteren Frauen Arbeit zu tun, und gegen Mitte des Nachmittags begleitete er daher Carra zurück ins Elfenlager am Seeufer. Vantalaber, der hellhaarige Hauptmann der Bogenschützen, eilte ihnen entgegen.

»Ich habe die Tore im Auge behalten«, sagte Van. »Raena und ihr schweinischer Rakzan sind gegen Mittag durchgekommen.«

»Ach tatsächlich?« Rhodry lachte ein Berserkerheulen, das Van zusammenzucken ließ. »Ich freue mich auf heute abend. Es könnte wirklich interessant werden.«

Während Carra und das Kind sich im königlichen Zelt ausruhten, saß Rhodry mit Blitz, Carras Hund, als zweitem Wachtposten vor der Tür. Der Hund schlief, und Rhodry döste, die Hand am Schwertgriff, aber weder Raena noch irgendwer vom Pferdevolk kam auch nur in ihre Nähe. Gegen Sonnenuntergang trug Carra das Kind nach draußen und erklärte, sie wolle jetzt wieder zu ihrem Mann auf dem Platz gehen.

»Die Bürger müßten bald fertig sein«, meinte Carra. »Ich möchte zusehen, wie die Ratsmitglieder die Steine zählen.«

»Ich nehme an, mit Hilfe von Zählstöcken«, erwiderte Rhodry.

»Zweifellos, aber das meinte ich nicht.« Sie hatte ihr hübsches Gesicht nachdenklich verzogen. »Ich frage mich, ob sie in Schritten zu zwanzig zählen, wie wir, oder in Zwölfen.«

»In Zwölfen? Wer würde so etwas tun?«

»Bauern tun es die ganze Zeit. Ich frage mich, ob sich hier die alten Bräuche ihrer Ahnen bewahrt haben, die schließlich Unfreie waren, oder genauer gesagt, von unseren Ahnen zu Unfreien gemacht wurden. Und jetzt habe ich eine Gelegenheit, es herauszufinden. Wenn Cerr Cawnen in Zwölfen rechnet, dann werde ich wissen, daß dies die ursprüngliche Rechenweise dieses Landes war.«

Rhodry lächelte, aber er fragte sich, ob sie vielleicht den Verstand verloren hatte, sich für solche Dinge zu interessieren.

Sie fanden ein Boot, und er ruderte sie unter einem dunklen Himmel über den See. Undinen erschienen aus dem Wasser, hellblaue und grüne Elementargeister, und streckten ihre schlanken Hände zum Boot aus. Bei ihrem Anblick gurgelte Elessi und fuchtelte mit den dicklichen Händchen in ihre Richtung.

»Was ist denn?« fragte Carra. »Dort gibt es doch wirklich nichts zu sehen.«

Elessi ignorierte sie und gab das seltsame keuchende Geräusch von sich, das Kinder machen, wenn sie gerade erst lernen zu lachen. Eine besonders mutige Undine beugte sich ins Boot und berührte eine Locke ihres goldenen Haars. Ein Wassertröpfchen lief über Elessis Stirn.

»Ah!« sagte Carra. »Offenbar fängt es an zu regnen. Elessi hat einen Tropfen abbekommen.«

Rhodry lächelte und schwieg. Einen Augenblick später tauchten die Undinen wieder in den See und verschwanden, mischten sich mit dem Wasser. Gerade als sie die Insel erreichten, fielen allerdings die ersten Tropfen wirklichen Regens auf das schmale Ufer.

»Wir sollten uns beeilen«, meinte Rhodry. »Ich wette, es bricht bald ein Unwetter los.«

Der Regen hielt sich jedoch noch eine Weile zurück. Rhodry trug auf dem Weg zum Platz das Kind, und Blitz trabte schweifwedelnd voraus. Als sie die Hügelkuppe erreichten, lief ihnen Kyle, immer noch in seiner Milizrüstung, entgegen. Nur noch ein paar Bürger warteten bei den Kabinen. Am öffentlichen Brunnen standen Daralanteriel, Dallandra und Zatcheka und unterhielten sich miteinander.

»Rori«, sagte Kyle, »ich muß Euch bitten, dieses Schwert abzugeben.«

»In Ordnung.« Rhodry reichte Carra das Kind. »Es tut mir leid, daß ich das vergessen habe. Ich bin so an sein Gewicht gewöhnt wie die meisten Männer an ihre Brigga.« Er schnallte den Gürtel auf, schob die Schwertscheide herunter und reichte sie Kyle. »Paß gut darauf auf.«

»Ich werde Dallandra bitten, es für Euch aufzubewahren.«

Carra war weiter auf ihren Mann zugegangen, aber als Rhodry ihr hinterherrief, hielt sie inne, damit er sie einholen konnte. Die Milizmänner hatten sich um die Kabinen versammelt und waren bereit, die Krüge, die dort standen, ins Beratungshaus zu tragen, und die Kabinen dann abzubauen. Vier Ratsmitglieder standen in einer kleinen Gruppe am Tisch und unterhielten sich. Verrarc war nirgendwo zu sehen. Rhodry konnte das Schimmern eines Feuers oder vielleicht von Laternen durch die Fenster des Beratungshauses sehen. Plötzlich schrie Carra auf, und der Wolfshund an ihrer Seite knurrte und fletschte die Zähne.

Etwa auf halbem Weg zwischen dem Brunnen und dem Beratungshaus standen Rakzan Kral mit einem Pferdevolkkrieger und Raena, die Pferdevolkkleidung trug. Sie hatte zwar keine Schärpe um ihr Lederkleid geschlungen, aber Rhodry bemerkte ihren grünen Kopfputz, der so schwer wirkte, daß es gut möglich war, daß er mehr verbarg als ihr Haar.

»Carra«, flüsterte Rhodry. »Sei tapfer. Ich glaube, wir können einen Raben fangen, wenn es dir nichts ausmacht, so zu tun, als wärst du ein kleiner Vogel in seinem Nest.«

»Was? Ich ... Oh, warte! Ich verstehe, was du meinst.«

Carra bewegte Elessario in ihren Armen und hielt das Kind aufrecht. Elessi tat ihr den Gefallen, griff nach einer Haarsträhne ihrer Mutter und beugte sich über Carras Schulter. Rhodry ging ein wenig hinter ihnen her, als Carra langsam zum Brunnen hinüberging. Er konnte Raena sehen, die ein paar Schritte auf Carra zukam, dann innehielt und sie aus der Ferne beobachtete – zu weit, daß Rhodry ihre Miene erkennen konnte, selbst mit seinen Elfenaugen nicht. Rakzan Kral legte Raena eine Hand auf den Arm und beugte sich zu ihr, um auf sie einzureden. Rhodry ließ Carra mehrere Schritte Vorsprung. Raena schüttelte Krals Hand ab, blieb aber stehen, wo sie war.

Jemand kam aus dem Beratungshaus und eilte zur Gruppe am Brunnen – Niffa, begriff Rhodry, und sie trug einen Holzbecher in der Hand, als hätte sie jemandem Wasser geholt. Sie sah Carra und winkte.

»Carra!« rief Niffa. »Ich habe mich schon gefragt, wann du zurückkommst.«

Lächelnd eilte Carra zu ihrer Freundin. Rhodry hielt Schritt mit ihr, in der gleichen Entfernung wie zuvor. Er sah, wie Raena zu ihrem Kopfputz griff. Er wurde wachsamer. Tatsächlich zog sie etwas heraus – oder nicht? Als sie die Hand senkte, schien sie leer, aber ihr Kleid hatte lange Ärmel. Wußte Sie, daß er sie beobachtete? fragte sich Rhodry. Carra erreichte ihren Mann, und Raena drehte sich um, wies Kral mit einer Geste an, ihr zu folgen, und ging von der Gruppe um den Brunnen weg.

Regentropfen fielen auf das Steinpflaster des Platzes. In der Ferne blitzte es, und Donner grollte am westlichen Himmel. Die Ratsherren begannen hin und her zu rennen, riefen den Milizmännern Anweisungen zu und packten die Krüge voller Abstimmungssteine. Dar rief nach seinen Männern und wollte ihnen zu Hilfe kommen, Zatcheka schickte ihre Leibwächter und eilte dann in den Schutz des Beratungshauses. Wieder donnerte es, diesmal aus größerer Nähe, und nun begann es richtig zu regnen. Rhodry sah Niffa und Carra mit dem Baby in den Armen, die auf das Beratungshaus zueilten. Er lief ihnen hinterher und holte sie gerade ein, als Raena zuschlug.

»Alshandra!« Raena heulte den Namen heraus, dann schoß sie vorwärts. Ein Dolch blitzte in ihrer Hand. »Nimm deine Tochter zurück!«

Carra schrie auf und wich zur Seite aus, nur um auf den nassen Pflastersteinen zu rutschen und rückwärts zu fallen, das Kind fest in den Armen. Die Kleine begann zu weinen. Raena stürzte auf sie zu, den Dolch hochgerissen, aber der Hund sprang schneller und höher. Mit einem Knurren schlug Blitz die Zähne in ihr Handgelenk. Raena fiel halb auf den Hund und begann zu schreien. Der Dolch klirrte aufs Pflaster. Rhodry trat ihn außer Reichweite und packte das Halsband des Hundes in beide Hände.

»Blitz!« rief Carra. »Aus! Laß sie los!«

Der Hund gehorchte. Rhodry ließ ihn gehen, dann packte er Raenas unverletzten Arm und riß sie hoch. Blut lief ihr aus der Bißwunde, aber Blitz' Zähne hatten sie seitlich erwischt und nicht die großen Blutgefäße erfasst. Sie wimmerte und hob die verletzte Hand.

»Das Gelenk ist vielleicht gebrochen«, jammerte sie. »Laßt mich los, es tut so weh.«

»Halt still«, fauchte Rhodry. Er schüttelte sie. »Oder es blutet noch schlimmer.«

Raena wurde friedlicher, schluchzte und rang nach Luft, aber Rhodry drehte ihr den guten Arm auf den Rücken und hielt sie fest. Die Milizmänner kamen angerannt, die Ratsherren drängten sich durch. Dar fiel neben Carra auf die Knie. Alle redeten gleichzeitig.

»Mir geht es gut«, sagte Carra wieder und wieder. »Und Elessi ist auch unverletzt.«

Niffa bückte sich und griff nach dem Dolch.

»Sie hat eine Waffe getragen«, sagte Niffa. »Sie hat bei einer Abstimmung töten wollen.«

»Das hat sie.« Admi nahm ihr den Dolch ab. »Das ist eine sehr ernste Sache. Kommt alle herein! Wir werden in diesem Regen nicht klar denken können. Feldwebel Gart! Die Urnen! Bring deine Männer herein und bewacht die Urnen!«

Dar half Carra auf, dann nahm er die schluchzende Elessi und wiegte sie in seinen Armen. In all dem Durcheinander sah sich Rhodry nach Rakzan Kral um und fand ihn an der Mauer des Beratungshauses stehen. Der Mann sah verblüfft aus, hatte den Mund halb geöffnet und die Hände wie ungläubig gespreizt. Rhodry überlegte gerade, ob er mit ihm sprechen sollte, als Raena in seinem Griff plötzlich schlaff wurde und vorwärts sackte, als wäre sie ohnmächtig. Ohne nachzudenken, ließ er den Arm los, damit er ihn nicht brach. Sie riß sich los, schubste ihn aus dem Gleichgewicht und rannte davon.

»Haltet sie!« rief Rhodry.

Die Menge begann zu schreien. Rhodry rannte hinter Raena her, aber im Regen waren die Sohlen seiner Reitstiefel so glatt wie eine Speckseite. Er rutschte auf den Pflastersteinen aus, kam wieder ins Gleichgewicht, doch er hatte Raena verloren. Es sah so aus, als wäre sie in den Schatten und das Zwielicht geschmolzen.

»Dalla!« rief Rhodry. »Ist das Dweomer?«

»Eine Art davon.« Dallandra kam zu ihm gerannt. »Aber sie kann ohne die Hilfe ihres ekelhaften Fuchsgeistes nicht in Evandars Land flüchten. Wir haben noch die Möglichhkeit, sie zu finden.«

Rhodry lachte. Die Miliz, die Bürger, die Ratsherren – alle wirbelten herum. Admi schrie nach Ruhe und erhielt sie schließlich.

»Wenn sie eine Mörderin ist, dann haben unsere Gesetze etwas dazu zu sagen.« Dann wandte er sich der Menge zu. »Mitbürger! Sucht sie! Übergebt sie der Gerechtigkeit!«

Die Bürger jubelten. Erst jetzt begriff Rhodry, wie sehr sie Raena gehaßt hatten. Verrarc, ganz in der Nähe, stand mit gesenktem Kopf da und betete vielleicht, vielleicht starrte er auch nur vollkommen erschöpft die Steine an. Als Rhodry auf ihn zukam, hob Verrarc weder den Kopf, noch sagte er etwas.

»Ihr wißt, wo sie sich verbergen wird, nicht wahr?« meinte Rhodry. »Sagt es mir. Das spart uns allen den Ärger, diese Stadt auseinanderzunehmen, und Ihr tut Euch damit auch einen Gefallen. Wenn Ihr Ratsherr bleiben wollt.«

Verrarc hob den Kopf und sah ihn mit Augen an, die aus Glas hätten sein können, so wenig Gefühle zeigten sie.

»Am Ende finden wir sie ohnehin«, fuhr Rhodry fort. »Die Tore sind geschlossen, und sie wird die Stadt nicht verlassen können.«

Verrarc sagte nichts. Rhodry wollte ihn weiter drängen, als Dallandra ihn am Arm packte.

»Komm mit.«

»Aber ...«

»Komm mit!« Dallandra warf den Kopf zurück, und ihr silbriges Haar schien vor Leben und Kraft zu knistern. »Laß ihn in Ruhe.«

Rhodry ließ sich außer Hörweite führen. Als er zurückschaute, sah er, daß Verrarc immer noch dort stand, wo er ihn verlassen hatte, und ins Nichts starrte.

»Rori, sei vernünftig!« fauchte Dallandra. »Er ist nur aus Fleisch und Blut und nicht aus Stahl. Außerdem habe ich sie gefunden.«

»Oh.« Rhodry hielt inne und lächelte. »Entschuldige. Ich hätte wissen sollen, daß du das könntest. Wo ist sie?«

»In den Ruinen dieses Tempels. Wo du und Arzosah euer Lager aufgeschlagen hattet.«

Rhodry rief Kyle zu, ihnen zu folgen, und rannte los. Am Rand des Platzes warf er einen Blick zurück und sah, daß Kyle fünf weitere Milizmänner mitbrachte. Er blieb stehen, bis sie ihn eingeholt hatten.

»Ich hoffe, es gibt keinen Hinterausgang aus den Ruinen«, sagte Rhodry.

»Ich weiß von keinem«, sagte Kyle, aber dann schickte er zwei seiner Kameraden zur Rückseite der Tempelruinen, um dort aufzupassen.

Rhodry stolperte eilig auf dem unebenen Boden hügelabwärts auf den Trümmerhaufen zu. Dann hielt er inne und sah sich nach einem Eingang um. Endlich entdeckte er, was wie eine Tunnelöffnung aussah. Als er darauf zuging, gefolgt von den Milizmännern, hörte er von drinnen ein seltsames Geräusch. Plötzlich flatterte ein Würger in einem Aufblitzen schwarzweißer Flügel heraus. Direkt dahinter kam ein Falke, der einen schrillen Schrei ausstieß, als er in die Luft sprang und dem Würger nachflog. Beide Vögel waren so groß, daß alle Männer wußten, es mußte sich um Gestaltwandler handeln. Kyle fluchte leise.

»Dieses Miststück!« fluchte Rhodry. »Vielleicht ist sie schon geflohen.«

Doch keiner der Vögel war ein Rabe gewesen. Also eilte Rhodry zu dem Tunneleingang, der zwischen riesigen Steinblöcken klaffte, und spähte hinein. Als er entdeckte, daß sich fester Boden unterhalb des Eingangs befand, kroch er hinein, halb rutschend, halb gehend. Rhodry hatte immer besonders gut im Dunkeln sehen können, und nach ein paar Herzschlägen konnte er Umrisse erkennen. Er ging den Tunnel entlang und hörte eine Frau weinen. Eine halb eingestürzte Türöffnung ragte vor ihm auf. Er betrat den Raum dahinter und sah, daß Raena in einer Pfütze von Silberlicht an der Wand hockte. Sie drückte das verletzte Handgelenk an die Brust.

»Aha«, sagte Rhodry. »Der Rabe kann also nicht fliegen? Wie schade.«

Raena hob etwas vom Boden und warf es nach ihm, aber Rhodry duckte sich, und der Stein flog vorbei. Fluchend kam Raena auf die Beine. Rhodry konnte hören, wie die Männer den Tunnel entlangliefen, und Raena hörte das offensichtlich auch, denn sie versuchte nicht zu fliehen.

»Kyle!« rief Rhodry. »Kommt her! Wir haben sie!«

Mit einem Rest von Würde richtete sie sich auf, schüttelte ihr dunkles Haar zurück und stand so stolz da wie eine Königin, als die Milizmänner hereingestürmt kamen. Einen Augenblick lang starrten sie sie einfach an, während Kyle sie mit einem Haß betrachtete, der beinahe so deutlich zu sehen war wie das silberne Licht, das auf den Steinen schimmerte.

»Bringt sie zurück zu Admi«, sagte Rhodry. »Eure Gesetze werden über sie entscheiden.«

Oben auf der ätherischen Ebene hatte Evandar in der Nähe von Raenas Versteck gelauert, eingeklemmt zwischen zwei dunklen Flächen, die auf der physischen Ebene als Steinplatten erscheinen würden. Als er hörte, wie Raena betete, schluchzte und den Herrn des Chaos anflehte, sie zu retten, empfand er so etwas wie Mitgefühl für die Frau, aber ansonsten war sie für ihn nur ein Köder. Und tatsächlich erschien bald schon Shaetano in annähernder Menschengestalt, aber mit spitzer Schnauze, rötlichem Fell, und seine Ohren ragten spitz und fuchshaft nach oben.

»Ich bin hier«, verkündete er. »Ich ...«

Seine Worte gingen in einen Schrei über, als Evandar die Grenze zwischen den Ebenen übersprang und sich materialisierte. Bevor er etwas sagen konnte, war Shaetano schon den Tunnel entlanggerannt. Evandar folgte ihm. Im Laufen begann Shaetanos Gestalt zu verschwimmen, und am Eingang flatterte dann ein schwarzweißer Würger kreischend in die Luft. Evandar folgte in Gestalt des Falken und flatterte heftig, um an Höhe zu gewinnen. Aus dem Augenwinkel sah er, wie Rhodry auf sie zugerannt kam, aber sein Bruder war seine Beute und im Augenblick das einzige, was für Evandar zählte. Seine riesigen Flügel durchschnitten die Luft und brachten ihn immer näher an den Würger heran, der unterhalb von ihm flog.

Sie ließen die Mauern von Cerr Cawnen zurück und flogen über die Felder. Evandar holte rasch auf, als Shaetano zu Boden flatterte, um im Frühlingsgras Schutz zu suchen. Evandar flog über ihn hinweg, fluchte, kehrte um und sauste im Sturzflug abwärts. Er konnte einen Fuchs sehen, der auf die Steinmauer am Rand einer Kuhweide zuschoß. Als er landete, verwandelte er sich wieder, diesmal in den schwarzen Jagdhund. Bellend rannte er weiter, holte den Fuchs ein, aber gerade, als es aussah, als würde er ihn erwischen, sprang Shaetano in die Luft und verschwand.

Evandar warf sich durch das Tor zwischen den Welten und fand sich in Elfengestalt über die Schlachtenebene rennen. In dem absurden kupferfarbenen Licht wirbelte der Staub auf. Blitze zuckten am Horizont und verwandelten den ewigen Rauch, der dort hing, zu bläulichem Silber, so häßlich wie die Haut einer Leiche. Direkt vor Evandar wartete Shaetano in Menschengestalt und in eine schwarze Rüstung gehüllt. Er hielt das Schwert vor sich und duckte sich kampfbereit. Evandar konnte das Glitzern dunkler Augen unter dem tiefgezogenen schwarzen Helm sehen.

»Hol deine Waffen, Bruder«, rief Shaetano. »Du wirst sie brauchen.«

»Das denke ich auch.«

Evandar riß beide Arme in die Luft und beschwor das Licht herab. Wie ein bläulicher Blitz kam es zu ihm, aber er packte es und veränderte es, wob es zu einem riesigen Netz. Mit einem Keuchen wich Shaetano zurück, aber zu spät – Evandar warf ihm das Netz über den Kopf. Das Netz flog durch die Luft und senkte sich auf einen schreienden Shaetano, der zu Boden fiel und reglos dalag. Evandar rannte zu ihm, kniete sich und griff durch die Maschen des Netzes nach seinem Bruder. Die leere Rüstung klapperte und rollte im Staub umher.

»Schlau, Bruder, verflucht schlau!«

Evandar zog das Netz weg und begann, die Rüstungsteile in die Gegend zu werfen. Als er den Brustharnisch hochhob, sah er eine graue Maus, die durch den Staub davonhuschte. Sofort wurde er zur Katze und sprang mit allen vieren zu, aber Shaetano war schneller und breitete wieder die Würgerflügel aus. Mit einem schrillen Krächzen machte sich der Falke an die Verfolgung.

Die Jagd führte sie weiter und weiter, manchmal in Evandars Land, manchmal in der physischen Welt. Shaetano veränderte sich von Fuchs zu Vogel, von Vogel zu Maus oder Maulwurf, aber jedesmal wurde Evandar zu seinem Feind, vom Jagdhund zum Falken, vom Falken zu Katze oder Frettchen. Weiter und weiter ging es, und die ununterbrochenen Veränderungen erschöpften beide. Die Vögel flatterten langsamer und segelten dichter am Boden. Fuchs und Hund hechelten, als sie hintereinander hertaumelten. Manchmal hatte Evandar keine Ahnung mehr, wo sie sich befanden. Wald und Feld, schimmernde ätherische Ebene oder die leere Dunkelheit zwischen den Sternen – überall ging die Jagd weiter. Aber jede Veränderung brachte ihm Shaetano ein wenig näher, bis es ihm vorkam, als bräuchte er mit Zähnen, Händen oder Tatze nur noch ein paar Zoll weiter zu greifen.

Endlich fanden sie sich beinahe zufällig wieder am Ufer des Sees bei Cerr Cawnen. Es war Nacht geworden, und der Regen hatte nachgelassen. Würger und Falke ließen sich im kühlen

Sand nieder und blieben stehen, die Flügel halb ausgebreitet und zerzaust, um einander anzustarren.

»Ergib dich, Bruder!« rief Evandar. »Du wirst schneller müde als ich. Wenn du dich das nächste Mal veränderst, wirst du vielleicht halb gefangen sein zwischen Fell und Feder, und das wäre eine häßliche Angelegenheit.«

»Du zweifelst also an meiner Kraft?«

Die Würgergestalt verschwand und löste sich auf, und ein hechelnder müder Fuchs stand an ihrer Stelle. Mit einem Bellen sprang der schwarze Hund vorwärts, und der Fuchs rannte und kläffte dabei leise. Durch die schmalen Straßen der Zitadelleninsel rasten sie und rannten den Hügel hinauf. Als sich der Fuchs umdrehte, um eine Gasse zum See entlangzurennen, sprang der Hund vorwärts und hätte ihn beinahe erwischt. Evandars Reißzähne schlossen sich beinahe über dem Fuchsfell, aber der Fuchs wand sich wieder und sprang hügelaufwärts. Rund und rund, langsamer und langsamer – beide hechelten heftig, als sie die Kuppe erreichten. Als Evandar versuchte, den Fuchs auf die Tempelruine zuzutreiben, sprang dieser auf ein Faß und von dort auf eine dicke weiße Mauer.

»Laß mich gehen, laß mich gehen!« rief Shaetano, und seine Stimme kläffte und quiekte. »Ich werde nichts mehr tun!«

Evandar sprang hoch, und im Sprung wechselte er die Gestalt, spürte, wie sich seine Beine und Pfoten in Flügel und Krallen verwandelten, sein Fell in Federn. Der Fuchs duckte sich, zu erschöpft für eine weitere Veränderung, bis er mit einem quiekenden kleinen Bellen von der Mauer sprang und hügelabwärts rannte. Der Falke war zu schnell für ihn. Evandar schoß im Sturzflug abwärts und stürzte sich mit solcher Gewalt auf die Fuchsgestalt seines Bruders, daß eine Illusion von Blut floß. Der Fuchs wimmerte und überschlug sich, wand sich auf den regenglatten Pflastersteinen.

Der Nachtwind trieb die Wolken vor dem Vollmond her.

Evandar senkte die Klauen in den Fuchs und stieg mit heftigem Flattern auf, während Shaetano quiekte und sich in seinem Griff wand. Unter ihnen schien die Stadt und der dampfende See hin- und herzuschwingen.

»Halt still!« rief Evandar. »Wenn ich dich in dieser Gestalt fallen lasse ....«

Der Fuchs wurde schlaff in seinen Krallen. Evandar kreiste, um an Höhe zu gewinnen, bis er eine schimmernde Straße entdeckte, wo Mondlicht den Rand einer Wolke beleuchtete. Er folgte ihr, flatterte über schlammige Felder und dunkle Wälder. Bei einer Abzweigung in der Mutterstraße ließ er die physische Welt hinter sich und erreichte die stille Wiese von Leben und Tod. Als er und seine Last in das lavendelfarbene Licht sausten, spürte er, wie er sich wieder in seine Elfengestalt verwandelte. Auch Shaetano, der vor ihm stand, hatte vage elfische Gestalt. Als er sich umdrehte, um weiterzufliehen, packte Evandar seinen Arm mit beiden Händen, drehte ihn, riß ihn zurück und drückte ihn an sich. Er konnte spüren, wie Shaetano zitterte und dann schlaff wurde.

Rings um sie her nickten die weißen Lilien in einem spektralen Wind. Unter dem violetten Himmel rauschte der Fluß, offensichtlich mehr Nebel als Wasser. Am anderen Ufer konnten sie Bäume erkennen, dunkelgrüne, junge Zypressen.

»Wo sind wir?« wimmerte Shaetano. »Laß mich los! Was machen wir hier?«

»Warten«, sagte Evandar. »Ich habe schon einmal Seelen hierhergebracht, und sie wurden von jenen beansprucht, denen sie gehörten.«

»Wie meinst du das?«

»Du wirst schon sehen.«

Im Nebel hörten sie Stimmen, die mehr Heulen als Worte waren. Silberhörner erklangen, dann Rufe und das Bellen von Hunden.

»Pferde!« Shaetano riß seinen Arm frei und zeigte in die Richtung, aus der die Geräusche kamen. »Ich flehe dich an, laß mich los!«

Evandar lachte und hielt ihn fester. Aus dem Nebel heraus kam die wilde Jagd auf silbernen Pferden mit silbernen Hunden. Die totenbleichen Blüten wackelten und schwankten, als Hufe und Pfoten lärmend über sie hinwegschossen. Umhänge schimmerten in Pfauenfarben, und schimmernde Kapuzen verbargen die Gesichter der Reiter. Die Frau an der Spitze hatte die Kapuze zurückgestrichen, und man sah ihr hellblondes Haar, geschmückt mit Federn und Muscheln, zu einem Dikkicht schmaler Zöpfe geflochten. Ihr Gesicht schimmerte wie der Mond ganz silbern, und ihre riesigen blauen Augen blickten unter mondsichelförmigen Brauen einher. Sie rief einen Gruß, dann wendete sie ihr Pferd und ritt direkt auf die beiden zu, und die Jagdgesellschaft folgte. Shaetano schrie.

»Herrin der Tiere!« rief Evandar. »Nimm ihn!« Er nahm seine ganze Kraft zusammen, riß Shaetano von den Beinen und warf ihn auf ihr Pferd zu. Lachend beugte sie sich vor und hob ihn mit einem Arm hoch.

»Danke!« rief sie. »Er soll weiterleben, wie die wilden Tiere ein Leben haben, bis er sich wirklich eine Seele verdient hat!«

In ihrer Armbeuge bebte und kläffte ein Fuchs. Mit einem weiteren Lachen wendete sie ihr Pferd und stürmte über den Fluß. Unter Hörnerklang und Hundegebell folgte die Jagd, stürzte sich in den Nebel, es gab noch einen schwachen Widerhall, und dann waren sie verschwunden.

»Das hast du gut gemacht.« Die Stimme erklang direkt hinter ihm. »Tatsächlich klug.«

Evandar fuhr herum und sah sich dem dunkelhäutigen alten Mann gegenüber, der immer noch das Messer und den Apfel in der Hand hielt.

»Danke.« Evandar verbeugte sich vor ihm. »Obwohl ich mich inzwischen wirklich frage, ob du mir nicht folgst.«

»Nein. Es ist nur, daß ich hier und da auf die Idee komme nachzusehen, was du gerade tust.«

»Ach ja? Und dann steigst du nieder in die Welt der Menschen und der Zeit und siehst, was da los ist?«

»Nein. Das kann ich nicht.« Er lachte leise. »Ich bin nämlich tot.«

»Oh.« Evandar starrte ihn einige Zeit an. »Ich frage mich, warum mir das nie aufgefallen ist. So muß es wohl sein.«

»Eines Tages werde ich wiedergeboren werden, aber bis dahin ist mir die körperliche Welt ebenso verschlossen wie diese Welt den meisten Lebenden.«

»Ja, das macht auf eine verrückte Art Sinn. Also leb wohl, guter Geist.« Evandar verbeugte sich abermals. »Ich muß jetzt gehen und mich ein paar andere Angelegenheiten kümmern.«

Da es zu heiß war, um ein Feuer zu entzünden, füllten Diener die Feuerstelle mit Kerzenlaternen und hängten andere an die Wände. In diesem flackernden Licht versammelte sich der Rat der Fünf im Beratungshaus, um die bunten Stimmsteine zu zählen. Die Zeugen Kral, Zatcheka und Prinz Dar saßen auf Stühlen nahe der Tür. Die Ausrufer hockten in der Nähe auf dem Boden. Sein Dienst am Morgen hatte Rhodry einen Platz unter ihnen eingebracht. Er lehnte sich an die kühle Steinmauer und sah zu, als Verrarc eine Urne nach der anderen auf den Tisch leerte. Der alte Hennis saß mit einem Pergament und Tinte daneben, um die Zählerklärungen festzuhalten. Einige wenige rote Steine, etwas mehr weiße – aber dann ergossen sich mehr und mehr schwarze Steine auf den Tisch. Zatcheka sah mit geübter Gleichgültigkeit zu, aber Dar grinste ganz einfach. Er wandte sich Rhodry zu, zwinkerte und sagte auf elfisch: »Sieht aus, als hätten wir gesiegt.«

Um der Ehre willen machten sich die Ratsherren allerdings daran, die Steine zu zählen. Sie zählten tatsächlich in Zwölfergruppen, stellte Rhodry fest, wie Carra vorausgesagt hatte. Mit geübten Händen schob jeder Ratsherr ein Dutzend Steine auf den Boden und hob dann einen Finger hoch. Hennis malte einen weiteren Strich auf sein Pergament, und dann ging es weiter. Die Steine prasselten auf den Boden, wie der Regen aufs Dach. Die Kerzen in den Laternen tanzten in der Zugluft und ließen Schatten über die Mauern fliegen. Zatcheka und Dar saßen bequem da, und hin und wieder lächelten sie.

Rakzan Kral allerdings schaute mürrisch auf den Tisch. Er verschränkte die Arme über der Brust, dann regte er sich nicht mehr, sah niemanden und nichts an, bis auf den wachsenden Haufen schwarzer Steine. Endlich, nachdem aus der letzten roten Urne kaum eine Handvoll roter Steine auf den Tisch gekullert war, stand er auf. Der Oberste Sprecher Admi hörte auf zu zählen und ging auf ihn zu. Die anderen Ratsherren am Tisch hielten ebenfalls inne und wandten sich ihnen zu.

»Ihr Ratsherren«, knurrte Kral, »ich sollte uns diese Langeweile ersparen. Ich akzeptiere das Ergebnis der Abstimmung. Eure Mitbürger haben dummerweise die Entscheidung gefällt, den Starken den Rücken zuzuwenden, die ihnen helfen würden, und sich mit jenen vereint, die so schwach sind wie sie selbst. So soll es sein. Wenn euer Wyrd euch befällt, dann kann niemand sagen, daß ich euch nicht gewarnt hätte.«

»Eure Zustimmung ist willkommen«, erklärte Admi. »Aber dieses Gerede über Wyrd – wirklich Rakzan, an Eurer Stelle würde ich besser auf meine Worte achten.«

Kral fauchte und warf den Kopf zurück. Die Amulette in seiner langen Haarmähne blitzten im Laternenlicht. Ohne ein Lächeln, aber sehr ruhig, sah Admi seinem Gegenüber in die Augen. Langsam und lautlos erhob sich Rhodry und wartete, aber einen Augenblick später wandte Kral mit einem weiteren Fauchen den Blick ab.

»Also gut«, erwiderte Kral. »Werden Eure Wachen mich und meine Männer gehen lassen?«

»Selbstverständlich«, sagte Admi. »Und wenn ihr morgen der Verhandlung beiwohnen wollt, dürft ihr das ebenfalls tun.«

»Verhandlung? Welche Gerechtigkeit kann unsere Priesterin schon erwarten? Es scheint deutlich genug, oberster Sprecher, daß eure Stadt sie schon vor langer Zeit verurteilt hat. Ich frage mich, warum ihr die Zeit für eine Verhandlung verschwendet. Warum tötet ihr sie nicht einfach, dann habt ihr es hinter euch?«

»Sie töten?« sagte Admi. »Ihr habt keine Ahnung von unseren Gesetzen, Rakzan. Wir alle haben gesehen, wie sie den Dolch zog und das Kind des Prinzen bedrohte. Ihre anderen Verbrechen – das sind nur Gerüchte und Flüstern, keine Anklagen. Es sei denn, jemand bringt einen Beweis, ansonsten werde ich nicht zulassen, daß vor Gericht darüber gesprochen wird.«

»Oh.« Kral hielt inne und dachte nach. »Nun gut, dann muss ich mich für meine harschen Worte entschuldigen. Diese Anklage, der sie sich stellen muß – was würde die Höchststrafe sein?«

Admi zögerte, warf einen Blick zu Verrarc und sagte dann: »Exil. Sie darf nie wieder ihren Fuß nach Cerr Cawnen und auf unser Land ringsumher setzen.«

»Dann werden wir anwesend sein.« Kral verbeugte sich lächelnd. »Da Ihr sagt, daß es viele Zeugen gibt, wird sie am Ende der Verhandlung mit uns reiten.«

Rhodry spürte seinen Zorn wie Feuer, das seine Wirbelsäule emporzuckte. Er bebte schier, dann griff er nach seinem Schwert – das zum Glück immer noch von Dallandra aufbewahrt wurde. Aus dem Augenwinkel bemerkte er, wie Prinz Dar aufstand. Rhodry ging einen Schritt auf Admi zu, aber Dar trat ihm in den Weg.

»Keinen Streit bei einer Abstimmung, Rhodry«, sagte Dar. »Halte dich zurück.«

Auch Zatcheka war aufgestanden und legte Rhodry eine schwere Hand auf den Arm.

»Gehorcht dem Prinzen«, sagte sie.

Rhodry schüttelte ihre Hand ab, aber er trat zurück, drehte sich um und ging tatsächlich. Er durchquerte mit ein paar raschen Schritten den Raum, dann blieb er an einem offenen Fenster stehen und schaute hinaus in die Nacht und den Regen. Hinter sich konnte er Stimmen hören, aber der Zorn war ihm ins Blut gedrungen und toste in seinen Ohren. Er umklammerte die Fensterbank mit beiden Händen und versuchte, sich durch reine Willenskraft zu beruhigen. Draußen fiel der Regen stetig in einem windlosen Sommergewitter.

»Rhodry?« Das war Dallandras Stimme. »Sie haben nach mir geschickt. Ist alles in Ordnung?«

Rhodry drehte sich um. Bis auf Dallandra, die eine Laterne in der Hand hielt, war das Beratungshaus leer.

»Nein«, sagte er. »Wo ist mein Schwert?«

»Dar nimmt es mit zurück ins Lager.«

Rhodry stieß jeden Fluch aus, der ihm einfiel, aber Dallandra wartete einfach nur, bis er fertig war.

»Ich hatte recht«, sagte sie. »Du hattest vor, Raena einfach zu töten.«

»Ihr Götter! Diese dummen Bauern und ihre dummen Gesetze! Sie werden sie gehen lassen. Sie lassen sie einfach mit Kral und ihrem dreckigen Zauberer wegreiten. Möge der Höllenfürst sie alle verfluchen!«

»Auch mein Herz fließt nicht gerade vor Freude über, aber ich werde nicht zulassen, daß du sie tötest und am Galgen endest. Die Prinzessin und ich brauchen dich. Hast du nicht geschworen, sie zu beschützen?«

Nun saß er in der Falle. Rhodry seufzte, fuhr sich mit beiden Händen durchs Haar und starrte sie wütend an.

»Also gut«, sagte er schließlich. »Ich sehne mich vielleicht nach meiner Herrin Tod, aber ich habe nicht recht Lust, ihr an einem Seil entgegenzuschwingen.«

»Das dachte ich mir doch. Warum kehrst du nicht ins Lager zurück? Du mußt halb verhungert sein.«

»Das stimmt. Und du?«

»Ich komme bald nach. Ich habe hier noch etwas zu erledigen.«

Die Stadtwachen hatten Raena in die Hütte geschleppt, die in Cerr Cawnen als Gefängnis diente. Auf Dallandras Vorschlag hin hängten sie Eisenketten an die Wände – nicht an ihren Körper – um »die Geister« fernzuhalten, wie sie es für Admi ausdrückte. Sie hatte natürlich keine Ahnung, daß Shaetano in diesem Augenblick um sein Leben rannte, dicht gefolgt von Evandar.

»Es wird eine ordentliche Verhandlung geben«, sagte Admi. »Wenn nicht aus anderen Gründen, dann um Verros willen. Der arme Junge!«

»Ich weiß, Oberster Sprecher«, sagte Dallandra. »Ich fragte mich schon, ob jemand nicht heute abend bei ihm sein sollte.«

»Darum haben wir uns gekümmert. Dera – Jahdos Mutter – hat ihn abgeholt. Sie wird ihn nicht verlassen, solange noch die Gefahr droht, daß er sich etwas antut.«

»Gut. Hat jemand Raenas Handgelenk verbunden?«

»Dera hat darauf bestanden, keine Angst.« Admi schüttelte staunend den Kopf. »Nach all dem Kummer, den dieses Miststück uns gebracht hat! Aber das ist eben unsere Dera, wie? Ich habe nie eine bessere Frau gekannt.«

Als Admi ging, blieb Dallandra noch zurück. Die Steinhütte enthielt zwei Zellen auf der gegenüberliegenden Seite eines kurzen Korridors. Anders als in solchen Gebäuden in Deverry roch es hier sauber. Die Türen waren aus Holz, mit einer kleinen verriegelten Öffnung oben. Dallandra hob die Laterne und spähte in Raenas Zelle, wo die Gefangene auf einem Stuhl saß. Als das Licht hereinfiel, blickte Raena auf, starrte sie an, dann erhob sie sich und kam ihr entgegen.

»Seid Ihr etwa gekommen, um mich zu verspotten?« fragte Raena.

»Nicht im geringsten«, meinte Dallandra. »Ich bin gekommen, um über Alshandras Kind zu sprechen.«

»Aha! Ihr gebt also zu, daß es ihr Kind ist?«

»Ja und nein. Die Seele dieses Kindes war einmal Alshandras Tochter, aber das Kind selbst gehört auf dieser Welt nun seiner Mutter. Sie ist zu einem neuen Wyrd geboren. Selbst wenn Alshandra noch lebte, hätte sie keinen Anspruch mehr auf Elessarios Seele.«

»Sie lebt noch, du ketzerisches Miststück! Und morgen, wenn sie mich töten, werde ich meinen Beweis haben, denn sie wird kommen und mich nach Hause führen.«

»Niemand wird Euch töten. Admi hat erklärt, die Strafe bestünde im Exil.«

Raena warf den Kopf zurück, dann betrachtete sie Dallandra mit halb zusammengekniffenen Augen. »Ich glaube, Ihr sprecht die Wahrheit«, sagte sie schließlich. »Nun, dann werde ich zu meiner Göttin gehen, wenn sie es wünscht, und nicht vorher.«

»Ihr scheint enttäuscht zu sein.«

»Ja. Es wäre wunderbar gewesen, ein für allemal von dieser stinkenden Welt frei zu sein. Wenn sie mich ruft, werde ich ewig mit ihr auf grünen Feldern weilen und von ihren Flüssen des Lebens trinken.«

»Das stimmt nicht. Dieses Land hat niemals ihr gehört. Sie hat Euch angelogen. Ich wünschte, Ihr könntet begreifen ...« Raena fauchte, zog die Lippen zurück, um die Zähne zu zeigen, und knurrte leise. In ihren Augen brannte ein Zorn, der Dallandra an ein Tier in der Falle erinnerte. In diesem Augenblick wußte Dallandra, daß Raena tatsächlich jedes vernünftige Denken weit hinter sich gelassen hatte.

»Wir werden uns zweifellos wieder begegnen, also möchte ich Euch warnen. Ich werde niemals zulassen, daß Ihr dieses Kind tötet. Versucht, was Ihr wollt, schickt mächtige Armeen, aber wenn es sein muß, werde ich sie so weit wegbringen, daß Ihr sie niemals finden werdet. Ich trage sie durch die Welten in ein Land, das Euer Herr des Chaos nie erreichen kann.«

Raena fauchte abermals und warf den Kopf zurück, so daß ihr langes Haar über ihre Schultern peitschte. Dallandra drehte sich auf dem Absatz um und ging hinaus in den kalten Frühlingsregen.

Rhodry verbrachte diese Regennacht im Elfenlager und teilte sich einen Segeltuchunterschlupf mit Dallandra. Er erwachte, als es hell wurde – eine mürrische silberne Linie im Osten. Obwohl es aufgehört hatte zu regnen, blieben die dunklen Wolken. Rhodry ging zum Seeufer und schaute hinüber zur Zitadelle, die sich dunkel und scharf vor dem aufsteigenden Nebel abzeichnete. Als sein Magen zu knurren begann, überlegte er, ob er zum Frühstück im Lager bleiben sollte, aber er hatte oft genug in seinem Leben gehungert, um das Gefühl ignorieren zu können, und wollte sich lieber mit Arzosah besprechen. Zum Glück hatte jemand ein Boot in der Nähe am Ufer gelassen. Er zog es zum Wasser und ruderte dann hinüber.

Rhodry fand den Drachen zusammengerollt auf dem Dach der Tempelruine. Im Morgengrauen schimmerten ihre Schuppen wie polierte Edelsteine. Als Rhodry auf den Hügel kam, öffnete sie ein Auge.

»Guten Morgen«, sagte Rhodry. »Ich hoffe, du hast im Regen nicht draußen geschlafen.«

»Nein.« Arzosah öffnete auch das andere Auge, dann gähnte sie gewaltig. »Nicht weit von hier gibt es einen Berg mit einer Höhle – ein wenig klein, aber ich habe gut geschlafen. Ich kam hierher zurück, nachdem der Regen aufgehört hatte.« Sie erhob sich und streckte sich wie eine Katze, eine Vordertatze nach der anderen. »Ich denke, es wird sich heute aufklären – der Himmel, meine ich.«

»Gut. Ich wollte den Stadtrat überreden, die Verhandlung gegen Raena im Freien zu halten, so daß du Zeugnis ablegen kannst.«

»Eine gute Idee. Ich denke immer noch darüber nach, was du mir gestern abend erzählt hast – daß sie sie nur ins Exil schicken wollen. Wir werden sie weiter jagen müssen, wenn sie das tun. Dann kann ich sie immer noch essen.«

»Nicht, wenn es eine Pferdevolkarmee auf die Stadt hetzt.«

»Ach, was interessiert uns diese stinkende Stadt? Schau nicht so grimmig drein, Rori. Ich weiß, daß es für dich wichtig ist, aber Raena ...«

»Wir können Raena vielleicht töten, wenn wir die Gesetze dieser Stadt als Waffe benutzen. Deshalb ist deine Aussage so wichtig.«

»Aha! Du hast wieder nachgedacht.«

»Ja. Jetzt setz dich und hör gut zu.«

Normalerweise dienten in Cerr Cawnen die Ratsherren auch als Richter, wenn jemand gegen die Gesetze verstieß. Doch in diesem Fall mußte Admi Verrarc aus offensichtlichen Gründen ausschließen. Um für eine ungleiche Zahl zu sorgen, hatte er Zatcheka, deren Stadt ähnliche Bräuche hatte, gebeten, als fünfter Richter zu dienen. Direkt nach Mittag, nachdem ein frischer Wind die Sturmwolken aufgerissen und nach Osten vertrieben hatte, trat das Gericht zusammen. Die fünf Richter setzten sich an einen langen Tisch, der direkt vor dem Beratungshaus stand. Bewacht von fünf Mitgliedern der Stadtwache, darunter Niffas Bruder, saß Raena auf einer Bank links von ihnen. Dallandra bemerkte einen großen Fleck von getrocknetem Blut auf ihrem Kleid, von dem Hundebiß, wie sie annahm. Rakzan Kral und zwei seiner Männer standen so nahe an Raena, wie die Wachen es zuließen. Prinz Daralanteriel, der Carra als die Geschädigte vertrat, saß rechts von den Richtern, flankiert von Rhodry. Carra selbst und das Kind waren in der Sicherheit des Elfenlagers zurückgeblieben.

Auf dem Platz hatte sich eine große Menge von Bürgern versammelt. Dera und ihre Familie hatten eine gute Stelle ganz weit vorn, aber Verrarc hatte sich entschieden, der Verhandlung fernzubleiben – und das war das beste, dachte Dallandra. Die überraschendste Zeugin von allen allerdings kam angewatschelt, kurz bevor die Verhandlung beginnen sollte: Arzosah, die gerade genug Platz hinter Rhodry fand. Die Bürger wichen ein wenig zurück, um ihr Platz zu machen. Sobald sie sich niedergelassen hatte, stand Admi auf. Sein roter Umhang flatterte im Wind.

»Ich verlange Stille bei der Verhandlung«, rief er. »Wir haben uns hier versammelt, um über einen schweren Verstoß zu Gericht zu sitzen. Es heißt, daß Raena, Tochter des Marga, gestern abend gegen Ende der Abstimmung Carramaena, Prinzessin des Westlands, und ihr Kind angegriffen hat.« Er zeigte in Dars Richtung. »Ihr Mann ist gekommen, um eine Aussage zu machen und Anklage zu erheben.«

Mit ernster Miene erhob sich Dar, verbeugte sich vor Admi, verbeugte sich vor der Menge und setzte sich dann wieder hin. Admi gab einer der Wachen ein Zeichen, und der Mann kam mit einem Holztablett nach vorn. Darauf glitzerte ein Silberdolch.

»Dies ist die Waffe, die laut Zeugenaussage von der Missetäterin benutzt wurde«, erklärte Admi. »Wir legen sie als Beweis vor.«

Der Soldat stellte das Tablett auf den Tisch, dann kehrte er zu seinem Posten bei der Gefangenen zurück. Raena, die Hand um ihr verletztes Handgelenk, saß ruhig da, die Lippen ein wenig verzogen, und bedachte alle mit verächtlichem Blick.

Admi wandte sich ihr zu. »Gefangene, was hast du zu sagen?«

»Ich bin schuldig.« Raena stand auf und sah ihn an. »Das hat die halbe Stadt gesehen, Oberster Sprecher. Wozu all die feinen Worte und das aufgeblasene Getue? Erspar uns das, damit ich diese stinkende Stadt endlich verlassen und mich zu meinem neuen, meinem auserwählten Volk begeben kann.«

Ringsumher begannen die Bürger vor sich hin zu murmeln, zornige und schockierte Worte. Wieder verlangte Admi nach Schweigen und erhielt es schließlich.

»Also gut«, sagte Admi. »Wenn die anderen Richter mir zustimmen.«

Die anderen Richter sprachen alle gleichzeitig und erklärten, sie seien tatsächlich derselben Ansicht. Dallandra bemerkte, daß viele Bürger enttäuscht dreinblickten.

»Da keine weiteren Anklagen gegen dich vorgebracht werden ...«

»Das ist nicht wahr!« rief Rhodry. Er erhob sich hinter der Bank und trat vor die fünf Richter. »Ich klage diese Person an, Hexerei von der finstersten Art und üble Zauberei zu betreiben.«

Raena wurde bleich. »Das ist eine Lüge!« fauchte sie.

»Tatsächlich?« Admi ignorierte sie. »Sagt mir, Rhodry aus

Aberwyn, könnt Ihr diese Anklage beweisen? Nach unseren Gesetzen ist das eine sehr schwere Anklage.«

»Ich habe Zeugen, guter Mann.« Rhodry verbeugte sich vor ihm. »Arzosah von den Weiten Schwingen und Jahdo, Laels Sohn.«

Als der Drache auf die Beine kam, keuchten die Bürger, fluchten und wichen noch ein wenig weiter zurück. Jahdo verließ die Seite seiner Mutter und stellte sich neben Rhodry. Admi mußte lange Zeit nach Ruhe rufen, bevor die letzten endlich schwiegen.

»Raena«, sagte Admi. »Streitest du diese Anklage ab?«

»Ja.« Raenas Stimme zitterte heftig. »Er haßt mich, weil ich ihm angeblich Schaden zugefügt habe, aber das habe ich nie getan.«

»Oh, du hast mir viel Schaden zugefügt«, sagte Rhodry. »Aber nicht mir allein. Jahdo, erzähl den Richtern von der Frau, die du auf der Sumpfwiese gesehen hast.«

»Ja.« Jahdo zitterte ein wenig, als er sich dem Tisch zuwandte, und mußte tief Luft holen, bevor er weitersprechen konnte. »Es war noch, bevor ich unsere Stadt mit Meer, dem blinden Barden, verließ. Ich bin auf die Wiese hinausgegangen, um für Gwira Kräuter zu sammeln, und dort sah ich den Ratsherrn Verrarc. Er unterhielt sich mit einer Frau, die in einen Umhang gewickelt war, obwohl der Tag warm war. Und ich fand einen Talisman im Gras liegen.«

Rhodry nahm ein kleines Metallplättchen aus der Tasche und legte es neben dem Dolch auf das Tablett. »Richterin Zatcheka«, sagte Rhodry. »Könnt Ihr uns sagen, was das Zeichen auf diesem Plättchen bei Eurem Volk bedeutet?«

Zatcheka beugte sich vor, warf einen Blick auf das Plättchen und machte ein Zeichen zur Abwehr bösen Zaubers. »Das ist ein übles Ding«, sagte sie. »Ein Zeichen von Unheil und Chaos.«

Die zuschauenden Bürger waren totenstill und strengten sich gewaltig an, um alles mitzubekommen. Raena gab ein leises Geräusch von sich, mehr ein Stöhnen als einen zornigen Aufschrei, dachte Dallandra.

»Oberster Sprecher«, knurrte Arzosah. »Ich habe selbst gesehen, wie sich diese Person dort in einen Raben verwandelt hat. Sie ist, was das Pferdevolk als Mazrak bezeichnet, und der Rabe paßt wirklich zu ihr. Sie ist ein Aasfresser. Wie Raben würde auch sie ein Kind im Nest seiner Mutter töten. Ist es nicht das, was sie gestern abend zu tun versucht hat?«

»Ihr habt keinen Beweis!« schrie Raena sie an. »Es ist Euer Wort gegen meines. Zwar wird niemand in dieser Stadt mir je glauben. Aber Ihr lügt, lügt, lügt!«

»Ihr behauptet, Ihr wißt nichts von Zauberei?« Rhodry trat vor. »Wenn Ihr erlaubt, oberster Sprecher? Hier ist der Dolch, den sie bei sich trug, als wir sie gefangengenommen haben.« Rhodry zeigte auf Yraens Silberdolch, der auf dem Tisch lag. »Kyle, ihr alle – habe ich recht?«

»Ja«, bestätigte Kyle.

Die anderen Männer der Stadtwache nickten zustimmend.

»Dann seht euch das an.« Rhodry griff nach dem Dolch und hob ihn hoch.

Ein helles bläuliches Licht glühte im Silber auf und flackerte wie ein Strohfeuer, deutlich sichtbar trotz des Sonnenlichts.

»Sie hat das Metall verzaubert.« Rhodry drehte sich um und hielt den Dolch hoch, so daß alle ihn sehen konnten. »Und zweifellos für ihre finsteren Zwecke.«

»Verflucht sollt ihr sein!« zischte Raena.

Rhodry ignorierte sie und legte den Dolch wieder auf den Tisch. »Und noch eins, geehrte Richter«, fuhr er fort. »Ihr habt gehört, was Jahdo von Krieg gegen Cengarn erzählt hat, wie das Pferdevolk eine unschuldige Stadt belagerte, alles nur, um die Frau des Prinzen zu erwischen und ihr ungeborenes Kind zu töten. Raena war bei dieser Belagerung anwesend, und sie hat Zauberkraft eingesetzt. Ich habe sie gesehen, Arzosah hat sie gesehen, Dallandra, der Prinz, all seine Bogenschützen – muß ich weitermachen? Wir können alle beschwören, daß sie die Armee anführte, und das alles, um eine schwangere Frau zu töten.«

Bei dieser Bemerkung konnte die Menge nicht länger schweigen. Alle redeten gleichzeitig, und ganz gleich, wie laut Admi auf sie einschrie, sie flüsterten, fluchten, murmelten voller Angst und Zorn weiter. Endlich legte Arzosah den Kopf zurück und brüllte, für ihre Verhältnisse eher leise, aber die Stille, die darauf folgte, hing schwer über der Zitadelle.

»Ich danke Euch, guter Drache«, sagte Admi. »Raena, komm her. Was sagst du zu solch schweren Anklagen?«

Raena warf ihr Haar zurück und trat vor den Richtertisch.

»Ich habe nichts zu sagen«, meinte sie, »denn wer wird mir schon glauben? Meine Feinde haben sich zusammengeschlossen, um mich mit ihren Lügen zu töten. Wenn ihr ihnen glaubt, werden sie Erfolg haben, und ich kann nichts anderes tun, als meine Unschuld beschwören.«

Rhodry wandte sich ihr zu und lächelte – ein arrogantes, höhnisches Grinsen. Raena wurde bleich. Mit einer raschen Bewegung nahm sie mit der linken Hand Yraens Dolch vom Tisch und sprang vor, riß den Arm hoch, um von unten zuzustechen. Admi schrie auf, Zatcheka kreischte, und die Männer der Stadtwache sprangen vorwärts – alle zu spät. Dallandra sah kaum, daß Rhodry sich bewegte. Er warf einen Arm um Raenas Schultern und packte ihren Kiefer mit der anderen Hand. Es gab ein ekelerregendes Knacken, und Raenas Kopf sackte zurück, ihr Genick gebrochen. Rhodry ließ die Leiche fallen und schaute die Richter an.

»Soviel dazu«, meinte er. »Ihr seid ohne sie besser dran.«

Einen Augenblick nur dauerte das Schweigen, dann schrie

eine Frau, und es war wie der erste Tropfen einer donnernden Woge. Stimmen folgten, dröhnten über den Platz in einem Aufruhr von Verwirrung und Angst. Dallandra bemerkte, daß Rhodry sich über den Tisch beugte und sich mit beiden Händen abstützte. Ein großer roter Fleck breitete sich über seiner Brust und dem Bauch aus. Der Drache kam auf die Beine und brüllte so zornig, daß es die Menge in die Flucht schlug.

Dallandra eilte vorwärts und erreichte Rhodry gerade in dem Augenblick, als Zatcheka um den Tisch herumgegangen war, um dasselbe zu tun. Rhodry war bleich wie Eis und doppelt so kalt, aber er lächelte sie an.

»Zwergensilber«, flüsterte er. »Es verbrennt einen Elfen wie mich. Ihr Götter, es tut so weh!«

Zusammen gelang es den beiden Frauen, ihn auf den Tisch zu legen. Er wurde ohnmächtig, und sein Kopf kippte zur Seite. Sein Atem war gefährlich flach. Der Drache eilte mit seinem seltsam watschelnden Gang herbei.

»Verdammt, rettet ihn gefälligst!« Arzosah schrie die Worte heraus. »Oder ich werde einen Blutpreis von Cerr Cawnen fordern, an den diese stinkenden Menschen sich noch Jahrhunderte erinnern werden! Rettet ihn!«

»Glaubst du etwa, daß ich das nicht versuche?« schrie Dallandra zurück.

Zur Antwort knurrte der Drache nur und warf den Kopf hin und her. Dallandra packte die blutigen Kanten des Schlitzes in Rhodrys Hemd und riß es weiter auf. Die Wunde war nur klein, aber sie konnte Rhodrys Tod in jedem gurgelnden Atemzug hören.

»Ist der Dolch tief in die Lunge eingedrungen?« fragte Zatcheka.

»Nein, aber er ertrinkt dennoch in Blut. Es ist der Dweomer auf dem Metall, der soviel Schaden anrichtet.«

Der Drache brüllte vor Zorn und Kummer. Die Erde selbst

schien zu beben – nein, sie bebte tatsächlich, ein Zittern tief in der Insel. Dallandra packte die Tischkante, um stehenbleiben zu können, aber das Zittern verging so rasch, wie es gekommen war.

»Wenn er stirbt«, fauchte Arzosah, »dann bete zu deinen Göttern, Elfe! Ich werde Feuer herbeirufen, ich werde die Erde unter uns aufbrechen lassen und diese elende Stadt in Feuer ersäufen!«

»Und wird ihn das ins Leben zurückholen?« fauchte Dallandra zurück. »Stör mich nicht, du dummer Wyrm! Ich versuche zu tun, was du willst.«

Arzosah duckte sich und sagte nichts mehr, als müsse sie nachdenken. Dallandra beugte sich über den Tisch und legte die Hände auf Rhodrys Wangen. Die Haut unter ihren Fingern fühlte sich nicht nur kalt, sondern schleimig an. Als sie auf ihn niederstarrte und versuchte, einen verzweifelten Dweomer heraufzubeschwören, um ihn ins Leben zurückzubringen, rührte er sich, erwachte und lächelte sie an – und in diesem schwachen Lächeln erkannte sie die Wahrheit: Er wollte nicht mehr leben.

»Rhodry«, zischte sie. »Arzosah schreit nach Rache. Sie sagt, sie will die Stadt zerstören, und das kann sie.«

»Ihr Götter.« Seine Stimme war so leise, daß sie ihn kaum hören konnte. »Ruf sie her.«

Die Wunde näßte noch, aber das Blut floß nicht mehr so stark, zumindest nicht nach außen. Tief in seiner Brust aber ertrank er in seinem eigenen Blut. Dallandra konnte nur hoffen, daß es langsam genug ging, damit er noch den Zorn des Drachen beruhigen konnte. Sie drehte sich um und winkte Arzosah zu.

»Komm her! Er will mit dir reden. Komm und sieh.«

Den Kopf gesenkt, die Flügel halb erhoben, watschelte Arzosah über das Pflaster. Der gewaltige schwarze Kopf schwang über den Tisch, die Augen glitzerten, als sie Rhodry anstarrten.

»So ein kleiner Schnitt«, sagte Arzosah zischend. »Heile ihn, Elfe!«

»Ich kann nicht. Es mag für dich nach nichts aussehen, aber es ist tief genug für ihn.«

Einen Moment lang glaubte Dallandra, sie müsse mit Rhodry sterben. Der Drache riß den Kopf hoch und das Maul auf, Reißzähne glitzerten in der untergehenden Sonne, als Arzosah sich aufstützte und den Rücken durchbog. Zatcheka schrie auf und lief davon.

»Still, meine Kleine.« Die Stimme erklang hinter Dallandra. »Achte auf deine Manieren, oder ich werde nicht einmal versuchen, Rhodrys Leben zu retten.«

»Du!« Arzosahs Stimme triefte vor Haß. »Du! Als könntest du schon jemandem nützen!«

»Vielleicht nicht«, meinte Evandar. »Aber vielleicht kann ich es versuchen.«

Er warf Dallandra einen Blick zu. »Er wird sterben, bevor die Sonne den Horizont berührt.«

»Ich weiß. Ich kann das Blut nicht stillen, und die Wunde ist zu tief, als daß ein Verband noch helfen könnte.«

Evandar kniete nieder, schob einen Arm um Rhodrys unverwundete Seite und hob ihn mit überraschender Kraft hoch. Mit einem Aufschrei schritt Dallandra vor, um zu verhindern, daß ihr Patient auf der Stelle getötet würde. Trübe war sie sich des Bebens der Erde bewußt, als der Drache aufsprang und brüllte. Trübe spürte sie kalten Nebel, der sie alle umgab, und feuchtes Gras unter ihren Füßen.

Sie standen im letzten Rest von Evandars Land. In einem tiefen Bett floß der Fluß träge zwischen vertrockneten Wasserpflanzen. Schwärzliche Bäume hoben welkende Arme in den grauen Himmel. Automatisch legte Dallandra die Hand an die Kehle und spürte die kleine Amethystfigur, die nun dort hing. Rhodry selbst stand in der Nähe und hielt einen Silberdolch zwischen gefalteten Händen, aber er schien kaum bei Bewußtsein, wie ein Kind, das plötzlich aus tiefem Schlaf erwacht war. Er starrte hierhin und dahin und betastete den Dolchgriff wie auf der Suche nach Trost. Als sie den Kratzer auf der Klinge sah, begriff Dallandra, daß der Dolch Rhodrys Leben auf dieselbe Weise enthielt wie die kleine Amethystfigur das ihre.

»Wo ist Arzosah?« fauchte sie.

»Da drüben.« Evandar zeigte aufs Flußufer. »Nicht einmal ich kann mit einem Fingerschnippen einen Drachen hierherbringen, Liebste, also hat sie ihren eigenen Dweomer benutzt.«

Dallandra konnte Arzosahs Astralgestalt gerade als Strahl silbrigen Lichts ausmachen, der hoch in den Nebel aufragte. Als Rhodry darauf zuging, streckte sich der Nebel aus. Dallandra – sie alle – spürten Arzosahs Stimme als geistige Berührung, nicht als laut ausgesprochene Worte. Aber ihr Zorn war darin so rein enthalten wie Feuer, obwohl auch Hoffnung mitschwang.

Du, Zauberer! Wird er leben, wenn er hierbleibt?

»Auf gewisse Weise«, meinte Evandar. »Und zumindest für eine Weile.«

Dann werde ich bei ihm bleiben.

»Und für diese kleine Weile bist du hier willkommen.« Er warf Dallandra einen Blick zu. »Du hast ein wenig Zeit, meine Liebste, sie mit dem Unvermeidlichen zu versöhnen. Das ist alles, was ich tun kann. Möge es genügen, um die Unschuldigen in deiner Welt vor ihrem Zorn zu retten.«

Der Drache hatte verstanden. Ihr Brüllen breitete sich wie eine Flamme durch den Nebel aus.

Heile ihn!

»Das kann ich nicht. Das kann niemand.«

Dann werde ich zum Berg fliegen und ein Feuer heraufbeschwören. Ich werde diese Stadt mit Feuer überfluten.

»Halt den Mund!« Rhodry trat vor und taumelte dabei ein wenig, als spürte er selbst hier auf der Astralebene seine Wunde. »Ihr Götter, Arzosah, laß die Stadt in Ruhe!«

Ich will meine Rache! Still, Rori! Streite nicht mit mir! Ich werde nicht zusehen, wenn du es versuchst.

»Alles hat einmal ein Ende, Wyrm«, sagte Evandar, »und er hat seines erreicht. Früh, zu früh, ich weiß, wenn man danach geht, wie deine Art die Zeit mißt, genau wie dieser Schnitt, der bei einem Drachen nur ein Kratzer wäre, aber ...« Evandar hielt inne und starrte in das dunkler werdende Wasser des Flusses. Plötzlich lachte er ein Berserkerheulen, das dem Rhodrys ganz ähnlich war. »So ein kleiner Schnitt, nicht wahr? Rhodry, Rhodry, sehnst du dich immer noch nach dem Tod?«

»Nicht, wenn es den Tod von allen bedeutet, für deren Rettung ich gekämpft habe.« Rhodry wandte sich Evandar zu. »Wenn ich sterben würde, um sie zu retten, würde ich dann nicht weiterleben?«

»Was ich dir anbieten kann, ist eine Art von Leben.«

»Ich denke, ich verstehe dich. Und es wäre auch eine Art von Tod, nicht wahr?«

»Und Finsternis, die sich auf dich senkt, wie die Zeit es verlangt.«

»Aber du könntest es tun? Ich weiß, du bist ein Meister der Veränderungen. Aber kannst du solche Veränderungen bewirken?«

Erst jetzt verstand Dallandra, wovon sie sprachen.

»Nein!« rief sie. »Das kannst du nicht tun! Evandar, das geht einfach nicht. Es ist eine Ketzerei. Es würde ihn für immer von allen seiner Art entfernen. Jedes Volk hat ein Leben, das sich wie ein Fluß in der Zeit bewegt. Und du mußt dich in deinem eigenen Fluß bewegen, nicht in dem eines anderen. Denk an die Konsequenzen. Ich kann es nicht, du kannst es nicht, und niemand kann oder könnte voraussagen, was so etwas anrichtet.«

»Also ein Rätsel. Und bin ich nicht immer ein Meister der Rätsel gewesen?« Evandar grinste wie ein Wahnsinniger. Tatsächlich begriff sie in diesem Augenblick, daß er schon seit Jahren wahnsinnig gewesen war, all die langen Jahre, die sie ihn gekannt hatte. »Es bedeutet Sicherheit für die Stadt, meine Liebste. Es würde Sicherheit für Cerr Cawnen bedeuten, und Leben für alle, die sich dort aufhalten, und tief im Herzen glaube ich, daß es auch mehr Hoffnung schaffen würde.«

»Evandar, das kannst du nicht! Der Preis ...«

»Ich werde den Preis riskieren.«

»Das ist leicht für dich zu sagen, hier in der Sicherheit der Astralebene, frei und weit entfernt von den Konsequenzen.«

»Nicht mehr, meine Liebste. Ein Rätsel, ein Rätsel für meine Seele, und ich biete sie freiwillig. Ketten für ein Rätsel, Ketten für einen Preis. Ich nehme die Ketten und kaufe seine Freiheit mit meiner Sklaverei.«

»Wovon redest du da?«

»Ich habe es dir doch gesagt. Es ist ein Rätsel.«

Als er lachte, packte sie seine Schultern, um ihn durchzurütteln, aber er faßte ihre Handgelenke und hielt sie ein Stück von sich weg.

»Geh zurück, Liebste, in dein eigenes Land, und kehre dann in deinem Lichtkörper hierher zurück. Ich traue meinem Dweomer nicht, dich in dieser Gestalt zu bewahren.«

Bevor sie widersprechen konnte, schob er sie, warf sie, ließ sie durch die Strömungen von Nebel fliegen. Sie konnte sich nicht halten, fiel, flog, wirbelte, glitt abwärts und abwärts, immer wieder abwärts und erwachte elend und schwindlig mit einem Klirren in den Ohren wie dem Geräusch von Eisen auf

Bronze. Sie kniete im trüber werdenden Zwielicht auf dem kalten Stein des großen Platzes von Cerr Cawnen.

»Dalla, Dalla!« Jemand kam auf sie zugerannt – Niffa, dicht gefolgt von Jahdo. »Wo warst du? Wir haben euch alle verschwinden sehen. Wo ist Rhodry?«

»Keine Zeit zu erklären! Bewache meinen Körper. Laß niemanden in meine Nähe, niemanden!«

»Also gut.«

Jahdo zog seinen eigenen Silberdolch, der einmal Jill gehört hatte. Neben Niffa legte Dallandra sich auf den Rücken und verschränkte die Arme über der Brust. Jahdo kniete sich zu ihren Füßen nieder. Dalla schloss die Augen, schloss die Außenwelt aus, holte tief Luft und beschwor dann ihren Lichtkörper herauf. Als sie ihr Bewußtsein in die Flammengestalt übertrug, erschien die ätherische Ebene rings um sie her, und die physische Welt schien von ihr abzufallen.

Im silberblauen Schimmer konnte sie Leben erkennen. Es wimmelte, schwärmte um sie her, eine ganze Horde von Elementargeistern wie die Gischt und die Strudel von Stromschnellen eines tiefen Flusses. Niemals hatte sie so viele gleichzeitig gesehen. Inmitten dieser Unmenge von Masken und Stimmen flog sie, rief Evandars Namen wie eine Beschwörung, bis sie ihn schließlich sah, eine erstarrte goldene Flamme, ein Speer vor dem Blau. Vor ihm stand Arzosah, mehr oder weniger in ihrer wahren Gestalt, obwohl es aussah, als wäre sie aus einem goldenen Stoff, der sich wie Wolken blähte oder schrumpfte. Unter einem riesigen ausgebreiteten Flügel stand Rhodry, den Silberdolch immer noch in der Hand. Auf beiden Seiten erstreckten sich in einem jämmerlich matten Grau die toten Wiesen am austrocknenden Fluß.

»Rhodry!« rief Dallandra. »Tu es nicht! Tu es nicht.«

Zur Antwort legte er nur den Kopf zurück und stieß sein Berserkerlachen aus.

»Dalla, meine Herrin Tod hat mich zu lange und einmal zu oft abgewiesen. Sie wird warten müssen, obwohl sie mich am Ende bekommen wird, denn ich stehe im Dienst eines anderen.«

»Wie meinst du das?«

»Ich bin immer mit Herz und Seele ein Mann des Königs gewesen. Ich werde an der Grenze für ihn Wache stehen.«

»Und du liebst deinen König genug, um deine menschliche Seele wegzuwerfen? Denn das wirst du tun.«

»Menschliche Seele? Und wann hätte ich je eine gehabt?«

»Für immer, Rhodry, vielleicht für immer. Das ist es, was du nicht begreifst. Ich glaube, du begreifst nicht, was hier vorgeht.«

»Oh, ich denke schon – zumindest gut genug.« Rhodry warf den Dolch in die blaue Strömung ätherischen Lichts. »Ich wage es.«

Der Dolch flog gerade nach oben, blitzte, als er den Höhepunkt seines Bogens erreichte, und verschwand dann. Als wäre das ein Zeichen, riß Evandar beide Arme zur Seite und schrie einen wortlosen Befehl. Nebel, Wiese, Fluß, Felsen – jeder Überrest seines Landes begann zu zerbrechen, sich zu drehen, zu fließen, bildete einen gewaltigen silbrigen Strudel, der sich um Rhodry drehte: der grobe ätherische Stoff, der seine neue Gestalt bilden sollte. Rund um ihn her wirbelte alles, aber statt ihn aufzufangen und davonzuwirbeln, wurde es weniger, wurde so dicht wie Wasser, ergoß sich in ihn, verfestigte sich, so daß er einen Augenblick lang in einem riesigen Quecksilberkegel gefangen schien, als stünde er im Meer und die Flüssigkeit ergösse sich über ihn.

Blendendes Licht blitzte auf. Dallandra hörte Berserkerlachen, dann wahnsinniges Dämonenlachen, oder es kam ihr zumindest so vor, aber sie wußte, daß es sich um Evandars Stimme handelte. Das Licht erstarb. Das Land war verschwunden. Auf dem wogenden blauen Licht schwebten zwei Drachen. Einer hatte einen winzigen Schnitt, nur eine Kerbe unter einem Flügel an der Flanke.

»Nur ein Kratzer«, sagte Evandar lachend. »Für einen Drachen.«

In einem Aufbrüllen vereinter Geister schwangen sich die Drachen in die Luft, flogen auf ausgebreiteten Flügeln davon zur physischen Welt weit unten. Während sie flogen, und im Widerhall dieses Brüllens, hörte Dallandra eine Stimme, die immer noch menschlich war, und spürte die Berührung menschlicher Dankbarkeit. Lange Zeit starrte sie auf die silbrige Spur, die sie im blauen Licht zurückgelassen hatten, bis selbst das im ununterbrochenen Auf und Ab des Lichts verschwand. Aber sie konnte sich vorstellen ... oder war es eine Vision? ... Jedenfalls konnte sie die beiden Drachen im Geist sehen, einer grünlichschwarz, der andere von dunklem Silber, hier und da mit bläulichen Schatten, wie sie rasch und stetig durch den Nachthimmel zogen, auf ihr Zuhause im Dach der Welt zu.

»Evandar, Evandar!« Dallandra war krank vor Kummer. »Was hast du getan?«

»Die Zeit wird dieses Rätsel lösen, denn ich kann es nicht.«

Er klang so erschöpft, daß sie sich rasch umdrehte und ihn ansah. Anstelle seiner festen Elfengestalt war nur noch ein Flackern schwachen Lichts geblieben, ein Junge, schlank und zierlich, die Arme noch ausgebreitet wie in einem Flehen an die Götter, wie er da an einem Strahl silbernen Lichts hing.

»Ich habe alles vertan, Dalla, all meine Macht, all meine Kraft. Siehst du es nicht? Ich werde geboren werden. Ich werde meinem Volk folgen, denn nun endlich kann ich es tun. Ich bin leer und schwach und erschöpft, und nun werde ich das Leben haben, das du mir versprochen hast.«

Das Silber wurde heller und zu Weiß. Die Strömung bog sich und zog sich zusammen. Auf dieser schimmernden Welle kam eine Gestalt, ein alter Mann mit dunkler Haut, der einen Apfel in einer Hand trug. Obwohl seine Astralgestalt nicht im geringsten wie der Mann aussah, den sie einmal geliebt hatte, erkannte Dallandra ihn so sofort.

»Aderyn!«

»Ja. Du hattest recht und ich hatte unrecht, meine Liebste, vor all diesen Jahren. Die Wächter waren immer ein Teil meines Wyrd.«

Er lachte, dann streckte er die freie Hand nach dem Kind aus, zu dem Evandar geworden war. Das Kind ergriff die Hand, und als es das tat, brach goldenes Licht über sie herein und fegte sie weg. Einen Moment glaubte Dallandra, Gestalten zu sehen, große Wesen aus Licht, die dem Kind und den alten Mann in einer Lichtflut entgegenkamen, die direkt aus dem Herzen des Universums zu strömen schien. In einem letzten Lachen verschwanden sie alle, aber das Licht blieb.

»Es ist vorbei!« rief Dallandra. »Es beginnt!«

Zur Antwort ertönten drei große Schläge, feierlich, träge, dröhnend und über sie hinwegbrausend wie Wellen, die sie hin und her warfen und sie abwärts trugen.

Sie erwachte, steif und voller Schmerzen, immer noch auf dem Platz, wo Niffa sie bewachte, obwohl im Osten bereits der Morgen dämmerte. Ganz in der Nähe ging Jahdo unruhig auf und ab.

»Hast du sie gesehen?« Dallas Stimme kam nur krächzend aus ihrem trockenen Hals. »Die Drachen?«

Niffa nickte schweigend und verblüfft.

»Den Schwarzen und den Silbernen?«

Jahdo steckte das Messer ein, dann kniete er neben Dallandra nieder. »Ja. Wo ist Rhodry?«

»Du hast ihn gesehen.«

Niffa starrte sie an, dann begann sie den Kopf zu schütteln, wieder und wieder. Dalla packte den Arm ihrer Schülerin und zog sich in eine sitzende Position.

»Er hat es getan, um die Stadt zu retten. Er wollte sich nicht davon abbringen lassen.«

Niffa schauderte.

»Es ist schwer zu glauben«, sagte Jahdo. »Ich ... ich weiß nicht, was ich denken soll ... was wir alle denken sollen.«

»Betrachtet ihn als tot. In gewisser Weise entspricht das der Wahrheit. Der Rhodry, den ihr kanntet, ist tot, und seine lange Melancholie ist endlich vorüber, genau wie er es gewollt hat.«

»Und was ist mit Evandar? Ist er auch tot?«

Sie zögerte einen Augenblick und dachte nach, dann lächelte sie, obwohl sie Tränen in den Augen hatte.

»Nein. Tatsächlich würde ich behaupten, daß er zum ersten Mal in den langen, langen Zeitaltern seiner Existenz wirklich lebt. Und jetzt helft mir auf. Ich muß einen Schluck Wasser trinken, und zwar sofort.«

EPILOG

Sommer 1118

Jeder Dweomermeister, der eine große Flut heraufbeschwört, sollte lieber sicher sein, daß er auch schwimmen kann.

Aus dem Geheimbuch Cadwallons des Druiden

Dallandra weigerte sich, Cerr Cawnen zu verlassen, bis sie überzeugt war, daß es Verrarc besserging. Noch mehr als ihr Tod hatte Raenas Verrat ihm die Lebenskraft geraubt. Seine Diener berichteten Dallandra, daß er morgens lange schlief und abends früh zu Bett ging. Wenn er das Haus verließ, dann nur, um zu den Tempelruinen zu gehen und sich an die Tür zu setzen, als erwartete er, daß Raena herauskam und sich zu ihm gesellte. Er blieb dort bis in die Nacht hinein, dann schlich er sich zurück ins Haus, wenn die Diener schon schliefen.

»Das Problem ist«, sagte Dallandra zu Niffa, »daß er wirklich eine gewisse Begabung zum Dweomer hat. Als Raena ihre Magie wirkte, konnte er spüren, daß es um böse Dinge ging. Tief drinnen wußte er, daß etwas nicht stimmte, obwohl er nicht verstand, was er da wahrnahm.«

»Und was war das?« fragte Niffa.

»Sie hat ihm seine Lebenssubstanz entzogen, um Macht für ihre Magie zu erhalten.«

»Oh!« Niffa legte eine Hand an die Kehle. »Das ist wirklich eine schreckliche Art, jemanden zu behandeln, der einen so sehr liebt.«

»Ja, aber das ist noch nicht das Schlimmste. Obwohl ich nicht weiß, ob ich all das, was sie nach Dun Cengarn gebracht hat, nur ihr anlasten sollte. Hinter alldem steckte auch Alshandra.«

Sie saßen am Abhang der Zitadelleninsel auf einer sonnigen Bank neben dem Weg. Dallandra konnte über graue Dächer bis zum See und der Stadt schauen und schließlich über die Stadtmauern hinweg zu den Sumpfwiesen, die üppig und grün und von glitzernden Wasserlinien durchzogen waren.

»Es gibt eins, das ich noch nicht verstanden habe«, meinte Niffa. »Warum hat das Pferdevolk Raenas Leiche gestohlen?«

»Das weiß ich auch nicht«, erwiderte Dallandra, »aber ich würde mir deshalb keine Sorgen machen.«

»Was, wenn sie eine Möglichkeit finden, sie ins Leben zurückzurufen?«

»Das können sie nicht. Als ich danach suchte, fand ich keine Spur ihres ätherischen Doppelgängers. Sie muß diese Gestalt bewußt zerstört haben, als sie begriff, daß sie tot war. Vergiß nicht, sie erwartete, daß Alshandra kommen und sie in ihr wunderbares Land führen würde.«

»Dafür könnte sie mir beinahe leid tun.«

»Mir auch. Beinahe.«

Dallandra fand die Lösung zu diesem Rätsel, als sie ins Gel da'Thae-Lager ging, um sich von Zatcheka zu verabschieden. Die Männer lachten und unterhielten sich, während sie die Maultiere mit großen Segeltuchsäcken beluden und die Reitpferde sattelten. Die beiden Frauen gingen hinunter zum Seeufer und blieben dort stehen, um zuzusehen, wie die Sonne auf trägen Wellen tanzte, während sie von diesem und jenem redeten.

»Wißt Ihr«, meinte Dallandra, »Ihr könntet mir vielleicht eine Frage beantworten. In all diesem Durcheinander, nachdem Rhodry Raena das Genick gebrochen hat, haben Kral und seine Männer ihre Leiche mitgenommen und sind mit ihr geflohen. Gibt es einen Ritus, den das Pferdevolk mit seinen Toten durchführt?«

»So könnte man es nennen.« Zatcheka lächelte, und ihre spitz zugefeilten Zähne blitzten. »Sie essen sie.«

»Sie tun was?«

»Sie glauben, indem sie das Fleisch eines Toten essen, behalten sie diese Person immer bei sich. Ansonsten, sagen sie, wird die tote Person alleine und verloren umherirren.«

»Das klingt irgendwie verständlich. Kochen sie sie vorher?«

»Ja, und die Vorbereitung dieser Mahlzeit und ihre Vertilgung sind eine feierliche Angelegenheit, und es braucht gut drei Tage. Ich weiß das, weil vor vielen hundert Jahren mein Volk einmal dasselbe machte. Nun begraben wir unsere Toten.«

»Und was hat zu dieser Veränderung geführt?«

»Ranadars Fluch.« Zatcheka wandte bedrückt den Blick ab. »Wenn es Euch nicht stört, daß ich von solchen Dingen spreche.«

»Nicht im geringsten. Ich hoffe wirklich, daß eines Tages ein Barde meines Volkes in der Lage sein wird, mit einem der Euren zu sprechen. Wenn sie zusammenfassen könnten, was sie von der großen Verbrennung wissen, könnten wir es am Ende vielleicht verstehen. Ich weiß, daß Carra begeistert wäre ...« Dallandra hielt inne, weil ihr plötzlich etwas aufgefallen war. »Ihr Götter. Wenn eine Person an dieser Seuche gestorben ist und die anderen sie gegessen ... Oh, bei der dunklen Sonne!«

»Das war genau, was ich meinte.« Zatcheka schauderte, als wäre ihr plötzlich kalt. »Es hat sich furchtbar schnell ausgebreitet, wenn man den alten Geschichten glauben darf.

»Aber ich bewundere Euren Gedanken, daß unsere Barden sich zusammensetzen sollten. Nun, da wir dieses Bündnis geschlossen haben, wäre Cerr Cawnen vielleicht genau der richtige Ort für ein solches Treffen.«

»Ja. Und ich hoffe, daß auch wir uns wieder begegnen, Ihr und ich.«

»Darauf habt Ihr mein Wort.« Zatcheka lächelte. »Auf die eine oder andere Weise werden wir uns wiedersehen.«

Als Dallandra und Niffa an diesem Abend Niffas Familie besuchten, fanden sie Verrarc an Deras Tisch sitzen. Er war immer noch bleich, und seine Hände zitterten, aber er aß ein großes Stück Brot, das erste richtige Essen, das er seit Tagen zu sich genommen hatte. Dera strahlte so stolz, als wäre er ein unruhiges Kind, das sie beruhigt hatte.

»Einen guten Abend«, grüßte Verrarc sie. »Ich bin heute Abend hierhergekommen, weil ich wissen wollte, ob Jahdo mein Lehrling werden will.«

»Nun, das wäre eine gute Möglichkeit.« Dallandra warf Dera einen Blick zu. »Was haltet Ihr davon?«

»Ich wäre traurig, wenn Jahdo so bald wieder ginge«, sagte Dera. »Aber es wäre noch trauriger zuzusehen, daß ein so kluger Junge wie er sein Leben damit verbringt, Ratten zu töten.«

»Das dachte ich auch«, meinte Verrarc. »Ich hoffe, daß Lael derselben Ansicht ist.«

»Er wird nichts dagegen haben«, warf Niffa ein. »Er ist nicht der Mann, der seine Kinder nicht loslassen kann.«

Verrarc lächelte. Gut, dachte Dallandra. Er wird sich erholen.

Am nächsten Morgen führte Prinz Daralanteriel seine kleine Truppe auf der Südstraße aus Cerr Cawnen heraus. Bald schon hatten sie die Sumpfwiesen hinter sich und reisten durch Felder, die von wachsendem Getreide üppig waren wie Samt. Zunächst ritt Carra neben ihrem Mann, aber nach ein paar Stunden wendete sie ihr Pferd aus der Reihe und kam zu Dallandra und Niffa. Elessario schlief bequem in einer Art ledernem Beutel, den Carra auf dem Rücken trug – eine Erfindung von Jahdos Tante Sirri. »Ich bin ein wenig durcheinander«, sagte Carra. »Wir gehen nach Cannobaen, oder? Sagtest du nicht, daß die Herrin der Festung dort, Rhodda, eine Verwandte von Rhodry wäre?«

»Seine Tochter.«

»Das bedeutet, daß Rhodry ein Adliger war.«

»Ja. Und ich möchte dich bitten, mir beim Wahren eines Geheimnisses zu helfen. Seine Verwandten glauben, er sei schon lange tot.«

Carra dachte eine Weile darüber nach. »Laß mich raten«, meinte sie schließlich. »Vor vielen Jahren wurde ein Gwerbret Aberwyn bei einem Jagdunfall getötet, aber man hat die Leiche nie gefunden. Und dieser Mann hieß Rhodry Maelwaed.«

»Du bist tatsächlich klug!« sagte Dallandra lachend. »Aber behalte es bitte für dich. Zumindest in Cannobaen.«

»Keine Sorge.«

»Weißt du, mir ist gerade etwas aufgefallen. Du und Lady Rhodda, ihr habt viel gemeinsam. Als Evandar beschloß, Salamander nach Cannobaen zu bringen, hat er dir vielleicht auch einen Gefallen getan.«

»Tatsächlich? Warum?«

»Lady Rhodda ist eine Gelehrte und beim Westvolk berühmt.«

Carra wandte sich ihr zu und starrte sie an, dann lächelte sie, und ihre Augen blitzten plötzlich, als hätte sie einen ganz gewöhnlichen Sack geöffnet und herausgefunden, daß er voller Gold war. »Eine Gelehrte«, flüsterte sie. »Eine Frau und trotzdem eine Gelehrte?«

»Ja, obwohl die Leute in ihrem Dorf nicht so genau wissen, was sie davon halten sollen.«

»Das ist wohl anzunehmen. Wie lange werden wir brauchen, um dort hinzugelangen?«

»Leider noch Wochen. Wir haben nicht mehr Evandars Dweomer.«

»Das ist wahr. Fehlt er dir, Dalla?«

»Allerdings.« Dallandra hielt inne und spürte die bittere Wahrheit dieser Worte. »Er wird mir zweifellos für den Rest meines Lebens fehlen.«

Ein paar Wochen, nachdem die Schausteller Myleton verlassen hatten, hatte Ebañy einen solchen Alptraum, daß es Marka aufweckte. In ihrem eigenen Traum hörte sie ihn Worte in einer unverständlichen Sprache schreien. Sie wurden lauter. Sie spürte, daß etwas an ihre Seite stieß, und ganz plötzlich war sie wach. Es fiel gerade genug Morgenlicht ins Zelt, daß sie Ebañy sehen konnte. Er war von der Schlafmatte gerollt und lag nun auf dem Bauch auf dem Bodentuch. Er redete immer noch in dieser unbekannten Sprache, aber nun leiser, und hin und wieder wimmerte er. Als sie sich vorbeugte und ihm eine Hand auf die Schulter legte, erwachte er und warf sich auf den Rücken. Lange Zeit starrte er sie nur an, dann setzte er sich hin und rieb sich das Gesicht.

»Alles in Ordnung?« murmelte sie.

»Ja, wahrscheinlich.« Er ließ die Hände in den Schoß sinken. »In diesem Traum habe ich schreckliche Dinge gesehen. Ich ... ich kann mich nicht mehr an sie erinnern. Ich glaube, es waren Ungeheuer in einer Art Sumpf. Aber gerade, als ich dachte, daß mein Schicksal besiegelt wäre, übermittelte mir jemand eine Botschaft.«

»Kannst du dich daran erinnern?«

»Geh nach Luvilae. Das haben sie gesagt. Geh nach Luvilae.«

»Wer waren sie?«

»Ich weiß es nicht. Ich weiß es einfach nicht.«

Den ganzen Morgen über grübelte Ebañy und sagte kein

Wort mehr. Endlich fragte Marka ihn, was los sei, aber er erzählte ihr nur, daß er über seinen Traum nachdachte.

»Wir sollten wirklich nach Luvilae gehen«, sagte Ebañy. »Wenn der Rest der Truppe nicht will, gehe ich allein.«

»Im allgemeinen folgen sie, wohin du gehst«, sagte Marka. »Aber erzählen wir es ihnen und sehen, was sie sagen. Es ist ohnehin Zeit für das Mittagessen.«

Luvilae war die südlichste Stadt auf Zama Parae, der südlichsten Insel des Archipels – die Reise dorthin würde Wochen dauern. Zunächst murrten die Akrobaten und fragten sich, warum sie so weit reisen sollten und in eine Gegend, wo nur wenig Profit zu erwarten war, aber auf dem Weg dorthin erging es ihnen so gut, und am Ende nahmen sie so viel ein, daß sie froh waren, sich entschieden zu haben, Ebañy weiterhin zu folgen. Tatsächlich zählten Vinto und Keeta an dem Morgen, bevor sie Luvilae erreichten, die Einnahmen, und alle anderen Mitglieder der Truppe versammelten sich, um zuzusehen.

»Wir brauchen kein einziges Kupferstück mehr, um sicher in den Norden zurückkehren zu können«, verkündete Keeta. »Und ich denke, Luvilae wird mehr als ein Kupferstück einbringen, oder?«

Die Truppe jubelte. Marka winkte ihre Freundin zu sich, als alle anderen sich eilten, das Lager abzubrechen.

»Ich kann dir nicht sagen, wie froh ich bin, das zu hören«, sagte Marka.

»Dein Mann hat uns noch nie hungern lassen. Aber ich frage mich, ob er dir vielleicht gesagt hat, warum wir hier unterwegs sind.«

»Nur, daß er einen Traum mit einem Vorzeichen hatte. Das war, als wir noch in Indila waren. Er hatte einen Alptraum, und als er erwachte, wußte er, daß er nach Luvilae gehen mußte.«

»Hm.« Keeta dachte einen Augenblick lang nach. »Dort sind wir ihm begegnet, nicht wahr? Es ist so lange her, daß ich mich kaum erinnern kann.«

»Ich erinnere mich. Ja, es war Luvilae. Ich werde das nie vergessen, ebensowenig wie meinen Vater und daß du mich vor ihm gerettet hat.«

»Ich dachte, das wäre Ebañy gewesen?«

»Oh, er hat mir die Entscheidung leichtgemacht. Aber du warst diejenige, die mir deutlich gemacht hat, daß ich nicht bleiben konnte. Und du hattest recht. Mein Vater hätte mich zur Hure gemacht, und wahrscheinlich wäre ich jetzt nicht einmal mehr am Leben.«

Keeta schauderte bei der Erinnerung. Die beiden Frauen saßen auf einem zusammengerollten Zelttuch von Markas Zelt und sahen den anderen bei der Arbeit zu. Staub und Rufe erhoben sich. Mit drei Kindern auf dem Rücken kam Nila, die Elefantin, vorbei, den Rüssel um ein Heubündel geschlungen. In der Nähe saß Tillya auf einem kleinen Teppich und versuchte, Zandro zu beschäftigen. Ein wenig weiter entfernt sah Marka, wie Quinto hin und her eilte und den Akrobaten Anweisungen gab, während Vinto ihn wie ein stolzer Onkel belächelte.

»Dein Junge ist beinahe erwachsen«, sagte Keeta. »Es ist Zeit, ihm eine Frau zu suchen.«

»Du hast recht. Ihr Götter! Die Jahre sind so schnell vergangen.«

»Hätten wir nicht meine Delya und deine Kinder verloren, würde ich sagen, es waren gute Jahre, aber die Götter spenden niemals nur reinen Honig ohne den Essig, um ihn herunterzuspülen.«

Da die gut ausgebaute Straße im Schatten von Bäumen lag, verlief die Tagesreise schnell und bequem, oder jedenfalls glaubte Marka das, aber Ebañy war den ganzen Weg über unruhig. Die Truppe reiste immer so schnell, wie der Elefant sich bewegte, nicht langsamer und nicht schneller, und Nila eilte sich nie, es sei denn, sie hatte Angst vor etwas. Ebañy sprang immer wieder vom Wagen und lief zurück und drängte den jeweiligen Reiter der Elefantin, sie ein wenig anzutreiben. Wer immer gerade auf dem Tier saß, verdrehte nur die Augen und ignorierte ihn, und Ebañy rannte wutschnaubend zum Wagen zurück.

»Ich kann mir nicht vorstellen, warum du es so eilig hast«, sagte Marka lachend. »Die Stadt wird uns nicht weglaufen.«

»Ich weiß, ich weiß«, sagte Ebañy. »Aber es ist wegen des Traums. Obwohl ich annehme, daß sie auf uns warten werden.«

»Was? Wer?«

»Ich bin nicht sicher. Der Traum war sehr klar darüber, wo ich sie treffen sollte, aber ich bin nicht sicher, wer sie sind.«

All ihre Freude an den grünen Bäumen und dem Schatten verging.

Die Truppe zog am Nachmittag in Luvilae ein, in Sonne und Schatten, da große weiße Wolken am Himmel entlangsegelten. Die schmalen Straßen und weiß gekalkten Häuser der Stadt wurden abwechselnd hell und wieder dunkel. Auf dem ganzen Weg ins Karawanenlager kamen ihnen die Städter entgegengelaufen und jubelten über die unerwartete Ankunft dieser Truppe, die ihnen für ein paar Tage die Langeweile nehmen würde. Wie immer fuhr Ebañy den ersten Wagen, und Marka saß neben ihm, begleitet von Quinto, der sich in Imitation seines Vaters verbeugte und der Menge zuwinkte. Als das Lager aufgeschlagen war, war der Nachmittag beinahe vorüber, die Wolken waren verschwunden, und die Sonne hing tief über dem Meer. Marka ließ die jüngeren Kinder in Tillyas Obhut zurück. Dann machte sie sich auf die Suche nach Ebañy. Wie so oft wußte sie genau, wo er zu finden war –

in diesem Fall stand er am Rand des Lagers neben einer einzelnen Palme.

Die Stadt und das Karawanenlager von Luvilae erstreckten sich beide über eine flache Klippe, unterhalb der dreißig Fuß entfernt sanfte Meereswellen an einen Sandstrand plätscherten. Von dort, wo sie standen, konnten die beiden den Hafen sehen, der ein paar hundert Schritte rechts von ihnen lag. Ebañy legte den Arm um Marks Taille und zog sie an sich, dann zeigte er auf den hölzernen Kai.

»Keine Schiffe«, sagte er. »Nicht einmal ein Boot, kein Fischerboot, kein Ruderboot. Wie seltsam. Die Herren des Wasser haben mir gesagt, das Schiff würde heute im Hafen einlaufen, und sie irren sich nie.«

Marka spürte, wie sie jeden Muskel anspannte.

»Wer?« Ihre Stimme zitterte. »Von wem sprichst du da?«

»Die Herren des Wassers sind Elementargeister, aber höher entwickelt als ...«

»Von ihnen habe ich nicht gesprochen. Ich meinte, wer wird auf dem Schiff sein?«

»Ah. Das Schiff ...« Ebañy schirmte die Augen mit der Hand ab und starrte aufs Meer hinaus. »Ich habe dir doch davon erzählt.«

»Du hast kein Schiff erwähnt.«

»Nein? Nun, es ist der Grund, weshalb wir hier sind. Das Schiff, von dem ich geträumt habe.«

»Oh. Ich verstehe.«

In anderen Worten, sagte sich Marka, es gibt kein Schiff, um das wir uns Sorgen machen müssen. Sie tätschelte seine Schulter und ließ ihn stehen. Er starrte weiter zum Horizont hinaus, während sie ins Lager zurückkehrte. Sie gab den Kindern zu essen, sprach mit Vinto über den Einkauf von Getreide für die Pferde, dann bemerkte sie, daß Ebañy nicht zurückgekehrt war. Sie griff nach einem Stück Brot, um unterwegs daran zu knabbern, und ging wieder zum Klippenrand und der einzelnen Palme, wo Ebañy inzwischen am Boden saß. Als er sie bemerkte, sprang er auf.

»Sieh!« rief er. »Sie legen gerade an.«

Marka wurde trotz der warmen Sonne eiskalt, als sie schaute, wohin er zeigte. Langsam wurde ein Schiff an den Kai gerudert, ein langgezogenes, schlankes Ding, weiß gestrichen und mit einer Reihe von Schilden an der Seite, die im Sonnenlicht glitzerten. Der Bug erhob sich zu einem geschnitzten Tier – aus der Ferne konnte sie nicht genau sehen, was es war. Sie entdeckte allerdings die winzigen Gestalten von Seeleuten an Deck und in der Takelage, während andere bereits mit Tauen in der Hand an den Kai sprangen. Gekonnt vertäuten sie das Schiff dort.

»Also ist mein Traum wahr geworden.« Ebañy schwieg einen Augenblick, aber sie konnte spüren, wie er zitterte. »Komm mit mir, Liebste.«

Sie ergriff seine Hand und gestattete ihm, sie mitzunehmen. Zum Hafen hin gab es ein paar wacklige Holztreppen, die von der Klippe zum Strand führten, und sie stiegen hinab, wobei sie mehr auf ihre Füße als auf die Aussicht achteten, bis sie sicher unten waren, dicht am Kai und dem seltsamen Schiff. Ein riesiges gemaltes Auge schmückte beide Seiten des Bugs. Als Galionsfigur erhob sich ein Drache mit offenem Maul, als fauchte er die Passanten an, während er mit den Wellen stieg und fiel. Marka konnte auch die Seeleute jetzt ganz genau sehen, als sie an Deck und auf dem Kai standen.

»Sie sind alle so hellhäutig! Es müssen Barbaren sein.«

»Nicht wirklich. Aber es sind Verwandte von mir, wenn auch nur auf gewisse Weise.«

Seine Stimme war so leise und zögernd, daß sie sich umdrehte und ihn anstarrte, während er gierig das Schiff und seine Besatzung betrachtete.

»Mein Volk ist also zu mir gekommen«, flüsterte er. »Marka, meine Liebste, mein Herz, meine Seele und Mittelpunkt meiner Welt, wie sehr liebst du mich?«

»Von ganzem Herzen, aber wie meinst du das, sie sind zu dir gekommen? Warum? Ich ... oh!«

Einer der Seeleute kam auf sie zu. Sie konnte sein mondbleiches Haar und die stahlgrauen Augen sehen, die senkrecht geschlitzt waren wie die einer Katze, und seine langen Ohren, die sich zu einer zarten Spitze rollten. Er war über sechs Fuß groß, aber schlank, mit langen, feingliedrigen Händen, die trotz ihrer Seemannsschwielen seltsam zierlich wirkten. Als Ebañy mit ihm sprach, geschah das in einer wohltönenden Sprache, die Marka noch nie gehört hatte. Der Seemann lachte und antwortete in derselben Sprache, dann drehte er sich um und rief einem Mann, der über den Pier eilte, etwas zu. Das war kein Seemann, begriff Marka – dieser Bursche war zu gebückt und schmalschultrig dafür. Er hatte dasselbe helle Haar, aber violette Augen, und seine Hände waren weich und hatten sicher noch nie mit Seilen und Rudern Bekanntschaft gemacht. Er verbeugte sich vor Marka, dann vor Ebañy und begann zu sprechen. Ebañy lauschte, und Tränen traten ihm in die Augen. Plötzlich bekam Marka schreckliche Angst, als sie ihnen zuhörte, sah, daß sie sich die Hände schüttelten wie Brüder, und ihr fielen so viele seltsame Dinge über Ebañy ein, all die vielen rätselhaften Bemerkungen, die er im Lauf der Jahre über sein Volk und seine Heimat weit über dem Meer gemacht hatte.

Endlich drehte er sich wieder zu ihr um, und er kam ihr mehr wie ein Fremder als wie ihr Mann vor.

»Erinnerst du dich an den Wächter?« fragte Ebañy.

»Nein.« Marka hörte, wie ihre Stimme zitterte. »Oh, warte! Sprichst du von Evandar?«

»Ja, genau. Er hat dieses Schiff für mich geschickt.« Ebañy

zeigte darauf. »Und das ist hier Meranaldar. Er sagt, er ist hergekommen, um uns zu helfen, meine ...« Er zögerte, dann zwang er sich sichtlich dazu, die Worte auszusprechen: »Meinen Wahnsinn zu heilen.«

»Ah! Dann danke ich den Göttern!«

Aber später würde sie dieses Gebet bereuen. Obwohl die meisten Seeleute beim Schiff blieben, kamen Meranaldar und der Kapitän des Schiffs, Taronalariel, mit ihnen ins Lager. Die Truppe drängte sich um sie und stellte ununterbrochen Fragen, die Ebañy lachend versuchte zu beantworten, ohne dabei zu erwähnen, daß diese Fremden gekommen waren, um ihn zu heilen. Marka eilte zu Keeta und führte sie ein Stück weit weg.

»Ebañy hat mir erzählt, sie sind gekommen, um seinen Wahnsinn zu heilen, aber ... ich weiß nicht, warum ... Ich habe solche Angst. Ich wußte nicht, daß es solche Leute auf der Welt gibt, und jetzt tauchen sie hier auf mit ihrem Schiff ... und es ist ein so seltsames Schiff ... und mein Mann kann mit ihnen reden, aber ich verstehe kein Wort.«

»Das sind gute Gründe, Angst zu haben.«

»Und dann hat er gesagt: ›Mein Volk ist gekommen, um mich zu holen.‹ Es klingt, als würden sie ihn mitnehmen.«

Keeta drehte sich um und schaute zu, wie die Truppe sich um die Fremden drängte. Als Marka hinsah, bemerkte sie, daß die Kinder alle zusammensaßen und ihren Vater verängstigt anstarrten.

»Ich sollte jetzt lieber wieder zu den Kindern gehen«, sagte Marka.

»Ja, da bin ich ganz deiner Ansicht. Sie spüren Ängste und Möglichkeiten sehr schnell.«

Die Truppe unterhielt die Gäste mit einer Mahlzeit, die an ein Festessen grenzte. Die beiden Langohren, wie Marka sie bei sich nannte, hatten wunderbare Tischmanieren. Sie hatten auch die bardekianischen Worte für Danke gelernt und murmelten jedesmal »Gratyas«, wenn ihnen jemand auch nur nahe kam. Als die Nacht hereinbrach, kamen mehrere andere Seeleute ins Lager. Sie hatten gesehen, wie der Markt in der Stadt wiedereröffnet wurde, erzählte Ebañy Marka, und wollten nun, daß ihr Kapitän Vorräte kaufte.

»Dann solltest du ihnen lieber helfen«, meinte Marka. »Aber haben sie denn bardekianisches Geld?«

»Nein, und deshalb hast du recht. Wir werden zweifellos mit den Kaufleuten streiten müssen, bis sie Anfälle bekommen.«

Als sich die Truppe für die Nacht zurückzog, rollte Marka die Seitenwände des Zeltes ein paar Fuß hoch, um die kühle Nachtluft hereinzulassen. Sie brachte die jüngeren Kinder dazu, sich auf die Matten zu legen, aber keines wollte schlafen. Sie versuchte Lieder, dann Geschichten, aber sie blieben weiter wach und waren den Tränen nahe. Schließlich kamen Quinto und Tillya mit Öllampen herbei und setzten sich auf den Boden. Im besseren Licht konnte Marka sehen, wie verängstigt die jüngeren Kinder dreinschauten.

»Diese Männer«, sagte Quinto. »Was sind sie?«

»Verwandte eures Vaters«, erwiderte Marka. »Ich weiß nicht viel mehr als ihr. Euer Vater hat mir nicht viel gesagt.«

»Er scheint glücklich zu sein«, meinte Tillya, aber sie hatte einen zweifelnden Unterton. »Ich sollte mich auch freuen, Mama, aber ich habe Angst.«

»Ich auch.«

Als sie diese Worte hörte, begann sie fast zu weinen. Als Marka die Arme ausstreckte, kam Kivva auf die Beine und rannte zu ihr. Terrenz und Delya setzten sich hin und kuschelten sich aneinander, während Zandro begann, am Daumen zu lutschen.

»Ich muß immer an Evandar denken«, fuhr Marka fort. »Erinnert ihr euch, wie er von eurem Großvater in Deverry erzählt hat und daß Großvater euren Vater wiedersehen möchte? Ich glaube, dieses Schiff kommt von dort.«

»Mama, das ist Unsinn!« sagte Quinto. »Wir haben an der Nordküste schon viele Schiffe aus Deverry gesehen. Sie sehen nicht so aus, und sie kommen auch nie so weit nach Süden.«

»Nun, das ist wahr. Aber ich weiß nicht, woher sonst sie kommen könnten.«

»Ich will nicht nach Deverry.« Tillyas Stimme bebte. »Es ist viel zu weit weg, und es ist voller Barbaren. Ich will hier bei unserer Truppe bleiben.«

»Was ist mit dir?« Marka sah Quinto an.

»Nun, weißt du, gestern hatte Vinto mir gesagt, daß ich soweit bin, die Akrobaten übernehmen zu können.«

Das war indirekt, aber Marka verstand ihn nur zu gut. Kivva schniefte und wimmerte ein wenig, während Delya und Terrenz nur bekümmert dreinschauten.

»Nun«, meinte Marka schließlich, »wir wissen noch nicht, ob Papa überhaupt irgendwohin gehen will.«

»Aber wenn er es tut«, sagte Tillya, »werden wir alle mitgehen müssen, oder?«

»Du und Quinto, ihr seid alt genug, um hierzubleiben, wenn ihr wollt.«

»Mama!« Tillya begann zu schluchzen. »Dann würde ich dich verlieren.«

Marka fragte sich, wieso ihre Augen trocken blieben. Sie begriff, als sie ihre Kinder weinen hörte, daß sie zu wütend für Tränen war.

Es war so spät, als Ebañy endlich zurückkehrte, daß die Kinder aufgegeben hatten zu warten und endlich schliefen. Marka hatte die Lampen nach draußen gebracht und saß auf einem Tuch, als er allein zurückkam, leicht schwankend und nach Wein riechend. Er setzte sich neben sie auf den Boden und lächelte, sah sie an, während das tanzende Licht der Lampen Flecken auf sein Gesicht warf. Sie versuchte, etwas ganz Banales zu sagen, aber Fragen nach den Vorräten für das Schiff kamen ihr nur unheilverkündend vor. Endlich seufzte er und streckte die Hand aus.

»Ich weiß nicht, wie ich es sagen soll«, meinte Ebañy, »außer ganz direkt. Mein Herz, meine Geliebte, die Zeit für uns ist gekommen, die Insel zu verlassen. Du und ich und unsere Kinder, wir werden davonsegeln.«

»Ich dachte schon, daß dies auf uns zukäme.«

»Ach ja? Warum?«

»Weil Evandar von deinem Vater gesprochen hat.«

»Ah. Das ist wahr.« Er zog seine Hand zurück. »Meranaladar will meinen Vater unbedingt kennenlernen.«

»Er kennt ihn noch nicht?«

»Nein. Dieses Schiff kommt nicht aus Deverry. Sie wollen mir nicht mehr sagen, bis wir auf See sind und niemand uns belauschen kann.«

»Belauschen? Wie meinst du das? Was soll das heißen? Du willst, daß wir alle unsere Sachen packen und mit diesen seltsamen Leuten in einem seltsamen Schiff davonsegeln, ohne auch nur Zeit zu haben, um darüber nachzudenken?«

Einen Augenblick sah er sie an und blinzelte.

»Was ist mit der Vorstellung, mit der Truppe?« fuhr Marka fort. »Du hast jahrelang daran gearbeitet, diese Vorstellung auszuarbeiten, ebenso wie ich. Jahre und Jahre haben wir für Kupferstücke in sämtlichen kleinen Städten unsere Vorstellung gegeben und haben viele Entbehrungen erlitten und sind überall umhergereist, bis wir nun schließlich erreicht haben, was wir wollten: die berühmteste Truppe in ganz Bardek. Und nun willst du einfach davonsegeln!«

»Du bist wütend auf mich.«

»Überrascht dich das etwa?«

Er zuckte mit den Achseln und starrte auf die Lichtflecke, die in einer leichten Brise ein wenig tanzten.

»Oh, beim Wellenvater!« sagte Marka schließlich. »Du hast mir noch nicht einmal gesagt, wohin wir gehen werden.«

»Oh. Das war ein unangenehmes Versehen, eine Auslassung, ein Fehler und ein Bruch aller guten Manieren.« Er sah mit jenem sonnigen Lächeln zu ihr auf, das sie so an die ersten Jahre ihrer Ehe erinnerte. »Über das Meer in meine Heimat. Nach Deverry, oder um genau zu sein, ins Westland an der deverrianischen Grenze.«

Die Welt schien sich zu heben und zu senken wie die Wellen.

»Ich weiß nicht, warum das so weh getan hat«, sagte sie schließlich leise. »Es waren genau die Worte, die ich erwartet hatte.«

»Es geht nicht nur um meinen Vater. Es geht um diesen ... diesen ... Wahnsinn, den ich habe. Im Westland, so sagt Meranaladar, gibt es jemanden, der mir helfen kann.«

»Kannst du ihm trauen? Du hast ihn noch nie zuvor gesehen.«

»Evandar hat ihn geschickt.«

»Und? Ich verstehe nicht, warum das ...«

Plötzlich bemerkte sie, daß ihm die Tränen in zwei lautlosen Spuren über die Wangen liefen.

»Du liebst mich nicht mehr«, sagte er.

»Was? Wie? Nur, weil ich nicht mit dir auf ein Schiff gehen und alles verlieren will?«

»Wir werden unsere Kinder mitnehmen.«

»Quinto will nicht mitgehen, und Tillya auch nicht. Ich habe sie schon gefragt. Wir sollten darüber nachdenken, Ehepartner für sie zu finden, und nicht daran, über den Ozean zu fliehen.«

»Du bist diejenige, die nicht gehen will.« Er sprach sehr leise. »Du willst nicht mit mir kommen.«

»Ich liebe dich. Aber meine Kinder zu verlassen ...« Marka hielt inne und schnappte nach Luft. »Warum kann dieser Heiler nicht hierherkommen und dein Vater auch?«

Einen Augenblick lang starrte Ebañy sie an. Er hatte aufgehört zu weinen, und nun wandte er sich ab, um sich das Gesicht mit dem Ärmel zu wischen, und schmierte dabei Staub über seine Wangen.

»Du verstehst nicht, was du da verlangst«, sagte er schließlich. »Es ist schlimm genug, daß das Volk von Luvilae dieses Schiff und seine Besatzung gesehen hat. Aber wenn wir schnell genug wieder in See stechen, werden sie aus der ganzen Geschichte eben eine Geschichte machen, und niemand wird es glauben. Aber hin und her zu segeln ...« Plötzlich wurde seine Stimme so wohlklingend wie die eines Priesters. »Nein. Es ist zu gefährlich, daß die Menschen hier von den Inseln im Süden erfahren. Die Vorzeichen dafür sind ausgesprochen ungünstig. Ich sehe brennende Häuser und vergossenes Blut.«

Marka spürte, daß sich die Angst in ihrem Mund ballte wie Schafwolle.

»Außerdem«, fuhr Ebañy mit seiner normalen Stimme fort, »ist es Zeit, daß jene, die sich im Exil befinden, einander begegnen. Das haben mir die Herren des Feuers gesagt. Oder vielleicht war es diese Stimme in meinem Traum. Manchmal ist es so schwer, sich zurechtzufinden.«

Der Nachtwind fegte durchs Lager und brachte Zelttuch zum Flattern und Bäume zum Rascheln. Der brennende Docht wackelte gefährlich, und dann erlosch die Flamme. Ebañy schnippte mit den Fingern über der Lampe. Die Flamme ging wieder an.

»Ihr Götter«, flüsterte Marka. »Es ist wahr! Du bist wirklich ein Magier.«

»Ja, ich beherrsche ein wenig von Dweomer.« Ebañy blickte verwirrt auf. »Das habe ich dir doch gesagt, oder? Ich bin sicher.«

Sie konnte zur Antwort nur nicken. Hinter sich hörte sie Gähnen, und als sie sich umdrehte, sah sie, daß Zandro nackt im Zelteingang stand und sich die Augen rieb. Als Ebañy die Arme ausstreckte, kam Zandro auf ihn zu und warf sich in seinen Schoß.

»Du kommst mit Papa, oder?« fragte Ebañy.

Zandro nickte und begann an seinem Daumen zu lutschen. In diesem Augenblick war Marka sich sicher, daß sie nicht mitkommen würde.

Und dennoch war sie uneins mit sich selbst. Es war ihre Pflicht zu gehen. Sie war Ebañys Frau, und sie sollte folgen, wohin er ging, ohne nachzudenken, voller Liebe und blind. Sie war eigensüchtig und folgte nicht ihrem fraulichen Wesen, gar nicht zu reden davon, daß sie den Kindern ihren Vater nahm. Und dennoch klopfte ihr Herz jedesmal wie ein Trommelschlag nein, nein, nein, wenn sie daran dachte, nach Norden zu segeln, in dieses unbekannte Land, und Quinto und Tillya zurückzulassen. Ebañy sagte nichts mehr, sondern sah sie nur an, während Zandro in seinen Armen schlief.

Es kam ihr so vor, als hätten sie die halbe Nacht so dagesessen und einander schweigend beobachtet, aber es war immer noch lange vor der Morgendämmerung, als sie Laternen auf das dunkle Lager zuschwanken sah. Sie gehörten Meranaladar und zwei Seeleuten, die an den Zelten vorbeieilten. Ebañy reichte Zandro Marka, stand auf und sprach mit ihnen. Sie konnte sehen, wie sie sie verwirrt anstarrten. Endlich wandte sich Ebañy ihr wieder zu.

»Wenn du und die Kinder mitkommen wollt ...«, setzte er an, dann sagte er nichts mehr.

»Dann sollten wir uns lieber fertigmachen?« Marka legte

Zandro auf das Tuch. »Wann sticht das Schiff in See? Bei der nächsten Flut?«

»Ja.«

Im flackernden Licht konnte sie seine Augen sehen, seinen flehentlichen Blick. Sie erhob sich und wischte den Staub von ihrem Hemd.

»Das kann ich nicht.« Die Worte brachen aus ihr heraus, ohne daß sie es gewollt hätte. »Ich kann es nicht, ich kann es einfach nicht. Die Kinder ... Es ist zu gefährlich. Was, wenn das Schiff untergeht? Was, wenn sie alle ertrinken?«

»Daran habe ich nicht gedacht.«

»Nein, damit hatte ich auch nicht gerechnet.« Die Bosheit in ihrer Stimme überraschte sie selbst.

»Liebste, verzeih mir! Ich werde zurückkommen. Das verspreche ich dir. Ganz gleich, wie weit ich segle oder wie lange ich dort bleibe, ich werde zu dir zurückkehren.«

Marka sah ihn nur an.

»Ich hole Zandros Sachen und seine kleinen Pferde«, sagte sie schließlich. »Er wird sie mitnehmen wollen.«

Als sie sich ins Zelt duckte, konnte sie hören, wie die Langohren in ihrer Sprache murmelten. Sie fand Zandros Hemden und die Holzpferde, die sein Vater ihm geschnitzt hatte, steckte sie alle in eine Zelttasche und packte seine Decke obendrauf. Einen Augenblick lang stand sie im Dunkel und lauschte den Atemzügen ihrer anderen Kinder. Konnte sie Zandro wirklich gehen lassen? Sie brauchen mich alle, dachte sie. Er wird mich vollkommen erschöpfen, und dann bleibt nichts für die anderen übrig. Sie holte tief Luft und ging wieder nach draußen.

Ebañy hatte Zandro hochgehoben, und er schlief noch halb, an die Schulter seines Vaters geschmiegt. Als Marka ihm die Zelttasche hinstreckte, nahm Meranaladar sie ihr ab. Er setzte ein dünnes Lächeln auf und murmelte ein paar Worte, die sie schließlich als »Bitte verzeiht mir« in schlechtem Bardekianisch erkannte.

»Schon gut«, sagte sie, obwohl sie wußte, daß er sie nicht verstehen konnte. »Ihr tut nur, was Ihr tun müßt.«

Dennoch blieb er stehen, verbeugte sich ein wenig und sprach ein paar Worte. Es fällt ihm schwerer, als es Ebañy fällt, dachte Marka. Sie wandte sich ihrem Mann zu und sah, daß seine Miene ausdruckslos geworden war.

»Geh einfach«, fauchte sie. »Bitte. Geh einfach und bring es hinter dich.«

Ebañy nickte. Er packte Zandro ein wenig fester, drehte sich um und ging rasch davon, gefolgt von den Seeleuten. Meranaladar zögerte, dann packte er ihre Hand, küßte sie, verbeugte sich abermals und lief den anderen hinterher. Marka wartete, bis sie außer Sicht waren, dann schlug sie die Hände vors Gesicht und weinte.

»Mama?« Das war Quintos Stimme.

Sie drehte sich rasch um und versuchte, sich die Augen abzuwischen.

»Du brauchst es nicht zu verbergen«, sagte er mit zitternder Stimme. »Ich wollte ... ich wollte dir nur danken. Ich meine, in unser aller Namen.«

»Es wird schwer werden ohne euren Papa.«

»Ich weiß. Aber wir kommen zurecht. Die Vorstellung ist gut genug, daß wir auch ohne ihn Zuschauer haben werden.«

Bei den Sternengöttern, dachte Marka. Er ist tatsächlich beinahe ein Mann. Irgendwie war mir das entgangen.

»Weißt du was?« fuhr Quinto fort. »Er ist nicht mal ins Zelt gekommen, um sich von uns zu verabschieden. Er hat nicht mal den kleinen Mädchen einen Abschiedskuß gegeben.«

»Ah!« Sie hörte, wie ihre eigene Stimme trüb vor Kummer geworden war. »Nein, das hat er nicht. Ich weiß nicht, was ich sagen soll ...«

»Versuche es nicht einmal, Mama. Du mußt dich hinlegen und schlafen.«

Marka ging ins Bett und weinte sich dann in den Schlaf. Aber als sie am Morgen erwachte, spürte sie etwas so Seltsames, daß sie das Gefühl zunächst nicht erkennen konnte. Sie stand auf und zog sich an, dann schlüpfte sie aus dem Zelt, ohne die Kinder zu wecken. Der Morgen graute, und am westlichen Himmel breiteten sich zarte Rosa- und Blautöne aus, hier und da berührt von einer elfenbeinfarbenen Wolke. Im kühlen Wind ging sie durch das schlafende Lager zum Rand des Lagerplatzes, wo sie von der Klippe aus das Meer und die Kaianlage sehen konnte. Das einzige Schiff in Sicht war ein Fischerboot, das auf den kleinen Wellen des Hafens auf und ab tanzte.

Als sie dort in der Sonne stand und sah, wie die blaugrünen Wellen an den Strand spülten, begriff sie es. Sie fühlte sich frei. Ebañy würde ihr fehlen, aber das war nicht so intensiv wie ihre Erleichterung darüber, frei von seinem Wahnsinn zu sein. Sie würde nun ein friedliches Alter haben, umgeben von ihren Kindern und den Kindern ihrer Kinder, die große Mutter der Truppe, sicher und zufrieden mit einem Leben, wie sie es immer gekannt hatte. Mit einem tiefen Seufzen streckte sie die Arme zur Sonne aus. Als sie ins Lager zurückkehrte, lächelte sie.

In seinen Träumen hatte Salamander so viele wunderbare Reisen hinter sich gebracht, daß er während der ganzen Zeit auf See nicht wußte, ob er wachte oder schlief. Während das elfische Langschiff von den Sommerwinden nach Deverry geblasen wurde, hockte er im Bug und starrte aufs Meer hinaus. Wenn die Sonne schien, erhoben sich Undinen aus dem Wasser und spielten um den Bug. Sylphen umschwärmten Mast und Segel, und Feen und Gnome tanzten an Deck oder ließen sich von einem kichernden Zandro hin und her scheuchen. Am Abend, nachdem er den Jungen ins Bett gelegt hatte, kehrte Salamander an den Bug zurück und sah zu, wie obsidianschwarze Wellen im Silberlicht riesiger Sterne glitzerten. Manchmal ging der Mond auf, groß und purpurfarben. Wenn das Schiff den Hafen erreicht, erinnerte er sich, wirst du nach der Tür suchen müssen, der alten, eisenbeschlagenen Holztür, hinter der sich das magische Buch befindet.

Häufig setzte sich Meranaladar zu ihm. Bei solchen Gelegenheiten, besonders wenn der Gelehrte ihm Fragen stellte, erinnerte sich Salamander daran, daß er wach war, daß das Schiff ihn zurück ins Westland brachte und daß Marka sich geweigert hatte, mit ihm zu kommen. Dann brach er in Tränen aus und schluchzte, bis Meranaladar sich bedrückt entschuldigte, aufstand und ihn allein ließ. Der Rhythmus der Wellen verführte ihn dann abermals, und wieder glaubte er, nur zu träumen und zu schlafen.

Er verlor den Überblick über die Tage. Da die Seeleute häufig erwähnten, wieviel Glück sie mit dem Wetter hatten, ging er davon aus, daß sie schnell reisten. Sie gingen kurz in Myleton an der Nordküste Bardeks an Land, um neue Vorräte zu laden. Dann machten sie sich auf den Weg nach Norden, überwiegend geführt von den Sternbildern, wie Salamander die Seeleute sagen hörte. Die Tage liefen ineinander zu einem langen Streifen von Sonnenlicht, das untermalt wurde vom Lachen seines Sohnes. Die Nächte waren ein Wirbel schwarzen Wassers und spritzender Wellen, eine Begräbnisklage für seine verlorene Liebe. Ich werde zurückkehren, sagte er sich. Ich werde das Buch hinter der hölzernen Tür finden, und dann kann ich zu meiner Familie zurückkehren. Aber dann erhoben sich aus den Wellen silberne Ungeheuer mit blitzenden Zähnen und roten Augen und verspotteten ihn und erzählten ihm, er würde Bardek nie wiedersehen.

Endlich, nachdem die Lebensmittel beinahe aufgezehrt waren und das Wasser knapp wurde, umsegelten an einem hellen Morgen Möwen das Schiff und stießen ihr Begrüßungsgeschrei aus. Als Salamander sich über den Bug beugte, konnte er hin und wieder Algen im trüben Wasser sehen oder das Treibholz eines Wracks. Leise vor sich hin summend und lächelnd kam Meranaladar auf ihn zu.

»Wir sind beinahe da«, sagte Meranaladar. »Die alte Heimat! Ihr Götter, nie hätte ich mir träumen lassen, daß ich diese Reise tatsächlich machen würde, ganz gleich, wie sehr ich mich danach gesehnt habe.«

»Fahren wir zu den Städten?« fragte Salamander.

»Nein, wir landen in Elditina oder wie immer es jetzt heißen mag.«

»Eldidd.«

»Eldidd.« Meranaladar bewegte den Namen im Mund hin und her, als schmeckte er Wein. »Evandar hat unserem Kapitän eine Landkarte gegeben. Es gibt eine Bucht mit einem hölzernen Turm, sagte er, und einer Stadt namens Cannobaen. Ganz in der Nähe gibt es eine Insel namens Wmmglaedd.«

»Ich kenne beide. Du wirst Wmmglaedd mögen. Die Priester dort haben Bücher, einen ganzen Schatz von Überlieferungen.«

»Ich freue mich schon darauf, dorthin zu gehen, nachdem wir in Cannobaen an Land gegangen sind.« Plötzlich runzelte Meranaladar die Stirn. »Ich hatte gehofft, daß Evandar zu uns kommen und uns vielleicht führen würde. Aber nun ja, niemand weiß, was die Wächter tun und warum.«

»Wenn wir vom Kurs abgeraten, müssen wir nur der Küstenlinie folgen.«

Aber als sie an diesem Abend im Bug standen und zu einer dunklen Linie von Land am Horizont hinspähten, sahen sie ein Licht im Norden brennen, auf diese Entfernung nur ein winziger Punkt.

»Das ist Cannobaen«, sagte Salamander. »Jetzt fällt es mir wieder ein. Der Leuchtturm von Cannobaen. Er kennzeichnet eine gefährliche Untiefe westlich der Stadt.«

Als der Morgen kam, sah Salamander die weißen Kreidefelsen und die Steinfestung ganz oben, die aus dieser Entfernung etwa Daumengröße hatte. Der Anblick des Sandstrandes und der hellen Klippen dahinter überwältigten Meranaladar. Er stand neben Salamander und weinte, während er ein uraltes Gebet murmelte. Auf Salamanders Anweisung brachte der Steuermann das Schiff nach Osten, und bald entdeckten sie den Hafen, eine Kerbe in der Küstenlinie, und einen langen hölzernen Pier. Dahinter standen ein paar Häuser, rund und strohgedeckt, die sich den Abhang hinaufzogen. Der Kapitän befahl, die Segel zu reffen, und die Männer ruderten das Langschiff an den Pier. Salamander nahm Zandro mit an eine Stelle mittschiffs, wo sie am wenigsten im Weg waren. Taronalariel, der Kapitän, nahm seinen Platz im Bug ein und beobachtete ohne ein Wort, wie die Küste näher kam, aber er grinste wie ein Verrückter. Selbst die Seeleute, die an den Rudern schufteten, lächelten bei der Arbeit.

Plötzlich brach der Kapitän sein Schweigen und gab weitere Befehle. Die Seeleute hoben die Ruder und ließen das Schiff an den Pier gleiten. Zwei Männer mit Tauen sprangen auf das sonnengebleichte Holz hinaus. Es zitterte, hielt aber ihr Gewicht. Was folgte, war die normale Routine des Vertäuens. Männer lachten und riefen einander zu, als sie Anker warfen und die Taue befestigten. Salamander reichte Zandro Meranaladar, stieg auf den Pier, beugte sich dann hinab, hob den Jungen aus dem Schiff und stellte ihn neben sich. Zandro war verängstigt genug, freiwillig nach der Hand seines Vaters zu greifen. Meranaladar folgte ihnen.

»Seht!« Meranaladar zeigte an Land. »Jemand erwartet uns.«

Und tatsächlich, am anderen Ende des Piers stand eine kleine Gruppe von Leuten, sowohl Elfen als auch Menschen. Als er Devaberiel, seinen Vater, erkannte, glaubte Salamander noch einmal, daß er träumte. Das Licht schien vollkommen falsch zu sein, ein helles Glitzern, das die Farben auswusch und auf dem Pier und der Stadt dahinter tanzte. Durch dieses unangenehme Licht kam Devaberiel auf ihn zu, gefolgt von einer Frau, die Salamander vage an Dallandra erinnerte. Aber wer war der junge Mann bei ihnen, der so aufrecht und stolz einherschritt und dessen dunkles Haar im Wind wehte? Er trug einen goldenen Anhänger um den Hals, in dem sich ein Saphir befand – eine Gestalt wie aus einem Traum.

Devaberiel lachte und begann zu laufen. Salamander stand wie betäubt da, als sein Vater ihn in die Arme nahm und fest an sich drückte. Die Wärme seines Körpers ließ Salamander endlich glauben, daß er tatsächlich wach war – wach und wieder in Deverry.

»Ihr Götter!« sagte Devaberiel. »Mein Sohn, mein Sohn!« Tränen schimmerten in seinen Augen. »Ich bin so froh, dich zu sehen.«

»Und ich freue mich, dich zu sehen, Vater. Hier, das ist einer deiner Enkel.«

»Ein hübscher Junge!«

Als Devaberiel die Arme ausstreckte, gestattete Zandro ihm, ihn hochzunehmen. Hinter ihnen hörte Salamander Unruhe ausbrechen. Er drehte sich um und sah, wie der Rest der Mannschaft von Bord ging und rasch vorwärtseilte. Meranaladar und der Kapitän starrten beide den jungen Mann an. Meranaladar ging einen Schritt auf ihn zu, dann kniete er nieder und senkte den Kopf. Zitternd tat der Kapitän dasselbe.

»Was soll das?« sagte Salamander zu seinem Vater. »Wer ist das?«

»Daralanteriel tran Aladeldar«, sagte Devaberiel. »Du erkennst ihn nicht, nicht wahr? Er war noch ein Kind, als du uns verlassen hast.«

»Ja, aber was machen sie da?«

»Ich bin nicht sicher.« Devaberiel sah sich um, entdeckte Dallandra und rief ihr zu: »Was hat das zu bedeuten, Weise?«

Dallandra eilte zu ihnen, das Gesicht zornig verzogen. Einen Augenblick lang beobachtete sie Meranaladar, der einen völlig verlegenen Prinz Dar anstarrte, und wieder weinte der Schreiber.

»Verflucht soll Evandar sein!« fauchte sie schließlich. »Er hätte mich warnen können. Devaberiel, diese Männer sind Abkömmlinge unseres Volkes, jene, die per Schiff der Plünderung von Rinbaladelan entgangen sind. Sie sind schließlich in Bardek gelandet. Sie glaubten, daß die Familien aller sieben Könige ausgestorben seien, und nun stehen sie Ranadars Erben gegenüber.«

Devaberiel setzte dazu an, etwas zu sagen, dann starrte er die Szene einfach verblüfft an.

»Das wird alles verändern«, sagte Dallandra. »Begreift ihr denn nicht? Wir haben seit über tausend Jahren auf dem Grasland gelebt, und sie auf diesen Inseln, und wir wußten jeweils nicht, daß es die anderen gab. Und jetzt sind wir einander begegnet.«

»Ich verstehe.« Endlich hatte Devaberiel seine Stimme wiedergefunden. »Die Grenze des Westlands wird nie wieder dieselbe sein.«

»Genau.« Einen Augenblick lang stand Dallandra schweigend da und beobachtete die Schiffsbesatzung. »Ich nehme an, Evandar hat nicht begriffen, was er da in Bewegung gesetzt hat, aber selbst wenn, dann hätte er es vermutlich doch getan, wie ich ihn kenne.« Sie schüttelte den Kopf, als wollte sie eine schmerzliche Erinnerung loswerden. »Nun, es hat keinen Sinn, hier herumzustehen. Willkommen zu Hause, Ebañy. Wir werden die Nacht bei deiner Nichte in der Festung verbringen.«

»Danke«, meinte Salamander. »Das ist ein seltsames Willkommen, aber ich bin wirklich froh, wieder zu Hause zu sein.«

Aber später an diesem Abend schaute Salamander aus dem Fenster seines Zimmers hoch oben im Broch von Cannobaen. Der Mond zeichnete eine silberne Straße aufs Meer, eine Straße, die scheinbar direkt nach Bardek führte. Salamander weinte, als er an seine Frau und seine Familie dachte, die so weit entfernt waren. Warum hatte er sie verlassen? Einen Augenblick lang hoffte er zu träumen, aber der Duft des wirklichen Meeres hing im Zimmer, und die Steine der Fensterbank fühlten sich unter seinen Fingern rauh an.

»Alaena«, flüsterte er. »Marka. Werde ich dir wiederbegegnen, meine Liebste, eines Tages, wenn wir andere Gesichter und andere Namen tragen?«

Plötzlich war er so erschöpft, daß er sich auf den strohbedeckten Boden setzte. Er lehnte sich an die kalte Steinmauer und schlief ein, gleich dort, wo er saß, um zu träumen, daß er auf einem Berggipfel stand und einen Drachen herbeirief, einen silbernen Drachen mit hier und da einem Hauch von Blau.

Tabelle der reinkarnierenden Personen

Bürgerkrieg	Nordland, 1118	Deverry, 1065
Anasyn	Kyle	–
Bevyan	Dera	–
Bellyra	Carramaena	–
Burcan	Verrarc	Sarcyn
Branoic	(noch nicht erschienen)	Jill
Caradoc	(noch nicht erschienen)	Blaen von Cwm Pecl
Lillorigga	Niffa	–
Maddyn	Rhodry	Rhodry
Merodda	Raena	Mallona
Nevyn	(noch nicht erschienen)	Nevyn
Olaen	Jahdo	–
Owaen	(noch nicht erschienen)	Cullyn von Cerrmor

Die Inkarnationen der Personen in diesem und den bisherigen Büchern der Deverry-Chroniken

643	696	718	773	835 / 849
Galrion	Nevyn	Nevyn	Nevyn	Nevyn
Brangwen	Lyssa	*	Gweniver	Branoic
Blaern	Gweran	*	Ricyn	Maddyn
Gerraent	Tanyc	Cinvan	Dannyn	Owaen
Madoc	*	Addryc	Glyn	Caradoc
Rhodda	Cabrylla	*	Dolyan	*
Ysolla	Cadda	*	Macla	Clwna
			Dagwyn	Aethan
			Saddar	Oggyn
				Maryn
				Bellyra
				Burcan
				Merodda
				Lillorigga
				Bevyan
				Elyssa
				Anasyn
				Olaen
(in Bd. 1)	(in Bd. 2)	(in Bd. 5)	(in Bdd. 2, 5)	(in Bdd. 3, 5, 6, 9, 10)

(jede Zeile steht für eine Seele, jede Spalte für einen Zeitraum, in dem eine oder mehrere Geschichten spielen)

918	1045–1065	(1096/98) 1116 / 1117
Nevyn	Nevyn	*
*	Jill	Jill
Maer	Rhodry	Rhodry
Danry	Cullyn von Cerrmor	*
*	Blaern von Cwm Pecl	*
*	Lovyan	*
Braedda	Seryan	*
Leomyr	Gwin	Blaedd
*	*	*
*	*	Yraen
*	*	Carramaena
*	Sarcyn	Verrarc
*	Mallona	Raena
*	*	Niffa
*	*	Dera
*	Alaena	Marka
*	*	Kyle
*	*	Jahdo
(in Bd. 5)	(in Bdd. 1, 2, 3, 4, 8)	(in Bdd. 5,6, 7, 8, 9, 10)

KATHARINE KERR

DIE CHRONIKEN VON DEVERRY

Band 1: Der Wanderer von Deverry

Band 2: Die Ausgestoßenen von Deverry

Band 3: Dämmerung über Deverry

Band 4: Der Magier von Deverry

Band 5: Zeit der Verbannung

Band 6: Zeit der Omen

Band 7: Zeit des Dunkels

Band 8: Zeit des Feuers

Band 9: Der rote Drache

Band 10: Der schwarze Rabe

Band 11: Die Feuerechse

Weitere Bände in Vorbereitung.

Excalibur

bei

Knaur

DAVID DRAKE

DAS REICH DER INSELN

Band 1: Gefährten des Sturms

Band 2: Der Thron von Malkar

Band 3: Die Erben des Carus

Band 4: Die Königin der Dämonen

Band 5: Die Geisterbrücke

Band 6: Die Diener des Drachen